Die Rebellin

Martina Kempff

Die Rebellin

ROMAN

Weitbrecht

Paros

»Sie haben ihn vergiftet!«

Der Schrei ihrer Mutter klang Mando Mavrojenous noch in den Ohren, als sie über die schmale Gasse an den Schweinen vorbei zum Hafen eilte, um einen Schiffer zu beauftragen ihre Schwester Irini aus Tinos zu holen. Die Fischer hatten Sturm angekündigt, aber das Meer war noch ruhig, eine bleigraue spiegelglatte Fläche, die am Horizont eins wurde mit einem trostlosen Himmel.

»Beileid, mein Beileid.« Sie hörte die Zurufe, wandte sich aber nicht um. Sie wusste, dass die Nachricht vom Tod ihres Vaters inzwischen das letzte Haus von Parikia erreicht haben musste.

Sie hatte schon geschlafen, als die Männer spät in der Nacht ihren Vater ins Haus trugen. Er atmete flach, als sie ihn auf die Bank im Wohnzimmer legten und ihrer Mutter mitteilten, dass sein Kopf während des Essens plötzlich in die Suppe gefallen wäre. Dabei habe er dem Landwein gar nicht so sehr zugesprochen, sagte einer der Männer. Der Schrei ihrer Mutter weckte Mando. Sie stürzte ins Wohnzimmer, sah den Arzt, der sich über ihren Vater beugte, und die Mutter, die, von der Dienerin Vassiliki gestützt, anklagend die Arme gegen fünf Männer hob, die mit aschfahlen Gesichtern neben der Tür standen.

Der Arzt richtete sich auf, blickte Mando in die Augen und schüttelte den Kopf. Wie erstarrt betrachtete Mando den leblosen Körper ihres Vaters. Sie sah im fahlen Schein der Lampen sein Gesicht bleicher werden, fast durchsichtig. Die strengen Falten um Nase und Stirn verschwanden. Mando erschrak vor dem wächsernen Gesicht, das sich in der Stunde des Todes verjüngte. Sie war das jüngste von fünf Kindern, ein Nachkömmling, und der Vater war ihr immer alt vorgekommen, ein gütiger, weiser Mensch, der ihr kaum einen Wunsch abschlagen konnte. Mit dem Vater war ihr Bundesgenosse gestorben.

»Haben sie ihn vergiftet?« Eine magere alte Frau zog Mando am Ärmel und sah sie aus neugierigen schwarzen Olivenaugen an. »Weil er das Land nicht verkaufen wollte?«

»Lass mich los!«, rief Mando. »Ich weiß es nicht!« Plötzlich war sie von dutzenden von Menschen umringt, die wild auf sie einredeten, an ihr zerrten und ihr den Weg zum Hafen versperrten.

Ich hätte Vassiliki schicken sollen, dachte sie und wusste im selben Augenblick, dass es ihr lieber war, unter freiem Himmel von Menschen bedrängt zu werden, als der grauenvollen Atmosphäre in ihrem Elternhaus ausgesetzt zu sein. Schon in den frühen Morgenstunden waren die Krähen eingefallen – so hatte ihr Vater immer die wehklagenden, schwarz gekleideten Trauerweiber genannt – hatten die Spiegel mit schwarzen Tüchern verhängt, sich laut schreiend um den langen Tisch geschart, auf dem ihr Vater aufgebahrt lag, und sich dann brüllend, singend oder vor sich hin murmelnd auf dem Fußboden niedergelassen. Mit aufgelösten Haaren warf sich Mandos Mutter Zakarati immer wieder über ihren Mann und schrie: »Wer wird dir jetzt den Kaffee bereiten? Wer wird dir jetzt dein Lieblingslied vorspielen?«

Angewidert hatte Mando ihre Mutter beobachtet. Wann hatte ihre Mutter schon den Kaffee selber zubereitet? Und hatte ihr Vater nicht ihr eigenes Klavierspiel dem der Mutter vorgezogen? Wie unwürdig sie sich benahm, sie, die Mando immer vorwarf nicht die rechte Haltung und Würde für eine Tochter aus fürstlichem Hause zu bewahren. Wie peinlich war die Zurschaustellung ihrer Trauer! Wie konnte man überhaupt so bald trauern, wenn man doch noch gar nicht recht begriffen hatte, dass Nikolaos Mavrojenous nicht mehr war?

»Lasst sie in Ruhe! Schämt ihr euch denn gar nicht?« Wie ein Peitschenschlag trieb der Ruf die Menschen auseinander.

Dankbar blickte Mando auf und sah einen jungen Mann auf sich zukommen, der ihr entfernt bekannt vorkam.

»Mademoiselle Madon«, sprach er sie auf Französisch an, »welch ein Schlag für Sie! Ich weiß, wie nahe Sie Ihrem Vater gestanden haben.« Er verbeugte sich. »Jakinthos Blakaris aus Hydra«, stellte er sich vor. Sein dicht gewelltes, hellbraunes Haar fiel über ihre Hand, als er sie küsste. Seine seltsam hellen Augen, die Mando an das Meer im Morgenlicht erinnerten, begegneten ihren dunkelbraunen. Noch nie hatte sie so lange und schön geschwungene Wimpern bei einem Mann gesehen.

»Als Kinder haben wir miteinander gespielt.« Er nickte zum Strand hin. »Ich kann mir immer noch nicht vergeben, dass ich Ihnen damals Segeln beigebracht habe.«

Jetzt wusste sie wieder, wer er war, und die Erinnerung ließ sie unwillkürlich lächeln. Sie sah sich als Elfjährige mit dem nur wenig älteren Jakinthos am Strand. Sein Vater, ein reicher Kaufmann und Reeder, war nach Paros gekommen, um mit ihrem Vater Geschäfte zu machen. Sie hatte Jakinthos zu einem Piratenspiel am Strand eingeladen, aber schon nach wenigen Minuten fand der Reederssohn ein Piratenspiel ohne Schiff langweilig. Sie wateten durch das flache Wasser zu einem kleinen Khaiki, lichteten den Anker, setzten das Segel und nahmen Kurs auf die offene See. Mando stand am Bug, hob die Arme und jubelte. Noch nie war sie sich so frei vorgekommen! Das Glücksgefühl währte nicht lange. Im Schutz der Bucht von Parikia war von dem starken Meltemiwind nur wenig zu merken gewesen, aber kaum hatte das Khaiki die Landzunge von Aghios Fokas umschifft, als das Boot bedrohlich zu schwanken begann. Obwohl der Junge ein geübter Segler war, fehlte ihm bald die Kraft das Boot allein zu steuern. Er brüllte Mando an, ihm zu helfen, und mit vereinten Kräften glückte es ihnen, das Khaiki vor dem Kentern zu bewahren. Mando stellte sich dabei so geschickt an, dass er ihr später ein natürliches Talent im Umgang mit Booten bescheinigte. Anstatt aber zurück in die sichere Bucht zu segeln, nahmen die Kinder Kurs auf Antiparos. Noch bevor sie die vorgelagerte Insel erreichten, prallten sie gegen einen Felsen im Meer. Das Boot lief schnell voll, aber es sank nicht, da Jakinthos es an einer Klippe festgebunden hatte. Sie wurden erst gegen Abend entdeckt, als sich der Meltemi gelegt hatte und die ersten Fischer wieder ausfuhren.

Als die beiden Kinder in Mandos Elternhaus abgeliefert wurden, erhielt Jakinthos von seinem Vater eine Tracht Prügel und Mando wurde von ihrer Mutter für einen Tag und eine Nacht in eine fensterlose Rumpelkammer gesperrt. Vassiliki, die wusste, wie sehr sich das Mädchen vor der Dunkelheit fürchtete, hatte ihr heimlich eine Öllampe zugesteckt. Als deren Schein auf jenen grünen Kasten fiel, den sie als kleines Kind einmal heimlich geöffnet hatte, lief ihr ein Schauer über den Rücken. Sie würde den Inhalt dieses Kastens nie vergessen.

»Wohin kann ich Sie begleiten?«, fragte Jakinthos jetzt.

»Ich brauche ein Boot«, erklärte Mando und reichte Jakinthos ein Beutelchen. »Bitte finden Sie einen Fischer, der meine Schwester und ihren Mann aus Tinos holt.«

Jakinthos nahm das Beutelchen nicht. Er schüttelte den Kopf und wies auf den Himmel, über den inzwischen erste Wolkenfetzen jagten. »Kein Fischer wird jetzt sein Khaiki aufs Spiel setzen«, sagte er. »Es kommt ein Sturm auf.«

Wie zur Bestätigung blähte ein Windstoß Mandos Rock auf und enthüllte ein Unterkleid aus Brüssler Spitze.

»Das ist mir egal«, sagte sie störrisch.

»Mir auch«, sagte er und nahm wieder ihren Arm. »Mein Schiff ist stabiler, ich werde Ihre Schwester holen.«

»Dann komme ich mit.«

Er schüttelte den Kopf. »Ich möchte nicht noch einmal mit Ihnen Schiffbruch erleiden.«

»So dumm habe ich mich doch damals gar nicht angestellt.«

»Das stimmt.«

Beide lachten und lösten damit lautes Getuschel der neben und hinter ihnen Gehenden aus. Einen Moment lang vergaß Mando ihren toten Vater.

»Diesmal müssen wir nicht selber Segel setzen«, setzte Jakinthos hinzu und deutete auf einen Dreimaster, der vielleicht fünfzig Meter entfernt in der Bucht dümpelte. »Ich habe eine erfahrene Mannschaft. In ein paar Stunden könnten wir wieder zurück sein.«

Er half ihr in ein kleines Boot, das von einem älteren Schiffer gerudert wurde. »Sollten Sie nicht Ihrer Mutter Bescheid sagen?«, fragte er, aber Mando schüttelte den Kopf.

»Sie wird gar nicht merken, dass ich fehle«, sagte sie und dachte, wie anders es gewesen wäre, wenn statt des Vaters die Mutter gestorben wäre. Ihn hätte sie nie allein gelassen, ihm hätte sie ein Trost sein können. Sie hatten sich ohne Worte miteinander wohl gefühlt. Sie wusste, dass sie sein Lieblingskind gewesen war, was vielleicht weniger mit ihr selber zu tun hatte, als eher damit, dass er Zeit gehabt hatte, sich mit ihr zu beschäftigen und sie kennen zu lernen. Als ihre älteren Geschwister jung gewesen waren, hatte ihr Vater noch einen hohen Posten bei der Militärpolizei in Triest bekleidet und musste sich außerdem um sein dortiges Bank- und Handelshaus kümmern. Da blieb wenig Zeit für Frau und Kinder übrig. Zakarati hatte ihm nie verziehen, dass er nicht einmal zur Beerdigung ihres Lieblingssohnes Dimitri von einer Geschäftsreise zurückgekommen war. Nikolaos hatte es als Schande empfunden, dass sich sein Erstgeborener wegen einer dummen Liebesangelegenheit das Leben genommen hatte.

Auch nachdem die Familie 1802 auf die Kykladeninsel Paros übergesiedelt war, traf man Nikolaos Mavrojenous selten zu Hause an. Er musste nicht nur seine ausgedehnten Ländereien auf Paros betreuen, sondern auch den Pächtern der Familiengrundstücke auf Naxos, Tinos, Andros und Mykonos auf die Finger sehen. Später nahm er Mando auf manche dieser Ausflüge mit. Unterwegs erzählte er ihr Geschichten aus dem klassischen Altertum und weihte sie in Familiengeheimnisse ein.

Ein einziges Mal kam es zwischen ihnen zum Streit. Der Sultan forderte ihn vor ungefähr einem Jahr auf nach Konstantinopel zu kommen, aber Nikolaos Mavrojenous lehnte die Einladung mit dem Hinweis auf eine Erkrankung ab. Mando, die so gern die Stadt am Bosporus kennen gelernt hätte, flehte ihren Vater an sich eines anderen zu besinnen.

»Von den Türken kommt alles Unglück. Ich habe geschworen, mit ihnen nichts mehr zu tun zu haben«, wies er sie ab.

»Von den Türken kommt auch unser Reichtum«, antwortete sie spitz.

»Du weißt ja nicht, was du sagst!«, fuhr der Vater sie an. »Sie haben unser Land besetzt, uns unsere Kultur geraubt und Hellas ins tiefe Mittelalter zurückgeworfen. Sie benutzen uns, beuten uns aus und lassen uns fallen, wenn es ihnen passt.«

»Sie lassen uns doch tun, was wir wollen, wir haben ja nicht einmal einen Pascha auf Paros. Was interessieren uns hier die Türken?«, gab sie zurück.

Ihr Vater hob den Arm und einen Augenblick dachte Mando, er würde sie schlagen. Aber er hieb nur mit der Faust auf den Tisch und schrie: »Du bist eine Mavrojenous! Vergiss das nie! Und vergiss nie, was sie dem Mann angetan haben, der diesen Namen trug und dem wir alles zu verdanken haben!«

Mando wusste natürlich, wen er meinte, den anderen Nikolaos Mavrojenous, den Bruder ihres Großvaters, der ihren verwaisten Vater und seine fünfzehn Brüder vor Jahrzehnten nach Moldavien hatte kommen lassen, wo er ihnen einflussreiche Posten verschaffte. Der Großonkel war zunächst Dolmetscher der osmanischen Flotte gewesen und wurde 1786 Gouverneur des Fürstentums Moldau, ein Posten, der normalerweise einem Phanarioten zustand, wie die gebildeten griechischen Aristokraten aus Konstantinopel genannt wurden. Beim zweiten russisch-türkischen Krieg übergab der Sultan ihm das Oberkommando über alle Verteidigungskräfte. Als seine Armee aber besiegt wurde und Bukarest im Jahr 1788 fiel, machte der Sultan Mavrojenous für die Niederlage verantwortlich und ließ ihn köpfen.

»Wenn er den Türken schon die Kriege führte, hätte er sich nicht besiegen lassen dürfen«, war Mandos Antwort. Daraufhin sprach ihr Vater zwei Tage lang nicht mit ihr.

Zwei Tage, die ich verloren habe, dachte Mando jetzt, als sie an Bord von Jakinthos' Schiff ging. Er forderte sie auf sich in den Schiffsbauch zu begeben, aber sie lehnte ab, freute sich auf den Sturm, hoffte, er würde das Schiff ordentlich durchschütteln und vielleicht etwas in ihr gerade rücken. Angst hatte sie nicht. Jakinthos wies ihr einen Platz zu, wo sie seiner Mannschaft nicht im Weg sein würde, und forderte sie auf sich mit einem dicken Tau festzubinden. Der Kapitän brüllte Anweisungen, die im Knattern der Segel beinah untergingen, die Ankerketten rasselten und dann nahm die »Tria Asteria« Kurs auf Tinos. Der Südwind, der zunächst nur kleine Wellen weckte, trieb sie schnell voran. Erst, als sie zur Rechten die Inseln Delos und Mykonos auftauchen sahen und sich die Berge von Tinos bereits deutlich vom Himmel abhoben, wurde das Meer wilder und zeigte Schaumkronen.

»Da ist Irinis Haus!«, rief Mando und machte Jakinthos auf ein stattliches Herrenhaus nahe dem Ufer aufmerksam.

Besorgt warf er einen Blick zum Himmel. »Bleiben Sie hier, wir dürfen keine Zeit verlieren, ich gehe selber hin«, brüllte Jakinthos ihr ins Ohr und befahl das Beiboot zu Wasser zu lassen.

Wenig später sah Mando fünf Personen in das Boot steigen, Jakinthos, ihre Schwester Irini, deren Mann Antonis Nasos, einen Priester und einen ihr unbekannten jungen Mann mit langem schwarzen, ungewöhnlich glattem Haar, das im Wind wild flatterte. An Bord fiel Irini ihr weinend um den Hals.

»Was ist geschehen? Warum ist er tot?«

»Mama sagt, sie haben ihn vergiftet.«

»Sie?«, fragte Irini schluchzend. »Wer ist ›sie‹?«

Das hatte sich Mando auch schon gefragt. Ihr Vater war ein mächtiger, reicher Aristokrat gewesen, der sich im Laufe seines Lebens sicher manchen Feind geschaffen hatte. Aber auf der Kykladeninsel hatten sie sich alle in Sicherheit gewähnt, auch wenn bekannt war, dass überall Informanten des Sultan lauerten. Dass einer von ihnen Nikolaos Mavrojenous ermorden würde, war jedoch unwahrscheinlich. Ihr Vater hatte sich aus der Politik zurückgezogen und nur noch um seinen Grundbesitz gekümmert.

»Du kennst doch Mama«, sagte sie also zu Irini, »sie wittert überall Komplotte und immer ist irgendjemand schuld an ihrem Unglück.«

Sie bereute ihre Worte auf der Stelle, als sie Irinis gequältes Gesicht sah.

»Mein Beileid, Mando«, hörte sie neben sich und erkannte in dem Popen ihren Onkel.

»Pappas Mavros! Wie gut, dass Sie mitkommen, das wird Mutter helfen.« Sie blickte fragend auf den jungen Mann.

»Das ist euer Cousin Marcus Mavrojenous von der Insel Mykonos«, stellte ihn Pappas Mavros vor. Der junge Mann mit dem auffallend glatten Haar verbeugte sich und murmelte Beileidsworte. Mando nickte höflich. Später würde sie sich daran erinnern, dass sie Marcus bei dieser ersten Begegnung keinen zweiten Blick geschenkt hatte.

Der heftig gewordene Südwind zwang das Schiff zur Rückkehr im Zickzackkurs. Während sich Irini im Innern des Schiffs übergab und Qualen litt, blieb Mando festgezurrt an Deck sitzen. Der Wind riss ihr das schwarze Tuch vom Kopf, löste ihre Haare und machte einen Höllenlärm, als er durch die straff gespannte Takelage toste. Jedes Mal, wenn das Schiff in ein Wellental tauchte, schrie Mando laut auf. Sie dachte an nichts, konzentrierte sich ganz auf das Aufsteigen und Absacken des Schiffes, spürte nicht, wenn die Gischt über sie spritzte und nahm nur die aufgewühlte See um sich herum wahr. Sie merkte nicht, dass Jakinthos regelmäßig nach ihr sah.

Er sprach sie nicht an, doch er war hingerissen von dem Anblick der festgebundenen Frau mit den gelösten Haaren, dem wilden Gesicht und den heiseren Schreien. Wie ein Wesen aus einer fremden, längst versunkenen Welt, dachte er. Aphrodite, Athene und Hera sind in ihr vereinigt, sie ist schön, entschlossen und mutig. Eine junge Raubkatze noch, die ihre Fesseln sprengen will und es nicht einmal weiß. Ich werde sie heiraten, aber ich darf sie nicht ganz zähmen. Bei Sturm werde ich ihr Zügel anlegen, die ihrem Schutz dienen, wie die Taue, mit denen sie jetzt festgebunden ist.

Als das Schiff sechs Stunden später um die Landzunge in die sichere Bucht von Parikia einfuhr, war die Dämmerung bereits angebrochen. Jakinthos näherte sich Mando, half ihr die Taue zu lösen. Als sie aufstehen wollte, versagten ihr die Beine den Dienst. Sie starrte Jakinthos an, als sähe sie ihn zum ersten Mal und schüttelte den Kopf.

»Schon da?«, fragte sie verwirrt.

»Schon da!«, echote er lachend. »Die Rückfahrt hat sechs Stunden gedauert!«

»Unmöglich.«

Sie fuhr sich über das nasse Gesicht. Hatte sie geweint? Endlich doch Tränen um ihren Vater vergossen? Jakinthos hängte ihr eine Decke um.

»Sie sind ganz nass. Hoffentlich erkälten Sie sich nicht.«

Nein, dachte Mando, Tränen, die durch eine so dicke Kleiderschicht gehen, gibt es nicht. Werde ich verrückt? Ich habe hier sechs Stunden festgebunden gesessen und weiß nicht, was in dieser Zeit geschehen ist?

Sie begann zu weinen.

Bei der Beerdigung in der »Madonna der Ekatontapyliani«, der großen Kirche, die genau ein halbes Jahrhundert zuvor auf Kosten der Familie Mavrojenous restauriert worden war, sorgte Pappas Mavros dafür, dass aus einem kleinen Zwischenfall keine Katastrophe wurde.

Der Zufall wollte es, dass sich zum Zeitpunkt von Nikolaos Mavrojenous' Tod ein Abgesandter des Sultans auf der Insel aufhielt. Er sollte erkunden, ob aus den Marmorbrüchen, die seit der Zeit der Venezianer brachlagen, nicht doch wieder Stein zu gewinnen wäre. Berichte von den mit Marmor gepflasterten Straßen und unzähligen Häusern aus diesem puren strahlend weißen Stein begeisterten den Sultan und so hatte er Hussein Pascha mit fünf Männern nach Paros geschickt. Die Kunde von Mavrojenous' Tod erreichte sie, als sie auf einem Hügel westlich der Stadt zwei alte Brunnen besichtigten, die von Wasser aus einem Marmorfelsen gespeist wurden.

Für Hussein Pascha war es selbstverständlich, einem ehemaligen hohen Würdenträger des osmanischen Reichs die letzte Ehre zu erweisen. Außerdem bot sich damit dem in den Augen der Griechen Ungläubigen die Gelegenheit das sagenumwobene Gebäude einmal von innen zu betrachten. Natürlich hätte niemand den Abgesandten des Sultan daran hindern können, die Kirche auch zu anderen Zeiten zu betreten, wenn er es darauf angelegt hätte. Aber Hussein Pascha war ein feinfühliger Mensch, der verstand, dass man einem unterdrückten Volk nicht auch noch den letzten Stolz nehmen dürfe.

»Was ist denn an diesem Tempel so sehenswert?«, fragte ihn einer seiner Begleiter, als sie den Hügel hinunterritten.

»Es ist eine der ältesten Kirchen Griechenlands«, erläuterte Hussein Pascha, »der Grundstein wurde im vierten Jahrhundert von der Mutter des ersten christlichen Kaisers Konstantin dem Großen gelegt, aber erst der byzantinische Kaiser Justinian gab der Kirche im sechsten Jahrhundert ihre heutige Form. Es besteht sogar eine direkte Verbindung mit Konstantinopel. Isidor, der Architekt der Hagia Sophia, sollte eigentlich die Kirche errichten, aber er gab den Bauauftrag an seinen Schüler Ignatius weiter.«

Hussein Pascha zügelte sein Pferd, ließ den Blick über die sanfte Hügellandschaft gleiten, bis er auf der in der Nachmittagssonne schimmernden Stadt mit ihren verwinkelten Gassen hängen blieb.

»Das Licht hier«, sagte er so leise, dass ihn seine Begleiter kaum verstehen konnten, »bewirkt Wunder. Der junge Ignatius fing es in seinem Bau ein und ließ es dadurch noch heller erstrahlen. Als Isidor kam, um das Werk seines Schülers zu begutachten, erkannte er, dass der Lehrling den Meister überflügelt hatte. Er wurde eifersüchtig und lockte den Jungen aufs Dach, um ihn hinabzustoßen. In seiner Todesangst klammerte sich Ignatius an das Gewand Isidors und beide stürzten gemeinsam in den Tod. Im Vorhof könnt ihr auf einer Säule eine Abbildung des Ereignisses sehen. Ich halte es im Übrigen für angebracht, dass ihr nicht mit in die Kirche kommt«, setzte er hinzu.

»Ich will die Türen zählen!«, maulte sein Begleiter zur Rechten.

Hussein Pascha schüttelte den Kopf. »Es gibt keine hundert Türen«, sagte er. »Das ist nur ein Gerücht, dem du übrigens besser keinen Glauben schenkst. Den Namen ›Hunderttürige‹ hat man der Kirche erst vor wenigen Jahren zugedacht. Sie heißt eigentlich Katapoliani, also ›unterhalb der Stadt‹, und wie ihr sehen könnt …«, er deutete auf den zwischen Zypressen und anderen Bäumen gebetteten Komplex, »… trifft diese Bezeichnung zu.«

»Und warum sollte ich dem Gerücht keinen Glauben schenken?«, fragte der Mann.

»Weil es heißt, dass bisher nur neunundneunzig Türen entdeckt worden sind. Die Einheimischen glauben, dass Konstantinopel befreit sein wird, sobald man die hundertste Tür findet.«

»Befreit?«, fragte der Mann verwirrt. Hussein Pascha warf ihm einen spöttischen Blick zu. »Aus der Sicht der Griechen natürlich!«

Von seinen Männern begleitet fand sich Hussein Pascha zur Beerdigung ein, als der offene Sarg durch das dreibögige Säulentor in die Hauptkirche getragen wurde. Angesichts der zu erwartenden großen Anzahl von Trauergästen hatte man davon abgesehen, die Messe im ältesten Teil des Kirchenkomplexes, der Kapelle des Heiligen Nikolaos, des Namenspatrons des Verstorbenen, abzuhalten.

Hussein Pascha wartete, bis die meisten Menschen in der Kirche verschwunden waren, schritt dann unter dem eintönigen Geläut der Totenglocke durch den mittleren Bogen zum Kirchenportal. Eine scharfe Stimme ließ ihn innehalten.

»Das ist eine griechische Kirche!«

Er blickte auf den hoch gewachsenen Mann neben der Tür, der ihn feindselig ansah.

»Ich will nicht stören. Ich möchte dem Toten die letzte Ehre erweisen«, sagte er leise auf Griechisch und wollte die drei Stufen zum Eingang hinaufgehen.

Zwei gekreuzte Schwerter versperrten ihm den Zutritt.

»Wir wollen den Sultan hier nicht haben«, sagte der hoch gewachsene Mann. »Gehen Sie weg!«

Eine schwarz gekleidete, winzige alte Frau, die auf das Kirchenportal zugeschlurft war, streckte einen Arm aus, wies mit einem arthritischen Finger auf den vornehm gekleideten Türken und schrie: »Das ist er! Der Mörder!«

Hussein Paschas Begleiter, die nach der Säule mit der Abbildung der unglücklichen Baumeister suchten, schraken auf und stürzten mit gezückten Dolchen zum Kirchenportal. Sie blieben stehen, als sie ihren Herrn von Griechen mit Schwertern umringt sahen.

In dem Augenblick trat Pappas Mavros vors Portal.

Er wandte sich an die Griechen. »Schwerter!«, sagte er vorwurfsvoll. »Vor dem Gotteshaus!«

»Der Ungläubige will hinein!«

»Gottes Haus steht jedem offen«, erklärte Pappas Mavros, machte die Tür frei und forderte Hussein Pascha auf einzutreten. Die Türken mit den Dolchen beachtete er nicht, wartete aber, bis auch die murrenden bewaffneten Griechen die Kirche betreten hatten.

Nach der Trauerfeier, die er sehr eindrucksvoll fand, ging Hussein Pascha nicht mit zur Grabstätte. Er wollte warten, bis alle Trauergäste die Kirche verlassen hatten und dann unauffällig verschwinden. Aber zu seiner Überraschung trat eine der Töchter des Toten auf ihn zu. Er blickte in große dunkelbraune Augen unter fein geschwungenen Brauen.

»Effendi«, sprach ihn Mando mit sanfter Stimme auf Türkisch an, »wollen Sie uns helfen die hundertste Tür zu finden?«

Noch nie im Leben war sich Hussein Pascha so fehl am Platz vorgekommen.

Am selben Nachmittag verabschiedete sich Jakinthos von Mando. Er hielt ihre Hand etwas länger als nötig und hoffte, dass sie seine Absichten, die er aus Schicklichkeitsgründen noch nicht äußern konnte, in seinen Augen las.

»Wo fahren Sie jetzt hin?«, erkundigte sich Mando.

»Wie geplant nach Mykonos weiter.« Er machte eine Pause und drückte ihre Hand noch einmal fest, ehe er sie losließ. »Ich werde mich dort niederlassen. Mein älterer Bruder hat den väterlichen Betrieb in Hydra übernommen. Ich möchte nicht unter ihm arbeiten und da es auf einem Schiff keine zwei Kapitäne geben kann, werde ich mich um unsere Flotte und Grundstücke auf Mykonos kümmern, vor allem um meine Weinfelder, da liegt einiges im Argen.«

»Wieso?«, fragte Mando und dachte an die Rebenfelder der Mavrojenous-Familie in Mykonos.

»Meinen Pächtern ist offenbar mehr an Quantität als an Qualität gelegen. Der gute Ruf des Mykonos-Weins ist dahin. Unsere Abnehmer klagen, er sei zu stark mit Wasser versetzt.«

Mando lachte. »Wieder einmal werden die Mykoniaten ihrem Ruf als Freibeuter gerecht!«

Er drohte ihr mit dem Zeigefinger. »So sollten Sie aber nicht über die Insel Ihrer Vorfahren sprechen!«

»Die wahrscheinlich auch als Piraten zu ihrem Vermögen gekommen sind!«

»Gut, dass Ihre Mutter uns nicht hört!«

»Die wäre außer sich. Für sie fängt die Familiengeschichte erst mit der Erhebung in den Adelsstand an.«

»Bei uns allen fließt Korsarenblut in den Adern, aber wir tun gut daran, das zu verschweigen«, meinte Jakinthos und fügte hinzu: »Ich habe Ihre Mutter gefragt, ob ich der Familie gelegentlich wieder meine Aufwartung machen darf. Wenn die Winde günstig wehen, kann ich in fast einer Stunde von Mykonos aus hier sein.«

»Bei klarer Sicht könnten wir uns zuwinken«, lächelte Mando.

»Dafür müssten Sie sich aber in den Norden von Paros begeben. Von den Hügeln Naoussas aus sehen Sie dann die Südküste von Mykonos.«

»Bitte erwarten Sie nicht, dass ich ein weißes Laken hisse«, bemerkte Mando, die erst am nächsten Abend, nach der Ankunft ihrer Brüder Antonio und Stefano, erfahren sollte, dass ihre Tage auf Paros gezählt waren.

Pappas Mavros hatte zu einem Familienrat ins Wohnzimmer gebeten. Cousin Marcus wollte sich höflich zurückziehen, aber der Pope schüttelte den Kopf.

»Du wirst wahrscheinlich irgendwann einmal das Haupt der Mavrojenous-Familie auf den Kykladen sein«, beschied er ihn, »schon aus diesem Grund ist deine Anwesenheit erwünscht.«

Nachdem sich alle gesetzt hatten, öffnete Pappas Mavros einen Umschlag.

»Als hätte er geahnt, dass ihm nicht mehr viel Zeit bleiben würde, hat mir Nikolaos Mavrojenous dieses Papier vor wenigen Wochen zukommen lassen. Es enthält sein Testament. Vorweg möchte ich noch mitteilen, dass er mich bis zu deren Eheschließung zum Vormund von Magdalini Mavrojenous bestellt hat.«

Überrascht blickte Mando auf. Sie hatte damit gerechnet, dass sie entweder zu einem der unzähligen Brüder ihres Vaters oder sogar zu einem ihrer eigenen Brüder hätte ziehen müssen. Beide Vorstellungen waren so grauenhaft, dass ihr als Ausweg nur die Ehe eingefallen war. Länger als ein Jahr würde sie trotz des Todesfalls wohl nicht warten müssen, da sie immerhin schon einundzwanzig Lenze zählte. Als Kandidat käme Jakinthos in Frage, der jetzt seinen eigenen Hausstand gründete und daher auf Brautschau sein musste. Ihr war nicht entgangen, dass sie einen gewissen Eindruck auf ihn gemacht hatte.

Aber die Entscheidung ihres Vaters änderte alles, auch wenn sie nicht recht verstand, warum er sie Pappas Mavros anvertraut hatte, der nur ein Cousin ihrer Mutter war. Aber sie erinnerte sich, dass die beiden Männer vor allem in den vergangenen vier Jahren viel miteinander zu tun gehabt hatten, ihr Vater manchmal plötzlich zu einer Reise nach Tinos aufgebrochen oder der Onkel unerwartet in Paros aufgetaucht war. Die Männer zogen sich dann immer in Nikolaos' Herrenzimmer zurück und sprachen so leise miteinander, dass selbst Vassiliki, eine Meisterin im Lauschen an Türen, kein Wort verstand.

Mando war so erleichtert über diese Verfügung ihres Vaters, dass sie nur mit halbem Ohr der Verlesung der anderen Verfügungen folgte. Sie begriff, dass alle Ländereien und Gebäude, bis auf jene, die ihre Mutter in die Ehe mit eingebracht hatte, an ihre beiden Brüder gingen. Die Geschäfte auf Tinos wurden ihrer Schwester Irini und somit ihrem Schwager Antonis zugesprochen und ein Teil des Vermögens sollte als Brautschatz für Mando zur Seite gelegt werden.

Bis ich heirate, bin ich also mittellos, dachte sie, abhängig von der Güte meiner Familienangehörigen.

»Und was wird unternommen, um seine Mörder zu finden?« Auch Zakarati war während der Lesung mit anderen Gedanken beschäftigt gewesen. »Du musst dafür sorgen, Niko,« – sie war die Einzige in der Familie, die Pappas Mavros mit seinem Vornamen ansprach – »dass sie zur Rechenschaft gezogen werden.«

Schon wieder »sie«, dachte Mando. Wieso blieb ihre Mutter

bei dem Verschwörungsgedanken? Vor allem, nachdem der Arzt deutlich genug erklärt hatte, Nikolaos Mavrojenous sei an einer Herzmuskelschwäche gestorben.

Pappas Mavros blickte von seinen Papieren auf und warf Zakarati einen mitfühlenden Blick zu.

»Hast du denn einen Verdacht oder kennst du ein Motiv?«, fragte er leise.

Zakarati biss sich auf die Lippen.

»Ich weiß es einfach«, sagte sie. »Eine Ehefrau spürt so etwas.«

»Was für ein Unsinn!«, brach es aus Mando heraus.

»Mando!«, rief Irini entsetzt.

Pappas Mavros warf der jüngsten Nichte einen eiskalten Blick zu.

»Magdalini, es ist unverzeihlich, dass es dir deiner Mutter gegenüber an Respekt gebricht. Als dein Vormund fordere ich dich auf dich auf der Stelle zu entschuldigen.«

Magdalini! Dieser verhasste Vorname! Onkel Mavros würde wohl doch nicht so leicht um den Finger zu wickeln sein, wie sie es sich vorgestellt hatte.

»Ich entschuldige mich«, sagte sie laut und murmelte, dass nur der neben ihr sitzende Marcus die Worte verstand: »Hysterische Kuh.«

»Kühe«, sagte nun Marcus laut, »sind nützliche, friedfertige und im Allgemeinen sehr gelassene Tiere.«

Verwirrt blickte Pappas Mavros auf seine Papiere. »Habe ich etwas über Kühe gesagt?«, fragte er. »Die Rinder sind im Einzelnen nicht aufgeführt.«

Mando rückte von Marcus ab. Welch ein unausstehliches Familienmitglied!

»Ich habe Angst hier auf Paros«, gestand Zakarati. »Die Mörder meines Mannes könnten es auch auf uns abgesehen haben. Ihr habt doch gehört, was vor der Kirche passiert ist. Türken mit Dolchen! Es wäre fast zum Blutbad gekommen!«

»Das wäre es nicht«, beruhigte sie Pappas Mavros. »Hussein Pascha hatte keine bösen Absichten und, Zakarati, am Tod deines Mannes ist er ganz bestimmt nicht schuld. Der Auftritt vor der Kirche war ein Missverständnis, mehr nicht.«

Aus klugen Augen musterte er die Frau seines toten Freundes und nickte dann nachdenklich.

»Ich halte es auch nicht für sinnvoll, dass du mit Mando auf Paros bleibst. Und zwar nicht, weil ich Mordanschläge befürchte, sondern weil eine Witwe und eine junge unverheiratete Frau männlichen Schutz brauchen. Ich schlage vor, dass ihr nach Tinos übersiedelt.«

»Ja, bitte kommt zu uns!«, rief Irini und umarmte ihre Mutter.

»Was ist denn da noch in dem Umschlag?«, fragte Mandos Bruder Stefano neugierig. »Ich sehe ein weiteres Papier, das Sie uns nicht vorgelesen haben.«

Pappas Mavros zog es heraus und hielt es hoch, sodass jeder die kleine Handschrift von Nikolaos Mavrojenous erkennen konnte.

»Das ist nur ein Begleitbrief, den euer Vater an mich persönlich gerichtet hat. Nicht von Bedeutung für seinen letzten Willen.«

»Keine weiteren Verfügungen?«, erkundigte sich der älteste Bruder Antonio misstrauisch.

»Es ist doch alles verteilt, nicht wahr?«, antwortete Pappas Mavros nur und hob eine Augenbraue. Er schob das Papier rasch wieder in den Umschlag und blickte fragend in die Runde. Niemand fragte nach dem Inhalt des grünen Kastens. Nikolaos hatte also das Geheimnis, das er dem Popen in dem Brief verraten hatte, gut gehütet.

Pappas Mavros zitterte innerlich, als er an die Verantwortung dachte, die ihm das Wissen um die Zeusstatue auferlegte. Eine Ehre, die zum Fluch werden kann, dachte er und musterte die Gesichter der Mavrojenous-Brüder. Welch eine Enttäuschung, dachte er, Nikolaos' Söhne sind ungeeignet, haben zu lange im Ausland gelebt, sind satt und bequem und interessieren sich nur für ihre Latifundien. Auch fehlt es ihnen an Verstand, Einsicht und Weitblick, um zu nützlichen Mitgliedern des Geheimbunds heranzureifen. Wie bedauerlich, dass der einzige Nachkomme mit Feuer, Schwung und Energie ein Mädchen ist!

Nikolaos hatte große Stücke auf Mando gehalten, ihren

wachen Verstand gelobt und ihm in jenem Brief ans Herz gelegt sie für die gemeinsame Sache zu gewinnen. Er kenne seine Tochter, hatte er geschrieben, sie sei anders als andere Frauen, eigentlich schlüge in ihrer Brust das Herz eines Palikaris, eines Kriegers. Aber das war wohl eher der Wunschgedanke eines Vaters, den seine drei Söhne enttäuscht hatten, dachte Pappas Mavros. Mando mochte ja intelligent, gebildet und geistreich sein, aber sie blieb eine Frau und war somit politisch nutzlos. Man konnte eine Frau nicht in geheimer Mission auf Reisen schicken, man durfte sie auch nicht den Gefahren aussetzen, die das Wissen über die Bewegungen der so genannten Hetärie der Freunde mit sich brachte. Er fand es unglaublich, dass Nikolaos seine Tochter sogar im Degenfechten hatte unterrichten lassen. Als ob man eine Frau in den Kampf schicken könnte!

Aber er respektierte Nikolaos' letzten Wunsch und überlegte, dass es für ihn selber eine interessante Herausforderung sein könnte, ein Mädchen auszubilden. Wie so viele Priester im Land trotzte er dem von den Türken angeordneten Lehrverbot. In seinem Haus hatte er eine geheime Schule eingerichtet, wo er ausgesuchten Knaben der Insel Tinos das kulturelle Erbe zu vermitteln suchte. Natürlich würde er Mando Privatunterricht erteilen müssen. Als Erstes musste er sich um ihre Sprache kümmern. Sie sprach ein grauenhaftes Griechisch und zu seinem Entsetzen beherrschte sie die Schriftsprache überhaupt nicht. Es war Zeit, dass die ersten Familien des Landes sich wieder ihrer Herkunft besannen! Im Hause Mavrojenous wurde mehr französisch und italienisch gesprochen als griechisch, aber jetzt, wo er, Pappas Mavros, das Sagen hatte, würde es damit vorbei sein!

Auch mit dem jungen Jakinthos Blakaris, der in Paris ausgebildet worden war, hatte sie sich auf Französisch unterhalten! Pappas Mavros fand es höchst bedauerlich, dass so viele Exilgriechen die Muttersprache nur mangelhaft beherrschten. Allerdings hatten es viele Griechen in fremden Ländern zu hohem Ansehen gebracht. Zum Beispiel der in Korfu gebürtige Graf Joannis Kapodistrias – eigentlich Giovanni Capo d'Istria – der seit zwei Jahren zusammen mit dem deutschstämmigen

Karl Robert Nesselrode dem russischen Außenministerium vorstand und immer wieder zu erkennen gegeben hatte, wie sehr er sich der griechischen Sache verbunden fühle. Der griechischen Sprache wahrscheinlich weniger – die meisten, die der Hetärie angehörten, konnten sich besser auf Russisch verständigen. Ein ziemlicher Skandal angesichts der verbindenden Parole: Griechenland den Griechen – die in allen möglichen Sprachen skandiert wurde, aber kaum auf Griechisch! Wie sollte man da das einfache Volk mobilisieren, es davon überzeugen, dass man das Joch der fast vier Jahrhunderte währenden Fremdherrschaft abschütteln musste? Die Zeit war reif, die Hagia Sophia in Konstantinopel wieder dem griechischen Mutterland zuzuführen. Pappas Mavros wusste, dass seine Landsleute schon jetzt gute Chancen hatten die Türken auf dem Meer zu besiegen. Ironischerweise war dies sogar den Osmanen selber zu danken, die den Griechen im Handelswesen relativ freie Hand gelassen hatten. Das bedeutete, dass die Handelsflotte einen gewaltigen Aufschwung nehmen konnte. Da die Meere von Piraten unsicher gemacht wurden, hatten die Reeder ihre Handelsschiffe ordentlich mit Kanonen bestücken müssen. Zurzeit gab es 600 Einheiten mit 17000 Matrosen und 6000 Kanonen. Damit ließe sich etwas anfangen.

Aber es ging nicht nur um Material. Das Volk musste aus seiner Lethargie aufgerüttelt werden und bestimmte Menschen mussten gezielt erzogen werden, um die Revolution in Gang zu bringen. Pappas Mavros traute diese Aufgabe eigentlich nur Männern zu.

Da sein ganzes Leben vom geplanten Befreiungskampf geprägt war, fragte er sich, welche Rolle ein von ihm ausgebildetes Mädchen darin spielen könnte. Als Erstes musste Mando vernünftig Griechisch lernen und dann würde er weitersehen. Vielleicht könnte man für das Mädchen einen geeigneten Ehemann finden, den sie bei seinem Kampf für die griechische Sache im Hintergrund unterstützen könnte. Ihr Briefwechsel mit den Damen der ausländischen Salons würde sich eventuell noch als hilfreich erweisen. Viele dieser Damen waren reich, und, was der Angelegenheit zu Gute kommen konnte, hoffnungslos romantisch. Man musste das Klavier nur richtig stimmen, dann würden sie sich dem humanistischen Zeitgeist verpflichtet fühlen und es als Ehre empfinden, den Urenkeln der alten Hellenen zu Hilfe zu eilen. Ja, den Takt zu dieser Musik konnte auch ein Mädchen angeben.

Er erhob sich.

»Das ist also geregelt. Zakarati und Mando kommen zu uns nach Tinos.«

Dann könnte uns Jakinthos ja jeden Tag besuchen, dachte Mando, wusste aber nicht recht, ob sie das auch wirklich wollte.

»Warte.« Marcus packte sie am Arm, als sie das Zimmer verlassen wollte. »Ich möchte mit dir reden.«

Mando schüttelte ihn ab.

»Dein Pech«, sagte sie nur, öffnete die Tür, stieß Vassiliki zur Seite, die nicht schnell genug vom Schlüsselloch wegkam, und rannte die Treppe zu ihrem Zimmer hinauf. Doch bevor sie die Tür hinter sich zuziehen konnte, war Marcus bereits eingetreten. Er setzte sich auf einen der Stühle neben dem Fenster und musterte Mando mit zusammengezogenen Augenbrauen.

»Was fällt dir ein!«, fuhr sie ihn an. »Verschwinde!«

»Warum hasst du eigentlich deine Mutter so?«, fragte er in ganz normalem Konversationston.

»Das geht dich überhaupt nichts an!«

»Ich denke schon. Deine Brüder werden morgen wieder aufs Festland fahren, du ziehst nach Tinos und befindest dich dann im Dunstkreis der mykoniatischen Mavrojenous-Sippe, deren Oberhaupt ich irgendwann sein werde ...«

»Bilde dir nur nicht ein, dass ich mir von dir etwas sagen lassen werde!«

»Meine Zustimmung wird auch erforderlich sein, wenn du deinen hübschen Reederssohn aus Hydra heiraten willst«, sagte Marcus, dem nicht entgangen war, wie Jakinthos Mando auf dem Schiff angestarrt hatte.

»Was für ein Unsinn!«

»Das ist wohl dein Lieblingsausdruck. Etwas erbärmlich, angesichts der teuren Ausbildung, die dir deine Eltern haben zukommen lassen. Warum also hasst du deine Mutter?«

»Ich hasse sie nicht.«

Mando war so überrascht über die Worte, die ihr entfahren waren, dass ihre Wut augenblicklich verrauchte. Es stimmte, sie hasste ihre Mutter nicht. Sie konnte sie nicht leiden, aber das war etwas ganz anderes, und daran war weniger die Mutter selber als der Vater schuld, um dessen Gunst sie beide gebuhlt hatten. Jetzt war er tot. Es gab keinen Grund mehr, die Mutter nicht zu mögen. Aber gab es einen, sie zu mögen? Langsam ließ sie sich auf den Stuhl an der anderen Seite des Fensters nieder.

»Deine Mutter braucht dich jetzt«, sagte Marcus sanft.

»Sie hat ja Irini. Mit der hat sie sich schon immer besser verstanden.«

»Aber Irini wird sich gerade jetzt weniger um sie kümmern können.

»Wieso, wir ziehen doch zu ihr nach Tinos!«

»Sie wird Kraft und Hilfe der Mutter brauchen, jetzt, wo sie ein Kind erwartet.«

Mando sprang auf.

»Was?! Irini ist endlich schwanger? Und das erfahre ich von dir!« Sie stellte sich vor ihn hin und funkelte ihn wütend an. »Was für eine Familie ist das überhaupt!«

»Das«, sagte Marcus und erhob sich höflich, »habe ich mich schon oft gefragt.« Er ging zur Tür und verbeugte sich. »Kopf hoch, vielleicht stellt sich heraus, dass du ein Findling bist.«

Er bückte sich und wich damit der kleinen Vase mit dem Basilikumsträußchen aus, die durch die geöffnete Tür segelte und Vassiliki vor die Füße fiel.

»Warum bin ich nur ein Mädchen!«, heulte Mando, als Vassiliki die Scherben einsammelte. »Wenn ich ein Mann wäre, könnte ich alle zum Teufel schicken!«

»Und wo würdest du selber hingehen?«, fragte Vassiliki interessiert.

»Nach Paris! Stattdessen sitze ich auf Paros. Ein einziger Buchstabe nur, und dazwischen liegt eine ganze Welt!«

»Tinos hat andere Buchstaben.«

»Ich weiß ja, dass du gelauscht hast, aber lass dich bloß nicht von Mutter erwischen! Wenn ich ein Mann wäre, hätte ich heute ein Vermögen geerbt.«

»Deine Aussteuer kann sich doch sehen lassen«, bemerkte Vassiliki.

»Ich habe nicht gesagt, wenn ich einen Mann hätte«, erwiderte Mando bitter. »Du hast ja gehört, meine Mutter kann jetzt erst über ihre Aussteuer verfügen. Ich muss also erst heiraten und dann warten, bis mein Mann stirbt, ehe ich selber über mein Eigentum bestimmen kann!«

»Dann heirate einen sehr alten Mann«, schlug Vassiliki vor. »Den jagst du kurz danach ein paarmal um den Tisch und dann …« Ihre Worte verloren sich. Es war wohl gerade jetzt nicht sehr passend, jemandem einen Herzanfall anzudichten.

»Ich will überhaupt nicht heiraten.«

»Dann bleibst du bis in alle Ewigkeit von deiner Familie abhängig.«

Eine sehr unerfreuliche Aussicht, dachte Mando, dann schon lieber Jakinthos.

»Erzähl mir was Fröhliches, Vassiliki«, wechselte sie das Thema. »Zum Beispiel deine Flucht aus dem Harem des Sultans.«

Vassilikis Lippen wurden schmal. Als Kind hatte Mando von ihren Eltern ein paar Worte aufgeschnappt, aus denen sie geschlossen hatte, dass Vassiliki einst Bedienstete im Serail des Sultans gewesen sein musste. Vassiliki hatte dies immer als ausgemachten Unsinn bestritten. Sie sei direkt von ihrem Elternhaus in Nauplia vor 30 Jahren als Kindermädchen in die Dienste der Mavrojenous-Familie getreten. Wann sollte sie da Zeit gehabt haben in einem Harem zu dienen? Aber jedes Mal, wenn Mando die Dienerin ärgern wollte, kam sie auf das Thema zurück.

»Dein Türkischlehrer sollte dich über die Umstände in einem Harem informieren«, sagte Vassiliki jetzt, »dann würdest du wissen, dass eine Flucht ganz und gar unmöglich ist.«

»Und woher weißt du das so genau?«, erkundigte sich Mando.

Mando wunderte sich, dass es Pappas Mavros nicht eilig hatte, nach Tinos zurückzukehren und sich sogar bereit erklärte, beim Einladen des Hausrats in ein großes Khaiki zu helfen. Ihr Vater hatte sechzehn Jahre zuvor beim Umzug von Triest nach Paros sicher keinen Finger gerührt, aber Priester gehörten offensichtlich zu einer anderen Gattung Mann. Vermutlich trugen sie auch deshalb lange Röcke.

Sie selber hatte ihrer Mutter nur geholfen das kostbare Service, die Heiligenbilder und die Gläser einzupacken, der Rest wurde der Dienerschar überlassen. Die meisten Angestellten trugen eine Trauermiene, denn am Tag nach der Beerdigung war ihnen mitgeteilt worden, dass ihre Dienste nicht länger benötigt wurden.

Zakarati wollte nur Vassiliki, ihre persönliche Zofe Sophia, den Kutscher und die Köchin mit nach Tinos nehmen. Über Letztere hatte es mit der ältesten Tochter eine kleine Auseinandersetzung gegeben, da Irini keineswegs gewillt war ihrer eigenen Köchin zu kündigen. Zakarati hingegen schauderte bei dem Gedanken der bäuerlichen griechischen Kost ausgesetzt zu sein und machte schließlich den ganzen Umzug von der Mitnahme ihrer eigenen Köchin abhängig.

Irinis Mann Antonis fand eine salomonische Lösung. Da Zakarati und Mando ohnehin eine eigene Wohnung in seinem Herrenhaus beziehen würden, schlug er vor eine zweite Küche anzubauen, wo Zakaratis Köchin auf gewohnte Weise ihre italienischen und französischen Speisen zubereiten konnte. Mit einer gewissen Genugtuung verfolgte Mando die absurde Diskussion. Irini, die das Elternhaus nach ihrer Hochzeit vor acht Jahren verlassen hatte, schien vergessen zu haben, wie schwer es war, der Mutter etwas recht zu machen. Vielleicht versteht Irini jetzt, weshalb ich so oft die Geduld mit Mama verliere, dachte sie und wünschte, dass Marcus noch lange genug geblieben wäre, um die Auseinandersetzung mitzuerleben.

Selbst der Vater hatte es in den letzten Jahren aufgegeben, zwischen Mutter und Tochter zu vermitteln. Er hatte erkannt, dass so unterschiedliche Charaktere, wie die langsame, ängstliche Zakarati und die schnell aufbrausende und entschlossene Mando schwer zu vereinbaren waren.

»Wenn ich nicht genau wüsste, dass dich deine Mutter unter Schmerzen geboren hat, würde ich wetten, dass du Vassilikis Tochter bist«, hatte er oft scherzhaft geäußert. Der unausgesprochene Vorwurf, dass sie sich nämlich nicht ihrem Stand entsprechend betrage, traf Mando nicht, denn als Kind hatte sie sich oft vorgestellt Vassilikis Tochter zu sein. Wer hatte sie denn getröstet, wenn sie sich die Knie aufgeschlagen hatte oder zur Strafe in ein dunkles Zimmer gesperrt wurde? Wer hatte ihre heiße Stirn gekühlt, ihr Zimmer aufgeräumt, ihre Partei ergriffen, wenn die Hauslehrer ungerecht waren? Vassiliki war immer für sie da gewesen und der einzige Mensch, dem sie bedingungslos vertraute. Es berührte sie auch nicht, wenn sie von der Mutter gerügt wurde zu vertraulich mit dem Personal umzugehen, denn schon als kleines Mädchen hatte sie gelernt, dass dies erheblich mehr Vorteile mit sich brachte, als den von der Mutter gewünschten Abstand zu halten. Die Köchin steckte ihr Süßigkeiten zu, die Mägde wuschen ihre verdreckte Kleidung, bevor die Mutter merkte, dass sie wieder in den Booten am Hafen gespielt hatte, und der älteste Knecht hatte sie einmal heimlich zu seiner Familie nach Naoussa mitgenommen. Sie erinnerte sich immer noch gern daran, wie sie mit rotznasigen und zerlumpten Fischerkindern zum ersten Mal barfuß am Strand gespielt hatte und die Kinder sie mit einem Muschelkranz zur Königin krönten, weil sie so schönes Haar hatte und so feine Kleidung trug.

Sie stand am Fenster ihres ausgeräumten Mädchenzimmers, griff nach ein paar vergessenen Keksen auf der Fensterbank und warf sie auf die Gasse. Sie beobachtete, wie sich laut grunzend zwei Schweine um die Beute stritten, und winkte der Dienerin aus dem Nachbarhaus zu, die mit einem Eimer Schmutzwasser die Schweine auseinander trieb. Es war einer jener warmen Januartage, an denen es fast nach Sommer roch und man sich nicht vorstellen konnte, dass sich der Februar, meistens der kälteste und feuchteste Wintermonat, wieder von seiner ungemütlichsten Seite zeigen könnte. Überall flatterte Wäsche, selbst der Schrei der Esel klang froher, und zwischen dem satten Grün der Berge schimmerten die weißen Landhäuser, die im Sommer bewohnt waren, wenn Hitze und Nordwind die wohlhabenden Bürger aus der Stadt trieben.

»Warum kann ich nicht einfach allein auf Paros bleiben?«, sagte sie laut.

»Weil ein neues Kapitel in deinem Lebensbuch aufgeschlagen wird«, hörte sie die Stimme ihres Onkels hinter sich. Pappas Mavros stellte sich zu ihr ans Fenster und setzte den grünen Kasten, den er getragen hatte, auf der Fensterbank ab.

»Das kann auch auf Paros geschrieben werden«, erwiderte Mando trotzig. »Ich habe keine Angst hier vergiftet zu werden. Nur weil Mutter Gespenster sieht, muss ich mich meinem Schwager und meiner Schwester unterordnen!«

»Deine Trauer lässt dich undankbar werden«, schalt Pappas Mavros sanft.

Mando deutete auf den grünen Kasten.

»Was wird hiermit geschehen?«, wechselte sie das Thema.

Der Pope hob eine Augenbraue, eine Angewohnheit, die Mando schon als Kind vergeblich versucht hatte nachzuahmen.

»Kennst du den Inhalt?«, fragte er zurück.

Mando lachte.

»Eine Erinnerung an das erste und einzige Mal, dass mich mein Vater geschlagen hat, kurz nachdem wir aus Triest hierher gezogen sind.«

Sie erzählte, wie sie den grünen Kasten im Arbeitszimmer ihres Vaters entdeckt und aus Neugierde geöffnet hatte.

»Ich war erst sechs Jahre alt, aber ich wusste, dass ich zum ersten Mal dem lieben Gott wirklich ins Gesicht blickte«, sagte sie ernst. »Ich habe die Statue herausgenommen und bin sofort in mein Kinderzimmer gerannt. Dort stand das Puppenhaus, das mir Dimitri gebastelt hatte …«

»… und mit dem du zum Kummer deines Bruders nie gespielt hast«, nickte Pappas Mavros.

»Puppen waren tot für mich, ich habe nie verstanden, weshalb Mädchen solche reglosen Dinger an- und ausziehen«, fuhr Mando fort. »Aber diese Figur war nicht tot, sondern richtig lebendig … Es war der liebe Gott, der auf seinem Thron saß und über mich richtete. Ich musste ihn gnädig stimmen, ihm ein Haus schenken … ihm opfern … Die Haupthalle in meinem Puppenhaus ging über alle drei Stockwerke. Ich habe das gesamte Mobiliar herausgefegt und den lieben Gott da mitten hineingesetzt. Ich habe mir nur über eins Sorgen gemacht …«

»Dass er aufsteht und mit seinem Kopf gegen die Decke kracht?«, schlug Pappas Mavros leicht belustigt vor.

»Woher wissen Sie das? Dauernd habe ich damit gerechnet, dass er sich erhebt und seinen reich geschmückten Thron verlassen will, weil es nichts zu richten gibt. Aber es hat sich jemand ganz anderes erhoben.«

»Dein Vater.«

»Ja. Ich habe ihn noch nie so wütend gesehen.«

»Du hast etwas genommen, was dir nicht gehörte.«

»Nein, das war es nicht. Es war viel schlimmer. Ich spürte, dass mein Vater Angst um die Figur hatte, so wie man Angst um einen Menschen hat.« Sie klopfte leicht gegen den Kasten. »Lassen Sie ihn mich noch einmal sehen, Pappas Mavros. Vielleicht verstehe ich heute, was damals vorgefallen ist.«

Der Priester zögerte einen Moment, stellte den grünen Kasten dann auf den Fußboden und öffnete das Schloss. Mando rutschte an der Wand zu Boden und sah gespannt, wie ihr Onkel die etwa 70 Zentimeter hohe Figur aus mehreren Stofflagen schälte und auf den Fußboden stellte.

»Denkst du noch immer, dies ist der liebe Gott?«, fragte er leise.

Mando schüttelte den Kopf. Sie war einen Moment sprachlos, spürte wieder die gleiche Ehrfurcht in ihr aufsteigen, die sie als Kind geleitet hatte dem lieben Gott ein Haus zu geben. Jetzt war sie einundzwanzig Jahre alt und es war ihre Kenntnis von Kunst und Kultur, die sie den Atem anhalten ließ. Vor sich sah sie eine mächtige, in sich ruhende Männergestalt, die auf einem Thron saß, die goldene Sandalen und einen Mantel mit einem Figuren- und Blütenmuster trug. Ein Kranz aus Ölzweigen krönte das Haupt und in der Linken hielt der Sitzende ein metallbeschlagenes Zepter. Mando erkannte die Nike in seiner rechten Hand. Auch diese Figur war aus Gold und Elfenbein gefertigt und ebenfalls bekränzt. Mit einem Finger näherte sich Mando Thron und Schemel, aber sie wagte es nicht, die plastisch gemalten und verzierten Figuren aus Holz, Elfenbein, Gold und anderem kostbaren Material, das sie nicht kannte, zu berühren

»Zeus«, flüsterte sie. »Das Kultbild des Phidias.«

»Eine Nachbildung«, nickte Pappas Mavros, »wenn du genau hinsiehst, kannst du die Figurenfriese erkennen, da, der Tod der Niobekinder, hier oben an der Rückenlehne die Horen und Moiren, und schau, hier unten die goldenen Figuren auf dem schwarzen Stein, die Geburt der Aphrodite, die Götterschar ...«

»Was stellt das hier dar?«, fragte Mando, die sich inzwischen der Länge nach auf den Fußboden gelegt hatte und ganz dicht an die Figur herangerutscht war.

»Die Amazonenkämpfe«, klärte Pappas Mavros sie auf, »sieh hier, am Fußschemel wird das Thema weiter verfolgt, hier ist Theseus der Vorkämpfer, kaum zu erkennen, auf dem zwölf Meter hohen Original sicher sehr beeindruckend. Mando, sieh mich an ...«

Der Pope hatte sich vor die Figur gehockt, sein weites schwarzes Gewand fächerartig um sich ausgebreitet. Sein fahles langes Gesicht mit den intensiven, fast stechenden Augen erinnerte Mando an ein El-Greco-Gemälde.

»Ja?«, fragte sie.

»Hast du eine Ahnung vom Wert dieser Figur?«

»Von wann stammt sie?«, fragte Mando zurück.

»Das ist nicht wichtig«, erwiderte er, leicht ungehalten.

»Und ob das wichtig ist!«

Mando setzte sich auf und berührte ihren Onkel aufgeregt an der Schulter. »Das hier ist eine Nachbildung eines der sieben Weltwunder! Stellen Sie sich einmal vor, dieser Zeus stammte aus der Zeit, als das Kultbild noch nicht verschwunden war, eine wirkliche Nachbildung der richtigen Sache!«

»Mando, Mando«, seufzte der Pope. »Du musst doch gelernt haben, dass es keine derartige Figur gibt. Wir wissen nur aus den Schriften des Pausanias, wie der Zeus des Phidias ausgesehen hat, und irgendein Künstler unserer Zeit hat sich nach der Beschreibung gerichtet und eine recht gelungene Arbeit abgeliefert ...«

»Aber vielleicht stammt es doch aus der Antike! Immer wieder taucht irgendwo eine griechische Skulptur auf, die irgendwo von irgendwem ausgegraben wurde, warum also nicht auch eine echte Kopie des Kultbildes?«

»Und so eine Kostbarkeit würde dann bei deinen Eltern in

einem grünen Kasten aufbewahrt werden? Denk doch mal nach, mein Kind!« Er schüttelte den Kopf. »Du bist eine Schwärmerin, das hat dein Vater schon immer gesagt.«

»Hat er das? Und wofür habe ich seiner Meinung nach geschwärmt?«

»Für alles Unerreichbare.«

Ganz vorsichtig berührte Mando den Bart des Zeus. »Weiß man, wer die Figur gemacht hat? Wie sie in unsere Familie gekommen ist? Was sie wert ist?«

»Sie ist ganz bestimmt sehr wertvoll, denn Gold und Edelsteine sind echt, und das Elfenbein ist fein verarbeitet«, erwiderte der Pope. »Deshalb hat mich dein Vater in seinem letzten Brief auch gebeten sie so lange aufzubewahren, bis ich sie dem rechtmäßigen Besitzer zurückgeben kann.«

Mando blickte überrascht auf. »Sie gehört gar nicht uns?«

Pappas Mavros schüttelte den Kopf.

»Und wer ist der rechtmäßige Besitzer?«

Ein feines Lächeln spielte um die Lippen des Popen. Er ließ sich mit der Antwort Zeit.

»Der rechtmäßige Besitzer«, sagte er langsam, »kann seinen Anspruch im Augenblick nicht geltend machen, weil er sich in Gefangenschaft befindet.«

»Ein Geschäftspartner von Papa? Unterschlagung? Mord? Oder was hat er sonst getan?«

Vorsichtig wickelte Pappas Mavros die Figur wieder ein und legte sie zurück in den grünen Kasten. »Du gehst davon aus, dass er schuldig ist, ohne dass du die Tatsache kennst?«

»Ohne Grund sitzt man nicht im Gefängnis. Schon gar nicht so lange!«

Mit einem lauten Knall, der in dem leeren Zimmer wie ein Schuss klang, ließ Pappas Mavros das Schloss zuschnappen. «Ich freue mich darauf, dich in Tinos als Schülerin zu haben, Magdalini. Du musst noch eine Menge lernen.«

»Wollen Sie mir denn meine Frage nicht beantworten?«, fragte sie, leicht irritiert, dass er sie mit ihrem Taufnamen ansprach.

»Du kannst selber herausfinden, warum sich der rechtmäßige Eigentümer dieser Figur noch immer in Gefangenschaft befindet, und um wen es sich dabei handelt«, meinte der Pope und erhob sich mit knackenden Gelenken. »Ich werde dir ein Rätsel aufgeben: Der rechtmäßige Besitzer dieser Figur«, er deutete auf den wieder geschlossenen Kasten, »hat sich nicht genügend gewehrt, als eine Räuberbande in sein Haus einfiel. Er hat sich aus Dank für kleine Gnaden sogar in den Dienst des Räuberhauptmanns gestellt. Zum Teil aus Bequemlichkeit, zum Teil aus Dummheit und Geldgier hat er seine eigenen Ideale verraten, seine Familie verleugnet und sich schließlich der Resignation ergeben. Er war einst respekteinflößend und mächtig und ist heute arm, schwach und bemitleidenswert.«

»Lebt er noch?«, erkundigte sich Mando, während sie sich den Kopf zermarterte. Ihr Vater hatte zwar eine Menge seltsamer Geschäftsfreunde gehabt, aber sie konnte sich an niemanden erinnern, auf den diese Beschreibung passte.

Pappas Mavros' Lachen klang fast etwas bedrohlich.

»Er wird zur Zeit gewissermaßen wieder zum Leben erweckt! Komm, Kind, lass uns zum Boot gehen, sonst denkt deine Mutter noch, du willst sie ärgern.«

Tinos

Schon als Kind hatte Mando auf den Reisen mit ihrem Vater immer darüber gestaunt, wie unterschiedlich die so nahe beieinander liegenden kykladischen Inseln waren. Natürlich hatte sie gelernt, dass die Inseln eigentlich Gipfel versunkener Gebirgszüge waren, und wenn man dies wusste, war unschwer zu erkennen, dass zum Beispiel Andros, Tinos und Mykonos zur selben Gipfelkette gehörten. Die Kargheit der Landschaft ließ sich dann damit erklären, dass die Inseln oberhalb der Baumgrenze lagen. Mando mochte diese Auslegung nicht.

»Reicht es denn nicht, dass unsere alte Kultur versunken ist? Müssen wir jetzt auch noch ganze Landstriche untergehen lassen?«, fragte sie Pappas Mavros ungehalten, als er sie auf der Überfahrt nach Tinos auf die Silhouetten der Inseln aufmerksam machte.

»Außerdem glaube ich nicht an die Gebirgstheorie«, fuhr sie fort. »Schauen Sie sich doch Naxos an, da gibt es Wälder, Wasser und liebliche Landschaften. Und Paros ist auch relativ fruchtbar, jedenfalls verglichen mit Andros, Tinos oder gar Mykonos.«

»Warum gibt es dann deiner Meinung nach auf diesen Inseln so wenig Bäume?«

»Weil das Holz in der Antike für den Schiffsbau verwendet wurde.«

»Da dürfte inzwischen etwas nachgewachsen sein.«

»Was die Ziegen sofort verzehren. Und Mykonos ist dem Nordwind schutzlos ausgesetzt, da kann ja nicht viel gedeihen.«

»Außer einem ganz besonderen Menschenschlag«, mischte sich Zakarati ein, die beschlossen hatte die Überfahrt an Deck zu verbringen. Das Meer war zwar immer noch glatt, aber eine leichte Brise ließ das Khaiki flott vorankommen. Pappas Mavros nickte.

»Die Mykoniaten waren schon in der Antike berüchtigt für Geiz und Habgier. Das hatte sicher etwas mit der steinigen Landschaft und dem ewigen Wind zu tun, wo Ackerbau mühsam und Fischfang gefährlich war. Da bot sich das Piratenleben als Ausweg an. Wie sind denn deiner Meinung nach die Kykladen entstanden?«, wandte er sich an Zakarati.

»Das weiß doch jeder. Als Gott die Welt schuf, hatte er noch ein paar Steine übrig, und die warf er hier ins Meer«, meinte sie.

Mando lachte, aber Pappas Mavros nickte ernst: »Das passt zu einer anderen Sage aus dem klassischen Altertum. Danach sind die Kykladen Felsbrocken, mit denen sich die Kyklopen bei ihren Auseinandersetzungen beworfen haben.«

Er wies auf ein näher kommendes Khaiki, das tief im Wasser lag. »Seht ihr, was ich sehe?«

Mando kniff die Augen zusammen.

»Eine schwere Fracht«, meinte sie.

»Barbaren!« Pappas Mavros schlug mit der flachen Hand gegen das Steuerhaus. Zakarati sah ihn entsetzt an, aber er beschwichtigte sie schnell: »Keine Angst, von uns wollen sie nichts, aber ich weiß, wo sie herkommen und was sie geladen haben.« Er nickte hinüber zu der kleinen Insel rechts von ihnen. »Es ist ein Skandal, dass Delos ausgeplündert wird! Marmorquader und Säulen, die vor Jahrtausenden von Steinmetzen behauen wurden, werden einfach abgetragen und zum Bau von Häusern verwendet …«

»… und von Kirchen«, unterbrach ihn Mando spitz. »Haben die Byzantiner denn nicht die meisten ihrer Kirchen über vorchristlichen Tempeln errichtet? Und sich dafür der bereits vorhandenen Säulen und des Marmors bedient?«

»Das ist etwas anderes«, erwiderte Pappas Mavros. »Damit wurde demonstriert, dass die neue Religion die alte besiegt hat. Außerdem wurde nichts von anderen Orten weggeschleppt. Daran krankt unser Land vor allem: Es gibt keinen Respekt vor der Kunst vergangener Zeiten.«

Dazu fiel Mando etwas ein. Sie wandte sich an ihre Mutter. »Welcher von Vaters Geschäftsfreunden sitzt im Gefängnis, nachdem er sich mit einem Räuberhauptmann verbündet hat?«

»Was sagst du da?«

»Deine Mutter kann dir nicht weiterhelfen«, mischte sich der Pope ein. »Dieses Rätsel musst du schon selber lösen.«

In den nächsten Monaten dachte Mando kaum noch an den Inhalt des grünen Kastens. Sie war viel zu sehr damit beschäftigt, ihr neues Zuhause zu erkunden und sich an Pappas Mavros Lehrmethoden zu gewöhnen. Auf Paros war sie von Privatlehrern unterrichtet worden. Manche hatten eine Zeit lang bei ihnen im Haus gelebt, wie der Tanz- und der Fechtmeister oder die alte Dame, die ihr Klavier- und Gesangsstunde gegeben hatte. Der Türkischlehrer war aus Parikia, ebenso wie der Priester, der ihr bis zu ihrem fünfzehnten Lebensjahr Mathematik- und Astronomieunterricht erteilt hatte. Pappas Mavros war außer sich, als er erfuhr, dass sie in den vergangenen sechs Jahren weder in diesen beiden Fächern noch in Geografie und Geschichte unterrichtet worden war.

»Warum soll das Mädchen eine Gelehrte werden?«, fragte Zakarati, als er sich bei ihr beschwerte. »Welcher Mann will schon eine übermäßig gebildete Frau? Mando hat alles gelernt, was ihr in der Ehe von Nutzen sein kann, und es wird höchste Zeit, dass sie heiratet.«

»Einen Griechen?«, fragte der Pope.

»Natürlich«, erwiderte Zakarati arglos.

»Dem könnte sie nie einen Brief schicken, wenn er auf Reisen geht. Ist dir eigentlich klar, dass deine Tochter die griechische Schrift nicht ausreichend beherrscht? Und sich äußerst beklagenswert in unserer Muttersprache ausdrückt? Wie sollte es auch anders sein – hat sie die Sprache doch nur von Vassiliki und den Bauern und Fischern von Paros gehört!«

Zakarati richtete sich auf und warf ihrem Cousin einen eiskalten Blick zu.

»Selbstverständlich wird meine Tochter einen gebildeten Mann heiraten – mit dem sie sich auf Italienisch oder Französisch verständigt. Und wenn es vornehmes Griechisch sein muss, kann sie in der Sprache Homers parlieren. So gehört sich das in unseren Kreisen, mein lieber Niko.«

Sie war allerdings sehr überrascht, als Jakinthos Blakaris bei seinem ersten Besuch im Hause von Irini und Antonis darauf bestand, griechisch zu sprechen. Zakarati konnte nicht wissen, dass Pappas Mavros dahinter steckte. Er hatte den jungen Mann aus Hydra in Mykonos aufgesucht und sich ausführlich mit ihm unterhalten. Weniger, um mögliche Heiratsabsichten auszuloten, sondern vielmehr, um den nicht gerade mittellosen Reederssohn für die Revolution zu gewinnen.

Vorsichtig hatte der Pope dem jungen Mann auseinander gesetzt, was es mit der so genannten »Hetärie der Freunde« auf sich hatte. Er verwies auf die erfolgreichen Revolutionen in Amerika und Frankreich und deutete an, dass die Zeit für einen Umsturz in Griechenland reif sei.

»Der Geheimbund ist nach der nominellen Unabhängigkeit der Ionischen Inseln vor vier Jahren in Odessa gegründet worden«, führte er aus, »und er zählt inzwischen mehr als 200 000 Mitglieder.«

Jakinthos wollte wissen, wer darin Führungspositionen innehatte und staunte über die Koalition so vieler unterschiedlicher Interessen. Reeder, Handelsherren, Phanarioten, Intellektuelle, Liberale, Erzkonservative, radikale Republikaner, Feudalherren und sogar die Räuberbanden aus den Bergen, die Klephten, zogen an einem Strang, alle beseelt von dem Gedanken das türkische Joch abzuwerfen.

»Aber wie soll dann der künftige Staat aussehen?«, erkundigte sich Jakinthos. »Ich kann mir nicht vorstellen, dass sich Leute wie Kolokotronis, Kapodistrias, Mavrokordatos, die Brüder Ypsilanti und Jannis Kolettis auf eine gemeinsame Politik einigen könnten. »

Pappas Mavros verschwieg, dass auch er dies für den wunden Punkt der Hetärie hielt.

»Wir haben ein gemeinsames Ziel. Über die Einzelheiten kann dann später diskutiert werden. Im Augenblick ist es erst einmal wichtig, die Finanzierung zu regeln. Für uns auf den Inseln geht es zunächst um Schiffe. Wir müssen eine schlagkräftige Flotte aufstellen.«

Jakinthos fragte nach Hilfe aus dem Ausland.

»Darauf bauen wir. Die Russen haben wir sowieso auf unserer Seite, auch wenn wir genau wissen, dass es ihnen mehr darum geht, den Bosporus und das Mittelmeer zu erobern. Aber sie sind ernsthaft daran interessiert, Konstantinopel und die Hagia Sophia den orthodoxen Christen zurückzugeben. Allerdings gibt es da noch eine Unwägbarkeit: Metternichs Einfluss auf den Zaren. Mit Österreichs Hilfe können wir zurzeit nämlich weniger rechnen, da Metternich uns nicht freundlich gesinnt ist. Aber die Franzosen, die trotz Waterloo immer noch die besten Soldaten unserer Zeit stellen, haben sich positiv über unsere Absichten geäußert. Auch in England scheint man sich Gedanken darüber zu machen, wie man den Türken das Handwerk legen könnte. Die Welt ist die osmanische Herrschaft satt.«

Jakinthos stand auf, wühlte in seinem Schreibtisch herum und zog schließlich einen Bogen Papier hervor. »Das hat mir gestern ein Freund geschickt«, sagte er. »Es ist der Teil eines Gedichts von dem Engländer Byron.«

Pappas Mavros hob die Schultern. »Englisch verstehe ich nicht«, sagte er.

»Ich habe es übersetzt«, erwiderte Jakinthos und las vor:

»So tönt es von den Küsten her,
's ist Hellas, doch es lebt nicht mehr! …
Allmächt'ger Götter hoher Schrein,
soll das von dir geblieben sein?«

Er sah den Popen erwartungsvoll an. Lange Zeit sagte Pappas Mavros nichts. Er stand auf, lief im Zimmer hin und her, hob eine Augenbraue und meinte schließlich: »Sei es drum. Mir wäre es lieber, wenn uns Europa auf der Grundlage der modernen Ideale Freiheit, Gleichheit, Brüderlichkeit helfen würde. Aber diese romantischen Menschen aus dem Norden wollen unbedingt das alte Griechenland wieder auferstehen lassen. Wir müssen also an den humanistischen Zeitgeist appellieren und den Europäern einhämmern, dass sie unserer Kultur verpflichtet sind.«

»Und dann kommen sie mit ihren Waffen nach Griechenland, fragen einen Bauern nach Diogenes, und der antwortet, dass der Schuster nebenan wohnt?«

Der Pope lachte. »Das müssen wir riskieren.«

»Oder unsere eigenen Landsleute besser ausbilden.«

»Wir Priester tun, was wir können. Aber dann kommen so feine Leute wie die Mavrojenous-Leute nach Griechenland zurück und halten sich für zu vornehm, um mit den Bürgern des Landes zu sprechen. Ganz davon abgesehen, dass im Haus meiner Cousine mehr italienisch und französisch als griechisch gesprochen wird. Wie soll man sich da überzeugend als Urenkel der alten Hellenen ausgeben?«

Beschämt senkte Jakinthos den Kopf, gestand, dass er sich mit Mando gleichfalls französisch unterhalten habe, und versprach dies bei künftigen Besuchen zu unterlassen.

»Was mich gleich zum nächsten Punkt bringt«, meinte Pappas Mavros aufgeräumt. Er hatte Jakinthos für die Hetärie rekrutiert, jetzt konnten Nebensächlichkeiten geregelt werden. »Wie Sie wissen, bin ich Magdalinis Vormund. Wünschen Sie bei mir um die Hand meiner Nichte anzuhalten?«

Vor Jakinthos' Augen schob sich das Bild eines an einen Mast gebundenen Mädchens mit dunklen, im Wind flatternden Haaren, wilden Augen und heiseren Schreien.

»Haben Sie mit ihr darüber gesprochen?«, fragte er vorsichtig.

»Das Mädchen tut, was ihr aufgetragen wird«, versicherte Pappas Mavros.

Jakinthos dachte daran, wie sie als Kinder das Khaiki gestohlen hatten und wie wenig sich die erwachsene Mando um die Worte der Mutter geschert hatte. Jetzt erst fiel ihm ein, dass sie ganz allein mit ihm zum Hafen gegangen war, anstatt – wie sich das gehörte – noch eine weibliche Begleitperson oder ein männliches Familienmitglied hinzuzurufen. Nein, Mando würde ganz sicher genau das nicht tun, was man ihr auftrug.

»Man darf nichts überstürzen«, sagte er daher jetzt. »Ich möchte sie dazu bringen, dass sie es selbst will.«

»Ganz Diplomat«, schmunzelte Pappas Mavros, »davon können wir in der Hetärie nicht genug haben.«

Auf seine Frage, wer auf Mykonos noch dem Geheimbund angehöre, nannte der Pope Marcus Mavrojenous und schlug vor den jungen Mann sofort aufzusuchen.

Mando fand Tinos entsetzlich langweilig, und das lag vor allem daran, dass jetzt nicht nur ihre Mutter, sondern auch ihre Schwester versuchte ihre Bewegungsfreiheit einzuschränken. Irini ging dabei viel klüger zu Werke als Zakarati. Wenn Mando das Haus verlassen wollte, gab es immer irgendeine Aufgabe, die die inzwischen hochschwangere Schwester nicht erledigen konnte. Nur zu ihrem Unterricht bei Pappas Mavros durfte sie ungehindert gehen, und so kam es, dass das Haus des Popen sehr bald so etwas wie Freiheit für sie symbolisierte. Dies umso mehr, als der Onkel den Unterricht nicht immer zwischen den vier Wänden abhielt. Er zeigte ihr das Heiligtum des Poseidon und kletterte einmal mit ihr auf einen Berg, um ihr den Felsen von Exoburgo zu zeigen.

»Dank dieser Akropolis überstand Tinos mehr als zehn organisierte Angriffe der Türken. Sogar der berüchtigte Pirat Chaireddin Barbarossa schaffte es nicht, die Insel zu erobern. Man nannte Tinos die Rose unter den Dornen, weil es die letzte griechisch-venezianische Insel unseres Landes war«, erklärte er.

»Wieso fiel Tinos trotzdem?«, erkundigte sie sich. Sie blickte auf den kahlen Felsen. »Und wo ist überhaupt die Akropolis?«

»Tinos kam erst vor hundert Jahren unter türkische Herrschaft, und das völlig unnötigerweise. Der damalige Provveditore Bernardo Balbi ergab sich dem Kapudan Pascha, als dieser mit fünfundvierzig Schiffen die Insel angriff. Man vermutet, dass Balbi entweder feige war oder bestochen wurde, aber er entging seiner gerechten Strafe nicht und wurde von den Venezianern geköpft …«

»Hätte man denn gegen so viele Schiffe etwas ausrichten können?«

Pappas Mavros warf Mando einen seltsamen Blick zu.

»Es kommt nicht auf die Zahl an, sondern auf die Strategie«, sagte er, ein Satz, an den sich Mando viele Jahre später immer wieder erinnern würde.

»Und die Festung?«, fragte sie. »Was ist damit geschehen?«

»Die Türken haben sie auf der Stelle schleifen lassen. Außerdem haben sie 200 römisch-katholische Familien nach Nordafrika verschleppt – Tinos zählte damals ungefähr 15 000 Einwohner.«

»Was das Leben sicher spannender machte, als es heute ist«, seufzte sie und setzte schnell hinzu, »... in Friedenszeiten, natürlich.«

Mit einem großen weißen Taschentuch wischte Pappas Mavros den Staub von einem glatten Felsbrocken und lud Mando ein sich zu setzen.

»Du bist nicht glücklich hier?«

»Außerordentlich glücklich«, gab sie bitter zurück, »ich darf meine Schwester bedienen, wunderschöne Deckchen sticken, mir den Kopf über das Menü des nächsten Tages zerbrechen – das ist eine wirkliche Herausforderung – und mit meiner Mutter jeden Abend vierhändig am Klavier spielen, um meinen Schwager Antonis zu unterhalten. Und wenn erst das Kleine kommt, dann darf ich als liebende Tante ihm sicherlich Lieder vorsingen! Was kann sich der Mensch mehr wünschen?«

»Und was willst du wirklich?«

»Etwas Sinnvolles tun!«

»Heiraten?«

»Dann könnte ich zumindest andere herumkommandieren. Und wenn ich einen Sohn kriege, könnte ich später meiner Schwiegertochter das Leben schwer machen.«

Erst auf Tinos hatte Mando begriffen, weshalb Irini so darauf gedrängt hatte, dass sie mit ihrer Mutter auf die Insel zog. Ihre Schwester brauchte Verbündete im endlosen Streit mit Antonis Mutter, die im Nebenhaus wohnte, jeden Tag mehrmals bei Irini auftauchte und ihr Anweisungen gab, wie sie ihren Haushalt zu führen, ihren Mann zu behandeln und sich in der Dorfgemeinschaft zu betragen habe. Mehr als einmal hatte Mando Irini in Tränen aufgelöst vorgefunden.

»Schick die alte Hexe zur Hölle«, hatte sie ihrer Schwester geraten. Irini wäre dieser Empfehlung gern gefolgt, aber sie hatte Angst, dass es zum Bruch mit ihrem Mann kommen könnte. Die Schwiegermutter war in Gegenwart ihres Mannes zuckersüß zu ihr und Antonis hätte ihr nie abgenommen, dass seine Mutter sie in seiner Abwesenheit terrorisierte.

»Wenn ich heirate, nur einen Mann ohne Mutter«, sagte Mando jetzt zu ihrem Onkel.

»Die Mutter von Jakinthos lebt auf Hydra«, warf der Pope ein.

»Das macht ihn zu einem interessanten Kandidaten«, erwiderte Mando trocken.

Seit ihrer Ankunft auf Tinos vor sechs Monaten hatte Jakinthos Tinos fünfmal besucht. Ausgesprochen worden war noch nichts, aber es schien für alle ausgemachte Sache, dass er in absehbarer Zeit um Mandos Hand anhalten würde. Natürlich hatte Mando darüber nachgedacht und sie war zu dem Schluss gelangt, dass es zwar sicherlich ein schlimmeres Los gäbe, als Jakinthos' Frau zu werden, sie aber nicht die geringste Lust verspürte, jetzt schon die Weichen für ihr Leben zu stellen.

Sie vertraute Pappas Mavros und versuchte ihm das verständlich zu machen.

»Wenn ich Jakinthos heirate, ziehe ich nach Mykonos und führe für den Rest meines Lebens seinen Haushalt. Ich lerne so viel von Ihnen, Pappa Mavro, und ich will noch sehr viel mehr lernen. Aber wie kann ich meine Kenntnisse über Mathematik, Astronomie, griechische Geschichte, Lyrik, Philosophie und Sprachen beim Wäscheweißen in Alefkandra einsetzen? Oder beim Verhandeln über den Fischpreis? Und erzählen Sie mir jetzt bloß nicht, dass ich damit meinem Mann bei seinen Geschäften im Hintergrund helfen könnte. Wirtschaft und Finanzen stehen nicht auf meinem Curriculum.«

»Richtig«, sagte der Pope nachdenklich, »das ist ein Manko.«

Er betrachtete Mando, als sähe er sie zum ersten Mal, und auf einmal begriff er, was Nikolaos Mavrojenous gemeint hatte, als er behauptete, in Mandos Herz schlage das Herz eines Palikaris, eines Kriegers. Er erinnerte sich, dass er während der Unterrichtsstunden manchmal vergessen hatte, dass sie ein Mädchen war. Die junge Frau, die vor ihm saß und verzweifelt nach einem Sinn in ihrem Leben suchte, durfte ihre Gaben tatsächlich nicht in der Eintönigkeit einer Ehe vergeuden. Sie war zu Höherem berufen und er war ausersehen sie dahin zu begleiten. Es war zwar unvorstellbar, dass eine Frau der Hetärie der Freunde beitreten könnte, aber er würde dafür sorgen, dass sie auf irgendeine Weise der gemeinsamen Sache nützlich werden würde.

Katharina die Große war auch eine Frau gewesen und hatte Großes geleistet. Bisher hatte er als Mandos Beitrag an der geplanten Erhebung gegen die Türken ausschließlich ihren Briefwechsel mit den Damen der nordeuropäischen Salons gesehen. Langsam hatte er sie in eine Botenrolle einarbeiten wollen, aber warum sollte die junge Frau nicht eine aktivere Rolle im eigenen Land spielen? Sie konnte sich gut ausdrücken, Gott sei gelobt inzwischen auch auf Griechisch, hatte Überzeugungskraft, Mut und – was am allerwichtigsten war – einen Freiheitsdrang, der, in die richtigen Bahnen gelenkt, der Hetärie auf den Inseln Schwung geben könnte. Vielleicht war jetzt der Moment gekommen, sie einzuspannen, und welch bessere Kulisse gab es dafür als die von den Türken geschliffene Festung auf Tinos?

»Hast du jemals von der Hetärie der Freunde gehört?«, fragte er vorsichtig.

»Nein. Was ist das, eine Loge, ein Geheimbund, wo Männer bei viel Wein über das Los der Welt bestimmen?«, fragte sie abfällig. Er war leicht irritiert.

»Eine Organisation«, murmelte er. »Wir werden darüber in einer der nächsten Stunden sprechen.«

Nein, sie war noch nicht so weit.

Nach der Beerdigung von Nikolaos Mavrojenous hatte sein ältester Sohn beschlossen Marcus Mavrojenous die Verwaltung der ererbten Güter auf der Insel Mykonos zu übertragen. Dazu gehörte auch der respektable Familienbesitz nahe dem Hafen in der Stadt selbst, jenes Haus, das Mando eines Tages in die Ehe einbringen würde. Es war für einige Monate an einen deutschen Baron vermietet worden, dem aus gesundheitlichen Gründen ein Aufenthalt im Süden angeraten worden war. Die Kunde von den schönen und willigen Frauen der Insel Mykonos war bis nach Deutschland gedrungen und der Baron, der in seiner Ehe gewisse Defizite zu beklagen hatte, war ohne

Umwege auf die Kykladeninsel gereist. Zunächst schien es ihm, als wäre er wahrhaftig im Paradies gelandet, denn als er von einem kleinen Fischerboot am Hafen abgesetzt wurde, sah er, von ein paar alten Männern abgesehen, nur Frauen. Eine schien schöner als die andere, und selbst ihre in seinen Augen äußerst hässliche Bekleidung, tat der Lieblichkeit keinen Abbruch. Doch als er eine der Schönen ansprach, wandte sie ihm auf der Stelle den Rücken zu und schritt hoch erhobenen Hauptes davon. Gleiches widerfuhr ihm beim nächsten Versuch. Er kam sich vor wie Tantalos, der die süßen Früchte nicht pflücken konnte. Er gab aber nicht auf und probierte sein Glück zum dritten Mal.

Kaum hatte er das Mädchen angesprochen, als mit gezücktem Schwert ein älterer Mann auf ihn zutrat. In abenteuerlichem Französisch teilte ihm dieser mit, dass er ein Schwager des Bürgermeisters und die angesprochene Schöne seine Tochter sei. Er wartete die Entschuldigungen des Barons nicht ab, sondern forderte ihn auf mit ihm zu seinem Haus zu kommen. Barsch sagte er etwas auf Griechisch zu seiner Tochter, die gehorsam nickte und davoneilte.

Der Alte kniff ein Auge zu, zog den Baron am Ärmel und bedeutete ihm, dass man schon handelseinig werden würde.

Leicht beunruhigt, aber neugierig folgte der Baron dem Alten durch die engen Gassen, in denen sich Schweine und Hühner drängten und zerlumpte Kinder spielten. Währenddessen sprach der Mann auf ihn ein. Seine Tochter Lena sei ein gutes Mädchen, eine Jungfrau, die liebend gern heiraten würde. Bedauerlicherweise gäbe es auf der Insel nur wenig Auswahl, da die meisten jungen Männer zur See fuhren. Der Gast aus Germania wäre der Mann, dessen Ankunft Gott ihr bereits in ihren Träumen angekündigt habe, und da man sich Gottes Willen nicht widersetzen dürfe, fände die Hochzeit sofort statt.

Der deutsche Baron glaubte, nicht gut gehört zu haben, hob die Hand, um dem Alten Einhalt zu gebieten und erklärte, er sei bereits verheiratet.

Der Alte überging den Einwand und fuhr mit fröhlicher Stimme fort: Die Heirat habe Bestand, solange der Herr auf der Insel zu verweilen gedächte.

Inzwischen waren sie an einem zweistöckigen Haus neben einer kleinen Kirche mit rotem Dach angekommen. Der Alte bekreuzigte sich schnell, wies den Baron dann an, die Treppe mit dem blauen Holzgeländer hinaufzugehen, wo seine Frau mit dem hauseigenen Wein auf ihn warte. Er selber wolle jetzt den Bürgermeister holen, der ein Schriftstück aufsetzen werde, mit dem sich der verehrte deutsche Gast verpflichtete bei seiner Abreise, also der Scheidung, dem Mädchen eine bestimmte Summe zugute kommen zu lassen. Wäre seine Tochter zu jenem Zeitpunkt guter Hoffnung, verdoppele sich der Preis.

Das Mädchen sei doch ausnehmend schön, nicht wahr? Verwirrt nickte der Baron. Andere Länder, andere Sitten, dachte er, und dass ich bereits verheiratet bin, scheint nichts zur Sache zu tun. Als der Bürgermeister ihm das entsprechende Schriftstück vorlegte, war er zwar zunächst erschrocken über die Höhe der geforderten Summe, aber das Mädchen, das in einer Ecke des Zimmers saß und ihm über ihrem Stickrahmen ein liebreizendes Lächeln zuwarf, bezauberte ihn. Was war schon Geld, wenn er dafür ein so entzückendes Geschöpf erwarb? Schwungvoll setzte er seine Unterschrift auf das Papier.

Erstaunt stellte er fest, dass er sich danach um nichts mehr zu kümmern hatte. Eine Stunde später wurde das Paar ohne jegliche Feierlichkeit im Haus des Bürgermeisters getraut und dann zu einem herrschaftlichen, voll eingerichteten Haus geführt, in dem bereits die Koffer des Reisenden ausgepackt worden waren. Fünf Monate blieb der Baron auf der Insel. Nach seiner Abfahrt aber weigerte sich die junge Frau das Haus zu verlassen und bestand darauf, dass ihr deutscher Gönner das Haus für sie gekauft hätte. Zum Beweis legte sie die etwas undeutliche Kopie eines Schriftstücks vor.

Marcus Mavrojenous wusste natürlich, was gespielt wurde. Den Mykoniaten war bekannt, dass Nikolaos Mavrojenous verstorben war und seine Söhne weit entfernt auf dem Festland lebten. Warum sollte eine schöne junge Witwe, als solche wurde die Inselfrau des Barons inzwischen betrachtet, nicht in dem leer stehenden Haus bleiben? Marcus war damit einverstanden, unter der Bedingung, dass weiterhin Miete gezahlt würde, aber die junge Frau blieb bei der Behauptung, das Haus gehöre ihr.

»Natürlich ist nichts im Grundbuch eingetragen«, beruhigte Marcus die aufgebrachte Zakarati, als er ihr bei einem Besuch auf Tinos die Geschichte erzählte.

»Warum hat der Deutsche denn seine Frau nicht mit in seine Heimat genommen?«, fragte Mando.

Zakarati sah auf ihre Handarbeit, als ihr Marcus einen bezeichnenden Blick zuwarf.

»Das kann dir deine Mutter erklären«, meinte er verlegen.

»Aber ich frage dich.«

»Du bist mit den Sitten der einfachen Inselbewohner nicht vertraut.« Er fühlte sich höchst unbehaglich.

»Dann kläre mich darüber auf.«

Zakarati stand auf und verließ das Zimmer.

»Es handelte sich gewissermaßen um eine zeitlich begrenzte Ehe.«

»Ist das nicht jede Ehe?«, erkundigte sich Mando. »Es stirbt doch immer einer zuerst.«

»Diese Ehe ist auf andere Weise zeitlich begrenzt. Viele Fremde, die nach Mykonos kommen, brauchen für die Zeit ihres Aufenthalts eine Ehefrau. Die ihnen Essen kocht, die Wäsche wäscht, den Haushalt führt und eben alle entsprechenden Aufgaben erfüllt.« Er merkte, wie ihm das Blut ins Gesicht stieg und ärgerte sich, dass er diesem Gespräch nicht ausgewichen war. Er gestand sich ein, dass er es wahrscheinlich sogar herausgefordert hatte. Schon seit langem irritierte ihn das herablassende Verhalten seiner Cousine. Es konnte nicht schaden, wenn diese Tochter aus höherem Haus einmal mit den Lebensumständen der weniger begünstigten Inselbewohner vertraut gemacht würde.

»Warum hat das Mädchen denn den Mann geheiratet, wenn sie wusste, dass er sie verlassen würde?«, fragte Mando jetzt.

»Weil er viel Geld dafür bezahlt. Da diese Ehe natürlich keine kirchliche Weihe hat, ist ein so genannter vorehelicher Vertrag aufgesetzt worden. Der ist bindend. So etwas ist auf Mykonos gang und gäbe. Von dem Geld kann sich die Frau eine Aussteuer anschaffen und den Mann heiraten, den sie haben möchte«, erwiderte Marcus und setzte hinzu: »Nicht jeder hat Eltern, die einen ausstatten, liebe Cousine.«

Mando überging die Anspielung und war in Gedanken immer noch bei dem Mädchen, das in ihrem Haus wohnte.

»Aber wie kann ein anderer Mann sie jetzt heiraten wollen? Sie ist doch nicht mehr … nicht mehr …«

Zu seiner Befriedigung beobachtete Marcus, dass Mando auf der Suche nach dem richtigen, ihr aber peinlichen Wort rot wurde. Er hatte nicht die Absicht, ihr zu helfen.

»… nicht mehr … ein Mädchen!«, schloss Mando und atmete erleichtert aus.

»Eine Frau mit Geld ist für die meisten Mykoniaten interessanter als ein Mädchen ohne Geld«, bemerkte er und stellte fest, dass Mandos Haar in den Strahlen der Abendsonne rötlich schimmerte und ihre Haut fast durchsichtig schien.

»Geht es denn auf dieser Welt immer nur um Geld?«, fragte sie empört.

»Ja«, antwortete er einfach und setzte dann hinzu: »Vor allem, wenn man es nicht hat.«

»Ich habe auch keins!«, rief sie. »Und trotzdem habe ich mir den Sinn für andere Werte bewahrt!«

Marcus erhob sich und trat auf sie zu. Ein Sonnenstrahl verlieh seinem ungewöhnlich glatten schwarzen Haar einen Blauschimmer. Er war nur wenig größer als sie und blickte ihr direkt in die Augen, als er den Stoff ihres Ärmels zwischen seine Finger nahm.

»Seide?«, fragte er leise, während seine Hand ihren Arm bis zu ihrem Hals hinaufglitt und dann an einer Kette Halt machte. »Gold?«

Sein Atem roch nach Tabak und seine Augen glichen brennenden Kohlen. Mando hielt die Luft an. Sie spürte unendlich sanfte Finger ihren nackten Hals hinunterwandern und sie atmete aus, als diese wieder Stoff berührten und auf eine Brosche klopften. »Rubine, Diamanten?«

Mando trat einen Schritt zurück. Was fiel ihm ein!

»Schöne Werte, Mando«, flüsterte er, packte sie an der Taille, zog sie an sich und drückte ihr einen harten Kuss auf die Lippen.

Er ließ sie sofort wieder los und fasste sich an die Stirn. Mit einem spitzen Aufschrei rannte Mando aus dem Zimmer.

»Bleiben Sie über Nacht?«

Vassilikis Stimme erschreckte ihn. Langsam wandte er sich um und blickte auf die kleine Dienerin, deren Vogelaugen sich über ihn zu mokieren schienen. Er hatte eine trockene Kehle, war erschüttert über das, was er getan hatte. Er hatte sich über ein ungeschriebenes Gesetz hinweggesetzt, eine Frau der eigenen Familie berührt!

»Nein«, antwortete er, »ich fahre sofort zurück nach Mykonos.«

»Und was wird jetzt mit Mandos Haus?«, erkundigte sich Zakarati, die mit ihrer Handarbeit wieder das Zimmer betrat.

»Ich werde einen Ehemann für das Mädchen finden«, erwiderte er. »Der wird dann die ausstehende Miete bezahlen.«

Und wenn nicht, dachte er, dann lasse ich das Mädchen eben umsonst dort wohnen und bezahle selber die Miete. Auf die Dauer wird das billiger sein, als die Schäden zu reparieren, die durch Leerstand entstehen. Er konnte nicht wissen, dass diese Entscheidung Mando viele Jahre später einmal vor einem üblen Schicksal bewahren sollte.

»Du kannst nicht in der Dunkelheit zurückfahren«, erklärte Zakarati. »Vassiliki hat dir bereits Waschwasser ins Gästezimmer gebracht.«

Unmöglich, das Gästezimmer lag direkt neben Mandos Zimmer. Er würde kein Auge zumachen können, sich immer wieder vorstellen, wie sie sich entkleidete, bevor sie zu Bett ging. Er würde im Halbschlaf aufstehen, ihr Zimmer betreten und sich auf sie stürzen. Er würde ihren kleinen Mund mit den vollen Lippen küssen, ihre Brüste fühlen, ihren Schoß erobern, er würde sich nicht beherrschen können und eine Todsünde begehen. Er durfte auf keinen Fall die Nacht in diesem Haus verbringen.

»Ich werde bei Pappas Mavros übernachten«, sagte er entschlossen und stand auf.

»Nein, das geht nicht!« Zakarati war entsetzt. »Wie kommst du darauf? Womit haben wir dich beleidigt? Wie sieht das denn aus, wenn du nicht bei uns übernachtest! Irini und Antonis werden mir entsetzliche Vorwürfe machen. Du bleibst hier«, sagte sie mit einer Autorität, die ihr Marcus nie zugetraut hätte.

Ihm blieb keine Wahl. Er legte sich in das Gästebett und schloss die Augen, konnte aber nicht schlafen. Immer wieder fuhr seine Hand über die Wand, an deren anderen Seite das Bett von Mando stand. Einmal ging er zum Fenster, öffnete es und lauschte hinaus in die stille Nacht, in der Hoffnung die regelmäßigen Atemzüge seiner Cousine zu hören. Aber ihr Fenster war geschlossen.

Er fragte sich, ob er im Begriff stand verrückt zu werden. Bis zum heutigen Tag hatte er in Mando nie etwas anderes als seine Cousine gesehen, ja, sie nicht einmal sonderlich gemocht. Er verstand selber nicht, weshalb er sie plötzlich mit einer Leidenschaft begehrte, die noch keine andere Frau in ihm entfacht hatte. Immer wieder ging er im Geiste die Szene durch, fragte sich, ob Mando nicht doch ein klein wenig gezögert hatte, ehe sie ihn weggestoßen und mit einem Schrei das Zimmer verlassen hatte.

Aber selbst wenn Mando Gefühle für ihn hätte, wäre es sinnlos. Als Blutsverwandte durften sie nicht zusammen sein, nicht heiraten. Es gab keine Zukunft für sie, er musste jeden Gedanken an Mando auslöschen.

Ein Schrei gellte durchs Haus.

Marcus setzte sich kerzengerade auf. Spielte ihm sein zermartertes Gehirn einen Streich? Wieder kam ein Schrei, diesmal lang gezogen. Türen schlugen. Getrappel auf der Holztreppe, Türenschlagen, aufgeregte Rufe.

Er sprang aus dem Bett, zog sich den Morgenmantel über und verließ sein Zimmer. Im Flur stieß er mit Mando zusammen, die nur ein dünnes weißes Nachthemd trug, über das sich ihre langen dunklen Locken ergossen. Ein Blitz durchfuhr ihn, als der weiche Körper den seinen berührte.

Mando ließ ihre Kerze fallen, er bückte sich, packte die Kerze mit einer Hand und griff mit der anderen nach einer kleinen weißen Fessel, und fuhr, während er sich gleichzeitig aufrichtete, schnell mit der Hand über die Innenseite einer wohlgeformte Wade, bis hinauf zu einer nackten Scham. Mando wehrte sich nicht, blieb wie angewurzelt stehen und starrte ihn aus aufgerissenen Augen an.

»Du gehörst mir«, flüsterte er heiser.

Sie taumelte. »Irini«, flüsterte sie zurück, »Irini kriegt ihr Kind!« Damit wandte sie sich um und raste die Treppe hinunter.

Nicht nur ein Kind, sondern ein Zwillingspärchen erblickte in der Tagesdämmerung dieses Julimorgens im Jahr 1818 das Licht der Welt.

»Welch ein Glück, dass sie ihre Kinder in der Nacht gekriegt hat«, bemerkte Vassiliki, als sie in Irinis große Küche trat, wo Mando den beiden Köchinnen Anweisungen gab. »Ich weiß nicht, ob die arme Kleine das in der Hitze des Tages überlebt hätte!« Sie wischte sich ihr schweißnasses Gesicht an einem Küchentuch ab. »In diesem Land ist es eine Strafe, im Sommer schwanger zu sein!« Niemand der Anwesenden konnte wissen, dass sie aus eigener Erfahrung sprach, denn Vassiliki machte aus ihrer Vergangenheit seit jeher ein Geheimnis.

Sie nickte anerkennend, als ihr Blick auf die Teller mit Gebäck, Broten, kleinen Fischen, gefüllten Paprika und kaltem Fleisch fiel.

»Gut organisiert«, lobte sie Mando, »du könntest jetzt schon deinem eigenen Haushalt vorstehen! Ich übernehme den Rest, geh zu Irini und sieh dir deine Neffen an!«

Jetzt kam der Moment, den Mando gefürchtet hatte, der Moment, an dem es für sie nichts mehr zu tun gab und alle möglichen Gedanken auf sie einströmen würden. Zakarati hatte ihr die Aufsicht über die Küche übertragen und in der Hektik des Geschehens war Mando nicht zur Ruhe gekommen. Sie war dankbar, dass ihre Mutter die Anwesenheit der jüngsten Tochter bei der Geburt für unpassend hielt, und sie versuchte, nicht daran zu denken, was in der Kammer, aus der die Schreie kamen, vor sich ging.

Als Mando die Küche verließ, probierte sie, nicht an den Vorfall zu denken, der sich wenige Stunden zuvor im Flur vor ihrem Zimmer ereignet hatte. Es war gar nichts passiert, redete sie sich ein, es war nur ein Traum. Eine heiße Welle flutete durch ihren Körper, ihr Schoß klopfte wie eine große Wunde. Sie fasste sich zwischen die Beine, als wollte sie den Strom aufhalten, der sich dort staute und hinauszufließen drohte. Ihr war schwindlig. Sie setzte sich auf die Treppe und barg den Kopf in den Händen. Im nächsten Augenblick sprang sie auf. Wenn

Marcus nun hinunterkäme! Nie wieder konnte sie ihm in die Augen sehen, nie wieder wollte sie ihm begegnen. Wieso hatte sie ihm keine Ohrfeige gegeben, wieso hatte sie nur blöd dagestanden, wie eine Kuh, die gemolken wurde?

Sie staunte, dass sie keine Wut auf ihren Cousin verspürte, im Gegenteil, die Schuld bei sich selber suchte. Sie erkannte mit einer Klarheit, die sie selber erschreckte, dass Marcus sie viel tiefer berührt hatte als nur da, wo sie noch niemand zuvor angefasst hatte. Sie erschrak vor ihrem eigenen Körper, der einen Willen zu haben schien, der zu ihrem Kopf in Widerspruch stand.

Ich bin ein Tier, dachte sie erschüttert und versuchte gleichzeitig das wohlige Gefühl wieder zu erleben, das sie in jenem Moment verspürt hatte. Hing dies mit den geheimen Dingen der Nacht zusammen, die sich zwischen Frau und Mann abspielten, und von denen sich Irini ständig in Andeutungen erging? Aber von Händen hatte ihre Schwester nie gesprochen, nur von jenem Teil des Mannes, den sie eingehend auf den Abbildungen von klassischen Statuen in den Büchern ihres Vaters betrachtet hatte und von dem sie sich nur schwer vorstellen konnte, dass darin die berühmte Manneskraft ihren Ursprung haben sollte. Kleine Kinder steckten darin, die der Mann dann in den Körper der Frau katapultierte. Natürlich bin ich ein Tier, sagte sich Mando wieder, ein Tier, das sich fortpflanzen will – wie Irini und Antonis – und daher hat Gott meinen Sinn verwirrt. Aber er hat nicht aufgepasst und den falschen Mann meinen Pfad kreuzen lassen. Oder er will mich warnen. Oder mich prüfen. Ob ich stark genug bin, der Versuchung zu widerstehen.

»Marcus«, sie sprach den Namen laut aus, sang ihn beinahe, sagte sich dann, als sie schweren Schrittes zu Irinis Zimmer ging, er ist ein Mann und ich bin eine Frau, aber es ist eine Sünde, denn in unseren Adern fließt das gleiche Blut.

»Ich gratuliere der Tante!« Pappas Mavros' Stimme riss sie aus ihren Gedanken. Der Priester umarmte sie. »Marcus hat mich informiert, bevor er in aller Frühe nach Mykonos zurückgefahren ist.« Er hielt sie etwas von sich ab und musterte ihr Gesicht. »Du bist ja blasser als deine Schwester! Ja, eine Geburt ist jedes Mal ein kleines Wunder, wenn auch ein anstrengendes. Angesichts des frohen Ereignisses sollten wir heute den Unterricht ausfallen lassen.«

»Bitte nicht!«, brach es aus Mando heraus. Sie wollte nicht im Haus ihrer Schwester bleiben. Sie musste ihren Geist beschäftigen, um nicht verrückt zu werden. »Gerade heute kann ich sicher besonders gut lernen!«

»Braucht deine Schwester dich denn nicht?«

»Im Augenblick sind genügend Leute bei ihr. Das wird in den nächsten Tagen wohl anders werden.«

Mit Schaudern dachte Mando daran, dass Irini nun vierzig Tage lang das Haus würde hüten müssen, da sie sich nicht auf der Straße zeigen und in Geschäften nicht bedient werden durfte. Die offizielle Begründung der orthodoxen Kirche für diese Art Hausarrest lautete, dass es eben so lange daure, bis der Teufel aus dem Leib der Mutter gefahren wäre, aber Vassiliki hatte Mando den wirklichen Grund genannt.

»Früher haben die Frauen bis zur Stunde der Geburt auf den Feldern oder im Haus gearbeitet und gleich danach ihr Werk wieder aufgenommen. Viele starben dabei an Entkräftung. Was dir wie eine grausame Beschränkung der Freiheit vorkommt, ist in Wirklichkeit zum Schutz der Frauen erdacht worden.«

Pappas Mavros zog etwas aus einer Tasche. »Hier, das kannst du deinen Neffen umhängen.«

Er reichte ihr zwei kurze Ketten mit gläsernen Anhängern, die jeweils ein Auge symbolisierten. Mando schlug sich an die Stirn. Dass sie nicht selber daran gedacht hatte! Wie furchtbar, dass sie so viel mehr mit dem Durcheinander in ihrem eigenen Kopf beschäftigt gewesen war als mit der Tatsache, dass ihre Schwester unter Gefahr für ihr eigenes Leben zwei neue hervorgebracht hatte! Natürlich brauchten Irinis Kinder Schutz vor dem bösen Blick, und wie gut, dass der Onkel daran gedacht hatte.

Gerührt stand sie später vor Irinis Bett und betrachtete die zwei kleinen völlig in weiße Binden eingewickelten Neffen.

»Alle Finger sind vorhanden«, lächelte ihr Irini zu und reichte ihr eines der Bündel.

»Warum sind auch die Arme eingewickelt?«, fragte Mando

und blickte in das zerknautschte Gesicht eines ihrer Neffen. »Ich könnte mir vorstellen, dass so ein Geschöpf nach langem Aufenthalt in enger Behausung seine Arme ein bisschen ausstrecken will.«

»Eben das will es nicht«, mischte sich Vassiliki ein, die Irini eine Tasse Tee brachte, »Säuglinge fühlen sich geborgener, wenn die Arme eng am Körper anliegen.«

»Hat man mich auch so eingewickelt?«, wandte sich Mando an die Dienerin.

Vassiliki lachte.

»Nein, obwohl es dir sicher gut getan hätte. Du hast immer wie eine Wilde gestrampelt, aber deine Mutter hielt damals nicht viel von griechischen Gepflogenheiten.«

»Bäuerliche Gebräuche waren bei uns nicht üblich«, mischte sich jetzt auch Zakarati ein, die auf einem Stühlchen neben dem Bett saß. »Ich bin entsetzt, dass deine Schwester nicht nur die Kinder selber stillen will, sondern es auch ablehnt, ein Kindermädchen einzustellen.«

»Mama«, lächelte Irini sanft. »Tinos ist nicht Triest. Ich würde hier als Rabenmutter gelten, wenn ich meine Kinder Fremden anvertraute. Und Antonis würde auf der Insel sein Gesicht verlieren, wenn man mir nachsagte, dass ich meine Kinder vernachlässigte.«

»Ihr seid doch auch nicht vernachlässigt worden«, empörte sich Zakarati, »und ihr wusstet zu allen Zeiten, dass eure Mutter eine Dame war.«

Ja, dachte Mando, das war wirklich von großer Bedeutung für uns. Aber um Irini nicht wieder in die Rolle der Vermittlerin zu drängen, hielt sie den Mund. Bevor sie den Säugling ihrer Schwester zurückgab, spuckte sie dreimal über seine linke Schulter.

Pappas Mavros war nicht allein, als Mando wenig später bei ihm anklopfte. Eine schwarz gekleidete, verschleierte Frau erhob sich, als Mando eintrat, nickte dem Popen zu und huschte zur Tür hinaus, ohne die neue Besucherin zu begrüßen.

»Das war eine Heilige«, erklärte Pappas Mavros, »jedenfalls so weit Lebende heilig sein können. Unsere Nonne Pelagia. Sie hat Visionen und du kannst darüber lachen, aber ihre Vorhersagen treffen immer ein.«

»Was hat sie Ihnen denn prophezeit?«, erkundigte sich Mando.

»In ihren Träumen erscheint ihr die Mutter Gottes. Sie gibt ihr Anweisungen, wie sie Kranke zu behandeln habe und Fehlende auf den Pfad der Tugend zurückbringen könne. Sie teilt ihr auch mit, wie es den Seeleuten und Händlern fern der Heimat ergeht, wer dem Tode geweiht ist, wer wieder gesund werden wird und wovor man sich schützen muss. Vergangene Nacht ist die Panagia – die Mutter Gottes – ihr wieder erschienen, diesmal aber, um sich zu verabschieden. Pelagia ist darüber sehr verstört.«

Mando bekreuzigte sich.

»Hat die Nonne ihr Missfallen erregt?«

»Das glaube ich nicht. Die Panagia hat ihr mitgeteilt, dass sie ihr erst in vier Jahren wieder erscheinen werde. Sie werde ihr dann den wichtigsten Auftrag ihres Lebens erteilen.«

»Warum erst in vier Jahren?«

»Pelagia soll sich von jetzt an ausschließlich auf diesen Auftrag vorbereiten. Das bedeutet, dass sie ihr segensreiches Werk unter den Menschen nicht mehr fortsetzen darf. Sie muss sich in ihre Klosterzelle zurückziehen, ein Schweigegelübde ablegen und auf den Auftrag der Panagia warten.«

»Alles nur wegen eines Traumes?«, fragte Mando ungläubig.

»Mein liebes Kind, unterschätze die Kraft von Träumen nicht.«

»Aber wenn ihr die Panagia doch wieder erscheinen sollte?«

»Das wird sie nicht«, sagte Pappas Mavros, »ich habe dir doch gesagt, dass Pelagias Träume immer in Erfüllung gehen.«

»Wäre es mit meinen doch auch so«, meinte Mando nachdenklich.

»Du denkst jetzt an Wunschträume. Hast du denn welche?«

»Freiheit!«, erklärte Mando unverblümt. »Freiheit so zu leben, wie es mir gefällt, Freiheit von meiner Mutter, meinem Schwager.«

»Auch wenn sie dich gehen ließen, wärest du nicht frei«, sagte Pappas Mavros ernst. »Du würdest von der Gemeinschaft ausgestoßen werden, weil du nicht lebst, wie man es von dir erwartet, und dann wärst du inmitten deiner Freiheit sehr einsam.«

»Aber es muss doch noch andere Menschen geben, die so denken wie ich!«, rief Mando verzweifelt.

»Die gibt es auch. Mehr als du denkst. Aber ihr Freiheitsbegriff ist viel weiter gefasst, sie denken nicht nur an sich selbst, denn sie haben verstanden, dass niemand in einem unfreien Land wirklich frei sein kann.«

Er stand auf, zog aus einem Stapel Papier ein Blatt und reichte es ihr. »Dein Französisch ist besser als meins. Übersetz mir bitte diesen Text, er stammt von einem Mann namens …«, er zögerte, »Satobriant.«

»Chateaubriand«, verbesserte Mando automatisch, runzelte die Stirn und begann zu übersetzen: »Das Schauspiel Attikas, über dem ich sann, war einst von Augen überblickt worden, die seit über zweitausend Jahren geschlossen sind. So mag man zur Blütezeit Athens die Flotte gesehen haben, wie sie dem Feind entgegen aus dem Piräus auslief. Vielleicht hätten wir die Trauer von Ödipus, von Philoktet oder der Hekuba vernommen, deren Rufe uns aus dem Bacchus-Theater entgegengehallt wären. Wir hätten den Beifall der Bürger gehört und die Reden des Demosthenes. Doch ach! Kein Ton erreichte unser Ohr, nur verirrte Rufe dieses versklavten Volkes, die von Zeit zu Zeit zwischen den Mauern aufklangen, die einst das Echo freier Stimmen zurückgeworfen hatten.«

Mando reichte ihm das Papier zurück und schüttelte den Kopf.

»Wenn man das liest, sollte man meinen, dass wir uns alle an eisernen Fußfesseln fortschleppten oder wie Prometheus an einen Felsen gekettet wären. Aber das ist doch nicht so! Natürlich weiß ich, dass der Türke unser Herr ist, aber wir kennen es doch seit Jahrhunderten nicht anders, und ich wüsste nicht, was wir gegen den Sultan unternehmen könnten.«

»Schau dir die Serben an«, forderte Pappas Mavros Mando auf. Er bezog sich dabei auf den halbautonomen Status, den sich dieses Volk ein Jahr zuvor unter der osmanischen Herrschaft erkämpft hatte, und er wies seine Nichte darauf hin, dass der Mann am Bosporus seit den russisch-türkischen Kriegen noch mehr kränkelte.

Mando erinnerte sich: »Da haben Griechen doch auf beiden Seiten gekämpft?«

»Weil sie keine Wahl hatten. Genau das meine ich. Wir müssen um unsere Unabhängigkeit kämpfen, um die Ziele, die uns wichtig sind. Die Zeit dafür ist reif. Weißt du, was man im Ausland über uns sagt?«

»Das habe ich doch soeben übersetzt.«

»Das war noch freundlich. Der preußische Generalkonsul in Rom, Jakob Salomon Bartholdy, ist präziser in seiner Beschreibung. Er nannte uns ›einen Haufen ausgetrockneter Stämme, die das einzige Zeugnis für einen einstmals stolzen Wald sind‹, eine sehr deutliche Sprache, nicht wahr?«

»Es wäre schön, wenn Irinis Kinder sich so etwas nicht anhören müssten«, sagte Mando nachdenklich. »Ich stelle mir gerade vor, dass es wieder zu einem Krieg mit den Russen kommen könnte, und jeder der Jungen auf einer anderen Seite kämpfen müsste.«

Pappas Mavros war befriedigt. Mando befand sich auf dem richtigen Weg. Aber er machte sich nichts vor, noch war sie zu naiv, zu selbstsüchtig und zu verwöhnt, um die Aufgabe, die er ihr zugedacht hatte, erfüllen zu können. Aber noch war auch die Hetärie der Freunde zu schwach. Außerdem bestand die Gefahr, dass der einfache Bürger die Ziele der gebildeten Schicht verkannte und aus eingewurzeltem Misstrauen annehmen würde, die Bevorzugten seien nur darauf aus, sich persönlich zu bereichern. Erst, wenn man wirklich alle Bevölkerungsgruppen hinter sich wusste, war die Stunde der Erhebung gekommen. Innerlich schmunzelte er. Es war ein Fehler der Osmanen gewesen, der orthodoxen Kirche so weit entgegenzukommen und die Glaubensfreiheit zu gestatten. Zwar würden Krieger in Waffenröcken das Land befreien, aber den Impetus würden die Männer in Soutanen geben, einfache Popen wie er.

Pappas Germanos, der Erzbischof von Patras, hatte in seiner letzten Epistel deutlich zu verstehen gegeben, dass die Kirche im Kampf gegen die Ungläubigen das Fundament der nationalen Einheit bilden sollte. Von Griechenland sollte wieder ein

Signal ausgehen und zusammen mit Russland würde man sich daran machen, den wahren, den orthodoxen Glauben wieder in die heidnische Welt der Katholiken und Protestanten hinauszutragen.

Pappas Mavros hatte an dieser Stelle eine Augenbraue gehoben, aber er sah dem Erzbischof seine Engstirnigkeit nach. Schließlich lebte dieser nicht wie er Tür an Tür mit Katholiken, durchaus zugänglichen und gar nicht so anderen Menschen, wie er selber erfahren hatte. Tinos, das erst vor genau hundert Jahren, nämlich im Jahr 1718, von den Venezianern formell an die Türken abgetreten worden war, hatte damals 15 000 Bewohner, die fast alle katholisch waren, und auch heute noch betrachtete die Hälfte der Insel den Papst als ihr religiöses Oberhaupt. Pappas Mavros war alles andere als weltfremd und er erlaubte sich sogar den verbotenen Gedanken, dass der katholische Einfluss die Visionen der Nonne Pelagia prägte. Wo sonst in Griechenland spielte die Mutter Gottes eine so belangreiche Rolle? Eine Frau!

Den Orthodoxen war alles Weibliche suspekt und sogar ein wenig widerwärtig. Auf dem Heiligen Berg Athos, der Frauen unzugänglich war, gab es nicht einmal weibliche Tiere. Und welche Rolle würde dieser Berg bei der Erhebung spielen! Wenn die Türken wüssten, was dort alles geplant wurde! Sie dachten, der Heilige Berg wäre für die Griechen ein Ort wie Mekka und Medina, wo Gläubige beteten und sich der schnöden Wirklichkeit entzogen, für die Muslime. Weit gefehlt! Das äußere Zentrum des Widerstands mochte im russischen Odessa gefestigt sein, das innere befand sich auf dem Heiligen Berg, dem geistigen Zentrum der Griechen, der Stätte der Gebildeten und Gelehrten. Dort beim Kloster Vatopedi, wo bedeutende Persönlichkeiten wie Evgenios Voulgaris, Athanasios Parios und Kosmas der Ätiolier gelehrt hatten. Pappas Mavros wusste, dass viele Mönche des Berges Athos darauf warteten, die Kutte abzulegen und das Schwert zu ergreifen. Er selber war zu alt, um aktiv mitzukämpfen, aber er würde weiter im Hintergrund die Fäden ziehen.

Seine wichtigste Marionette war jetzt Mando. Es würde ihm gelingen, ihren Freiheitsdrang in die richtigen Bahnen zu lenken. Aber er wusste auch, dass er Geduld mit ihr haben musste und sie nicht bedrängen durfte.

Sie fühlte sich eingesperrt und langweilte sich in Tinos, und das war eine ideale Voraussetzung, um die Flamme der Freiheit in ihr zu entzünden. Er musste nur dafür sorgen, dass sie nicht durch andere Angelegenheiten, persönliche zum Beispiel, abgelenkt werden würde. Hatte er dem Werben des jungen Jakinthos zunächst noch wohlwollend gegenübergestanden, beschloss er jetzt, sich einer ehelichen Verbindung der beiden zu widersetzen. Er hatte eine bessere Verwendung für die Talente dieses Mädchens. Das Letzte, was die türkischen Herrscher erwarteten, war eine Frau, die sich ihnen entgegenstellte. Mit der gleichen Passion, mit der die Nonne Pelagia auf den Auftrag der Mutter Gottes wartete, strebte Pappas Mavros die Rekrutierung Mandos für das griechische Vaterland an.

Zakarati war höchst ungehalten, als Pappas Mavros sie bat, Mandos Fechtlehrer von Paros nach Tinos kommen zu lassen.

»Es wird höchste Zeit, dass meine Tochter sich mehr weiblichen Tätigkeiten zuwendet«, sagte sie. »Ich habe nie verstanden, weshalb mein Mann sie im Degenfechten hat unterrichten lassen. Er hat ihr sogar Schießen beigebracht, stell dir das vor! Als ich dahinter kam, habe ich ihr selbstverständlich die Pistole weggenommen.«

»Ich bin ein Mann der Kirche«, erwiderte Pappas Mavros friedfertig, »und würde nie zulassen, dass meine Nichte eine Waffe zum Töten in die Hand nähme.«

»Und warum willst du dann, dass der kleine Türke aus Paros wieder mit ihr die Klinge kreuzt?«

»Aus demselben Grund, aus dem du willst, dass sich Mando in Disziplin übt. Deine Tochter hat zu viel überschüssige Kraft, die sie nur durch koordinierte Bewegung loswerden kann. Die Ausbrüche, die sie dir gegenüber hat und die ich übrigens sehr beklage, sind ein Zeichen von unterdrückter Energie. Fechten ist ein Sport, bei dem höchste Aufmerksamkeit, Beweglichkeit und Disziplin erforderlich sind. Aber wenn du so sehr dagegen bist, könnte sie ja auch einer anderen körperlichen Ertüchtigung nachgehen.«

Er strich sich über den Bart und nickte: »Rennen, das würde ihr auch gut tun. Ich werde ihr den Auftrag geben, jeden Tag eine längere Strecke über die Insel zu rennen. Damit wird sie ihre Kräfte auch verausgaben und im Umgang angenehmer werden.«

»Um Gottes willen!«

Zakarati dachte nach. Die Vorstellung, Mando mit gerötetem Gesicht und fliegenden Röcken über die Insel rennen zu sehen, war ihr unerträglich. Die Nachbarn würden sich die Mäuler zerreißen! Vom Fechten hingegen brauchte niemand was zu wissen, diesen Unterricht könnte man an einem diskreten Ort stattfinden lassen.

So kam es, dass Monsieur Ali, wie er sich nennen ließ, an einem schönen Herbsttag in Tinos an Land ging und sich bei Pappas Mavros vorstellte.

Die Tatsache, dass der Fechtlehrer Türke war, erfreute den Popen aus einem ganz bestimmten Grund: Er würde Mando auch den Umgang mit dem Säbel beibringen können. Allerdings kostete ihn das einige Überredungskraft. Der schmale schwarze, sorgfältig gepflegte Schnurrbart des Türken zitterte, als Pappas Mavros ihm diesen Vorschlag machte.

»Welchen Sinn sollte es haben, einer Frau einen Säbel in die Hand zu drücken?«, fragte er leicht empört.

»Sie kennen doch die junge Dame, Monsieur Ali«, erwiderte Pappas Mavros leichthin. »Sie langweilt sich zu schnell mit einer Sache. Ich dachte, dass es den Unterricht auflockern könnte, wenn sie mal mit einer anderen Waffe übte. Meinetwegen könnten Sie ihr auch ein paar Kunststückchen mit dem Messer beibringen. Als Geschicklichkeitsübung.«

Vor seinem geistigen Auge sah er seine Nichte mitten im Schlachtengetümmel dem einen Türken ein Messer in den Bauch rammen und einem anderen mit dem Säbel den Kopf vom Rumpfe trennen. Vielleicht würde es ja gar nicht so weit kommen, aber es war seine Pflicht, dafür zu sorgen, dass Mando auf alle Eventualitäten vorbereitet war.

Mando selber freute sich darauf, die Fechtstunden wieder aufzunehmen. Wenigstens in den Stunden mit Monsieur Ali würde sie die Gedanken an Marcus zur Seite schieben können.

Ihr Cousin war nicht zur Taufe der beiden Kinder gekommen, da er sich auf eine wichtige Reise ins Ausland begeben hatte.

»Er wird eine längere Zeit wegbleiben«, sagte Jakinthos, der im Namen von Marcus zwei kunstvoll geschmückte Wiegen aus Mykonos mitgebracht hatte. Mando war zugleich erleichtert und enttäuscht.

Immer wieder spielte sich in ihrem Kopf ab, was sich zwischen ihnen innerhalb von wenig mehr als einer Sekunde ereignet hatte, und jedes Mal durchströmte sie dabei ein peinigendes, wohliges Gefühl. Keine Nacht verging, in der sie nicht ihre Hand zwischen die Schenkel presste und sich dabei vorstellte, dass es ihr Cousin war, der sie dort berührte. Es gab Nächte, in denen sie versuchte sich zu bezwingen, der Versuchung nicht nachzugeben. Sie rief alle Heiligen an, da sie nicht wusste, welcher für ihre Sünde zuständig war, sie betete, weinte, lief im Zimmer auf und ab, bespritzte sich mit kaltem Waschwasser, aber nichts half. Auch der Versuch, ihre Arme wie bei einem Säugling fest an den Körper zu binden, schlug fehl, und als sie eines Nachts entdeckte, dass ihr ein kleines Spiel der Finger höchste Wonnen bereiten konnte, hielt sie sich für verloren.

Der Teufel war in sie gefahren, aber er machte sich auf eine Weise bemerkbar, die sie niemandem mitteilen konnte. Sie musste selber herausfinden, wie er zu exorzieren war, und sie hatte alle Hoffnung auf eine erneute Begegnung mit Marcus gesetzt. Wenn sie ihm noch einmal in die Augen sehen und ihn anspucken würde, könnte sie den Spuk vielleicht bannen.

»Und was wird dann aus Mandos Haus und unseren Grundstücken auf Mykonos?«, fragte Zakarati besorgt.

»Sein jüngerer Bruder kümmert sich um alles«, beruhigte sie Jakinthos und berichtete, dass die junge Witwe des deutschen Barons inzwischen tatsächlich Miete bezahlte.

»Hat sie denn immer noch keinen anständigen Ehemann gefunden?«, wunderte sich Irini.

Jakinthos zögerte. Es war wohl nicht schicklich, den Damen

mitzuteilen, dass zwischenzeitlich ein englischer Lord eine Kurzehe mit der fraglichen Person eingegangen war.

»Wie lange wird Marcus wegbleiben?«, stellte Mando die einzige Frage, die sie selber interessierte.

»Ich hoffe, dass er zu meiner Hochzeit zurückkommt«, antwortete Jakinthos und sah Mando unverwandt in die Augen. Das Gespräch am Tisch verstummte. Mando wandte den Blick ab.

»Ist das ein Antrag?«, fragte Zakarati erfreut. Jakinthos war zwar nicht von feinstem Adel, stammte aber aus einer guten und wohlhabenden Familie. Eine bessere Partie würde Mando in dieser Umgebung kaum machen können. Welch eine Erleichterung, wenn dieser junge Mann künftig die Verantwortung für ihre querköpfige Tochter übernehmen würde.

»Der Vormund bin immer noch ich«, meldete sich Pappas Mavros streng zu Wort. Überrascht blickte Jakinthos zu ihm hin. Von dieser Seite hatte er keinen Widerstand erwartet.

»Würdest du ihn denn heiraten wollen?«, fragte Irini flüsternd ihre Schwester. Mando warf ihr einen dankbaren Blick zu.

»Ich weiß nicht«, flüsterte sie zurück. Inzwischen war Jakinthos aufgestanden und hatte sich mit dem Priester in einen Nebenraum zurückgezogen. Zakarati überlegte laut, wie, wann und wo die Hochzeit ausgerichtet und dass dazu der Erzbischof eingeladen werden sollte.

Als Jakinthos und Pappas Mavros eine halbe Stunde später wieder zu der Gesellschaft stießen, sahen sie erwartungsvolle Blicke auf sich gerichtet.

»Es wird keine Hochzeit stattfinden«, erklärte der Pope kurz und bündig, griff nach einem Hühnerbein und biss hinein.

Zakarati stieß einen kleinen Schrei aus und fasste sich ans Herz. Jakinthos reichte ihr schnell ein Glas Wasser.

»Aufgeschoben ist nicht aufgehoben«, beruhigte er sie. »Ich freue mich, dass ich Ihre Zustimmung habe, Frau Mavrojenous, und ich gebe Ihnen mein Wort, dass ich Mando eines Tages heiraten werde, wenn sie mich haben will.«

Innerlich kochte er und es kostete ihn große Anstrengung, sich seine Wut auf den Popen nicht anmerken zu lassen. Er sah nicht ein, weshalb die Hetärie der Freunde ein Mitspracherecht über seine Eheschließung haben sollte und weshalb Mando noch nicht die seine werden durfte. Mit dem Hinweis auf gefährliche Aufgaben, die seiner harrten, hatte ihn Pappas Mavros abgewiesen. »Prüfe dein Herz«, hatte er ihm empfohlen, »wenn es nach der Befreiung Griechenlands immer noch für meine Nichte schlägt, kannst du sie heiraten.« Verzweifelt hatte Jakinthos darauf hingewiesen, dass es noch Jahre dauern könnte, ehe dieses Ziel erreicht wäre, aber der Pope hatte nicht mit sich reden lassen.

Es gab nur einen Ausweg: Er musste Mando entführen. Wenn er sich mit ihr drei Tage und drei Nächte irgendwo verbarg, konnte nichts und niemand einer Heirat im Wege stehen. Für die Entführung benötigte er allerdings Mandos Zustimmung. Der Mithilfe ihrer Mutter war er sich gewiss.

Er wandte sich an Mando. »Kommen Sie in einer halben Stunde auf den Hof«, flüsterte er ihr auf Französisch zu. »Ich muss Sie etwas fragen.«

Dann erhob er sich und verabschiedete sich von der Festgesellschaft.

Vassiliki, die neben dem Tisch stand, hatte alles beobachtet und fast alles gehört .

Sie schlurfte zu Mando.

»Komm in die Küche, mein Täubchen«, raunte sie ihr ins Ohr. »Ich muss dir etwas Wichtiges sagen.«

Mando nickte, stand auf und folgte der Dienerin.

»Was ist?«, fragte sie, als sie sich im Flur befanden.

»Du weißt, dass du ihn heiraten kannst, wenn du willst«, flüsterte Vassiliki. »Er will dich entführen. Er hat sich doch mit dir verabredet?«

Mando nickte. »In einer halben Stunde auf dem Hof.«

»Dann musst du dich schnell entscheiden.«

»Ich tu's«, sagte Mando spontan. »Pack du meine Sachen!«

Sie würde Jakinthos heiraten und damit ihren Teufel exorzieren.

Sie kehrte wieder ins Wohnzimmer zurück und versuchte gelassen und heiter zu erscheinen. Pappas Mavros beobachtete sie aus schmalen Augen. Vassiliki war nicht die Einzige, die erraten hatte, dass sich Jakinthos nicht ohne weiteres abservieren lassen würde. Als Mando eine halbe Stunde später aus dem Zimmer huschte, folgte er ihr unauffällig. Er sah, wie Jakinthos einen Esel mit Gepäckstücken belud und dann nach Mandos Hand griff.

Kurz entschlossen trat der Priester aus dem Schatten des Eingangs.

»Ich beklage euren mangelnden Respekt!«, donnerte er.

»Und du, Mando, wirst mich zum Kloster Kehruvuni begleiten, wo du so lange in einer Zelle sitzen wirst, bis du Vernunft angenommen hast.«

Er trat auf seine Nichte zu und packte sie hart am Arm

Jakinthos stieß einen Fluch aus, begriff aber, dass er nichts mehr ausrichten konnte.

»Sie wissen, was ich für Sie empfinde«, rief er Mando auf Französisch zu: »Auch wenn wir jetzt noch nicht heiraten können, sollen Sie wissen, dass ich Ihnen mein Leben weihe.«

Keiner von beiden konnte zu diesem Zeitpunkt ahnen, wie prophetisch diese Worte sein sollten.

Jahrelang war Irinis Ehe kinderlos geblieben, und sie und Antonis hatten die Hoffnung auf Nachwuchs schon fast aufgegeben, als sich endlich die Zwillinge anmeldeten. Es schien, als ob die Fruchtbarkeitsgöttin das Ehepaar für die Jahre der Kinderlosigkeit entschädigen wollte, denn fünf Monate nach der Geburt der Zwillinge war Irini abermals schwanger, und ein Jahr nach der Geburt ihres Sohnes Karolos kam auch noch die Tochter Zacharoula zur Welt.

Das Haus hallte vom Kindergeschrei wider und Mando war heilfroh, dass sie täglich mehrere Stunden bei Pappas Mavros oder auf dem Hof von Monsieur Alis Domizil verbringen konnte. Sie war inzwischen fast vierundzwanzig Jahre alt und dachte nur noch selten an jenen Tag, an dem Jakinthos sie hatte entführen wollen.

Eine Woche lang hatte sie im Kloster verbracht und in jenen Tagen hatte ihr der Pope erstmals enthüllt, welche Aufgaben er ihr in der Zukunft zugedacht hatte. Er versuchte ihr sein Eingreifen zu erklären. »Du denkst, dass ich dich um dein Glück gebracht habe, aber das Gegenteil ist der Fall. Ich bin für dein Glück verantwortlich und mir ist nicht entgangen, dass du Jakinthos nicht wirklich liebst.«

Als sie ihn unterbrechen wollte, hob er die Hand. »Eine Ehe einzugehen, um aus dem Elternhaus zu fliehen, ist dumm. Du magst dich jetzt zwar für eine Gefangene halten, aber als Ehefrau mit hundert Verpflichtungen wärst du eine Sklavin. Du musst frei sein, um an der Freiheit unseres Landes mitzuarbeiten. Das ist deine Verpflichtung. Du bist adlig, intelligent, gebildet, gewitzt, du hast viele Begabungen, und außerdem bist du schön.« Er machte eine Pause, um zu beobachten, wie seine Worte auf sie wirkten und fügte dann hinzu: »Es gibt überhaupt keinen Grund, weshalb du nicht eines Tages als Königin unser freies Land regieren solltest.«

Mando lachte.

»Und wer ist der König?«, fragte sie spöttisch.

»Bestimmt nicht der junge Jakinthos«, erwiderte Pappas Mavros. »Große Dinge werden in den nächsten Jahren mit dir geschehen und du wirst große Männer kennen lernen. Einer von ihnen wird dir seine Hand reichen und an seiner Seite wirst du Hellas zu neuer Blüte bringen.«

»Und woher wissen Sie das?«, fragte Mando.

»Das hat mir die Nonne Pelagia gesagt, die Mutter Gottes hat es ihr prophezeit«, log der Pope.

»Und ihre Visionen treffen immer ein«, fügte Mando mit leicht ironischem Unterton hinzu.

»Warte es ab«, meinte Pappas Mavros nur.

»Hat sie auch gesagt, welchen Namen ich mir merken muss? Nur für den Fall, dass ich meinem Glück gegenüberstehen und es nicht merken sollte!«

»Nein, aber ich nenne dir jetzt ein paar Namen, die du dir merken sollst.«

Mando zückte ihren Bleistift.

»Nicht aufschreiben«, sagte der Pope ernst. »Merken. Odysseus von Ithaka, Georgios Karaiskakis, Joannis Kolettis, Giovanni Kapodistrias, Alexander Mavrokordatos, Admiral Miaulis, die Brüder Mavromichalis und Alexander und Dimitri Ypsilanti, Theodoros Kolokotronis …«

»Ich kenne einige Namen«, unterbrach ihn Mando, »was eint all diese Männer?«

»Gute Frage, Mando, sie sind alle in der Hetärie der Freunde. Und der wirst auch du dienen, obwohl du ihr als Frau nicht offiziell beitreten kannst.«

Mando dachte einen Moment nach.

»Pappas Mavros«, fragte sie dann, »hat auch der Name Nikolaos Mavrojenous auf dieser Liste gestanden?«

»Ja«, sagte der Pope, ohne zu zögern. »Dein Vater war ebenfalls ein wichtiges Mitglied unserer Geheimgesellschaft. Er war es, der mich darauf aufmerksam gemacht hat, dass du nützliche Fähigkeiten besitzt.«

»Sie haben ihn vergiftet«, murmelte Mando.

»Was sagst du da?«

»Das hat Mutter gesagt«, erwiderte sie nachdenklich. »Hat sie mit ›sie‹ vielleicht Mitglieder der Hetärie gemeint?«

Der Pope wandte sich um und blickte aus dem kleinen Zellenfenster auf die sonnenverbrannte Landschaft.

»Ausgeschlossen«, sagte er. »So unterschiedlich die Mitglieder unseres Bundes auch sind, sie würden keinen der ihren töten. Jeder wird gebraucht.«

Mando wagte es kaum, die nächste Frage zu stellen.

»Aber einen Verräter, den würde man zur Verantwortung ziehen?«

»Beruhige dich, mein Kind, dein Vater war kein Verräter. Er ist an Herzversagen gestorben.«

Dieses Gespräch hatte vor zweieinhalb Jahren stattgefunden, aber persönlich kennen gelernt hatte Mando noch keinen der Männer, die ihr Pappas Mavros genannt hatte. Auch keinen anderen, der als künftiger König von Griechenland infrage gekommen wäre. Die angebliche Vision der Nonne Pelagia hatte sie sowieso nicht ernst genommen, sie fand es viel interessanter, Teil einer Verschwörung zu sein. Ihre Aufgaben für die Hetärie beschränkten sich im Wesentlichen aufs Briefeschreiben. Sie lernte verschlüsselte Texte aufzusetzen und zu entziffern und war mit der Landkarte Griechenlands in den Grenzen von Byzanz bald so vertraut, dass sie fast jedes Dorf dem richtigen Landstrich zuordnen konnte. Sie war hoch geehrt, als bei Pappas Mavros eines Tages ein Brief von Kapodistrias eintraf, in dem er bat die Tochter von Niklolaos Mavrojenous auf das Herzlichste zu grüßen. Er teile nicht die Ansicht mancher Mitglieder der Hetärie, dass Frauen nur im Hintergrund zu wirken hätten. Mando fragte den Popen, ob sie dem Grafen selber schreiben dürfe und war begeistert, als er zustimmte. Das war der Anfang eines langjährigen Briefwechsels.

Am erfreulichsten war, dass ihr Pappas Mavros eine Reise nach Paris in Aussicht gestellt hatte. Es war Januar 1821, die Stunde der Erhebung stand bevor und Mando sollte bei wohlhabenden französischen Sympathisanten Geld für Waffen, Soldaten und Schiffe sammeln. Es war allerdings ausgeschlossen, dass sie allein fuhr.

»Nicht mit meiner Mutter!«, rief sie, als der Pope auf das Thema Reisebegleitung kam.

»An die habe ich nicht gedacht«, erwiderte er. »Du brauchst unterwegs männlichen Schutz.«

Er öffnete die Tür seines Studierzimmers und ließ einen jungen Mann eintreten.

Mando glaubte ihren Augen nicht zu trauen. Zweieinhalb Jahre lang hatte sich Marcus von Tinos fern gehalten und jetzt stand er plötzlich vor ihr.

Aphrodite

Pappas Mavros entging nichts. Er sah die erschrockenen Augen Mandos, das leichte Zittern ihrer Unterlippe, die feine Röte, die Marcus ins Gesicht stieg. Anstatt auf ihren Cousin zuzugehen und ihn freudig zu begrüßen, trat Mando einen winzigen Schritt zurück und senkte den Blick. Marcus machte keine Anstalten ihr die Hand zu küssen.

Ich muss mich irren, dachte der Pope, sie haben sich doch seit mehr als zwei Jahren nicht gesehen. Wann soll da etwas passiert sein? Er erinnerte sich, dass ihn Marcus in jener Nacht geweckt hatte, als Irinis Zwillinge geboren wurden. Er hatte sich damals zwar darüber gewundert, dass Marcus es offensichtlich sehr eilig zu haben schien, Tinos zu verlassen, dies aber dem Unbehagen des jungen Mannes zugeschrieben, bei etwas so weiblich Intimem wie einer Geburt anwesend zu sein. Jetzt sah er diese Flucht in einem anderen Licht. Cousin und Cousine mussten entdeckt haben, dass ihr Verwandtschaftsgrad sie nicht daran hinderte, unkeusche Gefühle füreinander zu hegen.

Pappas Mavros war keineswegs erschüttert. In einer Gesellschaft, wo unverheiratete Frauen nur mit Männern umgehen durften, die zur Familie gehörten, waren Liebesbeziehungen zwischen Cousins und Cousinen fast alltäglich. Das Tabu wirkte allerdings so stark, dass darüber nicht einmal getuschelt wurde. Dem Popen fiel wieder ein, wie wenig verstört Mando über die missglückte Entführung gewesen zu sein schien und dass sie in den darauf folgenden Jahren Jakinthos' Werbung selber zurückgewiesen hatte.

Ihr Herz gehörte einem anderen, und das war gut so. Es würde keine Ehe geben, durch die sie an den ihr zugedachten Aufgaben gehindert werden könnte. Alexander der Große hatte die Erfahrung gemacht, dass männliche Liebespaare, die Seite an Seite kämpften, im Krieg viel größeren Einsatz erbrachten. Persönlich lag Pappas Mavros fleischliche Lust fern. Er betrachtete sie als einen Faktor, der den Menschen daran hinderte, eine höhere Entwicklungsstufe zu erklimmen. All die Energie und Zeit, die für ein flüchtiges Gefühl aufgewendet wurden! All das überflüssige Leid im Namen der Liebe! Kopulieren war für den Weiterbestand der Art zwar ein notwendiges Übel, aber Pappas Mavros fand es höchst verwunderlich, dass ein Gott, der den Menschen nach seinem Bild geschaffen haben sollte, den schlichten Umstand der Fortpflanzung mit so barocken Schnörkeln versehen hatte.

Was nicht zu verhindern ist, muss man sich zunutze machen, dachte er. Mando würde also in aller Heimlichkeit die unvermeidliche Liebe mit der ebenso unvermeidlichen Enttäuschung erleben und danach vernünftig genug sein einen Mann zu heiraten, mit dem sie die Geschicke des Landes lenken könnte.

Er tat, als spüre er die Spannung im Raum nicht, und forderte beide auf sich zu setzen.

»Marcus hat im Auftrag der Hetärie einige interessante Begegnungen auf dem Festland gehabt«, sagte er zu Mando. »Am aufschlussreichsten war wohl sein Treffen mit Ali Pascha.«

Der Name verfehlte seine Wirkung nicht. »Der Löwe von Jannina!«, rief Mando aufgeregt.

»Ein skrupelloser und verschlagener Bandit«, warf der Pope ein, »all die Geschenke, die er nach Konstantinopel schickte, nützen ihm aber nichts mehr, es scheint, Sultan Mahmud will ihn aus dem Weg räumen. Nun, das war zu erwarten, schließlich hat er nicht gerade damit hinter dem Berg gehalten, dass er sich von Konstantinopel abnabeln will.«

Mando war fasziniert. Schon als Kind hatte sie sich von ihrem Vater immer wieder die Geschichte von Ali Pascha Tepenlenli erzählen lassen. Sie wusste, dass der Vater des Pascha, ein albanischer Bey, verarmt gestorben war. Seine Mutter Khamco hatte daraufhin eine Bande von Straßenräubern gegründet, um wieder zu Reichtum zu gelangen. So begann ihr 14-jähriger Sohn seine Banditenlaufbahn, in der er es zum gefürchtetsten Räuberhauptmann des Landes bringen sollte. Später bot er seine Dienste dem reichen Pascha von Euböa an, heiratete dessen Tochter, wurde selber zum stellvertretenden Pascha von Rumelia und kümmerte sich um die Sicherheit der Straßen, wie es hieß. Dabei wurde er so reich, dass er die kostbarsten Geschenke nach Konstantinopel schicken konnte und sich das Wohlwollen des Sultans sicherte, der ihn zum Pascha von Trikkala ernannte. Mit Morden und Intrigen schaffte es der habgierige und grausame ehemalige Räuberhauptmann nicht nur Pascha über Jannina zu werden, sondern sich ein kleines Reich zu unterwerfen. Er war jetzt Herr über den ganzen Epirus, über Südalbanien, Westmakedonien, Thessalien und die westliche Hälfte des griechischen Festlandes. Immer wieder unternahm er Raubzüge auf dem Peloponnes. Obwohl er inzwischen zum Vizekönig von Rumelia ernannt worden war, weigerte er sich Befehle des Sultans zu befolgen, denn es gefiel ihm nicht, dass Mahmud II. seit zwei Jahren damit beschäftigt war, die Regierung des osmanischen Reiches zu zentralisieren. Ali wollte selbstständig regieren, einen von Konstantinopel unabhängigen griechisch-albanischen Staat errichten. Um dieses Ziel zu erreichen, bandelte er nicht nur mit den Franzosen und den Briten an und spielte sie während der napoleonischen Kriege gegeneinander aus, sondern, wie Mando jetzt erfuhr, suchte er auch Mitglieder der Hetärie für seine Sache einzuspannen.

»Woher weiß er überhaupt etwas von unserer Organisation?«, fragte Mando betroffen. »Ich dachte, dass es in der Natur eines Geheimbundes liegt, ihn geheim zu halten!«

»Ali Pascha ist wie Pappas Mavros«, bemerkte Marcus schalkhaft.

»Ich muss doch sehr bitten!«, empörte sich der Pope.

»Vor ihm kann man nichts geheim halten.«

Der Pope hob eine Augenbraue.

»Er hat drei bedeutende Mitglieder der Hetärie in wichtige politische Ämter berufen«, fuhr Marcus fort, »darunter auch Dr. Jannis Kolettis, mit dem ich mich länger unterhalten habe.«

»Was war dein Eindruck von ihm?«, wollte der Pope wissen und Mando erinnerte sich, dass der Name Kolettis auf der Liste der merkenswerten Personen gestanden hatte.

Marcus zögerte. »Er ist sehr gebildet, frankophil, ehrgeizig, intelligent und ... und ...«

»... skrupellos?«, schlug Pappas Mavros vor.

Marcus nickte. »Das könnte sein. Mir war nicht wohl in seiner Gegenwart, aber ich war froh, dass er auf unserer Seite steht. Er war es, der mir erzählt hat, dass der Sultan Ali Pascha umbringen lassen will, und es würde mich nicht wundern, wenn Kolettis dabei selber seine Hand im Spiel hätte.«

»Mit dem Sultan an einem Strang ziehen! Dann wäre Kolettis ja ein Verräter!«, rief Mando.

»Wenn sich die Hohe Pforte um Ali Pascha kümmert, hat sie alle Hände voll zu tun, und die Hetärie kann ungestört ihre Pläne verfolgen«, meinte der Pope pragmatisch und setzte hinzu: »In der Stunde der Erhebung wird Jannis Kolettis von unschätzbarem Wert sein. Ich hoffe, dass man ihm danach ein Denkmal setzen wird.«

»Was Lebenden allerdings nur selten widerfährt«, meinte Marcus nachdenklich.

Der Pope nickte.

»Von Kolettis habe ich übrigens auch erfahren, dass wir von Österreich keine Hilfe erwarten können«, fuhr Marcus fort. »Metternich hält unser Schicksal für selbst verschuldet und uns für Barbaren. Er erklärt, die Zivilisation höre an der Südgrenze Österreichs auf.«

»Aber die Österreicher sind doch Erzfeinde der Türken«, meinte Mando verwundert. »Die Habsburger müssten doch jede Schwächung der Osmanen begrüßen!«

»Metternich hält eine schwache große Türkei für wünschenswerter als ein Russland, das ans Mittelmeer drängt und ihm damit möglicherweise ins Gehege kommt.«

Zum ersten Mal sah Marcus Mando voll ins Gesicht. Er war froh gewesen, dass der Pope das Gespräch sofort in Gang gebracht und nicht auf eine Begrüßung Wert gelegt hatte. Immer wieder hatte er sich in den beiden vergangenen Jahren vorgestellt, wie ihm Mando gegenüberstehen und er in ihren Augen lesen würde, dass sie ihm verziehen hatte. Er selber konnte sich nicht verzeihen, fand es unbegreiflich, dass er in jener Nacht so sehr die Kontrolle über sich verloren hatte. Am meisten aber beschäftigte es ihn, dass er die Szene in Gedanken immer wieder erlebte und wusste, dass er sie nicht bereute, sondern eine Wiederholung – und mehr wünschte. Immer wieder fragte er sich, warum sie ihn nicht zurückgestoßen hatte, dann keimte eine Hoffnung auf, die er augenblicklich wieder zu begraben trachtete. Eine Hoffnung, die sich Unmögliches zum Ziel setzte, war töricht. Aus Angst vor sich selber hatte er sich gewissermaßen ins Exil aufgemacht, Hände und Geist beschäftigt, sich ganz den Zielen der Hetärie hingegeben und zwischendurch Vergessen in den Armen anderer Frauen gesucht.

Als er Ende des vergangenen Jahres in Konstantinopel weilte, glaubte er, die Rückkehr auf die Kykladen wagen zu können. Er hatte seine Reise bereits vorbereitet, als etwas geschah, das ihm deutlich machte, dass die Jahre in der Fremde seine Gefühle für Mando nicht hatten auslöschen können.

Er hatte sich mit dem französischen Attaché Comte de Marcellus verabredet, um auszuloten, inwieweit die französische Botschaft über die bevorstehende Erhebung informiert war. Es war ein aufschlussreiches Gespräch gewesen, bei dem ihm der Attaché immer wieder versicherte, wie ihn das antike Hellas beeinflusst hätte. Kurz bevor sich Marcus verabschiedete, beugte sich der Comte verschwörerisch zu ihm hin.

»Ich muss Ihnen etwas zeigen«, flüsterte er, bedeutete Marcus ihm zu folgen, ging in ein Nebenzimmer und wies auf einen übergroßen Paravent.

Neugierig blickte Marcus dahinter und hielt die Luft an.

Noch nie hatte er so etwas Schönes, Atemberaubendes gesehen! Eine etwa zwei Meter hohe Göttin aus Stein, ohne Arme zwar, aber von so hinreißender Sinnlichkeit, dass man über den etwas zu kräftigen Körperbau hinwegsehen konnte. Der nachlässig um die Lenden geschlungene Stoff ließ den Betrachter bedauern, dass er nicht herunterrutschen konnte, weil er zusammen mit dem Unterkörper in Marmor gemeißelt war.

»Parischer Marmor in Vollendung, finden Sie nicht?«, fragte der Attaché, immer noch flüsternd.

Marcus antwortete nicht. Sein Blick, der zunächst nur den Körper wahrgenommen hatte, wanderte zu einem unendlich vertrauten Gesicht.

»Wo ist das her?«, fragte er heiser und fuhr mit einer Hand über die kleinen kalten Brüste.

»Aus Milos. Wahrscheinlich um 100 vor Christus«, erwiderte der Attaché. »Eine wirkliche Aphrodite, nicht wahr?«

»Sie gleicht einer Cousine von mir«, sagte Marcus und spürte, wie sein Herz heftiger klopfte. »Ich will sie kaufen, egal, was es kostet.«

»Mich freut Ihre Begeisterung, junger Freund«, erklärte der Comte, »aber ich habe eine bessere Verwendung für diese Figur.«

Ein Franzose hat eine bessere Verwendung für eine griechische Statue als ein Grieche? Es kostete Marcus große Mühe die Wut, die plötzlich in ihm aufstieg, zu zügeln. Hatte er vergessen, dass Griechen keine Rechte haben, fragte er sich verbittert. Wer hatte denn Lord Elgin vor ein paar Jahren davon abgehalten, den Schmuck des Pantheon zu rauben? Marcus starrte auf die Statue, nichts erschien ihm wichtiger, als dieses kalte steinerne Ebenbild der Geliebten zu erwerben, das ihn immer an ihre Unerreichbarkeit erinnern würde.

»Ein Bauer von der Insel Milos hat sie gefunden und an unseren Oberst Voutier verkauft. Sie können mir glauben, dass ich ihm sicher ein Tausendfaches für den Einkaufspreis geben musste!«

»Bitte, nennen Sie mir Ihren Preis«, bat Marcus.

»Ich sagte schon, dass ich eine andere Verwendung habe«, die Stimme des Attachés klang etwas ungeduldig, »und diese Verwendung wird ganz in Ihrem Sinne sein. Ich werde sie unserem König Ludwig XVIII. schenken und er wird bei ihrem Anblick immer daran denken, dass die Nachkommen solcher Künstler«, jetzt senkte er seine Stimme, »unsere Hilfe benötigen, um sich vom barbarischen Joch zu befreien.«

Marcus biss sich auf die Zunge. Und dann wird uns Ihr König als Zeichen seiner Wertschätzung für unsere Kultur diese Aphrodite zurückgeben, hätte er beinahe gesagt.

Und jetzt saß er auf Tinos dem Mädchen gegenüber, dessen Gesicht er in Stein gemeißelt gesehen hatte und sprach mit ihr über Österreichs Einstellung zur Türkei!

Mando erwiderte Marcus' Blick und ein kleines spöttisches Lächeln stahl sich in ihre Mundwinkel.

»Ja«, sagte sie, »Metternich verstehe ich. Ich weiß, was er meint. Dass man gleichzeitig groß und schwach sein kann und dass dies andere ausnutzen.«

Ihre Augen sprühten Funken und ihre Nasenflügel bebten. Ihre gefalteten Hände hatte sie so fest in den Schoß gedrückt, dass die Knöchel weiß hervortraten.

»Du weißt, dass die Hetärie einen neuen Führer hat?«, wechselte Marcus schnell das Thema, ohne den Blick von Mando zu nehmen. Nein, dachte er, neben ihr sieht die Aphrodite von Milos wie die Unschuld vom Lande aus.

»Das weiß sie«, mischte sich Pappas Mavros ein, vor dessen geistigem Auge plötzlich das Bild von zwei Schiffen auf stürmischer See auftauchte. Es war nur eine Frage der Zeit, wann sie zusammenstoßen und untergehen würden. Eine sehr unerfreuliche Vorstellung und seinen Plänen höchst hinderlich. Gegen eine romantische Affäre der beiden hatte er nichts einzuwenden, aber hier schienen alles verschlingende Mächte am Werk zu sein. Er durfte die beiden nicht aus den Augen lassen. Sein Kopf arbeitete schnell. Natürlich war es jetzt ausgeschlossen, dass Mando mit Marcus nach Paris reiste. Er traute es ihnen zu, sich dort als Mann und Frau auszugeben und als solche einfach dort zu bleiben. Eine Trennung schien auch nicht viel Sinn zu haben, da zweieinhalb Jahre offensichtlich nicht genügt hatten die Flamme der Leidenschaft auszulöschen.

Eine diskrete Beziehung, unter seinem wachsamen Auge natürlich, wäre eher anzustreben, zwei Schiffe, die friedlich nebeneinanderher glitten, bis sie einander überdrüssig wurden und eines den Kurs wechselte.

»Prinz Alexander Ypsilanti«, erwiderte Mando auf die Frage nach dem neuen Führer der Hetärie. »Der Adjutant von Graf Joannis Kapodistrias.«

»Der jetzt Staatssekretär im russischen Außenministerium ist«, nickte Marcus, »übrigens ist mir auch Ypsilantis Bruder Dimitri bei Ali Pascha begegnet. Er hat sich von seinem militärischen Posten in Kiew beurlauben lassen und ist über Österreich zu Fuß nach Griechenland gewandert. Fast eine Pilgertour! Ein sehr ehrgeiziger, intelligenter und gewitzter Mann. Sehr von sich überzeugt, aber ich glaube, sogar zu Recht.«

»Und wer ist dir noch begegnet?«, wollte Mando wissen.

»Der alte Fuchs Kolokotronis. Ich musste dafür in die Berge gehen und mich unter die Klephten mischen – da habe ich manches Mal Angst um meine Haut gehabt. Aber von allen Männern, die ich getroffen habe, hat Kolokotronis den größten Eindruck auf mich gemacht.«

»Er soll nicht sehr umgänglich sein?«, fragte Mando neugierig.

Marcus lachte.

»Die Politiker und Diplomaten werden sich an ihm noch die Zähne ausbeißen! Er sagt, was er denkt und schert sich nicht um Takt, Konventionen oder auch nur um ein bisschen Höflichkeit. Mich hat er höchst misstrauisch beäugt, weil ich zu den Inselaristokraten gehöre. Die scheinen bei ihm gleich nach den Türken zu kommen!«

»Aber die Klephten hat er doch im Griff?«

»Sie lieben ihn! Obwohl ich sicher bin, dass er sich in seinem ganzen Leben noch nie etwas unrechtmäßig angeeignet hat – er ist außerdem völlig bedürfnislos – ist er ihr hochverehrter Räuberhauptmann geworden! Aber werden die Klephten den Zielen der Hetärie wirklich dienen können?«

»Unterschätze diese Räuberbanden nicht«, warnte Pappas Mavros, »sie werden bei unserer Revolution eine sehr wichtige Rolle spielen. Niemand kennt die Berge so gut wie sie und sie sind ausgezeichnete Kämpfer. Da wir keine ausgebildeten Soldaten haben, sind wir auf sie genauso angewiesen wie auf die Seeleute der Handelsschiffe. Ich frage mich nur, wie Kolokotronis es schaffen wird, die selbstbewussten Bandenchefs des Peloponnes davon zu überzeugen, einem zentralen Kommando zu folgen. Aber wenn es überhaupt einer schaffen kann, dann er.«

»Seit Jahren wird geredet und geplant«, sagte Mando plötzlich zu Pappas Mavros gewandt, »dauernd sagen Sie, die Erhebung stehe kurz bevor. Aber nichts passiert.«

Sie zog einen Brief aus ihrem Ärmel und hielt ihn dem Popen hin.

»Den habe ich gestern von einer französischen Gräfin gekriegt. Sie hat ein außerordentlich wertvolles Diadem verkauft und den Erlös der Hetärie zukommen lassen mit der Auflage, dass davon ein Kriegsschiff gekauft und auf den Namen ›Argo‹ getauft werden soll. Jetzt wird sie ungeduldig und will wissen, wann die tapferen Krieger in See stechen werden. Wenn ich sie in Paris treffe, muss ich ihr doch irgendwas sagen!«

Marcus lachte.

»Teile ihr einfach mit, dass der Kommandant Odysseus heißt und zurzeit damit beschäftigt ist, ein riesiges hölzernes Pferd anzufertigen.«

»Mando«, sagte der Pope plötzlich, »du wirst nicht nach Paris reisen.«

Sie ließ den Brief zu Boden fallen. Selbst mit offenem Mund sieht sie noch hinreißend aus, dachte Marcus, und dann erst waren die Worte des Popen auch bei ihm angekommen. Vor nicht einmal einer halben Stunde hatte ihm Pappas Mavros den Auftrag erteilt Mando nach Paris zu begleiten. Warum hatte der alte Mann plötzlich seine Meinung geändert? Ihm fielen seine eigenen Worte ein, dass man nämlich vor dem Popen genauso wenig geheim halten könne wie vor Ali Pascha. Aber er war sicher, sich nicht verraten zu haben, mit keinem Blick und keiner Geste. Von Mando musste also etwas ausgegangen sein. Sicher, auch er hatte ihre Befangenheit gespürt, aber er hatte damit gerechnet.

Außerdem war er ziemlich sicher gewesen, dass sie seine Begleitung nach Paris ablehnen würde. Jetzt schien sie sogar sehr enttäuscht zu sein. Sie hatte ihn damals nicht weggestoßen! War sie ihm vielleicht gar entgegengekommen? Das hatte er bisher nicht einmal zu denken gewagt.

»Und … warum … nicht …?«, fragte Mando verloren.

»Ich weiß, dass du jetzt enttäuscht bist, Kind, aber deine Anwesenheit ist hier erforderlich.«

»Auf Tinos?!« Sie spuckte das Wort beinahe aus.

»Nein, auf Mykonos«, sagte der Pope und sprach schnell weiter: »Mykonos wird bei der Erhebung, die – das verspreche ich dir – wirklich demnächst stattfinden wird, eine strategisch wichtige Rolle spielen. Ich möchte, dass du dich vorher dort einlebst, mit den wichtigen Menschen am Ort sprichst. Unter anderem übrigens auch mit deinem Freund Jakinthos Blakaris, der bereits für die Ausstattung einiger Schiffe gesorgt hat. – Ich nehme übrigens nicht an, dass er noch als Heiratskandidat in Frage kommt?«, erkundigte er sich nebenbei.

Das war zu viel auf einmal. Erst die abgelehnte Parisreise, dann ein Umzug nach Mykonos, dann der Hinweis auf die missglückte Entführung – und alles in Gegenwart ihres außerordentlich beunruhigenden Cousins.

Mando stand langsam auf. »Entschuldigt mich«, sagte sie zu den beiden Männern, »ich muss sofort nach Hause – ich habe entsetzliche Kopfschmerzen.«

Marcus sprang auf.

»Dann ist es besser, ich begleite dich«, sagte er. »Frauen mit Kopfschmerzen fallen leicht in Ohnmacht. Sie entschuldigen mich?«, wandte er sich hastig an den Popen und griff nach Mandos Arm.

Wer stützt da wen, murmelte der Pope unhörbar, als er sah, wie durch beide Körper ein Zittern lief. Er blieb noch lange auf seinem Stuhl sitzen, nachdem das Paar das Zimmer verlassen hatte.

Es war ein verhangener Januartag gewesen, der unmerklich in den Abend überging. Am Himmel zeigte sich der erste Stern, aber die dunkle Silhouette der Nachbarinsel Mykonos war noch sichtbar. Marcus' Hand brannte wie Feuer auf Mandos Arm, es drang durch den dicken Jackenstoff bis auf ihre Knochen und schien beide Körper miteinander zu verschmelzen. Mando sprach kein Wort, sie hatte mehr als genug damit zu tun, einen Fuß vor den anderen zu setzen. Wie schwierig das Gehen ist, dachte sie verwundert, und sonst denke ich nicht einmal darüber nach. Niemand begegnete ihnen auf dem kurzen Weg und einen Augenblick lang stellte sich Mando vor, dass die Welt bis auf sie und Marcus unbewohnt wäre. Sie schrak zusammen, als plötzlich ein Hahn krähte.

»Der denkt, es ist früher Morgen«, brach Marcus das Schweigen, »da sieht man einmal wieder, wie sich die Natur irren kann.«

Irinis Haus war hell erleuchtet und laute Stimmen drangen bis auf die Straße. Mando blieb nichts anderes übrig, sie würde Marcus fragen müssen, ob er mit ins Haus kommen wollte. Aber ihr graute vor der Geselligkeit in der Wohnstube, vor dem vorwurfsvollen Blick ihrer Mutter, der Besorgtheit der Glucke Irini, vor den weisen Sprüchen Antonis' und den neugierigen Blicken Vassilikis. Sie wollte den Moment hinauszögern.

Ihr Blick fiel auf die Stalltür, die nicht richtig geschlossen worden war und im Wind leise klapperte. Als sie sie zuziehen wollte, spürte sie plötzlich Marcus' Hand auf der ihren. Langsam schob er Mando in den Stall und schloss dann erst die Tür.

Es war stockfinster im Stall und eines der Pferde wieherte leicht, als sich Mando an ihm vorbeidrückte. Sie kannte ihren Weg im Dunkeln, huschte die Steintreppe hinauf, die am Ende des Stalls ins Wohnhaus führte, und blieb auf dem oberen Absatz stehen.

»Mando?«, hörte sie Marcus leise fragen, der sich an der Wand entlangtastete. »Komm zu mir.«

Sie bot ihre gesamte Willenskraft auf.

»Nicht jetzt und nicht hier«, erwiderte sie mit fester Stimme, öffnete die Holztür und verschwand im Inneren des Hauses.

Er suchte Halt an einer Kutsche und krümmte sich, als hätte ihm jemand die Faust in die Magengrube geschlagen. Dann richtete er sich auf, verließ den Stall und lief noch lange ziellos durch die Gassen von Tinos, ehe er in das Haus von Pappas Mavros zurückkehrte.

Mando schaffte es nur noch, die Tür zu schließen, rutschte dann zitternd an ihr hinab auf die Holzdielen und begann leise zu weinen. So fand sie Vassiliki.

»Mein Püppchen!«, rief die Dienerin betroffen. »Was ist denn passiert?«

Mando streckte nur die Arme aus.

Vassiliki hockte sich neben sie, nahm sie in die Arme, wiegte sie, so wie sie es mit dem kleinen Mädchen vor vielen Jahren getan hatte und murmelte ihr tröstende Worte ins Ohr. Die wärmende Nähe der vertrauten Dienerin vertrieb das Zittern und allmählich ebbte auch das Schluchzen ab. Sacht stellte Vassiliki Mando auf die Füße, nahm sie bei der Hand und ging mit ihr in die kleine Küche. Sie wusste, dass die beiden Köchinnen zusammen mit der Zofe, dem Kutscher und Irinis Magd in der großen Küche die neuesten Klatschgeschichten austauschten.

Sie drückte Mando ein Glas Wasser in die Hand.

»Willst du morgen wirklich mit nach Paros fahren?«, erkundigte sie sich.

»Paros?«, fragte Mando verwirrt, dann fiel es ihr wieder ein, und sie vergaß einen Augenblick lang, dass sie sich selber um die Wonnen gebracht hatte, die ihre Träume beherrschten.

Natürlich, morgen jährte sich der Todestag ihres Vaters zum dritten Mal und aus diesem Anlass würden seine Knochen ausgegraben werden. Erst wenn der Kopf frei von Haaren und der Körper frei vom Fleisch war, wüsste man mit Sicherheit, dass Nikolaos Mavrojenous ins Himmelreich gekommen war. Unreine Knochen waren der untrügliche Beweis, dass die Sünden des Verstorbenen noch an ihm klebten und er in einem Zwischenreich für sie büßen musste. Womöglich wanderte er dann noch als Geist im Reich der Lebenden umher. Mando hatte das Ritual des Knochenausgrabens schon zweimal miterlebt, aber noch nie bei einem Menschen, der ihr so nahe gestanden hatte. Vassiliki wusste, wie ihr vor der Ausgrabung graute.

»Du musst nicht aus seinem Schädel trinken«, versuchte die Dienerin sie zu beruhigen. »Dein Vater wird zeit seines Lebens nie einen Fluch über dich verhängt haben.«

Sofort stellte sich Mando vor, wie alle Anwesenden im Kreis um das Grab standen und der mit Wein gefüllte Schädel von Hand zu Hand gereicht wurde, während der Pappas heilige Worte sang und diejenigen, denen einst Flüche des Vaters gegolten hatten, nun von diesen befreit wurden. Vielleicht sogar der oder die Mörder ihres Vaters.

Da sie inzwischen wusste, welch wichtige Rolle Nikolaos Mavrojenous in der Hetärie gespielt hatte, war sie jetzt auch davon überzeugt, dass er ermordet worden war. Entweder von einem Abgesandten des Sultans – einen Moment sah sie wieder Hussein Pascha vor sich – seltsam, dass er zum Zeitpunkt des Todes auf Paros geweilt hatte und sogar zur Beisetzung gekommen war – oder von einem Intriganten aus den eigenen Reihen. Immer wieder hatte sich Pappas Mavros in den vergangenen Jahren besorgt darüber geäußert, wie uneinig sich die Mitglieder der Hetärie über die Zukunft eines befreiten Griechenlands seien und dass es zum Bruderkrieg kommen könnte, wenn erst die Türken geschlagen waren. War ihr Vater Opfer eines Zwists geworden? Irgendwann werde ich das herausbekommen, dachte sie. Ich werde die Mörder meines Vaters finden!

»Sag Mama, dass ich krank bin und nicht mitfahren kann«, entschied sie jetzt.

»Wirst du hier auch allein zurechtkommen?«, fragte Vassiliki. »Ich werde nämlich deine Mutter und Irini begleiten.«

Es kostete Pappas Mavros viel Überzeugungskraft, Zakarati dazu zu bewegen, mit Mando nach Mykonos überzusiedeln.

»Du solltest dich freuen auf deine Heimatinsel zurückzukehren«, meinte er. »Dort leben immerhin die meisten unserer Verwandten.«

»Mein Zuhause ist, wo meine Enkel sind«, erwiderte Zakarati stur.

»Es sind nicht nur deine Enkel«, bemerkte Pappas Mavros und wusste, dass er einen wunden Punkt berührt hatte. Die beiden Großmütter hassten einander, gifteten sich an, wetteiferten um die Gunst der vier Kinder und beschwerten sich bei Irini übereinander. Irini bereute es inzwischen, Mutter und Schwester gebeten zu haben zu ihnen zu ziehen, denn Zakarati war ihr im Kampf gegen die Schwiegermutter nicht nur keine Hilfe, sondern schuf zusätzliche Probleme.

Nie ließ Zakarati die alte Frau aus Tinos vergessen, dass sie ihr gesellschaftlich weit überlegen war, dass sie die Welt gesehen hatte, als Aristokratin behandelt zu werden wünschte und für Irinis und Antonis' Wohlstand entscheidend verantwortlich war. Sie kritisierte Kleidung, Sprache und Benehmen von Antonis' Mutter und jammerte Irini vor, welch schlechtem Einfluss sie und ihre Kinder ausgesetzt wären.

Irinis Loyalität zu Mann und Mutter wurde auf eine harte

Probe gestellt, weil Antonis, vor dem all diese Streitereien und Eifersüchteleien sorgsam verborgen wurden, nicht verstand, weshalb seine Frau immer nervöser und erschöpfter wurde.

Irinis Versprechen, mit den Kindern regelmäßig nach Mykonos zu kommen, gab dann den Ausschlag.

Anfang März 1821 zogen Mando und Zakarati mit ihrem Personal in Mandos Haus nahe dem Hafen von Mykonos ein. Die fragwürdige junge Frau, die dort mit ihren jeweiligen ausländischen Ehemännern gewohnt hatte, war inzwischen bei dem Piraten Marmellakis eingezogen und es hieß, dass die beiden verheiratet wären, obwohl niemand zu Hochzeitsfeierlichkeiten eingeladen worden war. Der Pirat gehörte natürlich nicht zur feineren Inselgesellschaft, aber er erfreute sich durchaus eines gewissen Respekts bei der Bevölkerung.

So wie Ali Pascha reiche Karawanen auf dem Festland überfiel und von dem erbeuteten Schatz auch Schulen, Universitäten und Krankenhäuser finanzierte, so enterte Marmellakis Schiffe der Wohlhabenden und verschenkte einen Teil seiner Beute unter den Waisen und Armen der Insel Mykonos. Jedes Mal, wenn er von einem Beutezug heimkehrte und sein Boot in den Wasserraum unter seinem direkt am Meer gelegenen Haus manövrierte, kraxelten zerlumpte Kinder über die Außenwand des Hauses. Mit einer Hand hielten sie sich fest, damit sie nicht ins Meer fielen, die andere war geöffnet und wurde jedes Mal mit einer kleinen Gabe gefüllt.

»Marmellakis beruhigt das schlechte Gewissen der reichen Mykoniaten«, meinte Jakinthos Blakaris, als er zusammen mit Marcus Mando und ihrer Mutter seine Aufwartung machte und sie auf Mykonos willkommen hieß.

Beide Männer hatten Vassiliki gebeten Zakarati nach einer halben Stunde unter einem Vorwand aus dem Zimmer zu holen, denn es gab Wichtiges mit Mando zu besprechen. Natürlich wusste ihre Mutter, dass sich die Tochter für Politik interessierte, und sie bedauerte dies außerordentlich. Sie hatte jedoch keine Ahnung, dass Mando für dieselbe Organisation arbeitete, von der ihr Mann einst gesagt hatte, dass er sein Leben für deren Ziele geben würde. Was diese waren, hatte

Zakarati nie genau herausgefunden, nur, dass es dabei um die so genannte Befreiung Griechenlands ging, in ihren Augen ein völlig illusorischer Traum.

»Was vier Jahrhunderte Bestand gehabt hat, wird kaum innerhalb eines Menschenlebens zu verändern sein, schon gar nicht von Hitzköpfen«, pflegte sie zu sagen. Auf Mandos Frage, wie es denn mit Griechenlands Zukunft weitergehen sollte, gab sie stets zurück: »Solange wir die Türken in Ruhe lassen, lassen sie uns auch in Ruhe.«

Dass es mit der Ruhe vorbei zu sein schien, ahnte Mando, als die Männer ins Zimmer traten. Sie versuchten beide mühsam ihre Nervosität zu unterdrücken, und obwohl sie nicht frei von Eitelkeit war, ahnte Mando, dass ihre Person diesmal nicht der Grund war. Beide hatten ihr flüchtig, und wie sie enttäuscht registrierte, beinahe nachlässig die Hand geküsst, und sogar Marcus sah sie geradezu unbefangen an.

Vassiliki trat lange vor der vereinbarten Zeit ein und erklärte aufgeregt, die Zofe Sophia sei vom Teufel besessen. Sie habe sich die Kleider vom Leib gerissen, den Körper zerkratzt, das Haar stehe ihr wild vom Kopf ab und sie drohe ins Meer zu springen. Man müsse sie augenblicklich zum Pappas bringen, damit er ihr den Teufel austreibe.

Marcus unterdrückte ein Lachen. Er hatte um einen Vorwand gebeten, nicht um ein Drama. In diesem Augenblick stürzte die nur mit Sandalen bekleidete Zofe schreiend ins Zimmer. Zakarati sprang auf, warf ihr ein Plaid über und zog sie aus dem Zimmer. Vassiliki blieb noch kurz an der Tür stehen, kniff eines ihrer Vogelaugen zu, bemerkte: »Manchmal macht sich Gott eben den Teufel zunutze«, und schloss die Tür.

Mando stand auf und füllte die Weingläser der Männer nach.

»Was ist los?«, fragte sie geschäftsmäßig. »Hat es angefangen? Ich dachte, es sollte erst in einem Monat losgehen!«

»Alexander Ypsilanti hat Verrat gewittert und mit Freiwilligen der heiligen Kompanie die russische Grenze am Pruth überschritten! Aber alles ist schief gegangen«, brach es aus Jakinthos heraus. Marcus reichte Mando ein Papier. Sie las laut vor:

»Erinnern wir uns, tapfere und edelmütige Griechen, der

Freiheit des klassischen Griechenlands, der Schlachten bei Marathon und den Thermopylen; lasst uns über den Gräbern unserer Ahnen kämpfen, die für unsere Freiheit fochten und gestorben sind. Vergießen wir das Blut unserer Tyrannen für die Schatten des Thebaners Epamiondas und des Atheners Thrasybulus, vor allem aber für jene des Miltiades, Themistokles, Leonidas und der dreihundert, die aus der unzählbaren Masse des barbarischen Perserheeres ein Vielfaches ihrer eigenen Zahl mit in den Tod nahmen – die Stunde ist gekommen, in der wir deren Nachfahren vernichten werden, die uns so viel barbarischer und verachtenswerter noch sind als jene es waren!«

Sie blickte fragend auf. »Schöne Worte, aber was ist geschehen?«

Die beiden Männer sahen sich an und schüttelten die Köpfe. Marcus stand auf und blickte aus dem Fenster auf eine in Lumpen gehüllte Frau, die eine Gänseherde vor sich hertrieb.

»Sie würde uns auch nicht verstehen«, sagte er kaum hörbar, hob dann seine Stimme: »Die einfachen Bürger fühlen sich offensichtlich nicht von den Türken unterdrückt – höchstens von uns, den einflussreichen Griechen, die für den Sultan in den Balkanländern die Macht ausgeübt haben.«

»Nun sag schon, was ist passiert?«, fragte Mando ungeduldig. Sie erfuhr, dass Alexander Ypsilanti die Moldau und die Walachei zum Widerstand aufgerufen, aber kein Echo bei der Bevölkerung gefunden hatte.

»Hilft Russland denn nicht?«, wollte Mando wissen.

Marcus lachte bitter. »Der Zar, dieser träumende Mystiker, hat sich von dem Unternehmen distanziert. Ich sage euch, da steckt wieder dieser grässliche Metternich dahinter …«

»… aber es bleibt eine Tatsache, dass die einfachen Bürger, wie du sie nennst, Ypsilanti nicht gefolgt sind«, gab Jakinthos mit leiser Stimme zu bedenken. »Sicher, die Rumänen lieben die Türken nicht, aber die griechischen Aristokraten, die im Auftrag des osmanischen Reichs in Bukarest regieren, haben sich auch keine Freunde gemacht. Ypsilanti träumt von einem griechischen Reich in den Grenzen von Byzanz, es wäre aber vernünftiger, den Aufstand nur aufs alte Hellas zu begrenzen.

Dann hätten wir es zumindest nur mit unseren eigenen Leuten zu tun, und das wird schon schwer genug werden.«

»Was können wir unternehmen?«, fragte Mando.

»Darum wollten wir mit Ihnen sprechen«, antwortete Jakinthos. »Sie haben finanzielle Mittel …«

»Habe ich nicht«, unterbrach sie ihn.

»Schmuck«, sagte Marcus leise und sah sie an. Ein kleiner Schauer lief ihr über den Rücken, als sie an jenen Tag auf Tinos dachte, der ihr Leben und Denken verändert hatte, an den Tag, an dem Marcus zunächst nur ihren Schmuck berührt hatte. Die Spannung, die sie dieses Mal in Marcus' Gegenwart vermisst hatte, war plötzlich wieder da und verschlug ihr die Sprache.

Jakinthos legte ihr Schweigen falsch aus.

»Sie müssen Ihren Schmuck nicht verkaufen, nur gewissermaßen verpfänden. Nach dem Krieg können Sie von unserer freien Regierung alles zurückfordern …«

»Natürlich verkaufe ich den Schmuck«, sagte Mando scharf. Sie riss sich zusammen und vermied es, Marcus anzusehen. »Aber ob es für ein Schiff mit Waffen, Kanonen und Mannschaften reicht? Was ist mit Ihren Schiffen?«, fragte sie Jakinthos.

»Die habe ich bereits zur Verfügung gestellt. Sie warten auf Hydra auf das Kommando.«

»Was kann ich noch tun?«, fragte Mando.

»Zu den reichen, bequemen und unendlich eigennützigen Mykoniaten sprechen«, meinte Marcus. »Sobald Bischof Germanos das Kommando zum Aufstand erteilt, werden wir eine Versammlung einberufen. Würdest du unsere Hauptrednerin sein?«

Sprachlos starrte ihn Mando an.

»Wieso sollten die Männer auf mich, eine Frau, hören?«

»Weil Sie Mando Mavrojenous sind«, erwiderte Jakinthos, »von Pappas Mavros vorzüglich vorbereitet, schön, reich, unnahbar. Noch überzeugender als die Bobolina von Spetsä! Kein Mann wird Ihnen widerstehen können«, schloss er leise und sah Mando mit so sehnsüchtigen Augen an, dass sich Marcus zwingen musste auf seinem Stuhl sitzen zu bleiben.

»Du musst nicht deinen schönen Schmuck verpfänden«, sagte Vassiliki am Abend, als sie Mando das heiße Waschwasser aufs Zimmer brachte.

Mando sah sie vorwurfsvoll an, aber die Dienerin zuckte nur mit den Achseln.

»Warum musstet ihr auch so laut reden!«, meinte Vassiliki, »aber sei froh, dass ich euch gehört habe, denn ich weiß, woher du sehr viel mehr Geld nehmen kannst.«

Fragend sah Mando sie an.

»Erinnerst du dich an den grünen Kasten?«, fragte Vassiliki flüsternd, obwohl niemand im Zimmer war.

»Der ist bei Pappas Mavros.«

»Aber ihm gehört er nicht. Der Inhalt ist sehr wertvoll – zufällig weiß ich das – und wenn du ihn verkaufst ...«

»Uns gehört der Kasten auch nicht«, unterbrach Mando. »Pappas Mavros hat mir einmal erzählt, dass mein Vater ihn gewissermaßen in Verwahrung genommen hat, für jemanden, der im Gefängnis sitzt.«

Wenn sie den Popen das nächste Mal sah, würde sie ihn abermals nach dem Eigentümer befragen und sich nicht mit einem Rätsel abspeisen lassen, nahm sie sich vor. Vassiliki mochte Recht haben, Gold, Elfenbein und Edelsteine waren echt, und wenn das Kunstwerk als Ganzes nicht viel wert sein sollte, konnte man die Einzelteile sicherlich erfolgreich verkaufen.

»Hat er dir das erzählt?«, kicherte Vassiliki und ihre harten Vogelaugen leuchteten. »Und wer sollte das sein?«

»Das sage ich dir nur, wenn du mir erzählst, wie du aus dem Harem geflüchtet bist.«

»Mit dem grünen Kasten unter dem Arm«, erwiderte Vassiliki.

»Ja, ja, mach dich nur über mich lustig«, erwiderte Mando ärgerlich, als es an der Tür klopfte. »Das wird Mutter sein. Mach auf!«

Mando war froh, als sich Zakarati nicht nach ihrem Gespräch mit den beiden Männern erkundigte. Ihre Mutter fand es viel spannender, was mit der Zofe Sophia geschehen war.

»Sie war wirklich vom Teufel besessen!«, erklärte sie aufgeregt. »Und weißt du, was sie gerettet hat?« Sie sprach weiter, ohne auf eine Antwort zu warten: »Ihre Sandalen! Weil die Riemen über dem Fuß ein Kreuz formten, hatte der Satan nur beschränkte Macht über sie.«

»Aber genug, um es zu einer sehr interessanten Szene kommen zu lassen«, meinte Mando, die sich immer noch über die entsetzten Gesichter der beiden Männer amüsierte, als die Zofe nackt ins Zimmer gestürzt war.

»Aber wegen der Sandalen ist sie der Aufforderung des Teufels nicht gefolgt sich ins Meer zu stürzen!«, fuhr Zakarati fort. »Sie hat geschrien und getobt, als der Pappas sie in die Kirche zog. Dort musste sie die Sandalen ausziehen und ablecken, es wurde viel gesungen, gebetet und Weihrauch verbrannt und nach einer Stunde war der Teufel ausgetrieben!«

Auf Mykonos fühlte sich Mando erheblich wohler als auf Tinos, wo sie auch noch Rücksicht auf den Ruf von Irinis Familie hatte nehmen müssen. Jetzt, wo sie wusste, dass ihr eine ganz bestimmte und für eine Frau ungewöhnliche Aufgabe zugedacht war, fühlte sie sich auch von anderen Konventionen befreit. Zum Entsetzen ihrer Mutter hatte sie ihre europäische Kleidung gegen die Inseltracht ausgetauscht. Außerdem gewöhnte sie sich nicht nur daran, allein durch das Gassen-Labyrinth von Mykonos-Stadt zu gehen und mit Männern zu reden, sondern unternahm auch allein weite Ausritte ins Hinterland. Manchmal ritt sie zu den vereinsamten Stränden an der Südküste, zog Schuhe und Rock aus und rannte in Hosen über den Sand, bis sie außer Atem war. Pappas Mavros hatte ihr immer eingeschärft, dass ein gesunder Geist in einem gesunden und möglichst auch gestählten Körper wohnen sollte. Ihr Fechtlehrer Monsieur Ali war nach Paros zurückgeschickt worden und sie vermisste die regelmäßige körperliche Ertüchtigung.

Diesmal war es Ende März für die Jahreszeit ungewöhnlich warm und Mando, die gerade zweimal über den Strand von Kalo Livadi gerannt war, setzte sich auf einen großen flachen Stein und ließ den Blick übers Wasser schweifen. Die Berge und Schluchten von Naxos waren deutlich zu erkennen, irgendwo rechts davon befand sich Paros, wo die Gebeine ihres Vaters inzwischen in der Nikolaos-Kapelle der Katapolianikirche ruhten.

Sie war froh, dass sie der makabren Ausgrabung nicht beigewohnt hatte, bei der sogar Vassiliki aus dem Schädel getrunken hatte, wie sie von ihrer Mutter erfahren hatte. Mando schüttelte sich bei dem Gedanken, musste aber auch ein wenig lächeln. Ihr Vater hatte die Dienerin wahrscheinlich oft verflucht, wenn er sie lauschend an den Türen erwischt hatte! Aber glücklicherweise waren die Gebeine ihres Vaters sauber gewesen, sie musste also nicht fürchten, dass er als Wesen der Dunkelheit noch auf der Erde umherirren würde.

Wie warm es war! Wie verlockend die stille saphirblaue See! Winzige Wellen schwappten an den Strand und umspülten ihre nackten Füße. Es ist verrückt, dachte Mando, aber ich möchte mich im Wasser abkühlen.

Sie stand auf, reckte sich und sah sich um. Natürlich war niemand zu sehen, die Bauern, die ab und zu nach den Feldern auf den Hängen sahen, hielten ihren Mittagsschlaf. Sie konnte es riskieren. Sie schickte eine Kusshand zum Horizont, wo sie ein winziges Stückchen von Paros zu erkennen glaubte. Die Fischerkinder von Naoussa, jene, die sie einst zur Königin gekrönt hatten, waren ihre Schwimmlehrer gewesen und sie hatte sich oft gefragt, ob sie die Bewegungen noch beherrschte. Das würde sie jetzt herausfinden.

Sie riss sich die Kleider vom Leib, blieb einen Augenblick nackt am Ufer stehen, überwältigt von einem bisher ungekannten Gefühl der Freiheit. Sie rannte ins Meer und schnappte nach Luft, als die Kälte sie umfing. Laut jauchzend ließ sie sich nach vorn fallen und begann zu schwimmen. Es ging mühelos. Sie peilte eine bizarre Felsengruppe an, die einige hundert Meter entfernt aus dem Meer ragte, erkannte aber bald, dass Abstände auf dem Wasser trügerisch sein können. Nach einer Viertelstunde beschloss sie zurückzuschwimmen. Vielleicht ein anderes Mal. Wenn sie mehr Übung hatte, würde sie die Felsengruppe erreichen können

Sie wandte sich um. Wieder stieß sie einen Schrei aus, aber diesmal vor Entsetzen. Sie vergaß fast zu schwimmen, als sie neben ihrem Pferd am Strand ein weiteres Pferd mit einem Reiter erkannte.

Das ist ein Alptraum, dachte sie, ich muss im Wasser bleiben, bis der Mann weg ist. Wer ist dieser unverschämte Kerl? Warum verschwindet er nicht! Er sieht doch, dass da Frauenkleider liegen! Weg, weg, geh weg, dachte sie verzweifelt. Ich bin zu weit gegangen und ich habe mich überschätzt, meine Mutter hatte Recht. Wie dumm zu denken, dass man auf dieser Welt irgendwo wirklich allein und ungestört sein kann! Wenn ich heil aus dieser Situation herauskomme, schwor sie sich, werde ich mein Betragen grundlegend ändern.

Weg war das Gefühl der Freiheit, das sie vor wenigen Minuten noch so beseelt, weg der Mut, mit dem sie sich in die eiskalte See gestürzt hatte.

Keinen Gedanken verschwendete sie mehr an das samtweiche Wasser, das ihren Körper umschmeichelte, an die als so angenehm empfundene Schwerelosigkeit und Nacktheit.

Angst schnürte ihr die Kehle zu, ließ sie erzittern, Arme und Beine schwer werden. Nur mühsam konnte sie sich noch über Wasser halten. Ich ertrinke, dachte sie, Mando, die Heldin von Mykonos, wird sterben, bevor sie Griechenland errettet hat. Sie stirbt, weil sie sich nicht traut, vor den Augen eines Fremden nackt aus dem Meer zu steigen. Sie verrät ihre Ideale, weil sie feige ist, ihrer Kleidung zu viel Bedeutung zumisst und ganz gewöhnliche Angst hat, dass ihr Gewalt angetan wird. Dass Griechenland Gewalt angetan wird, ist ihr im Augenblick ganz gleichgültig und der Angst um die eigene Person untergeordnet.

Der Mann war inzwischen vom Pferd gestiegen. Irgendetwas an seinen Bewegungen beruhigte Mando. Er winkte ihr zu und rief etwas.

»Mando!«, kam es über das Wasser. »Ich bin es!«

Sie hielt in ihrer Bewegung inne, schloss die Augen und tauchte unter. Als sie nach Luft schnappend wieder nach oben kam, sah sie, dass sich ihr Marcus schwimmend näherte.

»Wie mutig du bist!«, rief er völlig unbefangen. »Bei dem eiskalten Wasser! Und wo hast du überhaupt schwimmen gelernt?«

»Auf Paros«, flüsterte sie.

Er hatte sie jetzt erreicht und schwamm dicht neben ihr. Er strich sich mit einer Hand das lange nasse schwarz glänzende Haar aus den Augen, griff dann zu ihr hinüber und fuhr ihr sanft über den Rücken. Sie zitterte, suchte mit den Füßen Halt und entdeckte, dass ihr das Wasser nur bis zu den Oberschenkeln reichte. Erstaunt blickte sie auf, direkt in die dunklen Augen ihres Cousins.

»Hier und jetzt«, sagte er, »diesmal entkommst du mir nicht.«

Er zog sie an sich und drückte seinen Körper fest gegen ihren. Aber bevor sein Mund sich auf ihre Lippen senken konnte, nahm Mando eine seiner Hände und legte sie zwischen ihre Schenkel.

»Da!«, sagte sie dann, sah ihn aus großen unschuldigen Augen an und nickte zum Ufer hin. Bevor er sich von seiner Überraschung erholt hatte, riss sie sich los und rannte in großen Sätzen auf das Ufer zu. Er folgte ihr langsamer, genoss den Anblick, der sich ihm bot, die langen schlanken Beine, den elegant geschwungenen verlängerten Rückenteil, das nasse Haar, das an ihrem Körper klebte, die Tröpfchen, die über die weiße Haut perlten. Sie wandte sich um und lachte ihn an. Mühsam holte er durch die Zähne Luft, als er die großen Brüste sah, die der Schwerkraft zu trotzen schienen, das nasse krausschwarze Dreieck, die Pforte zum Paradies. Sie bückte sich, sodass ihre Brüste fast ins Meer eintauchten und schöpfte mit beiden Händen Wasser, das sie lachend in seine Richtung spritzte. Dann drehte sie sich um und rannte weiter, Schaum hinterlassend.

Aphrodite, dachte er, wahrlich die Schaumgeborene, die Neckische, die verführerische quälende Göttin, die sich nimmt, was und wen sie will und die nie einem Einzigen angehört. Er war nur sterblich und durfte sich glücklich schätzen sie so erlebt zu haben. Mehr hieße die Götter versuchen, aber darauf würde er es ankommen lassen. Einen Augenblick lang hielt er das Gesicht zur Sonne hin und schloss die Augen. Der Sonnengott Helios hatte Hephaistos Aphrodites Ehebruch mit Ares verraten – trug Hephaistos Dimitri Ypsilantis Züge, weil er der hässlichste Mann war, den Marcus jemals gesehen hatte? –, aber wenn Hephaistos auch ihnen ein unsichtbares Netz überwerfen und sie beide zum Gespött der anderen Götter machen würde, für Marcus gab es kein Zurück. Er zwang sich zur Langsamkeit, wollte alles auskosten, in seine Erinnerung einbrennen, den Moment der Erlösung oder des wahrscheinlich schmerzlichen Erwachens hinauszögern.

Am Ufer ließ sich Mando der Länge nach ins seichte Wasser fallen und strampelte mit den Beinen. Erst jetzt begriff sie, wie groß ihre Angst gewesen war, wie sehr sie sich vor dem Mann am Ufer gefürchtet hatte. Vor Marcus! Sie hätte beinahe ihr Leben aufs Spiel gesetzt, weil sie tief im Inneren doch nicht so frei war, wie sie immer von sich geglaubt hatte. Ihre Erleichterung verwandelte sich in Übermut. Sie vergaß den Schwur, den sie vor wenigen Minuten geleistet hatte, fühlte sich unangreifbar und jeder Situation gewachsen.

Ich kenne keine Scham mehr, dachte sie verwundert, erst jetzt bin ich wirklich frei. Sie drehte sich auf den Rücken, zog die Knie etwas an und spreizte die Beine leicht herausfordernd. Sie würde ihn jetzt ein wenig quälen, strafen für die Angst, in die er sie gestürzt hatte. Marcus watete langsam auf sie zu. Warum rannte er nicht schneller, fiel nicht über sie her? Er begehrte sie doch! Oder etwa nicht? Leicht beunruhigt glitt ihr Blick auf jenen Körperteil, den sie bisher nur aus Büchern kannte, eine lange baumelnde Angelegenheit, die unter ihren Blicken eine Metamorphose zu erleben, zu wachsen und sich auszudehnen schien. Sie befeuchtete den rechten Mittelfinger mit der Zunge und legte ihn an jene Stelle, die dieser Finger in ihren einsamen Nächten so oft aufgesucht hatte. Sie fing Marcus' Blick ein und ließ ihn nicht mehr los. Jetzt begann Marcus zu rennen. Beim Anblick des inzwischen ziemlich bedrohlich aussehenden Körperteils sprang Mando hastig auf und rannte über den Strand.

Sie erwartete, dass er ihr folgen und sie zu Boden reißen würde und wandte sich erst um, als sie keine Schritte hinter sich hörte.

Sie sah, dass Marcus neben den Pferden ihrer beider Garderobe zu einem Lager ausbreitete. Er legte sich auf den Rücken und blickte wieder zum Sonnengott auf. Langsam kehrte sie zurück, ließ sich auf das Lager neben ihn fallen und legte wieder eine seiner Hände zwischen ihre Schenkel. Danach hätte Hephaistos ein eisernes Gitter um sie legen können, keiner von beiden hätte es gemerkt.

»Ist es immer so schön?«, fragte Mando flüsternd, als Marcus auf ein weißes Taschentuch spuckte und versuchte den Blutfleck auf Mandos Kleid wegzureiben.

»Mit dir und mir wird es immer so sein«, antwortete er und küsste das Muttermal unter ihrer linken Brust.

»Versprichst du es mir?«, fragte sie, plötzlich wieder voller Angst.

»Ich kann dir alles versprechen, außer einem«, erwiderte er. »Wir können nicht heiraten, keine Kinder zusammen haben, nicht vor Gott und der Welt zusammen sein …«

»Vor Gott schon«, erwiderte sie trotzig, »er hat die albernen Gesetze nicht gemacht, auch wenn das die Kirche behauptet. Kein Gebot verbietet mir meinen Cousin zu lieben.«

»Du kennst doch den stummen Jorgo?«, fragte Marcus.

»Der Junge, der in Lakka die Lose verkauft? Dem immer der Mund offen steht und der ein bisschen dumm ist?«

»Genau der. Es heißt, dass er auch das Kind von zwei nahen Verwandten ist.« Noch näher als wir, dachte Marcus grimmig, der wusste, dass in diesem Fall ein Vater seine Tochter geschwängert hatte.

»Und du meinst, Gott habe sie mit einem dummen Kind gestraft, weil sie genau das getan haben, was wir jetzt getan haben?«, fragte Mando und richtete sich mit flammenden Augen auf. »Was wir getan haben, kann keine Sünde sein. Wir waren im Paradies, Marcus.«

Damit zog sie ihn wieder zu sich hinab. Zweimal Paradies war besser als nur einmal, und vor allem musste er den Mund halten und sie im Garten von Eden nicht weiter mit Hinweisen auf Gesetze belästigen.

»Wie soll es jetzt weitergehen?«, fragte er später, als sie sich anzogen. Die Sonne stand schräg am Himmel, es war kühler geworden und ein leichter Wind aufgekommen.

»Wir werden einen Weg finden«, sagte sie entschlossen, »ich

weiß nur eins ganz genau, du bist mein Mann und wirst es immer bleiben, ganz gleich, was geschieht. Sollen wir getrennt zurückreiten?«, fragte sie plötzlich etwas mutlos.

Er lachte und zog sie an sich.

»Du dummes Kind, wir sind doch Cousin und Cousine! Es ist besser, dass du mit mir als allein gesehen wirst, und genau das können wir uns in Zukunft zunutze machen.«

»Du kannst mich besuchen, wenn Mama weg ist!« Ihr Gesicht fiel. »Vassiliki … und die anderen Diener …«

»Jetzt kommt erst mal der Sommer. Wir haben diesen Strand. Er deutete auf den nahe gelegenen Hügel. »Ich werde da oben eine Hütte bauen. Von da aus können wir alles und jeden sehen und wenn es kalt wird, haben wir einen Zufluchtsort.«

»Es wird so schön bleiben, Marcus, nicht wahr?«

Auf dem Ritt zurück in die Stadt fragte sie, woher er gewusst habe, dass sie in Kalo Livadi war. Er blickte ernst zu ihr hin.

»Ich habe eine wichtige Nachricht erhalten, die ich dir sofort mitteilen wollte«, erwiderte er. »Als ich zu deinem Haus kam, hat man mir gesagt, dass du ausgeritten bist.« Er gestand ihr, dass er ihr bereits mehrfach zu den Stränden gefolgt war und sie bei ihren einsamen Läufen beobachtet hatte. »Ich wusste also, wo ich dich finden würde.«

»Welche Nachricht?«

»Bischof Germanos hat im Kloster Agia Lawra offiziell den Befreiungskrieg ausgerufen und überall flammt Widerstand auf!«

»Was heißt das?«

»Dass zum Beispiel Kolokotronis bereits mit den Mainoten in Kalamata eingefallen ist«, erwiderte er. »Auch wir müssen jetzt handeln. Heute Abend ist die Versammlung angesetzt, auf der du reden sollst.«

Mando zügelte ihr Pferd.

»So einfach geht das nicht, ich muss mich doch vorbereiten, meine Garderobe und meine Frisur richten, eine Rede schreiben …«

»Keine Zeit.«

»Marcus, ich kann nicht so wie ich bin mit dir zu der Versammlung gehen …«

»Also gut, bringe deine Haare in Ordnung. Aber um acht Uhr musst du im Büro des Bürgermeisters sein.«

»Und was soll ich den Männern sagen?«

»Dir wird schon das Richtige einfallen.«

Das Büro des Bürgermeisters reichte längst nicht aus, um all die Männer zu fassen, die sich anhören wollten, was die schöne, reiche und eingebildete Mando Mavrojenous ihnen zu sagen hatte. Also wurde der Versammlung kurzfristig der größte Saal des Rathauses zur Verfügung gestellt.

Ein Raunen ging durch den Saal, als Mando hoch erhobenen Hauptes neben Marcus durch die Tür kam. Kühl und gefasst setzte sie sich auf den Stuhl, den ihr viele Hände zuschoben, nickte ein paar bekannten Gesichtern zu und begann.

»Ihr wisst alle, weshalb wir uns heute Abend hier versammelt haben …«

»Um uns in deiner Nähe zu sonnen!«, kam von irgendwo eine Stimme.

»Die Stimme ist so süß wie die Gestalt«, kam es von woanders und »Hebe nur den Rock ein wenig, und wir sind überzeugt!«, und »Du darfst uns auch Kochrezepte verraten, dir glauben wir alles!«

Mando lachte nicht. Sie stand auf und ging ein paar Schritte hin und her. »Vergesst, dass ich eine Frau bin«, rief sie laut. »Ich halte hier nicht Hof, und ich rate jedem, der eine schöne Larve sehen will, sich um die Schranzen des Sultans in Konstantinopel zu scharen.« Sie machte eine Pause. »Ich fordere jeden auf, der hier nur Unterhaltung und Zerstreuung sucht, sofort den Saal zu verlassen.« Niemand ging, aber endlich herrschte Schweigen.

»Wir sind hier, um Griechenland zu retten, und für jeden von uns gibt es eine Aufgabe. Ich will meinem Land nach besten Kräften helfen. Ich bin bereit all mein Wissen, meinen gesamten Besitz, meine ganze Zeit, Energie und Kraft dafür hinzugeben, dass Griechenland sich von dem Joch befreit, das uns zum Spott der Geschichte gemacht hat.« Sie blieb vor einem alten Mann stehen und sah ihm ins Gesicht. »Wie viel Enkel hast du?«

Verwirrt hob der Mann die Hand und begann an seinen Fingern abzuzählen.

»Danke«, sagte Mando, »also sehr viele. Sollen sie in Freiheit oder Sklaverei aufwachsen?«

Innerhalb von einer Stunde hatte Mando 150 Soldaten rekrutiert, zum größten Teil Diener der reichen Mykoniaten, die wohlwollend den Worten der jungen Frau gelauscht hatten. Geldgeschenke wurden versprochen und viele Geldscheine und Münzen in den großen Kasten auf dem Tisch hinter Mando geworfen. Ein Mann namens Marcos Niorthos bot sich als Kapitän der Mannschaft an und versprach Mando am nächsten Tag seine Referenzen zu bringen.

»Dein Wort genügt«, sagte sie, da sie wusste, dass er bereits der Blakaris-Familie treu gedient hatte.

»Ich würde lügen, wenn ich behauptete zu wissen, wie unsere Revolution ausgehen wird«, sagte Mando, »aber sie kann nicht fehlschlagen, wenn wir alle zusammenhalten. Wir müssen uns als eine große griechische Familie sehen, in der wir unsere internen Streitigkeiten zugunsten der großen Sache zurückstellen. Jeder von euch kann so berühmt werden wie Achill oder Odysseus, einem jeden von euch ist ein Platz in der Geschichte gewiss.«

Sie war selber überrascht, wie leicht es ihr fiel, vor einer so großen Menge zu reden, wie sie durch das andächtige Zuhören der Männer beflügelt wurde und wie ihr auch auf Zurufe immer gleich die richtigen Worte einfielen.

Sie hatte nicht bemerkt, dass sich Pappas Mavros in einer Ecke des Saals hinter eine Säule gesetzt hatte und mit großer Befriedigung die Früchte seiner Arbeit erntete. Immer wieder hatte er sie in den vergangenen Jahren dazu angehalten, ihm freie Vorträge über die unterschiedlichsten Themen zu halten, er hatte seine Haushälterin, seinen Kutscher und Diener dazugeholt und sie aufgefordert Mando mit unsinnigen Bemerkungen zu unterbrechen, ihren Rhythmus zu stören und hatte Mando bestraft, wenn sie sich aus der Fassung hatte bringen lassen. Er hatte sie in der Rhetorik so geschult, dass ihr unmerklich inventio, loci, disposito, elocutio und memoria in Fleisch und Blut übergegangen waren.

Natürlich hätte er dasselbe wie sie vortragen können, aber erstens hätte er als Mann und Pope nie so viele Menschen in einen Saal locken können und zweitens sorgten ihre Schönheit, Eleganz und Unnahbarkeit dafür, dass selbst jene Menschen von ihr gefesselt wurden, die, satt und bequem, nicht den geringsten Wunsch verspürten irgendetwas an ihrer eigenen Situation oder der ihres Landes zu verändern.

»Gibt es noch Fragen?«, erkundigte sich Mando jetzt, als sie den Schal um ihre Schultern legte.

»Ja, ich habe eine Frage.«

Überrascht blickte Mando zu Jakinthos, der sich erhoben hatte und sie fest anblickte.

»Ich bitte um Ihre Hand, Mando Mavrojenous. Heiraten Sie mich und ich verspreche Ihnen, nicht nur der beste und liebevollste Ehemann zu sein, den Sie finden können, sondern Ihnen auch bei unserer Sache mit allem, was mir zur Verfügung steht, zu dienen. Du voran, Mando, ich folge.«

Der Ruf wurde sofort aufgegriffen. »Du voran, Mando, wir folgen!«, klang es durch den Saal.

Es wurde wieder still, als Jakinthos sich vor Mando stellte. »Mando Mavrojenous, Sie wissen, dass mein Leben Ihnen gehört«, sagte er. »Werden auch Sie mir gehören?«

Marcus, der neben Mando stand und ihr ab und zu ein Glas Wasser gereicht hatte, kniff die Lippen zusammen. Warum gab er es nicht auf? Wollte er jetzt in aller Öffentlichkeit zurückgewiesen werden? Er hatte Jakinthos mehr Feingefühl zugetraut.

Pappas Mavros war beeindruckt. Vielleicht hatte er den jungen Mann unterschätzt. Es gehörte sehr viel Mut zu einem so öffentlichen Antrag. »Mando voran, wir folgen dir«, murmelte er zufrieden.

Mando hob eine Hand und berührte Jakinthos' Schulter, als wollte sie ihn adeln.

»Jakinthos Blakaris«, sagte sie laut und vernehmlich, »ich fühle mich geehrt. Und ich lehne Ihren Antrag nicht ab ...« Sie hörte wie Marcus das Glas Wasser mit einem lauten Knall auf den Tisch stellte. Jakinthos' Augen leuchteten, er griff nach

Mandos Hand und küsste sie, aber Mando sprach schon weiter: »… aber gerade Sie, Jakinthos Blakaris, sollten Verständnis dafür haben, dass ich keinen Mann heiraten kann, der nicht in Freiheit lebt!«

Sie hob beide Hände, sah so hinein in den Saal, dass jeder der Anwesenden glaubte, sie würde nur ihn allein ansehen – auch ein Kunststück, das sie von dem Popen gelernt hatte – und schloss: »Wenn Griechenland frei ist, bin auch ich frei, zu heiraten. Vielleicht werden dann Sie der Mann sein, dem ich mein Leben anvertraue.«

Der Schal rutschte von ihren Schultern, sie selber bückte sich, um ihn aufzuheben und gönnte den Anwesenden einen Blick auf Ihren Brustansatz.

Pappas Mavros erhob sich und ging durch die Hintertür still aus dem Saal. Am Hafen wartete das Boot, das ihn nach Tinos zurückbringen würde. Er warf einen Blick auf den sternenübersäten Himmel und sandte ein Dankgebet zu dem Gott, mit dem er so oft gehadert hatte.

»Du hast sie im rechten Moment geschickt, Herr, ich danke dir, dass ich dein Werkzeug sein durfte.« Er bedauerte es zutiefst, dass die Nonne Pelagia, seine engste Vertraute, immer noch an ihr Schweigegelübde gebunden war. Zu gern hätte er diesen Augenblick des Triumphs mit einem anderen Menschen ausgekostet.

Mykonos

Nach der Proklamation des Bischofs Germanos vom 25. März 1821 überschlugen sich die Ereignisse. Fast überall erhoben sich die Griechen gegen ihre Besatzer, vor allem in den alten Widerstandszentren, bei Patras, im südlichen Taygetos, am oberen Alpheios, in der Argolis und auf zahlreichen Inseln. Die Türken reagierten irritiert. Die Wut der Muslime richtete sich vor allem gegen die orthodoxe Kirche. Ostern 1821 kam es in Konstantinopel zu Straßenschlachten, in deren Verlauf der 74-jährige Patriarch Georgios IV. und sechs seiner Priester am Tor der griechischen Kathedrale aufgehängt wurden. Alexander Ypsilanti, der Führer der Hetärie der Freunde, blieb vom Pech verfolgt, verlor am 7. Juni auch noch die Schlacht bei Dragatsani und flüchtete nach Österreich. Dort wurde er auf Betreiben des russischen Zaren, der sich sehr ungehalten über die Eskapaden seines ehemaligen Offiziers äußerte, ins Gefängnis geworfen.

Andere Freiheitskämpfer waren erfolgreicher, und das war wohl in erster Linie der Politik der Hohen Pforte zu danken, die ihre Streitkräfte vor allem auf den abtrünnigen Ali Pascha von Jannina konzentrierte. Der ehemalige Räuberhauptmann bereitete den Türken mehr Kopfzerbrechen, als die rebellierenden Griechen, die sie noch nicht ganz ernst nehmen konnten.

Mando sah sich auf Mykonos in der seltsamen Lage, 150 Männer, die ihr als Soldaten zur Verfügung gestellt wurden, für die zu erwartenden Gefechte ausbilden zu müssen.

»Natürlich können die meisten mit Schwert, Pistole und Kanonen umgehen, aber ich habe meine Zweifel, ob sie den türkischen Gegnern beim Kampf Mann gegen Mann gewachsen sind«, sagte sie eines Juninachmittags zu Marcus.

Sie saßen auf der Steinbank vor der winzigen Hütte, die Marcus nach jener schicksalhaften Begegnung am Strand von Kalo

Livadi am Berghang eigenhändig errichtet hatte. Sie hatte dicke Steinwände, in die ein Fenster eingelassen worden war, und bestand aus einem einzigen Zimmer, gerade groß genug für das Bett, das Marcus dort aus Stein gemeißelt hatte. Es gab einen Kamin und eine Wandnische, in der ein paar persönliche Gegenstände aufbewahrt wurden.

»Der Bauer war ziemlich überrascht, dass ich ihm nur ein Sevgari Land abkaufen wollte«, hatte er Mando erzählt, »er fragte, was ich mit so wenig Land so weit außerhalb der Stadt anfangen wollte.«

»Und was hast du ihm gesagt?«

»Dass ich aus religiösen Gründen zeitweilig als Eremit zu leben wünsche. Damit sind wir dann auch vor unerwarteten Besuchen seinerseits geschützt.«

»Man könnte auch ein kleines Gemüsegärtchen anlegen«, überlegte Mando, »ein paar Weinstöcke, vielleicht. Du hast gesagt, dass es in der Nähe einen Brunnen gibt?«

Marcus nickte.

»Es scheint in diesem Tal ungewöhnlich viel Wasser zu geben. Daher haben wir im Frühjahr so viele Blumen hier gesehen. Kalo Livadi – schöne Wiese – ein treffender Name für unser Paradies, findest du nicht?«

Mando, die ihr Leben lang in großen komfortablen Häusern gelebt hatte und immer von Dienstboten umgeben gewesen war, hatte sich noch nirgends so wohl gefühlt wie in dieser ärmlichen einsamen Hütte. Mindestens zweimal wöchentlich schaffte sie es, sich dort mit Marcus zu treffen, und oft verbrachten sie den ganzen Nachmittag dort. Sie gingen schwimmen, liebten sich am Strand und da Mando nicht aus der Übung kommen wollte, forderte sie Marcus auch manchmal auf mit ihr die Klinge zu kreuzen.

An jenem Nachmittag, als sie darüber nachdachte, wie ihre Soldaten ausgebildet werden sollten, hatten sie sich gerade ein spannendes Duell geliefert, bei dem sich ihr Cousin als unterlegen erwiesen hatte. Marcus war sehr beeindruckt von Mandos Umgang mit dem Degen, vor allem von ihrer Schnelligkeit und ihrem Reaktionsvermögen. Er fragte sie, wer sie ausgebildet hätte, und so erzählte sie ihm von Monsieur Ali.

»Er ist wirklich der Beste. Ich sollte ihn kommen lassen, aber ich kann wohl kaum einen türkischen Fechtlehrer darum bitten, Griechen für den Kampf gegen seine Landsleute zu schulen!«

»Aber er lässt sich Monsieur Ali nennen?«

»Er besteht darauf!«

Marcus nickte nachdenklich. Eine Woche später erschien er in Mandos Haus mit Monsieur Ali an seiner Seite.

»Darf ich vorstellen, Monsieur Elitis«, stellte er den kleinen Mann vor, der gehorsam den Hut zog und tat, als hätte er Mando noch nie gesehen. Nur die langen Enden seines polierten Schnurrbarts zuckten ein wenig.

Marcus verriet ihr nie, wie er es geschafft hatte, den Türken zum Griechen zu machen, aber da Monsieur Elitis seine Aufgabe vorzüglich erfüllte, war das auch nicht weiter von Bedeutung.

Für Mandos Armee kam die erste große Stunde am 5. Juli, als die Nachricht von einem türkischen Überfall auf Samos die Kykladeninsel erreichte. Augenblicklich schickte Mando 50 Soldaten in die Schlacht. Bereits wenige Tage später kehrte die Truppe zurück und berichtete stolz den zweiten Angriff der Türken auf die Insel zurückgeschlagen und viele Boote der Feinde vernichtet zu haben. Mando hörte bei dieser Gelegenheit auch zum ersten Mal vom so genannten Pyropolikon, einer griechischen Geheimwaffe. Ein Brander, ein kleines Boot voll brennbarer Stoffe, wurde in die Nähe des Feindes bugsiert. Dann setzte sich die griechische Begleitmannschaft ab und überließ den Rest dem Wind, der meistens dafür sorgte, dass das feindliche Schiff Feuer fing.

»Meistens, aber nicht immer«, überlegte Mando, als ihr Jakinthos diese Methode erklärte.

»Man kann sich eben nicht immer auf den Wind verlassen«, erwiderte er und fragte sich, ob man sich denn immer auf die Worte von Mando verlassen könnte. Sie hatte ihm auf der Versammlung vor allen Leuten Hoffnung gemacht, aber jedes Mal, wenn er das Gespräch auf eine künftige Eheschließung bringen wollte, wechselte sie das Thema.

»Wenn man das Pyropolikon nachts direkt zum türkischen Schiff brächte und es daran vertäuen würde, wäre man sicher, dass Feuer auf dem Schiff ausbricht …«

»In den meisten Fällen wäre das wohl Selbstmord für diejenigen, die das Pyropolikon hinbringen«, winkte Jakinthos ab, »zu gefährlich.«

»Tote wird es auf unserer Seite ohnehin geben«, sagte Mando kalt. »Diejenigen, die einen solchen Auftrag ausführen, werden nicht sinnlos sterben.«

Jakinthos betrachtete das liebliche, zart geschnittene Gesicht und ihm lief ein Schauer über den Rücken.

Nicht alle von Mandos Soldaten kehrten nach der geglückten Aktion in Samos zurück. Andere hatten sich schwere Verwundungen zugezogen und starben auf ihrer Heimatinsel. Dies ließ manchen, der das Ganze bisher als eine spannende Unterbrechung seines Lebens als Diener gesehen hatten, nachdenklich werden. Viele desertierten und Mando musste viel Geld und Überredungskunst aufbringen, um neue Kämpfer zu rekrutieren.

Aber nicht nur Soldaten verließen die Insel, auch unter den reichen Einheimischen begann es zu rumoren. Immer mehr Menschen packten ihre Wertsachen und zogen auf ihre Besitztümer im Ausland. Inzwischen hatte es sich nämlich auch herumgesprochen, dass die Türken fast alle ihre Gefangenen, darunter auch Frauen und Kinder, in die Sklaverei verkauften.

Zu denjenigen, die fest entschlossen waren, das Land zu verlassen, gehörte auch Zakarati. Da sie wusste, dass Mando nicht auf sie hören wurde, beauftragte sie Jakinthos, den sie immer noch als künftigen Schwiegersohn betrachtete, in ihrem Sinne auf Mando einzuwirken.

Der junge Reederssohn wusste zwar ganz genau, welche Rolle Mando beim Befreiungskampf zu spielen hatte, aber er beobachtete auch eine Veränderung an der jungen Frau. So sehr er ihren Mut und Einsatz bewunderte, so wenig gefiel ihm, wie die kühle, taktische Politikerin über Menschenleben bestimmen zu können glaubte. Er fürchtete, sie werde ihm noch mehr entgleiten, wenn sie weiter so viel Macht über Menschen haben würde. Zwar sah er kaum eine Chance, Mando zum Weggehen zu bewegen, aber er versuchte, an ihren Überlebenswillen zu appellieren, und malte ihr in den grellsten Farben aus, was mit schönen jungen Frauen geschah, die von den Türken gefangen genommen wurden.

Mando war von seiner Rede nicht sehr beeindruckt.

»Es ist sowieso vorherbestimmt, was mit mir geschehen wird«, erwiderte sie, »und ich kann mir beim besten Willen nicht vorstellen, dass ich im Ausland eine sinnvollere Aufgabe als hier finden würde.«

»Denken Sie an Ihre Mutter«, bat Jakinthos. »Ich weiß, dass sie sich hier zu Tode fürchtet, und als Tochter haben Sie Verpflichtungen.«

Unter halb geschlossenen Lidern blickte Mando zu ihm hin.

»Sagen Sie meiner Mutter – und jedem, der es noch wissen will, Herr Blakaris, dass ich die Letzte sein werde, die dieses Land verlässt!«

Im nächsten Monat hatte Mando viele Rückschläge zu meistern. Es begann damit, dass sie hundert ihrer Soldaten zur Unterstützung der Kämpfe auf den Peloponnes schicken wollte. Mit ihrem eigenen Boot sollten diese nach Tinos fahren, wo ein Schiff darauf wartete, sie aufs Festland zu bringen. Aber die Abfahrt verzögerte sich, weil ein reicher Mykoniate dafür gesorgt hatte, dass von Mandos Schiff alle Flaggen entfernt wurden. Ohne Flaggen konnte es nicht segeln. Wutentbrannt stürzte Mando in das Haus des Boykotteurs. Sie erfuhr, dass einige ihrer Soldaten hohe Schulden bei ihm gemacht hätten und er erst bereit wäre, das Boot fahren zu lassen, wenn diese beglichen waren. Es dauerte einige Tage, ehe Mando die geforderte Summe zusammenhatte und das Boot nach Tinos abfahren konnte. Mando ärgerte sich über den mangelnden Patriotismus des reichen Mykoniaten. Sie spürte nicht zum ersten Mal, dass die große Sache, der sie sich selber verschrieben hatte, für viele erst dann zum interessanten Unternehmen wurde, wenn sie Gewinn daraus schlagen konnten. Um auch diese Leute auf ihre Seite zu bekommen, verkündete sie daher völlig unbekümmert, dass eine neue griechische Regierung selbstverständlich erheblich weniger Steuern einziehen würde als die Türken.

Das Schiff, das in Tinos auf Mandos hundert Soldaten wartete, musste dort einen Monat lang im Hafen bleiben, weil der Meltemi, dieser heimtückische Nordwind, der bereits Odysseus übel mitgespielt hatte, jegliche Schifffahrt unmöglich machte. Viele der hundert Soldaten wurden krank und andere setzten sich ab und tauchten in den Bergen von Tinos unter.

Es war ein schlimmer Sommer für Mando, die zu allem Überfluss selber schwer krank wurde. Sie fieberte, konnte keine feste Nahrung bei sich behalten und mehrere Wochen lang bangte man um ihr Leben. Erst im Herbst war sie wieder kräftig genug, sich um ihre Armee, ihren immer noch umfangreichen Briefwechsel, die Ereignisse im Land und um ihre Liebe zu kümmern.

Marcus hatte sie zwei Monate lang nicht gesehen und er erschrak, als er sie vor der Steinhütte vom Pferd steigen sah. Sie hatte an Gewicht verloren, ihre dunklen Augen schienen tiefer in den Höhlen zu liegen und ihre Wangen waren eingefallen. Ihr glänzendes Haar wies allerdings darauf hin, dass sie die Krankheit überstanden hatte.

Wortlos fielen sie sich in die Arme und hielten einander eine lange Zeit fest.

»Mir hat die Liebe gefehlt«, flüsterte Mando, als Marcus sie an der Hand nahm und ins Haus führte. »Und nicht nur die«, fuhr sie fort, als sie sich auf das Bett setzte. »Meine Mutter hat tatsächlich dafür gesorgt, dass mich keine Nachrichten erreichen konnten! Ich komme mir vor, als ob ich für Jahre von der Außenwelt abgeschnitten gewesen wäre!«

»Monsieur Elitis hält deine Soldaten in Form«, versicherte Marcus, »und die Kämpfe draußen im Lande gehen weiter. Mit unterschiedlichen Erfolgen, aber auf lange Sicht werden wir den Sieg davontragen. Auf den Inseln ist es bisher zu keinen weiteren heftigen Vorfällen wie auf Samos gekommen und am Aufbau der griechischen Flotte wird weiter mit aller Energie gearbeitet.«

»Aber schwere Kriegsschiffe mit hundert Kanonen pro Stück

haben wir im Gegensatz zu den Türken sicher auch noch nicht«, bemerkte Mando.

»Nicht ganz so schwere«, gab Marcus zu, »aber dass wir überhaupt welche haben, ist den Türken zu danken …«

»… du meinst, weil sie unseren Seeleuten gestattet haben sich gegen Piraten zu wehren?«, unterbrach ihn Mando. »Das war doch in ihrem eigenen Interesse! Danken finde ich ein großes Wort! Außerdem sind unsere Handelsschiffe alle mit nur zehn bis 20 Kanonen pro Zweimaster ausgestattet – kleines Kaliber!«

»Während den Türken mindestens zehn mittlere Kriegsschiffe mit je 70 Kanonen zur Verfügung stehen«, nickte Marcus.

Er berichtete ihr, dass Dimitri Ypsilanti, der jüngere Bruder des in Österreich inhaftierten Alexander Ypsilanti, in Kalamata eine Armee aufgestellt hatte, die aus Rebellen und Ausländern bestand.

»Dass die Philhellenen so weit gehen, sogar die Waffe gegen unseren Erzfeind zu erheben!«, rief Mando. »Es sind eben nicht alles nur Romantiker! Stimmt es, dass sogar Lord Byron, dieser großartige Dichter, mit einem eigenen Schiff zu Hilfe kommen will?«

Marcus hatte davon auch gehört, aber er mahnte Mando nicht zu viele Hoffnungen auf einen Dichter zu setzen.

»Inzwischen gibt es übrigens schon drei lokale Regierungen in Griechenland«, konnte er melden, »die Senate von Messenien, von West- und Ostgriechenland, und wir haben auch wieder den Areopag, also ein oberstes Gericht. Das ist doch schon ein Anfang!«

Ein heftiger Windstoß ließ die Tür der Steinhütte zuschlagen, sodass der Blick aufs Meer und auf Naxos versperrt wurde. Mando fröstelte und schlug vor Feuer im Kamin zu machen.

»Dann können wir gleich sehen, ob der Abzug funktioniert«, meinte sie, »sonst müssen wir im Winter eine neue Unterkunft suchen.«

»Im Winter wird es hier auch mit dem Kamin zu ungemütlich werden«, meinte Marcus, nachdem er ein Feuer entfacht und zufrieden festgestellt hatte, dass er als Kaminbauer tauglich wäre. Langsam begann er sie auszuziehen. Reglos wie eine Puppe ließ sie es sich gefallen, dass Marcus die vielen Lagen ihrer Kleidung entfernte. Als seine Hände ihre nackte Haut berührten, zitterte sie leicht.

»Nicht weil ich friere«, flüsterte sie. »Ich freue mich nur so …«

Nach so langer Zeit kam es ihnen beinahe vor, als hätten sie einander neu entdeckt. Hinterher brachte Marcus wieder das Gespräch auf den bevorstehenden Winter.

»Wir müssen uns einen anderen Unterschlupf einfallen lassen und ich glaube, mir ist da eine gute, aber ziemlich verwegene Idee gekommen.«

Mando wartete, aber Marcus sprach nicht weiter.

»Mach es nicht so spannend!«, bat sie, aber so sehr sie auch in ihn drang, er wollte ihr nicht mehr verraten.

»Wenn es so weit ist, wirst du es erfahren«, versprach er, »sag mir nur noch eins: Wie stehst du zu deiner Mutter? Unverändert?«

»Schlimmer denn je«, gestand Mando, »dauernd liegt sie mir in den Ohren Griechenland zu verlassen. Sie hat sogar Jakinthos angestiftet mich zu überzeugen.«

Marcus' Augen verdunkelten sich. »Hoffentlich hast du gleich die Gelegenheit genutzt seinen Antrag ein und für allemal abzulehnen.«

Er sah seinen Fehler sofort ein. Er hätte wissen müssen, dass niemand, nicht einmal er, sich das Recht herausnehmen durfte Mando zu sagen, was sie zu tun hätte.

»Mein lieber Cousin«, sagte sie langsam, »wer bist du, dass du mich daran hindern willst, ein Leben als Ehefrau zu führen? Glaubst du denn nicht, dass ich wie jede Frau gern Kinder hätte – und zwar solche, die nicht wie der arme kleine Jorgo in Lakka aussehen?« Sie griff nach ihrer Bluse, zog sie mit aufreizend langsamen Bewegungen wieder an und begann sie zuzuknöpfen.

Die Farbe war in ihr Gesicht zurückgekehrt und auch die Wangen schienen wieder voller zu sein.

»Mando«, sagte er ernst, »wir wussten beide, worauf wir uns eingelassen haben. Tut es dir jetzt Leid? Willst du wirklich lieber in Jakinthos' Armen liegen als in meinen?«

Ihre Augen blitzten.

»Wer spricht von Jakinthos?«, meinte sie. »Es gibt auch noch andere Männer und einen von ihnen werde ich wohl irgendwann heiraten.«

»Was wird dann aus mir?«, fragte er so leise, dass sie ihn kaum hören konnte. Sie sah ihn an, diesen schönen, starken Palikari mit den schwarzen ungewöhnlich glatten langen Haaren, der sonnengebräunten Brust und den kräftigen Muskeln, die seit der Arbeit am Bau der Steinhütte noch prominenter hervortraten.

»Dich wird es immer geben«, erwiderte sie, wieder versöhnt, »mit oder ohne Ehemann, das habe ich dir versprochen und so wird es sein.«

»Zieh die Bluse wieder aus«, bat er. »Lass mich die schönsten Brüste der Welt noch einmal küssen, bevor sich irgendein Ehemann daran erfreuen kann!«

»Gut«, sagte sie, »ich kann dir ein Versprechen geben, mein Ehemann wird nie meine Brüste küssen dürfen. Zufrieden?«

Er küsste ihre Brüste und schwieg.

»Davon abgesehen«, sagte sie, »gehöre ich dir auch jetzt nur halb. Der andere Teil gehört Griechenland. Und jetzt lass mich ein wenig schlafen, der Ritt hierher hat mich ganz schön angestrengt.«

Sie streckte sich aus und schloss die Augen. Sanft küsste er ihre Lippen, deckte Mando dann zärtlich mit der schafwollenen Decke zu und setzte sich auf die Steinbank vor der Hütte.

Einige Stunden später blickte er besorgt zum Himmel. Die Sonne war bereits hinter den Bergen von Kalo Livadi verschwunden und es würde schnell dunkel werden. Mando schlief immer noch. Es tat ihm zwar Leid, sie zu wecken, aber ihm blieb keine Wahl. Vorsichtig hauchte er einen Kuss auf ihre halb geöffneten Lippen.

Sie räkelte sich, öffnete langsam die Augen und lächelte ihn an.

»Es geht mir schon viel besser«, gähnte sie, richtete sich auf und blickte erstaunt aus dem winzigen Fenster. »Ist es schon Nacht?«

»Später Abend. Wir müssen weg.«

»Warum? Ich habe immer davon geträumt, hier einmal zu übernachten. Lass uns bleiben!«

»Unmöglich«, bedauerte er. »Deine Mutter wird außer sich sein vor Sorgen.«

»Können wir nicht jemanden nach Mykonos runterschicken? Der sagt, dass ich auf einem Hof oder im Kloster übernachte? Im Frauenkloster! Das ist doch eine gute Idee!«

»Das wäre leichtsinnig, Mando.«

Sie überlegte schnell. »Es ist sowieso schon fast dunkel und ich habe immer schon davon geträumt, nachts über den Strand von Kalo Livadi zu gehen.«

»Mando, wir müssen …«

»Wir müssen nur eins: einander lieben«, erwiderte sie und zog ihn zu sich aufs Bett. »Du voran, Mando, ich folge«, murmelte er. Als sie sich voneinander lösten, war es Nacht geworden. Mando blickte auf den Lichtstreifen, der das Fußende des Bettes in Silber getaucht hatte. Sie sprang aus dem Bett und blickte aus dem winzigen Fenster.

»Vollmond!«, rief sie. »Gibt es etwas Romantischeres als ein liebendes Paar, das im Vollmond am Strand wandelt? Bitte, Marcus!«

Immer setzt sie ihren Willen durch, dachte er und verscheuchte die Frage, ob sie ihn mit diesem Hintergedanken wieder in die Arme genommen hatte.

»Also gut, wer könnte dir schon etwas abschlagen!«, gab er nach. »Wir lassen die Pferde hier und gehen zum Wasser runter. Aber nur kurz.«

Eilig zogen sie sich an, fassten sich an den Händen und liefen den Hang hinunter auf den Strand. Der Vollmond hatte eine silberne Straße aufs Meer gemalt und schien den Glanz der Sterne in seinem Umkreis in sich aufgenommen zu haben. Fasziniert blickte Mando nach oben, bis ihr der Nacken schmerzte. Dann ließ sie Marcus' Hand los, zog sich die Schuhe aus und rannte mit wehendem Rock über den Sand, den die Sonne nach dem Regen des Vortages festgebacken hatte.

Plötzlich blieb sie stehen.

Wo kommt denn dieses grelle Licht her, fragte sie sich verwundert, schloss einen Augenblick die Augen und öffnete sie dann wieder. In dem milder gewordenen Schein sah sie jetzt nahe am Wasser eine Gruppe von fünf weiß gekleideten Frauen, die zu unhörbaren Klängen wild im Kreis herumtanzten.

Mando näherte sich ihnen mit offenem Mund. Wie schön sie waren, wie schnell und doch graziös sie sich bewegten! Ohne ihren Tanz zu unterbrechen, winkten ihr die Frauen zu, lachten sie an, lockten sie, forderten sie auf sich bei ihnen einzureihen. Ihr schien jetzt, als ob die Frauen direkt auf der Wasseroberfläche tanzten. Nie im Leben hatte Mando einen so überwältigenden Drang zum Tanzen verspürt. Ihre Füße zuckten und jetzt hörte sie auch den Rhythmus, zu dem sich die Frauen bewegten. Es war keine Musik, die sie kannte, aber süßere Klänge hatte sie noch nie vernommen. Sie stürzte auf die Gruppe zu, staunte, wie mühelos sie die unbekannten Tanzschritte aufgriff, wie schnell sie sich drehen konnte, immer schneller und schneller und immer näher am Wasser ...

»Mando!«, rief Marcus entsetzt, aber seine Stimme erreichte sie nicht.

Mein Gott, dachte er, sie ist immer noch krank! Was sonst konnte sie dazu gebracht haben, mitten auf dem einsamen Strand plötzlich loszurennen und dann wie eine Wahnsinnige im Kreis herumzuwirbeln? Wie konnte sich ein Mensch überhaupt so schnell um die eigene Achse drehen? Er versuchte sie aufzuhalten, aber es gelang ihm nicht, sie zu packen. Ihre Arme bewegten sich wie Windmühlenflügel im Sturm. Eine ihrer Hände, hart wie Stahl, schlug ihm so heftig ins Gesicht, dass er rückwärts in den Sand stürzte und einen Augenblick wie benommen war.

»Nein!«, schrie er, als er wieder zu sich kam und sah, dass nur noch Mandos Schultern aus dem Wasser herausragten. Er rannte ins Meer, schwamm zu ihr hin, packte sie, bevor sie untergehen konnte und zog sie ans Ufer. Sie war bewusstlos und atmete flach. Ihre halb geöffneten Augen schienen nichts zu sehen.

Wie leicht sie ist, dachte er, als er sie auf seine Schultern lud und den Berg hinauf zur Hütte trug. Natürlich war an eine Rückkehr nach Mykonos-Stadt nicht mehr zu denken. Selbst wenn sie wieder zu sich käme, wäre sie viel zu schwach, um sich auf dem Pferd zu halten.

Hastig zog er ihr und sich selber die nassen Kleider aus, legte sie zum Trocknen auf die Steinbank vor dem Haus und rieb Mando mit einer Essenz ab, die sich in einer Flasche in der Wandnische befand. Als er sie zudeckte, atmete sie wieder regelmäßig.

Ein Sonnenstrahl, der durch das kleine Fenster fiel, kitzelte sie an der Nase und weckte sie. Mando öffnete die Augen und blickte erstaunt um sich. Sie schlang einen Arm um den Mann, der neben ihr leise schnarchte und versuchte sich zu erinnern.

Nein, es war kein Ball gewesen, aber sie hatte getanzt. Getanzt wie noch nie in ihrem Leben. Wo waren die Frauen hergekommen, wo sind sie geblieben und wie hatte der Tanz geendet? Sie kuschelte sich dichter an den nackten Mann, den sie liebte und der sie glücklicher machte als je ein Mensch zuvor. Aber jenes Glücksgefühl, das sie in der Nacht beim Tanz am Strand durchströmt hatte, war unvergleichlich gewesen. Wenn sie es nur einmal noch erleben könnte! Wenn ich nicht wieder so tanzen kann wie gestern, werde ich nie wieder tanzen, schwor sie sich, und dann erst dachte sie voller Sorgen daran, wie sie ihrer Mutter die nächtliche Abwesenheit erklären sollte.

Es stellte sich heraus, dass eine Erklärung gar nicht nötig war. Als sie am Morgen ins Esszimmer trat, schien Zakarati weder überrascht noch verärgert oder besorgt zu sein.

»Vassiliki hat mir gesagt, dass du schon im Morgengrauen ausgeritten bist«, wurde sie von ihrer Mutter begrüßt und sie widersprach nicht. Die Vogelaugen der Dienerin musterten sie neugierig, und Mando wusste, dass zumindest ein Mensch im Haus auf eine Erklärung wartete.

Vassiliks Augen begegneten den ihren im venezianischen Spiegel, als die Dienerin später Mandos Haare bürstete.

»Ja, mein Hühnchen, jetzt bist du also eine Frau«, stellte Vassiliki fest. Mando griff nach der Hand, die die Bürste hielt.

»Was sagst du da, Vassiliki?«

Die Dienerin kicherte.

»Deiner Mutter kannst du alles Mögliche erzählen, aber meine Augen können sehen, mein Küken. Entweder hast du die Nacht mit einem Palikari verbracht, doch nicht etwa mit dem hübschen Jakinthos ... ?« Sie machte eine Pause und hielt Mandos Blick im Spiegel fest.

»Oder?«, fragte Mando möglichst gleichgültig.

»Oder du hast mit den Yaludes getanzt – aber dann wärst du wohl kaum hier.« Sie kicherte wieder.

»Was sagst du da?«, fragte Mando alarmiert. »Was sind die Yaludes?«

»Dein Haar ist verklebt«, klagte Vassiliki und leckte sich die Finger. »Salz! Du warst in der Nacht im Meer? Oder wollte dich dein Liebhaber mit Haut und Haaren, Salz und Pfeffer verspeisen?«

»Die Yaludes!«, ermahnte Mando sie ungeduldig.

»So heißen sie hier auf Mykonos. In meiner Heimat nennt man sie Neraides. Frauen aus einem Zwischenreich, äußerst gefährliche Wesen, schön und verführerisch, die von einem hellen Licht bestrahlt in wilden Kreisen herumwirbeln. Wer sie sieht, ist meistens verloren, denn er fühlt sich zu ihnen hingezogen und wird von ihnen zum Tanzen verführt. Aber weil er nicht, wie die Yaludes, auf der Wasseroberfläche tanzen kann, ertrinkt er. Man sagt, dass die Yaludes den Körpern der Lebenden die Kraft entziehen, um beim nächsten Vollmond wieder tanzen zu können.«

Ein Schauer fuhr Mando durch den Leib.

»Und kann sie jeder sehen?«, fragte sie.

»Das weiß ich nicht. Es wird wohl so sein wie mit den anderen phantastischen Erscheinungen, von denen man munkelt.«

Mando erinnerte sich an die Geister, von denen die Inselbewohner nur im Flüsterton sprachen. Da gab es den kleinen Kapitän, der mit Vorliebe im Winter auftauchte und sich in dem jeweiligen Haus in die Nähe der Wärmequelle setzte. Er verschwand, wenn man ihm ein Glas Wein gereicht hatte. Oder die riesige weiße Sau, die mit zwölf kleinen Ferkeln in einer Ruine außerhalb des Dorfes hausen sollte. Die Inselbewohner nahmen nach Einbruch der Dunkelheit Umwege in Kauf, um nicht an dieser Ruine vorbeigehen zu müssen. Oder an Arapis, einen schwarzen Geist, der nachts die Straßen unsicher machte. Die ihn gesehen hatten, berichteten, dass er fünf Meter groß sei, eine Zigarre rauche und mit Felsbrocken nach denen werfe, die ihm begegneten.

Mando war nicht abergläubisch. Sie hatte bisher über all diese Erscheinungen gelacht und sie der Unbildung, der Angst und der Phantasie der Mykoniaten zugeschrieben. Jetzt aber wusste sie mehr. Sie hatte die Yaludes so klar und deutlich gesehen wie sie jetzt Vassiliki im Spiegel sah. Sie hatte mit ihnen getanzt und das Glücksgefühl war echt gewesen.

»Ich muss deine Haare waschen«, sagte Vassiliki, »so kann ich sie nicht frisieren.« Sie verließ das Zimmer, um die Köchin zu beauftragen einen großen Topf mit Wasser aufzusetzen.

Mando blieb vor dem Spiegel sitzen. Ihr fiel der Tag ein, an dem sie im Meer geschwommen war und Marcus erstmals am Strand aufgetaucht war. Als sie ihn noch nicht erkannt hatte, war sie sich genauso ausgeliefert vorgekommen wie jetzt, als sie darüber nachdachte, dass fremde Mächte von ihr Besitz ergriffen hatten. Sie nahm eine Haarsträhne in den Mund und schmeckte Salz. Ist es denn wirklich geschehen, fragte sie sich. Bei Tageslicht erschien es lächerlich, dass sie nachts am Strand mit den Yaludes getanzt haben könnte. Nein, sagte sie zu ihrem Ebenbild und schüttelte heftig den Kopf, das sind die Reste des Fiebers gewesen. Schließlich hat Marcus kein Licht und auch keine Frauen gesehen. Für ihn war ich kurzzeitig wahnsinnig und wahrscheinlich hat er Recht. Dieser Gedanke gefiel ihr besser als jener, dass sie möglicherweise irgendwelchen geheimnisvollen Kräften ausgeliefert gewesen war. Trotzdem, tanzen wollte sie nie wieder.

Für Mando standen die nächsten Monate ganz im Zeichen des Geldsammelns für die Revolution. Sie versetzte ihre kostbarsten Schmuckstücke, schickte den Kämpfenden Geld und hielt flammende Reden vor den reichen Mykoniaten, die die Insel nicht verlassen hatten. Sie freundete sich mit dem französischen Oberst Maxim Rimbaud an, der am Ende des Jahres auf die Insel kam, ihr in langen Stunden Unterricht in Strategie und Taktik erteilte und gewissermaßen zu ihrem persönlichen Professor für Militärwesen wurde.

Rimbaud war fasziniert von der lernbegierigen, schönen jungen Griechin, die offensichtlich bereit war jedes Opfer für ihr Land zu bringen. Kurz vor Weihnachten traf er sie in Jubelstimmung an, denn sie hatte gerade erfahren, dass der politische Grundstein für den neuen Staat gelegt worden war.

»In Epidaurus haben sich die Vertreter der drei lokalen Regierungen zur ersten Nationalversammlung getroffen!«, berichtete sie dem Oberst aufgeregt. »Alexander Mavrokordatos hatte den Vorsitz ...«

Maxim Rimbaud nickte. »Ein Phanariot, ein kluger, liberaler und demokratisch gesinnter Mann«, meinte er anerkennend, »allerdings neigt er nach meinem Geschmack zu sehr in die englische Richtung ...«

»Aber die neue Verfassung ist dem französischen Fünferdirektorium nachempfunden«, warf Mando ein. »Und wir haben jetzt auch eine eigene griechische Fahne in den Farben Blau und Weiß! Ich habe sofort ein Glückwunschbillet abgeschickt und darum gebeten, Vertreter des künftigen neuen Parlaments nach Mykonos zu entsenden. Wenn unsere Bürger aus deren Mund erfahren, wie wenig noch nötig ist, den Sieg zu erringen, werden sie ihre Börsen vielleicht etwas bereitwilliger öffnen.«

Maxim Rimbaud, der die menschliche Natur besser kannte, schwieg. Er wollte der jungen Frau keine Illusionen rauben und nahm sich vor alles in seiner Macht Stehende zu unternehmen, um sie vor Enttäuschungen zu bewahren.

Wie wohlhabend die Insel tatsächlich war und wie schamlos die Menschen mit ihrem Reichtum prunkten, während zum Beispiel viele Bewohner von Tinos Hunger litten, ging ihm erst zur Jahreswende auf.

Im Hause eines Onkels von Mando war zu einem großen Fest geladen worden, bei dem auch zwei Abgesandte des neuen Parlamentspräsidenten Dimitri Ypsilanti anwesend waren. Auch diesen gingen die Augen über, als sie die reich mit ausländischen Delikatessen beladenen Tische betrachteten und die über und über mit Goldschmuck, Perlen und Edelsteinen behängten schönen jungen Frauen in Garderoben, die sogar am Königshof in Paris aufgefallen wären. Da waren Männer mit juwelenbesetzten Schwertern, edles chinesisches Porzellan, Möbel, die von italienischen Meistern angefertigt worden waren, und Gemälde, um die sich jedes französische Museum gerissen hätte.

Aber die beiden Männer, die erwartet hatten, an diesem Abend reiche Geldgeschenke für die Revolution einzusammeln, sahen sich enttäuscht. Es wurden ihnen viele Versprechungen gemacht, aber kaum jemand öffnete eine Geldbörse oder trennte sich von einem Schmuckstück. Oberst Rimbaud sah, wie die Abgesandten vor Wut und Enttäuschung fast an ihrer Vassilopita, dem griechischen Neujahrskuchen, erstickten und er wandte sich Mando zu.

»Mademoiselle«, flüsterte er. »Geben Sie den Herren dieses Geld.« Und er drückte ihr tausend Grossia in die Hand.

Dankbar blickte Mando zu ihm auf.

»Ich schäme mich so«, flüsterte sie zurück. »Hier sitzen wir, tafeln wie die Könige, stellen unseren Besitz zur Schau, während draußen im Land andere ihr Leben aufs Spiel setzen, um uns zu befreien! Wo sollen die Kämpfer den Mut hernehmen, wenn sie sehen, dass die Menschen, die sie befreien wollen, nur an ihr eigenes Vergnügen denken?« Sie weinte fast.

Jakinthos verbeugte sich vor ihr.

»Darf ich mit Ihnen tanzen?«, fragte er und reichte ihr den Arm.

Mando schüttelte den Kopf.

»Ich tanze nicht mehr«, sagte sie verloren und setzte hastig hinzu: »Solange Griechenland nicht befreit ist.«

Fragend blickte der junge Reederssohn den Franzosen an.

»Mademoiselle ist tief betrübt, weil all diese reichen Menschen auf ihrem Geld sitzen«, bemerkte Rimbaud.

»Das lässt sich ändern!«, rief Jakinthos. »Sehen Sie doch, da werden die Tische fürs Kartenspiel zusammengestellt – Silvester ist bei uns der Tag des Kartenspiels«, erklärte er dem Franzosen. »Wartet!«

Jakinthos schwang sich auf einen Tisch, zog sein Schwert und schlug damit gegen den Kronleuchter. Das kristallene Klingeln ließ jeden verstummen, sogar die Musiker hielten inne und alle Blicke waren auf Jakinthos gerichtet.

»Freunde!«, rief er. »Lasst uns das neue Jahr mit einem Hoch auf die neue griechische Regierung beginnen! Hurra!«, rief er. »Hurra!«, fielen andere zunächst zögernd, dann mit wachsender Begeisterung ein.

»Möge uns diese Regierung erfolgreich dienen«, setzte er fort, als wieder Ruhe eingetreten war, »und zum Zeichen, dass wir sie unterstützen, werden wir heute alle Gewinne aus unserem Kartenspiel Mando Mavrojenous aushändigen, die sie an die edlen Herren unseres griechischen Parlaments weiterleiten wird. Diese Herren werden dann dafür sorgen ...«, er machte eine kunstvolle Pause und lächelte fein, »... dass unsere Steuerabgaben uns in Zukunft keine Kopfschmerzen mehr bereiten werden!«

Alles jubelte und stürzte sich an die Tische.

Jakinthos sprang herunter und wischte sich die schweißnasse Stirn mit der Hand ab.

Erwartungsvoll sah er Mando in die glänzenden Augen. Sie beugte sich vor und küsste ihn ganz schnell auf den Mund.

»Sie sind mein Held, Jakinthos Blakaris«, flüsterte sie ihm zu und ließ es sich gefallen, dass er ihre Hand mit Küssen bedeckte.

Am Ende des Abends konnte sie Dimitri Ypsilantis Abgesandten mehr als 3000 Grossia überreichen.

Anfang März tauchte Pappas Mavros auf und versuchte Mando allein zu sprechen. Zakarati sah, dass er etwas im Gepäck mit sich führte und war nicht zu bewegen das Zimmer zu verlassen. Den Cousin, den sie früher so geschätzt hatte, sah sie jetzt als Feind, der ihr die Tochter noch weiter entfremdete. Wenn sie genau darüber nachdachte, hatte er ihr früher auch den Ehemann entfremdet, etwas, was ihr jetzt erst auffiel. Nach Pappas Mavros' Besuchen hatte sich Nikolaos immer zurückgezogen, angeblich, um Briefe zu schreiben. Nie hatte er ihr erzählt, worüber sie in der Abgeschiedenheit des Herrenzimmers diskutiert hatten. »Männersachen«, war sein Kommentar gewesen, wenn sie in ihn drang. Nikolaos Mavrojenous, der nur an hohen Festtagen die Kirche besuchte, hatte Pappas Mavros sicher nicht um Rat in religiösen Dingen gefragt, davon war sie überzeugt. Also ging es wohl eher um Politik, eine Angelegenheit, von der sich ihrer Meinung nach nicht nur Frauen, sondern auch Männer der Kirche fern halten sollten.

Pappas Mavros wusste, wie er seine Cousine loswerden konnte: Er war sich sicher, dass der auf Mykonos hergestellte bäuerliche Kopanasti nicht auf dem Speiseplan der Mavrojenous-Familie stand und bat Zakarati ihm ein Kilo dieses vorzüglichen Käses zu beschaffen.

»Aber den richtigen, bitte, liebe Cousine«, sagte er, »ich vertraue darauf, dass du weißt, wo du ihn herkriegen kannst. Schicke bitte keine Dienerin los, denen dreht man doch nur minderwertige Ware an.«

Zakarati blieb nichts anders übrig, als das Zimmer zu verlassen. Als sie sah, wie Vassiliki über den Flur huschte, nickte sie ihr aufmunternd zu.

»Jedes Wort musst du dir merken!«, zischte sie der Dienerin zu. »Hier geht etwas vor, was mir gar nicht gefällt!«

Vassiliki genoss es, mit offizieller Erlaubnis das Ohr ans Schlüsselloch zu legen und mit wichtigem Gesicht die Zofe Sophia wegzuscheuchen, als diese die Treppe hinunterkam.

Pappas Mavros nahm aus seinem Koffer zwei Gegenstände, die er Mando überreichte. »Beides gehörte deinem Vater und beides hast du dir redlich verdient.«

Als Erstes wickelte Mando ein juwelenbesetztes Kreuz aus. Sie hängte es sich sofort um. Dann kam ein sehr altes Schwert mit eingelegten Diamanten zum Vorschein.

»Es gehörte Konstantin dem Großen und ist seit Generationen in der Mavrojenous-Familie weitergereicht worden«, erläuterte Pappas Mavros. »Natürlich hätte dein ältester Bruder darauf ein Anrecht und ihm war es auch zugedacht. Aber was tut er, um Griechenland aus der Hand der Barbaren zu befreien?«

Mando, die gehört hatte, dass Antonio inzwischen in Paris lebte, lächelte bitter. »Vielleicht arbeitet er ja im Untergrund?«, meinte sie und dachte daran, dass er auf ihre Bittbriefe nicht ein einziges Mal geantwortet hatte.

Mando wog das Schwert in der Hand und schrak zusammen, als sie die Klinge berührte. Ein Blutstropfen zeigte sich auf ihrer Fingerkuppe.

»Ich habe es geschärft, weil du es brauchen wirst«, sagte Pappas Mavros und reichte ihr ein blütenweißes Taschentuch.

»Es ist wunderschön, aber zum Kampf für mich ungeeignet«, bemerkte Mando, die aufgestanden war und das Schwert ein paarmal durch die Luft hatte sausen lassen. »Es fühlt sich nicht richtig an, nicht für mich jedenfalls.«

»Heb es auf und halte es in Ehren. Ich habe noch mehr für dich«, lächelte er und reichte ihr ein Stück Papier. »Das wird sich ganz bestimmt richtig anfühlen!«

»Sieben Millionen Grossia!«, rief Mando. »Was ist das?!«

»Deine Aussteuer.«

»So viel! Das sind ja ...«, sie rechnete schnell, »... das sind ja eine Million französische Franken! Davon können Schiffe, Mannschaften, Kanonen und noch mehr finanziert werden!«

»Es gehört dir!«, nickte der Pope.

»Sie meinen ...« Sie stand auf, packte ihn am Ärmel und starrte ihn aus erschrockenen Augen an. »Sie meinen, ich kann darüber verfügen? Jetzt schon? Ich muss dafür nicht erst heiraten?«

»Bin ich dein Vormund?«, fragte er lächelnd.

Der Pope konnte sich nicht daran erinnern, jemals von einer Frau so abgeküsst worden zu sein. Er würde später darüber nachdenken, ob es ihm gefiel.

Jetzt musste er Mando erst einmal über den aktuellen Stand der Kämpfe draußen im Lande informieren. Er teilte ihr mit, dass Dimitri Ypsilanti das Schloss in Akrokorinth von den Türken erobert hatte und dass Odysseus Andruzzus in Euböa Omar Bey erfolgreich geschlagen hatte.

»Aber eigentlich fängt der Krieg jetzt erst an«, sagte er. »Seit einigen Tagen beginnt man von Samos aus Chios zu befreien.«

»Brauchen die Helden Geld?«, fragte Mando mit strahlenden Augen.

»Natürlich. Gib deinem Cousin Marcus ein paar tausend Grossia, der wird wissen, wie er das Geld weiterzuleiten hat«, meinte Pappas Mavros und sah Mando scharf an.

»Natürlich«, sagte sie unbefangen, »oder Jakinthos Blakaris, der hat zu Neujahr eine ordentliche Summe eingesammelt.«

»Wie ich höre, ist er immer noch auf Freiersfüßen?«

»Vielleicht werde ich ihn eines Tages heiraten«, meinte Mando gleichgültig, »das wollen Sie doch wissen?«

Er zuckte mit den Achseln. »Die Ehe ist die Bestimmung der Frau, wie man sagt.«

»Ist sie auch meine Bestimmung?«

»Das herauszufinden, liegt an dir«, meinte er.

Auf der anderen Seite der Tür machte Vassiliki große Augen. Da die beiden im Zimmer leise sprachen, konnte sie nur Bruchstücke verstehen, und denen entnahm sie, dass Pappas Mavros Mando aufgefordet hatte Jakinthos unverzüglich zu heiraten und Mando dies zugesagt hätte. Vassiliki wusste, dass sich Zakarati über diese Wendung freuen und der Übermittlerin der guten Nachricht sicherlich eine Belohnung zukommen lassen würde. Aber die nächsten Worte des Popen, die klar und deutlich zu verstehen waren, jagten ihr mehr als nur einen Schauer über den Rücken. Danach konnte sie nichts mehr hören, weil sie nur noch daran denken konnte, was diese Meldung für sie bedeutete.

»Ali Pascha ist tot!«, sagte Pappas Mavros mit einer gewissen Traurigkeit. Er dachte an den »Löwen von Jannina«, der seinen Hof Tepelenë mit einer gewissen barbarischen Eleganz geführt, die Reichen ausgeraubt, die Armen geschützt und ausgebildet hatte. Ali Pascha hatte die griechische Kultur in Ehren gehalten und ihr in Jannina ein Zentrum gegeben. Er hatte weise regiert, kluge Männer gefördert und dem alten Hellas mehr Ehre gemacht, als alle Griechen seiner Zeit zusammengenommen. Pappas Mavros hielt ihn sogar im weitesten Sinne für einen Christen, auch wenn er ein Mörder, ein Barbar gewesen war. Er zuckte mit den Achseln: »Ich kann ihm meinen Respekt nicht versagen und finde es einen Jammer, dass ihn gedungene Mörder des Sultans enthauptet haben – in einem griechischen Kloster!«

Mando konnte darauf zunächst nichts sagen. Ali Pascha war für sie nie Wirklichkeit gewesen, sondern eine Figur wie aus dem Märchenbuch. »Wer hat ihn verraten?«, fragte sie dann, weil sie sich nichts anderes vorstellen konnte.

»Eine seiner Geliebten oder sein Sohn Selim«, sagte Pappas Mavros nur und blickte überrascht auf, als er ein dumpfes Geräusch vor der Tür vernahm.

»Was war das?«, fragte Mando, rannte zur Tür und riss sie auf.

Sie fand Vassiliki schluchzend auf dem Boden liegen.

»Um Gottes willen, was ist mit dir passiert?«, fragte sie die Dienerin.

»Gefallen«, weinte Vassiliki, »ich bin die Treppe hinuntergefallen.«

Am 20. März begann die Tragödie. Sultan Mahmud II. schickte seinen Admiral Kara Ali nach Chios, weil er nicht zulassen konnte, dass die Griechen von Samos aus versuchten die Insel der Osmanenherrschaft zu entreißen. Chios lag zu nah am türkischen Festland, als dass irgendwelche so genannten Befreiungsaktionen erlaubt wären. Da außerdem Ali Pascha endgültig beseitigt worden war, konnte sich der Türkenherrscher jetzt ausschließlich auf die rebellierenden Griechen konzentrieren. Sie waren erheblich lästiger, als er zunächst angenommen hatte. Dieser so genannten Erhebung vor den Toren der Türkei musste also schnellstens ein Ende bereitet werden.

Am Gründonnerstag des Jahres 1822 legte um drei Uhr nachmittags eine türkische Armada in Chios an. Ungehindert gingen die Mannschaften der zweiundzwanzig Kriegsschiffe von Bord und fielen in die Dörfer ein. Sie raubten, brandschatzten, mordeten und ließen keinen Zweifel daran, wer im osmanischen Reich regierte. Mit den paar Schiffen, die den Griechen aus der Rebellenhochburg Hydra zur Hilfe kamen, machten die Türken kurzen Prozess. Wer auf Chios ein Boot hatte, versuchte zu fliehen.

Mando wachte am Ostersamstag von einem unerträglichen Lärm auf, der von der Straße bis zu ihr hinauf ins Schlafzimmer drang.

»Was ist los?«, fragte sie Vassiliki, als diese ins Zimmer kam, um Mando das Frühstück zu bringen und die Vorhänge zur Seite zu schieben.

»Chios«, sagte die Dienerin nur.

Mando setzte sich auf.

»Was erwartest du, mein Osterlämmchen,«, fuhr Vassiliki fort, »wenn fünfhundert abgerissene Figuren aus Chios auf Mykonos landen?«

Mando fegte das Frühstückstablett vom Bett und begann sich hastig anzuziehen.

»Willst du dich nicht erst waschen?«, fragte Vassiliki vorwurfsvoll.

Marcus, dachte Mando, ich muss sofort mit Marcus sprechen, er wird wissen, was dies zu bedeuten hat. Sie fand ihren Cousin am Hafen, wo er mit einigen Männern aus Chios gestenreich diskutierte. Er winkte sie zu sich.

»Wir berufen sofort eine Versammlung der Ältesten ein«, sagte er aufgeregt. »Chios benötigt dringend Hilfe, sonst ist die Insel verloren.«

Ein alter Mann neben ihm öffnete den Mund. Fasziniert starrte Mando auf den prominenten gelben Zahn, der einzige, der ihm in einem langen Leben geblieben war. »Chios wird geopfert«, nuschelte der Mann, »niemand ist daran interessiert, unsere Insel zu retten.«

»Das wollen wir doch sehen!«, fuhr Mando auf und wandte sich an Marcus: »Ich rede heute Abend. Sieh zu, dass so viele wie möglich kommen werden.«

Er unterdrückte den Wunsch ihr das Gesicht zu streicheln und sie auf die Augenlider zu küssen. Warum leben wir nicht in friedlicheren Zeiten, dachte er verzagt. Wir sind im Ausland aufgewachsen und dort ausgebildet worden, unsere Familien sind nobel, reich und angesehen, aber ich habe kein anderes Bedürfnis, als mit Mando in der Steinhütte zu leben, die ich mit meinen eigenen Händen gebaut habe.

Noch nie hatte Mando vor so vielen Menschen geredet. Ihr Blick schweifte über hunderte, die sich am Hafen versammelt hatten und erwartungsvoll zu ihr hinaufblickten. Sie hatte Trauerkleidung angelegt und hielt in einer Hand einen Olivenzweig mit kleinen weißen Blüten. Sie hob ihn wie ein Dirigent seinen Taktstock und schaffte es, das Murmeln der aufgeregten Menge zu dämpfen.

»Mykoniaten!«, rief sie. »Schaut euch um! Seht in die Gesichter eurer Brüder und Schwestern aus Chios! Hört euch an, was sie euch von den Gräueln zu berichten haben, die die Barbaren an ihnen und ihren Familien verübt haben! Aber hier seht ihr die Menschen, die noch Glück im Unglück hatten – sie konnten flüchten! Während ich hier zu euch rede, geht das Morden auf Chios weiter! Frauen und Kinder werden abgeschlachtet, Dörfer verbrannt und niemand kommt den Unglücklichen zu Hilfe.«

»Wir haben kein Geld mehr!«, ertönte eine Stimme aus der Menge.

»Kein Geld mehr? Habe ich das wirklich gehört?«, schäumte sie. Ihre dunklen Augen schienen glühende Pfeile auszusenden. Marcus, der sich unter die Zuhörer gemischt hatte, blickte bewundernd zu ihr hinauf. Heute ist sie nicht Aphrodite, dachte er, heute ist sie Pallas Athene, die Perseus, Herakles, Jason und Odysseus ihre Hilfe leiht, die dem sinnlos wütenden Kriegsgott Ares Intelligenz und Strategie entgegenstellt und das Gorgonenhaupt auf ihrem Schild trägt.

»Ihr sprecht von Geld, während andere sterben? Wisst ihr, dass die armen Fischer von Spetsä allen überfallenen Inseln zu Hilfe gekommen sind? Wollt ihr, dass später ein befreites Griechenland mit dem Finger auf die Insel Mykonos weist und unsere Insel zum Symbol der Selbstsucht wird? Aber vielleicht wird es keine Insel mehr geben, auf die man mit dem Finger zeigen kann – mit euch satten, bequemen Bürgern werden die Türken ein leichtes Spiel haben! Denkt nicht, dass sie an Mykonos vorbeifahren werden!«

Ein halbe Stunde sprach sie eindringlich auf die Mykoniaten ein, während Helfer umhergingen, um Geld von den Zuhörern einzusammeln. Ein kleines Häuflein Münzen wurde vor ihr ausgeschüttet.

»Das ist alles?«, rief sie empört, nahm das Geld und warf es in die Menge. »Ich habe nicht von Almosen gesprochen, sondern von Opfern! Wollt ihr vor mir, einer Frau, zurückstehen? Ich gebe alles, was ich habe, um Griechenland zu retten!« Aus ihrem Ausschnitt zog sie das Blatt Papier, das ihr Pappas Mavros ausgehändigt hatte. »Seht her, ihr Mykoniaten, sieben

Millionen Grossia, das ist meine Aussteuer! Ich schenke sie meinem Land! Anstatt mir davon einen Mann zu kaufen, werde ich dieses Geld für Schiffe, Mannschaften und Kanonen ausgeben. Aber vielleicht verstehe ich euch falsch, ihr tapferen Mykoniaten, vielleicht wollt ihr nicht mit Geld helfen, sondern euer Leben dafür einsetzen, Chios zu helfen.«

Ein Murmeln ging durch die Menge, als Mando fortfuhr: »In wenigen Tagen wird ein Schiff nach Chios aufbrechen, wer mitfahren will, melde sich bitte bei Jakinthos Blakaris!« Sie machte Anstalten das Podest zu verlassen, bedachte sich dann und rief noch: »Nicht alle Männer sollen nach Osten fahren. Wir brauchen Wachen hier auf Mykonos! Tag und Nacht muss das Meer beobachtet werden, denn bei Chios werden es die Türken nicht belassen.«

Später begleitete Marcus die völlig erschöpfte Mando nach Hause. »Meine wunderschöne, mutige Amazone«, murmelte er, als er ihren Arm nahm, »aber das war noch nicht das letzte Gefecht des Tages.«

Fragend blickte ihn Mando aus übermüdeten, rot geränderten Augen an.

»Deine Mutter stand auch in der Menge«, fuhr Marcus fort, »ich habe sie beobachtet, als du deine gesamte Aussteuer Griechenland geschenkt hast. Vassiliki konnte sie nur mit Mühe davon abhalten, aufs Podium zu stürmen und dir eine Ohrfeige zu versetzen.«

Mando blieb stehen. »Ich will nicht nach Hause«, sagte sie müde. »Lass uns zur Hütte reiten.«

Er schüttelte den Kopf. »Es gibt zu viel zu tun. Für dich und für mich.«

»Aber wie soll ich arbeiten, oder mich einfach nur ausruhen, wenn mir meine Mutter dauernd in den Ohren liegt! Es vergeht kein Tag, an dem wir uns nicht streiten! Sie entzieht mir Kraft, die ich für meine Aufgabe brauche. Zum Glück habe ich Vassiliki«, ein kleines Lächeln zeigte sich in ihren Mundwinkeln. »Wenn sie mir gegenüber nicht so loyal wäre, wäre ich jetzt wahrscheinlich in einem schönen Raum in Paris gefangen.«

»Wie kommst du denn darauf?«

»Meine Mutter hat Vassiliki gebeten mich mit irgendwelchen Kräutern bewusstlos zu machen oder zumindest außer Gefecht zu setzen. Dann sollte ich eiligst nach Paris geschafft werden …«

»… wo du schon immer hinwolltest, wenn ich mich recht erinnere«, schmunzelte Marcus.

»Aber Vassiliki hat mir alles erzählt. Jetzt habe ich Angst. Ja, ja, lach nur, die große Rednerin von Mykonos fürchtet sich vor ihrer kleinen zierlichen Mutter! Aber ich traue ihr alles zu. Sie wird sicher jemand anders finden, der dafür sorgt, dass ich meine Aufgabe nicht erfüllen kann. Marcus …« Sie sah ihren Cousin mit einem so verzweifelten Blick an, dass er sich zusammennehmen musste, sie nicht an sich zu drücken, »… ich kann dort nicht mehr wohnen bleiben. Du hast vor einiger Zeit etwas von einer verwegenen Idee gesagt …«

»… die wir augenblicklich in die Tat umsetzen werden. Komm.«

»Wohin?«

»Ins Haus meiner Mutter. Sie kennt deine Probleme, und du weißt, dass sie sich mit deiner Mutter noch nie verstanden hat.«

Mando blieb der Mund offen stehen. »Soll das heißen«, fragte sie vorsichtig, »dass ich in Zukunft mit dir unter einem Dach wohnen kann?!«

Er nickte. »Wir müssen natürlich sehr, sehr vorsichtig sein!«

Es kam zu einer sehr hässlichen Szene zwischen Mando und ihrer Mutter. Vassiliki musste nicht einmal das Ohr ans Schlüsselloch legen, das Geschrei schallte durchs ganze Haus. Am häufigsten fiel das Wort Schande. Welche Schande Mando ihrer Mutter und allen Angehörigen der Familie Mavrojenous machte! Welche Schande es war, dass sie sich so in der Öffentlichkeit hervortat! Welche Schande, dass eine junge Frau, die eine so gute und teure Erziehung genossen hatte, diese nur dazu nutzte, sich mit Angelegenheiten abzugeben, die Männer besser verstünden. Welche Schande, dass sie in ihrem Alter noch nicht verheiratet und Mutter war. Welche Schande, dass sie, Zakarati, eine solche Tochter hatte!

Das Ausmaß des Schreckens auf der Insel Chios kam Mando erst Monate später zu Ohren. Von den 100 000 Bewohnern der Insel waren 23 000 niedergemetzelt und 47 000 in die Sklaverei verkauft worden. Chios war verloren.

Aber dann erreichte endlich eine gute Nachricht Mykonos: Am 18. Juni 1822 jagte der griechische Admiral Konstantin Kanaris, das Flaggschiff des türkischen Admirals Kara Ali in die Luft und fügte der gesamten türkischen Flotte vor Chios so viel Schaden zu, dass sie eiligst die Insel verließ und sich Richtung Dardanellen absetzte. Auch sonst gab es für die griechischen Kämpfer erfreuliche Nachrichten. Der Feldherr Kolokotronis, inzwischen versehen mit dem Spitznamen »der Alte von der Morea« – wie der Peloponnes auch genannt wurde – hatte zusammen mit Dimitri Ypsilanti die osmanische Armee unter General Dramali bei Delvenaki vernichtend geschlagen. Das hinderte einen anderen wichtigen Führer der Hetärie, Prinz Alexander Mavrokordatos, allerdings nicht daran, dem alten Klephtenchef vorzuwerfen, dass er falsche politische Ziele anstrebe. Es sei ja ganz in Ordnung, die Kampfkraft der Räuberbanden auszunutzen, aber nicht zu verantworten diesen ungebildeten Gesetzesbrechern irgendwelche Rechte zuzugestehen.

Mando verstand jetzt die Sorgen, die sich Pappas Mavros über die Zukunft eines freien Griechenlands gemacht hatte. Welche Richtung sollte so ein Staat einschlagen, wer sollte das Volk repräsentieren? Und wer war überhaupt das Volk?

»Da schlagen wir uns noch mit den Türken und schon gibt es Streit zwischen Brüdern«, sagte sie kopfschüttelnd zu Marcus.

»Kolokotronis kennt das einfache Volk, er weiß, dass die Analphabeten die Sprache der Politiker nicht verstehen, und er kämpft für die kleinen Bauern und die Leibeigenen.«

»Sehr edel«, bemerkte Mando, »aber solche Leute haben nicht die Fähigkeit zu regieren!«

»Vielleicht nicht, aber eine demokratische Regierung muss auch die Bedürfnisse der weniger Bemittelten berücksichtigen. Unter anderem bedeutet das auch, sie auszubilden. Du weißt schon: Freiheit, Gleichheit, Brüderlichkeit.«

Sie lagen auf Mandos Bett und hielten einander in den

Armen. Wie geschickt er alles eingefädelt hat, dachte Mando und meinte damit nicht Kolokotronis, sondern Marcus. Dessen Mutter war entsetzt gewesen, als sich Mando für das kleine Zimmer unter dem Dach entschieden hatte.

»Selbstverständlich steht dir unser schönstes Gästezimmer zur Verfügung«, hatte ihre Tante gesagt, aber Mando beharrte auf dem winzigen Zimmer und erklärte, es gefalle ihr, weil sie vom Fenster aus den Hafen überblicken könnte. In Wirklichkeit hatte ihr Marcus eingeschärft, unbedingt dieses Zimmer zu nehmen, und erst nachdem sie eingezogen war, verstand sie, weshalb.

Als sie sich am ersten Abend auskleiden wollte, hörte sie plötzlich ein seltsames Geräusch, das aus ihrem Wandschrank zu kommen schien. Sie packte ihr Schwert, riss die Tür zum Schrank auf – und hätte Marcus sicherlich erstochen, wenn mehr als nur sein Oberkörper aus einer Luke herausgeragt hätte.

»Halt, halt!«, rief er, schwang sich aus der Luke und schob sich an Mandos Kleidern vorbei in ihr Zimmer. »Dies ist kein Türkenüberfall, sondern ein Besuch aus dem Zimmer unter dir.«

Mando ließ sich aufs Bett fallen und schlug die Hände vors Gesicht. »Wie hast du denn das geschafft?«, fragte sie verblüfft.

»Diese Stelle war vor der Aufstockung des Hauses der Zugang zum Dach«, erklärte er. »Als ich in meinem Wandschrank die Luke entdeckte, wusste ich, dass meine geliebte Cousine eines Tages in das Zimmerchen über mir einziehen würde.«

»Die verwegene Idee«, lachte Mando und senkte die Stimme.

»Du brauchst nicht zu flüstern, niemand kommt jemals die Treppe hinauf«, beruhigte er sie, zog ihr Mieder herunter und küsste ihre Brüste. Mando wich ein wenig zurück. Er sah sie fragend an.

»Es ist die Zeit des Monats«, flüsterte sie mit hochrotem Kopf.

»Gott sei Dank«, seufzte er, »du bist also nicht schwanger! Ich stehe jeden Monat Todesängste aus.«

»Du hast doch gesagt, du passt auf?«, fragte sie beunruhigt.

»Das tue ich auch, aber es kann schief gehen«, sagte er, »so oft, wie wir uns lieben! Wenn du schwanger wirst, müssen wir dich ganz schnell verheiraten, und was wird dann aus uns?«

»Kann ich als Frau nicht irgendwas dagegen tun?«, fragte sie.

»Vassiliki wird die richtigen Kräuter wissen«, überlegte er, »aber wie bringst du sie dazu, sie dir zu verraten, ohne dass sie Verdacht schöpft?«

»Ich sage einfach, dass mich einer meiner Soldaten um das Rezept gebeten hat, weil er nicht wünscht, dass seine Frau sich neben der Sorge um ihn auch noch um ein Kind Gedanken machen muss.«

Vassiliki hatte sie aus ihren Vogelaugen zwar höchst misstrauisch angesehen, ihr aber doch ein Säckchen mit Kräutern und ein Fläschchen mit einem seltsam riechenden Öl ausgehändigt. »Und falls die Frau doch schwanger wird«, setzte sie hinzu, »dann kenne ich jemanden, der eine Schwangerschaft beenden kann.«

»Ist das nicht Mord?«, fragte Mando entsetzt.

Vassiliki hob die Schultern. »Bei manchen Menschen wäre es besser, sie wären nie geboren worden«, erwiderte sie und dachte an ihren Sohn, der sie verraten und den eigenen Vater in den Tod getrieben hatte.

Trotz ihrer gewaltigen Niederlage im Juni gab sich die türkische Flotte noch nicht geschlagen. Wie ein verwundetes Raubtier war sie jetzt erst recht zum Angriff bereit und segelte im Oktober 1822 Richtung Mykonos.

Die Wachen, die Mando an der Südküste der Insel hatte aufstellen lassen, ließen Rauchsäulen aufsteigen, das verabredete und gefürchtete Zeichen, dass sich Türken näherten.

Am Morgen des 10. Oktober zählten die Mykoniaten 56 türkische Schiffe, die vor der Südküste kreuzten. Mit hunderten von Mykoniaten eilte Mando an den Nachbarstrand von Kalo Livadi, Elia, dem sich eine Berberfregatte bereits bedrohlich genähert hatte. Die Mannschaften eröffneten das Feuer auf die Menschen am Strand, irgendjemand zählte sechzig Kanonenschüsse, aber getroffen wurde niemand. Mit ihren Männern zog sich Mando hinter einen Hügel zurück, wo sie berat-schlagten, wie sie den Angriff abwehren könnten.

»Wir können sie nicht daran hindern, auf der Insel zu landen. Seid ihr bereit euch mit den Türken am Strand zu schlagen?«, fragte sie und war dankbar über ein vielstimmiges Ja.

An jenem Tag aber begnügten sich die Türken und ihre algerischen Verbündeten damit, ihre Macht nur vom Wasser aus zu demonstrieren. Abends waren die feindlichen Schiffe bereits so nah gekommen, dass man die Gespräche an Bord verstehen konnte. Mando lagerte in jener Nacht mit ihren Mannen hinter einem Hügel am Strand.

Am Morgen des 12. Oktober kam der Angriff. 200 feindliche Soldaten landeten auf dem Strand von Elia.

»Du voran, Mando, wir folgen!«, riefen die Mykoniaten und lieferten sich im Wasser und am Strand mit dem Feind eine Schlacht, an deren Ende nur ein Inselbewohner leicht verletzt war. Der Gegner hatte hingegen 17 Tote und zwanzig Verletzte zu beklagen. Mando, die neben Marcus in vorderster Front mitgekämpft hatte, war es gelungen, den Anführer der feindlichen Schar zu Fall zu bringen. Dieser hatte seine Konzentration verloren, als er erkannte, dass er sein Schwert gegen eine Frau erhoben hatte, und das kostete ihn das Leben. Nach drei Stunden stürzten die noch lebenden Türken und Araber zu ihren Booten und kehrten, von den Kriegsliedern der siegreichen Griechen verfolgt, eilig zu ihren Fregatten zurück.

Marcus wischte sich den Schweiß von der Stirn und beobachtete Mando. Der Rausch des Sieges hatte ihr offensichtlich neue Kräfte geschenkt. Sie rannte über den Strand, schoss mit ihrer Pistole auf ein flüchtendes Beiboot, kehrte dann zu dem gefallenen Anführer zurück, stellte einen Fuß auf die Leiche und forderte ihre Soldaten auf ihr zuzuhören.

»Ehre den Tapferen!«, rief sie, zog das Kreuz ihres Vaters unter ihrer Fustanella, der Nationaltracht der griechischen Männer, hervor und fügte hinzu: »Ehre dem Kreuz!«

Die Männer jubelten, ließen Mando hochleben und wären am liebsten sofort in ihre kleinen Boote gestiegen, um der türkischen Armada vor der Insel den Garaus zu machen.

»Mit dir sind wir unverwundbar!«, rief ein griechischer Bauer zu Mando hinüber und hob die Sense, mit der er zwei Türken den Kopf vom Rumpf getrennt hatte.

»Ruhe!«, forderte Mando, und Marcus fragte sich, wo die kleine Person mit den wunderschönen Brüsten nach einer so anstrengenden Schlacht die kräftige Stimme hernahm.

»Wir sind noch nicht gerettet«, sagte Mando, die inzwischen erfahren hatte, dass die Flotte eines bedeutenden türkischen Admirals Mykonos belagerte. Ihr war klar, dass er es nicht bei einer kleinen Strandschlacht belassen würde, »der nächste Angriff kommt bestimmt. Wir müssen ihm zuvorkommen.«

»Und wie stellst du dir das vor?«, rief einer der Soldaten. Marcus musste schmunzeln. Nie hätte sich Mando, die feine Aristokratin, in der Öffentlichkeit von einem einfachen Mykoniaten duzen lassen. Aber Mando, die mutige Kriegerin, hatte dagegen offensichtlich keine Einwände.

»Ich habe gehört, dass die Schiffe nur vor der Südküste kreuzen«, antwortete sie jetzt. »Im Dunkel der Nacht werde ich also nach Tinos übersetzen, mit einem Boot und Mitstreitern zurückkommen und dann die Flotte vom Meer aus angreifen.« Ihre Augen suchten Marcus. »Mein Cousin Marcus Mavrojenous und Jakinthos Blakaris werden mich begleiten.«

Noch am selben Abend erhöhte sich die Zahl der gefangenen Feinde um zehn Mann. Es handelte sich um Algerier, die mit kleinen Booten auf dem Strand von Aghia Anna gelandet waren, dort eine Schafherde und ein paar Ziegen stehlen wollten und von Bauern überwältigt worden waren.

Zusammen mit Marcus und Jakinthos segelte Mando im Schutz der Nacht nach Tinos, wo sie in aller Eile und für sehr viel Geld zweihundert Mann auftrieb – darunter auch Deserteure ihrer ersten Aktion – , mit denen sie bei Tagesanbruch zur Südküste von Mykonos fuhr.

Eigenhändig feuerte sie eine Kanone ab und traf damit ein türkisches Schiff in den Rumpf. Mandos Mannschaft jubelte, während die Kanone schnell nachgeladen wurde.

»Halt!«, rief Mando plötzlich, schirmte die Augen gegen die Sonne ab und deutete aufs Meer.

»Da nähert sich ein fremdes Schiff«, rief sie. »Kann jemand die Flaggen erkennen?«

»Ein englisches Schiff, eine Sacoleve, das erkenne ich an den drei unterschiedlich hohen Masten!«, rief Jakinthos. »Vielleicht kommt es uns zu Hilfe!«

»Das kann man bei den Engländern nie so genau wissen«, murmelte Mando, »aber Seeräuber scheinen es nicht zu sein, kommt, wir fahren ihnen entgegen!«

Die Besatzung des englischen Schiffes, auf das Mando eine halbe Stunde später stieg, machte große Augen, als sie die Frau in Männerkleidern sah. Begleitet von Marcus wurde Mando in den Salon geführt, wo ihr sofort eine Tasse Tee angeboten wurde. Zu ihrer Überraschung erfuhr Mando, dass der Besitzer des Schiffes ein englischer Lord war, der vor einigen Jahren mehrere Monate auf Mykonos gelebt hatte.

»Ich habe so schöne Erinnerungen an die Zeit, dass ich Ihre Heimatinsel noch einmal aufsuchen wollte«, erklärte der Mann. Mando bemühte sich, nicht auf die altmodische Perücke des außerordentlich unattraktiven Herrn zu starren, und fragte ihn, ob er denn nicht wisse, dass Griechenland zurzeit Krieg führe.

»Das habe ich gehört«, erwiderte er, »aber davor habe ich keine Angst, eher schon vor den Piraten, türkischen wie griechischen übrigens.«

»Auf Mykonos lebt auch ein Pirat«, meinte Mando und fand es höchst seltsam, im elegant eingerichteten Salon des Schiffes mit einem Gentleman artige Konversation zu führen, während jeden Moment eine Seeschlacht ausbrechen konnte. Über die Armada vor der Insel hatte sich der reiche ausländische Herr offenbar keine weiteren Gedanken gemacht.

Marcus hatte ihn nachdenklich gemustert und mischte sich jetzt in das französisch geführte Gespräch ein.

»Ich erinnere mich an Sie«, meinte er, »und es wird Sie sicher freuen, dass Ihre frühere Frau inzwischen gut verheiratet und, wie es heißt, glücklich ist.« Er unterließ es allerdings, ihn darüber zu informieren, dass sie einen der von dem Lord so gefürchteten Piraten geehelicht hatte, den einzigen auf Mykonos.

Um die Mundwinkel des englischen Herrn zuckte es. »Das ist für sie erfreulich und für mich betrüblich«, bemerkte er.

»Grüßen Sie sie von mir und bestellen Sie ihr, dass ich ihr ein langes schönes Leben wünsche.« Er reichte Marcus ein Kärtchen. »Dies ist meine Adresse in England. Sollte die Dame nicht glücklich genug sein, würde ich mich freuen, wenn Sie ihr dabei behilflich wären, sich mit mir in Verbindung zu setzen.« Versonnen blickte er durch ein Bullauge und bemerkte mit leiser Stimme: »Niemand vermag einem Mann größere Wonnen zu bereiten, als eine Frau von Mykonos.«

»Sie sprechen die Wahrheit, mein Herr«, meinte Marcus mit ernstem Gesicht.

Der Lord seufzte und wandte sich an seinen Kapitän. »Die Dame ist also vergeben. Dann gibt es für mich hier nichts mehr zu tun. Lassen Sie uns weiterfahren.«

»Bleiben Sie und helfen Sie uns!«, brach es aus Mando heraus, und sie schenkte dem Lord ihr süßestes Lächeln.

»Mademoiselle«, sagte der Engländer, dem jetzt auffiel, dass die junge Dame vor ihm mit ähnlichen körperlichen Vorzügen ausgestattet war wie seine damalige Geliebte, »für nur eine Nacht mit Ihnen würde ich ein ordentliches Sümmchen springen lassen.«

Marcus fuhr auf. »Mylord, Sie sind kein Gentleman!«

Sofort rasselten einige Schwerter im Salon.

»Beruhige dich«, zischte Mando ihrem Cousin zu und erwiderte immer noch lächelnd: »Ich verzeihe Ihnen, denn Sie können ja unmöglich wissen, wer ich bin!«

»Dies ist Madon Mavrojenous, die von Ihren Landsleute die Madonna von Mykonos genannt wird!«, rief Marcus. »Eine Prinzessin mit einem Stammbaum, der bis in die Antike zurückreicht!«

Der Lord war beeindruckt. Er senkte das Haupt und sagte leise: »In der Tat, das konnte ich nicht wissen. Ich biete Ihnen hiermit nicht nur meine tief empfundene Entschuldigung an, sondern auch meine Hilfe. Sagen Sie, was ich zu tun habe, ich bin Ihr untertänigster Diener!«

Wenig später saß Mando mit dem Lord in einem Beiboot und wurde zum Flaggschiff der belagernden Flotte gerudert. Die beiden Gäste wurden höflich begrüßt und in einen nicht minder eleganten Salon als auf dem englischen Schiff geführt. Dort erlebte Mando eine Überraschung.

Neben dem hoch gewachsenen Admiral stand der Mann, den sie vor vier Jahren gefragt hatte, ob er ihr helfen wolle die Türen der Katapoliani zu zählen.

»Sind Sie, Effendi, unter die Krieger gegangen?«, fragte sie vorwurfsvoll.

Hussein Pascha, der Mando auf den zweiten Blick ebenfalls erkannt hatte, verbeugte sich.

»Auch die Tochter von Nikolaos Mavrojenous hat ihr Seidenkleid gegen den Waffenrock eingetauscht«, bemerkte er. Der Lord, der dem türkisch geführten Gespräch nicht folgen konnte, scharrte etwas unbehaglich mit den Füßen. Plötzlich fühlte er Mandos Hand in seiner. Glücklicherweise waren die Augen der beiden Türken auf Mando gerichtet, sodass sie den äußerst überraschten Gesichtsausdruck des Engländers nicht wahrnahmen.

»Mein Bräutigam ist gekommen, um unserer Insel seinen Schutz anzubieten«, fuhr Mando fort, »dieser Herr ist mit dem englischen Königshaus verwandt.« Sie erfand schnell einen wohlklingenden Namen und setzte hinzu: »Der Sultan wird sich wegen eines unfruchtbaren Felsens im Meer doch nicht mit der englischen Krone anlegen wollen?«

»Vielleicht auch nicht mit einer Frau, die am Ufer so tapfer gekämpft hat«, meinte Hussein Pascha. »Wahrlich, die große Tochter eines großen Vaters. Bitte glauben Sie mir, ich habe seinen Tod zutiefst bedauert.«

Mando sah ihn scharf an. »Seine Mörder sind bis heute noch nicht gefunden worden«, sagte sie.

»Seine Mörder?« Das Gesicht des Türken spiegelte ungespielte Verblüffung wider. »Ich dachte, er sei an einem Herzleiden gestorben?«

Nein, dachte Mando, ihn kann ich von der Liste der Verdächtigen streichen. Aber irgendwann gehe ich nach Paros zurück und finde heraus, wer meinen Vater auf dem Gewissen hat!

Ein Adjutant trat ein und beriet sich mit dem Admiral. Hussein Pascha stand an einem Bullauge und winkte Mando zu sich.

»Wenn wir abziehen, verlange ich eine Gegenleistung«, sagte er langsam.

»Welche?«, fragte Mando

»Dass unsere Gefangenen und Verwundeten aus der gestrigen Schlacht gut behandelt und auf freien Fuß gesetzt werden.«

»Versprochen«, erwiderte Mando und reichte ihm die Hand.

»Ich bin kein Soldat«, fuhr Hussein Pascha fort. »Ich liebe die schönen Dinge des Lebens – auch ein Grund, weshalb ich damals zur Katapoliani kam – und hasse Blutvergießen. Schauen Sie mal aus dem Fenster. Sehen Sie, was ich sehe?«

Mando strengte ihre Augen an.

»Nur die kleine Felsengruppe vor Kalo Livadi«, sagte sie.

»Diese Felsenformation meine ich. In der Dämmerung sieht sie wie ein Schiff aus. Und wissen Sie, wovor unsere tapferen Kämpfer zu See am meisten Angst haben? Davor, dass die Griechen möglicherweise ein mit Dampf betriebenes Kriegsschiff einsetzen.« Er deutete mit dem Daumen hinter sich. »Eine Gabe vom englischen Königshaus, zum Beispiel. Bei den reichen Mykoniaten mit ihren Auslandskontakten weiß man nie … Unsere Flotte hat den Auftrag sich zurückzuziehen, sobald ihr ein solches Kriegsschiff begegnet.«

Er lächelte sie freundlich an und beide kehrten an den Salontisch zu dem Admiral zurück.

Dieser bedauerte die Umstände, unter denen er Mando Mavrojenous, die edelste Rose der Kykladen, kennen gelernt hatte. Er wünschte ihr zu ihrer Verlobung alles Gute, hob eine silberne Klingel und beauftragte einen Diener den Tee zu servieren. Er hob die Augenbrauen, als der englische Lord in das kleine Tässchen blickte und Mando übersetzte, ob denn auch Milch an Bord sei.

»Da die Ziegen so wie meine Männer immer noch an Land sind«, meinte der Admiral, »wird der Herr seinen Tee ohne Milch trinken müssen.«

Wieder an Bord ihres eigenen Schiffes teilte sie Marcus mit, was er zu tun habe. Er kletterte in ein Beiboot, ließ sich zum Ufer rudern und besprach sich mit den dort ausharrenden Mykoniaten.

In aller Eile schlugen diese einem Fass den Boden aus und brachten es auf der höchsten Spitze der Felsengruppe an. Darunter errichteten sie einen Holzstapel, den sie bei Einbruch der Dämmerung entzündeten. Den Rauch leiteten sie durchs Fass. Vom Meer aus konnte man jetzt den Eindruck erhalten, ein riesiges Dampfschiff schippere auf Mykonos zu. Die türkische Armada lichtete die Anker und ergriff die Flucht.

Großer Jubel brach aus, als Mando am späten Nachmittag des nächsten Tages in den Hafen von Mykonos einfuhr. Alle Bewohner der Insel schienen sich in Mykonos-Stadt eingefunden zu haben, um der Retterin des Eilands zu huldigen. Die türkischen Schiffe segelten jetzt Richtung Chios. Die Gefahr war vorüber, die Insel verschont worden. Zwischen Jakinthos und Marcus schritt Mando unter Glockengeläut durch eine lange Menschengasse und fühlte sich glücklicher als je zuvor in ihrem Leben. Immer habe ich danach gestrebt, etwas Sinnvolles zu tun, dachte sie, meinem Leben eine Bedeutung zu geben. Ganz gleich, wie schlecht es mir in Zukunft vielleicht noch ergehen mag, dieser Tag war mein ganzes Leben wert!

An der Seite des ältesten Popen von Mykonos stand Pappas Mavros vor der Kirche, in der die Dankesmesse abgehalten werden sollte. Der alte Mann hatte Tränen in den Augen, als er Mando entgegenkam und sie auf die Stirn küsste. Seine Stimme zitterte, als er ihr zuflüsterte: »Wenn nur dein Vater dies hätte erleben können! Der Name Mavrojenous ist heute noch einmal in die Geschichte unseres Landes eingegangen! Im Himmelreich wirst du einen Platz neben den größten Helden der Weltgeschichte einnehmen.«

Nach der Messe wurde Mando aufgefordert ein paar Worte an die Versammelten zu richten. Sie bedankte sich bei ihren tapferen Mitstreitern und, eingedenk des Versprechens, das sie Hussein Pascha gegeben hatte, bat sie, die türkischen und arabischen Verwundeten gut zu pflegen und die Gefangenen freizulassen. Ein Murmeln ging durch die Menge und Pappas Mavros hob eine Augenbraue.

»Es ist ein großer Tag für dich«, sagte er zu Mando, als er mit ihr die Kirche verließ, »aber jetzt muss ich dir leider etwas zeigen, was dir gar nicht gefallen wird.«

Er führte sie zum Marktplatz, und Mando verschlug es den Atem, als sie ungefähr fünfzig grässlich verzerrte Köpfe auf Stöcken aufgespießt sah.

Sie würgte, hielt sich die Hand vor den Mund und flüsterte dann: »Es waren doch nur 17 Tote!«

»Es gibt keine Gefangenen«, sagte der Priester nur, »und du wirst keinen Menschen auf dieser Insel finden, der auch nur einen verwundeten Feind versorgen würde.«

»Aber ich habe mein Versprechen gegeben ...«, sagte Mando verloren. Ein Schauer lief ihr über den Rücken, als sie sah, wie ein vielleicht neunjähriger Junge einem der Türkenköpfe die Zunge aus dem Mund zog.

»Im Krieg ist alles erlaubt«, sagte der Pope unbekümmert, »du wirst deswegen schon nicht in die Hölle kommen.«

Am Abend des selben Tages traf eine Delegation aus Spetsä und Hydra in Mykonos ein. Sie wurde vom griechischen Admiral Miaulis angeführt, der jene tapfere junge Frau kennen lernen wollte, die Mykonos vor der Vernichtung bewahrt hatte. Lange hielt er die Hand der schönen jungen Heldin fest.

»Ihr Name wird mit dem dieser Insel unlösbar verknüpft bleiben«, sagte er. »Durch Sie wird die Welt Mykonos kennen!«

»Durch mich wird die Welt Mykonos kennen«, sagte Mando drei Abende später verbittert zu Marcus, »aber das Gedächtnis der Mykoniaten ist offensichtlich sehr kurz!«

Sie schob seine Hand weg, die verlangend über ihre Oberschenkel geglitten war und auf dem verheißungsvollen Dreieck geruht hatte. Die Tür zum Wandschrank war offen und die Holzplatte nur nachlässig über die Luke geschoben worden. Mehr als eine Woche lang hatte Marcus nicht bei seiner Geliebten gelegen, ja, nicht einmal ein einziges Mal mit ihr allein zusammen sein können und das Blut staute sich in seinen Lenden. Sie durfte ihn jetzt nicht zurückweisen! Wieder griff er ihr zwischen die Beine und als sie sich wehrte, riss er ihr die Schenkel brutal auseinander.

»Quäl mich nicht, Mando!«, keuchte er. »Ich muss dich haben, jetzt, sofort, sonst werde ich wahnsinnig. Eine Woche lang hast du Mykonos und dem Rest der Welt gehört, hier und jetzt aber bist du die meine!«

»Lass mich los!«, tobte Mando und versuchte den kräftigen Körper abzuschütteln, der sich auf den ihren gesenkt hatte.

Vassiliki, die mit Mando ins Haus der Tante übergesiedelt war und jetzt in Marcus' Zimmer die Bettwäsche wechselte, blickte nach oben. Sie schlich zu Marcus' Wandschrank und hörte jetzt ganz deutlich die Stimmen der beiden.

»Glaubst du etwa, mir entgeht, wie gierig dich alle Männer ansehen und wie verführerisch du sie anlächelst, damit sie tun, was du willst?«, hörte sie Marcus' aufgebrachte Stimme. »Auf diese Brüste …«, Vassiliki vernahm einen unterdrückten Aufschrei von Mando, »… auf diesen Schoß …« Vassiliki stieg auf den hohen Hocker im Wandschrank, schob vorsichtig die Holzplatte weiter zur Seite und verfluchte es, nicht lang genug zu sein, um den Kopf hindurchzustecken, »… werde ich mein Zeichen einbrennen. Nie wirst du einem anderen angehören als mir!«

Schweres Atmen war zu hören, das Quietschen des Bettgestells und schließlich ein hoher spitzer Schrei.

Vassiliki schlug sich vor den Kopf. Dass ihr, die sie sonst alles merkte, dies bisher entgangen war, dass sie nicht an Marcus gedacht hatte, als Mando jene Nacht außer Haus verbracht hatte. Sie wurde alt, anders ließ sich das nicht erklären.

Das Stöhnen und schnelle Atmen ließ die Erinnerung an ihre Liebesnächte mit Ali Pascha wieder wach werden. Wie hatte sie dieser große, als so grausam geltende Mann begehrt, sie, die als einfache Dienerin in sein Haus gekommen war, hatte er unter tausenden ausgewählt! Er hatte sie zur Mutter seines Sohnes gemacht, jenes Sohnes, der später dem Sultan die eigene Mutter geschenkt hatte, damit sie als Dienerin im Serail für immer aus seinem Leben verschwand. Aber sie hatte sich gerächt, an ihm und, ja, auch an seinem Vater, der sie zwar begehrt, aber nie geliebt und immer benutzt hatte. Sie wusste, dass Ali Pascha ihren Tod in Kauf genommen hatte, dass es ihm nur darum gegangen war, den grünen Kasten, den er dem Sultan geschenkt hatte, wiederzubekommen! Aber da hatte er die Rechnung ohne Vassiliki gemacht.

»Jetzt sprich«, hörte sie Marcus sagen, »was haben dir die Mykoniaten denn angetan?«

»Ich war bei den Ältesten und habe sie gebeten mir meine Diamanten zurückzugeben.« Marcus wusste, dass sie Schmuck verpfändet hatte, um das Tinos-Schiff auszurüsten, »aber sie stellen sich einfach taub. Einer hat mich sogar gefragt, ob ich denn das Geld hätte, um die Diamanten wieder auszulösen!«

Marcus konnte sich gut vorstellen, wie Mando im Bürgermeisterbüro getobt haben musste.

»Ich habe gedroht der ganzen Welt zu erzählen, wie geizig und undankbar die Mykoniaten wären.«

»Und dann?«

»Und dann hat man mich mit einem Schuldschein abgespeist. Mit einem Stempel drauf.«

Pallas Athene

Anfang Februar 1823 begegnete Mando ihrer Mutter auf der Straße. Diesmal ging sie nicht wie sonst grußlos an ihr vorbei, sondern blieb stehen.

»Maman«, sagte sie auf Französisch, »wo sind meine Diamanten? Der Ältestenrat hat mir mitgeteilt, dass sie Ihnen ausgehändigt worden sind. Ich möchte sie zurückhaben. Sie gehören mir.«

»Ich weiß nicht, wovon du sprichst«, sagte Zakarati kühl und wollte weitergehen. Mando versperrte ihr den Weg.

»Ich brauche die Diamanten!«

»Um sie wieder zu verkaufen? Du hast bereits deine gesamte Aussteuer verschleudert, Ländereien, Häuser und Weingärten verscherbelt, die dir offiziell gar nicht gehörten, nicht einmal das Haus, in dem ich lebe, ist schuldenfrei!«

»Es ist mein Haus!«, verteidigte sich Mando.

»Dass du mit in die Ehe bringen solltest.«

Voller Verachtung blickte Zakarati ihre Tochter an.

»Und wie du schon aussiehst! Wie ein unbedarftes Mädchen vom Lande! Diese entsetzliche Garderobe – hast du etwa auch alle deine kostbaren Kleider zu Geld gemacht?«

»So weit es mir möglich war. Ich bin stolz darauf, die Tracht der Insel zu tragen, die ich befreit habe. Jede andere Mutter wäre stolz auf mich!«

Warum hatte sie das nur gesagt? Das klang ja, als ob sie die Anerkennung der Mutter wünschte. Was stimmte, wie Mando bestürzt feststellte. Sie wandte sich ab, damit Zakarati die Tränen nicht sah, die ihr in diesem Moment in die Augen stiegen.

»Ich will nur meine Diamanten«, murmelte sie, bevor sie davoneilte.

»Wenn du Pappas Nikolaos Mavros siehst«, rief ihr die Mutter noch hinterher, »sag ihm, dass ich ihn nicht mehr zu empfangen wünsche. Meine Tür wird ihm verschlossen bleiben. Pappas Mavros, wie ihr ihn nennt – der schwarze Pope – wahrlich ein trefflicher Name für diesen gottlosen finsteren Gesellen!«

Pappas Mavros war auf Mykonos? Dieser Gedanke ließ sofort all ihr Unbehagen verschwinden. Sie rannte beinahe ins Haus ihrer Tante, wo der Pope im Salon bereits auf sie wartete.

»Die Heldin von Mykonos!«, begrüßte er sie und legte ein Papier zur Seite, das er in der Hand gehalten hatte. Nachdem er sie auf die Stirn geküsst hatte, hob Mando das Papier auf.

»Das können Sie doch gar nicht lesen!«, lachte sie. »Es ist die französische Übersetzung von einem Zitat des Dichters Shelley!«

»Ich freue mich, dass du auch wieder Zeit für die schönen Dinge des Lebens hast«, lächelte der Pope.

»Dieses schöne Ding«, meinte Mando und wedelte mit dem Papier, »ist sehr wichtig für uns, fordert es doch Europa auf sich mit Griechenland zu beschäftigen.« Sie übersetzte:

»Dies ist die Zeit des Krieges der Unterdrückten wider ihre Unterdrücker, in der die Rädelsführer der privilegierten Mörder- und Betrügerbanden, die gemeinhin Herrscher genannt werden, sich einander ihrer Hilfe zu versichern suchen gegen den gemeinsamen Feind; die angesichts der größeren Furcht, die sie beherrscht, sogar den Neid aufeinander zurückstellen. Alle Despoten dieser Erde können zu Mitgliedern dieser ›Heiligen Allianz‹ werden. Doch ganz Europa erlebt den Aufgang einer neuen Menschenrasse: Aufgezogen im Abscheu vor den Vorurteilen, aus denen ihre Ketten geschmiedet sind, wird sie selbst wieder neue Generationen hervorbringen, um das Schicksal zu erfüllen, vor dem die Tyrannen bangen und zittern.«

»Hübsch«, meinte der Pope. »Und wahrscheinlich hilfreich. Immer mehr Ausländer kommen ins Land, um uns beizustehen. Gerade erst ist die deutsche Legion des Bataillons der Philhellenen auf dem Peloponnes eingetroffen. Im Augenblick steht die Sache wirklich recht gut.«

Er berichtete ihr von dem türkischen General Hurlit, der in

Westgriechenland zunächst Erfolg gehabt hatte, der aber dann in der Hafenstadt Missolonghi zunichte gemacht wurde.

»Er hat vergeblich versucht die Stadt zu stürmen und dabei wurden seine Truppen aufgerieben. Ausländer haben auch mitgeholfen. Übrigens wirst du wohl gehört haben, dass die europäischen Mächte zu vermitteln versuchten, aber der Sultan hat abgelehnt. Er hat 10 000 Soldaten nach Euböa geschickt, wo die Türken mehr und mehr an Boden verlieren, und er hat Mehmet Ali, dem Pascha von Ägypten, das Oberkommando übertragen.«

Pappas Mavros machte eine Pause, damit sich diese Nachricht bei Mando setzen konnte. Marcus kam ins Zimmer, stellte sich neben Mandos Sessel und fragte: »Haben Sie es ihr schon gesagt?«

»Ich bin gerade dabei«, erwiderte der Pope und beobachtete, wie eine Hand von Marcus scheinbar zufällig Mandos Schulter berührte.

Also immer noch, dachte er, mir soll's recht sein, ich hoffe nur, dass er sie nicht mit einem Kind ... das Wort »segnen« konnte er in diesem Zusammenhang nicht einmal denken.

»Nun?«, fragte Mando.

»Ich bin offiziell gebeten worden dich zu fragen, ob du nicht mitkämpfen willst.«

»Offiziell!« Mando war wie vom Donner gerührt. »Was heißt das?«

»Dass du den Rang eines Generalleutnants erhältst, sowie eine Phalanx, die aus 16 Peletons mit je 50 Mann besteht. Das heißt«, er machte wieder eine Pause und musterte Mandos vor Aufregung gerötetes Gesicht, »dass du Herrin über 800 Krieger sein wirst. Sie warten bereits auf dich, nach deinem Erfolg auf Mykonos will fast jeder kriegstaugliche Junge auf den Kykladen unter dir kämpfen.«

»Und Sie haben nicht daran gezweifelt, dass ich mitmachen würde?«

»Natürlich nicht, schließlich hast du den Kämpfenden von Euböa bereits Geld geschickt.«

»Auch weil unsere Ahnen von dieser Insel stammen«, sagte sie.

»Als deinen persönlichen Adjutanten habe ich dir Jakinthos Blakaris zur Seite gestellt. Er ist bereits am Hafen und überwacht das Beladen der Boote.«

Mando erschrak, als sie hörte, dass schon am nächsten Morgen aufgebrochen werden sollte.

»Das schaffen wir nie«, meinte sie alarmiert und dachte daran, dass sie den Rest ihres Schmuckes, Seide, ein paar wertvolle Ikonen und Möbelstücke würde mitnehmen müssen. So ein Feldzug kostete schließlich Geld und Wertsachen ließen sich immer verkaufen. Ihr fiel etwas ein. »Der grüne Kasten«, sagte sie zu Pappas Mavros. »Geben Sie ihn mir mit, er könnte uns dienen.«

»Nein, Mando«, antwortete er ruhig. »Das geht nicht. Ich habe dir schon einmal gesagt, dass der Inhalt nicht uns gehört.«

»Wem dann? Sitzt der Mensch immer noch im Gefängnis?«

»Er ist gerade dabei, auszubrechen«, erwiderte der Pope zufrieden, »und wenn du seine Identität immer noch nicht erraten hast, finde ich das beklagenswert. Gebrauche deinen Kopf, mein Kind.«

»Was für ein grüner Kasten?«, erkundigte sich Marcus.

Mando und Pappas Mavros sahen sich in stillem Einvernehmen an und schwiegen.

»Ich helfe dir beim Packen«, meinte Marcus schließlich. Irgendetwas in seiner Stimme ließ Mando aufhorchen.

»Wieso? Du wirst genug mit deinem eigenen Gepäck zu tun haben!«

»Ich bleibe hier.«

»Was!?« Mandos Aufschrei schnitt Vassiliki auf der anderen Seite der Tür durchs Herz. Die armen Kinder, dachte sie, es könnte eine Trennung für immer werden.

»Ein paar Verantwortliche müssen auf Mykonos zurückbleiben«, sagte der Pope und tat, als sähe er Mandos entsetztes Gesicht nicht. »Aber du wirst mit Jakinthos Blakaris einen anderen Vertrauten in deiner Nähe haben.«

Wie Ertrinkende klammerten sich Marcus und Mando in jener Nacht aneinander. Sie hatten die Öllampen angelassen und konnten sich aneinander nicht satt sehen.

»Ohne dich bin ich schwach!«, jammerte Mando und drückte sich heftig an ihn.

»Ich gebe dir meine Kraft mit«, flüsterte er und steckte seinen Kopf unter die Bettdecke.

Mando hob das Tuch und blickte auf Marcus, dessen Mund jetzt ihren Bauch küsste und immer weiter nach unten wanderte.

»Was tust du da!«, rief sie alarmiert, als seine Lippen den dichten schwarzen Busch teilten.

Mit verschleierten Augen blickte er auf. »Ich gebe dir etwas, Mando, etwas, was du nie vergessen wirst. Habe ich dir nicht gesagt, dass ich mein Zeichen in deinen Schoß einbrennen werde?« Sie zuckte zusammen.

»Entspann dich, lege dich zurück, wir gehen jetzt im Garten Eden spazieren.«

Ein wohliger Schauer durchfuhr sie, als seine Zunge den Punkt liebkoste, den sonst seine Finger immer zum Wachsen brachten und von dem sie sich fragte, ob ihn andere Frauen auch hatten oder ob dieser Miniaturpenis ihre persönliche Abweichung und der Grund für ihr männliches Betragen war.

»Ohohhh«, entfuhr es ihr, als seine Zunge in sie eindrang.

Vassiliki hatte inzwischen einen zweiten kleineren Hocker auf den großen im Wandschrank gestellt. Da sie sicher war, dass das Liebespaar diese letzte Nacht zusammen verbringen würde, konnte sie ihre Neugierde nicht bezwingen. Sie stieg auf die beiden Hocker, schob schnell die Holzplatte zur Seite, als Mando einen Schrei ausstieß und blickte durch die Luke direkt aufs Bett. Was sie sah, erschütterte sie. Das geht zu weit, dachte sie empört, er schleckt sie ja ab wie ein Hund eine Hündin, als Nächstes wird er sie wohl auf den Bauch legen … dieser Gedanke war so fürchterlich, dass sie zu zittern anfing, das Gleichgewicht verlor und mit beiden Hockern in den Schrank zurückfiel.

Marcus sprang aus dem Bett und blickte hinunter.

»Irgendjemand hat uns belauscht!«, rief er aufgeregt.

Belauscht, dachte Mando ein wenig amüsiert. Es gab nur einen Menschen, dem sie das zutraute, und wenn dieser Mensch jetzt Bescheid wusste, war kein Unglück geschehen. Vor Vassiliki schämte sie sich nicht.

»Komm her und mach weiter, Marcus«, rief sie, nachdem er die Holzplatte wieder ordentlich auf die Luke gelegt hatte, »sonst verbrenne ich!«

Zwei Tage später erblickte Mando die Berge von Euböa am Horizont und als ihr Schiff näher kam, sah sie überall auf der Insel Rauchsäulen aufsteigen. Sie wurden von einem Lotsenboot erwartet, mit dem Prinz Dimitri Ypsilanti persönlich der Heldin von Mykonos seine Aufwartung machte. Er stieg zu ihr an Bord und bei seinem Anblick musste Mando ein Lächeln unterdrücken. Marcus hatte Recht, dachte sie, er ist wirklich ein besonders hässliches Exemplar der Gattung Mann. Er war viel kleiner als sie, eher schmächtig, von ein paar dünnen Haaren an der Schläfe abgesehen kahl und über einem armseligen Schnurrbart prangte eine riesige leicht gebogene Nase. Allerdings verbeugte er sich mit der Eleganz eines Tänzers, und aus seinen stark hervorstehenden Augen blitzte Klugheit.

»Es ist eine Ehre, Mademoiselle, dass Sie uns zu Hilfe eilen«, begrüßte er sie auf Französisch.

»Keine Ehre, eine Selbstverständlichkeit, mein Prinz«, erwiderte sie auf Griechisch und reichte ihm die Hand zum Kuss. Jakinthos salutierte und erkundigte sich nach dem aktuellen Stand der Kämpfe. Ypsilanti sah ihn von unten herauf etwas verächtlich an. Er konnte große, starke Männer nicht leiden, hielt Schönheit für eine Eigenschaft, die Frauen vorbehalten sein sollte und die bei Männern verdächtig war. Vor allem wenn sie so dichtes gewelltes Haar und so unverschämt lange Wimpern hatten.

»Wenn Sie von der Fahrt nicht zu erschöpft sind«, sagte er zu Mando, »sollten Ihre Männer sofort eingesetzt werden.«

»Die See war ruhig, wir haben uns erholt, gegessen und getrunken«, erwiderte sie, »es gibt keinen Grund, nicht sofort die Klingen sprechen zu lassen.«

»Vergessen Sie die Pistolen nicht«, warnte Ypsilanti.

Wenige Tage später fielen Mando diese Worte wieder ein. Am Abend, nach einer erbitterten Schlacht um ein Kloster, hatten sich die Türken zurückgezogen. Der Abhang war von Leichen übersät, aber Mando sah nur einen Körper. Jakinthos, der Seite an Seite mit ihr gekämpft hatte, lag im Sterben.

Er hatte aus den Augenwinkeln beobachtet, wie ein Türke eine Pistole auf Mando richtete, während sie mit einem anderen die Klinge kreuzte. Ohne sich zu besinnen sprang Jakinthos vor die Frau, die er mehr liebte als das eigene Leben. Während der Säbel des einen Türken seinen rechten Arm aufschlitzte, traf ihn die Kugel des Schützen in die Brust. Er stürzte sofort zu Boden und Mando stieß ihr Schwert mit aller Kraft in den Bauch des Gegners.

Dann ließ sie sich zu Boden fallen, nahm Jakinthos in die Arme und küsste ihm das Blut aus dem Mundwinkel weg. Während um sie herum die Schlacht tobte, Blut spritzte, Schüsse fielen und Säbelgeklirr erklang, blieb sie wie auf einer Insel im Sturm auf dem Boden sitzen, den sterbenden Jakinthos in den Armen haltend.

Er öffnete leicht die Augen. »Gehen wir zusammen segeln?«, fragte er sie, bevor ein neues Rinnsal Blut aus seinem Mund floss. Danach konnte er nichts mehr sagen. Sein Blut vermischte sich mit Mandos Tränen.

»Mademoiselle Madon?« Wie von weit her kam Dimitri Ypsilantis Stimme. Er hockte sich neben sie, aber erst das Knacken seiner Gelenke rief ihr seine Gegenwart ins Bewusstsein.

»Sie können ihm nicht mehr helfen, er ist tot«, stellte Ypsilanti fest und sah jetzt erst Mandos verweintes blutverschmiertes Gesicht. Richtig, das war ihr Adjutant, der schöne, starke junge Mann, aber jetzt werden seine Wimpern keine Frau mehr verwirren, dachte er. Er ging selbstverständlich davon aus, dass Mando ihren Beschützer geliebt haben musste, und seine Stimme wurde weicher.

»Lassen Sie mich ihn tragen, damit wir ihn beerdigen können«, schlug er vor und streichelte Mando mitfühlend über den Rücken. Mit einem lauten Aufschrei legte Mando ihre Arme um Ypsilantis Hals.

»Ich habe ihn getötet«, flüsterte sie, »ich bin schuld an seinem Tod!«

Jakinthos' Kopf glitt langsam von ihrem Schoß, während Ypsilanti in einer höchst unbequemen Haltung die weinende

Frau festhielt, kleine Küsse auf ihren Kopf drückte und ihren Rücken streichelte. Er spürte ihre großen Brüste, die sich gegen seinen Leib drückten und konnte nicht verhindern, dass Erregung in ihm aufstieg.

Das wird mein Weib, nahm er sich in jenem Augenblick vor. Dass er rein äußerlich mit dem schönen Palikari nicht konkurrieren konnte, beunruhigte ihn nicht weiter. Er war Prinz Dimitri Ypsilanti, mit Reichtum, Macht, Klugheit und Bildung gesegnet und er wusste aus Erfahrung, dass keine Frau dieser Kombination widerstehen konnte. Aber was hieß hier Frau! Hier ging es darum, Pallas Athene zu erobern! Während des Kampfes hatte er immer wieder zu ihr hingeblickt und sich vorgenommen ihr nach der Schlacht einen Schild mit dem Gorgonenhaupt zu schenken.

Er überreichte ihr die Gabe einen Monat später, als er ihr in Nauplia seine Aufwartung machte. Die Kämpfe um Euböa waren am Tag nach Jakinthos' Tod eingestellt worden, da die Kräfte der Kämpfenden anderswo dringend benötigt wurden. Selim Pascha aus Adrianopolis war mit seinen 12 000 Mann nämlich im Begriff, ganz Ostgriechenland einzunehmen, und der griechische General Odysseus Andruzzos war von der vorläufigen Regierung beauftragt worden diesen Landesteil zu verteidigen.

Mando war mit ihren Männern nach Pylion gezogen, wo Abdullah Pascha den Widerstand der Griechen zu brechen versuchte. Mando nahm mit ihrer Armee an einer großen Schlacht teil, an deren Ende die Griechen 3000 Gegnern die Kehlen durchschnitten. Daraufhin zogen sich die Türken nach Larissa zurück. Die Griechen folgten ihnen nicht, weil sie kein Bedürfnis verspürten ihre Kräfte mit dem gefürchteten Selim Pascha zu messen. Dieser sah dies als Aufforderung zu weiteren Eroberungen, zog wieder nach Süden, verbrannte das Lukas-Kloster in Livadia und nahm dann Kontakt mit dem Pascha von Euböa auf, da die Griechen inzwischen Volos zu befreien versuchten.

Am Tag nach der Schlacht von Pylion teilte einer ihrer Offiziere Mando mit, dass Prinz Ypsilanti mit seinen Soldaten in einem kleinen Wäldchen nahebei lagere und wünsche sie wieder zu sehen. Selber könne er sie leider nicht aufsuchen, da er auf die Ankunft von Bobolina wartete.

Bobolina! Aufgeregt bestieg Mando ihr Pferd, neugierig darauf, die Heldin von Spetsä kennen zu lernen, jene Frau, die sich seit Anfang des Krieges furchtlos in die Kämpfe gestürzt hatte. Mando hatte inzwischen erfahren, dass es noch mindestens vier andere Frauen gab, die Heere ausrüsteten und selber mitkämpften, Moska herrschte über eine Schlucht, durch die viele Kolonnen zogen. Sie ließ Felsbrocken auf die Köpfe der Türken regnen und schaffte es so, ganze feindliche Truppenteile außer Gefecht zu setzen, dann gab es noch Kaida und Despo und Konstanze, aber Bobolina war die weitaus berühmteste Kämpferin.

Die Begegnung zwischen den beiden Kriegerinnen verlief ausgesprochen kühl. Mando sah sich von den kritischen Augen der Älteren gemustert und wurde dabei an ihre Mutter erinnert. Ypsilanti hatte sich höflich zurückgezogen, beobachtete aber aus der Entfernung, wie die Heldin von Spetsä der Heldin von Mykonos die Leviten zu lesen schien. Am liebsten wäre der Prinz hinzugeeilt, er fürchtete, dass Mando der eiskalten und mit allen Wassern gewaschenen Bobolina nicht gewachsen sein könnte, und wäre diese ein Mann gewesen, hätte er keinen Augenblick gezögert. So aber hätte er das Gefühl gehabt sich in eine Frauensache zu drängen.

»Warum sitzt du eigentlich nicht zu Hause auf Mykonos, bestickst hübsche Deckchen und spielst Klavier?«, fragte Bobolina spitz, nachdem Mando sie ehrfürchtig begrüßt hatte.

Dies war keine Freundin.

»Warum tust du nicht dasselbe auf Spetsä!«, fuhr Mando auf.

»Ich habe einen Grund zu kämpfen!«

»Ich etwa nicht? Ich will, dass mein Land befreit wird.«

»Was weißt du denn schon davon! Du bist ein verwöhntes Prinzesschen, das sich in der Enge der Kykladenlandschaft und der traurigen Gesellschaft der geldscheffelnden Inselaristokratie nach Abwechslung gesehnt hat und dem der Krieg gerade recht kam! Du führst nicht Krieg, du spielst Kriegführen.«

Weil sie spürte, dass dies der Wahrheit ziemlich nahe kam und ihr nicht schnell genug einfiel, wie sie sich gegen diesen

Angriff verteidigen konnte, griff sie selber an: »Das scheint mir eher auf dich zuzutreffen!«

Mit blitzenden Augen erhob sich Bobolina von dem Sessel vor Ypsilantis Zelt. Sie baute sich vor Mando auf, packte sie an den Schultern und schüttelte sie.

»Ist dein Mann nach Konstantinopel verschleppt worden? Ist dein Mann auf Befehl des Sultans so lange gefoltert worden, bis er starb? Sind dir deine Kinder entrissen und als Sklaven verkauft worden?«

Mando schüttelte den Kopf. Bisher hatte sie von Bobolina nur gewusst, dass sie zu Beginn des Krieges drei Schiffe auf eigene Kosten ausgestattet hatte, tollkühn nach Kleinasien gesegelt war und dort unzählige türkische Schiffe vernichtet hatte.

Bobolina war noch nicht fertig.

»Mando Mavrojenous«, sie spuckte den Namen beinahe aus, »Mavrojenous! Deine Familie hat den Türken immer gedient, was haben sie dir denn persönlich angetan, dass du ihre Vernichtung wünschst?«

»Sie haben meinen Vater umgebracht«, erwiderte Mando eilig, im selben Moment wissend, dass es ein Fehler war, auf diese Frage einzugehen.

»Lüg nicht! Nikolaos Mavrojenous ist umgeben von seinen Lieben im Frieden seines Heims an Herzversagen gestorben, wahrscheinlich aus Kummer darüber, dass er vom Sultan nicht mehr reich beschenkt wurde – mit Gaben, die meiner Familie gestohlen worden sind.«

Das war zu viel. Mando erhob sich so würdevoll wie sie konnte.

»Ich verabschiede mich«, sagte sie kühl, »wir haben einander nichts zu sagen, Madame, Sie führen einen persönlichen Rachefeldzug, mich leitet die Sorge um unser Land.«

Hoch erhobenen Hauptes schritt sie zu ihrem Pferd.

Ypsilanti kam ihr zuvor, ergriff die Zügel und bat Mando ihm noch eine Stunde zu schenken.

»Kümmern Sie sich lieber um Ihren Gast«, meinte Mando irritiert.

»Wir haben das Notwendige bereits besprochen, sehen Sie, die Dame kehrt zu ihren Männern zurück.«

Mit Befriedigung sah Mando Bobolina auf einen Esel steigen und zwischen den Bäumen verschwinden.

»Bitte ärgern Sie sich nicht«, bat Ypsilanti, »Bobolina ist eine verbitterte Frau. Sie hat ihren Mann und ihre Kinder verloren und lebt im Streit mit ihrer Familie …«

»Das interessiert mich nicht«, erwiderte Mando, »Sie hat keine Manieren.«

Prinz Dimitri Ypsilanti brach in Gelächter aus.

»Mademoiselle Madon«, sagte er auf Französisch, »ich sehe, dass die Eierschalen noch an Ihnen kleben! Bis jetzt befehligten Sie wohlerzogene Inselbewohner, warten Sie nur, bis Sie mit den Wilden zu tun haben, mit den Klephten, die selbst einem so rauen, erfahrenen Krieger wie Kolokotronis zusetzen. Manieren!« Wieder lachte er.

»Auch Sie nehmen mich also nicht ernst«, sagte Mando.

Sofort hörte er auf zu lachen.

»Da irren Sie sich, Pallas Athene. Seitdem ich Sie zum ersten Mal gesehen habe, verkörpern Sie für mich diese Göttin.«

Einen Augenblick lang sah sie Marcus vor sich. Für ihn war sie Aphrodite gewesen, jene Göttin, der Paris den goldenen Apfel gereicht hatte.

»Welche Göttin sehen Sie dann in Bobolina?«, erkundigte sich Mando spitz.

»Hera?«, fragte er zögernd und jetzt musste auch Mando lachen.

»Natürlich«, sagte sie, »Heras größtes Merkmal war ihre Eifersucht«, und bei dem Gedanken fühlte sie sich wieder versöhnt. Bobolina war eifersüchtig auf die jüngere, schönere Frau, die nicht nur über Arme und Beine ihrer Krieger herrschte, sondern auch über deren Herzen. Mando wusste, dass sie auf jeden Mann Eindruck machen konnte.

Auch auf Ypsilanti offensichtlich, denn seine harten, klugen Augen wurden fast weich, als er sagte: »Wohin werden Sie denn jetzt ziehen, verehrte Athene?«

»Dorthin, wo gekämpft wird, und dann muss ich nach Nauplia, um einige Wertsachen zu Geld zu machen.«

»Darf ich Sie dort besuchen?«, fragte er fast schüchtern.

»Ich bitte darum«, erwiderte sie gnädig, »nach Wochen auf

Schlachtfeldern wird es mich nach geistreichen Gesprächen hungern, nach gepflegter Unterhaltung, etwas Kultur und vor allem nach Ruhe!«

Auf dem Weg nach Nauplia hörte Mando, dass England als erstes Land die Griechen als Krieg führende Macht anerkannt hatte, und sie fragte sich, ob der Lord aus Mykonos dabei wieder seine Hände im Spiel gehabt haben könnte. Sie erschrak über den Zustand Nauplias, als sie Anfang April in die Stadt einzog, die erst wenige Monate zuvor von den Griechen befreit worden war. Diese Hafenstadt, die im mykenischen Zeitalter für Argos das Tor zur Welt dargestellt und auf deren Berg Palamidi die Venezianer eine gigantische Festung erbaut hatten, wo sich in der byzantinischen Kirche des Heiligen Georgios eine sorgsam ausgeführte Nachbildung des Abendmahls von Leonardo da Vinci befand, lag in Trümmern. Ein Hauch von Kultur war nirgendwo zu entdecken, wie Mando bedauernd feststellte.

Überall traf sie auf Zeugnisse des erbitterten Kampfes, Spuren der Verwüstung kennzeichneten das Zentrum und das Straßenbild war von Armut und Elend geprägt.

Mando dachte an die bequemen Bürger von Mykonos, die sich so ungern von einem winzigen Teil ihres Reichtums trennten, behaglich in ihren edel eingerichteten Häusern saßen und sich ausländische Delikatessen schmecken ließen. Wut stieg in ihr auf und am liebsten hätte sie ein Schiff genommen und all diese satten Mykoniaten nach Nauplia überführt, um ihnen zu zeigen, was die Bevölkerung auf dem Festland zu leiden hatte. Die wahren Helden, dachte sie betroffen, sind nicht die, mit denen ich am Strand von Elia gegen türkische Seeleute gekämpft habe, sondern die armen Männer, Frauen und Kinder, die dem Zorn der Türken ausgesetzt sind und von den kämpfenden Griechen für eine Handbreit Boden geopfert werden. Wie hatte man in Mykonos den jungen Mann gefeiert, dessen Hand beim Gefecht am Strand von Elia verletzt worden war! Wer feierte die wirklichen Opfer, die hungerleidende, obdachlose Bevölkerung?

Aber anstatt alle reichen Mykoniaten zu einer Besichtigungstour durchs zerstörte Nauplia einzuladen, schrieb sie einen langen Brief an Marcus und bat ihn Vassiliki nach Nauplia zu schicken. Sie sollte ihr einige ihrer schöneren europäischen Kleider mitnehmen, vor allem das fliederfarbene mit den bauschigen Ärmeln und dem tiefen Ausschnitt. Mando war fest entschlossen sich von der Melancholie ihrer trostlosen Umgebung nicht anstecken zu lassen. Sie war nach Nauplia gekommen, um sich von den Kämpfen zu erholen, und sie hoffte, dass sie ein paar harmlose gesellschaftliche Zerstreuungen von den schrecklichen Bildern auf den Schlachtfeldern befreien würden.

Sie musste in einem heißen Bad und einem weichen Bett wieder zu Kräften kommen. Sie wollte sich mit liebenswürdigen Menschen über Poesie unterhalten, vielleicht mit einigen der nach Griechenland geeilten Philhellenen, sie wollte wieder tanzen ... aber da tauchte das Bild von den Yaludes vor ihr auf und im Geist ersetzte sie Tanzen durch Klavier- und Gitarrenspielen und sie wollte ihren Tee wieder aus zierlichen Tässchen trinken. Das aber schrieb sie Marcus nicht.

Vielmehr berichtete sie von Jakinthos' Tod, von ihrer Begegnung mit Prinz Ypsilanti und erwähnte am Rande, dass sie auch Bobolina getroffen, diese aber keinen gewaltigen Eindruck auf sie gemacht habe.

Nauplia habe sie in einem beklagenswerten Zustand vorgefunden, schrieb sie weiter, und daher habe sie auch beschlossen sich mit einer sehr bescheidenen Bleibe zufrieden zu geben.

Sie erwähnte nicht, dass sie die vorläufige griechische Regierung angeschrieben und um eine standesgemäße Unterkunft gebeten hatte. Sie schrieb nicht, wie sie getobt hatte, als man ihr ein schäbiges Haus in der Innenstadt zur Verfügung gestellt hatte, indem sie unmöglich empfangen konnte. Das war nun der Dank dafür, dass sie ihr ganzes Vermögen in den Dienst der griechischen Sache gestellt hatte!

Der Beamte, dem sie ihre Angelegenheit vortrug, erwiderte nur kühl, sie hätte ihre Ausgaben besser einteilen sollen, dann wäre sie heute nicht mittellos. Unverschämterweise hatte er noch hinzugefügt, dass sich die Regierung nicht um das Wohl von vornehmen jungen Damen kümmern könnte, denen als Ausweg immer noch eine reiche Heirat offen bliebe.

Mando schäumte, aber das war reine Kraftvergeudung. Schließlich zog sie in das schäbige Haus ein und schämte sich entsetzlich, als sie dort wenige Tage später Prinz Ypsilanti empfing. Dieser schien die fadenscheinigen Teppiche, die mit Stockflecken übersäten Wände, die wurmstichigen Möbel und das grobe Porzellan nicht zur Kenntnis zu nehmen, als er sich auf ein zerschlissenes Sofa setzte, nachdem er Mando ein großes Paket überreicht hatte.

Neugierig wickelte sie es aus und zog einen Brustpanzer sowie ein Schild mit aufgemaltem Gorgonenhaupt hervor.

»Den Brustpanzer habe ich für Sie anfertigen lassen, meine Pallas Athene«, lächelte Ypsilanti. »Es ist ein echter Aigis, aus Ziegenfell gemacht und mit den richtigen Quasten versehen.«

Er ließ natürlich unerwähnt, dass er den Hersteller angewiesen hatte, den Panzer so zu gestalten, dass ein besonders großer und wohlgebauter Busen geschützt werden konnte. Mando, die bei Ypsilantis Besuch das einzige europäische Kleid trug, das sie auf den Feldzug mitgenommen hatte, hielt sich den Panzer so vor, dass die Brüste leicht angehoben wurden, und ihr Ausschnitt etwas mehr als nur den Ansatz preisgab. Ypsilanti schluckte. Es war lange her, dass er artige Konversation mit einer schönen Frau gemacht hatte.

Trotz der ärmlichen Umgebung fühlte er sich wieder in die Pariser Salons versetzt, die er während seiner Zeit auf der Militärakademie so oft aufgesucht hatte. Danach hatte ihn sein Bruder Alexander, der übrigens immer noch in einem österreichischen Gefängnis schmorte, nach Russland gerufen. Aber seinen Militärdienst hatte Dimitri Ypsilanti nach der Erhebung im Jahr 1821 quittiert. Als Bettler verkleidet hatte er die russische Grenze überschritten, Österreich zu Fuß durchquert und war schließlich in Griechenland eingetroffen, um sich der Freiheitsbewegung anzuschließen.

Er stand auf.

»Ich glaube, er muss höher sitzen. Sie erlauben?«, fragte er und versuchte, die zarte Haut nicht zu berühren, als er den Panzer in die richtige Position rückte. Mando entging nicht der unruhige Blick seiner hervorstehenden Augen, sein Bemühen das Verlangen in ihnen zu verbergen und das Heben und Senken ihrer Brust zu übersehen, als er dicht vor ihr stand.

Spielerisch hob Mando den Schild und hielt ihn sich vor die Brust.

»Wenn ich Athene bin«, fragte sie mit samtener Stimme, »sind Sie dann etwa Ares?«

»Ich hoffe nicht«, erwiderte er fröhlich, »auch wenn das Kriegshandwerk mein Beruf ist! Wenn ich mich recht erinnere, sorgt Athene einmal dafür, dass Ares von einem Speer getroffen wird!«

»Athene ist schlauer als Ares«, fügte Mando hinzu, »immer wieder gelingt es ihr, den dummen Krieger zu überlisten.«

»Beleidigen Sie mich nicht«, sagte er mit leiser Schärfe und dann entfuhr ihm etwas, was er eigentlich nicht hatte sagen wollen: »Wäre ich Ares, wären Sie Aphrodite.«

Mando zuckte zusammen. Aphrodite wollte sie nur für Marcus sein. Aber sie begriff, worauf der Prinz anspielte. Aphrodite war die große Liebe des Kriegsgottes gewesen, die Göttin, die ihm die Zwillinge Phobos und Deimos, Furcht und Schrecken, geboren hatte. Mit Ares hatte sie ihren Göttergatten, Hephaistos, betrogen und plötzlich fiel Mando ein, dass Marcus einmal bemerkt hatte, Dimitri Ypsilanti ähnele Hephaistos.

Ein Gedanke keimte in ihr auf. Sie sah sich in ihrem schäbigen Salon um, die Stimme des Beamten immer noch im Ohr: »Heiraten!«

Die Rollen waren verteilt. Sie musste nur dafür sorgen, dass Ypsilanti nie dahinter kam, dass sie in Wahrheit Aphrodite war und er Hephaistos.

Sie ließ sich wieder auf den Sessel fallen, zeigte eine schmale Fessel, beugte sich leicht vor und bot Ypsilanti von den Süßigkeiten an, die sie für diesen Besuch ins Haus hatte bringen lassen.

»Haben Sie Nachricht von der Nationalversammlung in Astra?«, fragte sie mit honigsüßer Stimme.

Wer ist diese Frau, fragte sich Ypsilanti beunruhigt und gleichzeitig fest entschlossen dieses entzückende, verführerische Wesen näher kennen zu lernen.

»Die Politiker haben über die Militärs gesiegt«, erwiderte er automatisch. »Der Konflikt zwischen den unterschiedlichen griechischen Strömungen ist offen ausgebrochen. Kolokotronis hat wie ein Löwe gekämpft, aber er ist überstimmt worden. Ich fürchte, Prinz Mavrokordatos wird ihn irgendwann einmal einsperren lassen …«

»Was?« Mando fuhr auf. Sie vermutete, dass Ypsilanti den Alten von der Morea unterstützte, und auch sie stand auf der Seite des Mannes, der sich für die Armen und Unterdrückten einsetzte.

»Aber sobald die Kämpfe auf dem Festland wieder aufflackern, wird man ihn wieder frei lassen müssen. Meiner Meinung nach ist er der wichtigste Mann im Kampf gegen die Türken. Niemand kennt jeden Winkel des Peloponnes so gut wie er, niemand kann die Klephten so anfeuern wie er. Denken Sie nur an seine brillante Vernichtung von Mahmud Dramalis Armee bei Delvenakia im vergangenen August!«

»Spielen Sie dabei Ihre eigene Rolle nicht herunter!«, hauchte Mando.

Ypsilanti beobachtete, wie die Strahlen der Nachmittagssonne Mandos Haar rötlich aufleuchten ließen.

»Neben Kolokotronis fühlt man sich unbesiegbar«, meinte er bescheiden. »Es ist nur ein Jammer, dass sich die Führer des Befreiungskampfes nicht einigen können! Ich will Sie nicht beunruhigen, aber ich befürchte ernsthaft, dass unser Land auf einen veritablen Bürgerkrieg zusteuert. Noch sind die Türken nicht vertrieben und schon schlagen wir einander fast die Köpfe ein!« Unwillig schüttelte er den Kopf, fuhr dann fort: »Ich bin neugierig …« Er brach ab und sein Blick streichelte die zierliche Wade ihm gegenüber.

»Worauf?«, fragte Mando und ließ den Saum wieder etwas hinunterrutschen.

»… wo Sie in diesem Konflikt stehen, Mademoiselle. Das liberale Inselbürgertum hat sich bisher ja eher mit den feudalistischen Notabelen des Peloponnes verbündet.«

Mando dachte an die Armut auf den Straßen Nauplias.

»Weil das Inselbürgertum keine Ahnung hat, wie es auf der Morea aussieht!«, erwiderte sie. »Ich habe die Absicht, mit dieser Ignoranz aufzuräumen! Sie, mein Prinz, sind natürlich ein Anhänger von Kolokotronis.«

Das war keine Frage, sondern eine Feststellung. Ypsilanti lächelte fein.

»Finden Sie es nicht seltsam, dass ein in Frankreich erzogener Aristokrat einen bärbeißigen Bandenführer unterstützt, den alten Klepthenchef, der für kleine Bauern und in Besitzlosigkeit entlassene Leibeigene kämpft?«

Mando dachte einen Moment nach und sagte dann: »Vielleicht hat das mit den Eierschalen zu tun, von denen Sie einmal gesprochen haben. Sie haben in Russland gelebt und Kolokotronis neigt sehr zu russischem Gedankengut hin.«

»Was uns im Moment allerdings nicht viel hilft.«

»Zar Alexander wird von seinen eigenen Landsleuten gehasst, weil er uns Griechen nicht hilft, sondern nur auf Metternich hört. Alexander wird nicht ewig leben und dann haben wir ganz bestimmt Russland auf unserer Seite«, meinte Mando.

»Aber vielleicht ist ihm ein langes Leben beschieden, vergessen Sie nicht, Alexander ist noch nicht einmal fünfzig, also jünger als Kolokotronis.«

»Aber älter als Mavrokordatos«, warf Mando ein.

»Aha«, rief Ypsilanti belustigt, »Sie setzen also auf die britische Fraktion!«

»Ich hätte ihn eher bei den Franzosen eingeordnet«, bemerkte Mando.

»Nein, das ist Jannis Kolettis Domäne. Sie werden sehen, Mademoiselle, ich fürchte, auch die Philhellenen werden in einem möglichen Bürgerkrieg jeweils für das eigene Land kämpfen.«

»Ein sehr unerfreuliches Thema«, klagte Mando, der einfiel, wie ihre Mutter Gespräche über Politik abzubrechen pflegte, »ich würde viel lieber etwas über Ihre Jahre in Paris hören. Irgendwann«, ein Seufzer entrang sich ihrer Brust, »irgendwann einmal werde ich die Stadt meiner Träume sehen!«

Sie war aufgestanden und wischte jetzt wie zur Bekräftigung, dass sie das Thema Politik abgeschlossen hatte, über eine Kommode. Erschrocken blickte sie auf den staubfreien Streifen, den sie geschaffen hatte. Es war wirklich höchste Zeit, dass Vassiliki kam. Die würde wissen, wie man mit Schmutz und Staub fertig wurde!

»Die Stadt meiner Träume«, wiederholte sie.

Das wäre der Augenblick gewesen sich neben sie zu stellen und ihr eine Hochzeitsreise nach Paris anzubieten. Aber Ypsilanti würde seinen Antrag nicht anders als kniend vorbringen, denn auf den Knien war sowieso jeder Mann kleiner als die Angebetete.

Die Gelegenheit bot sich ein paar Tage später. Der dänische Maler Adam Friedel war nach Nauplia gekommen und hatte bei Mando um eine Audienz gebeten. Er lege großen Wert darauf, ihr Porträt anzufertigen, sagte er, er male nämlich Porträts von allen Helden der Revolution. Außerdem sei der Name Mando Mavrojenous in Europa inzwischen bekannt und jeder wolle wissen, wie die Heldin denn aussähe.

»Mademoiselle«, sagte er und sah sie hingerissen an, »mein Talent reicht nicht aus Ihrer Schönheit gerecht zu werden, aber zumindest wird man mir in Ihrem Fall nicht vorwerfen können, dass ich Ihnen geschmeichelt hätte.«

»Herr Friedel hat Bobolina bereits porträtiert«, bemerkte Ypsilanti, der Friedel in Mandos Haus begleitet hatte und jetzt auf dem zerschlissenen Sofa einige Papiere durchsah.

»Dürfte ich das Bild sehen?«, fragte Mando.

»Aber natürlich!«

Eilfertig öffnete Adam Friedel eine Mappe und zog einen Bogen mit einer Skizze hervor.

»Zu Hause werde ich das natürlich noch in Öl ausarbeiten«, fügte er hastig hinzu, während Mando ein Lächeln unterdrückte. Mit Bobolina hatte das Bild überhaupt keine Ähnlichkeit, aber es gefiel ihr, dass Friedel die Freiheitsheldin so lächerlich dargestellt hatte. Mit süßem Schmollmund, einem Blumenkörbchen im Arm – Disteln wären angemessener gewesen, dachte Mando – Blumenschmuck am Turban und mindestens zehn Jahre jünger.

»Irgendwie habe ich sie anders in Erinnerung«, meinte Mando, ein Lachen unterdrückend, als sie auch noch das Taschentuch sah, das jeden Moment aus Bobolinas rechter Hand zu fallen schien.

»Sie wollte weiblich aussehen«, meinte Friedel und zuckte mit den Achseln.

»Dürfen sich Ihre Objekte denn aussuchen, wie Sie sie zu malen haben?«, fragte Mando erstaunt. »Dann hätte ich auf meinem nämlich gern ein Schiff.«

»Keine gute Idee«, mischte sich Ypsilanti ein. »Kein Schiff, kein Blumenkörbchen, nichts, was von diesem wunderschönen Gesicht ablenkt, höchstens eine Rose im Haar. Nur ein Brustbild«, er wandte sich an Friedel. »Darf ich Sie bitten, es in zweifacher Ausgabe anzufertigen. Nennen Sie mir Ihren Preis.«

Mando hielt die Luft an.

Es wurde ein Termin mit Friedel vereinbart und dann verabschiedete sich der Maler.

»Sie verstehen, weshalb ich ein Porträt von Ihnen wünsche?«, fragte Ypsilanti, als sie wieder allein waren.

Mando antwortete nicht, sondern blickte züchtig auf ihre im Schoß gefalteten Hände.

»Mando, liebste Athene, darf ich hoffen?«

Er kniete vor ihr und war ihr so nahe, dass sie die Haare in seiner großen Nase einzeln zählen konnte.

»Hoffen kann man immer«, sagte sie und verlieh ihrer Stimme das Timbre, das bisher noch auf keinen Mann seine Wirkung verfehlt hatte, »aber ist Ihnen auch klar, dass Sie einer mittellosen Frau Ihre Hand anbieten?«

»Geld habe ich selber genug«, sagte er unvorsichtig, »was meinem Leben fehlt, ist Schönheit.«

Und meinem das Geld, dachte sie.

Er hatte ihre Hand genommen und mit Küssen bedeckt. Mando fielen andere Küsse ein und Röte stieg ihr ins Gesicht, als sie an den ganz besonderen Kuss dachte, mit dem Marcus sein Zeichen in sie eingebrannt hatte. Ypsilanti sah ihr Erröten als Verlegenheit und fand es ganz entzückend.

»Ich will Sie nicht drängen«, erwiderte er hastig, »ich weiß, ich bin kein Apoll, aber glauben Sie mir, ich verstehe mich darauf, eine Frau glücklich zu machen. Wir können uns ja auf eine lange Verlobungszeit einigen, damit Sie mich in aller Ruhe kennen lernen können.«

Sie musste mit Marcus reden, ihn vorsichtig vorbereiten. Wie er ihr fehlte! Nein, dieser Ypsilanti war kein Mann, der ihren Körper zum Singen bringen würde.

Sie musste etwas sagen.

»Wir sind zurzeit beide anderweitig beschäftigt«, sagte sie. »Aber ich fühle mich über Ihren Antrag sehr geehrt, und – ja, ich bin mit einer Verlobung einverstanden.«

Als er sich aufrichtete und sein Mund ihrem Gesicht näher kam, hielt sie die Hand hoch und sagte schnell: »Nach dem Krieg wird Hochzeit gefeiert!«

Er nahm ihre Hand weg und legte seine feuchten Lippen auf ihre trockenen. Sie hielt den Mund fest geschlossen.

»Das ist also besiegelt«, erklärte er befriedigt. Eine ungebrochene Blume, dachte er, wahrlich eine Jungfrau. Wer so einen Kuss empfängt, ist noch nie geküsst worden.

»Zusammen werden wir die Welt aus den Angeln heben!«, rief er. »Wir werden das erste Königspaar des Landes sein!«

Pappas Mavros, dachte sie, so etwas hat er mir doch prophezeit. Aber inzwischen war sie einigen seiner Lehren entwachsen und hatte sich ihre eigenen Gedanken gemacht.

»Mein Prinz«, schalt sie vorwurfsvoll, »ich dachte, Sie wären Republikaner! Wir wünschen uns doch einen Präsidenten und keinen Feudalherrn!«

»Natürlich«, lachte er, »das war auch nur metaphorisch gesprochen. Geliebte Mando, wollen Sie mir einen Gefallen tun und mich künftig mit Du ansprechen?«

»Wie es sich für zwei Republikaner gehört«, nickte sie. »Gern, lieber Dimitri, aber würden Sie mir auch einen Gefallen tun?«

»Er ist schon getan!«

»Eben noch nicht. In meiner Heimat«, wieder senkte sie den Blick, »auf Mykonos also, ist es üblich, dass vor der Ehe ein Vertrag aufgesetzt wird. Wünscht der Mann das Verlöbnis zu lösen, muss er der Braut … «, sie zögerte und sah Dimitri hilflos an.

»… eine Entschädigung zahlen?«, kam er ihr zu Hilfe.

Sie nickte.

»Ich werde veranlassen, dass mein Notar einen Vertrag aufsetzt, damit du beruhigt bist«, versprach er, »aber, glaub mir, meine Schöne, dieser Vertrag wird unnötig sein!«

Mando war jetzt offiziell mit Dimitri Ypsilanti verlobt und hatte den vorehelichen Vertrag in der Tasche. Ihre Zukunft war also gesichert und sie konnte zufrieden sein. Einer der bedeutendsten Männer des Landes wünschte sie sich zur Frau, aber leider wollte er mit dem Vollzug der Ehe nicht bis zur Heirat warten.

Schon an jenem Abend, an dem er seine Unterschrift unter den Vertrag gesetzt hatte, deutete er an, dass er liebend gern die Nacht bei ihr verbringen wollte.

»Du bist auf dem Papier ja schon die meine«, witzelte er, »denn wenn ich dich verließe, würde mich das zum armen Mann machen. Wovor hast du dann Angst?«

»Das verstehst du nicht«, hauchte sie.

»Ich werde dir nicht wehtun, Liebes.«

»Ich habe Angst«, flüsterte sie und wunderte sich, dass der Mann, der sie auf dem Schlachtfeld hatte kämpfen sehen, ihr diese Worte ohne weiteres abzunehmen schien.

Der Mann mochte ein gewiefter Politiker und ein strategisch bewanderter Feldherr sein, von Frauen aber verstand er nichts. Sie war sich noch nicht sicher, ob dies von Vorteil war, erst einmal ging es darum, Zeit zu gewinnen.

»Gut«, sagte er, »wir werden warten, bis du bereit bist.«

Er stand auf, bedeutete ihr sitzen zu bleiben, legte die Arme um ihren Hals und küsste sie erst auf die Wangen, dann auf den Mund. Er nahm ihr Kinn in die linke Hand und strich ihr mit der Rechten langsam über den Hals und übers Dekolleté. Sein Ziel war deutlich. Mando rückte von ihm ab.

»Nein, Liebes«, murmelte er, »wenn ich schon nicht bei dir liegen darf, lass mich deine göttlichen Brüste berühren und küssen …«

Sie sprang auf.

»Das geht mir alles zu schnell, Dimitri«, sagte sie scharf und hörte ihre Mutter sprechen, als sie hinzufügte: »Benimm dich bitte, wie es deinem Stand geziemt!«

Irgendwann würde sie ihm nachgeben müssen. In jener Nacht lag Mando lange wach und überlegte, ob es möglich wäre, einen Mann in sich zu spüren und sich vorzustellen, dass es ein anderer sei. Wenn Dimitri wenigstens Marcus' Statur hätte! Oder seinen Geruch! Sie bekam Gänsehaut bei dem Gedanken, dass er sie mit seinen Spinnenfingern dort berühren würde, wo sie sich gerade selber anfasste, wie fast jede Nacht, in der sie vor Sehnsucht nach Marcus beinahe verging. Sie träumte von der Hütte am Strand von Kalo Livadi, von ihrem breiten Bett, in dem sie so viel Glück gefunden hatte, und sie weinte sich in den Schlaf.

Sie erwachte von ihrem eigenen Schrei, setzte sich im Bett auf und suchte zitternd nach der Öllampe. Sie versuchte die Bilder ihres Alptraums zu verscheuchen. Sie hatte Dimitri Ypsilanti nackt gesehen, und da, wo sich bei Marcus ein stattlicher, schöner, glatter Phallus senkrecht erhob, befanden sich bei Dimitri unzählige Schlangen, die lang, schmal und beweglich über ihren Körper glitten, Schleimspuren hinterließen und unerbittlich dem Eingang zwischen ihren Schenkeln entgegenzüngelten. »Ich habe dich gekauft!«, hörte sie Dimitris verzerrte Stimme und schon spürte sie, wie die erste Schlange in die Höhle vorstieß. Dann hatte sie geschrien.

Sie zitterte und zog sich einen seidenen Morgenmantel über. Für April war es noch empfindlich kalt, und so ging sie ins Wohnzimmer und schürte das Feuer im Kamin. Wie arm sie war! Früher hätte sie nur zu klingeln brauchen und schon hätte irgendein Diener ihr jeden Wunsch erfüllt. Gut, es gab zwei Frauen, die tagsüber ins Haus kamen, die gröbsten Arbeiten verrichten und ihr das Essen zubereiteten, aber das war doch kein Zustand! Vielleicht hatte sich Dimitri darum solche Freiheiten herausgenommen. Auch wenn er wusste, wer sie war und woher sie kam, musste es doch geradezu provozierend wirken, dass sie allein im Haus nächtigte. Es war schon so weit gekommen, dass sie die Haustür selber öffnen musste.

War Griechenland das wirklich wert?

Wo blieb Vassiliki? Hatte ihr Brief Mykonos nicht erreicht, war das Schiff Seeräubern in die Hände gefallen? Oder war gar jenes Schiff, mit dem Vassiliki kommen sollte, gekapert worden? Ihr Kopf arbeitete schnell. Sie konnte unmöglich zulassen, dass Vassiliki in die Sklaverei verkauft wurde, gleich am nächsten Tag würde sie sich erkundigen, auf welchen Märkten die nächsten Versteigerungen menschlicher Ware stattfinden würden. Wahrscheinlich auf Kreta, dann würde sie eben dorthin fahren, Dimitri müsste ihr das Geld geben, damit sie Vassiliki wieder freikaufen konnte – und sie erst einmal vor den Nachstellungen ihres Verlobten geschützt war.

Unwillkürlich musste sie lächeln, als sie daran dachte, dass sie weniger Angst davor hatte, Seeräubern in die Hände zu fallen, als mit Dimitri Ypsilanti das Lager zu teilen. Dabei hatte sie es doch selber so eingefädelt, dass er sie begehren würde!

Nein, schalt sie sich, während sie im kalten Wohnzimmer auf und ab lief und mit den Fäusten gegen die verschimmelten Wände schlug, so geht es nicht weiter!

Reiß dich zusammen, Mando Mavrojenous, Dimitri Ypsilanti ist kein Ungeheuer, sondern ein Prinz mit Macht und Reichtum, ein überaus gebildeter Herr, ein tapferer Krieger, ein kluger Politiker. Ist es nicht ein bisschen viel verlangt, dass er auch noch wie Apoll aussehen soll? Oder wie Marcus? Gewöhne dich an den hässlichen Kopf, finde ihn interessant! Den mickrigen Körper könnte man auch drahtig nennen und seine Bewegungen entbehren ja nicht einer gewissen Eleganz. Und wenn's gar zu schlimm wird, kann man immer noch die Augen schließen.

Mandos Vorsatz stand fest. Sie würde ihn nur noch ein klein wenig hinhalten, aber dann würde sie nachgeben. Erst musste sie allerdings mit Vassiliki sprechen. Die würde sicher einen Weg finden, mit dem sie Dimitri glaubhaft vorspiegeln konnte, dass sie noch Jungfrau sei. Es durfte nicht sein, dass er ihr mit dem Hinweis auf schadhafte Ware den Vertrag kündigte!

Sie schrak zusammen.

Jemand klopfte an ihrer Tür. Erst leise, dann immer lauter. Sie schlich sich ans Fenster, konnte aber nicht erkennen, wer solch einen Lärm machte.

»Mein Püppchen, mach auf!«, hörte sie plötzlich eine vertraute Stimme. Sie flog zur Tür, riss sie auf und fiel Vassiliki in die Arme.

»Ich habe gerade an dich gedacht«, schluchzte sie, hob den Kopf und ließ Vassiliki los. Hinter der Dienerin stand Marcus.

Die Zeit blieb stehen, als sie sich in die Augen sahen. Vassiliki huschte ins Haus und ihr entsetzter Aufschrei übertönte Mandos Jubelruf, als sie Marcus in die Arme flog. Sie hing an seinem Hals, konnte sich nicht satt küssen, fuhr immer wieder mit der Zunge über seine vollen schönen Lippen, glitt mit ihren Händen unter seinen Mantel, auf der Suche nach nackter Haut, bis er sie schließlich sanft von sich schob.

»Aber Mando, doch nicht auf der Straße!«

»Nein, komm rein!«, rief sie und zog ihn in den Flur.

»Auf mich braucht ihr keine Rücksicht zu nehmen«, hörte sie Vassilikis Stimme, »mir ist nichts Menschliches fremd. Während ihr euer Wiedersehen feiert, werde ich versuchen diesen Stall auszumisten.« Sie verschwand in der Küche.

Marcus und Mando sahen einander an wie Kinder, die auf frischer Tat ertappt wurden, und lachten.

»Es war gut, dass sie uns damals belauscht hat«, sagte er, »das spart uns Erklärungen!«

»Ich habe dir ja gesagt, Vassiliki ist kein Problem.«

Sie zerrte ihn die steilen Stufen hinauf zu dem Zimmer, das Ypsilanti in jener Nacht so gern mit ihr geteilt hätte. Dimitri! Irgendwann würde sie es Marcus sagen müssen.

Ihr fiel ein, wie ungnädig er immer mit Jakinthos umgegangen war. Wie würde er auf den Mann reagieren, dem sie ihre Hand versprochen hatte!

Den Rest der Nacht verlebte sie wie im Rausch und als sie nach kurzem Schlaf am späten Vormittag wach wurde, fühlte sie sich erfrischt wie seit langem nicht.

Marcus war bereits aufgestanden und er brachte ihr eine Tasse Kaffee ans Bett.

»Ich musste kommen«, sagte er. »Dafür gibt es viele Gründe, aber der Wichtigste ist, dass ich ohne dich seelische und körperliche Qualen litt. Du bist ein Teil von meinem Blut geworden, und das hat nichts mit unserer Verwandtschaft zu tun.«

»Vielleicht doch!«, sagte sie und lehnte sich behaglich zurück. »Wir sind einander so ähnlich. Und jetzt nenne mir bitte die anderen Gründe.«

»Erstens geht es nicht, dass ein Generalleutnant keinen Adjutanten mehr hat. Diese Funktion werde ich jetzt wahrnehmen.«

»Du bist eingestellt«, strahlte sie.

»Zweitens soll ich dir von Pappas Mavros Grüße ausrichten. Er hat sich aus der Politik zurückgezogen.«

»Was sagst du da?« Beinahe hätte sie sich an ihrem Kaffee verschluckt.

»Es ist etwas höchst Seltsames geschehen«, sagte Marcus nachdenklich. »Es gibt da auf Tinos die Nonne Pelagia ...«

»Die kenne ich, sie ist mir einmal begegnet«, erinnerte sich Mando.

»Pelagia scheint in direktem Kontakt mit der Mutter Gottes zu stehen, so jedenfalls sagt man. Sie hatte die Vision, dass eine Ikone der Mutter Gottes an einer Stelle nahe dem Hafen von Tinos vergraben liegen sollte. Es sollte sich um eine wundertätige Ikone handeln und als Pappas Mavros dort nachgraben ließ, stießen die Menschen wirklich auf ein Heiligenbild der Panagia.«

»Das Zeichen«, murmelte Mando. »Ich erinnere mich, sie hatte sich doch von der Welt zurückgezogen, um auf das Zeichen der Panagia zu warten!«

Marcus nickte.

»Und jetzt kommt das Unheimliche. Einer der Ausgräber hatte ein lahmes Bein. Nachdem er die Ikone berührt hatte, war es geheilt.«

»Und ein anderer war blind und konnte wieder sehen?«

»Lach nicht, Mando, es ist wirklich etwas Merkwürdiges mit dieser Ikone. Deine Schwester, erschrick jetzt bitte nicht, hatte Malaria. Sie lag schon auf dem Totenbett und als ihr Pappas Mavros die Ikone zum Berühren hinhielt, wurde sie auf der Stelle wieder gesund. Und so gibt es noch viele Geschichten.«

»Irini ist jetzt wirklich ganz gesund?« Zum ersten Mal seit Monaten dachte Mando wieder an ihre Schwester.

Marcus nickte.

»Und was hat das alles mit Pappas Mavros' Rückzug aus der Politik zu tun?«, fragte Mando beunruhigt.

»Er ist jetzt ganz im Bann der Kirche, die er an der Stelle der Auffindung errichten lässt. Es soll eine Wallfahrtskirche werden, zu der alle Orthodoxen pilgern sollen.«

»Tinos als Mekka.«

»Und Pappas Mavros als Hohepriester«, setzte Marcus hinzu,

»mit der Nonne Pelagia an seiner Seite. Er hat sich von der Welt zurückgezogen und mir sogar gesagt, dass es ihn nicht mehr interessiere, wer in Griechenland die Macht habe. Er habe sich mit seinem weltlichen Streben an Gott versündigt, aber dieser habe Gnade walten lassen und die Mutter Gottes habe ihm das Licht gezeigt.«

Es fiel Mando schwer, Marcus zu glauben. Der Mann, der die Flamme der Freiheit in ihr entzündet hatte und sie jahrelang auf den Kampf zur Befreiung des Landes vorbereitet hatte, der streng genommen nur noch im Nebenberuf Pope gewesen und einer der Führer der Hetärie gewesen war, dieser Mann sollte sich jetzt dem Hokuspokus verschrieben haben?

»Woher nimmt er das Geld für den Bau der Kirche?«, fragte sie plötzlich alarmiert.

»Er sagt, die Mutter Gottes sorge für die Ihren.«

Mando dachte an den grünen Kasten. Sie setzte sich auf.

»Ich muss sofort nach Tinos.«

»Das würde ich dir nicht raten. Auf dem Meer gehen die Kämpfe weiter und außerdem wimmelt es dort zurzeit von Seeräubern, die sich mehr für reich beladene griechische Schiffe interessieren als für türkische Kriegsschiffe.«

»Das ist mir egal. Ich kann auch eine Kanone abfeuern.«

»Mando, ist dir eigentlich klar, dass die Türken das Piratentum sogar unterstützen? Ich habe auf der Hinreise selber erlebt, wie eine kleine griechische Sacoleve von einem türkischen Kriegsschiff einer Seeräuberfregatte zugetrieben wurde. Unsere Brigg entkam nur, weil wir besser vor dem Wind lagen!«

Es stellte sich heraus, dass eine Reise nach Tinos überflüssig war. Als Mando an jenem Morgen in den Salon kam, traute sie ihren Augen nicht. Neben dem Kamin stand der grüne Kasten.

Auf ihr Klingeln schlurfte Vassiliki ins Zimmer. Die Dienerin begrüßte sie gleich mit einer Schmährede über dieses armselige Haus, die schäbige Einrichtung, die unzumutbare Küche und die vernachlässigte Garderobe ihres Täubchens. Sie war außer sich, dass Mando so zu leben gezwungen war, und schlug die sofortige Rückkehr nach Mykonos vor.

Mando unterbrach sie.

»Wie kommt der hierher?«, fragte sie und wies auf den grünen Kasten.

Vassiliki kicherte.

»Ich habe mir erlaubt diesen Gegenstand aus dem Haus von Pappas Mavros zu entfernen.«

»Wie ist dir denn das geglückt?«

Vassiliki dachte einen Moment darüber nach, dass ihr mit dem Kasten noch ganz andere, erheblich abenteuerlichere Dinge geglückt waren, und zuckte die Achseln. »Ich wusste ja, dass er ihn hatte, und dass da was Wertvolles drinsteckt. Ich hatte Angst, dass es der heilige Mann zum Bau seiner Kirche verschwenden wird. Wenn ich jetzt sehe, wie du hier lebst, weiß ich, dass ich richtig gehandelt habe. Du kannst damit etwas Sinnvolleres anfangen!«

»Aber wie konntest du ihn stehlen?«

»Nichts einfacher als das. Der Heilige Mann überwacht doch den Bau seiner Kirche. Er ist kaum noch in seinem eigenen Haus, treibt die armen Arbeiter an sogar nachts zu arbeiten. Ich weiß wirklich nicht, ob das im Sinne der Panagia ist! Wir haben ihn auf dem Weg nach Nauplia aufgesucht und bei ihm übernachtet. Und vor unserer Abfahrt habe ich mich eben ein wenig umgesehen.«

»Was hast du noch mitgehen lassen?«

Empört richtete sich Vassiliki auf. »Ich bin doch keine Diebin!«

Wortlos deutete Mando auf den grünen Kasten.

»Der gehört doch dir!«

»Woher willst du das so genau wissen?«

»Ich weiß es eben«, sagte Vassiliki, sah Mando aus ihren harten dunklen Vogelaugen herausfordernd an und machte den Mund zum Strich. Sie konnte ihrem Püppchen die wahre Geschichte nicht erzählen, weil sie sonst mehr über ihre eigene würde preisgeben müssen. Und sie würde eher sterben, als zulassen, dass Mando sich dadurch auch noch die Lösung eines anderen Geheimnisses zusammenreimen könnte. Es war am besten, wenn Mando den Inhalt des Kastens schnell zu Geld machen würde, damit dieser unglückselige Gegenstand für immer aus ihrem Leben verschwand.

Erst am Nachmittag fiel Mando ein, dass sich Dimitri für den Abend angekündigt hatte. Sie musste jetzt Marcus reinen Wein einschenken.

»Du weißt, dass ich dich liebe?«, fragte sie ihn beim Abendessen, das Vassiliki mit Kopfschütteln über die magere Kost servierte.

Er griff nach ihrer Hand.

»Das brauchst du mir nicht zu sagen. Wir sind gesegnet, Mando, dass wir unsere Liebe leben können.«

Unbehaglich rutschte sie auf ihrem Stuhl hin und her.

»Können ja, aber nicht dürfen«, sagte sie, führte Marcus' Hand an ihre Lippen und sah ihn traurig an.

»Es ist etwas geschehen«, flüsterte sie, und um es schnell hinter sich zu bringen, fügte sie schnell hinzu: »Ich habe mich verlobt.«

Marcus riss seine Hand zurück und sprang so heftig auf, dass sein Stuhl gegen den grünen Kasten flog und umstürzte.

»Das glaube ich nicht, das kannst du mir nicht antun! Wer ist es?!«

»Dimitri Ypsilanti.«

Marcus starrte Mando fassungslos an und hob die Hand, als ob er sie schlagen wollte. Mando wich nicht zurück.

»Schlag mich nur, wenn es dir hilft«, flüsterte sie, »es war der einzige Ausweg. Ich bin vollkommen mittellos.«

»Des Geldes wegen?« Er schüttelte den Kopf. »Oh nein, meine Liebe, das nehme ich dir nicht ab, dafür kenne ich dich zu gut. Ich glaube dir gern, dass du den hässlichen Zwerg nicht liebst, aber du willst mehr als Geld.«

Die Tränen stürzten ihr übers Gesicht, als sie heftig den Kopf schüttelte.

»Nur Geld, wirklich! Schau dich doch um, wie ich hier lebe.«

»Du weißt genau, dass ich in Mykonos immer für dich sorgen werde. Du willst aber nicht mehr auf einer Insel fern der Macht leben! Ich sehe es schon vor mir.« Er ging zum Fenster und starrte auf die Gasse unter sich. »Nach dem Krieg wird Dimitri Ypsilanti zum König ausgerufen und das ganze Volk wird Mando Mavrojenous an seiner Seite huldigen.« Er hob die linke Hand und winkte aus dem Fenster einer imaginären Volksmasse zu.

Es hatte nicht viel Sinn, Marcus darauf hinzuweisen, dass sowohl sie als auch Dimitri Republikaner waren. Darüber, wie sehr Dimitris Macht und Einfluss ihre Entscheidung bestimmt hatten, würde sie später nachdenken. Sie durfte Marcus nicht verlieren.

»Ich werde immer für dich da sein«, begann sie, aber Marcus war bereits zur Tür gegangen.

»Den Posten als dein Adjutant lege ich nieder. Ich nehme das nächste Schiff nach Mykonos.«

Er riss die Tür auf und blieb stehen. Vassiliki versperrte ihm den Weg und ließ sich nicht zur Seite drücken.

»Einen solchen Unsinn habe ich seit langem nicht mehr gehört«, krächzte sie empört. »Ihr beiden dummen Kinder hört mir jetzt mal zu.«

»Lass mich vorbei!«

Vassiliki hob das Messer, mit dem sie soeben den zähen Hahn zerteilt hatte. Marcus wich einen Schritt zurück und sah sie ungläubig an.

»Zuhören!«, donnerte sie. »Natürlich muss mein Täubchen heiraten, das habt ihr ja immer gewusst. Aber das bedeutet doch nicht, dass ihr einander nicht mehr liebt und nicht mehr zusammen sein könnt! Der Herr wird oft auf Reisen sein und es wäre empörend, wenn er im selben Zimmer nächtigte wie seine Gemahlin. In jeden Wandschrank lässt sich eine Luke einbauen.«

Aber Marcus war nicht so schnell zu besänftigen. Er stürmte an Vassiliki vorbei und verließ unter lautem Türenschlagen das Haus.

»Gib ihm Zeit«, riet Vassiliki, »er muss es erst verdauen. Wetten, dass er heute Nacht oder spätestens morgen wieder in dein Bett gekrochen kommt?«

Nauplia

Als Ypsilanti eine Stunde später bei Mando vorsprechen wollte, wies Vassiliki ihn mit den Worten ab, ihre Herrin sei krank und wünsche niemanden zu empfangen. Irritiert musterte der Prinz das kleine alte Weiblein mit den schwarzen Vogelaugen, auf das sogar er herabschauen konnte, und fragte sich, wo Mando so plötzlich eine Dienerin aufgetrieben hatte.

»Ich bin Prinz Dimitri Ypsilanti«, sagte er mit seiner Feldherrenstimme, »Mademoiselle Mando ist meine Verlobte und wenn sie sich misslich fühlt, ist es meine Pflicht, ihre Stimmung zu heben.«

Da sich Vassiliki immer noch nicht vom Fleck rührte, schob er sie einfach zur Seite und betrat das Haus. Im Salon fand er eine in Tränen aufgelöste Mando vor.

»Teuerste, was ist mit dir?«, rief er erschüttert. Nicht einmal, als Jakinthos gestorben war, hatte er sie so weinen sehen.

Mando schrak beim Klang seiner Stimme auf. Hastig wischte sie sich die Augen mit dem Ärmel ab und versuchte wieder die Kontrolle über sich zu gewinnen.

»Meine Schwester«, schluchzte sie. »Ich muss sofort nach Tinos! Ich habe gerade gehört, dass meine Schwester Irini stirbt ...« Ein neuer Schwall von Tränen schnitt ihr das Wort ab.

Ypsilanti kniete sich neben sie und reichte ihr ein großes blütenweißes Taschentuch mit aufgestickter Krone.

»Das tut mir entsetzlich Leid«, murmelte er. »Ich würde dich ja gerne nach Tinos begleiten.« Er dachte nach. Der Putsch gegen die aristokratische neue Regierung, den er zusammen mit Kolokotronis plante, war für Mitte Mai angesetzt. Nicht einmal mehr zwei Wochen! Nein, er konnte Mando unmöglich auf die Kykladen begleiten und angesichts der Verhältnisse in der Ägäis musste er ihr auch von der Reise abraten.

»Woran leidet deine Schwester?«, fragte er.

»Malaria! In der letzten Phase!«

Dimitri nickte voller Mitgefühl. In Griechenland forderte diese Krankheit mehr Opfer als der Krieg. Plötzlich fiel ihm etwas ein.

»Du sagtest, dass deine Schwester auf Tinos lebt?«, fragte er.

Mando nickte.

»Ich habe gehört, dass dort eine wundertätige Ikone der Panagia entdeckt worden ist …«

Mando vergaß zu weinen.

»Jetzt sag nur noch, dass du daran glaubst!«, rief sie.

Dimitri zuckte mit den Achseln. »Man sollte nichts unversucht lassen. Ich habe in Russland so viele Wunderheilungen miterlebt, dass ich nicht mehr den Hochmut besitze, mich darüber zu erheben.«

»Nichts geschieht ohne Grund und nichts geschieht, was nicht geschehen kann. Geschieht tatsächlich das, was geschehen kann, kann es nicht als Wunder betrachtet werden. Also gibt es keine Wunder«, zitierte Mando.

»Cicero«, bemerkte Dimitri anerkennend. Wahrlich, es war eine Freude, mit einem gebildeten Menschen zu sprechen, auch wenn dieser Mensch zurzeit in eine tiefe Melancholie verfallen zu sein schien.

So sehr Dimitri General Kolokotronis schätzte, so sehr ging es ihm gegen den Strich, dass sich der bärbeißige Feldherr mit so vielen groben Menschen umgab. Wie wenig europäisiert der Alte von der Morea war, hatte sich erst vor wenigen Tagen gezeigt, als er sich von Dimitri dazu überreden ließ, auf einen Ball in Nauplia zu gehen. Angesichts der mit Männern tanzenden Frauen hatte der alte Krieger entsetzt den Kopf geschüttelt, dass ihm die weißen Strähnen nur so ums Gesicht flogen. »Das, mein Freund«, hatte er seinem Begleiter zugeflüstert, »ist kein Tanz, sondern der Auftakt zum Geschlechtsverkehr!«

Kolokotronis fand es zutiefst beklagenswert, dass die Exilgriechen lieber elegant gekleidet im Walzertakt über das Parkett schwebten, als, wie es sich gehörte, in Fustanellas gehüllt, den Männertanz Zamiko aufführten. Außer mit diesem einen Satz hatte sich Kolokotronis an jenem Abend nicht mehr zu Wort gemeldet, sondern nur mit versteinertem Gesicht die Menschen beobachtet, von denen Griechenlands Wohl abhängen sollte.

Andererseits, es herrschte immer noch Krieg, und da waren Taten wichtiger als schöne Worte. Kolokotronis war kein Diplomat, aber er schaffte es immer wieder, abtrünnige Landsleute zur Vernunft zu bringen. Er machte niemandem Versprechungen, warnte im Gegenteil das einfache Volk vor den Fallstricken der Freiheit, die es anstrebte, und empfahl jedem sich die Grundbegriffe des Lesens und Schreibens anzueignen.

Dimitri fand das nicht ganz ungefährlich, meinte aber, dass man später über die Ausbildung der Volksmassen nachdenken und Schulen und Universitäten für die einfachen Bürger errichten könne – so wie er es im Staat des inzwischen ermordeten Ali Pascha gesehen hatte. Nicht, dass er viele gute Worte für den einstigen Räuberhauptmann übrig hatte, aber dieser Mann hatte zumindest versucht Kultur einer breiten Masse zugänglich zu machen – und nicht nur so entzückenden Damen wie Mando Mavrojenous.

»Meine angebetete Teure, ich halte es mit Shakespeare, dass es nämlich mehr Dinge im Himmel und auf Erden gibt, als sich unsre Schulweisheit träumen lässt«, meinte Ypsilanti jetzt, »und daher kann es nicht schaden, wenn du den Vorschlag machst deine Schwester zu dieser Ikone zu bringen.«

Mando nickte nachgiebig. Bald würde sie Ypsilanti von Irinis wundersamer Heilung berichten.

Der Prinz flehte sie an, sich nicht den Gefahren des Meeres auszusetzen, und nachdem er die Zusicherung hatte, dass sie in Nauplia für die Genesung der Schwester beten würde, brachte er das Gespräch auf ein anderes Thema.

»Die Admirale Miaulis und Tombasis sind in der Stadt und ich möchte ihnen am 11. Mai ein Bankett geben«, sagte er, »könntest du dabei als Gastgeberin in Erscheinung treten?«

Mandos Augen leuchteten und einen Augenblick lang vergaß sie ihren Kummer.

»Was soll ich anziehen?«, fragte sie kokett und überlegte, ob das fliederfarbene Kleid, das Vassiliki mitgebracht hatte, angemessen wäre.

»Lass dir ein Gewand schneidern, das deine Schönheit noch mehr zum Strahlen bringt«, erklärte Dimitri und überreichte ihr ein kleines Beutelchen mit Geld. »Ich bin so stolz auf dich und ich möchte, dass mich an diesem Abend jeder Mann um mein Glück beneidet!«

Wie dumm Männer doch waren! Als ob ihr eine Schneiderin innerhalb von zwei Tagen ein Traumgewand herzaubern könnte! Das fliederfarbene Kleid würde seinen Zweck erfüllen und sie bräuchte sich in den nächsten Tagen über ihre Ausgaben kein Kopfzerbrechen mehr zu machen.

Da ihr allerdings bewusst war, dass sie mit Dimitris milder Gabe keine großen Sprünge würde machen können, suchte sie am nächsten Morgen das Büro auf, das ihr genannt worden war, um Schadensersatzansprüche geltend zu machen. Diesmal ließ sie sich nicht von dem Beamten abfertigen, der ihr eine Heirat als Ausweg empfohlen hatte, sondern bestand als Verlobte von Dimitri Ypsilanti und als Generalleutnant Mando Mavrojenous darauf, sofort mit dem zuständigen Herrn zu sprechen.

Dieser erwies sich als ein dicker, gemütlicher Mann, der sie in aller Form begrüßte, ihr eine Tasse Kaffee servieren ließ, sich dann zurücklehnte und offensichtlich nachdenklich die Augen schloss, als sie ihm ihre Geschichte erzählte.

Sie legte den Schuldschein von Mykonos auf seinen Schreibtisch, zählte ihm auf, wie viele Millionen Grossia sie persönlich zur Befreiung des Vaterlandes aufgewendet hatte, und erwähnte nebenbei, dass sie auch Leib und Leben Gefahren ausgesetzt habe. Ausführlich berichtete sie von ihrer Mission, türkisches Unheil von Mykonos abzuwenden, schilderte in den lebhaftesten Farben die Kampfesszenen in Euböa und schloss damit, dass sie nur noch das besitze, was sie am Leibe trage.

»Ich sehe ein, dass die griechische Regierung noch nicht über die Mittel verfügt, mir alle meine Ausgaben zurückzuerstatten. Daher bitte ich nur um genug Geld, damit ich einigermaßen standesgemäß leben und meine Diener bezahlen kann. Außerdem ist es sicherlich nicht zu viel verlangt mir ein bewohnbares Haus zur Verfügung zu stellen, finden Sie nicht auch?«, schloss sie und wartete auf eine Antwort.

Die Stille im Raum wurde nur durch das regelmäßige Schnarchen des Herrn gestört.

Mando schlug mit der Faust auf den Schreibtisch.

»Was wünschen Sie?«, fragte der so unsanft aus dem Schlaf geschreckte Herr verwirrt.

»Ein Haus!«, donnerte Mando. »Ein Haus, in dem ich menschenwürdig leben kann!«

»Mit welcher Begründung?«

Der kleine Beamte aus dem Vorzimmer trat ein und verbeugte sich leicht vor Mando.

»Mir ist Anweisung gegeben worden Ihnen ein Haus zur Verfügung zu stellen«, sagte er höflich.

»Von wem?«

»Von oben«, erwiderte er und schüttelte den Kopf, als Mando ihm den Schuldschein aus Mykonos vor die Nase hielt.

»Da kann ich leider nichts machen. Das müssen Sie mit dem Ältestenrat von Mykonos klären.«

»Ist die Sache damit erledigt?«, erkundigte sich der gemütliche Herr.

»Sie werden noch von mir hören!«, drohte Mando und folgte dem kleinen Mann ins Vorzimmer.

»Ich freue mich, dass Sie meinem Rat gefolgt sind«, lächelte der junge Mann sie an, »mit Prinz Ypsilanti als Ehemann wird es Ihnen sicher bald an nichts mehr fehlen.«

Er zog sich eine Jacke über und bedeutete ihr ihm zu folgen.

»Das Haus liegt in der Innenstadt und ist bei den Kämpfen verschont geblieben«, erklärte er. »Es ist kein Palast, wird Ihnen aber bis zu Ihrer Eheschließung sicherlich gute Dienste leisten.«

Er teilte ihr noch mit, dass dieses Gebäude ein bescheidenes Geschenk der Regierung an eine verdiente Kämpferin sei und bat sie, bei ihrem künftigen Ehegemahl ein gutes Wort für ihn einzulegen, da er sich beruflich zu verändern wünschte. Sie habe ja selber erlebt, dass sein Vorgesetzter weniger zugänglich sei, als seine Statur vermuten ließe.

»Ich spreche Griechisch, Türkisch und etwas Französisch und bin auf der Suche nach einer Stelle als Schreiber«, erklärte er, »und natürlich kenne ich mich auch mit den Gesetzen aus.«

Mando blieb stehen und fragte nach seinem Namen.

»Aristoteles Vlachos«, stellte er sich vor und sah sie erwartungsvoll an.

»Wenn Sie sich mit den Gesetzen auskennen, werden Sie sicher auch noch Wege wissen, wie ich zu meinem Geld kommen kann?«, fragte sie.

»Kein Problem«, versprach er, »wir haben ja jetzt den Areopag.«

Mando bedachte sich nicht lange.

»Sie können in meinen Dienst treten«, sagte sie langsam, »aber Sie werden verstehen, dass ich Sie erst bezahlen kann, wenn mir das Meine zurückgegeben worden ist. Es wird also in Ihrem eigenen Interesse sein, mich vor dem Areopag gut zu vertreten.«

»Und wovon soll ich in der Zwischenzeit leben?«, fragte er.

»Darum kann ich mich nicht kümmern.«

Bedauernd zuckte er mit den Achseln. »Dann bin ich leider nicht imstande Ihr Angebot anzunehmen«, sagte Aristoteles Vlachos, »ich habe Frau und Kinder.«

Mittlerweile waren sie vor dem Haus angekommen, das nach seinen Worten die provisorische griechische Regierung der Heldin des Freiheitskampfes geschenkt hatte. Es war zwar nur wenig größer als ihre alte Bleibe, aber es machte von außen einen wesentlich repräsentativeren Eindruck. Aristoteles Vlachos öffnete die Haustür und ließ sie vorangehen. Mando atmete erfreut eine schimmelfreie Luft ein.

Die Räume waren spärlich, aber geschmackvoll möbliert, die Tapeten hatten zwar bessere Tage gesehen, würden bei Kerzenlicht aber immer noch als edel durchgehen können und die Küche war geräumig, gut gelüftet und verfügte nicht nur über einen großen Herd, sondern auch über fließendes Wasser.

»Mögen Sie in diesem Haus glücklich sein«, wünschte ihr Aristoteles Vlachos und verabschiedete sich.

Glücklich, dachte Mando und setzte sich auf einen der Sessel neben dem Kamin im Wohnzimmer, glücklich bin ich nur, wenn Marcus wiederkommt. Ob er wirklich nach Mykonos zurückgekehrt ist? Wo hat er die letzte Nacht verbracht? Vielleicht hat er aus Verzweiflung auf einem der Schiffe angeheuert, die das Piratenunwesen bekämpfen. Vielleicht stürzt er sich in eine Seeschlacht, um mich zu vergessen. Ich wäre auch lieber tot als ohne ihn. Werde ich ihn jemals wieder sehen? Wieder begannen ihre Tränen zu fließen.

Ihre Sorgen waren unbegründet. Marcus war nach Verlassen des Hauses in eine der Hafentavernen gegangen, hatte sich fürchterlich betrunken und war am Morgen nicht nur mit einem schweren Kopf, sondern auch neben einer Frau aufgewacht, die er am Abend zuvor erheblich schöner gefunden hatte.

Stolz, einen so attraktiven Fang gemacht zu haben, wollte sie ihn wieder an ihren Busen ziehen, aber er sprang nur wortlos aus dem Bett, warf ihr ein paar Münzen hin, fuhr in seine Kleider und rannte zum Strand. Dort stürzte er sich ins eiskalte Wasser und schwamm weit hinaus bis zu dem vorgelagerten Inselchen der Heiligen Theodora. Er setzte sich auf den Kai der kleinen Festung Burtsi, von den Venezianern Castel da Mar genannt, betrachtete den hohen achteckigen Turm und gestand sich ein wie ein Esel gehandelt zu haben.

Wer war er denn, dass er Mando eine so vorteilhafte Ehe nicht gönnte! Er wusste, dass sie nur ihn liebte, und Dimitri Ypsilanti war schließlich kein Adonis wie Jakinthos, dessen Reize ihm hätten gefährlich werden können. Er dachte an Vassilikis Worte, überlegte, ob ihm die Rolle des heimlichen Liebhabers stand und sagte sich, dass er genau das bisher ja auch gewesen war. Zu seiner künftigen Lage gab es nur einen Unterschied, aber dieser Unterschied war entscheidend.

Er zitterte, und das lag nicht an der Kälte, als er daran dachte, dass auf Mando eheliche Pflichten warteten. Dass der hässliche Zwerg mit seinen knochigen Fingern ihren göttlichen Busen kneten und sie küssen würde! Dass er das Recht haben würde sich auf sie zu legen und Einlass zu fordern!

Marcus sprang auf und lief erregt auf dem Kai hin und her. Seine einzige Hoffnung blieb, dass sich Ypsilanti als impotent erwies. Aber nein, das war auch keine Hoffnung, denn dann würde er nach anderen Mitteln suchen sich Befriedigung zu verschaffen. Schließlich kam er aus Russland, und Marcus hatte gehört, dass es dort bei feinen impotenten Herren selbstverständlich war, reihenweise junge Männer ins Haus zu holen, die die Gattin bestiegen, während der Gemahl zusah. Gemunkelt wurde auch von Werkzeugen, die der Lust auf die Sprünge helfen sollten und Foltergeräten nachempfunden waren. Welch fürchterliches Schicksal wartete da auf Mando!

Natürlich hatte sie keine Ahnung von diesen Niederungen der menschlichen Natur. Er musste sie beschützen, ihr Halt geben und dafür sorgen, dass sie nicht an diesem Unglück zerbrach. Als Gegenleistung würde er ihr einige Versprechen abverlangen. Dass ihr künftiger Gatte sie nicht auf die Brüste küssen dürfte, hatte sie bereits beteuert. Er würde auch darauf bestehen, dass sie nicht zuließ, sich vor der Eheschließung von Ypsilanti berühren zu lassen, und danach hatte sich dieser ausschließlich mit jener Handlung zu bescheiden, die zum Fortbestehen der Art erforderlich war. Ohne Umschweife! Das war schon schlimm genug.

Das wahre Glücksgefühl würde weiter ihm vorbehalten bleiben, der sich als ihr Adjutant jederzeit in ihrer Nähe und so oft wie möglich in ihrem Bett aufhalten würde. Er würde sie wieder zu seiner Aphrodite machen. Hephaistos konnte ihm gestohlen bleiben! Unter solchen Überlegungen wurde ihm wärmer ums Herz und er beschloss sofort zu ihrem Haus zurückzukehren und den Pakt mit ihr zu besiegeln.

Er fand Vassiliki bereits beim Packen vor. Als wäre nichts geschehen, bot er seine Hilfe an und suchte einen Kutscher, der den Transport übernehmen würde. Bei seiner Rückkehr waren die meisten von Mandos Habseligkeiten bereits weggeschafft worden, nur der grüne Kasten stand noch im Wohnzimmer. Er erinnerte sich öfter Anspielungen auf einen grünen Kasten vernommen zu haben und rüttelte an dem Schloss, um zu sehen, ob es sich leicht öffnen ließe.

»Marcus!«

Er wirbelte herum. »Ich wollte nur sehen, ob der Kasten gut genug verschlossen ist, damit er sich beim Transport nicht aus Versehen öffnet«, sagte er zu Mando. »Was steckt eigentlich darin?«

»Nichts Wichtiges«, flüsterte sie. »Hast du mir verziehen?«

Schweratmend stand sie vor ihm und blickte mit so flehenden Augen zu ihm auf, dass er augenblicklich den Kasten vergaß. Mando hatte gerade noch Zeit den Schlüssel in der Wohnzimmertür umzudrehen, bevor Marcus sie packte und auf den fadenscheinigen Teppich riss.

»Werden wir denn nie genug voneinander kriegen?«, fragte sie hinterher fast verzweifelt, als sie sich vor dem halb blinden Spiegel das Haar wieder aufsteckte.

»Nie!«, versicherte er. »Und wenn du mit dem abscheulichen Zwerg verheiratet bist, werde ich vor seiner monströsen Nase bei Tisch meinen Fuß unter deinen Rock schieben.« Er griff nach ihr, setzte sie auf einen Stuhl am Tisch, ließ sich ihr gegenüber nieder und zeigte ihr genau, was er vorhatte. Als sie um mehr bat und auf dem Stuhl immer weiter herunterrutschte, hörte er auf.

»Wir werden dies noch oft üben müssen, Mademoiselle, diese Haltung schickt sich nicht bei Tisch.«

»Nicht aufhören!«, bat sie, froh, dass er sich mit der unvermeidlichen Lage abgefunden zu haben schien und außerordentlich erregt bei dem Gedanken mit Marcus neue Liebesspiele zu erfinden. Aber er schüttelte den Kopf. Ein bisschen Strafe musste schon sein.

Mando ließ sich zu Boden fallen. Sie konnte nicht bis zum Einbruch der Nacht warten, irgendwie musste sie Marcus dazu bewegen, eine begonnene Angelegenheit fortzusetzen. Auf allen vieren kroch sie zu ihm hin und biss ihn leicht in den Unterschenkel, wandte sich dann rasch um, kroch zum Kamin und schob mit der rechten Hand ihren Unterrock nach oben. Sie ließ sich auf die Unterarme fallen, drückte das Kreuz durch, hob den Unterkörper so weit sie konnte und wackelte einladend mit ihrem entzückend gerundeten Hinterteil. Der Tropfen Honig, der aus der weit geöffneten schimmernden Muschel auf den zerschlissenen Teppich fiel, zeitigte Folgen, die die inzwischen zurückgekehrte Vassiliki voller Missbilligung durchs Schlüsselloch beobachtete.

Genau so etwas hatte sie schon befürchtet. Wendete Marcus Mavrojenous etwa die Methode an, die Ali Paschas Frauen ihren Liebhabern zugestanden hatten, damit sie nicht von ihnen geschwängert wurden? Das Verfahren, das liebeshungrigen jungen Mädchen in den Dörfern die Erhaltung der Jungfräulichkeit garantierte? Aber wozu? Sie hatte Mando doch Kräuter und Öl gegeben! Erst, als alle beide vor Erschöpfung auf die Seite fielen, erkannte sie, dass ihre Befürchtungen unbegründet gewesen waren, und sie atmete erleichtert auf. Wie verletzlich ihr Püppchen aussah! Wie schön sie war mit ihrem geröteten feuchten Gesicht, und was für ein Glück Marcus hatte ihre weiche Haut berühren zu dürfen!

Vassiliki lief ein Schauer über den Rücken, als sie daran dachte, wie weich die Haut von Frauen war. Das hatte sie in einer Nacht vor vielen Jahrzehnten erfahren, als sie weinend in ihrem Bett lag, weil Ali Pascha aufgehört hatte nach ihr rufen zu lassen. Sie hatte nie zu seinen offiziellen Frauen gehört, die erst dann nicht mehr voller Verachtung auf sie herabgesehen hatten, als sie dem Herrn einen Sohn geschenkt hatte. Zwei italienische Sklavinnen waren zu ihr ins Bett gekrochen, um sie zu trösten, was ihnen vorzüglich gelungen war. Wenn Vassiliki an diese Nacht zurückdachte, schien sie unter ihren Fingern immer noch die samtige Haut der Trösterinnen zu spüren. Obwohl sie damals wusste, dass sie etwas Verbotenes taten, wurde sie nie die Erinnerung daran los, wie vertraut und weich ihr die weiblichen Körper erschienen waren.

Es hatte sich für Vassiliki nie eine Gelegenheit ergeben diese Erfahrung zu wiederholen. Im Harem des Sultans herrschten strenge Regeln, die zwar von den Ehefrauen, nicht aber von den einfachen Dienerinnen gebrochen werden konnten. Als Vassiliki nach ihrer Flucht den Dienst im Hause Mavrojenous angetreten hatte, war sie schon längst nicht mehr an jenen leiblichen Freuden interessiert, die ein Mensch einem anderen bereiten konnte.

Wenige Jahre später war Mando geboren worden und von da an konzentrierte sich ihre ganze Liebe auf das kleine, hilflose und so liebebedürftige Geschöpf, das ihr von der Mutter anvertraut worden war. Zakarati hatte sich die Haare gerauft, als sich herausgestellt hatte, dass sie schon wieder schwanger war. Nach Mandos Geburt wollte sich bei ihr einfach nicht das Gefühl der Zärtlichkeit einstellen, das sie bei ihren vier anderen Kindern verspürt hatte. Schon der Säugling war ihr fremd vorgekommen, wie ein Wechselbalg, den ihr ein ungnädiges Schicksal untergeschoben hatte.

Für Vassiliki war Mando ein Geschenk des Himmels. Ihr eigener Sohn war ihr gleich nach der Geburt weggenommen und von den regulären Frauen Ali Paschas zusammen mit deren Söhnen erzogen worden. Als er älter wurde, schämte er sich, dass seine Mutter nur eine einfache Dienerin war, und das ließ er sie schon als Sechsjähriger spüren. Nie hatte Vassiliki ihr eigenes Kind ans Herz drücken oder liebkosen dürfen und als Selim – der nach einem berühmten Sultan benannt worden war – fünfzehn war, verbot er der Mutter ihn zu grüßen und nahm sie von da an nicht mehr zur Kenntnis. Erst als erwachsener Mann erinnerte er sich wieder ihrer, und dann auch nur, um seinen Vater dazu zu überreden, sie für einen gefährlichen Auftrag einzusetzen.

Auf Selims Rat schenkte Ali Pascha dem Sultan die Dienerin Vassiliki mit dem Hinweis, dass diese Frau sich vorzüglich auf den Umgang mit und das Säubern von kostbaren Gegenständen verstand. Wie erwartet, erhielt Vassiliki Zugang zu den Gemächern der Sultana, wo der grüne Kasten stand. Diesen hatte Ali Pascha einst von räubernden französischen Ausgräbern in der Nähe des alten Olympia erbeutet und ihn dem Sultan als Geschenk geschickt. Davor hatte er eine kurze Beschreibung des Inhalts anfertigen lassen, die er später einem deutschen Altertumsforscher zeigte. Diesem verschlug es fast die Sprache und er flüsterte Ali Pascha zu, dass er möglicherweise eines der bedeutendsten Kunstwerke aus der Antike weggegeben habe. Natürlich könne er aus der Beschreibung nicht mit Sicherheit sagen, ob die Kopie der Zeusstatue wirklich aus jener Zeit stamme, in der das siebente Weltwunder angefertigt worden war. Sollte dies aber der Fall sein, befände sich jetzt im Serail des Sultans ein Gegenstand von unschätzbarem Wert.

Ali Pascha, der schon zu jener Zeit mit dem Gedanken liebäugelte, sich vom Sultan abzunabeln und ein eigenes Reich zu errichten, musste den Kasten zurückhaben. Die ganze Welt würde an seinen Hof in Tepelenë kommen, um eine möglicherweise von Phidias selber angefertigte authentische Nachbildung des Weltwunders zu sehen. Dies würde ihm endlich die internationale Anerkennung verschaffen, der seine Vergangenheit als Räuberhauptmann bisher im Wege stand. Er beriet sich mit seinen Söhnen.

Alle wussten, dass die Mauern des Serails undurchdringbar waren, seine Räume wie ein Labyrinth, in dem selbst Ariadne mit ihrem Wollknäuel verloren gegangen wäre und dass ein Außenstehender nicht einmal in die Nähe des Harems kommen könnte. Die einzige Hoffnung waren die Gärten hinter der Beschneidungshalle und dem Pavillon von Bagdad, wie Ali Pascha von einer alten Kreolin erfuhr, die Jahre zuvor wegen besonderer Verdienste aus dem Harem freigelassen worden war. Wenn es irgendeiner Frau gelingen konnte, den Kasten dort einem bestochenen Eunuchen auszuhändigen, bestand Hoffnung ihn entfernen zu können.

Es war Selim, der die Idee hatte seine Mutter mit dieser gefährlichen Aufgabe zu betrauen. Vassiliki wusste, dass dahinter der Gedanke stand, ihrer peinlichen Gegenwart für alle Zeiten enthoben zu sein, und das brach ihr das Herz. Sie hatte allen Lebenswillen verloren, keine Angst hingerichtet zu werden, und vielleicht war das der Grund, weshalb der Plan vorzüglich funktionierte. Allerdings mit einer kleinen Abweichung. Dem bestochenen Eunuchen hatte sie einige der goldüberzogenen Pastillen gegeben, mit denen sich die Frauen des Sultans den Opiumrausch verschafften, und dann war sie in seine Kleider geschlüpft und auf verblüffend einfache Weise aus dem Harem gelangt.

Sie wusste allerdings, dass sie mit dem schweren Kasten, den sie in einem Handkarren unter den zu verbrennenden Monatstüchern der Haremsbewohnerinnen verborgen hatte, nicht weit kommen würde, und so sprach sie auf gut Glück einen Griechen an, der ihr nahe des Palasts begegnete. Dies war Nikolaos Mavrojenous. Sie händigte ihm den Kasten aus, erhielt dafür seine Protektion und eine Stellung auf Lebenszeit. Nikolaos hielt sein Wort. Auch Zakarati erfuhr von ihm nur, dass Vassiliki aus dem Harem geflüchtet sei und deshalb bei Besuchen türkischer Gäste nicht in Erscheinung zu treten habe. Alles war gut gegangen, bis zu jenem furchtbaren Tag, aber an den wollte Vassiliki jetzt nicht denken.

Dazu war auch keine Zeit, denn heftiges Klopfen an der Eingangstür schreckte sie auf. Sie erstarrte, als sie Dimitri Ypsilantis Stimme erkannte, rief atemlos durchs Schlüsselloch: »Verhaltet euch still, der Prinz ist da!«, und öffnete die Tür.

Mademoiselle Mando wäre bereits in ihrem neuen Domizil, teilte die Dienerin dem Besucher mit einem ungewöhnlich freundlichen Lächeln mit. Dimitri dankte ihr und verabschiedete sich frohen Mutes. Ihm war am vergangenen Tag aufgefallen, wie nahe Mando dieser Magd offensichtlich stand, und er vermutete, dass sie ihre Amme gewesen war. Auch er hegte noch zärtliche Gefühle für die Frau, die ihn an Mutters statt an die Brust gehalten hatte.

Er hoffte, dass sich Mando von der schlechten Nachricht des Vortages erholt hatte. Nie würde er ihr verraten, dass ihr neues Haus keine Gabe der Regierung war, sondern dass er es für sie gekauft hatte.

Er hatte sich persönlich bei Mavrokordatos für Mando eingesetzt, aber dieser hatte ihn mit der Bemerkung abgewiesen, niemand habe die Mykoniatin gezwungen ihr Vermögen für den Befreiungskampf einzusetzen und im Übrigen strebe sie ja mit ihm, Prinz Ypsilanti, einer finanziell sorglosen Zukunft entgegen. Außerdem wisse er aus sicherer Quelle, dass Mando keineswegs völlig mittellos sei, sie besitze immer noch mehr Schmuck und Wertsachen als die meisten griechischen Aristokratinnen, deren Männer am Freiheitskampf teilnahmen. Wisse Ypsilanti denn nicht, dass sich in ihrem Besitz das mit Diamanten besetzte Schwert Konstantin des Großen befände, das sie bei einem Verkauf sämtlicher finanzieller Sorgen entheben würde?

Auch Kolokotronis war es nicht geglückt, Mavrokordatos umzustimmen. Allerdings vertröstete er Ypsilanti mit dem Hinweis auf den geplanten Putsch. Wenn sie beide erst der Regierung vorstünden, würde Mando zu ihrem Recht kommen. Aber mit der Bemerkung, Mando strebe mit ihm einer finanziell sorglosen Zukunft entgegen, hatte Mavrokordatos einen Stachel in Dimitris Brust gedrückt. Immer öfter fragte er sich, ob sie sich nur deswegen mit ihm verlobt hätte, und die Erinnerung an ihr Drängen auf einen vorehelichen Vertrag hinterließ einen bitteren Geschmack.

Ihre Hand habe ich, dachte er, als er sich zu ihrem neuen Haus aufmachte, um ihr Herz muss ich noch kämpfen.

Schweigend hatten sich Mando und Marcus eilig angekleidet und immer wieder besorgte Blicke zur Tür geworfen.

»Es wird nicht einfach werden«, sagte Marcus, als er sich mit einem hastigen Kuss von ihr verabschiedete, und Mando versuchte erst gar nicht darüber nachzudenken, welche Folgen es hätte haben können, wenn Dimitri sie auf frischer Tat ertappt hätte.

Am nächsten Abend war sie strahlender Mittelpunkt einer illustren Gesellschaft. Admiral Miaulis hatte darauf bestanden, neben der Heldin zu sitzen, der auf Mykonos zu begegnen er bereits die Ehre gehabt hatte. Ihr fiel auf, dass sich Admiral Tombasis von seinem Kollegen fern hielt, und sie vermutete, dass der politische Riss, der sich durch die einstige Hetärie der Freunde zog, auch die beiden Seebären voneinander getrennt hielt.

Wer auf welcher Seite stand, und welche Ziele von wem verfolgt wurden, war nicht genau zu erkennen, weil die Grenzen fließend waren und sich oft verschoben. Deutlich abgegrenzt waren nur die beiden alten Konflikte, der zwischen Politikern und Militärs und der zwischen dem Peloponnes und den Inseln.

Mando begriff, dass jeder erst dann seine wahre politische Flagge zeigen würde, wenn sich die Großmächte endlich in den Befreiungskampf einmischten, und daran, dass sie dies tun würden, zweifelte sie nicht im Geringsten. In ihrem Schreibtisch stapelten sich Briefe von angesehenen Bürgern aus Frankreich, England, Deutschland, Russland und sogar Österreich, die beteuerten, auf ihre jeweilige Regierung in Sachen griechische Befreiung Einfluss nehmen zu wollen.

Als Gastgeber war Dimitri äußerst charmant. Auf die Kunst, witzige Anekdoten zu erzählen, verstand er sich ebenso wie auf die scharfsinnige politische Analyse. Mando ertappte sich dabei, dass sie stolz auf ihren Verlobten war, an dessen Lippen alle Anwesenden hingen. So hässlich ist er eigentlich auch nicht, gestand sie sich ein, als sie seine vom Kerzenlicht weich gezeichneten Züge betrachtete. Der Widerschein fing sich in seinen Augen und er lächelte ihr liebevoll zu. Wie wunderschön sie war! An diesem Abend wirkte sie weniger spröde, weniger geziert, und dies verlieh Dimitri Ypsilanti Schwingen. Ein Mann, der ganze Städte und Landstriche erobert hatte, würde doch auch noch das Herz einer einzigen Frau erstürmen können!

Der Nachtisch war noch nicht serviert, als die Flügeltüren aufflogen und ein aufgeregter Adjutant ins Zimmer stürzte, der Dimitri hastig etwas zuflüsterte. Der Prinz wurde kreidebleich, stand so schnell auf, dass sein Stuhl hintenüberfiel und rief: »Mademoiselle Madons Haus steht in Flammen! Wir müssen sofort etwas unternehmen!«

»Überlassen Sie das mir.« Admiral Tombasis, der den ganzen Abend kaum ein Wort gesprochen hatte, stand auf und lief zu seinen Männern ins Vorzimmer.

Dimitri trat auf Mando zu, die ebenfalls aufgesprungen war, nahm ihre Hand und küsste sie. »Mach dir keine Sorgen«, flüsterte er ihr zu und sagte laut: »Niemand kann so gut Feuer löschen wie ein Seemann, der sein brennendes Kriegsschiff vor dem Untergang retten muss.«

»Trotzdem würde ich gern nach Hause gehen«, bat Mando, »vielleicht kann ich ja helfen! Außerdem ... wenn Vassiliki was passiert ist ...« Oder Marcus, dachte sie und dann fiel ihr mit unendlicher Erleichterung ein, dass alle beide an diesem Abend zu einer Messe in die Kirche des Heiligen Spyridon gegangen waren.

Sie ließ sich wieder auf ihren Stuhl fallen und drückte die Hand aufs Herz. Der grüne Kasten! Er war aus Metall, aber wenn nun durch die Hitze das Gold von der Zeusstatue schmolz? Sie hatte keine Ahnung, wie Elfenbein auf Feuer und Hitze reagierte, wusste nur, dass Edelsteine auch den Flammen der Hölle trotzen könnten.

»Der Prinz hat Recht, gnädiges Fräulein«, sagte Admiral Miaulis mitfühlend, »Sie können gar nichts ausrichten und würden die Männer höchstens von ihrer Arbeit ablenken.«

»Außerdem«, meinte Dimitri, »habe ich den Eindruck, dass sich Admiral Tombasis bei einem solchen Einsatz erheblich wohler fühlt als bei einem formellen Abendessen!«

Das Dessert wurde aufgetragen, aber Mando konnte keinen Bissen zum Mund führen.

Wenig später erschien Admiral Tombasis. »Alles unter Kontrolle«, bemerkte er knapp, setzte sich nieder und schaufelte Tortenstücke in seinen Mund.

Mando sah ihn fragend an, aber er hatte ihr nichts weiter zu sagen. Flehentlich blickte sie zu Dimitri, der ihren stummen Ruf verstand und nickte.

»Sie entschuldigen, aber ich glaube, Mademoiselle Mavrojenous macht sich große Sorgen um ihr Haus. Dürfte ich Sie bitten sich zum Cognac ins Herrenzimmer zu begeben? Ich werde meine Verlobte zu ihrem Haus begleiten und so schnell wie möglich zurückkehren.«

Sie mussten nur wenige Minuten zu ihrem Domizil gehen. Brandgeruch lag in der Luft und trotz der warmen Witterung dieses Maiabends zitterte Mando am ganzen Körper. Als sie in die Straße einbogen, floß ihnen das Löschwasser schon entgegen und als Erstes sah Mando die dunklen Fenster, aus denen die Scheiben gesprungen waren. Sie hastete zum Eingang, wo ein alter Mann damit beschäftigt war, Schutt wegzuräumen. Von Admiral Tombasis Männern fehlte jede Spur.

Ohne Rücksicht auf ihr elegantes fliederfarbenes Kleid stürzte Mando in den Flur. Sie wäre auf dem schlammigen Boden ausgerutscht, wenn Dimitri sie nicht aufgefangen hätte. Er hielt sie einen Augenblick fest, froh den begehrenswerten Körper wenigstens Sekunden lang gegen den seinen zu spüren, und er sah sie voller Mitgefühl an. Die Wände waren rauchgeschwärzt, die Türen knarrten müde in den Angeln, die Tapeten im Salon waren verbrannt und in der Küche hing immer noch so viel Rauch, dass sie gar nicht erst eintrat.

»Hier ist das Feuer ausgebrochen«, bemerkte Dimitri, und Mando fragte sich, ob Vassiliki mit dem großen Herd mehr Mühe gehabt haben könnte, als sie zugeben wollte. Schließlich war sie eine ungeübte Köchin.

»Was ist hier los?«

Ein völlig erschütterter Marcus trat mit einer ebenso erschreckten Vassiliki in den Flur. Fassungslos sahen sich die beiden um und kamen erst zu sich, als Mando ein spitzer

Schrei entfuhr. Sie war ins obere Stockwerk gegangen und stand jetzt stocksteif auf dem Treppenabsatz. In ihrer Hand hielt sie eine Schmuckschatulle.

»Leer!«, rief sie und schüttelte die Schatulle. Ihre Stimme überschlug sich. »Alles gestohlen! Mein Schmuck, mein letztes Geld, das Schwert meines Vaters ...«

»... der grüne Kasten«, flüsterte Vassiliki, die sofort einen Blick in den Salon geworfen hatte.

»Bist du sicher?«, fragte Dimitri unsicher und Marcus musste sich zusammenreißen ihm keine Ohrfeige zu verpassen.

»Das Silber ist auch weg«, verkündete Vassiliki und deutete auf die herausgerissene Lade des Wohnzimmerschranks.

»Dann war es Brandstiftung«, stellte Dimitri fest, der versuchte, die Fassung zu bewahren. »Erst wurde das Haus ausgeraubt und dann Feuer gelegt.«

»Nein«, sagte Vassiliki, die hustend aus der Küche kam. »Keine Brandstiftung. Es war meine Schuld«, setzte sie leise hinzu, »in der Kirche habe ich noch überlegt, ob ich die Holzscheite vom Herd genommen habe ...« Sie begann zu schluchzen. »Ich hätte zurückgehen sollen ...« Mit ihrer rußschwarzen Hand zog sie an Mandos Ärmel. »Mein Püppchen, ich habe dir ja gesagt, dass dieser Herd ein Ungeheuer ist! Jetzt hat er dein schönes Haus gefressen!«

»Wenn es keine Brandstiftung war ...«, begann Mando langsam und sah Ypsilanti an.

»Wohin geht ihr?«, rief ihnen Marcus nach, als alle beide aus dem Haus eilten. Er holte sie ein und erfuhr, dass die Männer von Admiral Tombasis den Brand gelöscht hatten. Als sie in Dimitris Haus zurückkehrten, wurden sie darüber informiert, dass der Admiral mit seinen Männern bereits aufgebrochen war, da sie die Nachricht einer bevorstehenden Seeschlacht erreicht hatte.

Fragend blickte Dimitri zu Admiral Miaulis. Der hob die Schultern. »Mir ist davon nichts bekannt, aber möglich ist es schon.«

»Ist es auch möglich, dass sich ein dekorierter Admiral auf dem Festland als Pirat betätigt?«, fragte Mando mit flammenden Augen.

Miaulis blickte zu Boden. »Ein Admiral wohl kaum«, sagte er leise, »aber man kann nicht immer seine Hand für die eigenen Männer ins Feuer legen.«

Jetzt war sicher nicht der geeignete Zeitpunkt, um die Anwesenden darüber aufzuklären, dass mancher griechischer Seemann, der auf einem Kriegsschiff Dienst tat, sich zuvor seinen Lebensunterhalt als Pirat verdient hatte. Diese Männer waren von unschätzbarem Wert für die griechische Flotte, da sie mit dem Meer, seinen Untiefen, Klippen, Unruhen und heimtückischen Fahrwassern erheblich vertrauter waren als die Seeleute der Handelsschiffe. Außerdem waren sie geübtere Kämpfer. Hinzu kam, dass mit jedem Piraten, der zur Flotte stieß, einer weniger auf See sein Unwesen trieb. Miaulis hätte auch noch hinzufügen können, dass die noch reichlich vorhandenen aktiven Seeräuber einen siebten Sinn dafür zu haben schienen, wenn ihresgleichen auf einem Kriegsschiff dienten und sie dann meistens einen Bogen um derart bemannte Schiffe machten. Möglicherweise gab es auch ein geheimes Zeichen – schließlich hatten sich die Piraten seit altersher schon immer zu Banden zusammengeschlossen.

Er bedauerte es außerordentlich, dass die schöne Mykoniatin, an der er einen Narren gefressen hatte, nun ein Opfer geworden war, aber da war nichts zu machen. Wären es seine Männer gewesen, hätte er auch ein Auge zukneifen müssen. Schließlich konnte die Regierung den angeheuerten Männern oft genug den Sold nicht auszahlen, da musste man es ihnen nachsehen, wenn sie auf Beutezüge ausgingen.

»Gefallen lassen werde ich mir das nicht!«, rief Mando. »Es muss doch irgendjemanden geben, bei dem ich mich offiziell beschweren kann.«

»Das wird nicht viel nützen«, meinte Dimitri, aber Admiral Miaulis kam eine Idee. Er zog Mando in eine Ecke und flüsterte ihr etwas zu. Dimitri sah, dass sie heftig nickte, aber als er Mando später fragte, was ihr der Admiral geraten habe, blickte sie ihn nur spitzbübisch an. »Es könnte funktionieren«, war alles, was sie dazu sagte.

Dimitri staunte, wie schnell sie wieder Oberwasser gewonnen hatte und vermutete nicht ganz zu Unrecht, dass Mando zu den Menschen gehörte, die Abenteuer in ihrem Leben brauchten, um zu merken, dass sie existierten. Er bot Mando, Marcus und Vassiliki Obdach an und erklärte, dass er es als eine Ehre empfinden würde, sie in seinem Haus zu beherbergen. Marcus musste sich mit einem Verschlag im Erdgeschoss zufrieden geben und Mando wurde in einem Schlafzimmer im zweiten Stock untergebracht. Im angrenzenden Ankleidezimmer wurde eine Pritsche für Vassiliki aufgestellt. Das beruhigte Mando, die bereits ungewünschte Annäherungsversuche ihres Verlobten befürchtet hatte. In der Nacht ließ sie die Tür zu Vassilikis fensterloser Kammer offen und griff nach einem Buch, das ihr Dimitri aufs Bett hatte legen lassen.

»Mein Püppchen«, hörte sie Vassilikis Stimme, als sie das Büchlein aufschlug, »dein Prinz ist so übel nicht, versuche ein ganz klein wenig Platz in deinem Herzen für ihn zu finden.«

Als Antwort kam nur ein tiefer Seufzer.

»Ich weiß«, fuhr Vassiliki fort, »du hast zu viel Gedichte und Ritterromane gelesen. Die Poeten glauben, dass es nur eine Art der Liebe gibt und dass diese ein ganzes Leben lang nur einem Menschen gelten kann. Aber das ist Dichtung, mein Täubchen, in der Wirklichkeit ist das Herz viel größer und hat Platz für mehr als nur einen Menschen.«

»Woher willst du das wissen!«

»Du brauchst mir nicht zu glauben«, erwiderte Vassiliki, »aber du musst es dir nicht unnötig schwer machen. Marcus wirst du nicht verlieren und Prinz Ypsilanti kannst du dazugewinnen.«

Mando versuchte die Bilder ihres Alptraumes zu verscheuchen. »Wenn er nur nicht so hässlich wäre!«

Vassiliki dachte daran, wie sie den massigen Körper Alis vergessen hatte, wenn sie in seinen Armen lag, wie zärtlich und einfühlend der Albaner in gewissen Stunden ihr, der Dienerin, gegenüber gewesen war, und erwiderte: »Gerade Männer, die von der Natur nicht so begünstigt sind, geben sich oft mehr Mühe, ihren Frauen Glück zu bringen, als schöne Männer.«

Mando rutschte aus dem Bett, nahm ihr Öllämpchen, schlich zu Vassiliki in die Kammer und beleuchtete deren Gesicht. Aus wachen schwarzen Vogelaugen blickte die Dienerin zu ihr hinauf.

»Vassiliki«, begann Mando, »hast du jemals bei einem Mann gelegen?«

»Ja«, sagte Vassiliki und machte den Mund zum Strich.

Aber Mando wollte sich damit nicht abspeisen lassen. Sie stellte die Öllampe auf den Boden, kroch zu Vassiliki auf die schmale Pritsche und schlüpfte unter die Decke.

»Erzähl! Hast du ihn geliebt? Und wer war es?«

Hoffentlich nicht mein Vater, dachte sie einen Augenblick lang bestürzt. Sie erinnerte sich, dass Nikolaos Mavrojenous einmal erklärt habe, Vassiliki habe sich das Recht erworben ihr Leben lang bei der Familie zu bleiben. Das hatte er über keinen anderen aus der Dienerschaft gesagt.

Vassiliki zwang sich, nicht mit der Hand über die weiche Haut ihres Püppchens zu fahren, genoss einen Augenblick lang die Körperwärme der geliebten Kleinen, atmete ihren immer noch leicht rauchigen Duft ein und schob sie dann mit einem rüden Schulterstoß aus dem Bett.

»Geh schlafen. Ich erzähle dir die Geschichte ein andermal.«

»So wie du mir die Geschichte von deiner Flucht aus dem Harem erzählen wirst?«

»Aus einem Harem kann man nicht flüchten.«

»Es ist ungehörig, mich aus dem Bett zu stoßen.«

»Diesen Satz wirst du von deinem Prinzen sicher auch noch hören, wenn du nicht versuchst ihm etwas Zuneigung entgegenzubringen.«

Weil sich der Kreis des Gesprächs geschlossen hatte, stand Mando auf, nahm die Öllampe und zog sich in ihr eigenes Zimmer zurück. Neugierig betrachtete sie das Buch. Es war eine französische Übersetzung von Byrons »Childe Harold's Pilgrimage«. Das Buch war 1812 erschienen und spiegelte dem Leser nicht vor, dass Griechenland heute noch eine von Göttern und Nymphen bewohnte Märchenwelt der Antike war. Beim Lesen staunte Mando, wie akkurat Byron die aktuelle Situation des Landes beschrieben hatte. Sie freute sich, dass er dies so vielfarbig und lebendig schildern konnte und dabei immer ein Fünkchen Hoffnung mitschwingen ließ. Eine Stelle gefiel ihr so gut, dass sie sie noch in jener Nacht auswendig lernte:

»Und doch, in deinem Leid, wie bist du schön,
Verschwund'ner Götter, toter Helden Land;
Es künden grünes Tal und schneebedeckte Höh'n,
Dass die Natur als ihren Liebling dich erkannt.«

Mando fiel die sommerbraune mykoniatische Steinwüste ein und sie fragte sich, ob jene Insel, auf der die Titanen ihre Kämpfe ausgetragen haben sollten, auch zu den Lieblingen der Götter gehörte.

Ypsilanti hatte das Haus bereits verlassen, als sie am späten Morgen die breite Treppe zur Empfangshalle hinunterkam.

»Der Herr lässt Ihnen sagen, dass Sie sich wie zu Hause fühlen sollen. Er erwartet Sie am Abend zum Essen«, teilte ihr einer der Diener mit. Mando bat eine Kutsche für sie anzuspannen und machte sich auf die Suche nach Marcus.

Sie fand ihn in ihrem ausgebrannten Haus, wo er zwischen den Trümmern herumwühlte, als ob er noch etwas zu finden hoffte.

»Das hat keinen Sinn«, sagte Mando, »alles, was nur geringen Wert hat, ist verschwunden. Darum musst du mich in die Hauptstadt begleiten.«

Er hob die Augenbrauen. »Nach Tripolis?«

»Das ist doch zurzeit die Hauptstadt«, erwiderte Mando ungeduldig. »Admiral Miaulis hat mir gestern einen guten Vorschlag gemacht. Ich erzähle es dir unterwegs.«

»Du kannst doch nicht einfach mit Ypsilantis Kutsche davonfahren!«, rief er, als ihn Mando wenig später aufforderte, sein Pferd zu satteln.

»Warum denn nicht? Ich bin schließlich seine Verlobte!«

Marcus schüttelte den Kopf, aber half ihr und Vassiliki ohne ein weiteres Wort beim Einsteigen. Der Kutscher wartete auf Anweisungen.

»Nach Tripolis«, sagte Mando einfach.

Das schien dem Mann die Sprache zu verschlagen und ihn bewegungslos zu machen.

»Worauf warten wir noch?«, fragte Mando ungeduldig.

Stotternd erklärte er, dass er sie gern zu irgendeinem Ziel in der Nähe von Nauplia fahren würde, ohne den Befehl seines Herren aber ungern in das fast eine Tagesreise entfernte Tripolis.

»Dann tust du es eben ungern«, erwiderte Mando pampig.

Vassiliki warf ihr einen strafenden Blick zu, kletterte zum Kutscher auf den Bock und sagte etwas zu ihm. Wenig später setzte sich die Kutsche in Bewegung.

»Wie hast du das geschafft?«, fragte Mando.

»Mit etwas Höflichkeit, stell dir vor, die kostet nichts«, erwiderte die Dienerin. »Außerdem habe ich ihm versprochen in Tripolis für ein frisches Pferd zu sorgen, damit er gleich wieder zurückfahren kann.«

»Und das hat gereicht?«

»Nicht ganz.«

»Sprich schon.«

»Es gibt Dinge, die eine Dame besser nicht hören sollte«, meinte Vassiliki nur und lehnte sich zurück. Marcus würde ihr schon helfen in Tripolis ein Mädchen aufzutreiben, das dem Kutscher die Rückreise versüßen würde.

Bei der ersten Rast teilte Mando Marcus und Vassiliki ihre Pläne mit.

»Selbst Piraten sind gläubig«, begann sie. »Admiral Miaulis hat mir geraten, beim Minister für Religion vorzusprechen und ihm alles zu erzählen. Der Mann ist ein guter Freund von Pappas Mavros.«

»Und was soll das nützen?«, fragte Marcus.

»Der Minister wird die Männer von Admiral Tombasis exkommunizieren, wenn sie mir nicht mein Eigentum zurückgeben.«

Marcus zweifelte am Erfolg dieser Aktion und er sollte Recht behalten. Drei Wochen, nachdem die Räuber aus der orthodoxen Kirche verbannt worden waren, gab es immer noch keine Spur von ihrer Beute.

Vassiliki hatte sich in Tripolis von Mando und Marcus verabschiedet, da sie beschlossen hätte Verwandte aufzusuchen, wie sie sagte. Sie würde im Laufe des Sommers nach Nauplia zurückkehren.

Den Aufenthalt in der Hauptstadt finanzierte Marcus, der

inzwischen Anweisung gegeben hatte eines seiner Grundstücke auf Mykonos zu verkaufen. Er verdrängte den Gedanken, dass ihn die Liebe zu seiner Cousine bisher erheblich mehr Geld gekostet hatte als je eine andere Leidenschaft in seinem Leben.

Marcus fand es zwar sehr bedauerlich, dass Mando so viele Wertgegenstände verloren hatte, genoss es aber andererseits, so viel Zeit allein mit der Geliebten verbringen zu können. Diese für ihn ungetrübten Tage kamen allerdings an ein Ende, als Prinz Ypsilanti in der Stadt einritt und darauf bestand, dass die beiden im selben Gebäude wohnten, wo er abzusteigen pflegte.

Er verlor kein Wort über ihre unangekündigte Abreise und den Gebrauch der Kutsche, sondern zeigte volles Verständnis für ihre Eile ihr Eigentum zurückzuerhalten. Er teilte ihr nichts von dem geplanten, aber nicht ausgeführten Putschversuch mit, sondern erzählte nur, dass Kolokotronis die Präsidentschaft angetragen worden sei, dieser sich aber Bedenkzeit ausgebeten habe.

Er sorgte dafür, dass der Innenminister einen gepfefferten Brief an Admiral Tombasis schrieb, und innerhalb von einer Woche konnten ihr fast alle Gegenstände wieder ausgehändigt werden. Besonders froh war sie, dass sich darunter auch das Schwert von Konstantin dem Großen befand – der grüne Kasten aber blieb verschwunden.

»Was für eine Kostbarkeit befindet sich denn darin?«, wollte Dimitri wissen und auch Marcus horchte auf. Sie berichtete von der Zeusfigur.

»Der Kern ist Holz, aber alles drum herum aus Gold, Elfenbein und Edelsteinen«, sagte sie, »dass es sich um eine sehr wertvolle Figur handelt, ist klar, wie wertvoll, weiß ich nicht.«

»Vielleicht ist es das Vorbild, nach dem Phidias sein Weltwunder angefertigt hat«, überlegte Dimitri, »du weißt ja, dass Künstler oft erst ein Modell schaffen.«

An diese Möglichkeit hatte Mando überhaupt noch nicht gedacht.

»Dann wäre die Statue ja unbezahlbar«, flüsterte sie voller Ehrfurcht.

»Wenn man nur wüsste, wo sie herkommt«, mischte sich Marcus ins Gespräch ein.

»Pappas Mavros weiß es. Er hat mir einmal ein Rätsel aufgegeben und war recht ungehalten, als ich die Lösung nicht fand.«

Mando kam aber nicht mehr dazu, den beiden Männern das Rätsel vorzutragen, denn ein Diener trat ins Zimmer und überreichte ihr einen Brief. Gespannt beobachteten die beiden Männer, wie sie das Siegel erbrach und den Inhalt las.

Ein Leuchten flog über ihr Gesicht. »Wie schön!«, rief sie und hielt das Papier hoch, damit die beiden Männer die Unterschriften von Marvokordatos und Kolokotronis lesen konnten. »Stellt euch vor, dies ist ein offizieller Dankesbrief für meine Beteiligung am Freiheitskampf, eine Würdigung meines Einsatzes.«

»Und wie viel Geld wird dir zugesichert?«, fragte Marcus bissig, da er fand, dass Dimitri Ypsilanti allzu selbstgefällig aussah.

Mando blickte wieder auf das Papier.

»Davon steht hier nichts«, sagte sie, »aber das kommt sicher noch. Verdirb mir nicht die Freude!«

»Verzeih«, sagte Marcus. Er stand auf und verabschiedete sich schnell. Ypsilanti hatte natürlich bessere Kontakte als er und ganz andere Möglichkeiten Mando zu beeindrucken. Vielleicht war es besser, wenn er nach Mykonos zurückkehrte, denn es war eine Qual, Mando und Dimitri zusammen zu erleben. Nicht nur, weil er wusste, dass es der Prinz kaum erwarten konnte, die vermeintliche Knospe zu brechen, sondern auch, weil sich Mando in Ypsilantis Gegenwart von einer Seite zeigte, die er schon bei ihrer ersten Begegnung auf Paros nicht hatte leiden können.

Während sie Marcus gegenüber das Herz auf der Zunge trug, sich natürlich, herzlich und ungekünstelt gab, verwandelte sie sich im Beisein des Prinzen wieder in die kokette Tochter aus gutem Haus, die ihre Meinung in Anspielungen verkleidete, gezierte Manierismen brauchte und sich besser als der Rest der Welt dünkte. Er wünschte, Vassiliki wäre in Tripolis, um Mando zurechtzuweisen.

Aber er kehrte nicht auf die Insel zurück. So wie er Mando kannte, würde sie ihn für seine Abreise bestrafen, und zwar genau mit jener Handlung, vor der ihm so graute. Sie würde sich Mut antrinken und Ypsilanti ihre Schlafzimmertür öffnen.

Marcus war nämlich aufgefallen, dass sie längst nicht mehr so vor ihm zurückzuschrecken schien, wie das anfangs der Fall gewesen war. Sie hatte sich an sein Äußeres gewöhnt, war beeindruckt von seinem Einfluss, der auch ihr zugute kam, und hatte vor wenigen Tagen sogar erwähnt, dass man Ypsilanti ein gewisses Charisma nicht absprechen könne.

Marcus gestand sich ein, dass sein Ärger zum größten Teil daher rührte, dass er nach dem Umzug in Ypsilantis Domizil in Tripolis keine Möglichkeit mehr hatte Mandos göttlichem Leib nahe zu kommen. Der Prinz hatte wieder dafür gesorgt, dass ihm ein weitab gelegenes Kämmerchen zugewiesen wurde, während Ypsilanti selber in jenem Raum schlief, von dem aus es zu Mandos Zimmer eine Verbindungstür gab.

Jede Nacht musste sich Marcus zwingen, nicht in den oberen Flur zu schleichen und wie Vassiliki sein Ohr ans Schlüsselloch zu legen. Er litt unsägliche Qualen, vor allem, weil Mando ihm mit keinem Zeichen zu verstehen gab, dass auch sie Sehnsucht nach ihm hatte.

Ihm gegenüber verhielt sich Ypsilanti ausgesprochen höflich, nur ein Hauch von Kühle war merkbar. Marcus war zwar dankbar, dass sein Nebenbuhler nicht versuchte sich mit ihm anzufreunden, andererseits aber kränkte ihn dies auch ein wenig in seiner Eitelkeit. Ypsilanti hielt ihn offensichtlich nicht für interessant oder wichtig genug, um sich weiter mit ihm abzugeben. Er sah ihn als Mandos Cousin, der den Posten des Adjutanten von dem gefallenen Jakinthos übernommen hatte, und der weder in politischen noch in militärischen Angelegenheiten um Rat gefragt werden brauchte.

Marcus dachte an die Arbeit, die er jahrelang für die Hetärie der Freunde geleistet hatte, an seine weiten Reisen, an die geheimen und manchmal auch gefährlichen Aufträge und er fragte sich, wo in dem neu zu bildenden griechischen Staat für ihn eine Aufgabe zu finden sei. Oder war es ihm etwa vorherbestimmt, sein ganzes Leben der Liebe zu einer Frau zu opfern, die demnächst einem anderen Mann angehören würde?

Schlaflose Nächte waren die Folge solcher Gedanken und Mando konnte nicht entgehen, dass ihr Cousin abmagerte und sein Gesicht eine ungesunde fahle Farbe aufwies.

»Die Meeresluft bekommt dir offensichtlich besser«, sagte sie eines Morgens, als sie zu dritt beim Frühstück saßen. »Vielleicht solltest du nach Nauplia zurückkehren.«

Willst du mich loswerden, wollte er fragen, konnte sich aber gerade noch auf die Zunge beißen.

Er blickte zu Ypsilanti hinüber, der an diesem Morgen besonders aufgeräumt schien, seine Augen nicht von Mando lassen konnte und ihr immer wieder die Hand küsste.

Unterm Tisch hob Marcus einen Fuß und überlegte einen Augenblick lang, damit Mando unter den Rock zu fahren. Aber als sein Fuß ihr Bein streifte, warf sie ihm einen so eisigen Blick zu, dass er bis ins Mark erschauerte. Und da wusste er es.

»Du hast es getan!«, fuhr er sie an, nachdem sich Dimitri von den beiden verabschiedet und das Haus verlassen hatte.

Sie stand auf und ging ebenfalls zur Tür. »Irgendwann einmal musste es ja geschehen«, sagte sie kalt und ließ ihn stehen.

Dimitri Ypsilanti war froh, dass ihm der Vorstoß endlich gelungen war, auch wenn er zugeben musste, eine nicht in jeder Hinsicht erfolgreiche Eroberung gemacht zu haben. Von einer Frau mit so flammenden Augen hatte er mehr Leidenschaft erwartet. Andererseits sollte er nicht so anspruchsvoll sein, überlegte er, was konnte man denn von einer 26-jährigen Jungfrau erwarten, die aus Kreisen kam, in denen Mädchen auf alle Bereiche des Ehelebens vorbereitet wurden – bis auf jenen, von dem sich die Gatten gemeinhin das meiste versprachen.

Er schmunzelte bei dem Gedanken an Mandos Verschämtheit. Die junge Frau, die es mit Admiralen, Seeräubern und hochrangigen Politikern aufnahm, sich todesmutig in die Schlacht stürzte und vor keinem Amt Respekt zu haben schien, hatte schüchtern darauf bestanden, alle Lampen auszudrehen und war nicht zu bewegen gewesen das Nachthemd einen Zentimeter höher als nötig hinaufzuschieben. Am meisten befremdete ihn, dass sie ihm zwar ohne Widerstand Einlass gewährt, aber geradezu panisch reagiert hatte, als er nach vollzogenem Akt endlich auch über die üppigen Brüste herfallen wollte, die ihn schon bei der ersten Begegnung so erregt hatten.

Mit der Auswahl ihrer Kleider, von denen einige mehr als nur den Busenansatz zeigen, verspricht sie mehr als sie zu halten bereit ist, dachte er etwas enttäuscht. Da er nur unter Gewaltanwendung mit den prallen Früchten hätte spielen können, hatte er sich zurückgezogen. Jeder kluge Feldherr weiß, dass es mit der Eroberung der Festung nicht getan ist, es geht auch darum, sie zu halten – etwas, was er seinen Soldaten immer wieder einschärfte und ihm selber mit Blick auf Griechenland große Sorgen bereitete.

Sicher, erhebliche Teile des Landes waren schon befreit, aber er konnte sich einfach nicht vorstellen, dass sich der Sultan dies noch viel länger gefallen lassen würde. Die Hohe Pforte hatte schließlich viele Verbündete in der arabischen Welt, die mit großer Begeisterung und mit Feuer und Schwert den Christenhunden das Eroberte wieder abjagen würden. Wäre er der Sultan, würde er Mehmet Ali, den hochintelligenten und weisen Vizekönig von Ägypten, mit noch mehr Macht ausstatten, um die rebellierenden Griechen in die Schranken zu weisen. Er würde ihm großzügige Versprechungen machen, zum Beispiel Kreta und Zypern. Außerdem verfügte Mehmet Ali über eine nicht zu unterschätzende Waffe, seinen Adoptivsohn Ibrahim Pascha. Diesem jungen Mann ging ein Ruf von militärischer Exzellenz voraus, den er sich bei der Niederschlagung des Aufstands der Wahabiter in Arabien verdient hatte. Dimitri wusste, dass Ibrahim Pascha zur Zeit eine neue ägyptische Armee nach dem Muster der europäischen Armeen ausbildete und dass die ausgeklügelten Strategien dieses Mannes Griechenland viel gefährlicher werden konnten als die etwas verstaubten Taktiken, die von den Generälen des Sultans angewendet wurden. Wehe den nur mäßig ausgebildeten griechischen Rebellen, wenn Ibrahim Pascha jemals das Kommando führen sollte! Gegen einen so genialen und skrupellosen Feldherren würden griechischer Todesmut und die Begeisterung für den Befreiungskampf nur wenig ausrichten können. Einem solchen Mann könnte es gelingen, eroberte Gebiete für die Hohe Pforte zurückzugewinnen.

Damit kehrten seine Gedanken wieder zu Mando zurück. Sie war jetzt die seine, aber er würde ihre leise geflüsterte Bitte respektieren und mit eine Wiederholung des Aktes bis zur Eheschließung warten. Hätte sie nur ein wenig Passion gezeigt, wäre es ihm schwerer gefallen, dieses Versprechen zu geben. So aber tröstete er sich mit dem Gedanken, dass er zur Erfüllung seiner Bedürfnisse weiterhin jene Frauen aufsuchen konnte, die dafür da waren. Mädchen aus gutem Hause dienten eben anderen Zwecken.

Mando hatten zwei Gründe geleitet Dimitris Werben um ihren Körper endlich nachzugeben. Zum einen war ihre Monatsblutung ausgeblieben und sie befürchtete, trotz aller Kräuter, Öle und Vorsichtsmaßnahmen doch schwanger zu sein. Wenn sie sich Ypsilanti hingab, würde er das Kind als das seine akzeptieren und die Hochzeit eben vorverlegen. Zum anderen wollte sie sich von diesem ständigen leisen Druck, den Dimitri auf sie ausübte, befreien. Sie vermutete, dass es dem Soldaten in erster Linie um die Eroberung ging und dass er sie in Ruhe lassen würde, wenn er erlebte, dass sie eine untaugliche Geliebte wäre. Von einer Dame würde er sowieso nichts anderes erwarten.

Also hatte sie die Verbindungstür, an der Dimitri jede Nacht leise rüttelte, in jener Nacht unverschlossen gelassen. Als er mit einem freudigen Schrei in ihr Zimmer gestürzt war, hatte sie ihn nur schüchtern angelächelt und gebeten die Lampen zu löschen. Dabei ging es ihr weniger darum, ihn nicht sehen zu müssen. An sein Äußeres hatte sie sich inzwischen gewöhnt und außerdem würde er sowieso erwarten, dass sie die Augen schloss. Sie hatte vielmehr Angst, dass er nach vollendeter Tat das Laken untersuchen und spurenfrei finden würde. Lange hatte sie sich darüber den Kopf zerbrochen, wie sie ihn täuschen sollte, hatte erwogen, ein kleines Stück ihres Badeschwamms abzuschneiden, in Blut zu tränken und einzuführen. Was aber, wenn er zufällig das Stückchen Schwamm entdeckte? Sie hatte überlegt sich an einem scharfen Schmuckstück einen Finger anzuritzen. Während er seinen Kopf keuchend in ihrem Nacken vergrub, würde sie das Blut schnell über das Laken streichen können. Doch sie stellte sich vor, dass sie danach die Hand in die Höhe würde halten müssen, um das Bluten zu stoppen und hielt daher auch diese Lösung für ungeeignet.

Aber Dimitri ließ sich nicht davon abbringen, das Ergebnis

persönlich zu besichtigen. Mando protestierte heftig, als er eine Kerze anzünden wollte, aber das fruchtete nichts. Rücksichtsvoll zog er ihr Nachthemd bis zu den Knien, wickelte sich selber eine Decke um die Lenden, rollte Mando auf die Seite, nahm die Kerze und suchte das Laken ab. Mando lag mit geschlossenen Augen auf dem Rücken, wartete auf das Urteil, das sie verdammen würde, und überlegte, welche Erklärung sie ihm anbieten könnte.

Stattdessen kam ein freudiger Ruf.

»Mir war schon aufgefallen, dass der innere Widerstand groß war«, bemerkte er glücklich, »und hier ist der Beweis!«

Ungläubig richtete sich Mando auf und blickte auf einen kleinen Blutfleck. Der Himmel hatte ein Einsehen gehabt! Sie war also nicht schwanger!

Der Kuss, den sie Dimitri gab, ließ ihn hoffen, dass er im Laufe der Zeit doch noch eine gewisse Leidenschaft in ihr würde entfachen können.

»Ich hoffe nur, dass ich dir nicht zu sehr wehgetan habe«, meinte er besorgt. »Beim nächsten Mal wird es besser für dich.«

»Dimitri«, hauchte sie, »es war sehr schmerzhaft. Könntest du mir einen Gefallen tun?«

»Jeden!«, versprach er.

»Bitte – erst wieder, wenn wir verheiratet sind …«

Er schluckte, drückte ganz schnell eine ihrer Brüste und nickte.

Ypsilanti war höchst überrascht Marcus Mavrojenous am frühen Nachmittag im Vorzimmer des Innenministers zu begegnen. Da Dimitri einen Termin hatte, wurde er vorgelassen. An der Tür wandte er sich noch einmal um und fragte, ob er in irgendeiner bestimmten Sache für Marcus intervenieren solle. Marcus schüttelte den Kopf. Auf die Protektion seines Nebenbuhlers konnte er dankend verzichten.

Was er dann aber doch nicht tat.

Als er später dem Innenminister gegenüber saß, hatte sich Ypsilanti an einem großen Konferenztisch niedergelassen und seinen kahlen Kopf über Akten gebeugt.

»Prinz Ypsilanti wird uns nicht stören«, meinte der Innenminister und sah Marcus fragend an. Etwas zögernd erklärte dieser, die Regierung habe die volle Unterstützung der Mykoniaten, und da er jetzt auf seine Heimatinsel zurückzukehren gedenke, wolle er wissen, mit welchen Aufgaben man ihn dort für die Befreiung Griechenlands zu betrauen wünsche.

Ypsilantis Kopf fuhr hoch, ehe der Innenminister den Mund öffnen konnte.

»Mein lieber Freund«, sagte er zu Marcus, »Sie haben doch eine Aufgabe und bitte unterschätzen Sie ihren Wert nicht! Ihre Cousine wird morgen nach Nauplia zurückkehren und da braucht sie den Schutz ihres Adjutanten!«

Wer weiß, was für einen hübschen Knaben sie sich dafür sonst wieder aussuchen wird, dachte er besorgt. Er musste unbedingt zusehen, dass Marcus in Mandos Nähe blieb, bekanntlich überwachten Cousins die Ehre ihrer Cousinen fast so gut wie Brüder die ihrer Schwestern!

»Welchen besseren Schutz kann sie denn haben als den ihres Verlobten«, bemerkte Marcus.

Ypsilanti zuckte bedauernd mit den Achseln.

»Leider ist es mir jetzt noch nicht möglich, so viel Zeit mit meiner Verlobten zu verbringen, wie ich es mir wünsche. Ich werde erst in wenigen Wochen nach Nauplia zurückkehren können und würde es sehr begrüßen, Sie dort dann anzutreffen.«

Da Marcus immer noch zögerte, setzte Dimitri hinzu: »Selbstverständlich werden Sie Ihrem Posten entsprechend entlohnt werden.«

Mando kam ihn wirklich ziemlich teuer zu stehen!

»Dann ist dies also ein Befehl«, lächelte der Innenminister, reichte Marcus die Hand und wandte sich wieder seinen Papieren zu.

Mando war verzweifelt. Jetzt befand sie sich schon eine Woche lang ohne Dimitri mit Marcus in Nauplia und er hatte nicht ein einziges Mal den Versuch unternommen mit ihr allein zu sein. Er nahm seine Mahlzeiten getrennt von ihr ein, sprach nur das Allernotwendigste mit ihr und wollte sich ihre Erklärung nicht anhören.

Natürlich wusste sie, dass sie ihm am Morgen nach der Nacht mit Dimitri einen Schock versetzt hatte, und was sie getrieben hatte, ihm die Nachricht auf so grausame Weise zu übermitteln, konnte sie nur ahnen. Vielleicht nahm sie es Marcus übel, dass er sie zu sehr beherrschte, vielleicht aber auch, dass er sie vor dem unerfreulichen Akt auf ihrem Bett nicht hatte schützen können. Dennoch musste sie zugeben, dass Dimitris Umarmung erheblich weniger abscheulich gewesen war als der Alptraum jener Nacht, in der Marcus nach Nauplia gekommen war. Es war eine hastige Angelegenheit gewesen und wenn es in der späteren Ehe auch so schnell vorübergehen würde, wollte sie sich nicht beklagen. Widerstand kostete mehr Kraft als schnelles Nachgeben.

Sie machte sich auch Sorgen um Vassiliki, denn sie hatte keine Ahnung, wo sich diese aufhielt und was sie zum ersten Mal seit Jahrzehnten bewogen haben mochte, irgendwelche Verwandten aufzusuchen. Mando nahm ihr die Geschichte auch nicht ab, denn sie wusste, dass Vassiliki nie Briefe erhielt und somit gar nicht wissen konnte, ob es ihre Familie überhaupt noch gab. Früher hatte sie einmal behauptet aus Nauplia zu stammen, dies aber bestritten, als sie in die Stadt gekommen waren.

Weil Mando aber als Dame unmöglich ohne Dienerin sein konnte, hatte Dimitri Anordnung gegeben ihr eine Zofe zu suchen.

Maria Jannaki war ein hübsches, schüchternes Mädchen aus Argos. Der Dienst im Hause des Prinzen würde ihre arme Familie ernähren und sie gab sich große Mühe Mando zufrieden zu stellen. Doch das war ein hoffnungsloses Unterfangen. Nichts konnte sie Mando recht machen, aber das lag nicht an ihr. Mando wollte keine andere Dienerin als Vassiliki und sie machte der armen Maria das Leben ziemlich schwer.

Das war auch der Grund, weshalb Marcus sie nach zehn Tagen des Schweigens zur Rede stellte.

»Es zeugt nicht gerade von Klasse, wenn man seine Launen an den Dienstboten auslässt«, sagte er, nachdem er mitbekommen hatte, wie Mando Maria wieder einmal Nachlässigkeit beim Aufstecken ihrer Haare vorgeworfen hatte.

»Du sprichst wieder mit mir!«, strahlte sie. »Dann kann ich dir ja jetzt endlich alles erklären.«

»Ich spreche von Maria«, sagte er kühl, »jedes andere Thema interessiert mich im Moment nicht.«

»Und mich interessiert Maria nicht«, erwiderte sie, sah ihn herausfordernd an und überlegte, ob sie es wagen durfte, ganz schnell eine ihrer Brüste zu entblößen. Irgendwie musste sie doch an ihn herankommen.

»Dann, verehrte Cousine, haben wir uns nichts mehr zu sagen.« Er stand auf und verließ das Zimmer.

Tränen der Wut stiegen ihr in die Augen. Was unterstand er sich sie so zu behandeln! Alles hatte sie ihm geopfert! Nun, vielleicht nicht alles, wenn sie ehrlich war, und das Wort Opfer kam ihr jetzt, im Zusammenhang mit Marcus, auch erstmals in den Sinn. Aber trotzdem! Es gab nur ein Mittel, ihn zum Einlenken zu bewegen. Wenn Worte nicht halfen, dann musste sie zu Taten greifen, die ihn nicht unberührt lassen würden. Am besten nachts, wenn er im Bett lag.

In der folgenden Nacht wartete sie, bis im Haus kein Geräusch mehr zu hören war. Sie zog sich ihren Morgenmantel über, nahm eine Kerze und schlich die Treppe hinunter. Vor dem Kämmerchen unweit der Küche blieb sie stehen und atmete tief durch. Jetzt durfte nichts schief gehen. Sie würde sich neben ihn legen und ihn anfassen. Und dann würde alles gut werden.

Mit der einen Hand hielt sie die Kerze, mit der anderen drehte sie sanft den Knauf um und öffnete die Tür. Erstarrt blieb sie auf der Schwelle stehen und blickte mit offenem Mund auf das kleine Bett, das beinahe das ganze Zimmer in Beschlag nahm. Die Decken waren auf den Boden gerutscht und das Paar auf dem Lager ging einer vertrauten Beschäftigung nach.

Ein kleiner Schrei entfuhr ihr.

Marcus blickte über seine Schulter. »Geh weg«, sagte er auf Französisch, »oder leg dich zu uns.«

Da erst erkannte sie Maria.

Erinnyen

Als Dimitri Ypsilanti nach Nauplia zurückkehrte, bestand Mando darauf, dass er augenblicklich die Dienerin Maria entlasse.

»Dein Cousin hat sie eingestellt, also soll er sie auch entlassen«, antwortete Dimitri müde. Das fehlte ja, dass er sich auch noch um die Lappalien im Haushalt zu kümmern hatte!

»Er weigert sich«, erwiderte Mando. »Über die Ungeschicklichkeit dieses Bauerntrampels hätte ich ja noch hinwegsehen können, aber nicht, dass sie mir mein Kreuz gestohlen hat! Immerhin habe ich dieses Kreuz von meinem Vater geerbt.«

»Maria ist viel zu gläubig, als dass sie sich an einem Kreuz vergriffen hätte«, kam nun Marcus' Stimme von der Tür.

Mando hätte sich vor den Kopf schlagen können, dass sie daran nicht gedacht hatte. Aber wie gläubig konnte so eine Schlampe schon sein, die sich mit jedem beliebigen Kerl im Bett wälzte. Trotzdem hätte sie der Zofe besser ihre Perlenkette ins Bett legen sollen!

»Beweise sind erbracht?«, fragte Dimitri.

»Eindeutige!« Mando warf Marcus einen triumphierenden Blick zu.

»Das Kreuz ist wieder da, also können wir uns einen Prozess wohl ersparen?« Dimitris Stimme klang sehr irritiert.

An einen Prozess hatte Mando noch gar nicht gedacht, aber sie wollte den Bogen nicht überspannen. »Es reicht, wenn du sie entlässt«, sagte sie gnädig und um des lieben Friedens willen entledigte sich Dimitri dieser Aufgabe.

Mando missverstand den traurigen Blick, den ihr Marcus zuwarf. Er wird das Mädchen doch nicht etwa geliebt haben, fragte sie sich erschrocken.

Ebenso wenig wie er damit gerechnet hatte, dass Mando in

seiner Kammer auftauchen würde, hatte Marcus erwartet, dass sie sich auf so billige Weise rächen würde. Er hatte ihr mehr Stil zugetraut und es gelang ihm nur schwer, seine Erschütterung zu verbergen. Er händigte Maria eine stattliche Summe aus, entschuldigte sich für sein Betragen und das Mandos und forderte sie auf sich jederzeit an ihn zu wenden, wenn sie in Not geriet. Mehr konnte er nicht tun.

Dimitri, der es lächerlich fand, dass wegen einer Dienerin zwischen Mando und ihrem Cousin Spannungen aufgekommen waren, versuchte die Wogen zu glätten. Er berichtete, dass Lord Byron mit seinem Schiff »Britannia« in Griechenland eingetroffen wäre und demnächst von Alexander Mavrokordatos, dem ersten Präsidenten der griechischen Regierung, in Messolonghi empfangen werden würde.

»Das ist ein gutes Zeichen«, meinte Mando, »es werden noch mehr Europäer folgen, davon bin ich überzeugt.«

»Wenn wir uns ihnen nur als einiges Volk vorstellen könnten«, wünschte sich Dimitri, der Mando nicht beunruhigen wollte und daher nicht weiter auf den innenpolitischen Zwist einging. Kolokotronis hatte ihm bereits mitgeteilt, dass er von allen seinen politischen und militärischen Ämtern zurücktreten und nur noch als einfacher Soldat dienen wollte. Es zerreiße ihm das Herz, wenn er sähe, was die Politiker mit einem befreiten Griechenland anzustellen wünschten.

Nach der Erfahrung mit Maria bestand Mando darauf, eine ältere Dienerin einzustellen, und so kam Jaja ins Haus. Sie hieß eigentlich ganz anders, aber ihre großmütterliche Ausstrahlung ließ überhaupt keine andere Anrede zu als Jaja – das griechische Wort für Großmutter.

Anders als Vassiliki war Jaja überaus abergläubisch. Ständig tröpfelte sie Olivenöl in Wassergläser, um dahinter zu kommen, ob schlechte Laune, Kopfschmerzen, Magenkrämpfe oder kleinere Unfälle der Hausbewohner auf den Einfluss des bösen Blicks zurückzuführen wären. Als Erstes hing sie in ihrem Zimmer einen Widderschädel auf, und Mando konnte sie nur mit Mühe abhalten, auch einen in der Eingangshalle von Dimitris Haus anzubringen.

»Wenn ein Träger des bösen Blicks das Haus betritt, wird sein Fluch in den Schädel gelenkt und unschädlich gemacht«, erklärte Jaja, die es sehr beklagte, dass Mando nicht ständig ein Mati – ein symbolisches blaues Glasauge – als Schutz bei sich trug.

»Vielleicht kannst du Menschen mit dem bösen Blick ja erkennen und dann lassen wir sie gar nicht erst herein«, schlug Mando vor. Jaja war entsetzt über die Ignoranz der jungen Griechin.

»Jeder kann, ohne es zu wissen, gelegentlich einen bösen Blick haben«, klärte sie Mando auf. »Zum Beispiel, wenn man einen schönen Menschen bewundert …«

»Dann muss man diesen Menschen dreimal anspucken, um den bösen Blick zu vertreiben«, nickte Mando, die nicht gern der Unwissenheit geziehen wurde.

»Nein!«, rief Jaja. »Ganz falsch. Gespuckt wird, um den Teufel abzulenken, damit er auf diesen schönen Menschen nicht aufmerksam wird. Das ist eine ganz andere Sache und hat mit dem bösen Blick nichts, aber auch gar nichts zu tun. Der kann seine üble Wirkung tun, wenn man einen schönen Menschen zwar bewundert, aber in Wirklichkeit nur neidisch ist. Neid oder Eifersucht sind die Hauptursachen für den bösen Blick.«

»Vielleicht plagen mich darum seit längerem solche Kopfschmerzen«, meldete sich Marcus, der sich vom Herrenzimmer aus das Gespräch über Widderköpfe, Teufel und böse Blicke amüsiert angehört hatte. Zwischen ihm und Mando herrschte seit Marias Entlassung Waffenstillstand und sie gingen höflich, aber distanziert miteinander um, was beide quälte. Aber keiner fand sich bereit den ersten Schritt zur Versöhnung zu tun.

Jaja war bereits in die Küche gegangen und hatte Wasserglas und Ölkännchen geholt. Sie forderte Marcus auf ganz langsam sieben Tropfen Öl ins Wasser fallen zu lassen.

»Da haben wir es!«, rief sie triumphierend. »Kein Zweifel möglich! Seht selber, das Öl verteilt sich nicht gleichmäßig über die Oberfläche, sondern bleibt in kleinen Tröpfchen hängen. Mein Herr, Sie sind das Opfer eines bösen Blicks.«

»Und was kann ich dagegen unternehmen?«, fragte er amüsiert.

Jaja dachte nach.

»Da gibt es mehrere Möglichkeiten. Aber das kostet Zeit.«

»Die schnellste!«, bat Marcus.

Jaja schüttelte den Kopf, murmelte, dass es die jungen Leute heutzutage immer eilig hätten, und bat Mando und Marcus in die Küche. Sie griff zu einem Mörser und verbrannte darin getrocknete Blüten, die sie einem Leinensäckchen entnahm. Aus dem Küchenschrank holte sie eine Porzellantasse, füllte sie zur Hälfte mit Wasser, forderte Marcus auf, sich aufrecht auf seinem Stuhl hinzusetzen und stellte die Tasse auf seinen Kopf. Er sah dabei so komisch aus, dass Mando in Gelächter ausbrach. Jaja sandte ihr einen strafenden Blick zu, schüttete dann den Inhalt des Mörsers in die Tasse.

»Sie müssen auch etwas tun«, sagte sie zu Mando. »Zählen Sie jetzt bis vierzig, aber nur die Fünfer, also fünf, zehn, fünfzehn …«

»… zwanzig, fünfundzwanzig«, nickte Mando gehorsam.

»Bitte dreimal zählen«, sagte Jaja, als Mando geendet hatte. Während des Zählens schlug sie vor Marcus immer wieder das Kreuzzeichen.

»Ist er jetzt geheilt?«, erkundigte sich Mando, nachdem sie mit dem Zählen aufgehört hatte.

»Beinahe. Jetzt müssen Sie«, sie nickte zu Mando hin, »mit der Tasse zu einer Stelle gehen, an der drei Wege zusammenkommen. Da müssen Sie die Tasse hinter sich ausschütten und zurückkehren, ohne sich umzudrehen.«

»Und wieso darf ich mich nicht umdrehen?«, fragte Mando.

»Weil sonst die bösen Mächte auf Sie übergehen könnten«, erklärte Jaja und reichte ihr die Tasse.

»So ein Unsinn! Ich werde doch nicht mit einer Tasse auf die Straße gehen …«

»Tue Buße«, hörte sie Marcus' Stimme, und das tat sie dann auch.

»Ich habe mich sogar umgedreht«, sagte sie später zu Marcus, als sie zum ersten Mal seit Monaten zu zweit vor dem Kamin im Salon saßen. Ypsilanti, der wieder zu einer Dienstreise aufgebrochen war, hatte Marcus die Gesamtverwaltung seines

Hauses in Nauplia übertragen. Er wollte ganz sichergehen, dass sich der junge Mykoniate wegen Zwistigkeiten mit Mando nicht aus dem Staub machen würde.

»Und warum hast du dich umgedreht?«, fragte Marcus.

»Weil ich es verdient habe, dass die bösen Mächte auf mich übergehen«, erwiderte sie so leise, dass er sie kaum hören konnte.

Seit Marias Entlassung waren Monate vergangen und Marcus' Zorn auf Mando war längst verraucht. Er empfand Trauer darüber, dass sie einander nicht mehr nahe standen, und er schalt sich, Mando Unrecht angetan zu haben. Zumindest hätte er sich ihre Erklärung anhören und nicht den stolzen Gockel spielen sollen. Er war ziemlich sicher, dass Ypsilanti seit jener Nacht ihr Bett nicht mehr aufgesucht hatte.

»Die Dienstboten sind alle weg und Jaja ist in der Kirche«, flüsterte Mando. Marcus Augen wanderten von Adam Friedels Gemälde, das über dem Kamin hing, zu dem Objekt, das davor saß. Mando trug das gleiche Kleid mit dem winzigen Ausschnitt und dem großen Kragen und so wie sie auf Friedels Bild mit ihren großen schwarzen Augen nachdenklich in die Ferne blickte, so sah sie jetzt ins Feuer.

»Ein gelungenes Bild«, entfuhr es ihm.

Mando sah auf.

»Es ist nicht so schrecklich wie das von der Bobolina, aber mir gefällt es auch nicht. Zu süß, Marcus, das bin ich nicht.«

Er stand auf und nahm ihr Gesicht in beide Hände.

»Oh doch«, sagte er, »das bist du.«

Monatelang hatten beide auf diesen Augenblick gewartet, und jetzt konnten sie sich nicht einmal gedulden, in eines der Schlafzimmer zu gehen, sondern feierten die Versöhnung vor dem Kamin.

»Wenn die üblen Kräfte des bösen Blicks auf dich übergegangen wären, hätte uns dein Prinz wahrscheinlich überrascht«, meinte Marcus hinterher.

Erfrischt wie seit langem nicht, wachte Mando am nächsten Morgen sehr früh auf. Es war ein ungewöhnlich warmer Novembertag und so ließ sie ihr Pferd satteln und unternahm einen langen Ausritt. Bei Argos machte sie Rast an einem Bach, band ihr Pferd an einen Baum und sah sich um. Ein laues Lüftchen wehte, kleine Wolkenfetzen zogen über den Himmel und in der Ferne trieb eine Schäferin ihre Tiere zusammen. Zufrieden mit sich und der Welt legte sich Mando für eine Weile ins Gras und schlief ein. Als sie später vom Schnauben ihres Pferdes erwachte, es losband und bestieg, bäumte es sich auf und warf sie ab. Sie fiel so unglücklich auf einen Stein im Bach, dass sie sich den linken Arm brach.

»Jetzt hat mich doch der böse Blick erwischt«, sagte sie am Abend zu Marcus, nachdem der Arzt gegangen war.

Sie konnte nicht wissen, dass die Schafhirtin in der Ferne Maria Jannaki gewesen war. Diese hatte Mando von weitem erkannt, war näher geschlichen, hatte dem Pferd einen Dorn in den Fuß getrieben und voller Befriedigung hinter einem Baum versteckt zugesehen, wie Mando in den Bach stürzte.

»Gibt es auch ein Mittel herauszufinden, wo sich ein bestimmter Mensch aufhält?«, fragte Mando Jaja am nächsten Morgen. Diese runzelte die pergamentweiße Stirn, dachte nach und riet Mando dann, vor dem Schlafengehen intensiv an die betreffende Person zu denken.

Mando befolgte diesen Rat, aber in keinem ihrer Träume wollte sich Vassiliki zeigen.

»Sie ist jetzt seit einem halben Jahr verschwunden!«, sagte sie zu Marcus. »Wir müssen irgendetwas unternehmen, um sie wieder zu finden.«

»Was denn?«, fragte er. »Und wo willst du mit dem Suchen anfangen? Hast du irgendeinen Hinweis?«

»Früher hat Vassiliki immer behauptet, dass ihr Elternhaus in Nauplia gestanden hätte«, erwiderte Mando, »aber als wir hier ankamen, kannte sie sich überhaupt nicht aus.«

»Hast du sie darauf angesprochen?«

»Natürlich! Sie war sogar so ehrlich zu sagen, dass sie gelogen hatte, aber wo sie herkam und wo ihre Familie lebt, hat sie mir nicht verraten.«

»Dialekte verwischen sich im Laufe der Zeit«, überlegte Marcus, »aber bestimmte Merkmale bleiben haften. Ich würde sagen, dass sie aus der Nähe Janninas kommen könnte.«

»Ali Paschas Reich!«, rief Mando.

»In dem jetzt seine Söhne herrschen.«

»Die ihn gemeuchelt haben!«

»So wird gemunkelt, und vielleicht hatten sie auch die Hand im Spiel. Zumindest einer von ihnen, der den schönen Spitznamen Selim der Grausame führt. Er soll Ali Pascha zu der Audienz begleitet haben, die ihm der türkische General Kurshid gewährt hat und auf der er dann heimtückisch ermordet worden ist.«

»Ich habe nicht viel Mitleid mit ihm«, meinte Mando. »Vom Morden verstand Ali Pascha schließlich auch eine ganze Menge.«

Vassiliki hätte Mando gern ein Lebenszeichen geschickt, aber dies war in ihrer Lage zu gefährlich. Sie betete also jeden Abend zum Herrn, dass er seine schützende Hand über ihr Püppchen, Marcus und Ypsilanti halten und dafür sorgen solle, dass Letzterer die beiden anderen nicht erwische.

Sie befand sich in Selims Schloss. Dieses war etwas kleiner als Alis Palast in Tepelenë, von dem aus sie vor drei Jahrzehnten auf die Reise nach Konstantinopel geschickt worden war. Innerhalb der vergangenen Monate hatte sie sich von einer einfachen Küchenmagd zu einer Dienerin heraufgearbeitet, die mit dem Abstauben wertvoller Gegenstände betraut wurde. Genau das, was sie hatte erreichen wollen.

In den letzten dreißig Jahren hatte sie immer wieder gehofft, dass der grüne Kasten endgültig aus ihrem Leben verschwinden würde, aber als er nach dem Brand in Mandos Haus in die Hände von Tombasis Männern fiel, war sie untröstlich gewesen. Hätte Mando den Kasten verkauft, wäre sie für den Rest ihres Lebens aller finanzieller Sorgen enthoben gewesen, glaubte Vassiliki. Nur weil sie, die dumme Dienerin, die Holzscheite auf dem Herd hatte liegen lassen, war das Feuer ausgebrochen, und nur darum hatte das Schicksal seinen unglücklichen Lauf genommen.

Lange hatte sie darüber nachgegrübelt, wie sie den grünen Kasten wieder auftreiben könnte, und dann war es ihr eingefallen.

In manchen Nächten hatte es Ali Pascha gefallen, den bescheidenen Jungen aus dem Volk zu spielen, damit Vassiliki mit ihrer Ehrfurcht vor dem hohen Herrn die zärtlichen Stunden nicht verdarb. Dann erzählte er ihr auch gern Geschichten aus seiner Räubervergangenheit und daher wusste sie, dass Landräuber bestens übereinander und die jeweiligen Aktionen der anderen informiert waren. Sie schloss, dass es bei Seeräubern auch nicht anders sein müsste, und sie überlegte, was für ein Aufruhr vor dreißig Jahren losgebrochen sein musste, als der grüne Kasten aus den Gemächern der Sultana verschwunden war. Natürlich würde der Sultan Ali Pascha verdächtigt haben, aber da der Kasten nie bei ihm in Tepelenë angekommen war, musste der Albaner auch alles darangesetzt haben, um herauszufinden, was mit ihm geschehen war. Natürlich würde er eine hohe Belohnung ausgesetzt und genau gewusst haben, wie und in welchen Kreisen die Nachricht zu verbreiten wäre.

Dass inzwischen dreißig Jahre vergangen waren, hatte nichts zu bedeuten. Vassiliki kannte ihre Landsleute und wusste, wie schnell Legenden entstehen konnten. Ganz sicher gab es eine Menge Menschen des räuberischen Gewerbes, die wie die Ritter der Tafelrunde nach dem Heiligen Gral nach dem grünen Kasten von Ali Pascha suchten. Ali Pascha würde nie enthüllt haben, was sich in dem Kasten befand, und Vassiliki wollte gar nicht daran denken, was mit all jenen Räubern geschehen sein musste, die ihm mit diversen anderen grünen Kästen vor die Augen getreten waren.

Weil Tombasis Männer sogar das außerordentlich kostbare Schwert von Nikolaos Mavrojenous zurückgegeben hatten, war Vassiliki davon überzeugt, dass der Kasten den Weg zurück in Ali Paschas Reich gefunden hatte. Ob seine Söhne die Männer reich entlohnt hatten? Selim wohl kaum, dachte Vassiliki, der hat von beiden Eltern nur das Schlechte geerbt. Er würde seine Halbbrüder gegeneinander ausgespielt und sich den Kasten angeeignet haben. Vassiliki wusste, dass Selim sie unmöglich erkennen könnte. Sie war noch keine vierzig und immer noch recht ansehnlich gewesen, als er sie das letzte Mal gesehen hatte. Außerdem hatte er sie sich nie genauer angeschaut.

Nachdem sie sich in Tripolis von Mando verabschiedet hatte,

war sie mit der Post nach Jannina gereist und hatte sich demütig in der Palastküche vorgestellt. Der Zufall wollte es, dass eine Magd gerade an Malaria gestorben war, sodass es einen Platz für Vassiliki gab. Sie war erleichtert keine bekannten Gesichter aus Tepelenë zu sehen.

Nach ihrer Beförderung erhielt sie Zugang zu den edlen Gemächern, allerdings wurde sie dabei immer von einem Wächter begleitet, der Acht gab, dass sie nichts mitgehen ließ und sie gelegentlich auch darauf hinwies, wo der Staub noch nicht gänzlich entfernt war.

Sie hatte richtig vermutet! Auf einem Ehrenplatz in einem der weitläufigen Salons stand der grüne Kasten. Er war immer weit geöffnet, sodass es aussah, als ob Zeus sich jeden Augenblick erheben und die Decke des Kastens durchbrechen würde. Als sie die Statue das erste Mal abstaubte, zitterte sie so sehr, dass der Wächter jemanden rief, Holz im Kamin nachzulegen. Wenn sogar eine einfache und abgehärtete Dienerin in dem Raum fror, konnte man Selim Paschas Frauen unmöglich zumuten sich dieser Kälte auszusetzen.

Vassiliki litt Tantalusqualen. Dem begehrten Objekt so nah zu sein und es doch nicht entfernen zu können, war ein unerträglicher Gedanke.

Als sie sich abends mit den anderen Dienerinnen in dem ungeheizten Kellerraum zu Bett begab, zermarterte sie sich den Kopf. Sie schlug mit der Faust gegen die feuchte Wand, neben der ihr Bett stand und verfluchte ihre alten Knochen. Einer Frau, der es sogar gelungen war, mit einem Wertgegenstand aus dem Serail zu flüchten, müsste es doch erst recht glücken, ihn auch aus Selims Palast in Jannina zu entfernen.

Gut, sie war älter und weniger beweglich, dafür aber hatte sie eine Menge gelernt, war schlauer und listenreicher geworden. Wo die Körperkraft fehlte, musste der Geist übernehmen. Ihr würde schon etwas einfallen.

Unter solchen Gedanken schlief sie erheblich beruhigter ein, allerdings nicht, ohne vorher den Herrn und die Panagia zu bitten, Mando, Marcus und Ypsilanti zu beschützen und Letzteren blind für die Liebe der beiden anderen zu machen.

Am nächsten Nachmittag sah sie ihren Sohn. Sie hatte in einem Salon gerade eine Kristallvase abgestaubt, als sie eine Stimme vernahm, die sie unter tausenden wieder erkannt hätte. Augenblicklich stellte sie die Vase wieder auf den Sims und griff stattdessen zu einer Holzfigur, ein Gegenstand, der ihr ohne katastrophale Folgen aus der Hand würde fallen können.

»Wenn es wieder ein Mädchen ist, dann verstoße ich dich!«, hörte sie Selim drohen.

»Habe Mitleid!«, kam eine klagende Frauenstimme.

Vassiliki stellte die Holzfigur weg, stieg auf den Putzhocker und begann mit einem Tuch den großen venezianischen Spiegel über dem Kamin zu reiben. Als Erstes fiel ihr auf, wie grau Selims Bart geworden war, wie gelb sein Gebiss und wie wenig der beinahe 50-Jährige seinem dickbäuchigen Vater Ali Pascha glich. Während sie den Spiegel putzte, beobachtete sie, wie eine junge hochschwangere Frau sich auf die Knie warf, mit ihren Armen eines von Selims Beinen umfing und laut jammerte.

Er stieß sie weg. Vassiliki zerknüllte den Putzlappen in ihrer Hand, als sie sah, wie ihr Sohn der schwangeren Frau auch noch einen Tritt versetzte.

Selim stellte sich ans Fenster und hob die rechte Faust.

»Warum bin ich verflucht!«

Weil es dir recht geschieht, dachte Vassiliki grimmig und vergaß weiterzuputzen.

»Nur Töchter! Von allen meinen Frauen!«

So erfuhr sie, dass sie mehrfache Großmutter war, und sie schickte ein Dankgebet zum Himmel, dass den Lenden ihres Sohnes kein männliches Kind entsprossen war. Frauen konnten nicht so viel Unheil anrichten.

Sie stieg vom Hocker, schlurfte zur Tür und machte sich mit ihrem Putzlappen über die reichen Ornamente her. Wenn Selim den Raum verließ, musste er an ihr vorbeigehen, und dann konnte sie es wagen, ihn direkt anzusehen.

»Die nächste Tochter wird nicht leben!«, rief er der Frau zu, die ihren schweren Leib inzwischen mühsam auf eine Ottomane geschafft hatte und leise in ein Taschentuch weinte.

Seine Schritte dröhnten über den Parkettboden, als er sich der Tür näherte.

»Verzeihung«, murmelte Vassiliki und machte ihm Platz. Einen Moment trafen sich ihre Blicke und Vassiliki blieb das Herz stehen. Sie sah in die gleichen kleinen harten schwarzen Vogelaugen, denen sie in ihrem eigenen Spiegel immer begegnete. Sie fürchtete schon, erkannt worden zu sein, weil Selim stehen blieb und sich seine Augen plötzlich verschleierten. Dann öffnete er den Mund.

»Die Sklaven haben ihre Arbeit in den Räumen vor Sonnenaufgang zu verrichten«, rief er zu der schluchzenden Frau hinüber. »Kümmere dich um deine Pflichten in diesem Haushalt!«

»Vor Sonnenaufgang ist es zu dunkel, um die edlen Gegenstände zu säubern«, sagte Vassiliki. Erschüttert, dass eine Sklavin es wagte, ihn anzusprechen, hob er die Hand.

Vassiliki wartete auf den Schlag, begrüßte ihn sogar, als ob er etwas von der Schuld wegnehmen könnte, dass sie so einem Teufel das Leben geschenkt hatte. Selim ließ die Hand wieder sinken, zum Verprügeln der Sklaven waren andere da. Fluchend schritt er durch die Tür.

Als seine Schritte im Flur verhallt waren, eilte Vassiliki zu der weinenden Frau. Ihr war ein Gedanke gekommen, wie sie den grünen Kasten aus dem Palast entfernen könnte.

»Madame«, flüsterte sie ihr zu, »es gibt Mittel, sicherzugehen, dass es ein Sohn ist.«

Aus rot geränderten Augen, in denen ein Funken Hoffnung aufblitzte, sah die Frau zu ihr hinauf.

»Auch wenn es schon so weit ist?«, fragte sie ebenfalls flüsternd und deutete auf ihren Bauch.

Vassiliki nickte.

»Erst in einer Vollmondnacht in den letzten beiden Monaten der Schwangerschaft wird das Geschlecht festgelegt«, versicherte sie. »Ich kann Ihnen helfen, Madame.«

Das Schluchzen versiegte, und die Frau richtete sich auf.

»Bitte«, flehte sie Vassiliki an, »bitte hilf mir!«

»Sie müssen selber auch etwas dafür tun.«

»Alles!«

Vassiliki zog den Putzhocker heran und setzte sich neben die Frau. Sie erklärte ihr, dass sie ihr in der nächsten Vollmondnacht einen Kräutertrank reichen würde, der dem Kind in ihr augenblicklich die typischen männlichen Merkmale verschaffen würde.

»Das ist alles?«, fragte die Frau, sich wundernd, dass sie noch nie von einem solchen Trank gehört hatte. Aber sie wusste auch, dass es unter den alten Sklavinnen viele weise Frauen gab, und sie hoffte, dass diese Alte mit den seltsam vertrauten Augen dazugehörte. Was hatte sie schon zu verlieren?

»Nicht ganz«, erwiderte Vassiliki. »Der Trank muss um Mitternacht in einem nach Osten gerichteten Raum eingenommen werden, also hier nebenan.« Sie nickte zu dem Saal hinüber, in dem der grüne Kasten stand.

»Und was muss ich noch dafür tun?«, fragte die Frau.

»Nur dafür sorgen, dass mich die Wachen zu jener Zeit auch durchlassen.«

Die Frau nickte. Vassiliki fiel noch etwas ein.

»Außerdem brauche ich eine winzige Locke Ihres Haars, Madame.«

»Wozu?«

»Wenn ich sie den Kräutern beimische, werden alle weiblichen Merkmale aus dem Kind verschwinden.«

In drei Tagen war Vollmond und bis dahin musste Vassiliki eine Menge regeln. Ihr fiel der Bauer ein, der täglich mit seinem Wagen zur Tür der Palastküche fuhr und dort frisches Gemüse abgab. Aus ihrer Küchenmagdzeit wusste sie, dass er außerordentlich gläubig war, und das machte sie sich zunutze.

Sie bastelte einen Reliquienbehälter nach dem Muster derjenigen, die sie in Kirchen und bei Pappas Mavros gesehen hatte, und legte die blonde Locke der schwangeren Frau hinein.

Am nächsten Morgen wartete sie auf den Bauern vor der Küchentür und winkte ihn aufgeregt zu sich. Sie müsse ihm helfen, flüsterte sie ihm zu, die Panagia sei ihr in der Nacht erschienen und habe zu ihr von ihm gesprochen.

Die Augen des Mannes weiteten sich und Vassiliki fuhr fort: Da er in diesem gottlosen unchristlichen Jannina der Einzige wäre, der ihr regelmäßig eine Kerze anzünde, wolle ihm die Mutter Gottes eine besondere Gnade zukommen lassen. Seine

Felder würden von ihr gesegnet und seine Ernten die reichsten des Landes werden. Dafür habe er der Panagia nur den kleinen Dienst zu erweisen, in seinem Haus einen besonderen Schrein für sie einzurichten. Sie werde ihm dafür etwas schenken, das einst ihr gehört habe, sie werde auch Vassiliki, der Vermittlerin, ein Zeichen senden, damit sie den Auftrag nicht vergesse oder denke, sie habe diese Begegnung nur geträumt.

Aufgeregt zeigte ihm Vassiliki die blonde Locke.

»Stell dir vor, als ich aufwachte, habe ich dies unter meinem Kopf gefunden«, sagte sie und sah den Mann erwartungsvoll an.

Ehrfürchtig beugte er sich über den kleinen Reliquienbehälter und küsste ihn.

»Danke«, flüsterte er Vassiliki zu, »du bist eine Heilige!«

»Den anderen Gegenstand will dir die Panagia in der nächsten Vollmondnacht zukommen lassen. Er wird sich eine Zeit lang in deinem Besitz befinden, bis die Panagia ihn sich zurückholt. Ihr Segen wird aber bei dir bleiben«, fuhr Vassiliki eilig fort und beschrieb ihm, dass er gegen Mitternacht mit seinem Wagen an einer bestimmten Stelle des Palasts halten und da warten solle, bis ihr, der Vermittlerin, der Gegenstand von der Panagia ausgehändigt würde.

»Du musst nahe an die Palastmauer heranfahren«, trug sie ihm auf, »ich werde mit Kreide einen Strich an die Wand malen, wo die Panagia wünscht, dass du anhältst.«

Sie zögerte einen Augenblick.

»Da war noch was, aber den Grund habe ich nicht verstanden.«

»Was?«

»Du sollst deinen Wagen mit Stroh beladen …«

»Den Grund verstehe ich!« Die Augen des Mannes leuchteten. »Hat die Panagia nicht ihren Sohn in der ersten Nacht auf Stroh betten müssen?«

Vassiliki war unendlich dankbar, dass er ihr alles abnahm und keine unangenehmen Fragen stellte. Sollte die Aktion gelingen, schwor sie, würde sie der Panagia täglich eine Kerze anzünden.

Die Kräuter, mit denen sich eine Schwangerschaft beenden

ließ, hatte sie schnell gefunden. Sie würde Fleisch von ihrem Fleisch und Blut von ihrem Blut vernichten, um der Menschheit die Geburt eines möglichen künftigen Ungeheuers zu ersparen. Schwieriger war es schon, ein geeignetes Rauschmittel aufzutreiben. In diesem Palast lagen schließlich nicht wie im Harem des Sultans goldüberzogene Opiumpastillen herum. Aber in Jannina lebten immer noch viele Türken, mit denen sich Selim offensichtlich bestens verstand, und wo es Türken gab, gab es auch Opium.

Am entsprechenden Abend war alles vorbereitet und kurz vor Mitternacht wurde sie von den Wachen in den herrschaftlichen Teil des Hauses gelassen. Die schwangere Frau wartete bereits auf sie.

Alles lief nach Plan: Die Frau trank den mit Opium vermischten Kräutersud und fiel in einen unruhigen Halbschlaf. Vassiliki riss einen Vorhang vom Fenster, warf ihn in den Wagen und eilte dann zum grünen Kasten. Sie umwickelte die Zeusfigur mit Tüchern, schloss den Kasten, hob ihn auf und stellte ihn sofort wieder ab. Er war zu schwer! Nie würde sie ihn über die Fensterbank in den wenige Meter darunter stehenden Wagen werfen können! An alles hatte sie gedacht, nur nicht daran, dass die Kräfte einer Siebzigjährigen sich nicht mit denen einer starken Vierzigjährigen messen ließen. Ihr blieb nur eine Wahl. Sie rüttelte die schwangere Frau, bis diese die Augen öffnete und ihr einen glasigen Blick schenkte.

»Schnell«, sagte Vassiliki, ohne weitere Erklärung, »Sie müssen mir helfen!«

Die junge Frau ließ es sich gefallen, dass Vassiliki ihr auf die Beine half. Wie in Trance folgte sie der Dienerin zu dem grünen Kasten und folgte der Aufforderung eine Seite festzuhalten. Gemeinsam schleppten sie den Kasten zum offenen Fenster, schoben ihn über die Fensterbank und stießen ihn in den mit Stroh gefüllten Wagen. Noch nie hatte Vassiliki ein schöneres Geräusch als den dumpfen Aufprall des Kastens gehört.

»Sie müssen jetzt schlafen«, sagte sie zu der Frau, die sich sofort wieder auf den Boden fallen gelassen hatte. »Aber nicht hier. Kommen Sie, ich bringe Sie zu Ihrem Schlafgemach.«

Es würde für sie schon schlimm genug sein, die Frucht ihres Leibes zu verlieren, da durfte sie nicht auch noch verdächtigt werden etwas mit dem Diebstahl des grünen Kastens zu tun gehabt zu haben.

Die Wachen vor der Küchentür wussten, dass Vassiliki keine Sklavin, sondern eine freie Dienerin war. Sie ließen sie in die Nacht hinaushuschen und wandten sich dann wieder ihrem Kartenspiel zu.

Als Vassiliki neben dem Bauern auf dem Bock saß, nahm sie sich vor, ein paar Tage auf seinem Hof zu bleiben, um zu Kräften zu kommen. Sie würde gemeinsam mit ihm zur Panagia beten und wenn der grüne Kasten ein paar Tage später wieder verschwunden war, würde der Bauer annehmen, die Mutter Gottes habe ihn zurückgeholt.

Als Lord Byron am 24. Januar 1824 in Missolonghi landete, traf Vassiliki in Nauplia ein. Sie stieg aus der Kutsche, winkte einem Jungen mit einem Handkarren zu und ließ den mit dem Vorhang umwickelten Kasten aufladen.

Jaja öffnete die Tür von Dimitris Haus und sah die verstaubte alte Frau misstrauisch an.

»Was haben Sie zu verkaufen?«, fragte sie unwillig.

»Ich habe ein Geschenk für Mando Mavrojenous«, krächzte Vassiliki und grinste von einem Ohr zum anderen.

Wie schon immer erzählte Vassiliki Mando nur das, was sie für nötig hielt. Auch als Marcus und Dimitri in sie drangen, war sie nicht zu bewegen mehr zu berichten, als dass sie den grünen Kasten zufällig entdeckt hätte. Warum sie so lange weggeblieben wäre und nicht einmal eine Nachricht geschickt hätte?

»Erstens kann ich nicht schreiben und zweitens dauert es eben, bis so eine schwache alte Frau wie ich mit so einem schweren Ding nach Hause kommen kann«, sagte sie nur.

Dimitri hatte inzwischen die Zeusstatue herausgenommen und genau betrachtet.

»Ich kann nur erkennen, dass es eine sehr alte Handarbeit ist«, meinte er, »aber ich werde einen Fachmann rufen lassen, der die Figur genau untersuchen soll.«

Er wandte sich wieder an Mando.

»Du hast einmal gesagt, dein Pappas Mavros wisse, wem die Figur gehört?«

Mando nickte eifrig. »Er hat mir ein Rätsel aufgegeben.«

»Kennst du den genauen Wortlaut noch?«

Mando dachte nach und zitierte dann: »Der rechtmäßige Besitzer kann seinen Anspruch zurzeit nicht geltend machen, weil er sich in Gefangenschaft befindet.«

»Das war alles?«

»Nein, Pappas Mavros sagte noch, dieser rechtmäßige Besitzer habe sich nicht gewehrt, als eine Räuberbande in sein Haus einfiel und sich aus Dank für kleine Gnaden sogar in den Dienst des Räuberhauptmanns gestellt. Er habe zum Teil aus Bequemlichkeit, zum Teil aus Dummheit seine eigenen Ideale verraten, seine Familie verleugnet und sich schließlich der Resignation ergeben. Er soll einst Respekt einflößend und mächtig gewesen sein und wäre heute arm und bemitleidenswert.« Mando brach ab, schüttelte den Kopf und fügte hinzu: »Jahre später hat Pappas Mavros mal etwas Seltsames gesagt …«, sie kratzte sich an der Stirn, »… dass der rechtmäßige Besitzer gerade dabei wäre, aus dem Gefängnis auszubrechen. Dann müsste er doch jetzt frei sein!«

Dimitri begann laut zu lachen. Verwirrt sahen ihn Marcus und Mando an.

»Weißt du denn, wer es ist?«, fragte sie ungläubig.

Immer noch lachend küsste er sie auf die Stirn.

»Und ihr wisst es auch! Es ist so einfach! Aber ganz frei ist der rechtmäßige Besitzer noch nicht. Euer Pappas Mavros hat natürlich das griechische Volk gemeint!«

Zu Mandos Überraschung verstanden sich Vassiliki und Jaja prächtig. Die beiden Alten waren viel zu unterschiedlich, als dass sie einander ins Gehege kommen konnten, und Jaja akzeptierte Vassilikis ältere Rechte.

Es war überhaupt recht friedlich geworden in Ypsilantis Haus. Dimitri und Mando gingen freundschaftlich miteinander um und der Prinz rüttelte nicht mehr an ihrer Schlafzimmertür. Da der Bürgerkrieg zwischen den zerstrittenen Fraktionen inzwischen offen ausgebrochen war, hielt er sich auch nur selten in Nauplia auf, und so blieb Mando und Marcus reichlich Gelegenheit ihre Liebe zu leben.

Mando hielt sich aus den politischen Zwistigkeiten heraus. Das hatte ihr auch Graf Kapodistrias in einem Brief aus seinem Genfer Exil geraten. Der im venezianischen Korfu geborene Capo d'Istria, der aus Liebe zu Griechenland seinen Namen hellenisiert hatte, versorgte von der Schweiz aus die Rebellen mit Waffen, Material und moralischer Unterstützung. Er litt unter dem Zwist, der das griechische Lager spaltete.

Kapodistrias, der 1809 in den Dienst des russischen Zaren getreten war, hatte sich als Diplomat ausgezeichnet und war lange Zeit einer der führenden Berater von Alexander I. gewesen. Es gefiel ihm überhaupt nicht, dass sich der Zar nach Napoleons Russland-Feldzug wieder mit Preußen und Österreich verbündete und somit auch Metternichs antigriechische Politik übernahm. Metternich sah in Kapodistrias einen formidablen Gegner und setzte alles daran, den Zar gegen ihn einzunehmen. Kapodistrias, der früher zwar zugunsten seines Adjutanten Alexander Ypsilanti abgelehnt hatte, die Leitung der Hetärie der Freunde zu übernehmen, setzte sich immer mehr für den Freiheitskampf der Griechen ein. Deshalb sah er sich 1822 gezwungen seinen Abschied vom Hof des Zaren zu nehmen. In seinem Exil widmete er sich ausschließlich der griechischen Sache und sah mit Besorgnis, wie sich die Führer des Widerstandes gegenseitig die Köpfe einschlugen.

In Dimitris Haus mochte es friedlich zugehen, im Land aber wütete der Bürgerkrieg. Und nicht nur der. Die Türken hatten inzwischen nämlich erkannt, dass die Niederwerfung des griechischen Aufstandes ihre Kräfte überstieg. Wie Dimitri Ypsilanti befürchtet hatte, hatte der Sultan Mehmet Ali, den Pascha von Ägypten, zu Hilfe gerufen, dessen Truppen siegreich durch Griechenland zogen und alles niedermachten, was sich ihnen in den Weg stellte.

Sein Adoptivsohn Ibrahim Pascha, der darauf brannte, seine vorzüglich ausgebildete Armee endlich zum Einsatz kommen zu lassen, segelte im Sommer 1824 mit einem riesigen Expeditionsheer an Bord Richtung Griechenland. Er brauchte nicht lange, um Kreta zu erobern, und es war nur eine Frage der Zeit, bis er über den Peloponnes herfallen und alle bisherigen Erfolge der Griechen wieder zunichte machen würde.

Ibrahim Pascha, der sich schon als Erbe des kranken Mannes am Bosporus sah, forderte vom Sultan Kreta und Zypern als seinen gerechten Lohn. Den aufständischen Griechen drohte er an, das ganze Land zu entvölkern, und tatsächlich schien er seinem Ziel immer näher zu kommen.

»Warum weinst du?«, fragte Marcus, er als Anfang 1825 Mando in Tränen aufgelöst vor dem Kamin sitzen sah. Er hob das Buch auf, das ihr vom Schoß gefallen war und sah Mando nachdenklich an.

»Lord Byron ist schon seit fast einem Jahr tot und du trauerst immer noch um ihn? Dabei hast du ihn nicht einmal persönlich gekannt!«

»Man kann auch Freunde haben, die man persönlich nicht kennt«, erwiderte Mando und griff zu einem fliederfarbenen Taschentuch. »Ich hoffe, dass Griechenland diesem Mann ein angemessenes Denkmal setzen wird!«

Lord Byron war am 19. April des Vorjahres in Missolonghi einem Fieber erlegen. Davor hatte er unter Prinz Alexander Mavrokordatos im westlichen Griechenland gekämpft, eine Brigade von Soldaten aus Suli übernommen, die als die tapfersten des Landes bekannt waren. Aus Suli stammten schließlich auch die Frauen, über die eines der berühmtesten und traurigsten Lieder dieser Zeit geschrieben worden war. Um nicht in die Hände der Türken zu fallen, so hieß es, hatten sich sämtliche Frauen von Suli zu einem Tanz auf einer Klippe am Meer eingefunden. Auf dem Felsen singend und tanzend sprang eine nach der anderen vor den Augen des Feindes in die Tiefe. Lieber sterben, als den Türken ausgeliefert sein, war ihre Devise.

Aber Lord Byron war nicht nur ein Held auf dem Schlachtfeld. Er versuchte auch die zerstrittenen griechischen Fraktionen miteinander zu vereinen, war untröstlich, dass es unmöglich erschien, für die Erben des antiken Griechenlandes einen gemeinsamen Nenner zu finden. Sein Opfer aber verlieh dem griechischen Befreiungskampf eine europäische Weihe: Zu tausenden strömten Idealisten, Abenteurer, Schwärmer, Glücksritter und erfahrene Krieger aus den Ländern des Nordens nach Griechenland. Die Freiwilligen mussten mit Transportern über Marseille nach Navarino geschafft werden, da Metternich Triest gesperrt hatte.

Der Einsatz Lord Byrons hatte endlich dafür gesorgt, dass ganz Europa auf das um Freiheit ringende Volk am Mittelmeer aufmerksam wurde.

»Hier spricht er von Delphi«, sagte Mando. »Bitte hör es dir an – welcher Grieche könnte dies besser formulieren!« Sie öffnete das Büchlein und las laut vor:

»In Hellas einst erkannt als Himmelsgabe,
Warst Muse du, gestaltet im Gesang!
Beschämt von spät're Lieder Kunstgehabe,
Ruft dich das meine nicht vom heil'gen Hang;
Doch ging ich am gepries'nen Bach entlang,
Beseufzte Delphis lang verlass'nen Schrein,
Wo nur ertönt die schwache Quelle bang.

Ist von Apoll die Grotte auch verwaist,
Ihr Grab geworden nun der Musen Thron,
Belebt die Stätte doch ein sanfter Geist,
Schweigt in der Höhle, seufzt im Sturmesdrohn,
Schwebt auf des Baches Welle mit kristallnem Ton.«

Mit feuchten Augen sah sie zu Marcus hin. Sanft nahm er ihr das Buch aus der Hand und küsste sie leicht auf die Lippen.

»Deine Begeisterung für Poesie in allen Ehren«, sagte er, »aber leider herrscht zurzeit die Prosa. Ich muss dir die traurige Mitteilung machen, dass Ibrahim Pascha vor wenigen Tagen bei Methoni auf dem Peloponnes gelandet ist.«

Fassungslos starrte ihn Mando an.

»Unmöglich«, sagte sie schließlich, »jetzt, im Winter?«

»Du reagierst genau wie unsere Feldherren. Niemand hatte mit einem Angriff im Winter gerechnet. Die Überraschung ist also gelungen.«

»Es wird wieder dunkel werden auf dem Peloponnes«, murmelte Mando. Sie schrak zusammen, als ein Scheit im Kamin mit lautem Krachen auseinander fiel.

»Daher gibt es jetzt so eine Art Waffenstillstand im Bürgerkrieg«, fuhr Marcus fort, »du hast ja mitgekriegt, dass Kolokotronis nach vier Monaten Haft aus dem Gefängnis in Hydra entlassen worden ist.«

»Ich finde es empörend, dass unsere seltsame Regierung diesen Mann, der so viel für Griechenland getan hat, als Rebellen eingesperrt hat! Wer weiß, ob man ihn rausgelassen hätte, wenn es nicht so einen Aufstand unter seinen Männern gegeben hätte!«

»Man hätte ihn auf jeden Fall freigelassen! Die Regierung weiß, dass ohne ihn ganz Griechenland wieder in türkische Hände fallen wird. Auf ihn und deinen Dimitri setzen alle Griechen jetzt die größte Hoffnung.«

»Und auf Bobolina?«, fragte Mando spitz. »Das würde Dimitri freuen. Er schwärmt noch immer von den ersten Kriegsjahren, wo sie Nauplia mit ihren Schiffen und er die Stadt von der Landseite aus geschützt hat.«

»Willst du denn wieder mitkämpfen?«, fragte Marcus, der wusste, dass Mando immer noch regelmäßig von Alpträumen heimgesucht wurde, in denen sie die Schlacht um Euböa wieder erlebte.

»Nein«, sagte sie, »Pappas Mavros hat sich geirrt. Um ein guter Krieger zu sein, reicht es nicht, mit einem Schwert umgehen zu können.«

Inzwischen konnte sie sich eingestehen, dass vor allem Abenteuerlust und Selbstüberschätzung sie am Anfang des Krieges geleitet hatten sich mit den türkischen Gegnern im Kampf zu messen. Nach dem Gefecht am mykoniatischen Strand hatte sie sich für unverwundbar gehalten und deshalb auf Euböa den Todesmut gezeigt, den Dimitri so an ihr bewundert hatte.

Jakinthos' Tod war der Wendepunkt gewesen. Danach hatte sie zwar ihre Leute noch in vereinzelten Gefechten befehligt und sich auch an der Schlacht in Pylion beteiligt, aber dabei war die Angst ein ständiger Begleiter geworden. Generalleutnant Mando Mavrojenous sah sich nicht mehr in der Lage ihrem Vaterland mit dem Schwert in der Hand zu dienen. Außerdem plagten sie immer noch Schmerzen im Arm. Der Bruch war nach dem Sturz vom Pferd nur schlecht verheilt. Nein, Mando musste Griechenland jetzt auf andere Weise helfen. Aber wie? Ihre Finanzen waren aufgebraucht und die Damen in den europäischen Salons brauchte sie brieflich nicht mehr über die griechische Lage zu informieren, da deren Männer Griechenland bereits zu Hilfe geeilt waren.

»Ich verkaufe den grünen Kasten«, beschloss sie.

»Unmöglich«, erwiderte Marcus. »Das würde ich an deiner Stelle zuerst mit Dimitri besprechen. Sein Experte sollte eigentlich schon längst eingetroffen sein.«

»Glaubst du wirklich, dass ein romantischer Altertumsforscher gerade jetzt in dieses Land kommen wird?«, unterbrach ihn Mando lachend. »Ich werde dem Käufer einfach versichern, dass diese wunderschöne Statue aus dem fünften Jahrhundert vor Christi stammt und von Phidias höchstpersönlich angefertigt worden ist!«

»Welchem Käufer?«, fragte Marcus leise.

Das war das Hauptproblem. Als Interessent fiel Mando nur der Sultan ein, denn ohne sicher zu sein, dass dieses Stück wirklich aus jener Zeit stammte, traute sie sich nicht, es einem europäischen Museum oder Sammler anzubieten.

»Also gut, lassen wir den grünen Kasten aus dem Spiel.«

»Du hast genug Geld geopfert«, bemerkte Marcus. »Ist dir eigentlich klar, dass wir beide seit Jahren von Dimitri durchgefüttert werden? Mir beginnt das langsam peinlich zu werden und du solltest endlich etwas unternehmen, um dein Geld zu kriegen.«

Mando lachte bitter. »Hast du denn vergessen, dass ich ausbezahlt worden bin?«

Im vergangenen Jahr hatte ihr die Regierung 25 000 Grossia versprochen, ihr die Summe aber nicht bar, sondern in Papieren ausgehändigt, die nur mit großen Verlusten zu Geld zu machen waren. Ein Viertel der Summe blieb am Ende übrig und auch dieses Geld war längst verbraucht.

»In Geldangelegenheiten scheinen wir Griechen eine schlechte Nase zu haben. Denk nur an all unsere Landsleute, die mit den englischen Banken schlechte Erfahrungen gemacht haben!«

Marcus wusste, worauf sie anspielte. Seit beinahe einem Jahr gewährten die englischen Banken den Griechen die ersten Staatsanleihen. Aber von ihrem Nominalbetrag in Höhe von 2,8 Millionen Pfund, wurde nur ein Drittel ausgehändigt, da die Auszahlung zum Kurs von 55 Prozent erfolgte. Der Rest wurde von Provisionen und Zinsen verschlungen.

»Du könntest das Schwert von Konstantin dem Großen verkaufen«, schlug Marcus vor.

»Das Schwert, das ich von meinem Vater geerbt habe? Niemals!«

»Mando, auch meine Mittel neigen sich dem Ende zu. Meine Familie hat mir jetzt einen Riegel vorgeschoben. Ich kann kein weiteres Grundstück auf Paros oder Mykonos verkaufen.«

»Und ich habe keine Lust hier in Nauplia darauf zu warten, dass dieser Barbar Ibrahim Pascha über uns herfällt«, gestand sie. »Ich habe Heimweh nach den Inseln.«

»Ich auch«, flüsterte Marcus.

»Es gibt einen Weg«, sagte Mando langsam, »aber der ist sehr unerfreulich.«

Wenn sie dafür sorgte, dass Dimitri ihre Verlobung löste, würde er ihr eine Menge Geld auszahlen müssen. Dann könnte sie mit Marcus nach Mykonos zurückkehren und dort sorgenfrei bis ans Ende ihrer Tage leben. Vielleicht würde die kykladische Sonne die schrecklichen Bilder von der Schlacht auf Euböa aus ihrem Kopf wegbrennen. Die Freiheitsheldin war kriegsmüde.

Im September 1825 kehrte Dimitri von einer verlorenen Schlacht deprimiert nach Nauplia zurück. Einen Monat zuvor war er von Ibrahim Pascha vernichtend geschlagen worden und selbst nur mit knapper Not dem Tod entronnen. Der Gedanke, in ein friedliches Haus und zu einer schönen Frau zurückzukommen, war ein Lichtblick – auch wenn ihm diese Frau immer noch nicht ganz gehörte. Er hoffte, dass sie nachgiebiger sein würde und war froh, dass sie sich keinen Kämpfen mehr ausgesetzt hatte. Weicher würde sie werden, fraulicher, und das begrüßte er. Er träumte davon, sich an einem üppigen Busen von den Strapazen der Schlacht zu erholen. Wie Paris hätte er jetzt den goldenen Apfel Aphrodite gereicht. Er wollte keine Pallas Athene heiraten.

Obwohl er einen Adjutanten vorausgeschickt hatte, um seine Ankunft anzumelden, traf er Mando nicht im Haus an. Vassiliki teilte ihm mit, dass sie sich zu einer Geselligkeit ins Haus von Jannis Kolettis begeben habe.

Dimitri war verärgert. Nicht nur, weil dem müden Krieger kein süßer Empfang bereitet wurde, sondern vor allem, weil Mando offensichtlich auf bestem Fuß mit jenem Mann stand, der zu Kolokotronis' ärgsten politischen Feinden gehörte – und damit auch zu seinen. Er beschloss zu warten, bis sie nach Hause kam, setzte sich ins Wohnzimmer und schlief dort ein.

Gekicher weckte ihn. Mandos Stimme forderte im Flur jemanden auf noch ein Glas Wein zu trinken. Offensichtlich hatte sie schon mehr zu sich genommen, als sie vertragen konnte. Er stand auf und blickte mit finsterem Gesicht zur Tür, durch die sie in diesem Augenblick schritt. Sie hing am Arm eines dieser aalglatten, schleimigen Diplomaten aus Jannis Kolettis Lager. Es war einer jener Männer, die er nie ins Haus gelassen hätte. Und das wusste sie.

»Guten Morgen!«, donnerte er.

Mando schien nicht überrascht zu sein.

»Ach du bist's«, sagte sie nur, ohne ihn weiter zu beachten, und wandte sich ihrem Begleiter zu. »Die Weinkaraffe steht da drüben«, strahlte sie ihn an.

Der Diplomat verbeugte sich eilig vor Dimitri, murmelte etwas Unverständliches, gab Mando einen Handkuss und verschwand.

Mando warf sich in einen Sessel und schmollte. »Immer verdirbst du mir die Freude«, jammerte sie, »wir hatten uns so nett unterhalten.«

»Vielleicht darüber, wie ihr Kolokotronis ein Messer in den Rücken stechen könnt?«, fragte er kalt.

»Das können wir wohl getrost Ibrahim Pascha überlassen. Wie ich höre, seid ihr schreiend vor ihm davongelaufen.«

Dimitri ballte die Fäuste. Er zwang sich ruhig zu bleiben.

»Du bist ja betrunken«, sagte er angeekelt und verließ das Zimmer.

Mando blieb auf ihrem Sessel sitzen. Ihre Mundwinkel kräuselten sich. Sie war noch nie so nüchtern gewesen und sehr zufrieden darüber, wie sich ihr Plan entwickelte.

Marcus bat Dimitri zwei Tage später um Urlaub. Familiäre Gründe zwängen ihn, für eine Weile nach Mykonos zurückzukehren. In Wirklichkeit aber wollte er nur flüchten, vor einer Mando, die ihm fremd geworden war und die offensichtlich etwas vorhatte, an dem er sich nicht zu beteiligen wünschte. Auch wenn er Ypsilanti als seinen Nebenbuhler betrachtete und sich daher nie mit ihm hätte anfreunden können, so schätzte er den Mann doch als einen aufrechten Menschen und fähigen Soldaten. Es war ihm unerträglich, mit ansehen zu müssen, wie Mando diesen bedeutenden und großzügigen Mann in Gegenwart von anderen lächerlich machte und so reizte, dass selbst der geduldigste Mensch irgendwann explodieren musste.

Ypsilanti explodierte nicht. Er wartete ab. Irgendeinen Grund musste es für Mandos Veränderung geben und er war entschlossen ihn zu erfahren. Zwei Wochen später kannte er ihn.

»Was ist das für eine Rechnung?«, fragte er und versuchte das Zittern in seiner Stimme zu unterdrücken.

»Für ein neues Kleid«, zwitscherte Mando, »ich kann doch nicht wie eine Lumpenfrau herumlaufen!«

»Dies ist das vierte Kleid in zwei Wochen! Und wie kommst du dazu, dir Schmuck auf meine Rechnung zu kaufen?«

»Du weißt doch, dass mir so viel gestohlen worden ist.«

»Alles könnte ich dir verzeihen«, sagte Dimitri mit gefährlich leiser Stimme, »aber das hier«, er hob ein Papier hoch, »das hier nie! Wie kommst du dazu, den Mavromichali-Brüdern in meinem Namen zwei teure Pistolen ins Haus schicken zu lassen?«

Er stand auf, zerrte Mando vom Sessel, stellte sie vor sich hin und schüttelte sie an den Schultern.

»Lass das! Du tust mir weh!«, jammerte sie.

»Ach ja? Und du tust mir nicht weh?«, rief er. »Gehst zu

Geselligkeiten in Kolettis' Haus, bandelst mit den Brüder Mavromichali an, die nichts lieber wollen, als Kolokotronis und mich zur Hölle zu schicken und hast sogar die Unverschämtheit diesen skrupellosen Intriganten in meinem Namen Waffen zu schicken!«

»Eine diplomatische Geste«, meinte Mando kokett.

»Nein, Mademoiselle, das ist eine Kriegserklärung. Und zwar mir gegenüber.«

Mando schwieg.

Unruhig lief er im Zimmer auf und ab, schlug mit der Faust auf den Eichentisch und blieb schließlich vor Mandos Porträt über dem Kamin stehen. Er blickte ihrem Ebenbild in die Augen und fragte: »Warum quälst du mich? Was habe ich dir angetan, dass du mich so hasst? Was muss geschehen, damit die Mando, die ich so schätze und verehre, wieder zurückkommt?«

»Du könntest unsere Verlobung lösen«, schlug sie vor.

Er wandte sich um und staunte über den eiskalten Blick aus dunkelbraunen Augen.

Verwirrt schüttelte er den Kopf. »Ich verstehe dich nicht. Wenn du mich nicht heiraten willst, werde ich dich nicht dazu zwingen. Dazu musst du doch nicht all dies hier veranstalten!« Mit einer Handbewegung fegte er alle Papiere vom Tisch.

»Du willst also die Verlobung lösen?«

»Wenn du das wünschst.«

»Gut. Dann gehen wir morgen zum Anwalt und klären die finanzielle Seite.«

»Welche finanzielle Seite?«

Mando schwieg und sah ihn eindringlich an. Dann fiel es ihm wieder ein. Er hatte den vorehelichen Vertrag vollkommen vergessen, ihn damals schon nicht ganz ernst genommen, für eine mykoniatische Laune gehalten. Jetzt verstand er alles.

»Es ging dir also die ganze Zeit nur um mein Geld!«

Mando nickte.

»Die Tochter von Nikolaos Mavrojenous …«

»Lass meinen Vater aus dem Spiel!«

»… die Tochter von Nikolaos Mavrojenous, die Mykonos vor den Türken beschützt und sich auf griechischen Schlachtfeldern ausgezeichnet hat, ist nichts weiter als eine miese kleine Hure.«

Mando richtete sich zu voller Größe auf. »Sie wissen selbst am besten, mein Herr, dass dies eine unzutreffende Bemerkung ist.«

»Findest du?«, sagte er und zog ihr mit einer schnellen Bewegung ein langes Seidenband aus dem Haar.

»Was tust du da?«

»Das wirst du gleich merken!«

Er warf sie in den Sessel, griff nach ihren Händen und band sie blitzschnell zusammen.

»Hör auf!«, schrie sie.

»Ich fange gerade erst an, meine Liebe. Also, erstens denke ich unter diesen Umständen natürlich nicht daran, unsere zauberhafte Verlobung zu lösen. Und zweitens«, er deutete auf die auf dem Boden verstreuten Papiere, »sehe ich nicht ein, wieso ich ohne Gegenleistung so viel Geld ausgeben soll!«

»Was hast du vor?«, fragte Mando alarmiert. Sie versuchte das Band mit den Zähnen durchzubeißen.

»Das wirst du gleich sehen!«, drohte er, riss sie wieder aus dem Sessel und schob sie vor sich her aus der Tür. »Heute gehen wir in mein Schlafzimmer!«

Mando blieb stehen. »Das kannst du nicht tun!«

»Und ob ich das kann! Noch besser, ich werde es tun!«

»Du bist ein Offizier!«

»… und ein Mann.«

»Dimitri«, hauchte sie mit dem Timbre, dem bisher noch kein Mann hatte widerstehen können. »Lass uns die Sache in aller Ruhe besprechen.«

Er widerstand. »Es ist alles gesagt worden.«

»Mir kommt eine Idee«, sagte sie eilig, »wenn ich den grünen Kasten verkaufe, kann ich dir dein Geld zurück …«

»Du weißt doch, dass der grüne Kasten nicht dir gehört. Was hat dein Pappas Mavros denn gesagt – er gehört dem griechischen Volk. Und jetzt halte den Mund oder willst du, dass das ganze Personal diese Szene mitbekommt?«

Von dieser Seite kannte Mando Dimitri nicht. Bisher hatte sie immer geglaubt, ihre Macht über ihn wäre so groß, dass sie mit ihm wie eine Katze mit einer Maus spielen könnte. Jetzt war sie die Maus.

In seinem Schlafzimmer warf er sie aufs Bett und band ihre Hände am Eisengitter fest. Er riss ihr das Kleid über der Brust auf und kniff sie hart in eine Brustwarze.

»Das wollte ich schon lange tun«, sagte er befriedigt, als er sich daranmachte, sie aus dem Rest ihrer Kleidung zu schälen. Weil sie so heftig mit den Beinen strampelte, blieb ihm nichts anderes übrig, als jeden Fußknöchel an einem Bettpfosten festzubinden. Dazu bediente er sich der Vorhangkordeln.

»Ich will mich schließlich nicht verletzen«, entschuldige er sich.

Als sie endlich splitternackt und mit ausgebreiteten Beinen vor ihm lag, sah er sie lange an.

»Ein so schöner Körper und ein so hässlicher Geist!«, sagte er kopfschüttelnd und zog sich langsam aus. Er ignorierte Mandos Schreie und Proteste und drohte sie zu knebeln, wenn sie nicht endlich den Mund hielte.

»Jetzt werden wir mal sehen, ob mein Geld das wert ist«, sagte er und stieg zu ihr ins Bett.

Mando schloss die Augen, dachte daran, wie schnell es das letzte Mal vorübergegangen war und erwartete, dass Dimitri augenblicklich in sie eindringen würde. Das tat er nicht.

Mit zärtlichen Fingern fuhr er über ihren Körper, untersuchte jede Stelle, bis auf jene zwischen ihren ausgebreiteten Beinen. Er gab sich lange mit ihren Brüsten ab und küsste sie so lange, bis die Warzen steil nach oben standen. Befriedigt registrierte er, dass ein Zittern durch ihren Körper lief. Diesmal würde Mando ihn von einer anderen Seite kennen lernen! Er fuhr ihr mit der Zunge ins Ohr, leckte ihren Nacken ab, streichelte ihr sanft den Unterbauch und wanderte mit einem Finger durch den dichten Busch zu den rosa glänzenden Lippen, die er vorsichtig teilte. Langsam begann er sie rhythmisch zu streicheln, bis ihm der Saft über den Finger lief. Dann nahm er den Finger weg.

Ein kleiner Schrei entfuhr Mando.

»Nicht aufhören!«, hatte sie zu ihrem eigenen Entsetzen gerufen. Sie war erschüttert. Wie konnte ihr Körper sie derart im Stich lassen! Wie konnte er gegen ihren Willen so heiß werden! Wie konnte sie einen Mann begehren, den sie nicht nur nicht liebte, sondern sogar hasste! Sie öffnete die Augen, um den hässlichen Zwerg zu sehen, der sie zu solcher Lust zwang, überzeugt, dass sein Anblick die süßen Säfte augenblicklich zum Versiegen bringen würde. Aber als sie den aufgerichteten Phallus sah, der im Verhältnis zu Dimitris Körpergröße riesenhaft erschien, hatte sie nur noch den Wunsch, dieses stattliche Objekt in ihrer pulsierenden Höhle zu beherbergen. Sie musste stark sein, sich gegen diese Demütigung wehren! Wieder schloss sie die Augen, versuchte sich Schlachtszenen zu vergegenwärtigen, dachte an Armut, Elend, an Zahnschmerzen und ihre Mutter, aber nichts half.

»Willst du, dass ich weitermache?«, fragte Dimitri sanft.

Sie schwieg und ärgerte sich, dass sich ihr Unterkörper wie von selbst so weit aufzubäumen versuchte, wie es die gefesselten Füße zuließen.

»Bitte mich darum!«, sagte er, als er aufstand, vom Nachttisch seine Schreibfeder nahm und mit ihrem weichen Ende den Höhleneingang malträtierte.

»Bitte«, schrie Mando endlich, und da tat er ihr den Gefallen.

Eine Woge nach der anderen schien ihn immer weiter in die heiße, nasse, weite Schlucht hineinzutragen. Mando stöhnte laut, während ihr die Tränen aus den Augen stürzten.

»Geliebte, Geliebte«, murmelte er, als er seinen Kopf in ihren Haaren vergrub. Er hatte Recht gehabt! Eine Frau mit so flammenden Augen konnte nicht anders als leidenschaftlich sein. Aber er durfte die Kontrolle nicht verlieren, nicht die über Mando und nicht die über sich selber. Sie war starr erstaunt, als er seinen Samen auf ihren Bauch spritzte.

»Ich möchte dir kein Kind machen«, erklärte er kühl, »dann müsste ich dich ja heiraten!«

Mandos Spucke traf ihn mitten ins Gesicht.

»Das musst du sowieso!«, rief sie. »Wenn der Krieg vorbei ist! So steht es in unserem Vertrag!«

»Ach, mein liebes Kind«, sagte er, und ein belustigtes Lächeln zog über sein Gesicht, »glaubst du wirklich, dass es zwischen Türken und Griechen jemals Frieden geben wird?«

Nach diesem Vorfall wuchs Mandos Hass auf Dimitri ins

Unermessliche. Aber sie verhielt sich ruhig, um sich eine Wiederholung dieser demütigenden Erfahrung zu ersparen. Aber nicht nur das hatte die Zurschaustellung von Dimitris Macht bewirkt. Sie war seit jener Nacht auch nicht mehr in der Lage, sich selber an jener Stelle zu berühren, die er entweiht hatte. Vassiliki musste ihr jeden Abend einen Schlaftrunk brauen, da sie sonst nicht zur Ruhe kam und sich bis zum Morgengrauen mit peinigenden Gedanken auf ihrem Lager wälzte. Sie war froh, dass Marcus weit weg war, denn sie hätte seine Gegenwart und Berührung zu diesem Zeitpunkt unerträglich gefunden.

Am schlimmsten waren die Nächte, in denen sie Dimitris Schritte auf dem Flur hörte.

Ihr Kopf wünschte, dass sie weitergingen, ihr Körper flehte, dass sie näher kämen.

Aber Dimitri rührte sie nicht mehr an.

Einige Wochen später sprach Vassiliki bei Ypsilanti vor. Sie mache sich Sorgen um ihre Herrin, klagte die Dienerin und legte ihre Stirn in Falten, Mando bekomme die Luft in Nauplia augenscheinlich nicht. Sie habe entsetzlich abgenommen, weil ihr nichts mehr schmecke, sie könne kaum schlafen und werde immer durchsichtiger. Ihre Kräfte schienen sie verlassen zu haben und wenn nicht bald etwas geschähe, würde Mando sicherlich sterben. Ob Dimitri nicht seine Zustimmung geben könnte sie nach Mykonos zu schicken.

»Seeluft haben wir hier auch. Was könnte ihr dort helfen, was sie hier nicht hat?«, fragte er.

»Ihre Mutter«, log Vassiliki, überzeugt, dass ihm Mando nie etwas über die Beziehung zu Zakarati verraten hatte.

»Also gut«, sagte er nach kurzer Überlegung. »Ihr könnt morgen abfahren. Ich gebe dir einen Brief für Marcus Mavrojenous mit. Als ihr Adjutant kann er auf Mykonos seine Arbeit wieder aufnehmen.«

Das wird er zweifellos tun, dachte Vassiliki und senkte den Blick.

Hera

Anfang 1826 stand Griechenland in Flammen. Unaufhaltsam zog Ibrahim Pascha mordend und brandschatzend über den Peloponnes. Eine Stadt nach der anderen fiel, aber es gelang ihm doch nicht, das ganze Land einzunehmen. Die Griechen hatten sich nämlich wieder in die Berge zurückgezogen und führten von dort aus im Partisanenstil den Kampf weiter. Die große Stunde der Klephten war gekommen, jener Räuberbanden, die von Kolokotronis befehligt wurden. Mittelgriechenland und die Argolis im Osten des Peloponnes konnten von diesen rund 4000 Freischärlern bis jetzt noch verteidigt werden, und die Stadt Missolonghi, der »Schlüssel von Korinth«, hielt seit bereits einem Jahr der Belagerung stand.

Allerdings war Ibrahim Pascha persönlich noch nicht bis dorthin gelangt. Die Stadt wurde von Männern beschossen, die unter dem Befehl des türkischen Generals Kiutagi standen, mit dem der Sultan in Konstantinopel langsam die Geduld verlor.

»Entweder Missolonghi oder deinen Kopf«, hatte Mahmud II. dem General unmissverständlich ausrichten lassen.

Aber für die Griechen gab es trotzdem eine gute Nachricht: Zar Alexander I. war am 1. Dezember gestorben, und das bedeutete das Ende der griechenlandfeindlichen Politik Russlands. Sein Bruder Nikolaus I., der am Heiligabend des Vorjahres formell die Regierung übernommen hatte, würde nicht auf Metternich, sondern auf sein eigenes Volk hören und Hellas helfen. Davon waren die Griechen überzeugt.

Viele ausländischen Offiziere dienten inzwischen in der griechischen Armee. Einer von ihnen, Oberst Fabvier, der schon mit Napoleon in die Schlacht gezogen war, wurde sogar Kommandant der regulären griechischen Streitkräfte.

»Manchmal denke ich, wir befinden uns im Mittelalter, die Christen Europas ziehen mit dem Kreuz in der Hand gegen den Halbmond in die Schlacht, und Griechenland ist das Heilige Land«, meinte Mando, als sie im Salon ihres Hauses auf Mykonos Marcus eine Tasse Tee einschenkte. Nach ihrer Rückkehr aus Nauplia war Mando nicht wieder in das Haus seiner Mutter gezogen, sondern in ihr eigenes. Ihre eigene Mutter wohnte schon seit einiger Zeit bei einer Schwester.

Marcus war sehr überrascht gewesen, als seine Cousine so unvermutet in Mykonos auftauchte. Er war ein wenig gekränkt, dass sie ihr altes Dachkämmerchen nicht wieder beziehen wollte. Sie hatte ihm auseinander gesetzt, dass sie eine sehr schwere Zeit hinter sich habe, über die sie aber nicht weiter zu sprechen wünsche. Sie brauche jetzt vor allem Ruhe, um sich zu erholen.

Mit ihrem Plan habe es dann wohl nicht geklappt, meinte er und versuchte vergeblich ihr Einzelheiten über diesen Plan zu entlocken.

Ihm war, als wäre eine Flamme in ihr erloschen. Mando war sehr dünn geworden, ihr Blick schien trüb, ihr Gang weniger aufrecht und ihre Stimme hatte jegliches Timbre verloren. Sie schien sich ganz in sich selber zurückgezogen zu haben, wie eine Schnecke in ihr Haus, und nicht einmal Vassiliki konnte an sie herankommen. Marcus konnte nicht glauben, dass der Dienerin entgangen sein könnte, was mit Mando geschehen war und fragte sie spitz, ob sie etwa anfange, schwerhörig zu werden. Aber Vassiliki versicherte ihm, auch sie habe keine Erklärung für Mandos Verhalten und bereits alles versucht, um ihre Herrin aufzuheitern. Eine tiefe Melancholie habe sie befallen und sie könne nur vermuten, dass es mit Ypsilanti zu tun habe, da sich die beiden in den letzten Wochen aus dem Weg gegangen wären. Sie habe gehofft, dass Mandos Lebensgeister nach dem Wiedersehen mit Marcus wieder erwachen würden und wisse jetzt auch keinen Rat mehr.

Vassiliki berichtete, sie habe sogar einen Pfau aufgetrieben, um Mando von ihrer Traurigkeit abzulenken. Mando verbringe zwar Stunden damit, sich dieses Tier anzusehen, aber lächeln würde sie dabei auch nicht. In der Verfassung, in der sich Mando jetzt befand, versuchte Marcus erst gar nicht, ein Schäferstündchen mit ihr zu vereinbaren. Obwohl ihn die Sehnsucht nach seiner Geliebten fast zerriss, respektierte er ihren Wunsch allein zu sein.

An diesem Nachmittag aber hatte sie Vassiliki geschickt, ihn in ihr Haus einzuladen. Die Füße der alten Dienerin konnten gar nicht so schnell gehen, wie sie diesen Auftrag auszuführen wünschte. Marcus ließ alles stehen und liegen und eilte sofort zu Mandos Haus.

Sie saß im Wohnzimmer, las gerade das jüngste Bulletin, begrüßte Marcus mit ihrem Kommentar zu den Kreuzzügen und reichte ihm die Tasse Tee.

Gut, dachte er, dann sprechen wir eben über Politik. Solange dabei nicht Dimitri Ypsilantis Name fällt, ist das zurzeit das ungefährlichste Terrain.

»Viele Europäer sind bereits für die griechische Sache gestorben …«

»… oder wieder heimgekehrt, weil es auf den Schlachtfeldern nicht so romantisch zugeht wie in den Büchern«, unterbrach ihn Mando.

»Das gilt nicht für die vielen Offiziere, die uns zu Hilfe geeilt sind. Denk an all die Engländer, die dem Londoner Philhellenischen Komitee angehören, Admiral Cochrane, Oberst Stanhope und Kapitän Hastings …«

»… und die Deutschen Normann und von Heydeck«, las Mando von ihrem Bulletin ab.

»Angefangen hat es mit George Canning, der vor vier Jahren Lord Londonderry im britischen Außenministerium abgelöst hat«, erinnerte sich Marcus. »Hätten die Engländer uns nicht anerkannt, wäre der Rest von Europa wohl kaum auf uns aufmerksam geworden. Da hätte man nur gesagt, dass die Hinterwäldler auf dem Balkan mit ihrem eigenen Problem fertig werden sollen.«

»Vergiss bitte Lord Byron nicht«, meinte Mando mit verschleierten Augen. »Ein engagierter Dichter kann mehr Einfluss ausüben als manch gescheiter Politiker. Im Übrigen halten sich die Politiker immer noch zurück. Ich verstehe nicht, warum

England oder Frankreich der Türkei nicht längst den Krieg erklärt haben!«

»Weil sie uns nicht trauen«, erwiderte Marcus, der froh war, dass Mando wieder mehr als nur einen Satz hintereinander sprach. »Selbst George Canning hat uns Griechen als ›einen Haufen von Gaunern‹ bezeichnet.«

»Er soll so aussehen wie Ypsilanti«, sagte Mando abfällig. »Dimitri Ypsilanti, natürlich, den anderen habe ich ja nie gesehen, der sitzt immer noch hinter Metternichs Gittern.«

Marcus schwieg.

Er schreckte auf, als er einen schrillen Schrei vor dem Haus vernahm. »Was war denn das?«, rief er entsetzt.

»Mein Pfau«, erwiderte Mando. »Vassiliki hat ihn für mich gefunden und ärgert sich jetzt schrecklich über seine Schreie. Mich stören sie nicht, manchmal wünschte ich, dass ich auch so einen Ton von mir geben könnte.«

Marcus lächelte. »Wusstest du, dass der Pfau das Symbol der Zeusgemahlin Hera ist?«, fragte er.

»Nein«, antwortete sie überrascht, »ist das eine Anspielung auf ihren Stolz?«

»Unter anderem«, erwiderte er, »und darauf, dass die Ehe und das weibliche Leben ihre Domäne ist. Hast du dich jetzt von Aphrodite in Hera verwandelt?«, fragte er etwas traurig.

Zwischendurch war ich auch mal Pallas Athene, dachte sie, aber von diesen drei Göttinnen gefiel ihr Hera am wenigsten. Und nicht nur deshalb, weil sie bei ihrer Geburt von ihrem Vater erst aufgefressen und später wieder ausgespuckt wurde.

Wie konnte sie Hera sein, wenn diese Schutzgöttin von Argos war, wo sich Mando den Arm gebrochen hatte! Ihrem Gemahl Zeus sollte Hera allerdings auch in Euböa näher gekommen sein – wie sie Ypsilanti. »Hera ist die Beschützerin der Ehe«, sagte sie, »das dürfte auf mich kaum zutreffen.«

»In Arkadien«, meinte Marcus, »wird sie als Mädchen, Ehefrau und Witwe verehrt, stellt also sämtliche Phasen der Frau dar.«

»In meinem Fall sehen die Phasen anders aus«, meinte Mando, und Marcus freute sich, dass er endlich wieder ein richtiges Gespräch mit ihr in Gang hatte bringen können.

Aber sie wollte sich nicht mehr über Göttinnen unterhalten und kehrte zu dem Thema zurück, das durch den Schrei des Pfaus unterbrochen worden war. »Wusstest du, dass Byron sein ganzes Vermögen für die Befreiung Griechenlands ausgegeben hat?«, fragte sie ihn.

»Da war er wohl nicht der Einzige«, erwiderte Marcus beziehungsreich.

»Aber wo sich der Dichter jetzt befindet, braucht er kein Geld«, sagte sie bitter. »Ich wünschte, ich wäre auch tot!«

»Mando, sag so etwas nicht!« Er konnte nicht mehr an sich halten, fiel vor ihr auf die Knie und legte seinen Kopf auf ihren Schoß. Lange Zeit rührte sie sich nicht und schwieg. Dann bewegte sie ganz langsam eine Hand auf Marcus' Kopf zu und strich ihm über das lange auffallend glatte Haar, durch das sich jetzt einzelne graue Strähnen zogen. Erleichtert atmete Vassiliki vor dem Schlüsselloch auf.

Nach einer Weile hob er den Kopf und sah sie fragend an.

»Nein, Marcus«, flüsterte sie und zog ihre Hand zurück, »noch nicht.«

Wenigstens ein Funken Hoffnung, dachte er, als er sich erhob und seinen Stuhl näher zu ihr hinschob.

»Willst du mir nicht deinen Kummer erzählen?«, fragte er. »Du weißt doch, dass ich dich liebe, dass ich dich vor allem Übel dieser Welt beschützen und dich vor deinen Feinden verteidigen will.«

»Mein Feind sitzt in Nauplia und zahlt dir dein Gehalt.«

»Seit wann ist dein künftiger Ehemann dein Feind?«

Den Namen konnte er immer noch nicht aussprechen.

»Dimitri Ypsilanti ist nicht mein künftiger Ehemann.«

Diese Nachricht nahm ihm fast den Atem. Mando ist wieder frei, jubelte es in ihm.

»Dann hat er das Verlöbnis gelöst?«

»Nein.«

»Du hast es rückgängig gemacht?«

»Nein.«

Er verzweifelte schier, dass Mando jetzt wieder zu den einsilbigen Antworten zurückkehrte. Er wollte sich damit nicht mehr abspeisen lassen. »Heraus damit!«, fuhr er sie an. »Ich möchte jetzt wissen, was passiert ist! Ich habe ein Recht darauf!«

»Ich auch«, ertönte zu beider Überraschung Vassilikis Stimme von der Tür her. Die Dienerin baute sich vor Mando auf und funkelte sie mit ihren schwarzen Vogelaugen an. »Du wirst es uns beiden sofort sagen!«

Noch nie hatte Mando Vassiliki so außer sich gesehen. Den Hauptgrund dafür konnte sie nicht wissen. Dimitri Ypsilanti, der bald hinter Vassilikis Lausch-Leidenschaft gekommen war, hatte in den letzten Wochen nämlich dafür gesorgt, dass Jaja die Dienerin immer ablenkte, wenn er mit Mando zusammen war. Daher hatte Vassiliki weder seinen Angriff auf ihr Püppchen noch den Streit um den vorehelichen Vertrag mitbekommen. Erst zu spät hatte Vassiliki gemerkt, dass sie überlistet worden war.

Natürlich konnte der Prinz nicht ahnen, dass es viele Jahre lang für Vassiliki eine Überlebensfrage gewesen war, genau zu wissen, was um sie herum geschah. Inzwischen war das Lauschen an Türen eine für sie wichtige Gewohnheit geworden und Mando hatte sich daran gewöhnt, dass Vassiliki immer in der Nähe war – wenn auch durch eine Tür von ihr getrennt. Sie hatte sich sehr gewundert, dass die Dienerin keine Anspielungen auf die entscheidenden Ereignisse gemacht hatte und vermutete, dass Vassiliki ihre Handlungsweise nicht nur missbilligte – dann hätte sie zweifellos den Mund aufgemacht –, sondern wahrscheinlich auf das Schärfste verurteilte.

Das kränkte Mando, denn ihr war am Wohlwollen des einzigen uneigennützigen Menschen in ihrer Umgebung viel gelegen. Daher war sie jetzt unendlich erleichtert, als sie merkte, dass Vassiliki offensichtlich wirklich ahnungslos war.

Zögernd berichtete Mando den beiden, dass Ypsilanti tatsächlich das Verlöbnis hatte auflösen wollen, allerdings verschwieg sie seine Gründe. Marcus erinnerte sich daran wie schlecht sie den Prinzen behandelt hatte und wunderte sich nicht, dass diesem der Kragen geplatzt war.

»Und warum seid ihr dann immer noch verlobt?«, fragte er.

»Weil Dimitri mir eine Menge Geld zahlen muss, wenn er sich von mir trennt.«

»Wieso denn das?«

»Der voreheliche Vertrag«, klärte Vassiliki ihn auf. Damals hatte sie noch alles mitgekriegt.

»Mando!«, rief Marcus. »Du hast doch nicht etwa von Prinz Dimitri Ypsilanti einen vorehelichen Vertrag verlangt!«

»Warum nicht? So ist das bei uns in Mykonos Sitte«, erwiderte sie patzig. Ihr Gesicht hatte bereits wieder etwas Farbe angenommen.

Marcus wusste nicht, ob er lachen oder weinen sollte. Auf einmal ergab alles einen Sinn. Mando hatte Dimitri schlecht behandelt, weil sie sich von ihm zu trennen und mit reich gefüllten Koffern abzureisen wünschte. Das also war der Plan gewesen, den sie ihm gegenüber als unerfreulich bezeichnet hatte!

»Auch ich kenne Dimitri Ypsilanti«, er wog sorgfältig seine Worte ab, »dieser Mann steht zu seinem Wort. Er wird dich nicht freigeben. Vergiss also sein Geld und trenne du dich von ihm.«

Vassilikis Kopfnicken begleitete seine Worte.

»Das kann ich nicht«, jammerte Mando.

»Nur wegen des Geldes?«, fragte Marcus ungläubig.

»Nicht nur. Ich habe doch Jahre in seinem Haus gewohnt! Jeder weiß das in Griechenland! Ich werde nie einen Mann finden, der mich danach heiraten will! Und ich werde bald dreißig!«

Damit brach sie in Tränen aus.

Die beiden warteten, bis das Schluchzen verebbte. Dann fragte Vassiliki sanft: »Ist Liebe nicht wichtiger als Ehe?«

Marcus hätte sie dafür auf die schmalen Lippen küssen können.

»Oder willst du immer noch Macht?«, fragte er unvorsichtigerweise. »Dann bist du hier auf Mykonos fehl am Platz. Dann solltest du dich Kolokotronis anschließen und deinem Posten als Generalleutnant gerecht werden. Du könntest eine Menge Soldaten zu Heldenmut antreiben.«

Mando sprang auf. »Verlasst sofort das Zimmer!«, schrie sie und verlieh der Aufforderung mit zur Tür ausgestrecktem Zeigefinger Nachdruck. »Was fällt euch überhaupt ein, so mit mir zu reden!«

Marcus und Vassiliki rührten sich nicht vom Fleck.

»Wo ist eigentlich der grüne Kasten?«, fragte Marcus plötzlich.

»In Nauplia«, klärte ihn Vassiliki auf.

»Warum habt ihr ihn nicht mitgenommen?«

»Weil Dimitri ihn versteckt hat!« Mandos Zorn richtete sich jetzt wieder auf Ypsilanti. »Er hat sich angemaßt ihn mir einfach wegzunehmen!«

»Hat sich denn herausgestellt, dass die Zeusstatue wirklich ein Stück aus dem Altertum ist?«, wollte Marcus wissen.

»Er hatte nicht das Recht mir mein Eigentum zu stehlen.«

»Wie ist der Kasten eigentlich in deinen Besitz gekommen?«, fragte Vassiliki schelmisch. Mando erinnerte sich und hob fragend die Augenbrauen.

»Eins hat mich die ganze Zeit gewundert«, sagte sie langsam, »dass Pappas Mavros nicht Himmel und – ja – Hölle in Bewegung gesetzt hat, um den Kasten wieder zu finden. Er muss doch erraten haben, dass du die Figur gestohlen hast!«, wandte sie sich an Vassiliki.

»Was meinst du damit?«, fragte Marcus verwundert. »Pappas Mavros hat ihr den Kasten doch gegeben!«

»Was! Einfach so?!«

Vassiliki hob die mageren Schultern. »Was sollte er mit so einer heidnischen Figur – wo er doch die wundertätige Ikone von der Panagia hatte! Der heilige Mann meinte, du solltest damit tun, was du für richtig hältst.«

Zum ersten Mal seit Wochen brach Mando in Gelächter aus.

»Warum hast du mir dann vorgelogen, dass du sie gestohlen hast?«

Gestohlen habe ich sie schon öfter, dachte Vassilki, nur eben nicht in Tinos.

»Dein Leben war so langweilig geworden, da wollte ich dir eine spannende Geschichte erzählen.«

Mando dachte später oft daran, wie seltsam es war, dass so eine Banalität wie Vassilikis unnötige Lüge es geschafft hatte, die Erstarrung zu lösen, die sich in ihr breit gemacht hatte. Wie ein einziger Tropfen das Fass zum Überlaufen bringen kann, so gibt es auch immer einen letzten, der es voll macht. Nun reicht es, sagte sie zu sich selber, ich wollte nie eine Eremitin werden, und es wird Zeit, dass ich wieder unter Menschen komme. Allmählich kehrte ihr Lebenswille zurück und sie begann sich auf die Besuche ihres Cousins zu freuen.

Als er eine Woche später einen Ausritt nach Kalo Livadi vorschlug, war sie einverstanden. In der Hütte, die er mit seinen eigenen Händen gebaut hatte, fanden sie wieder zueinander und alle Anspannungen der vergangenen Monate fielen von Mando ab. Obwohl das Wasser eiskalt war, schwamm sie zusammen mit Marcus im Meer, lief nackt mit ihm über den Strand und fühlte sich wieder wie ein junges Mädchen. An einem Vollmondabend bestand sie darauf, in der Hütte zu übernachten und bat ihn, sie zum Schwimmen an den Strand zu begleiten. Sie sehnte sich danach, wieder zu tanzen, aber die Yaludes ließen sich zu ihrer Enttäuschung nicht blicken. Wahrscheinlich war es ihnen zu kalt.

Sie nahm auch wieder am gesellschaftlichen Leben in Mykonos teil. Als der Ältestenrat sie bat einen Vortrag über die jüngsten politischen Entwicklungen zu halten, sagte sie zu. Sie wusste, dass sie nicht als Heldin von Mykonos mit dieser Aufgabe betraut worden war, sondern als Verlobte von Dimitri Ypsilanti. Man ging davon aus, dass sie der Prinz auf dem Laufenden hielt, aber das war ihr egal. Sie lebte wieder in Frieden mit sich und Nauplia befand sich am anderen Ende der Welt. Sie erhielt keine Nachrichten von Dimitri und dachte nicht daran, ihm selber welche zu senden.

Sie zog viele Blicke auf sich, als sie den Saal betrat, in dem sich vor vielen Jahren die Honoratioren der Insel versammelt und in dem Jakinthos seinen Heiratsantrag gemacht hatte.

Hätte ich ihn nur erhört, dachte sie jetzt, dann wäre mir viel erspart geblieben. Allerdings konnte sie sich nicht vorstellen, dass sie ihren schönen Adjutanten mit Marcus betrogen hätte. Aber damals war ihr Jakinthos zu wenig gewesen, sie war stolz wie Hera gewesen und hatte nach der griechischen Königskrone greifen wollen – sinnbildlich gesprochen, verbesserte sich die Republikanerin.

Auch zu den Versammelten im Bürgermeistersaal war durchgedrungen, dass der Krieg jetzt seine schlimmste Phase erreicht hatte. Mando, die sich wunderte, warum die Gebildeten die Bulletins nicht selber lasen, berichtete, dass Ibrahim Pascha dem General Kiutagi, der guten Grund hatte, um seinen Kopf zu fürchten, zu Hilfe geeilt war. Sie beschrieb, wie die Bürger von Missolonghi der Belagerung ein ganzes Jahr standgehalten hatten, und trotz großen Hungers und großer Nöte ihren Widerstand aufrechterhielten. Im Januar hatte Kiutagi zum Beispiel innerhalb von drei Tagen 8000 Kugeln und Granaten in die Stadt geschossen und immer wieder war er gegen die Festung angerannt.

»Aber am 23. April fiel Missolonghi den Barbaren in die Hände«, sagte Mando. »Alles ist umsonst gewesen.«

Die Tränen stürzten ihr aus den Augen, als sie berichtete, dass fast alle 9000 Einwohner, Männer, Frauen und Kinder von den eindringenden Horden erbarmungslos niedergemetzelt wurden. Anders als damals in Chios gab es diesmal für die Sklavenhändler keine Beute.

Ohne Aufforderung standen alle Anwesenden auf und ehrten die Opfer mit einer Schweigeminute. Marcus reichte Mando ein Taschentuch, sie sammelte sich und fuhr fort.

»So viele mussten sterben, damit sich ganz Europa endlich empört«, sagte sie bitter, »offensichtlich erreichen nur die Todesschreie von tausenden das Ohr der Welt.«

Sie informierte die Versammelten über das englisch-russische Protokoll, in dem beide Mächte ihre Zustimmung zu einer englischen Vermittlung zwischen Griechen und Türken gaben.

»Mit dem Ziel Griechenland zu einem autonomen Anhängsel des osmanischen Reiches zu machen«, rief sie.

Murmeln ging durch den Saal, vereinzelte »Niemals!«-Schreie waren hörbar und »Freiheit oder Tod«. Plötzlich erklang der alte Schlachtruf: »Du voran, Mando, wir folgen!«

Das war Musik in ihren Ohren. Sie stand auf und verbeugte sich leicht. Es war wieder fast so wie in alten Zeiten und wären in diesem Augenblick Türken auf die Idee gekommen, das Felseneiland in der Ägäis zu bedrohen, hätte Mando zweifellos wieder zum Schwert gegriffen.

Wie schon vor Jahren forderte sie die Mykoniaten auf ihre Börsen zu öffnen und diejenigen auf dem Festland zu unterstützen, die ihr Leben beim Kampf um die Freiheit aufs Spiel setzten. Sie wies wieder darauf hin, dass es nicht mehr lange dauern könnte, bis die Großmächte sich militärisch offiziell einschalten würden. Sie hatte sich für ihren Auftritt vorbereitet und einen Text von Chateaubriand – Satobriant, wie Pappas Mavros zu sagen pflegte – ins Griechische übersetzt und die Deklamation zu Hause geübt. Es war mucksmäuschenstill im Saal, als sie den Text vorlas:

»Wird unser Jahrhundert tatenlos zusehen, wie Horden von Wilden eine Kultur im selben Augenblick auslöschen, in dem sie sich anschickt aus dem Grab derer aufzuerstehen, die einst die Welt zivilisierten? Wird das Christentum seelenruhig zulassen, wie Türken Christen erwürgen? Und können die rechtmäßigen Monarchen Europas schamlos gestatten, dass ihr gesalbter Name eine Tyrannei ziert, die mit dem von ihr vergossenen Blut den Tiber röten könnte?«

Mit leicht gerötetem Gesicht blickte sie hoch. Marcus nickte ihr aufmunternd zu.

Sie hatte es wieder geschafft, die Menschen zu begeistern.

Als Verlobte von Ypsilanti hatte man sie zu dem Treffen gebeten, aber als Freiheitsheldin, die Mykonos vor dem Untergang bewahrt hatte, verließ sie den Saal. Der Auftritt hatte ihr gut getan. Sie merkte, wie alle Lebensgeister wieder in sie zurückströmten, und sie schwor sich, nie wieder von einer tiefen Melancholie befallen zu werden.

»Komm, wir erobern die Welt«, rief sie noch am selben Abend Marcus zu und forderte ihn auf sein Pferd zu besteigen. »Wir fangen mit Kalo Livadi an«, setzte sie spitzbübisch hinzu.

Obwohl er froh war, sie wieder bei Laune zu sehen, ging ihm ihre Wandlung etwas zu schnell. Gestern befand sie sich in der Unterwelt, heute ist sie wieder im Olymp, dachte er, und mich zieht sie, immer, wie es ihr gerade passt, entweder nach unten oder nach oben. Und ich lasse es mir gefallen, weil mein Leben ohne Mando keinen Sinn hat.

Er wusste, dass auf der Insel über ihn gemunkelt wurde.

Nicht im Zusammenhang mit Mando, denn er spielte in Abwesenheit der Brüder ja nicht nur die Rolle des Beschützers, sondern war auch ihr von Dimitri Ypsilanti persönlich benannter Adjutant. Das machte ihn über jeden Verdacht erhaben.

Aber seine Mutter, Tanten und Schwestern fanden es seltsam, dass er sich überhaupt nicht für Mädchen zu interessieren schien, was für die jungen Damen der Insel höchst bedauerlich war, da er einer der wenigen guten Familien angehörte, die im Krieg nicht ins Ausland verschwunden waren. Marcus' Mutter legte ihm regelmäßig ein Basilikumsträußchen unters Kissen, in der Hoffnung, das Königskraut werde seine Wirkung tun und das steinerne Herz ihres Sohnes für ein hübsches, nachgiebiges und wohlerzogenes Mädchen erweichen. Die halboffiziellen Heiratsvermittlerinnen und Kupplerinnen hatten es aufgegeben, bei ihm anzuklopfen. Inzwischen hatte er sich den Ruf eines Sonderlings erworben, der nur bei einigen älteren männlichen Verwandten auf Verständnis stoßen konnte.

»Ich habe auch erst mit fünfzig geheiratet«, brüstete sich ein Onkel, »ein Mädchen von zwanzig. Als ich dreißig war, habe ich sie bereits in der Wiege bewundert, und jetzt bin ich alt, habe aber eine Frau, um die mich viel jüngere Männer beneiden. Lasst den Jungen also in Ruhe!«

Mando entschloss sich zu einem Besuch auf Tinos, um Pappas Mavros und ihre Schwester wieder zu sehen. Aus Angst vor Fragen nach dem grünen Kasten hatte sie die Reise bisher nicht gewagt, aber jetzt stand kein Hindernis mehr im Weg.

Es wurde jedoch ein sehr trauriger Aufenthalt, denn Irini lag im Sterben.

Ein zweites Mal schaffte es die wundertätige Ikone nicht, sie von der Malaria zu heilen, und wie so viele Menschen jener Zeit fragte sich auch Mando verzweifelt, was diese Krankheit, die so viele ihrer Landsleute dahinraffte, verursachte. Es gab darüber alle mögliche Gerüchte, bei denen auch der böse Blick eine Rolle spielte. Die Nonne Pelagia, die gebeten wurde, ihre guten Beziehungen zur Mutter Gottes einzusetzen und diese um Aufklärung zu bitten, zog sich zu diesem Zwecke sogar zwei Wochen lang zum Gebet zurück. Als sie hinterher zu Pappas

Mavros ging, flüsterte sie ihm zu, dass sie wohl schwerhörig werde. Die Panagia habe ihr mitgeteilt, dass diese Krankheit durch eine Mücke übertragen würde, aber das könne wohl kaum stimmen. Pappas Mavros hielt es auch für besser, der Öffentlichkeit diese Vision nicht zugänglich zu machen und verbrachte Tage damit, nach Ursachen zu suchen, die so ähnlich wie das Wort Mücke klangen.

Zakarati war mit nach Tinos gekommen und aus Respekt vor Irinis Zustand begruben Mutter und Tochter vorübergehend das Kriegsbeil. Dass zwischen Mutter und Schwester endlich Frieden eingekehrt zu sein schien, machte Irini das Sterben etwas leichter. Sie nahm Antonis das Versprechen ab, sich nicht um die offizielle Trauerzeit zu scheren und schnell eine Mutter für ihre Kinder zu finden. Das beeindruckte Mando, die Marcus am liebsten das Versprechen abgenommen hätte ihr auch nach ihrem Tod treu zu bleiben. Vor ihrem letzten Atemzug legte Irini noch die Hände von Mutter und Schwester ineinander und zum ersten Mal seit Jahren blickten sich die beiden Kontrahentinnen ohne Zorn, Argwohn oder Ablehnung in die Augen.

Pappas Mavros war sehr alt geworden, aber Mando entdeckte in seinen Augen ein Leuchten, das zuvor nicht dort gewesen war. Sein früher so strenger, harter Mund war weicher geworden und schien ständig mild zu lächeln.

Stolz zeigte er seiner einstigen Schülerin die eindrucksvolle Kirche Panagia Evangelistria, die er an der Fundstelle in Hafennähe hatte errichten lassen.

»Evstratis aus Smyrna hat sie innerhalb eines Jahres fertig gestellt«, berichtete er. »Fast jeder Bürger von Tinos und viele Flüchtlinge haben beim Bau selber Hand angelegt.« Er deutete auf einen Marmorquader. »Der stammt aus Delos.«

Mando war überrascht.

»Sie haben sich doch immer gegen die Plünderung der antiken Stätten gewehrt«, erinnerte sie sich. »Und für den Bau der eigenen Kirche haben Sie zugelassen, dass geräubert wurde?«

»Nicht geräubert«, sagte er mild, »nur den antiken Tempelstücken ein christliches Heim gegeben.«

Nein, das war ganz bestimmt nicht mehr der Pappas Mavros,

den sie einmal gekannt hatte! Jetzt waren sie schon eine halbe Stunde zusammen und er hatte noch kein Wort über den Befreiungskampf verloren!

Inzwischen befanden sie sich im eigentlichen Kirchenraum, wo an prominenter Stelle die wundertätige Ikone angebracht worden war. Pappas Mavros trat auf die Menschen zu, die sich um das Bildnis geschart hatten, um es zu küssen, und bat sie einen Augenblick zur Seite zu treten. Respektvoll ließen sie den Priester und seine Begleiterin durch.

Nachdenklich betrachtete sich Mando das Bild, auf dem Mariä Verkündigung dargestellt war.

»Wer ist das?«, fragte sie und deutete auf den Engel.

»Der Erzengel Gabriel«, informierte sie Pappas Mavros.

Um Mandos Mundwinkel zuckte es. »Ist das nicht der, den auch die Muslims so verehren? Von dem Mohammed seine Offenbarung empfing?«

»Warum fragst du mich, wenn du das so genau weißt?«, antwortete er mit scharfer Stimme, die ein klein wenig an den Popen von vor sechs Jahren erinnerte.

»Du hast wahrscheinlich keine Lust die Ikone zu küssen«, stellte er fest. Mando schüttelte den Kopf. Ihre Gläubigkeit hielt sich zwar in Grenzen, aber doch verspürte sie eine unerklärliche Angst sich mit ihrem unreinen Herzen einem für viele so heiligen Objekt zu nähern. Man konnte ja nicht wissen, es gab viel im Himmel und auf Erden ... und weil ihr einfiel, dass Dimitri dies geäußert hatte, wollte sie ganz schnell den Kirchenraum verlassen.

»Mir sind hier zu viele Menschen«, sagte sie, »die stören mich bei der Andacht.«

Pappas Mavros lachte leise.

»Viele Menschen? Das ist noch gar nichts! Du solltest sehen, was hier am 15. August, dem Namenstag der Mutter Gottes, geschieht«, sagte er, als er mit Mando die breite Steintreppe hinunterschritt. »Von überall her kommen die Pilger, sie lassen sich nicht durch türkische Kriegsschiffe oder Piraten abschrecken und rutschen auf Knien diese Stufen hinauf, um die Panagia um Hilfe oder Heilung anzuflehen. Sogar Admiral Miaulis ist schon hier gewesen und hat die Ikone geküsst.«

»Wie viel Heilungen gibt es inzwischen?« Mando versuchte, nicht zynisch zu klingen.

»Viele. Alle, die mir bekannt sind, habe ich in einem Buch notiert«, sagte er, »es besteht kein Zweifel daran, dass die Nonne Pelagia nach ihrem Tod heilig gesprochen werden wird.«

Vor allem, wenn sie das nächste Mal besser zuhört, wenn ihr die Panagia die Ursache der Malaria erklärt, fügte er für sich selber hinzu.

Er zeigte ihr dann noch den Unterbau des Gebäudes, die so genannte Kirche der Auffindung, eine bei den Ausgrabungsarbeiten entdeckte ältere Kirche. Mando besichtigte die Fundstelle, zwei Taufbecken, eine geweihte Quelle und war froh, als sie wieder ans Tageslicht kam. Dunkle Gemächer erinnerten sie immer wieder an Dimitris Haus in Nauplia. Und Pappas Mavros erinnerte sie überhaupt nicht mehr an den Mann, der ihr logisches Denken und politisches Bewusstsein beigebracht und in ihr die Fackel der Freiheit entzündet hatte. Der Onkel war ihr fremd geworden.

Mando kannte genügend Legenden, in denen sich ein Saulus zum Paulus wandelte, in denen ein Schlüsselerlebnis einen Menschen von Grund auf veränderte oder jemandem eine plötzliche Erleuchtung zuteil wurde. Aber sie verstand nicht, wie sich ein Fels in der Brandung plötzlich auflösen konnte.

»Pappas Mavros«, begann Mando, als sie später im Arbeitszimmer des Popen beim Tee saßen.

»Nikolas«, unterbrach er. Mando sah ihn fragend an.

»Pappas Nikolas. Ich möchte, dass du dich daran gewöhnst. Es ist nicht üblich, einen Popen bei seinem Nachnamen zu nennen.«

»Früher hat Ihnen das nichts ausgemacht.«

»Früher war ich ein anderer Mensch, Magdalini. Die Panagia hat mir den richtigen Weg gewiesen. Ich habe mich schwer versündigt, auch an dir.«

Mando schwieg einen Moment. Dann erhob sie sich langsam und warf einen langen forschenden Blick auf den Mann in dem schwarzen Gewand. Ein sanfter alter Herr, dachte sie. Diese so genannte Erleuchtung hat sogar seinen Gesichtszügen die Schärfe genommen. Völlig ungeeignet als Modell für El Greco. Wo ist das Feuer geblieben, wo die Begeisterung?

Ihre Betroffenheit wich der Wut. Vor ihr saß der Mensch, der sie in jungen Jahren geformt hatte. Er hatte ihr den Weg gezeigt, der sie in einem freien Griechenland zum Glück führen sollte. Er hatte ihr vorgegaukelt, dass sie es zu Macht und Ruhm bringen würde, und sie dazu gebracht, ihr ganzes Vermögen zu opfern. Er hatte sie in die Welt hinausgestoßen. Er war an allem schuld.

Sie wandte sich zornig um, trat zum Fenster und riss es weit auf. »Pappas Mavros!«, rief sie hinaus. »Pappas Mavros, Sie sind ein Verräter!«

Eine Frau blickte entsetzt zum Fenster hinauf und huschte dann eilig weiter die Gasse entlang.

»Mein Vater hat mich Ihnen anvertraut«, fuhr Mando mit unvermindert lauter Stimme fort. »Wozu? Etwa, damit Sie mich zum Werkzeug Ihres Willens machen? Das ist Ihnen vorzüglich gelungen! Ich habe Ihnen vertraut, Sie bewundert und war doch nichts weiter als Ihre Marionette! Sie haben mich benutzt. Jetzt stehe ich vor dem Scherbenhaufen meines Lebens!«

Sie redete sich immer mehr in Rage.

»Verarmt bin ich, auf Almosen angewiesen. Und Sie, der an allem schuld ist, spielen hier auf Tinos den geläuterten heiligen Mann. Ich werde der Welt sagen, wer Sie sind: ein Feigling, der sich aus der Verantwortung gestohlen hat! Wollten Sie Griechenland wirklich jemals retten? Wo waren Sie denn, als ich auf dem Schlachtfeld für Griechenlands Freiheit gekämpft habe? Wo, als die Menschen auf den Straßen Nauplias verhungerten? Im sicheren Hafen von Tinos haben Sie Briefe geschrieben. Haben Sie auch nur ein einziges Mal für Griechenland Ihr eigenes Leben eingesetzt? Aber von mir haben Sie das erwartet – von mir und von all den anderen, die Sie in den Tod geschickt haben. Wie Schachfiguren haben Sie uns umhergeschoben! Jakinthos, Marcus und ich waren Ihre Bauern. Königin sollte ich werden? Sie wussten genau, dass der Bauer auf der letzten Reihe geopfert wird! Ja, Sie haben sich an mir versündigt. Sie haben mein Denken vergiftet und mir nichts als Worte gegeben. Worte! Immer wieder Worte. Haben Sie noch mehr davon?«

Sie wandte sich um.

Der Pope saß reglos auf seinem Stuhl. Der Mund war halb geöffnet, die Augen starrten Mando unverwandt an.

»Pappas Mavros …« Sie trat auf ihn zu und fasste ihn am Arm. Er fiel zur Seite.

»Pappas Mavros! Pappas Nikolas!«

Er rührte sich nicht. Laut schrie Mando um Hilfe.

Er lebte noch, aber Worte hatte er nicht mehr. Ein schwerer Schlaganfall, diagnostizierte der Arzt, wiegte das Haupt und empfahl Gebete. Mando war aschfahl geworden. Ihre Zähne klapperten und ihre Knie schlotterten.

»Ich bin schuld«, wiederholte sie immer wieder. Sie war nicht zu bewegen das Haus des Kranken zu verlassen. Sie schob einen Stuhl an sein Bett und nahm eine Hand des Popen in die ihre.

»Pappas Nikolas«, flüsterte sie, und auf einmal klang der Name nicht mehr fremd. »Verzeihen Sie mir! Sie müssen mir vergeben. Ich habe nur an mich gedacht. Sie haben mich viel gelehrt, auch unabhängiges Denken. Wie kann ich Ihnen da vorwerfen, an meinem Unglück schuld zu sein? Meine Irrwege habe ich ganz allein eingeschlagen.«

Tagelang harrte sie an seinem Bett aus und redete zu ihm. Was dem Außenstehenden wie ein Monolog vorkommen musste, wurde für sie zum Gespräch. Obwohl der Pope reglos dalag, erschien es Mando, als ob er seine Gedanken direkt in ihren Kopf transportierte. Für sie war er nicht stumm.

Als die Nonne Pelagia erstmals ans Bett des Kranken trat, flehte Mando sie an die wundertätige Ikone zu bringen. Die Nonne sprach kein Wort, sondern schüttelte nur den Kopf und sah Mando mitleidig an.

»Werde wieder gesund!«, flehte Mando den Popen an, bis es in dem stummen Zwiegespräch zu ihr durchdrang, dass er dies nicht wollte. *Meine Zeit ist gekommen*, verstand sie.

Er darf noch nicht sterben, dachte sie verzweifelt. Er muss leben! So wie seine Stärke sich einst auf andere übertragen hatte, so könnte jetzt seine Milde ihr, anderen Menschen, dem ganzen Land Kraft geben diese schrecklichen Zeiten zu überstehen.

Es ist alles nicht so wichtig, verstand sie, *lebe mit dir selbst im Einklang.*

Aber wie konnte sie das? Wer war sie überhaupt?

Ein Mensch, der liebt.

Das war nicht genug! Sie hatte Aufgaben.

Welche?

Die Frage machte sie betroffen. Was waren jetzt ihre Aufgaben? Ohne Geld konnte sie ihrem Land nicht mehr helfen, ohne Ehemann nicht Frau und Mutter werden. So wenig wie sich die Revolutionäre zu Beginn ihres Aufstandes Gedanken darüber gemacht hatten, wie das Land nach der Befreiung von der Osmanenherrschaft aussehen sollte, so wenig hatte sich Mando über ihre eigene Zukunft den Kopf zerbrochen. Sie hatte nur die unausgegorene Idee, dass sie in einem freien Griechenland eine wichtige Rolle spielen und gleichzeitig ihrer Bestimmung als Frau gerecht werden würde.

Mach dir keine Vorwürfe. Ein unfreier Mensch weiß nicht, wie Freiheit schmeckt.

Sie begriff, dass er ihr nicht helfen konnte ihre Zukunft zu gestalten. Den Weg musste sie schon alleine finden. Aber es waren noch so viele Fragen aus der Vergangenheit offen.

»Warum musste mein Vater sterben?«, fragte sie. »Wer hat ihn getötet?«

In ihrem Kopf kam keine Antwort an.

Pappas Mavros starb vier Wochen nach Irini. Einen Monat später erlagen Irinis Zwillinge ebenfalls der Malaria.

»Warum sterben so viele gute Menschen«, klagte sie weinend, als sie mit Vassiliki wieder nach Mykonos zurückgekehrt war, »und so jemand wie Dimitri Ypsilanti bleibt einfach leben!«

»Mein Püppchen«, sagte die Dienerin sanft, »begrabe deinen Hass. Er wird dich nur selber zerstören. Er gefährdet deine Liebe. Du solltest nach Nauplia zurückkehren und versuchen mit deinem Prinzen ins Reine zu kommen.«

»Nie«, fuhr Mando auf, »außerdem ist das jetzt ein ganz ungünstiger Zeitpunkt.«

Da hatte sie Recht, denn es tobte gerade eine mörderische Schlacht bei Chaidari um die Akropolis von Athen. Kommandant Gouras und 1500 Rebellen verteidigten die antike Stätte, zwischen deren Trümmern sich fünfhundert Frauen und Kinder versteckt hielten, die bei der Einnahme Athens auf die Akropolis geflüchtet waren. Gouras hatte bisher dem Ansturm der Türken mit vierzehn Kanonen und drei Mörsern Widerstand leisten können, aber jetzt drohte ihm die Munition auszugehen.

Oberst Fabvier beriet sich mit Ypsilanti und beide beschlossen, das Wagnis einzugehen, die Akropolis mit Nachschub zu versorgen. Sie ließen 530 Freiwillige, darunter auch viele Philhellenen, mit Schiffen in Piräus landen und mit Pulversäcken auf dem Rücken im Dunkel der Nacht die Festung erklimmen. Den türkischen Wachen konnte der Ansturm so vieler Soldaten nicht lange entgehen. Ein Teil der Nachschubtruppe hatte bereits die offenen Tore der Akropolis erreicht, als der Kugelhagel der Türken einsetzte und unzählige Träger zu Boden riss. Explodierende Pulversäcke beleuchteten die Festung die ganze Nacht über und jene Nachschubträger, die noch rechtzeitig die Festung erreicht hatten, gehörten jetzt auch zu den Eingeschlossenen.

Dank der Mitwirkung der Großmächte waren große Teile des Landes wieder befreit und die Akropolis immer noch nicht von den türkischen Belagerern eingenommen, als Mando im März 1827 eine bestürzende Entdeckung machte: Sie war schwanger.

Sie vertraute sich Vassiliki an und die Dienerin setzte alle die ihr bekannten Mittel ein, um die Schwangerschaft abzubrechen. Mando wurde schlecht von den vielen Kräutern, aber sie blieb schwanger.

»Das ist eine sehr starke Seele«, bemerkte Vassiliki verzweifelt, »es gibt jetzt nur noch eines, aber das ist auch für dich nicht ungefährlich.«

Mando schüttelte vehement den Kopf. »Ich kann keine so starke Seele vernichten«, sagte sie und dachte, es ist die Frucht meiner Liebe, sie soll leben.

Ihr fiel der kleine Jorgo ein, jener Losverkäufer in Lakka, der das Ergebnis einer Beziehung zwischen Verwandten sein sollte. Fast jeden Tag ging sie jetzt zu ihm hin, kaufte ein Los und sah ihn sich dabei genau an. Er hatte schräge Augen, einen ständig offen stehenden Mund, konnte nur mühsam reden und bewegte sich tapsig. Trotzdem war etwas um ihn, was Mando gefiel, und erst nach Tagen konnte sie die richtigen Worte dafür finden.

»Er strahlt Liebe aus«, sagte sie zu Vassiliki, »das ist schon etwas sehr Kostbares. Heute hat er meinen Arm gestreichelt und als ich ihn angelächelt habe, hat er ganz fröhlich gegrunzt und mich plötzlich auf die Wange geküsst.«

»Das würdest du dir auch nur von einem Idioten gefallen lassen«, gab Vassiliki zurück und Mando musste betroffen zugeben, dass sie Recht hatte.

»Weil ich weiß, dass ich von diesem Jungen nichts zu fürchten habe«, sagte sie. »Von welchem Menschen kann man so was noch sagen!«

Zum Beispiel nicht von Dimitri Ypsilanti.

»Fahr hin«, drängte Vassiliki, »sag ihm, dass du geläutert bist und es noch einmal mit ihm versuchen willst. Und, mein Kind, lege dich um Himmels willen so schnell wie möglich auf sein Lager. Du darfst keinen Tag mehr warten, sonst nimmt er dir später unmöglich ab, dass dieses Kind eine Frühgeburt sein wird.«

Mando, die Marcus nichts von der Schwangerschaft verraten hatte, teilte ihm mit, sie werde nach Nauplia reisen, um Dimitri den grünen Kasten wieder abzunehmen.

»Da hast du dir einen schlauen Zeitpunkt ausgedacht«, lachte er. »Die Vertreter der Nation werden sich in wenigen Tagen in Trezene versammeln und entscheiden, wem sie die oberste Entscheidungsgewalt geben werden. Man munkelt, dass Kapodistrias der einzige Kandidat ist.«

»Das wäre ein kluger Zug«, sagte sie und hoffte, dass dem Mann, der ihr brieflich so viele gute Ratschläge erteilt hatte, dieses Amt auch wirklich übertragen werden würde.

»Wann reisen wir?«, wollte Marcus wissen.

»Ich nehme nur Vassiliki mit.«

»Mando, seitdem Russland der Türkei den Krieg erklärt hat, ist das Reisen zwar etwas sicherer geworden, aber immer noch viel zu gefährlich für zwei Frauen allein.«

Marcus durfte auf keinen Fall mitkommen und wie immer setzte sie ihren Kopf durch.

Jaja machte große Augen, als sie Mando und Vassiliki vor der Haustür erkannte. Die alte Frau hatte sich schon über die Verlobungssitten bei den feineren Herrschaften gewundert. In ihren Kreisen wäre es unmöglich gewesen, dass sich eine Verlobte anderthalb Jahre von ihrem Zukünftigen fern hielt. Andererseits wusste sie, dass sowohl Ypsilanti als auch Mando im Auftrag der Revolution große Aufgaben verrichteten, und da dies alles höchst geheim war, mochten für dieses Paar Sonderregeln gelten.

Mando war dankbar Dimitri nicht zu Hause anzutreffen und richtete sich in ihrem alten Schlafzimmer wieder häuslich ein.

»Du darfst keine Nacht versäumen!«, schärfte ihr Vassiliki ein, als sie ihre Pritsche im Ankleidezimmer nebenan aufbaute. »Am besten du legst dich gleich in sein Bett!«

Als Mando wieder an das dachte, was dort geschehen war, wäre sie am liebsten sofort abgereist. Sie wusste, dass Ypsilanti es ihr nicht leicht machen würde, und obwohl sie normalerweise nicht von Selbstzweifeln geplagt war, fürchtete sie, mit ihrem letzten Auftritt alles verdorben zu haben. Wenn sie Hera war, dann war er Zeus, und dessen Rache hatte bekanntlich fürchterliche Folgen. Bei Dimitri konnte sie nicht allein auf ihren Charme zählen, sondern musste sich schon einen plausiblen Grund für ihre Rückkehr einfallen lassen. Alles andere würde seinen analytischen Verstand beleidigen. Sie hatte gehofft, dass ihr auf der Reise etwas einfallen würde und auch ausführlich mit Vassiliki unterschiedliche Taktiken abgewogen, aber letztendlich hing alles von Dimitris Tagesstimmung ab, von seiner ersten Reaktion. Und die war nicht vorherzusehen.

Sie hatte sich auf dem oberen Treppenabsatz verborgen, als er gegen acht Uhr abends das Haus betrat. Sie hörte eine zweite Männerstimme und wusste nicht, ob sie enttäuscht oder erleichtert sein sollte. Jedenfalls würde ihr Dimitri in Gegenwart eines Gastes keine Szene machen oder sie rüde wegschicken können. Sie würde nie vergessen, wie grob der Prinz sein konnte, wenn er mit ihr allein war.

Sie atmete so tief durch, wie es ihr elegantes Kleid erlaubte, feuchtete mit der Zunge die Lippen an und schwebte die Treppe hinunter. Die Augen des Gastes erfassten sie zuerst.

»Welch eine entzückende Erscheinung!«, rief dieser und verbeugte sich tief. »Mir ist, als ob ich träume! Prinz Dimitri, Sie haben mir da etwas verborgen!«

Ypsilanti verzog keine Miene, als er Mando erkannte. Er trat auf sie zu, begrüßte sie mit einem flüchtigen Kuss auf die Wange, als hätten sie sich erst am Morgen getrennt, nahm sie an der Hand, wobei er ihre Finger etwas zu fest drückte und stellte sie vor.

»Mando, darf ich dir meinen Freund Graf Kapodistrias vorstellen, Graf, dies ist meine Verlobte Mando Mavrojenous.«

»Die Heldin von Mykonos. Meine verehrte Brieffreundin! Ich bin begeistert!« Der Graf deutete einen Handkuss an und betrachtete Mando mit sichtlicher Freude.

»Ich hätte Sie erkennen sollen«, schalt er sich, »aber Friedels Gemälde wird Ihnen nicht gerecht.« Er wandte sich an Ypsilanti.

»Sie sollten ein neues anfertigen lassen, lieber Freund. Und jetzt nehme ich Ihre Einladung zum Abendessen gern an! Ich lasse Kolokotronis eine Nachricht schicken. Im Vertrauen«, jetzt flüsterte er verschwörerisch, »so gern ich den alten Fuchs habe, aber vom Tafeln versteht er erheblich weniger als vom Kämpfen. Und eine schöne Frau wird man an seinem Tisch leider vergeblich suchen.«

Mando konnte ihr Glück kaum fassen. Einer der einflussreichsten Männer der Revolution, der mögliche erste Staatspräsident Griechenlands, sagte ihretwegen ein Abendessen mit dem bedeutendsten General des Landes ab! Aber Dimitris nächste Worte warnten sie sich nicht zu früh zu freuen.

»Ich nehme doch an, dass Sie Kolokotronis' Ehrengast sind«, meinte er, »wir können das Essen in meinem Haus gern an einem der nächsten Tage nachholen.«

Und dann wahrscheinlich ohne mich, dachte Mando grimmig.

»Ich habe eine noch bessere Idee«, rief der Graf, »obwohl, wie ich schon sagte, die Speisen nicht jedem zusagen, aber es ist immer von allem reichlich vorhanden. Sie beide begleiten mich zu dem Bankett.«

»Ausgeschlossen«, sagte Dimitri, »das würde jedem Protokoll widersprechen.«

Graf Kapodistrias zeigte ein feines Lächeln. Ein wirklich schöner Italiener, dachte Mando bewundernd, und dabei ist er schon fast sechzig!

»Das Protokoll«, meinte jetzt der Graf, »bin ich. Und ich fordere Sie beide auf mich zu begleiten.«

Auf diesem Parkett konnte Mando nichts falsch machen. Dass sie sich schon seit langem nicht mehr in illustrer Gesellschaft bewegt hatte, wäre selbst einem so wachen Auge wie dem Dimitris entgangen, wenn er es nicht besser gewusst hätte.

General Kolokotronis war hingerissen, dass Kapodistrias nicht nur seinen Freund und Mitkämpfer Ypsilanti mitgebracht hatte, sondern auch dessen reizende Verlobte. Obwohl der alte Klephtenchef auch den Grafen als einen Freund schätzen gelernt hatte, kam er sich in Gegenwart des weltgewandten Diplomaten etwas linkisch vor und kompensierte dies durch noch mehr Ruppigkeit. Normalerweise interessierte es den betagten Recken nicht, dass ihm der Schliff fehlte. Hätte er nämlich solchen gehabt, wäre er wohl kaum der geliebte Anführer der Rebellentruppe gewesen, die die Waffen niedergelegt hatte, als ihn seine politischen Gegner auf Hydra ins Gefängnis geworfen hatten. Er war ein Mann des Volkes. Dieses erwartete durch ihn vertreten zu werden und nicht durch europäische Aristokraten, die ein anderes Griechisch sprachen und sich mehr für ihre Pfründe als für den einfachen Mann interessierten. Weil er dies wusste und nicht nach getaner Kampfesarbeit von den Politikern in die Ecke gestellt werden wollte, setzte sich der markante Krieger gelegentlich eben diesen verhassten offiziellen Veranstaltungen aus. Ypsilanti war für ihn so etwas wie die Brücke zwischen dem Volk und der Oberschicht und dessen Verlobte, Mando Mavrojenous, war einer der wichtigen Pfeiler dieser Brücke.

Kolokotronis bestand darauf, neben Mando zu sitzen. Er begrüßte sie wie einen Mann mit einem kräftigen Handschlag.

Sie schmunzelte, entzog ihm die Hand, hielt sie an die Stirn und salutierte vor dem General.

Er lachte breit. »Natürlich, Generalleutnant«, sagte er zu ihr und schob ihr den Stuhl hin, »Sie sind in mehrfacher Hinsicht einer Zierde unserer Armee! Aber«, er rückte seinen Stuhl näher zu ihr hin und legte ihr einen Arm um die Schulter, »aber am meisten bewundere ich, wie Sie in der Lage sind auch das einfache Volk zu begeistern.«

»Das sagen gerade Sie!«, meinte sie lächelnd.

»Eben! Ich weiß, was es bedeutet, sich oben unbeliebt zu machen, um unten was zu erreichen.«

Während des Abendessens vergaß Mando, was sie nach Nauplia geführt hatte. Sie wurde von Kolokotronis völlig in Beschlag genommen, der darauf bestand, ihr seine ganze Lebensgeschichte zu erzählen. Sie erfuhr, dass er unter einem Baum geboren wurde, als sich seine Mutter auf der Flucht vor den Türken befand. Er hatte als Zehnjähriger mit eigenen Augen ansehen müssen, wie sein Vater von den Türken getötet wurde.

»Wie müssen Sie die Türken hassen«, meinte Mando nachdenklich.

Er schüttelte den Kopf. »Nein«, sagte er, »Hass richtet sich immer auf einzelne Menschen. Man kann ein ganzes Volk nicht hassen, und die Türken schon gar nicht.«

Mando sah ihn verwundert an. Er fuhr fort: »Vierhundert Jahre sind sie in unserem Land und da konnte es gar nicht ausbleiben, dass wir uns mit ihnen vermischt haben. Kein Volk der Erde ist uns ähnlicher als das der Türken ...«

»Aber es sind keine Christen«, warf sie ein.

»Wie christlich sind denn wir?«, fragte er bitter. »Wie sehr lieben wir denn unseren Feind? Sie haben doch selber erlebt, Generalleutnant, dass in diesem Krieg nicht nur die Muslime Grausamkeiten begangen haben, obwohl ich zugeben muss, dass Ibrahim Pascha Gewalttätigkeit zur Kunst erhoben hat. Aber der einfache Soldat, der unter dem Halbmond kämpft, hat das gleiche Gesicht und das gleiche Herz, wie der, der hinter unserer blauweißen Fahne hermarschiert.«

»Wenn Sie so denken, wie können Sie dann Ihre Waffe auf einen Türken richten?«

»Weil ich für mein Recht kämpfe und er den Auftrag hat, es mir nicht zuzugestehen.«

Nach dem Bankett bestand Kapodistrias darauf, Mando und Ypsilanti zu ihrem Haus zurückzubegleiten.

»Sie haben einen geradezu magischen Eindruck auf unseren obersten Kriegsherrn gemacht«, lobte er Mando, »niemand kann sich erinnern, dass er sich jemals so intensiv mit einer Frau unterhalten hat, nicht einmal mit Bobolina!«

»Er ist ein ganz großer Mann«, sagte Mando nachdenklich, »ein Patriot mit Weitsicht, ein Krieger mit Herz, aber ob ihm unser Land das danken wird?«

»Wer Dank erwartet, wird meistens enttäuscht«, mischte sich Dimitri in das Gespräch und wendete sich zum ersten Mal direkt an Mando: »Hat er dich eigentlich gefragt, wo du während der Kämpfe des letzten Jahres gesteckt hast?«

»Darüber haben wir nicht gesprochen«, erwiderte Mando freundlich. Ihr war wieder eingefallen, was sie in Nauplia suchte, und sie nahm sich vor jeder Provokation Dimitris mit Liebenswürdigkeit zu begegnen.

Der schwerste Moment kam, nachdem sich Kapodistrias verabschiedet hatte, und sich die beiden Verlobten im Salon zum ersten Mal allein gegenüberstanden.

Dimitri ließ sofort alle Höflichkeit fahren, packte Mando bei den Schultern und fragte grob: »Was willst du hier?«

Sie ließ sich ein wenig schütteln, senkte den Blick und flüsterte: »Ich habe nachgedacht.«

»Du willst also die Verlobung lösen«, sagte er befriedigt und ließ sie los.

»Nein«, hauchte sie und sah ihn mit tränengefüllten Augen an.

»Mach dich nicht lächerlich!«, rief er. »Du willst mir doch nicht erzählen, dass du plötzlich von Liebe zu mir ergriffen bist! Dass du es nach so vielen Monaten ohne mich nicht mehr aushalten konntest! Nein, Mando, ich kenne dich zu gut. Du bist gekommen, um mir den grünen Kasten wieder abzunehmen!«

Sie starrte ihn sprachlos an. An den grünen Kasten hatte sie überhaupt nicht mehr gedacht. Sie hatte ein viel größeres Problem.

»Du kannst den grünen Kasten haben«, sagte sie langsam

und wischte sich die Augen, »wenn du mich nur wieder zurücknimmst. Ich möchte mich dafür entschuldigen, dass ich dir so viel Kummer bereitet habe.«

Lauernd betrachtete er sie, ging einmal im Kreis um sie herum, machte dann einen Satz zur Tür und riss sie auf. Vassiliki fiel ins Zimmer.

»Es ist schön, dass sich manche Dinge nie ändern«, meinte er amüsiert und half der alten Frau auf die Füße. »Sag du es mir, Vassiliki, warum hat meine Verlobte plötzlich eine so unbändige Sehnsucht nach mir gepackt?«

Vassiliki sah Mando nicht an, als sie mit erstickter Stimme murmelte: »Sie war sehr krank, Hoheit, ist fast gestorben ...« Eine große Träne rollte aus einem der schwarzen Vogelaugen über das durchfurchte Gesicht, blieb einen Augenblick am Kinn hängen und tropfte dann zu Boden. »Mein Püppchen, Hoheit, ich meine, meine Herrin, hat großes Leid erfahren. Der Tod ihrer Schwester, der Tod ihrer Neffen, der Tod ihres geliebten Lehrers Pappas Mavros.« Sichtlich versuchte Vassiliki ihr Schluchzen zu bezwingen. Es waren echte Tränen. Sie weinte aus Wut, dass Ypsilanti ihr wieder auf die Schliche gekommen war. »Es waren traurige Monate, Hoheit, meine Herrin war von tiefer Melancholie befallen.« Es empfahl sich immer, so nah wie möglich an der Wahrheit zu bleiben, sie traute es Ypsilanti zu, einen Spitzel engagiert zu haben. »Und sie wäre gestorben, wenn die Panagia von Tinos sie nicht gerettet hätte.«

»Wie denn das?«, fragte Ypsilanti misstrauisch.

»Meine Herrin ist vor der wundertätigen Ikone in Ohnmacht gefallen und als sie wieder zu sich kam, berichtete sie mir von ihrer Vision.«

»Welche Vision?«, wandte sich Dimitri an Mando.

Diese erschrak und blickte schweigend ins Kaminfeuer.

»Nun sprich schon!«

»Eine wunderbare Vision«, flüsterte Mando, »die Panagia ist mir erschienen, ganz in Blau gewandet, mit einem Heiligenschein, und in der Hand hielt sie einen goldenen Apfel ...«

»Äußerlichkeiten interessieren mich nicht. Was hat sie dir gesagt?«, fuhr er sie an.

»Nur deinen Namen«, erwiderte Mando. »Sie hat mir den

goldenen Apfel gereicht und deinen Namen gesagt und als ich aufwachte, war der Apfel verschwunden, aber mein Herz von Liebe zu dir erfüllt.«

Sie hielt die Luft an.

»Diese Panagia scheint sich mit Hera verbündet zu haben«, bemerkte Dimitri, »der waren Äpfel heilig, wenn ich mich recht erinnere.«

Immer noch misstrauisch, aber etwas freundlicher fragte er sie: »Weißt du, wem man im alten Griechenland Äpfel überreichte?«

Sie schüttelte den Kopf.

»Bräuten!«, lachte er. »Aber du weißt ja, wie ich übers Heiraten denke!«

»Ich will nur bei dir sein«, sagte sie und sah ihn mit einem so aufrichtigen Blick in die Augen, dass seine Zweifel bis auf einen winzigen Rest verschwanden.

»Geh zu Bett«, forderte er Vassiliki auf.

Mando wunderte sich, dass er der Dienerin folgte. Als er wieder zurückkam, sagte er nur: »Ich habe sie eingesperrt. Und jetzt wirst du mir den Beweis liefern, wie groß deine Wiedersehensfreude ist.«

Es war geschafft! Mando atmete erleichtert aus. Sie hoffte, dass er sie nicht wieder ans Bett fesseln würde und spürte zu ihrer eigenen Überraschung wie die Erinnerung an jene Nacht eine kleine Welle der Erregung in ihrem Leib auslöste.

Dimitri band sie nicht ans Bett. Er machte überhaupt nicht viele Umstände. Seit Monaten hatte er keine Frau besessen und es war ihm jetzt ziemlich egal, bei welchem Weib er sein Bedürfnis stillen konnte.

»Zieh dich aus«, forderte er Mando in seinem Schlafzimmer auf.

Sie stellte sich vor ihn hin und wartete auf einen Kuss.

»Mach schon«, sagte er ungeduldig und zog sich die Hosen herunter.

Mando gehorchte und schlüpfte schnell ins Bett. Er riss die Decke weg, betrachtete einen Augenblick lang den Körper, den er einst angebetet hatte, legte sich dann auf sie und drang augenblicklich in sie ein. Einerseits enttäuscht, dass er gar nicht versucht hatte sie vorzubereiten, aber andererseits erleichtert, dass es schnell vorbei sein würde, passte sich Mando seinem Rhythmus an. Als Dimitri aber im entscheidenden Augenblick zurückziehen wollte, hielt sie ihn fest.

»Nein«, flüsterte sie, »gib mir alles!«

Überrascht sah er sie an. Was dann geschah, ging so schnell, dass sie nicht dazu kam, sich zu wehren. Er glitt aus der warmen Höhle, rollte Mando auf den Bauch und tat mit ihr, was nach Vassilikis Meinung das Schlimmste war, was ein Mann einer Frau antun konnte. Vor Schmerz und Schreck schrie Mando laut auf. Nachdem er seinen Samen an jener Stelle deponiert hatte, die dafür nicht geschaffen war, sprang er aus dem Bett und ging zur Waschschüssel.

Vor Pein, Wut und Enttäuschung laut weinend blieb Mando auf dem Bett liegen.

»Du wolltest doch alles«, sagte er kühl, »und ich wollte dich nicht schwängern. Meine Ansichten übers Heiraten haben sich nicht geändert. Und jetzt geh in dein Zimmer.«

Dies war eine schlimmere Demütigung als das vergangene Mal und sie war außerdem ihrem Ziel kein Stück näher gekommen. Die Zeit drängte, sie musste es immer wieder versuchen, aber sie war nicht sicher, ob sie noch so einen brutalen Vorstoß überleben würde.

»Damit habe ich dich zum zweiten Mal entjungfert«, bemerkte Dimitri mit einer etwas freundlicheren Stimme, als er zum Bett zurückkehrte. »Aber es scheint dir nicht sonderlich gefallen zu haben.«

Sie setzte sich auf und schüttelte immer noch weinend vehement den Kopf.

»Wie konntest du so etwas tun!«, schluchzte sie. Fasziniert beobachtete er ihren bebenden großen Busen.

»Du hast wirklich die schönsten Brüste der Welt«, bemerkte er und machte sich über ihre Knospen her. Mando schöpfte wieder Hoffnung, legte sich der Länge nach hin und zwang ihre Finger jenen Wurm zu ergreifen, dessen furchtbare Metamorphose ihr vor wenigen Minuten so viel Schmerz bereitet hatte. Aber sie musste ihn wieder zum Leben erwecken!

Dimitri ließ ihre Brüste los.

»Wo hast du denn das gelernt?«, fragte er, plötzlich wieder misstrauisch.

Ach, Marcus, dachte sie, wenn du wüsstest, was ich deinetwegen ertragen muss! Aber sie ließ nicht locker, fragte nur verwundert, ob man so etwas denn lernen müsse und war dankbar, als sich Dimitris Leib wenig später abermals über den ihren senkte. Die paar Tropfen milchiger Flüssigkeit, die sie danach von ihrem Bauch wischte, ließen sie hoffen, dass er nicht alles rechtzeitig nach draußen befördert hatte.

Nachdem sie vor Erschöpfung eingeschlafen war, blieb Dimitri noch lange wach liegen. Er betrachtete sie nachdenklich, stellte überrascht fest, dass sein Zorn auf sie völlig verraucht war und sich wieder so etwas wie Zuneigung meldete. Leise seufzte sie im Schlaf. Er beugte sich vor und küsste sie sanft auf den Mund. Es war der erste Kuss, den er ihr seit ihrer Rückkehr gegeben hatte.

Von da an schlief Mando in seinem Bett und war ihm jede Nacht zu Willen. Manchmal suchte er nur schnelle Erleichterung, aber es gab auch Nächte, in denen er sich Zeit ließ. Er empfand es dann als Belohnung, wenn sich Mandos Körper vor Lust unter seinem aufbäumte, und kleine spitze Schreie ihrem Mund entflohen. In einer Hinsicht blieb er jedoch konsequent: Er würde sie nicht schwängern. Weil er seiner eigenen Reaktion nicht ganz traute, ließ er aus einem Schafdarm eine Schutzvorrichtung anfertigen. Als er diese zum ersten Mal überzog, weigerte sich Mando, ihn so zu empfangen, und so hatte er keine andere Wahl, als wieder einmal ein bisschen Gewalt anzuwenden. In der darauf folgenden Nacht blieb Mando seinem Zimmer fern und da er keine Lust hatte, sich mit ihr wegen eines Schafsdarms zu überwerfen, gab er nach und ließ das Ding verschwinden.

Es war eine sehr anstrengende Zeit für Mando und sie war heilfroh, als Dimitri wieder zu den Waffen gerufen wurde. Inzwischen war Graf Kapodistrias von der Nationalversammlung für sieben Jahre zum Ministerpräsidenten gewählt worden und sie hatte öfter Gelegenheit mit ihm zu reden.

Sie war froh, dass sie zur Abwechslung jetzt ihm Ratschläge erteilen konnte, denn der Graf, der nie in Griechenland gelebt hatte, wusste nicht, wie es im Inneren des Landes und auf den Inseln aussah. Sie warnte, dass ihn die feudalistisch gesinnten Inselaristokraten bekämpfen würden und empfahl ihm der Selbstherrlichkeit der Notabelen entgegenzutreten. Nicht immer fand sie bei ihm Gehör.

Er hatte vor den Nutzboden zur Hälfte an die Archonten – hohe Beamte – abzugeben, damit diese in der Verwaltung ihr Bestes gäben. Mando hielt das für einen Fehler, wies darauf hin, dass unter den Türken fünf Sechstel der Bauern landlos gewesen wären und dies auch ein Grund gewesen sei, weshalb sie die Rebellion unterstützt hätten. Eine neue Regierung müsse das ändern und vor allem auch dafür sorgen, dass der kleine Bürger nicht von der Last der Steuern erdrückt werde. Hier hatte Kapodistrias deutlich andere Ansichten.

Mando, die aus eigener Erfahrung wusste, wie wichtig Bildung war, legte ihm ans Herz das Unterrichtswesen zu reformieren. Sie sprach mit ihm über Pappas Mavros, und was für ein Glück sie gehabt hätte bei ihm in die Schule gehen zu dürfen.

»Überall im Land haben Popen heimlich Schüler ausgebildet«, berichtete sie, »aber die meisten Priester sind selber nur mäßig gebildet. Es müssen gute Lehrer ins Land kommen!«

Sie war dankbar, dass sie in Nauplia Menschen wie Kapodistrias und Kolokotronis kennen gelernt hatte. Die Gespräche mit ihnen versöhnten sie mit den Gräueln der Nacht. Wobei keine Nacht der anderen glich, und es sogar Augenblicke gab, in denen ihr Körper die Liebkosungen des Prinzen als durchaus angenehm empfand. Es ist also ein Gerücht, dass man einen Mann lieben muss, um an seiner Umarmung Gefallen zu finden, dachte sie, und das ließ für die Zukunft hoffen.

Trotz gegenteiliger Beteuerung würde Dimitri sie natürlich heiraten, sobald sie ihm ihre Schwangerschaft gestand. Wenn er nach der jetzt bevorstehenden Schlacht zurückkehrte, würde sie ihn mit Bedauern in der Stimme darüber informieren, dass alle seine Vorsichtsmaßnahmen nichts gefruchtet hätten. Zeus würde Hera ehelichen müssen.

Als sie an einem der nächsten Tage Kapodistrias aufsuchte, fand sie ihn totenbleich an seinem Schreibtisch sitzen. Das Haar, das sich über der edlen Stirn wellte, schien weißer geworden zu sein, schwarze Ringe lagen unter seinen schönen Augen und der sonst so sinnlich wirkende Mund war wie verknittert. Jetzt sieht er wirklich alt aus, dachte Mando betroffen und wartete auf die schlechten Nachrichten, die er ihr übermitteln würde.

»Die Akropolis ist gefallen«, sagte er tonlos. »Mehr als ein Jahr konnten wir sie verteidigen, jetzt ist sie wieder in türkischer Hand! Ganz Athen ...«

Er konnte kaum weitersprechen. Nach und nach erfuhr Mando, was geschehen war, und sie vergoss bittere Tränen, als sie hörte, dass das griechische Ersatzheer unter dem Engländer Cochrane bei Phaleron vernichtend geschlagen worden war.

»Wo bleibt das Ausland!«, rief sie empört. »Wer vertreibt Ibrahim?«

Kapodistrias sah sie traurig an.

»Wenn wir nicht schnellstens Hilfe von außen erhalten, besteht Gefahr, dass unser freies Griechenland ein Traum bleibt«, sagte er leise. »Ich habe alle diplomatischen Hebel in Bewegung gesetzt und jetzt können wir nur noch hoffen. Schickt das Ausland keine Armeen – dann gnade uns Gott!«

»Was kann ich tun?«, fragte Mando atemlos. »Bei der nächsten Schlacht ziehe ich mit!«, fügte sie dann hinzu.

»Ich würde mir auch wieder ein Schwert umgürten«, sagte der fast Sechzigjährige, »wenn ich noch ein brauchbares hätte!«

Mando kam eine Idee.

»Entschuldigen Sie mich für eine halbe Stunde?«, bat sie und verließ das Zimmer. Als sie zurückkehrte, hielt sie das mit Diamanten besetzte Schwert in den Händen. Feierlich überreichte sie es Kapodistrias.

»Dieses Schwert hat Konstantin dem Großen gehört«, sagte sie, »ich habe es von meinem Vater geerbt und würde es als eine Ehre empfinden, wenn ich es Ihnen schenken dürfte!«

Kapodistrias umarmte Mando. In seinen Augen standen Tränen.

Mando hatte keine Ahnung, dass jeder ihrer Schritte von Dimitris politischen Gegnern beobachtet wurde. Mit Misstrauen und großem Argwohn sahen die Anhänger von Jannis Kolettis, Mavrokordatos und den Mavromichali-Brüdern, dass sie im Hause des Ministerpräsidenten ein und aus ging. Mando Mavrojenous hatte sich militärisch in den letzten Jahren zurückgehalten und daraus schlossen sie, dass die junge Frau jetzt politische Ambitionen hegte. Es war leicht zu erraten, was für welche. Diese Männer, die sich nichts anderes vorstellen konnten, als dass Griechenland nach der Befreiung ein unabhängiges Königreich werden würde, war der Gedanken ein Gräuel, dass so reformerische Geister wie Ypsilanti und seine künftige Frau die Geschicke des Landes lenken könnten.

»Königin Mando«, spottete Kolettis. »Sie würde über Griechenland herrschen wie Hera über den Olymp. Das muss auf jeden Fall verhindert werden!«

Als den Männern zu Ohren kam, dass die Mykoniatin das berühmte Schwert ihres Vaters Kapodistrias geschenkt hatte, war das Maß voll. Es wurde ein Plan geschmiedet, um den Einfluss der jungen Frau auf die wichtigen Männer ein für alle Mal zu unterbinden.

Schwer angeschlagen kehrte Dimitri von der Schlacht um Athen zurück. Nicht einmal der Anblick von Mando in ihrem aufregendsten Kleid konnte ihn aufmuntern. Schweigend saß er ihr am frühen Nachmittag im Salon gegenüber, als Jaja ins Zimmer trat und den Besuch des Malers Adam Friedel ankündigte.

Überrascht blickte Dimitri auf.

»Hast du ihn bestellt?«, fragte er, aber sie schüttelte den Kopf.

Es stellte sich heraus, dass Graf Kapodistrias dem Maler den Auftrag gegeben hatte Mando ein zweites Mal abzubilden. Er hatte dem Künstler genau aufgetragen, wie er sie darstellen sollte und zu diesem Zweck Friedel auch gleich die richtige Garderobe als Geschenk für Mando mitgegeben.

»Sie brauchen mir nicht wieder zu sitzen«, sagte der Maler. »Ich werde jetzt eine schnelle Skizze anfertigen und den Rest zu Hause fertig stellen. Ihr Gesicht ist mir immer unvergesslich gewesen, vor allem Ihr Lächeln«, fügte er noch hinzu.

»Ein Viertel europäisch, drei Viertel griechisch«, meinte Dimitri mit Kennerblick, nachdem Mando über die Pluderhose die beiden Kleider gezogen hatte. Eine lange Kette aus Blutkorallen vervollständigte den Aufzug.

»Ich werde Sie vor dem Hintergrund einer griechischen Landschaft malen«, erklärte Friedel. »Der Graf besteht darauf, dass Sie neben einer Säule stehen. Dies soll symbolisieren, dass auch Sie eine der Säulen dieses Landes sind.«

Als Mando viele Jahre später das Gemälde erstmals sah, fiel ihr daran etwas anderes auf. Während ihr Ebenbild zuversichtlich nach vorn zu blicken schien, wurde im Hintergrund eine steile Treppe angedeutet, die in eine unbekannte Tiefe führte.

»Das ist der Dank für dein Schwert«, meinte Dimitri, nachdem sich der Maler verabschiedet hatte. Wie seine Gegner hatte auch Ypsilanti überall seine Informanten und daher war er bestens über Mandos Bewegungen während seiner Abwesenheit informiert. Er sah sie neugierig an.

»Warum hast du es ihm geschenkt? Wenn du das Schwert verkauft hättest, wärest du deiner finanziellen Sorgen enthoben gewesen. Ich dachte immer, dass dir Geld das Wichtigste ist!«

»Es gibt Dinge, die sind unverkäuflich«, sagte sie steif.

»Wie der grüne Kasten?«

»Zum Beispiel.«

»Wem würdest du den schenken?«

»Dir«, sagte sie, ohne zu überlegen.

»Und was wünschst du als Gegenleistung?«

Jetzt war der Augenblick gekommen. Jetzt musste sie die richtigen Worte finden, um ihre Zukunft und die ihres Kindes sicherzustellen.

»Dimitri«, begann sie, »hast du mir eigentlich verziehen?«

»Schon längst«, erwiderte er großzügig und schenkte ihr noch ein Glas Wein ein.

Sie stellte das Glas auf den Kaminsims.

»Es ist besser, wenn ich nicht so viel trinke«, meinte sie hintergründig. »Vor allem jetzt nicht.«

»Fühlst du dich nicht wohl?«, fragte er und eine Spur von Besorgnis schwang in seiner Stimme mit.

»Ich kriege ein Kind«, platzte sie heraus.

Er sprang auf und packte sie an den Schultern. Innerlich bereitete sie sich auf ein Schütteln vor, aber er ließ sie wieder los.

»Von wem?«, fragte er mit eiskalter Stimme.

Erschüttert blickte sie ihn an.

»Unmöglich«, sagte er, »ich habe immer aufgepasst, Mando, es ist unmöglich, dass du von mir ein Kind erwartest!«

»Dann war es eine unbefleckte Empfängnis!«, funkelte sie ihn an. »Sag selber, von wem anders als von dir könnte ich ein Kind erwarten?«

Er strich sich über den kahlen Schädel. Vielleicht von jemandem aus Mykonos? Vielleicht war sie schon schwanger gewesen, als sie in Nauplia auftauchte. Das würde eine Menge erklären, vor allem ihr seltsames Bedürfnis, dass er ihr »alles« gäbe. Er erinnerte sich daran, wie er sie in der Nacht nach ihrer Rückkehr behandelt hatte. Keine andere Frau hätte sich danach mit solch einer Begeisterung auf seine edlen Teile gestürzt, schon gar nicht eine Frau, die für ihren unbeugsamen Stolz weltbekannt war. So etwas hätte nur eine sehr verzweifelte Frau getan. Eine Frau, die ihren Bastard jemandem unterschieben wollte. Seine Augen verengten sich. »Du willst mir ein Kuckucksei ins Nest legen!«

»Dimitri«, sagte sie leise, »warum freust du dich nicht darüber, dass ich dir einen Erben schenke? Warum glaubst du meinem Wort nicht? Warum sollte ich dich anlügen?«

»Damit ich dich heirate!«

»Und was wäre daran so schlimm? Du hättest eine Frau, die dir in der bevorstehenden schweren Zeit zur Seite steht.«

»Eine Frau, die sich überall einmischt!«

»Die deiner Karriere nur förderlich sein könnte.« Sie hasste die Rolle der Bettlerin, wusste auch, dass sie ihr nicht stand, aber die Zeit, in der sie Forderungen stellen konnte, war vorbei. Trotzdem versuchte sie es mit einer kleinen Drohung.

»Willst du, dass sich der Graf bei dir für mich einsetzt?«

»Das würdest du nicht wagen!«

»Oh doch, mein Lieber, ehe mein Kind namenlos zur Welt kommt.«

»Mavrojenous ist ein wohlklingender und mit Ruhm bedeckter Name.«

»Mir macht es nichts aus, dass der Name Ypsilanti mit einem österreichischen Gefängnis in Verbindung gebracht wird«, sagte sie spitz.

»Mando, ich habe zurzeit andere Dinge zu tun, als mich mit Gedanken über eine Hochzeit abzugeben«, meinte er.

»Welche Dinge zum Beispiel?«

»Ich muss noch heute Abend zu einer wichtigen Konferenz, die mich einige Tage lang in Anspruch nehmen wird«, erklärte er. »Du weißt ja, dass Vorbereitungen für eine Londoner Tripelallianz zwischen Großbritannien, Frankreich und England getroffen werden, um Griechenland die Autonomie zu geben.«

»Unter der Souveränität des Sultans«, fügte sie bitter hinzu.

»Wir können nicht mehr wählen. Wenn wir nicht völlig vernichtet werden wollen, müssen wir uns mit dem bescheiden, was uns zugesagt wird.«

»Da bin ich aber ganz anderer Meinung!«, rief sie und vergaß für einen Moment ihr Dilemma. Sie trat auf ihn zu und zog ihn am Ärmel.

»Nimm mich mit, Dimitri! Du weißt, dass ich gut reden kann, auch wenn du nicht dabei warst, als ich auf Mykonos alle überzeugt habe.«

»Auf Mykonos!« Er brach in schallendes Gelächter aus. »Hier haben wir es mit der ganzen Welt zu tun und du sprichst von Mykonos!«

Er wischte sich die Tränen aus den Augen, fing aber sofort wieder an zu lachen.

In Mando tobte ein Sturm. Wie konnte er es wagen, sich so über sie lustig zu machen! Ihre ganze Jugend hatte sie für Griechenland hingegeben, die Türken von ihrer Heimatinsel eigenhändig vertrieben und er saß da und lachte sie aus! Aber sie musste ihre Wut bezwingen, den Hass, der wieder in ihr aufstieg, hinunterschlucken.

»Gerade jetzt, wo die einzige Rettung aus dem Ausland kommen kann«, sagte sie ganz ruhig, »gerade jetzt braucht mich mein Land. Schickt mich nach London, lasst mich Griechenland vertreten und ich verspreche dir, dass Legionen ausländischer Armeen die Türken endgültig aus Griechenland vertreiben werden.«

Er sah sie ungläubig an.

»Du bist größenwahnsinnig geworden«, stellte er fest. »Außerdem sprichst du kein Englisch.«

»Die Diplomatensprache ist Französisch«, sagte sie, »was ich immer noch besser beherrsche als Griechisch.«

»Es ist mir völlig egal, was du sprichst«, erwiderte er, »und wo wir schon dabei sind, möchte ich dir einen guten Rat geben. Halte dich aus der Politik raus! Es gibt bereits Stimmen, die mich verurteilen, weil ich dich nicht im Zaum halten kann.«

»Seit wann hörst du auf Jannis Kolettis oder die Gebrüder Mavromichalis?«, fragte sie verächtlich.

»Meinst du den Herrn, in dessen Haus du dich zu vergnügen pflegtest, während ich auf dem Schlachtfeld mein Leben einsetzte? Oder die Brüder, denen du auf meine Kosten wertvolle Waffen ins Haus hast schicken lassen? Diese Waffen, meine Liebe, könnten sich auch gegen dich richten, wenn du nicht endlich lernst dich wie eine richtige Dame zu benehmen, hübsch auszusehen und den Mund zu halten.«

»Eine richtige Dame mit einem unehelichen Kind.«

»Es gibt Mittel, Schwangerschaften zu beenden«, sagte er kalt und stand auf. »Wenn das Kind wirklich von mir ist, was ich immer noch stark bezweifele, bist du erst am Anfang. Vassiliki soll sich informieren und Jaja ihre Hexerei für was Sinnvolles einsetzen. Ich fahre jetzt ab. Allein.«

Damit verließ er das Zimmer.

Bevor er aufbrach, steckte er noch einmal den Kopf durch die Tür. »Vielleicht bist du ja eine begnadete Rednerin. Aber bei mir stößt du auf Granit. Geheiratet wird nicht.« Er schlug die Tür zu.

Es war das letzte Gespräch, das Mando mit ihrem Verlobten führen sollte.

Sie ging an jenem Abend schon um sieben Uhr zu Bett, konnte aber lange Zeit nicht einschlafen. Alles war umsonst gewesen. Die ganze Reise nach Nauplia und die unerfreulichen Nächte hätte sie sich ersparen können. Dimitris Beschluss stand fest, da mochte sie rütteln, so viel sie wollte. Was sollte sie jetzt tun? Für einen Abbruch der Schwangerschaft war es zu spät. Andererseits, sie überlegte angestrengt weiter, wenn sie mit einem dicken Bauch durch Nauplia lief, würden die Leute auch auf Dimitri mit dem Finger zeigen. Außerdem: Warum sollte sie Graf Kapodistrias nicht um Hilfe bitten? Er war schließlich ihr Freund.

Unten schlug eine Tür zu. Sie hörte laute Stimmen im Flur und setzte sich auf. In diesem Augenblick flog ihre Schlafzimmertür auf und eine Gruppe vermummter Männer stürzte herein. Bevor sie um Hilfe schreien konnte, wurde sie gepackt und aus dem Bett gerissen. Ihr wurden Arme und Beine gefesselt und dann wurde sie in einen großen schwarzen Sack gesteckt, durch den sie nur undeutlich Vassilikis aufgeregte Stimme hörte. Ein Schuss fiel. Dann wurde der Sack über eine Schulter geworfen, die Treppe hinunter und aus dem Haus getragen. Man warf ihn in einen Wagen, der über eine holprige Straße rumpelte und nach kurzer Zeit zum Stehen kam. Wieder wurde sie von groben Händen gepackt, über eine Schulter geworfen, eine kurze Zeit getragen und dann auf einen Strohhaufen geworfen. Ihr war schwindlig und sie war vor Angst halb tot.

Erst nach einiger Zeit merkte sie, dass sie sich auf einem Boot befand, das bereits in See gestochen war. In ihrem Kopf drehte sich alles, sie versuchte zu schreien und fiel in eine gnädige Ohnmacht.

Sie wusste nicht, wie viele Stunden später sie wachgerüttelt wurde. Wieder hing sie über einer Schulter und wieder wurde sie geworfen. Diesmal auf Sand. Irgendjemand zog sie aus dem Sack und schnitt ihre Fesseln durch.

»Wenn du noch einmal das Festland betrittst, bringen wir dich um«, flüsterte ihr einer der Männer ins Ohr. Dann verschwanden ihre Entführer.

Als sich ihre Augen wieder ans Sehen gewöhnt hatten, blickte sie sich um. Sie erkannte den halbrunden Hafen, hinter dem die Sonne gerade aufging und den kleinen Strand, auf den man sie geworfen hatte. Sie war nicht einmal hundert Meter von ihrem Haus entfernt.

Sie war auf Mykonos.

Der Areopag

Einen Monat nachdem die Türken die Akropolis eingenommen hatten, einigten sich England, Frankreich und Russland darauf, ein autonomes Griechenland unter ihren Schutz zu stellen. Sie versuchten einen Waffenstillstand zwischen den Krieg führenden Parteien zu vermitteln und forderten Ibrahim Pascha auf das Wüten auf dem Peloponnes einzustellen und nach Ägypten zurückzukehren.

Die Hohe Pforte lehnte jeden Vermittlungsversuch ab und Ibrahim Pascha sah sich veranlasst seine Anwesenheit in Griechenland mit weiteren Massakern zu unterstreichen. Daraufhin sandten die Schutzmächte ihre Flotten ins Mittelmeer. Diese sollten den Nachschub aus Ägypten unterbinden. Auch zu Lande gab es mehrere Schlachten, bei denen sich Dimitri Ypsilanti auszeichnete.

Mando bekam von diesen Entwicklungen nur wenig mit. Sie hatte sich in ihr Haus auf Mykonos zurückgezogen und empfing keine Gäste. Nicht einmal Marcus durfte bei ihr vorsprechen und Menschen, die ihr zu den Erfolgen ihres Verlobten gratulieren wollten, wurden an der Tür abgewiesen.

Nachdem sie sich am Strand ihrer Heimatinsel wieder gefunden hatte, war Mando zu ihrem Haus mehr gekrochen als gegangen. Sie hatte nur einen Mann auf der anderen Seite des Hafens gesehen, der Kleidung nach zu urteilen war es der Pirat Marmellakis. Aber er hatte die Frau im Nachthemd ebenso wenig beachtet wie sie ihn und so gelangte sie, von den Mykoniaten ungesehen, in das Haus, das sie in die Ehe hätte mitbringen sollen. Dort hatte sie die Fensterläden geschlossen gelassen, sich auf ihr Bett gelegt und sich zwei Tage lang nicht von der Stelle gerührt. Dann zwang sie der Hunger zum Aufstehen. In der Küche fand sie ein Glas mit eingemachten Aprikosen, die sie noch im Stehen mit den Fingern herausfischte. Sie entdeckte ein paar Stücke Paximadi, zwiebackähnliches Brot, das sie in Wein tunkte. Wasser war ein Problem. Sie wollte nicht zum Brunnen gehen, beschloss also das Waschen zu vergessen und ihren Durst mit Säften und Wein zu stillen.

Das Denken fiel ihr schwer, aber sie zweifelte keinen Augenblick daran, dass Dimitri diese Entführung veranlasst hatte. Sie war erschüttert, dass ihm kein anderer Weg eingefallen war, um sie loszuwerden, und dass er offensichtlich auch ihren Tod in Kauf genommen hatte. Sie erinnerte sich, dass sie erst Vassilikis Stimme und dann einen Schuss gehört hatte und zitterte bei dem Gedanken, dass die Männer der geliebten Dienerin etwas angetan haben könnten. Sie schwor sich zu rächen. Aber nicht jetzt. Jetzt war sie viel zu schwach. Später.

Dimitri Ypsilanti aber war ahnungslos. Als er ein paar Tage später zu seinem Haus zurückkehrte, teilte ihm einer seiner Adjutanten mit, dass Mando nach Mykonos zurückgekehrt wäre. Einem von Kolettis Leuten habe sie gesagt, dass sie nie wieder ihren Fuß aufs Festland setzen würde. Jaja, die an jenem Abend in der Kirche gewesen war, fand es sehr enttäuschend, dass Mando sich nicht von ihr verabschiedet hatte.

Also hat sie aufgegeben, dachte Dimitri und wartete auf den Brief, in dem sie ihm offiziell die Lösung des Verlöbnisses mitteilen würde, da sie in Windeseile einen ihrer Inselbauern zu heiraten beabsichtigte. Nachts fand er es bedauerlich, dass der warme Körper neben ihm fehlte, aber er versuchte sich einzureden, dass jeder warme Körper zu ersetzen war. Ihm fiel Maria Jannaki ein, die Dienerin aus Argos, deren Körper dem von Mando so geähnelt hatte. Er probierte die ganze Angelegenheit nicht als missglückte Liebesbeziehung, sondern als eine von vielen verlorenen Schlachten anzusehen. Er hatte sich so sehr Mandos vollständige Kapitulation gewünscht, aber man erhielt nicht immer das, wovon man geträumt hat. Nach jener letzten Auseinandersetzung hatte er keinen Anlass anzunehmen, dass Mando Nauplia nicht freiwillig verlassen hatte. Ärgerlich war allerdings, dass sie das Versteck des grünen Kastens ausfindig gemacht und ihn mitgenommen hatte. Aber wenn sie die Zeusstatue verkaufen wollte, würde ihm das zu Ohren kommen, und dann konnte er immer noch handeln.

Vassiliki begann schon zu glauben, der Sinn ihres Lebens bestünde darin, den grünen Kasten zu stehlen. Es hatte sie sehr gewurmt, dass Dimitri sich dieser Kostbarkeit bemächtigt hatte. Sie brauchte Wochen, ehe sie dahinter kam, dass er ihn in einem Hohlraum hinter der Holztäfelung im Wohnzimmer verborgen hielt.

Als die vermummten Männer ins Haus eingefallen waren, hatte sie zwar versucht ihrem Püppchen zu helfen, aber ein Warnschuss, der direkt vor ihren Füßen einschlug, hatte sie in ihr Kämmerchen zurückgetrieben.

Auch sie vermutete, dass Dimitri seine unbequeme Verlobte auf diese Weise hatte loswerden wollen. Sie hatte keine Ahnung, was mit Mando weiter geschehen war, sagte sich nur, dass sie noch leben müsste. Wäre ihr Tod das Ziel gewesen, hätte man sie sicher gleich im Haus ermordet. Der einzige Mensch, der jetzt noch helfen konnte, war Marcus Mavrojenous. Also griff sich Vassiliki den Kasten und traf eine Woche nach Mando auf Mykonos ein.

Erleichterung und Freude, dass sich Mando in ihrem eigenen Haus befand, wichen schnell Erschütterung und Entsetzen über den völlig verwahrlosten Zustand ihres Schützlings.

Nachdem sie die übel riechende Mando abgeküsst hatte, riss sie die Fensterläden auf, ging zum Brunnen und holte Wasser. Während dieses in einem riesigen Topf auf dem Herd warm wurde, erledigte sie die notwendigsten Einkäufe. Dies erwies sich als ein Spießrutenlaufen, da sie von jedem gefragt wurde, ob, warum und für wie lange Mando Mavrojenous jetzt wieder Mykonos beehrte. Zu Marcus ging sie nicht.

Die Nachricht würde sich schnell genug verbreiten und es war auch nicht ratsam, dass Marcus seine Geliebte in ihrem augenblicklichen Zustand sah.

»Ich will ihn überhaupt nicht sehen«, trug Mando ihr auf, als Vassiliki sie in der Zinkwanne abschrubbte.

»Was sagst du da?«

»Dass ich ihn nicht sehen will. Ihn nicht und auch sonst niemanden. Sag allen Besuchern, dass ich ein Schweigegelübde abgelegt habe. Ich bete für Griechenland und darf in meiner Andacht nicht gestört werden.«

Vassiliki nickte nachdenklich.

»Du glaubst also, dass du auf diese Weise deine Schwangerschaft vor aller Welt geheim halten kannst? Mando, das ist unmöglich! Das Kind wird frühestens Ende September geboren, jetzt haben wir erst Juli und du willst den ganzen heißen Sommer lang dein Haus nicht verlassen?«

»Nirgends ist es kühler als zwischen diesen dicken Wänden, wo ich mit meinem dicken Bauch liegen werde«, meinte Mando.

»Aber wenn deine Zeit gekommen ist ...« Vassiliki war ratlos.

»Dann bist du ja da.«

»Ich! Ich bin doch keine Hebamme!«

»Warst du nicht dabei, als ich geboren wurde?«

»Da habe ich nur geholfen.«

»Also weißt du, was man machen muss.«

»Das ist schon so lange her.«

»Dann freunde dich eben mit der Hebamme an und geh ein paarmal mit ihr mit. Du wirst schon alles richtig machen. Ich vertraue dir. Nur dir«, fügte sie noch hinzu und lächelte. Vassiliki lächelte nicht. Nur fünf Worte, dachte sie, wenn ich die sage, habe ich ihr Vertrauen für alle Zeiten verloren.

»Marcus vertraust du nicht?«, fragte sie.

Mando warf einen Schwamm nach ihr.

»Du bist doch sonst nicht so dumm! Seinetwegen nehme ich dies alles auf mich! Mich interessiert es längst nicht mehr, was die Leute über mich denken oder tratschen. Ich hätte sogar Lust, meinen dicken Bauch durch Mykonos zu tragen und die blöden Gesichter zu sehen. Vor allem das meiner Mutter! Aber ich beherrsche mich, weil ich das Marcus nicht antun darf. Vassiliki, schwörst du mir, dass er es nie erfährt?«

Marcus hatte sich seinen eigenen Reim auf die Ereignisse gemacht. Bis nach Mykonos war die Kunde gedrungen, dass Mando und Ypsilanti wie Mann und Frau in einem Haus zusammenlebten – irgendjemand wollte sogar herausgefunden haben, dass sie sich ein Bett teilten – und dass die Heldin von Mykonos strahlender Mittelpunkt illustrer Gesellschaften war. Sie hatte ihr kostbares Schwert Graf Kapodistrias geschenkt und sogar General Kolokotronis schien Wert auf ihre Meinung zu legen.

Da ist sie wieder in ihrem Element, dachte er bitter, im Mittelpunkt der Welt, am Schalthebel der Macht, und alles, was ich an ihr nicht leiden kann, wird sie wieder kultivieren. Dafür sprach auch, dass sie es nicht einmal für nötig befunden hatte, ihm einen einzigen Brief zu senden.

Ihm hatte sie vorgespiegelt, dass sie Ypsilanti den grünen Kasten abnehmen wollte, aber das war bestimmt eine Lüge. Der grüne Kasten hätte sie nicht monatelang in Nauplia festgehalten. Da steckte etwas ganz anderes dahinter und Marcus fürchtete, dass dies mit ihm zusammenhing. Sie war seiner müde geworden. Er hatte ihr auf Mykonos nicht genug bieten können. Ihr Auftritt vor den Bürgern der Insel hatte sie wahrscheinlich daran erinnert, wozu sie fähig war, und warum sollte sie ihre Talente auf dem kargen Felseneiland vergeuden?

Jakinthos hatte ihm einmal gestanden, dass er nie aufhören würde Mando zu lieben, obwohl er genau wüsste, dass sie zu Höherem berufen war und einmal einen Mann heiraten würde, der die Welt aus den Angeln hob. So ein Mann war Ypsilanti und mit diesem war sie verlobt.

Es war von untergeordneter Bedeutung, dass sich die beiden gestritten hatten. Mando war vor Ypsilanti zu Kreuze gekrochen und er hatte sie in Gnaden wieder aufgenommen. Sonst wäre sie nicht so lange in Nauplia geblieben.

Aber warum war sie jetzt wieder auf Mykonos? An die Geschichte mit dem Schweigegelübde glaubte er keinen Augenblick und wenn sie im Zorn von Ypsilanti geschieden wäre, hätte sie nichts davon abgehalten, in die Arme ihres Cousins zu fliehen. Wahrscheinlich konnte sie es nicht ertragen, dass ihr künftiger Mann sich wieder Gefahren auf dem Schlachtfeld aussetzte und wollte in der Abgeschiedenheit ihres Hauses warten, bis der Krieg vorbei war. Ihn, Marcus, weigerte sie sich zu empfangen, weil sie Angst vor sich selber hatte,

Angst, wieder schwach zu werden, wenn sie allein waren und Angst, ihren Verlobten zu betrügen. Eine Sekunde lang hatte er Mitleid mit ihr. Einer Frau mit so heißem Blut würde es unerträglich sein, Monate ohne Mann zu verbringen.

Er dachte an ihre alten Träume, dass er, als ihr Adjutant – war er das überhaupt noch? – mit ihr und Ypsilanti zusammenlebte und sie den Zwerg unter seiner großen Nase betrogen. Das war nur so lange gut gegangen, wie sie mit Ypsilanti das Lager nicht geteilt hatte. Jetzt hatte sich alles geändert.

Wer war er, Marcus, dass er ihr eine glänzende Zukunft verbauen wollte? Er musste sie freigeben, und das ging nur auf eine Weise: Er musste heiraten.

»Nein«, schrie Mando, »nein!«

Vassiliki nahm sie in die Arme und wiegte sie wie ein kleines Kind.

»Es tut mir so Leid, mein Täubchen, aber du musst ihn auch verstehen. Seine Familie setzt ihn schon lange unter Druck, er ist fast vierzig und muss an seine Zukunft denken!«

Sie hatte versucht die Nachricht vor Mando geheim zu halten, aber dann hatte ihr der Zufall einen Strich durch die Rechnung gemacht. Zum ersten Mal seit Monaten hatte Mando das Bulletin angesehen, das ihr fast wöchentlich ins Haus flatterte. Eine große Überschrift hatte ihren Blick gefangen genommen: »Seeschlacht von Navarino bringt Entscheidung«. Vassiliki, die selber nicht lesen konnte, war froh gewesen, dass Nachrichten aus der Außenwelt ihr Püppchen ablenkten, aber sie hatte keine Ahnung, dass weiter hinten auch Inselnachrichten veröffentlicht wurden. So erfuhr Mando, dass Marcus Mavrojenous Bürgermeister von Paros geworden war und mit seiner Ehefrau Anna dem ehrenwerten Fechtlehrer Monsieur Elitis für seine Verdienste im griechischen Befreiungskrieg ein Bankett gegeben habe.

»Jetzt ist mein Leben zu Ende«, heulte Mando, »es gibt nichts mehr, was mich hier hält! Warum kriege ich keine Malaria!«

Vassiliki klopfte ihr auf den dick gewordenen Bauch und sagte nur: »Darum.«

Sie bat Mando ihr zu erzählen, was für wichtige politische

Nachrichten sie dazu gebracht hätten, seit Monaten wieder ins Bulletin zu schauen. War der Krieg jetzt wirklich zu Ende? War Griechenland endlich frei?

»Was interessiert mich das!«, heulte Mando.

Vassiliki drückte ihr das Bulletin in die Hand und sah sie erwartungsvoll an. Mando begann zu lesen, und so erfuhr Vassiliki, dass es zu einer Seeschlacht ungeheuren Ausmaßes gekommen sei. Die Flotte der drei Schutzmächte hatte den Hafen von Navarino angelaufen, wo das gesamte türkisch-ägyptisch-tunesische Expeditionsgeschwader vor Anker lag und riesige Mengen an Kriegsmaterial ablud. Dies wurde für die Eroberung von Hydra benötigt.

»Hydra!«, rief Vassiliki atemlos. »Das ist doch die Insel, auf die bisher noch kein Türke seinen Fuß gesetzt hat, die Insel mit den tapfersten Einwohnern Griechenlands ... warum weinst du jetzt, mein Hühnchen?«

»Jakinthos kam von Hydra«, schluchzte Mando. »Ach, warum habe ich ihn nicht geheiratet!«

»Dann wärst du jetzt Witwe«, stellte Vassiliki fest. »Lies weiter!«

Ibrahim Pascha hatte endlich seine Meister gefunden. In nur wenigen Stunden hatte die alliierte Flotte die zahlenmäßig größere der Muslime vernichtet, von 89 Schiffen blieben dem ehrgeizigen Ägypter nur 29.

»Und wie haben die Ausländer das geschafft?«, fragte Vassiliki begierig.

»Siebenundzwanzig englische, französische und – schau an! – sogar russische Schiffe haben sich gewaltsam Eingang in den Golf von Navarino verschafft und mit 1276 Kanonen das Feuer eröffnet«, las Mando vor. »Im Gewühl des Hafens behinderten sich die feindlichen Schiffe gegenseitig und viele sanken, ohne dass sie von einem Schuss getroffen wurden.«

Sie legte das Papier weg und nickte.

»Endlich, Vassiliki, endlich haben sich die Großmächte entschlossen unser Land der Türkei zu entreißen. Das ist eine wunderbare Nachricht.«

Vassiliki beobachte, wie sich Mandos eben noch entspanntes Gesicht wieder verkrampfte.

»Was ist los?«, fragte sie alarmiert.

»Chios«, sagte Mando, »Chios! Oh mein Gott, nicht schon wieder!«

»Aber Chios ist doch schon in türkischer Hand«, wunderte sich Vassiliki, »da war doch dieses fürchterliche Gemetzel, wo tausende …«

»Oberst Fabvier ist gerade mit 2400 Leuten auf Chios gelandet«, sagte Mando, »und es sieht finster aus.«

»Warum denn? Ich dachte die Großmächte rennen alle Türken über den Haufen!«

»Fabvier handelt nicht im Auftrag der Großmächte, ganz im Gegenteil. Unsere Verbündeten sind nur an dem Teil Griechenlands interessiert, wo sich der Aufstand abgespielt hat. Die griechische Regierung, mein Freund Kapodistrias also, will aber auch Kreta und Chios einbeziehen. Erinnerst du dich noch an Admiral Miaulis, Vassiliki, der mir damals in Mykonos gratuliert hat und an dem Abend, als mein Haus ausbrannte und ausgeraubt wurde, unser Gast war?«

Vassiliki nickte.

»Ich erinnere mich noch, dass er dir den Vorschlag gemacht hat, zum Minister für Religion zu gehen und die Diebe exkommunizieren zu lassen. Hat nicht viel gebracht.«

»Es war den Versuch wert. Miaulis war bis jetzt auf Kreta und will jetzt Fabvier mit 2000 Mann zu Hilfe kommen.« Sie schauderte.

»Ist dir kalt?« Vassiliki wollte sich erheben, aber Mando drückte sie wieder auf den Stuhl.

»Nein, ich dachte nur gerade daran, was der Sultan damals nach dem Massaker von Chios hatte verkünden lassen – Feuer, Stahl und Knechtschaft! – weißt du noch? Und jetzt schon wieder! Chios liegt direkt vor der türkischen Küste und ist die wirtschaftlich reizvollste Insel der Ägäis. Seine ganze Macht wird der Sultan auf Chios – und auf Kreta konzentrieren! Vassiliki, wir werden nicht mehr erleben, dass Chios zu Griechenland gehört.«

Damit sollte sie Recht behalten.

Ein heftiger Sturm tobte ums Haus, als im Oktober Mandos Tochter geboren wurde. Vassiliki hatte sich gut vorbereitet und alles lief ohne Komplikationen ab. Kurz vor der Entbindung hatte sie Mando noch einmal gefragt, ob sie denn nicht Frieden mit ihrer Mutter schließen und diese bei dem großen Ereignis dabeihaben wolle.

»Meine Mutter hat meine Diamanten gestohlen!«, rief Mando und weil sich ihr Püppchen so aufregte, ließ Vassiliki das Thema fallen.

Ohne Mandos Wissen verbrachte Vassiliki wöchentlich eine Stunde bei Zakarati. Diese hatte die Dienerin einmal auf der Straße angesprochen und händeringend um einen Besuch gebeten. Vassiliki log ihrer ehemaligen Herrin vor, dass Mando an einem Buch arbeite und daher ungestört sein wolle. Sie empfange ja nicht einmal ihren Cousin, von dem sie früher unzertrennlich gewesen wäre. Ansonsten ginge es ihr ausgezeichnet und nach Fertigstellung ihres Buches würde sie bestimmt wieder mit ihren alten Freunden und natürlich auch mit ihrer Mutter Kontakt aufnehmen.

Bei der Frage, wann Ypsilanti die Tochter zu heiraten gedenke, schließlich nähere sie sich schon bedenklich dem Ende des gebärfähigen Alters, wurde Vassiliki von einem so scheußlichen Hustenkrampf gepackt, dass Zakarati um das Leben der alten Dienerin fürchtete und ihr eiligst einen Becher Wasser brachte.

Später teilte Vassiliki Mandos Mutter mit, dass Ypsilanti erst sichergehen wolle den Krieg zu überleben. Der große Mann dürfe sich jetzt nicht mit Sorgen um Weib und Kind belasten. Unter dem Siegel der Verschwiegenheit flüsterte sie Zakarati das große Geheimnis zu: »Mando und Dimitri Ypsilanti werden die ersten Monarchen eines freien Griechenlands sein!«

Zufrieden lehnte sie sich zurück. Zakaratis Gesicht erstrahlte. Wie schwer war es gewesen, dieses Mädchen zu bändigen, aber ihre harte Arbeit hatte endlich Früchte abgeworfen! Wer hätte gedacht, dass dieses rebellische Kind sie zur Königinmutter machen würde!

Vassiliki fügte noch hinzu, dass Mando natürlich nicht nur an ihrem Buch schreibe, sondern sich zurzeit auch in ihre künftige Rolle hineinarbeite.

»Wer könnte ihr besser dabei behilflich sein als ihre Mutter!«, rief Zakarati, worauf Vassiliki zusammenbrach und schluchzend erklärte, dass sie dann ihre Stellung los wäre. Sie habe Mando das Versprechen geben müssen, dieses Geheimnis niemanden zu verraten, schon gar nicht der Mutter, für die sie ein besonderes Überraschungsfest geplant habe, auf dem es zur großen Versöhnung kommen sollte.

Vassiliki versprach ihre ehemalige Herrin auf dem Laufenden zu halten. Sobald die Mode-Kataloge aus Paris eingetroffen seien, werde sie ihr genau beschreiben, wie Mando sich für Hochzeit und Krönung zu kleiden gedenke.

Zakarati war dankbar, dass sich ihre Tochter endlich mit den wirklich wichtigen Dingen im Leben beschäftigte und vor allem nicht mehr in Männerkleidung oder der scheußlichen Inseltracht herumlaufen würde.

»Und jetzt?«, fragte Vassiliki, als das kleine Mädchen in Mandos Armen eingeschlafen war. »Willst du dein Kind jetzt sein ganzes Leben lang in diesem Haus eingesperrt halten? Jetzt, im Herbst können wir ja die Fenster geschlossen halten, aber was soll ich denn im Sommer den Nachbarn sagen, wenn sie mich fragen, was für ein Kind in unserem Haus schreie?«

»Sie sieht überhaupt nicht aus wie der kleine Jorgo in Lakka«, sagte Mando, die immer wieder alle Finger und Zehen gezählt sowie Augen- und Mundform genaustens untersucht hatte. »Sie ist wunderhübsch! Ich bin nicht dafür bestraft worden, dass ich meinen Cousin liebe!«

»Liebst du ihn denn immer noch?«, fragte Vassiliki.

»Darum werde ich ihm dieses Kind geben. Er ist verheiratet und kann ja sagen, dass er es von einer armen Frau zur Adoption gekriegt hat. Das wäre sogar die Wahrheit! Vassiliki, geh zum Hafen und schau, ob da irgendein fremdes Boot liegt, das uns nach Paros bringen kann.«

Vassiliki rührte sich nicht. »Wie hast du dir das vorgestellt?«, fragte sie. »Willst du das Kind einfach vor seine Tür legen, so wie das die armen Leute mit ihrem Nachwuchs tun?«

Mandos Mund lächelte, aber ihre Augen blickten hart. Sie würde nicht heimlich nach Paros reisen, im Schutz der Nacht das Kind aussetzen und wieder verschwinden. Sie hatte vor mit dem Säugling auf dem Arm in Marcus' Haus aufzutauchen, mit ihm und seiner Frau Tee zu trinken und ihnen das Kind anzuvertrauen, das vor ihre Tür gelegt worden sei. Marcus würde wissen, dass es seine Tochter war und verstehen, warum sich Mando monatelang eingeschlossen hatte. Er würde sich schuldig fühlen und es bitter bereuen, dass er ihre Liebe verraten hatte.

Aber sie würde ihre Tochter nicht wie armer Leute Kind nur mit einer Windel ausstatten. Sie würde ihr das Kostbarste mitgeben, das sie besaß: den grünen Kasten. Sie war überrascht, dass Vassiliki von dieser Idee begeistert war.

Allerdings fand die Dienerin, dass die Abreise verschoben werden müsste.

»Wir können noch nicht weg«, meinte sie, »die Kleine ist auf deine Milch angewiesen.«

»Marcus wird eine Amme finden«, unterbrach Mando und Vassiliki kniff die Lippen zusammen. Genau wie Zakarati, dachte sie, kriegt ihr Kind und gibt es weg. Die Frauen in dieser Familie sind herzlos. Wie hatte sie selber gelitten, als ihr Selim weggenommen worden war! Immer wieder war sie durch die Gänge von Ali Paschas Palast geschlichen, in der Hoffnung, dem kleinen Jungen zufällig zu begegnen. »Kouklaki – Püppchen«, hatte sie ihm zugeflüstert und ihm auf der ausgestreckten Hand eine Süßigkeit hingehalten. Aber von seinem sechsten Lebensjahr an ignorierte er die Frau, die seine Mutter war und spuckte auf die Süßigkeit.

Zwei Tage später brachen sie im Morgengrauen auf. Dichter Nebel hing über dem spiegelglatten Meer, aber der Kapitän des kleinen Schiffes beruhigte die beiden Frauen, dass er seinen Weg auch ohne Sonne oder Sterne zu finden wisse. Die »Elektra« war von fünf Franzosen gemietet worden, die sich für eine Woche auf der Ruineninsel Delos aufhielten, und der Kapitän war hocherfreut sich in der Zwischenzeit noch etwas dazuzuverdienen.

Weniger erfreut war er, als nach etwa einer Seemeile aus dem Nichts plötzlich ein anderes kleines Schiff vor ihnen auftauchte.

»Flagge zeigen!«, rief der Kapitän, aber seine Worte gingen in einem Schuss unter. Einer der Masten knickte ab. Erschrocken blickten Mando und Vassiliki, die im Innern des Boots saßen, nach oben.

»Korsaren«, flüsterte die kreidebleiche Vassiliki. Mando drückte ihr Kind an die Brust und strengte die Ohren an. Noch ein paar Schüsse, Schreie, Klirren von Enterhaken und Schwertern, das dumpfe Geräusch fallender Körper und dann kam eine gespenstische Stille. Die Eingangsluke verdunkelte sich.

»Hier sind die Passagiere!«, hörte Mando eine weibliche Stimme und dann donnerte ein Mann die Holzstiege hinunter.

Mando erkannte ihn sofort. »Marmellakis!«, rief sie.

Überrascht blieb er stehen.

»Geh schon weiter!«, forderte ihn die weibliche Stimme auf. »Hat es sich gelohnt?«

Er trat zur Seite und eine zierliche Gestalt in Männerkleidern pflanzte sich vor den beiden Frauen auf.

»Nur zwei Frauen und ein Kind! Eine alte Frau. Und kaum Gepäck!« Die etwas piepsige Mädchenstimme klang enttäuscht. Marmellakis' Augen hatten sich inzwischen an das Halbdunkel gewöhnt und Mando erkannt.

»Hände weg, Lena!«, fuhr er seine Frau an, die bereits versuchte das Schloss des grünen Kastens zu öffnen. Lena gehorchte und richtete ihren Blick voller Verzücken auf Mandos Tochter.

Marmellakis verbeugte sich.

»Hätte ich gewusst, dass Sie sich auf diesem Schiff befinden, hätte ich es in Ruhe gelassen«, sagte er leise.

»Was ist mit der Besatzung?«

»Zwei im Wasser, der Rest gefesselt.«

»Keiner tot?«

»Vielleicht die im Wasser.«

»Holen Sie sie raus!«, befahl Mando.

Er sprang nach oben, gab seinen Leuten Anweisungen und konnte Mando wenig später mitteilen, dass beide Seeleute gerade noch vor dem Ertrinken gerettet worden wären. Liebevoll streichelte er seiner Frau über den Kopf, die inzwischen den Säugling auf den Knien hielt und mit seinen Fingern spielte.

»Lena kann keine Kinder haben«, erklärte er.

»Darum arbeite ich mit meinem Mann!«, sagte seine Frau. Marmellakis brummte, aber seine Stimme klang freundlich:

»Das ist Ihre Schuld, Fräulein Mando.«

»Meine?«

Erst langsam drang das Absurde der Situation in Mandos Bewusstsein. Vor wenigen Minuten hatte sie noch fest damit gerechnet, zusammen mit Vassiliki und ihrer Tochter in die Sklaverei verkauft zu werden, und jetzt unterhielt sie sich mit dem Seeräuber und gab ihm Anordnungen.

»Sie sind doch auch eine Frau!«, meldete sich Lena. »Und Sie haben Männerarbeit getan! Wenn Mando Mavrojenous am Strand Türken abschlachtet, dann kann Lena Marmellakis ihrem Mann auch bei seiner gefährlichen Arbeit helfen, habe ich mir gesagt. Und seitdem fahre ich mit!« Sie drückte einen Kuss auf die winzige Hand des Säuglings.

»Fräulein Mando«, meldete sich jetzt wieder Marmellakis, »Ich lasse Sie nicht deshalb gehen, weil Sie Mykoniatin sind …«

»Weil sie Mykonos gerettet hat?«, schlug Vassiliki vor.

»Nein. Mir ist egal, wer Mykonos beherrscht, und mit den Türken lassen sich gute Geschäfte machen.«

»Warum dann?«, fragte Mando neugierig.

Er verbeugte sich vor ihr.

»Weil meine Frau in Ihrem Haus wohnen bleiben durfte, obwohl sie lange Zeit keine Miete bezahlen konnte und ihr alle anderen Türen verschlossen blieben.«

Mando hätte sich viele Gründe vorstellen können, weshalb Marmellakis sie ziehen ließ, aber auf diesen wäre sie nie gekommen. Marcus, dachte sie, aus Mitleid mit dem Mädchen hat er also die Miete bezahlt, wenn kein Lord oder Baron diese Kosten übernahm! Ganz kurz verfinsterte sich ihr Gesicht. Ob er dafür Gegenleistungen erhalten hatte?

»Und was wird jetzt?«, fragte sie.

»Ein Mast ist beschädigt«, brummte Marmellakis, »aber Sie sind ja in der Nähe von Mykonos. Das Schiff schafft es zurück zum Hafen.«

Mando hatte keine Lust mit einem Säugling auf dem Arm vor den neugierigen Blicken der Mykoniaten an Land zu gehen.

»Und wo fahren Sie hin?«, fragte sie.

»Nach Westen. Im Osten ist es zu unruhig. Vor allem um Chios. Ich weiß zwar, dass bei Seeschlachten eine Menge für unsereinen abfallen kann, aber ich bin nicht mehr der Jüngste ...«

Einer seiner Leute steckte den Kopf durch die Luke und bat um Anweisungen.

»Nehmt den Gefangenen Uhren, Geld und Wertsachen ab und kehrt zurück aufs Schiff«, rief er nach oben. Entschuldigend wandte er sich an Mando.

»Meine Männer setzen ihr Leben aufs Spiel. Dafür müssen sie schon belohnt werden.« Mando, die froh war, dass ihre Mannschaft mit dem Leben davongekommen war, nickte verständnisvoll.

»Fahren Sie vielleicht bis nach Nauplia?«, fragte sie ruhig.

»Nein!«, schrie Vassiliki entsetzt.

»Meine Pläne haben sich geändert«, bemerkte Mando und lächelte Lena an, die sich an dem kleinen Mädchen nicht satt küssen konnte.

»Sie wollen nach Nauplia?«, fragte Marmellakis. »Was würden Sie mir für die Reise bezahlen?«

»Lena«, wandte sich Mando an die andere Frau, »Sie möchten gern ein Kind haben, nicht wahr?«

»Mein Leben würde ich dafür geben!«, rief sie.

»Das würde dem Kind wenig nützen«, lächelte Mando. »Dieses kleine Mädchen wollte ich zur Adoption nach Paros bringen. Möchten Sie das Kind haben?«

Vassiliki machte den Mund auf und klappte ihn wieder zu. Sie konnte keinen Ton herausbringen. Auch Lena war sprachlos.

»Allerdings gibt es eine Bedingung«, fuhr Mando fort.

»Welche?«, fragten Marmellakis und seine Frau gleichzeitig.

»Dass Sie Ihrem Mann nicht mehr bei seiner Arbeit helfen. Das Kind soll mit einer Mutter aufwachsen, die Zeit für es hat.«

Marmellakis, der sich aus Sorge um seine Frau nur noch mit kleineren Raubzügen abgegeben hatte, nickte hochzufrieden. Vielleicht würde er doch noch nach Chios fahren können. Seine drei Männer hatten schon gedroht sich anderweitig umzusehen. Vielleicht würde er sich wieder – so wie in alten Tagen – einer Piratenflotte anschließen. Das versprach mehr Beute und schließlich hatte er jetzt eine richtige Familie zu versorgen.

Mando nahm Marmellakis das Versprechen ab, dass es auf der Reise zu keinen beruflichen Zwischenfällen kommen würde – auch nicht auf der Rückreise, wie sie mit Blick auf ihre Tochter hinzusetzte. Nachdem die anderen mit Mandos Gepäck auf das Piratenboot geklettert waren, löste Mando die Fesseln von den Seeleuten der »Elektra« und teilte dem Kapitän mit, dass er nach Mykonos zurückkehren könne. Sie habe leider nicht so viel Glück, da sich die Piraten ein hohes Lösegeld für ihre Freilassung versprachen. Das würde den Mykoniaten etwas zu denken geben, dachte sie befriedigt.

Für Mando wurde es eine vergnügliche Seereise. Sie kam aus dem Lachen nicht mehr heraus, wenn Lena offenherzig über ihre Vergangenheit sprach und ihr minutiös Geschichten aus dem Zusammenleben mit ihren adligen Europäern erzählte. Mando erinnerte sich an den englischen Lord mit der entsetzlichen Perücke und verriet Lena, dass er ihretwegen mitten im Krieg zurückgekommen sei.

»Also eigentlich hast du Mykonos gerettet«, sagte sie zu ihr. »Hätte dein Lord nicht so eine Sehnsucht nach dir gehabt, hätte die Türkenflotte nicht abgedreht, und es wäre zu einem entsetzlichen Blutvergießen gekommen. Du bist die wirkliche Heldin von Mykonos und daher vertraue ich dir meine Tochter an …«

Sie hatte sich verplappert. Lena starrte sie an. Erregt stand Mando auf, packte die Seeräuberfrau hart am Arm und drohte: »Wenn du ein Wort verrätst, verlierst du sie! Sie hat nämlich auch einen Vater!«

Eingeschüchtert schüttelte Lena den Kopf.

»Ich habe Ihnen gar nicht zugehört«, flüsterte sie.

Sie war erschüttert, als sie hörte, dass das Kind noch nicht getauft worden war und nahm Marmellakis das Versprechen ab dieses Versäumnis in Nauplia sofort nachzuholen. Zu ihrer Begeisterung bot sich Mando als Taufpatin an.

Unterwegs bat Lena Mando, doch einmal den grünen Kasten zu öffnen. Sie wolle so gern sehen, was sie beinahe erbeutet hätte. Mando tat ihr den Gefallen und Lena blieb lange andächtig vor der Zeusstatue sitzen.

»Der liebe Gott«, flüsterte sie, »gleich steht er auf und richtet mich für meine Sünden!«

»Nein, Lena«, meinte Mando, »Gott sieht nicht nur Taten, er sieht auch, dass du ein gutes Herz hast.«

Trotzdem war Lena froh, dass sie sich diesen eindrucksvollen Gegenstand nicht unrechtmäßig angeeignet hatte. Amüsiert beobachtete Mando, dass sie sich jedes Mal bekreuzigte, wenn sie an dem grünen Kasten vorbeikam.

Vassiliki hatte die ganze Reise über fast kein Wort gesprochen. Ihre Augen blickten missbilligend, ihr Mund war ein schmaler Strich und sie würdigte weder Marmellakis noch seine Frau eines Blickes.

Erst nach vierundzwanzig Stunden machte sie den Mund auf, um ihm ein einziges Wort entweichen zu lassen: »Warum?«

»Rache«, antwortete Mando genauso einsilbig.

Monatelang hatte sie über den Plan nachgedacht das Kind seinem echten Vater zuzuführen und immer wieder hatte sie sich vorgestellt, wie sie dem verheirateten Marcus gegenüberstehen würde. Dass ausgerechnet Marmellakis ihr Schiff überfallen hatte, sah sie als ein Zeichen. Ihr fiel ein, dass sie alle wichtigen Entscheidungen in ihrem Leben spontan gemacht und diese nie bereut hatte. Mit ihren Plänen war es ihr anders ergangen. Ich bin eine schlechte Planerin, dachte sie, ich funktioniere am besten, wenn ich in einer unerwarteten Situation reagieren muss.

Diese Erklärung verschaffte ihr einen hervorragenden Grund Marcus nicht wieder sehen zu müssen. Ich würde es nicht ertragen, ihn neben einer anderen Frau zu sehen, die vor Gott und dem Gesetz die seine ist, gestand sie sich ein. Teetrinken mit dem Ehepaar? Gott behüte! Sie würde sämtliche Teetassen gegen sämtliche Wände werfen, ihre Tochter packen und schreiend aus dem Haus laufen. Sie verdrängte den entsetzlichen Gedanken, dass er einer anderen so nahe wie ihr kommen, ihr möglicherweise sogar sein Zeichen einbrennen könnte!

Ihre Tochter, die auch die seine war, würde ihn ständig an sie erinnern und genau darum hatte sie diesen Plan auch gefasst.

Aber würde sie gern jemanden um sich haben, der sie ständig an den einzigen Menschen erinnerte, den sie liebte und verloren hatte? Würde sie dann nicht versuchen diesen Menschen, nach dem verlorenen Ebenbild zu formen, ihm das Eigene zu nehmen? Wollte sie wirklich, dass ihre Tochter so aufwuchs und möglicherweise so wurde wie sie? Sie konnte sich nicht vorstellen, dass Marcus' Liebe zu ihr erloschen war, und sie stellte sich vor, wie er sie vielleicht sogar auf den schrecklichen Namen Magdalini würde taufen lassen!

Irgendwann, dachte sie, wird die kleine Mando in seinem Leben wichtiger als die große sein. Zum ersten Mal keimte ein wenig Verständnis für Zakarati in ihr auf.

Lena würde für ihr Kind gut sorgen, es nicht mit Erwartungen befrachten und außerdem wohnte sie auf Mykonos. Mando würde ihre Tochter aufwachsen sehen können.

Aber zuerst musste sie nach Nauplia. Sie fühlte sich jetzt stark genug ihr Recht einzuklagen. Sie wollte das Geld zurückhaben, das ihr versprochen worden war, und vor allem wollte sie Ypsilanti zu Rechenschaft ziehen. Sie wollte Rache. Er hatte das Verlöbnis gelöst, auch wenn sie dies noch nicht schriftlich hatte, und er würde dafür teuer bezahlen müssen.

In Nauplia bot Marmellakis ihr und Vassiliki an, so lange auf seinem Boot zu wohnen, bis das kleine Mädchen getauft war und sie wieder aufbrechen mussten.

»Was schenkst du denn deiner Tochter zur Taufe?«, fragte Vassiliki bissig.

»Den grünen Kasten«, antwortete Mando einfach. »Oder wüsstest du eine bessere Verwendung dafür?«

»Mach ihn zu Geld.«

Mando schüttelte den Kopf.

»Ich möchte nur das Geld, das mir zusteht. Lena wird gut auf die Statue aufpassen.«

Vassiliki kniff den Mund noch mehr zusammen. Hatte sie den grünen Kasten aus dem Harem des Sultans, aus dem Palast in Jannina, aus dem Hohlraum in Ypsilantis Haus gestohlen, damit er in der Wohnung eines Seeräubers aufgestellt wurde?

Mando fand ein Haus in der Innenstadt von Nauplia. Es war eine halbe Ruine, aber mehr konnte sie sich nicht leisten. Sie war höchst überrascht, als Marmellakis darauf bestand, die Miete für ein Jahr zu bezahlen.

»Alte Mietrückstände«, brummte er.

Mando winkte dem Schiff, auf dem sich ihre Tochter und der grüne Kasten befanden, so lange nach, bis es hinter dem Horizont verschwand.

Zusammen mit Vassiliki versuchte sie ihre neue Bleibe bewohnbar zu machen.

Geld hatte sie nur noch wenig, aber sie konnte noch einige wertvollen Schmuckstücke versilbern. Dafür wurden die notwendigsten Haushaltsgegenstände und Stoff für neue Kleidung gekauft.

Eine Woche nach ihrer Ankunft in Nauplia sprach sie erstmals beim Innenminister der neuen Regierung vor. Er empfing sie herzlich und sie horchte auf, als er sein Bedauern über die gelöste Verlobung zum Ausdruck brachte. Jetzt würde Dimitri zahlen müssen! Es gab nur ein kleines Problem. Der voreheliche Vertrag befand sich immer noch in Dimitris Haus.

»Hätte ich etwa meinen Entführern sagen sollen ›halt, ich muss noch ein wichtiges Papier mitnehmen‹?«, fragte sie, als Vassiliki sie der Leichtfertigkeit bezichtigte.

»So ein Papier muss man immer bei sich tragen«, meinte die Dienerin, die sich darüber ärgerte, dass sie selber nicht daran gedacht hatte. Stattdessen hatte sie sich mit dem blöden grünen Kasten abgeschleppt, der jetzt das Haus eines mykoniatischen Seeräubers zierte.

Mando erfuhr, dass die Türken an Boden verloren, Ibrahim Pascha allerdings immer noch nicht zu bewegen war Hellas zu verlassen. Es gab eine Menge Kriegserklärungen. Der Sultan hatte inzwischen den Dschihad – den Heiligen Krieg – ausgerufen, und Russland der Türkei offiziell den Krieg erklärt. Eher widerwillig zogen Frankreich und Großbritannien ihre Botschafter aus Konstantinopel zurück. Dann erreichte Mando die Mitteilung, Ypsilanti wäre gestorben, aber der Verkehrte. Dimitris Bruder Alexander hatte kurz nach seiner Entlassung aus einem österreichischen Gefängnis das Zeitliche gesegnet.

Natürlich suchte Mando auch ihren Freund Graf Kapodistrias auf. Sie saß lange im Wartezimmer des Hauses, in dem sie vor gar nicht so langer Zeit regelmäßig verkehrt hatte und musste dann vernehmen, dass bedauerlicherweise wichtige Geschäfte den Grafen davon abhielten, sie zu empfangen. Nachdem zweimal so mit ihr verfahren worden war, stürmte sie beim dritten Mal einfach an dem Sekretär vorbei in das Büro des Ministerpräsidenten.

Kapodistrias war höchst überrascht und sichtlich erfreut sie zu sehen.

Er hätte keine Ahnung gehabt, dass sie sich zurzeit in Nauplia aufhalte, teilte er ihr mit und küsste ihre Hand, sonst hätte er sie schon längst zu einem Bankett eingeladen. Wie es ihr denn ergangen sei? Ob sie eine angemessene Bleibe in Nauplia gefunden habe?

Sie sei bestens untergebracht, versicherte Mando und dachte an das zugige, halb verfallene Gebäude, neben dem ihre erste Behausung in Nauplia wie ein Palast erscheinen würde. Im Übrigen ginge es ihr ausgezeichnet, aber da sie sich für einige Monate auf ihre Heimatinsel zurückgezogen habe, sei sie über den jüngsten Stand der Ereignisse nicht gut informiert. Sie würde sich freuen, wenn ihr alter Freund sie darüber aufklären würde, was zwischenzeitlich geschehen sei.

Ein tiefer Seufzer war seine erste Reaktion. Er gestand ihr, dass ihm Gedanken an die Zukunft Griechenlands schlaflose Nächte bereiteten, und dies sei weder auf den Sultan zurückzuführen, der so gut wie geschlagen sei, noch auf Ibrahim Pascha, der wohl in absehbarer Zeit unter dem Druck der alliierten Streitkräfte den Peloponnes verlassen würde. Schlimm aber sei, dass die unterschiedlichen griechischen Fraktionen immer weiter auseinander drifteten und sich jeweils einem ausländischen Partner zugeordnet hätten. Die Gefahr eines Bürgerkriegs sei gewaltig. Möglicherweise werde sogar ein Stellvertreterkrieg ausgefochten werden, wenn alte Animositäten zwischen den Ländern wieder aufflackerten.

»Ich brauche wohl nicht zu fragen, welcher Fraktion Ihre Sympathie gilt«, lächelte Mando den einstigen russischen Diplomaten an, »vor allem jetzt, wo Russland eingelenkt und sich seiner alten Freundschaft mit Griechenland erinnert hat!«

Der Graf gab zu, dass er sich am meisten von russischer Hilfe verspreche, und außerdem stünde ja sein alter Freund Kolokotronis der russischen Fraktion vor. Er ärgere sich über Mavrokordatos, der alle Karten auf England gesetzt habe und sich von den Handelsbeziehungen mit London das Heil erwarte.

»Dabei hat er doch gesehen, wie uns die englischen Banken behandelt haben! Ich traue den Engländern nicht«, meinte Kapodistrias. »Die sind nur an der Expansion des eigenen Imperiums interessiert und würden Sympathie heucheln, um ihr Ziel zu erreichen. Außerdem haben sie eine höchst unangenehme Neigung zur Selbstüberschätzung.« Er lächelte grimmig. »Ich habe mich zu lange mit Geschichte und Diplomatie beschäftigt, um nicht zu wissen, was diesem Inselkönigreich eines Tages fatal sein wird.«

Mando sah ihn fragend an.

»Selbstüberschätzung.«

»Und was ist mit Frankreich?«, erkundigte sich Mando.

»Sie denken an Ihr geliebtes und nie gesehenes Paris, nicht wahr! Zu der französischen Fraktion gehören die aus dem Ausland heimgekehrten Intellektuellen – eigentlich solche Leute wie ich, die sich in Griechenland selber nicht gut auskennen. Aber die meisten geben sich auch keine Mühe das Land, das sie zu befreien helfen, kennen zu lernen, und daher sehe ich keine Chance, dass sie den Menschen hier wirklich helfen können. Angeführt wird diese Gruppe durch Jannis Kolettis ...«

»... ein hochintelligenter Mensch und skrupelloser Intrigant«, nickte Mando.

»Das haben Sie gesagt!«, bemerkte der Graf, ohne zu widersprechen.

Sie unterhielten sich noch eine Weile über Politik, wobei es der Graf sorgsam vermied, den Namen Ypsilanti zu erwähnen oder Mando auch nur die Möglichkeit zu geben ihn nebenbei fallen zu lassen. Verzweifelt überlegte sie, wie sie auf das Thema der aufgelösten Verlobung kommen und Kapodistrias bitten könnte ihr zu dem versprochenen Geld zu verhelfen.

»Wissen Sie, dass ich jeden Tag mehrmals an Sie denke?«, fragte er plötzlich und wies mit der Hand zur Tür. Mando wandte sich um und sah über dem Türrahmen das Schwert ihres Vaters hängen.

»Sie hätten es für sehr viel Geld verkaufen können«, bemerkte der Graf leise, »und mir ist bekannt, dass Ihre finanziellen Verhältnisse unter dem Krieg sehr gelitten haben. Ich hoffe, Sie nehmen es mir nicht übel, dass ich eine Regelung getroffen habe …«

Mando hielt die Luft an.

»… Ihnen werden rückwirkend vom ersten Januar dieses Jahres an achtundvierzig Adler-Münzen monatlich ausbezahlt werden«, fuhr er fort, »und außerdem erhalten Sie einen kleinen Zuschuss für Ihr Personal. Es tut mir Leid, dass eine Heldin der Revolution mit so wenig abgefunden wird. Sie dürfen mir glauben, dass ich versucht habe mehr für Sie herauszuschlagen, aber wie ich schon sagte – die Verantwortlichen in diesem Land sind sich in vielen Dingen uneinig.«

Es war wirklich sehr wenig, aber besser als gar nichts. Mando konnte sich schon vorstellen, wie der Graf in ihrem Sinne mit seinen Gegnern verhandelt hatte, und sie war ihm dafür dankbar. Nur konnte sie jetzt unmöglich von ihm verlangen auch noch Dimitri unter Druck zu setzen. Der Prinz dürfte einer der wenigen Getreuen sein, die ihm geblieben waren.

Bevor sie sich verabschiedete, lud Kapodistrias sie zu einer Theateraufführung am kommenden Sonnabend an.

»Es wird die ›Orestie‹ des Aischylos gegeben«, informierte er Mando.

Etwas Geld war zwar besser als gar nichts, aber trotzdem würde die zugesagte Summe nicht ausreichen, um alle Ausgaben zu bestreiten, vor allem nicht die Prozesskosten, die auf sie zukommen würden, wenn sie Dimitri vor den Richter schleppte. Und das hatte sie vor. Aber sie brauchte einen Anwalt.

Auf dem Rückweg von ihrem Besuch bei Kapodistrias fiel ihr ein besonders kunstvoll gemaltes Schild in die Augen: »Aristoteles Vlachos, mit allen neuen Gesetzen vertraut«.

Sie erinnerte sich an den jungen Mann, der ihr erst zur Heirat geraten und sie dann zu ihrem später ausgebrannten und ausgeraubten Haus geführt hatte und trat ein.

Er erkannte sie sofort und zeigte ihr stolz sein neues eigenes Büro. Er habe sich selbstständig gemacht, weil er erkannt habe, dass eine Anstellung bei der neuen Regierung eine finanziell recht unsichere Angelegenheit sei.

»Vor allem wenn man Frau und Kinder hat«, erinnerte sich Mando.

Er blickte verlegen weg. Die habe er nun nicht mehr, seit sich sein bester Freund ihrer bemächtigt hätte. Allerdings habe das den Vorteil, dass er für sie nicht zahlen müsse. Seine ehemalige Gattin habe zwar versucht ihn wie eine Weihnachtsgans auszunehmen, aber seine Kenntnis der Gesetze habe ihn vor ihren üblen Absichten gerettet. Bei böswilligem Verlassen sei er ihr keinen Pfennig schuldig, eher müsse sie ihn abfinden.

Interessiert hörte Mando zu und fragte ihn dann, ob er sich auch ihres Falls annehmen würde. Sie könne ihm zwar nur einen kleinen Vorschuss zahlen, wäre aber bereit ihn im Falle eines Sieges fürstlich zu entlohnen.

»Haben Sie ein geräumiges Haus in Nauplia gefunden?«, fragte Vlachos, deutete auf ein Feldbett in der Ecke seines Büros und setzte hinzu: »Wenn ich bei Ihnen ein Zimmer und meine Mahlzeiten erhalten kann, würde mir dies als Vorschuss zunächst genügen.«

Mando dachte schnell nach. Das Haus mochte zwar erbärmlich sein, aber geräumig genug war es. Ihr kam eine Idee: Wenn sie Zimmer vermietete, konnte sie das von der Regierung zugesagte Taschengeld aufbessern.

Zunächst murrte Vassiliki wegen der zu erwartenden zusätzlichen Arbeit. Als ihr Mando aber versprach ein junges Mädchen einzustellen, das die schweißtreibenden Tätigkeiten übernehmen würde, erklärte sich Vassiliki sogar bereit Mieter ausfindig zu machen. Nach Vlachos zog ein Tischler namens Jorgo ein, der im Gegenzug für drei Monatsmieten alle Zimmermannsarbeiten und Reparaturen im Haus übernahm. Eines Tages stellte er Mando ein junges Mädchen vor, erklärte, Poppy habe keine Angehörige und suche gleichfalls ein Dach über dem Kopf. Sie sei eine begnadete Näherin und könne Vassiliki auch bei anderen Aufgaben zur Hand gehen.

»Kommt überhaupt nicht in Frage«, sagte Mando am Abend zu ihrer Dienerin. »Ein Blinder kann doch sehen, dass zwischen den beiden was los ist. Mein Haus ist kein Bordell!«

Vassiliki kniff eines ihrer Vogelaugen zusammen und nickte: »Wie das Haus deiner Tante in Mykonos!«

»Was willst du damit sagen!«, fuhr Mando auf. »Marcus und ich haben einander geliebt!«

Seit Monaten hatte sie zum ersten Mal seinen Namen ausgesprochen. Ein scharfer Schmerz schnitt ihr durch die Eingeweide und Tränen stiegen ihr in die Augen. Sie schlug die Hände vors Gesicht und schluchzte: »Ich liebe ihn immer noch und ich habe ihn verloren! Ach, Vassiliki!«

»Vielleicht liebt Poppy ja auch Jorgo«, meinte die Dienerin. »Vielleicht kannst du die beiden glücklich machen, wenn du das Mädchen einstellst.«

Heftig schüttelte Mando den Kopf. Wenn sie schon nicht glücklich war, sollte es auch niemand anders in ihrem Haus sein. Während sie einsam mit der Hand zwischen den Beinen in ihrem Bett lag, sollten zwei Verliebte im Stockwerk darüber sich ihrem schändlichen Treiben hingeben? Niemals! Doch Vassiliki ließ nicht locker. Poppy war jung, kräftig und genau die richtige Unterstützung für sie.

Den Ausschlag gab Aristoteles Vlachos. Er hatte Poppy das Haus verlassen sehen und Mando entsetzt gefragt, was die junge Frau gewollt hätte. Sie sei gerichtsbekannt, verriet er, und weder er noch Mando könnten mit so einer Person unter einem Dach leben.

»Siehst du«, sagte Mando befriedigt zu Vassiliki, »ich habe ihr ja gleich angesehen, dass sie so eine ist! Von wegen Liebe!«

Als Jorgo am Abend mit Poppy kam, um ihre Entscheidung zu hören, setzte Mando ihr arrogantestes Gesicht auf und erklärte, ihre Position in der Gesellschaft verbiete es, eine Frau wie Poppy auch nur anzusehen. Poppy brach in Tränen aus und Jorgo verließ mit finsterem Gesicht das Haus. Vassiliki folgte den beiden.

Wenig später kehrte sie mit Poppy an der Hand zurück,

schob sie zu Mando hin und sagte zu dem Mädchen: »Los, jetzt erzähl mal deine Geschichte!« Und bevor Mando Einwände geltend machen konnte, fuhr sie ihren Schützling an: »Benimm dich nicht wie deine Mutter, sondern hör zu!«

Stockend erzählte Poppy, wie ihr Dorf von Türken überfallen und sie mit einigen anderen Mädchen in das Lager der Soldaten gebracht worden wäre.

»Du kannst dir nicht vorstellen, was die Männer mit dem armen Kind gemacht haben!«, unterbrach Vassiliki die Erzählung. »Dass sie dies überlebt hat, ist ein Wunder!«

Im Gegensatz zu den meisten anderen Mädchen hatte sie überlebt. Es gelang ihr, zu flüchten, aber als sie in ihr Dorf zurückkehrte, fand sie ihr Elternhaus verschlossen vor. Durch die Tür hörte sie ihre Mutter sagen, sie habe keine Tochter mehr. Die Mädchen von Suli seien von der Klippe gesprungen, um ihren Peinigern zu entgehen, und jedes anständige griechische Mädchen hätte sich nach einer solchen Schande zumindest entleibt.

»Poppy hatte also die Wahl zwischen drei Möglichkeiten«, sagte Vassiliki.

»Sie hätte zu den Türken zurückgehen, sich das Leben nehmen oder sich auf eigene Faust durchschlagen können. Ich finde es sehr mutig, dass sie Letzteres versucht.«

»Aber warum ist sie dann gerichtsnotorisch?«, fragte Mando Vassiliki. Sie brachte es immer noch nicht fertig, das Mädchen persönlich anzusprechen.

»Sie ist ein paarmal aufgegriffen worden, weil sie abends allein durch Nauplia lief«, erklärte Jorgo.

»Ich habe doch nur Arbeit als Näherin gesucht!«, rief Poppy.

»Und wie hat sie dann Jorgo kennen gelernt?«

»Er kommt aus meinem Dorf«, murmelte Poppy, »er kannte mich und hatte Mitleid mit mir.«

Warum die beiden nicht einfach heirateten, erkundigte sich Mando, dann würde sie Poppy einstellen. Das ginge nicht, meinte Jorgo verlegen.

»Jorgo ist doch ihr Cousin!«, platzte Vassiliki heraus. Die beiden sahen sie erschrocken an, aber Vassiliki hatte nur Augen für ihr Püppchen.

Mando wandte sich ab. Ein tiefer Seufzer entfuhr ihr, als sie Vassiliki den Auftrag gab das Mädchen in den Haushalt einzuweisen.

Aristoteles Vlachos blieb bei seiner Missbilligung, zog aber nicht aus.

»Jetzt haben wir drei Mieter und keiner zahlt Miete«, klagte Mando am Abend.

»Du hast ja noch ein Zimmer«, meinte Vassiliki, »dafür suchen wir uns einen richtigen Mieter!« Sie legte den Kopf zur Seite und lauschte. »Vielleicht ist das ja einer!«, rief sie und sah Mando an.

Das Klopfen an der Tür war jetzt deutlich zu hören. Vassiliki zögerte. Jeder Fremde könnte einer der Männer sein, die Mando entführt hatten. Obwohl sie nie darüber sprachen, hatte keine der beiden Frauen die Drohung vergessen, und auch darum war Vassiliki froh, dass zwei Männer im Haus wohnten.

Nach den ersten Tagen, die Mando unter Marmellakis' Schutz in Nauplia verbracht hatte, glaubte sie nicht mehr daran, dass ihr irgendjemand nach dem Leben trachtete. Wer war sie denn jetzt? Eine verlassene Verlobte, die auf ihr Recht pochte, weiter nichts mehr.

Selbst Kapodistrias hatte sie fallen gelassen und den Theaterbesuch wegen dringlicher Termine kurzfristig abgesagt. Danach hatte sie nichts mehr von ihm gehört. Einer der Mavromichali-Brüder war auf der Straße grußlos an ihr vorbeigegangen und ihre Briefe an Kolokotronis blieben unbeantwortet. Wahrscheinlich wurden sie ihm nicht einmal ausgehändigt. An Mavrokordatos wandte sie sich erst gar nicht, da er seit Kapodistrias' Ernennung zum Ministerpräsidenten jeglichen Einfluss eingebüßt hatte. Wie er war auch sie zur Persona non grata geworden.

Aus ihrem Tod würde außer Dimitri niemand einen Vorteil ziehen. Ypsilanti hatte sie zwar schlecht behandelt, aber ein Mörder war er bestimmt nicht. Außerdem hatte er zurzeit anderes zu tun. Kapodistrias hatte ihn zum Feldmarschall von Ostgriechenland ernannt, wo Ibrahim Paschas Truppen immer weiter zurückgetrieben wurden. Der Ägypter musste große Teile des eroberten Gebiets preisgeben und sich nach Messenien zurückziehen. Frankreich hatte bereits angekündigt unter Leitung von General Maison ein Expeditionskorps von 14 000 Mann ins östliche Mittelmeer zu schicken. Damit sollte dem restlichen Europa gezeigt werden, wie wichtig den Franzosen die Befreiung Griechenlands war. Da die Engländer Angst vor Machtgewinn der Trikolore hatten, würden sie sicher bald nachziehen.

Mando hatte überlegt sich an Admiral Miaulis zu wenden, aber auch dieser hatte zurzeit schlechte Karten, da er zur proenglischen Fraktion gehörte und Kapodistrias nicht unterstützte.

Mando Mavrojenous war eine unbedeutende, uninteressante Frau geworden und darum fürchtete sie nicht um ihr Leben, als es an der Tür klopfte.

»Mach auf!«, befahl sie also und blickte schnell in ihren venezianischen Spiegel. Er zeigte ihr eine etwas müde aussehende Einunddreißigjährige. Rasch griff sie zu ihrem Rouge, ließ allerdings die Dose fallen, als sie sah, wer ins Zimmer trat.

»Stefano!«, rief sie erschüttert. Sie hatte ihren Bruder seit dem Tod des Vaters nicht mehr gesehen und erschrak über die Veränderung, die mit ihm vorgegangen war. Sein Haar war grau und ungepflegt, das Gesicht von Falten durchfurcht und in seine Augen hatte sich ein irrer Blick eingeschlichen.

»Wo kommst du denn her?«, fragte sie.

»Von Paros«, erwiderte er tonlos.

Paros, dachte sie, da lebt jetzt Marcus. Sie legte eine Hand aufs Herz, als könne sie damit den Stich zum Verschwinden bringen.

»Was hast du dort getan?«

»Mich versteckt.«

»Dich versteckt? Warum? Vor wem?«

»Vor den Mördern unseres Vaters.«

Er ist verrückt geworden, erschrak sie.

»Stefano, unser Vater ist seinem Herzleiden erlegen.«

»Das denkst du, aber ich weiß es besser.«

»Was weißt du denn?«, fragte sie mild.

»Dass er ermordet wurde! Und dahinter steckte Ali Pascha.«

Die bleich gewordene Vassiliki öffnete die Tür einen kleinen

Spalt. Das Schlüsselloch war zu klein und jetzt durfte ihr nichts entgehen.

Fasziniert beugte sich Mando vor. Vielleicht war Stefano verrückt geworden, aber vielleicht war er wirklich auf einer heißen Spur! Dass ihr Vater eines natürlichen Todes gestorben war, hatte sie nie wirklich geglaubt. Manchmal hatte sie es sich eingeredet, weil sie sich schuldig fühlte nie nach seinen Mördern gesucht zu haben. Vielleicht würden die wahren Mörder noch entlarvt werden – aber Ali Pascha? Sie erinnerte sich daran, was ihr Pappas Mavros über Ali Pascha berichtet hatte. Dass dieser sich mit dem Sultan überworfen und Griechen als Bundgenossen gesucht und dem Land dafür seine Unterstützung beim Befreiungskampf zugesagt hatte. Das hatte Ali Pascha der damaligen Hetärie der Freunde über den Leibarzt seines Sohnes Muchtar, Jannis Kolettis, mitteilen lassen. Weshalb sollte er also angeordnet haben ihren Vater umzubringen? Das ergab keinen Sinn.

»Ich war in Jannina«, fuhr Stefano fort, »wo sich die Söhne Ali Paschas vorzüglich mit den Türken verstehen.«

»Was hast du denn da zu suchen gehabt?« Mandos Stimme klang schärfer als sie beabsichtigt hatte.

»Ali Paschas Sohn Selim hatte mir ein interessantes geschäftliches Angebot unterbreitet«, flüsterte er.

Wenigstens besitzt er noch so viel Anstand rot zu werden, dachte Mando angeekelt.

»Das konntest du dir natürlich nicht entgehen lassen«, meinte sie nur.

»Ich fuhr also nach Jannina und wurde sofort festgenommen. Angeblich besäße ich eine Kostbarkeit, die Selim gehörte. Wenn ich nicht sofort dafür sorgte, dass der Gegenstand in seinen Palast zurückkehrte, würde ich eines langsamen Todes sterben.« Stefano war aschfahl geworden. »Kleine Kostproben dessen, was mich erwartete, gab man mir schon.«

»Und hast du den Gegenstand zurückgebracht? Was war es überhaupt?«

»Erinnerst du dich noch an Vaters grünen Kasten?«, fragte Stefano. »Den, in dem sich die Zeusstatue befand, mit der du als Kind einmal gespielt hast?«

»Nein, ich kann mich nicht erinnern.«

»Seltsam. Du bist damals ziemlich streng bestraft worden. Aber du warst noch sehr klein. Jedenfalls behauptete Selim, dass der grüne Kasten aus seinem Palast gestohlen worden sei.«

»Wie kann das sein, wenn er Vater gehörte? Dann müssen entweder du oder Antonio ihn geerbt haben!«

»Kannst du dich denn erinnern, dass auf der Testamentseröffnung von einem grünen Kasten die Rede war? Ich nicht, also könnte Vater ihn vor seinem Tode an Ali Pascha gegeben haben, was ich nicht glaube. Ich vermute eher, dass ...«

Vassiliki stürzte ins Zimmer.

Was er vermutete, konnte Stefano also nicht mehr sagen. Er hatte von Selim erfahren, dass der grüne Kasten ursprünglich Ali Pascha gehört hatte, der ihn dem Sultan leihweise überlassen hätte, dieser habe ihn sich aber stehlen lassen. Irgendwann wäre das kostbare Stück auf unbekannte Weise in die Hände der Mavrojenous-Familie gefallen, ehe es viele Jahre später wieder an seinen angestammten Platz zurückgekehrt wäre. Vor kurzem wäre es aus dem Palast entwendet worden und Selim zweifelte nicht daran, dass dabei abermals ein Mavrojenous-Spross seine Hände im Spiel gehabt hätte.

Stefano wusste weder etwas von den frühen Aktionen der Hetärie noch von der Rolle, die sein Vater in diesem Geheimbund gespielt hatte. Aber so weit er zurückdenken konnte, war der Kasten im Besitz seines Vaters gewesen. Er vermutete also, dass sich sein Vater irgendwann in Konstantinopel den Kasten unrechtmäßig angeeignet hatte. Dieses war dem Löwen von Jannina zu Ohren gekommen, worauf er seine Häscher auf Nikolaos Mavrojenous angesetzt und sich wieder des grünen Kastens bemächtigt hätte. Und jetzt trachtete Ali Paschas Sohn wegen des grünen Kastens dem Sohn von Nikolaos Mavrojenous nach dem Leben.

»Eine Nachricht von Graf Kapodistrias!«, rief Vassiliki eifrig.

Mando hielt die Hand auf, aber Vassiliki schüttelte den Kopf.

»Mündlich, ein Bote ist eben vorbeigekommen. Der Graf bedauert die ausgefallene Theatervorstellung und bittet dich ihn übermorgen in die Schauburg zu begleiten. Mein Hühnchen, wir müssen sofort deine Garderobe in Ordnung bringen!«

Mandos Augen leuchteten, auch wenn sie es seltsam fand, dass ihr der Graf nicht einmal ein Billet schickte. Wahrscheinlich will er nichts Schriftliches, was mich mit ihm in Verbindung bringt, dachte sie grimmig. Er ist eben ein Diplomat. Aber warum hat er dann keine Hemmungen, sich mit mir in der Öffentlichkeit zu zeigen? Sie wandte sich an Stefano.

»Sag mir noch schnell, wie du diesem Selim entkommen bist. Über den Rest reden wir später.«

»Mithilfe von einer seiner Frauen. Sie hat mich befreit und mir dabei noch gesagt, Selim wisse zum Glück nicht, dass es ihre Schuld wäre, dass der grüne Kasten verschwunden sei. Aber sie wolle noch mehr Rache. Sie hatte nämlich gerade eine Tochter geboren und aus Wut darüber, dass es ein Mädchen war, hat Selim das Kind vor ihren Augen wie ein Kätzchen ertränkt.«

Mando schüttelte sich und Vassiliki wunderte sich, dass ihre Kräuter schon wieder nicht gewirkt hatten.

»Selim der Grausame«, flüsterte Mando und dachte an ihre eigene Tochter.

Vassiliki hatte andere Sorgen. Stefano musste schleunigst verschwinden, ehe er noch mehr Unheil anrichtete. Er hatte schon viel zu viel gesagt. Es dauerte sie, dass Mando in zwei Tagen vergeblich auf Kapodistrias warten würde, aber in der Eile war ihr zur Ablenkung nichts anderes eingefallen.

Poppy wurde sofort gerufen, um Mandos fliederfarbenes Kleid auszubessern und ihm eine modische Note zu verleihen. Vassiliki hatte Jorgo gebeten im Laufe des Abends heftig an die Tür zu klopfen. Der junge Zimmermann war der Dienerin so dankbar für ihre Hilfe, dass er ohne zu zögern bereit war den Wunsch Vassilikis zu erfüllen. Er klopfte in jenem Augenblick, als Mando gerade die befürchtete Frage stellte: »Wie hast du eigentlich den grünen Kasten aus Selims Palast in Jannina gestohlen, Vassiliki?«

»Moment!«

Die Dienerin rannte zur Haustür und kehrte kurz danach mit kreidebleichem Gesicht zurück. Ihre Vogelaugen schienen in alle Richtungen zu blicken, als sie Mando am Arm packte.

»Du musst sofort nach Mykonos! Das war ein Bote, deine Mutter ist schwer krank!«

»Unmöglich!«, rief Mando. »Gerade jetzt, wo ich wieder gesellschaftsfähig werde!«

Vassiliki zwang sich ihren Triumph zu verbergen. Wie gut sie doch ihr Püppchen kannte!

»Stefano soll fahren!«, rief Mando. Ihr Bruder hatte sich in das einzige freie Zimmer verzogen.

Vassiliki eilte ihm die schlechte Botschaft zu überbringen.

»Bei meiner Mutter suchen sie mich als Erstes«, wehrte er sich, als er wenig später zu Mando ins Zimmer trat.

»Wieso?«, fragte Mando eisig. »Auch in Jannina wird man wissen, dass du dich bei ihr seit Vaters Tod nicht hast blicken lassen.«

»Fahr du!«, bat er.

»Ich? Ich habe mich die letzten Jahre um Mutter gekümmert. Jetzt bist du dran.«

Ein Blick in seine irren Augen und Zakarati wird sofort wieder einen Lebensinhalt haben, dachte Vassiliki.

Aristoteles Vlachos sorgte dafür, dass Mando an jenem Abend weder an ihre Mutter noch an den grünen Kasten dachte. Der kleine Anwalt hatte seine Stirn in Sorgenfalten gelegt, als er ihr das Ergebnis der ersten Eingabe vorlegte. Er war gerade vom Areopag in Argos zurückgekommen und sah schwarz.

»Ohne den vorehelichen Vertrag wird es sehr, sehr schwierig werden, Prinz Ypsilanti zur Rechenschaft zu ziehen«, klagte er. Der gegnerische Anwalt wisse weder etwas von diesem Vertrag noch von einer Verlobung, ganz zu schweigen von einem gebrochenen Verlöbnis.

»Aber es war allgemein bekannt, dass wir verlobt waren!«, rief Mando. »Hätte ich sonst in seinem Haus gewohnt?«

Vlachos bat um Namen, damit er Zeugen berufen könne.

Nachdem er die Namen sämtlicher führender griechischer Politiker und Offiziere aufgeschrieben hatte, wiegte er bedenklich das Haupt.

»Die kann ich nicht so einfach laden«, flüsterte er.

»Natürlich können Sie das!«, fuhr Mando auf. »Sie sind mein Anwalt und kämpfen um mein Recht! Schließlich halte ich meine Seite unseres Vertrags auch ein. Oder schmeckt Ihnen unser Essen nicht?«

Es sah wirklich nicht gut aus für Mando. Der Einzige, der in dieser Sache bereit war zu ihren Gunsten auszusagen, war Admiral Miaulis, aber Dimitris Anwalt schaffte es, den hochdekorierten Admiral als unglaubwürdig hinzustellen. Dem ehrenwerten Offizier wäre alles recht, um die griechische Regierung, die Ypsilanti zum Feldmarschall benannt habe, in Misskredit zu bringen. Miaulis, der zu diesem Zeitpunkt mit den unzufriedenen Inselbürgern von Hydra über einen Putsch gegen Kapodistrias nachdachte, machte einen Rückzieher. Es tat ihm Leid, dass die schöne Mykoniatin finanzielle Einbußen erlitt, aber sie hätte sich eben nicht mit der prorussischen Fraktion verbünden sollen. Der alte Held der Meere hielt es noch mehr mit den Engländern als Mavrokordatos. Dieser gehörte zwar auch der proenglischen Fraktion an, hatte sich aber dem Wunsch dieser Gruppe widersetzt England zum Schirmherr Griechenlands zu machen.

Mando wunderte sich also nicht, als Kapodistrias zwei Abende später nicht nur nicht erschien, sondern es offensichtlich nicht einmal für nötig befand, den Theaterbesuch abzusagen.

»Wahrscheinlich geht er jetzt mit Dimitri«, sagte sie zu Vassiliki, die ihr Glück gar nicht fassen konnte.

»Wie lange willst du denn noch in Nauplia bleiben?«, erkundigte sich die Dienerin.

»Bis Dimitri Ypsilanti mir mein Geld ausgezahlt hat. Ich habe es bei Gott verdient!«, rief Mando und dachte an die furchtbare Nacht, in der er sie mehr erniedrigt hatte, als je ein Mensch zuvor.

Sie stand auf und ging im Salon hin und her. Stunden hatte sie gebraucht, um sich schön und verführerisch herzurichten, und jetzt war das Theaterstück schon in vollem Gange und niemand da, der ihr die Hand küsste.

»Ich gehe aus«, sagte sie zu Vassiliki. Sie blickte an sich herab. »Das soll doch nicht alles umsonst gewesen sein!«

»Und wohin gehst du?«, fragte die Dienerin erschrocken.

»Zu Dimitri! Schau nicht so. Ich werde ihm persönlich die Meinung sagen.«

»Weißt du, was er mit dir tun wird?«

»Er hat bereits alles mit mir getan.«

»Du hast doch gerade gesagt, dass er mit dem Grafen im Theater sitzt!«

»Unsinn! So ein schöner Mann wie der Graf hat natürlich eine charmantere Begleitung!«

Jaja öffnete die Tür und war zutiefst erschrocken Mando zu sehen.

»Der Prinz ist nicht da«, stotterte sie.

»Ach was!«, meinte Mando nur, schob die alte Frau zur Seite und betrat das Haus, mit dem sie nur schlechte Erinnerungen verband. Wenn er schon nicht da war, würde sie vielleicht das wichtige Schriftstück finden. Möglicherweise im Hohlraum hinter der Holzvertäfelung im Wohnzimmer. Immerhin hatte Vassiliki dort den grünen Kasten entdeckt.

Sie hatte gerade die hohle Stelle abgeklopft, als Dimitri ins Zimmer trat.

»Welch eine freudige Überraschung!«, bemerkte er. »Ich bin nicht so eitel anzunehmen, dass dich meine virtuosen Fähigkeiten im Bett herführen. Ich weiß, was du willst.«

Er öffnete die oberste Schublade seines Schreibtisches und zog einen Bogen Papier heraus.

»Du hättest es schneller finden können, wenn du dir die Mühe gegeben hättest mich kennen zu lernen«, meinte er lächelnd, »und jetzt tue ich etwas, was ich schon länger geplant habe, aber ich wollte dies für einen besonders dramatischen Augenblick aufheben. Der ist jetzt gekommen.«

Mando, die immer noch mit dem gekrümmten Zeigefinger an der Holztäfelung stand, brachte kein Wort heraus, als er ihr den voreheliche Vortrag vor die Nase hielt, ihn dann schnell zerriss und ins Kaminfeuer warf.

Mit einem Aufschrei stürzte sie sich auf das Papier.

Dimitri war schneller. Er packte sie um die Mitte, drehte sie herum und stopfte ihr sein Taschentuch in den Mund. Bevor sie es ausspucken konnte, hatte er sich die Schärpe abgerissen und den Knebel festgebunden. Ihre wild um sich schlagenden Hände wurden auf bewährte Manier mit der Vorhangkordel gebändigt.

»So, meine Liebe«, sagte er befriedigt und musterte seine würgende und mit den Augen Feuer sprühende ehemalige Verlobte.

»Hiermit ist unser Verlöbnis in Rauch aufgegangen. Sag selber, was tut man mit einem lockeren Mädchen – Mädchen, na ja – das sich am späten Abend in das Haus eines einsamen Herrn begibt?«

Er wich ihren Tritten aus.

»Tut mir Leid, du kannst ja nichts sagen. Ich werde es dir wohl zeigen müssen. Vielleicht überlegst du dir hinterher, dass der Areopag eine viel zu wichtige Einrichtung in unserem freiheitlichen Griechenland ist, als dass man ihn zur persönlichen Bereicherung missbrauchen darf. Im Übrigen würde ich an deiner Stelle diesem lächerlichen Anwalt sofort das Mandat entziehen. Wie bist du bloß auf die Idee gekommen, einen Mann einzustellen, den sogar die Regierung wegen Unfähigkeit aus dem Dienst entlassen hat? Dabei können wir jetzt jeden brauchen, der nur den Hauch einer Ahnung von irgendetwas hat! Wirklich, Mando, du enttäuschst mich, von einem Generalleutnant mit Weitblick hatte ich mehr erwartet.«

Er nahm eine weitere Vorhangkordel und band ihre Fußknöchel aneinander.

»Entschuldige, aber dein Herumgehopse irritiert mich.«

Er strich über ihre Brüste und setzte sie in einen Sessel.

»Nauplia scheint dir dieses Mal nicht so gut zuzusagen«, fuhr er fort. »Ich sehe Ringe unter deinen Augen. Dein Kinn wird auch langsam schlaff, und könnte es sein, dass ich da ein graues Haar sehe?«

Mit einem Handgriff zerriss er die Front ihres fliederfarbenen Kleides.

»Nein, Mando, vor ein paar Jahren sahen diese Brüste anders aus. Göttlich waren sie, wahrhaft königlich, und wenn du ein wenig liebevoller gewesen wärst, hätte an ihnen demnächst der Spross des neuen Königreichs ruhen können. Könnte es sein, dass du inzwischen ein Kind gekriegt hast? Was hast du damit getan? Es vielleicht ertränkt?« Er kniff in eine Brustwarze.

Mando funkelte ihn an.

»Reg dich nicht auf, ich weiß ja, wir sind Republikaner, werden es auch bleiben, aber leider sind wir vom Ausland so entsetzlich abhängig! Kapodistrias ist nur eine Übergangslösung, unsere Verbündeten schreien nach einem griechischen König.

Die Russen wollen mich, die Franzosen hätten zwar lieber deinen Freund Kolettis, würden mich aber auch akzeptieren, schließlich haben sie mich ausgebildet, und den Engländern ist alles recht, solange wir ihnen wirtschaftlich entgegenkommen. Wir sind dumm genug, das zu tun, also sehe ich da auch keine Probleme.«

Wieder ging er zu seinem Schreibtisch. Er packte den Brieföffner und riss ihr Kleid weiter auf.

»Spuren der Schwangerschaft«, seufzte er, »Frauen, bei denen Kinder da heraus kommen, wo ich gern hinein will, interessieren mich eigentlich nicht.«

Ganz kurz fasste er ihr zwischen die Beine.

»Zu nass«, befand er, »Frauen, die zu bereit sind, fordern mich ebenso wenig heraus, wie ein Gegner, der kapitulieren will. Habe ich dir eigentlich schon mitgeteilt, dass ich in den nächsten Wochen bei Ibrahim Pascha alles auf eine Karte setzen werde? Ich habe nur 300 kampffähige Soldaten, aber ich weiß, dass ich den Ägypter kleinkriegen werde.«

Mando war außer sich. Wieder hatte ihr Körper sie verraten. So lange war sie dem Machtzentrum fern gewesen, aber Dimitris Worte hatten sie wieder daran erinnert, was sie alles verpasste. Wie sie ein Teil des Ganzen hätte sein können, wenn sie sich nicht in ihre dumme Liebe zu Marcus verrannt hätte. Wer war schon Marcus und was konnte dieser unbedeutende Mann von Mykonos bewirken? Er hatte ihr zwar sein Zeichen eingebrannt, Kränze aber würde ihm die Nachwelt nicht winden. Dimitri hingegen würde unsterblich werden. Einer der Männer sein, die Griechenland befreit hatten. Die alles einer Sache, nicht einem Menschen gegeben hatten. Obwohl sie geknebelt und festgebunden war, lauschte sie mit Hingabe seinen Erklärungen. Und wurde leider nass.

»Miaulis hat übrigens versucht dir Geld zukommen zu lassen. Weil er nicht ausgesagt hat«, fuhr Dimitri fort. »Das hat ihn ziemlich geplagt. Wahrscheinlich hätte er auch gern einmal diese hohe Pforte erobert.« Mit der flachen Seite des kalten Brieföffners strich er über die Stelle, die er meinte. »Aber du hast sicher Verständnis dafür, dass wir diese Mittel umgeleitet haben. Unser Land ist jetzt sehr arm, meine liebe Mando, und der Beitrag deines Admirals wird der Ausbildung armer Dorfkinder zugute kommen. Ich denke doch, das dies in deinem Sinne ist.«

Er nahm den Brieföffner weg, tauchte stattdessen den rechten Zeigefinger kurz in jene Grube, die er als zu nass befunden hatte und setzte hinzu: »Gefallene Mädchen sind auch noch ein Thema. Wusstest du, dass viele Eltern ihre Töchter, die von Türken vergewaltigt wurden, verstoßen haben? Da müssen wir etwas tun, Mando, meine Liebe, denn diese Mädchen trifft keine Schuld. Du könntest dich einsetzen und etwas opfern. Ich denke da an einen grünen Kasten. Neben dem sieht der Marmor von Lord Elgin arm aus. Den wollen wir übrigens auch wieder zurückhaben. Was guckst du mich so überrascht an? Du weißt doch, dass der gute Lord schwer enttäuscht darüber war, wie wenig Geld das Britische Museum für die schönsten Statuen bezahlt hat, die je von Menschenhand erschaffen wurden? Sein Freund Luiseri hat es geschafft, griechische Kunst allerhöchsten Wertes – wir vergessen jetzt mal deine Zeusstatue, mein Schatz – zusammenzutragen. Und unser lieber Thomas Bruce, Lord of Elgin, Englands inzwischen zurückberufener Botschafter bei der Hohen Pforte, hat diesem Inselkönigreich nicht nur Wertvolles aus unserem Land zugeführt, sondern seine Experten haben auch bestätigt, dass es sich bei deiner Zeusstatue tatsächlich um ein von Phidias eigenhändig angefertigtes Modell des Weltwunders handelt. Da staunst du, was!«

Die Tür flog auf und Vassiliki stürzte herein, eine aufgeregt gestikulierende Jaja im Schlepptau. »Was haben Sie mit meinem Püppchen gemacht!«, schrie Vassiliki.

»Nichts«, erwiderte Ypsilanti ruhig lächelnd, »nur ein bisschen festgebunden, damit sie mich und sich nicht verletzt und den Mund zugemacht, damit sie endlich einmal zuhört. Leider ist ihr Kleid dabei etwas beschädigt worden. Jaja«, wandte er sich an die andere alte Frau, »sag bitte Maria, dass sie eines der Kleider von Mademoiselle herunterbringen möchte.«

Mando machte große Augen, als jene Maria, die sie mit Marcus auf frischer Tat ertappt hatte, mit einem flaschengrünen Kleid über dem Arm in den Salon trat. Das Mädchen würdigte ihre frühere Herrin keines Blickes, sondern strahlte Ypsilanti schwärmerisch an, als sie ihm das Gewand reichte. Mando beobachte, dass er ihr kurz ins Hinterteil kniff, ehe sie wieder den Raum verließ.

»Warte draußen auf deine Herrin«, befahl er Vassiliki und zu Jaja sagte er: »Gib ihr was zu essen in der Küche. Ich möchte nicht, dass eine so alte Frau ihre Ohren übermäßig beansprucht.«

Als sie wieder allein waren, musterte er Mando nachdenklich. »Du hast es nur dir selber zu danken«, sagte er ruhig und bezwang den Wunsch ihr die restlichen Fetzen vom Leib zu reißen. »Aber vielleicht ist es ganz gut so. Jetzt kann ich es dir ja gestehen. Es gab eine Zeit, da habe ich dich sehr geliebt, aber es ist dir vorzüglich gelungen, diese Liebe zu töten.«

Er setzte sich an seinen Schreibtisch. »Mehr habe ich dir nicht mitzuteilen. Ich werde jetzt arbeiten, aber du wirst noch eine Weile im Sessel sitzen bleiben und darüber nachdenken, was du dir selber und anderen angetan hast. Deine körperlichen Reize, meine Liebe, lassen mich kalt.«

Mando konnte nur über eins nachdenken. Dimitri hatte sich diesmal übertroffen. Eine schlimmere Erniedrigung, als nicht von Ypsilanti begehrt zu werden, konnte sie sich kaum vorstellen.

Dimitri beugte sich über Papiere, aber er sah sie nicht. Zu schmerzlich war Mandos Gegenwart und zu sehr musste er sich anstrengen diese widerborstige Frau nicht in seine Arme zu reißen. Er würde nie aufhören sie zu lieben, gestand er sich ein, und das nahm er ihr übel. Heute Nacht würde er wieder Maria besteigen und sich vorstellen, es wäre Mando. Weil der Körper des Mädchens aus Argos dem der Mykoniatin so ähnelte, hatte er Maria wieder eingestellt.

Er dachte an die Nächte mit seiner Verlobten zurück. Als sie ihm in Tripolis die Tür geöffnet hatte, war er nur ihretwegen so schnell zur Sache gekommen. Er hätte sie lieber zuerst gestreichelt und gekost, aber er wusste, dass es für Frauen das erste Mal schmerzlich sein konnte und darum hatte er sie nicht länger leiden lassen wollen als nötig. Er erinnerte sich an die hässliche Auseinandersetzung, die der zweiten gemeinsamen Nacht vorangegangen war. Er war über ihre merkantilen Motive erschüttert gewesen, aber ihre Kühle hatte ihn auch herausgefordert. Er hatte sie nicht nur festgebunden, um ihren Widerstand zu brechen, sondern auch, weil er vermutete, dass trotz aller zur Schau gestellten Kälte hinter solchen flammenden Augen Leidenschaft verborgen sein musste. Erfahrung hatte ihn gelehrt, dass manche Damen zu ihrem Glück gezwungen werden mussten, und Mando bildete dabei keine Ausnahme. Er hatte gehofft, dass sie nach diesem Erlebnis zugänglicher sein würde, aber das Gegenteil war der Fall gewesen. Deshalb hatte er sie nicht mehr angerührt.

Er hatte versucht seine Gefühle für sie unter Kontrolle zu halten und dabei erfahren, dass ein fremder Gegner leichter zu besiegen war als das eigene Herz. Immer wieder hatte er überlegt, wie er sie erobern könnte, als sie für anderthalb Jahre aus seinem Leben verschwunden war. Aber als sie nach ihrer Rückkehr aus Mykonos behauptete von Liebe zu ihm ergriffen zu sein, hatte er ihren Motiven misstraut. Um herauszufinden, wie groß denn diese angebliche Liebe sei, hatte er sie gewissermaßen zum zweiten Mal entjungfert. Er hatte zwar nicht erwartet, dass sie darüber beglückt sein würde, aber ihre panische Reaktion hatte ihn doch etwas überrascht. Er erinnerte sich an einen Offizier aus seinem Regiment, der ihm einmal die Geschichte seiner ersten Ehewochen erzählt hatte. Seiner Braut war vor der Ehe von der Mutter eingeschärft worden, sofort ins elterliche Haus zurückzukehren, falls der Gatte sie auffordern würde sich umzudrehen. Das Liebesleben der jungen Eheleute gestaltete sich vorzüglich, aber eines Tages bat der Mann seine Frau sich doch umzudrehen. Sie brach in Tränen aus und erklärte, dann müsse sie das der Mutter gegebene Versprechen halten und nach Hause zurückkehren. »Aber willst du denn keine Kinder?«, hatte der Offizier enttäuscht gefragt. Es gab also Frauen, die an dieser Methode Gefallen fanden. Weil Mando offensichtlich nicht dazugehörte, hatte er sie nie wieder umgedreht. Aber in den darauf folgenden Nächten hatte sie sich mehr als nur willig gezeigt und jetzt war er davon überzeugt, dass sie schon bei ihrer Ankunft in Nauplia schwanger gewesen war.

Er nahm er sich vor sie ganz aus seinem Leben zu streichen. Vielleicht sollte er auch Maria loswerden. Er hob das silberne Glöckchen und läutete.

»Bindet sie los und kleidet sie an«, befahl er, als Jaja und Vassiliki ins Zimmer kamen. Ohne Mando eines Blickes zu würdigen, verließ er den Salon. Die Tür blieb offen und Mando sah, wie er ungeniert einen Arm um Maria legte und mit ihr die Treppe hinaufstieg.

Mando beschloss alles zu verdrängen, was soeben in Dimitris Salon vorgefallen war. Nur seine Bemerkung über ihren Anwalt wollte sie nicht vergessen und sie nahm sich vor Vlachos künftig besser auf die Finger zu sehen. Bisher hatte er noch nicht einmal einen einzigen Menschen davon überzeugen können, vor Gericht auszusagen, dass sie mit Dimitri Ypsilanti verlobt gewesen wäre!

Also begleitete sie ihren Anwalt nach Argos. Sie empfand es als eine Ironie des Schicksals, dass sie ausgerechnet in jener Stadt ihr Recht suchte, in die der Sage nach König Danaus mit seinen fünfzig Töchtern vor den Nachstellungen der fünfzig Söhne seines Bruders geflüchtet war. Die Hochzeit der Cousins und Cousinen fand dann aber doch in Argos statt. Auf Befehl des Vaters ermordeten jedoch alle Töchter, bis auf eine namens Hypermnestra ihre Ehemänner in der Hochzeitsnacht. Hypermnestra wurde wegen der Weigerung, ihren Mann Lynceus umzubringen, von ihrem Vater in Argos vor Gericht gestellt. Hätte ich nur meinen Cousin heiraten dürfen, dachte Mando, dann wäre mir dieses unwürdige Schauspiel erspart geblieben!

Anderthalb Jahre lang prozessierte Mando, ehe sie sich geschlagen gab und Vassiliki aufforderte, alles für die Rückreise nach Mykonos vorzubereiten. Sie wusste, dass sie keine Chance mehr hatte gegen den Vaterlandshelden, als den man Ypsilanti jetzt betrachtete, ihren Prozess zu gewinnen.

Im September 1829 war es nämlich bei Petra in Böotien zur letzten Feldschlacht dieses Krieges gekommen, der mit dem Einmarsch von Alexander Ypsilanti in die Moldau begonnen hatte. Sein Bruder Dimitri Ypsilanti führte 300 Griechen an und schaffte es, 7000 türkische Soldaten aus Böotien zu vertreiben. Er setzte mit seinem Sieg einen Schlusspunkt unter die Massenschlachten zu Lande und sollte dem Land als einer der größten Feldherren aller Zeiten in Erinnerung bleiben.

Philemon und Baucis

»Es war einmal eine Mutter, die hatte fünf Kinder«, sagte Zakarati verbittert, als Mando ihr zum ersten Mal seit Jahren wieder gegenübersaß. »Dimitri und Irini sind tot, Antonio lebt mit seiner Familie im Ausland und hat seit sieben Jahren nichts mehr von sich hören lassen, Stefano ist verrückt geworden …«

»Wo steckt er überhaupt?«, erkundigte sich Mando, die nach der überstürzten Abfahrt ihres Bruders aus Nauplia erfahren hatte, dass die Nachricht von der schweren Krankheit ihrer Mutter auf einem Übermittlungsfehler beruhte. Zakarati erfreute sich bester Gesundheit.

»Wieder auf Paros«, beantwortete Zakarati Mandos Frage und schüttelte den Kopf. »Er behauptet, dass er sich dort vor den Mördern eures Vaters verstecke. Ausgerechnet da!«

»Wieso ausgerechnet da?«, fragte Mando neugierig.

»Weil die Leute von Paros deinen Vater umgebracht haben! Du wolltest es mir damals nicht glauben, aber ich bin ganz sicher, dass sie ihn wegen eines kleinen Stückchens Land, das er nicht verkaufen wollte, vergiftet haben. Dein Bruder …« Zakarati brach ab und schüttelte den Kopf.

»… glaubt, dass Vaters Tod etwas mit einem grünen Kasten zu tun hatte«, vollendete Mando den Satz und hakte gleich nach: »Wie ist dieser Kasten überhaupt zu uns in die Familie gekommen?«

»Das weiß ich nicht mehr«, gab Zakarati müde zurück. »Irgendwann hat ihn dein Vater aus Konstantinopel mitgebracht. Ich war froh, dass er nicht darauf bestand, die Figur aufzustellen. Sie war wirklich eine Monstrosität, eine teure und geschmacklose Arbeit. Ich habe sie gern Pappas Nikolaos Mavros überlassen und was dann aus ihr und dem Kasten geworden ist, weiß ich nicht und interessiert mich auch nicht.«

»Aber wie kommt Stefano dann darauf, dass der Kasten etwas mit Vaters Tod zu tun hat?«

»Er hat sich in eine abenteuerliche Verschwörungstheorie verstiegen. Ich sagte dir ja, er ist verrückt geworden. Und du, du hast mich auch enttäuscht«, setzte sie leise hinzu.

Schon mein ganzes Leben lang, dachte Mando. Ob ich mich mit meiner Tochter verstehen würde?

Sie war erst seit einer Woche wieder auf Mykonos, aber einer ihrer ersten Wege hatte sie nach Alefkandra geführt. Sie wusste, dass Marmellakis dort in einem der Häuser direkt am Meer lebte, und sie hatte gehofft ihr Kind, das nach des Seeräubers Mutter auf den Namen Lambrini – die Strahlende – getauft worden war, wenigstens einmal von weitem zu sehen. Die Kleine war jetzt fast drei Jahre alt und Mando hatte geglaubt sie in einer Gruppe von Gleichaltrigen, die um die Weißwäscherinnen herumtobten, erkannt zu haben. Jedenfalls war nur ein Mädchen darunter, das genauso schwarzes und auffallend glattes Haar wie Marcus hatte. Außerdem schien dieses Mädchen eine Art Anführerin zu sein und trug einen Kranz aus knallroten Geranien im Haar.

Wenn die Gesetze nicht immer gegen mich gewesen wären, hätten wir eine glückliche Familie sein können, dachte Mando und verbot sich auf der Stelle jeden weiteren Gedanken an Marcus.

»Wenn du dich deiner Erziehung entsprechend benommen hättest, wäre dir Prinz Ypsilanti nicht davongelaufen«, klagte Zakarati. »Du hast keine Ahnung, was ich hier mitmachen muss! Die Leute zeigen mit Fingern auf mich und flüstern so laut, dass ich alles verstehen muss. Die Dinge, die sie über dich sagen …«

»Verleugne mich doch einfach«, sagte Mando, »das dürfte dir nicht schwer fallen, du hast mich ja nie gemocht.«

Sie stand auf. Es war ein Fehler gewesen, ihre Mutter zu besuchen, aber sie hatte in erster Linie Vassiliki den Gefallen tun wollen. Außerdem hatte sie gehofft von ihrer Mutter Aufklärung über den Ursprung des grünen Kastens zu erhalten. Vassiliki hatte sie bereits gelöchert, aber die Dienerin wusste nichts anderes zu erzählen, als dass der Kasten immer schon im Hause ihrer Eltern gewesen wäre. Inzwischen hatte sich Vassiliki auch längst eine Antwort auf die Frage zurechtgelegt, wo sie den aus Mandos Haus in Nauplia gestohlenen Kasten wieder aufgetrieben habe. Verwandte hätten ihr erzählt, dass die Mutter Gottes einem Bauern in der Nähe von Jannina eine Herrgottsfigur in einem grünen Kasten geschickt hätte. Aus Neugierde habe sie den Bauernhof aufgesucht, den grünen Kasten erkannt und in einem unbeobachteten Augenblick entfernt.

Bevor Mando das Haus ihrer Mutter verließ, rief sie noch ins Zimmer: »Wenn du nicht dafür sorgst, dass ich meine Diamanten wieder bekomme, werde ich dich verklagen. Das könnte für dich schlecht ausgehen, ich habe inzwischen nämlich juristische Erfahrung gesammelt.«

»Aber da du ja alle deine Prozesse verlierst, habe ich nichts zu befürchten«, hörte sie noch, ehe sie die Tür hinter sich zuschlug

Mando gestand sich ein, dass sie mehr von ihrer Mutter erwartet hatte als nur Information über einen Kasten, der jetzt das Haus eines Seeräubers schmückte. Sie hatte gehofft, dass sie sich nach all den Jahren der Trennung wenigstens normal mit ihr würde unterhalten können. Wenn es Zakarati nur fertig gebracht hätte, ihr ein klein wenig Zuneigung entgegenzubringen! Sie erwartete kein Verständnis, nur ein bisschen Mitgefühl. Eine Schulter, an der sie sich ausweinen konnte. Jemand, der ihr zustimmte, dass das Leben ungerecht war, und der sie tröstete. Außer Vassiliki war ihr doch niemand mehr geblieben!

Mando war einsamer als je zuvor in ihrem Leben, unglücklich und verzweifelt. Sie hatte keine Hoffnungen mehr. Zornig wischte sie sich eine Träne von der Wange. Sie sollte inzwischen gelernt haben, dass sich die Menschen nicht verändern! Sie hatte von ihrer Mutter etwas erwartet, was diese nicht zu geben imstande war. Zakarati dachte nur an sich selber, hatte wahrscheinlich fünf Schwangerschaften auf sich genommen, um im Alter versorgt zu sein. Geschah ihr ganz recht, dass auch sie jetzt allein war.

Bevor sie Nauplia endgültig verlassen hatte, war Mando noch ein Gedanke gekommen, wie sie ihre Fähigkeiten nutzbringend einsetzen könnte. Nach dem Vorbild der französischen Salons hatte sie in ihrem Haus eine Art Begegnungsstätte einrichten wollen. Schließlich lebten sie in hochinteressanten Zeiten!

Nach dem russisch-türkischen Krieg war der Friede von Adrianopol unterzeichnet worden, in dem die Hohe Pforte das Erste Londoner Protokoll anerkannte. Dieses hatte die Errichtung eines autonomen Griechenlands innerhalb der Grenzen des Osmanischen Reiches gefordert. Den Engländern aber gefiel es überhaupt nicht, dass sich Russland als Befreier Griechenlands aufspielte. Sie verfassten ein Zweites Londoner Protokoll, das Griechenland die volle Souveränität zusagte. Aus lauter Angst vor den Russen ließen sich die Türken das Diktat der Westmächte gefallen. Die Grenze des neuen griechischen Staates wurde gezogen, die im Norden vom Golf von Volos bis nach Arta verlief. Bis auf Kreta, Samos, Chios, viele andere Inseln, Makedonien, Epirus und den größten Teil Thessaliens war Griechenland jetzt also frei. Aber was sollte das Land mit seiner Freiheit anfangen? Ein Problem bestand auch darin, dass den Griechen keines ihrer wichtigen Handelszentren zugesprochen worden war, sondern diese immer noch zum Osmanischen Reich gehörten. Nicht nur auf der Landkarte, auch in den Köpfen herrschte ein gehöriges Durcheinander und kaum jemand konnte dabei noch die Übersicht bewahren. Grund genug, fand Mando, einen Salon einzurichten, in dem sich die gebildete Oberschicht über die Zukunft von Hellas den Kopf zerbrach und wo Ideen zur Gestaltung des neuen Staates geboren werden konnten.

Die Schutzmächte hatten darauf bestanden, Griechenland in eine Erbmonarchie zu verwandeln. Gesucht wurde ein König, am besten einer aus einem neutralen Reich, damit sich die Alliierten nicht in die Haare gerieten.

Ein Prinz aus deutschen Landen schien die beste Lösung zu sein und alle Beteiligten hatten sich auf Prinz Leopold von Sachsen-Coburg geeinigt. Der sagte zunächst zu, lehnte dann aber ohne Angabe von Gründen dankend ab. Es wurde gemunkelt, dass Kapodistrias dabei seine Hände im Spiel gehabt haben soll. Aus Angst vor eigenem Machtverlust sollte er Prinz

Leopold zugeraunt haben, die Lebensfähigkeit des neuen Griechenreiches sei höchst fragwürdig. Prinz Leopold ließ sich dann doch lieber die belgische Königskrone aufsetzen. Also sah man sich zurzeit unter den deutschen Prinzen nach einem neuen Kandidaten für das Königsamt um.

Mando hatte viel Geld für die Umgestaltung ihres Empfangsraums, für elegante Häppchen und Getränke und das Verschicken der Einladungskarten zur ersten Zusammenkunft in ihrem Salon ausgegeben. Dafür hatte sie wieder einmal von dem wenigen Schmuck, der ihr geblieben war, verkaufen müssen. Als der Tag kam, stand Jorgo parat, um den Besuchern die Tür zu öffnen, und Poppy, um die Tabletts herumzureichen. Mando saß in ihrem neu geschneiderten Kleid auf dem Sofa und wartete aufgeregt auf ihre Gäste. Niemand hatte abgesagt.

Gegen Mitternacht musste sie sich eingestehen, was die Uhr geschlagen hatte: Niemand war gekommen. Mando Mavrojenous war nicht einmal eine Absage wert. Sie flüchtete am nächsten Tag nach Mykonos.

Und jetzt war sie aus dem Haus ihrer Mutter geflüchtet. Kalo Livadi, dachte Mando, ich muss irgendwohin gehen, wo ich glücklich gewesen bin. Vielleicht finde ich da am Strand etwas, das mich an gute Zeiten erinnert. Vielleicht sehe ich die Yaludes und kann endlich wieder tanzen.

Da ihr Pferd längst verkauft war, lieh sie sich einen Esel und ritt in Richtung Ano Mera. Alle Knochen taten ihr weh, als sie nach über einer Stunde von dem schaukelnden störrischen Tier stieg und es an einem Baum nahe jener Hütte band, in der sie so unvergessliche Stunden erlebt hatte. Sie blickte aufs Meer und lächelte versonnen, als sie die Felsengruppe im Wasser sah, die einst in ein mit Dampf betriebenes Kriegsschiff verwandelt worden war, um die Türken zu vertreiben.

Damals war sie noch jemand gewesen! Hunderte von Menschen hatten ihre Anordnungen befolgt, sie war bejubelt und geachtet worden. Jung war sie gewesen, schön und von allen Männern begehrt. Auf Händen hatte man sie getragen und an ihren Lippen hatte man gehangen. Sie war die Heldin von

Mykonos gewesen! Ein Generalleutnant der griechischen Armee! Wo war das alles geblieben?

»Du voran, Mando«, sang sie den alten Schlachtruf, als sie sich der Hütte näherte.

Überrascht blieb sie stehen. Sie hatte erwartet ihr altes Liebesnest halb verfallen und von verwilderten Ranken überwuchert vorzufinden. Stattdessen erblickte sie einen relativ gepflegten Gemüsegarten und eine offensichtlich frisch geweißte Hütte. Das einzige Fenster verfügte jetzt sogar über zwei blau gestrichene Fensterläden.

Sie war enttäuscht.

Marcus musste Land und Gebäude an den Bauern zurückgegeben haben. Wahrscheinlich übernachtete der Mann manchmal dort, wenn er seine Tiere auf den Hängen von Kalo Livadi weiden ließ.

Mando schlug mit der Hand gegen die Tür. Marcus hätte die Hütte niederreißen sollen! Unerträglich, dass der kleine Raum durch einen anderen Menschen entweiht wurde! Aber der Bürgermeister von Paros hatte natürlich anderes zu tun, als sich über eine bescheidene Hütte im mykoniatischen Kalo Livadi den Kopf zu zerbrechen.

Die Tür hatte nachgegeben und sich einen Spalt geöffnet. Mit dem Fuß stieß Mando sie ganz auf und blieb starr vor Staunen stehen.

Das Bett stand da wie immer, etwas Sand war in die Hütte geweht, ein paar Käfer krabbelten umher und in den Ecken gingen Spinnen ihrer Beschäftigung nach. Im Kamin befanden sich noch Spuren eines Feuers und in der Wandnische lag neben der Öllampe ein kleines ledergebundenes Büchlein. Es glitt ihr aus der Hand, als sie danach griff und fiel aufgeschlagen auf den Boden. Sie hob es auf, und ihr Blick fiel auf die überaus vertrauten Worte:

»Und doch in deinem Leid, wie bist du schön,
Verschwund'ner Götter, toter Helden Land;
Es künden grünes Tal und schneebedeckte Höh'n,
Dass die Natur als ihren Liebling dich erkannt ...«

Tränen stürzten ihr aus den Augen, als sie sich auf das Bett fallen ließ. Es war das Buch, das sie einst Marcus geschenkt hatte. Konnte es sein, dass … Nein, sie dachte den Gedanken nicht zu Ende. Er war auf Paros, verheiratet, wahrscheinlich Familienvater, ein wichtiges Glied der Gemeinde und hätte schon deshalb überhaupt keine Zeit sich ein solches Refugium in Mykonos zu erhalten. Er hatte das Buch einfach hier vergessen und der Bauer hatte es aus Respekt vor dem gedruckten Wort liegen lassen.

Sie wischte sich die Augen, trat wieder vor die Tür und sah erst jetzt die beiden Olivenbäume, die neben der Steinbank standen. Sie waren noch jung, höchstens drei Jahre alt, aber diese Bäume würden sie, Marcus und Lambrini überdauern.

Vielleicht hat Marcus sie ja gepflanzt, dachte sie, zur Erinnerung an unsere Liebe. Die beiden Bäume sind wir, Philemon und Baucis, die den Göttern Gastfreundschaft gewähren. Wir haben zwar nicht Zeus und Hermes, dafür aber Amor und Cupido bewirtet, und damals waren sie uns günstig gesinnt. Bei den griechischen Göttern waren Liebesbeziehungen unter Verwandten schließlich ganz normal.

Sie blickte vorbei an Naxos zu der Stelle, wo sich ein Zipfel von Paros erahnen ließ.

»Marcus!«, brüllte sie so laut sie konnte.

Ihr Wellen, tragt meine Stimme hinüber zu ihm, dachte sie, Wind, tue deine Arbeit, lass ihn mich noch einmal hören!

Es würde eine Neumondnacht werden, also brauchte sie mit den Yaludes nicht zu rechnen. Trotzdem ging sie hinunter an den Strand, zog sich den langen Rock aus und rannte nur mit Hemd und langer Unterhose bekleidet über den Strand. Egal, wenn jetzt der Bauer käme. Sie brauchte das Gefühl von Freiheit und im Laufen löste sie sich die Haare.

Sie war – eine alte Jungfer, würde ihre Mutter sagen – beinahe Mitte dreißig, aber sie fühlte sich genauso jung wie damals auf dem Treppenabsatz in Irinis Haus auf Tinos, als Marcus sie zum ersten Mal an jener Stelle berührt hatte, die noch niemand zuvor angefasst hatte. Die Erinnerung ließ sie wohlig erschauern. Vielleicht sollte sie die alte Gewohnheit wieder aufnehmen, nachts mit den Händen zwischen den Beinen einzuschlafen. Einen Mann würde es in ihrem Leben wohl nie wieder geben.

Erst gegen Einbruch der Dämmerung bestieg sie den Esel und kehrte nach Mykonos-Stadt zurück. Wenigstens habe ich einen Ort auf der Welt, wo ich mich wohl fühle, dachte sie, wenn nur der Bauer nie da ist, wenn ich komme! Ich könnte das Kreuz meines Vaters verkaufen und dafür Land und Hütte erwerben, überlegte sie. Sie begann zu lachen, bis Tränen auf den Rücken des Esels tropften.

Die Frau, die in der ganzen Welt als die Heldin von Mykonos bekannt geworden war und in Frankreich, wie sie wusste, sogar schon als lebende Legende galt, die Frau, die eine türkische Armada vertrieben hatte, mit einem Prinzen verlobt gewesen war und mit den Großen der Welt getafelt und korrespondiert hatte, überlegte, ob sie es sich leisten könnte, eine hühnerstallgroße Hütte auf ihrer Heimatinsel zu erwerben!

Dass viele bedeutende Leute nach ihrem Tod der Vergessenheit anheim fallen, ist wohl normal, dachte sie, Geschichte hat eben ein selektives Gedächtnis. Aber dass jemand, der Wichtiges in seinem Land bewirkt hat, als noch nicht einmal alter Mensch von der gesamten Umwelt ignoriert wird, ist schon seltsam. Auf den einfachen Spruch, dass Undank der Welt Lohn sei, wollte sich Mando nicht zurückziehen. Zum ersten Mal in ihrem Leben suchte sie die Schuld bei sich. Irgendwann hatte sie eine falsche Entscheidung getroffen, den verkehrten Weg eingeschlagen.

Marcus, dachte sie, aber kann etwas, das so viel Glück gegeben hat, wirklich falsch gewesen sein? Nein, ihr Fehler lag woanders: Sie hatte zu viel gewollt, Liebe, Macht, Ruhm, Reichtum und nie daran gezweifelt, dass ihr dies alles zustand. Ich bin sogar noch schlimmer als meine Mutter, dachte sie, Zakarati bewegte sich ausschließlich innerhalb der streng gezogenen Grenzen ihrer Klasse, während sie selber alle Tabus durchbrochen und trotzdem gesellschaftliche Anerkennung gesucht hatte. Mein ganzes Leben lang habe ich Rollen gespielt, dachte sie, die Rolle der aufmüpfigen Tochter aus gutem Haus, die Rolle der gelehrigen Schülerin, die Rolle der Heldin, die Rolle der Verführerin, die Rolle der Verlobten und die Rolle der zu Unrecht Verlassenen. Wer hat sich hinter all diesen Rollen versteckt? Wer ist Mando Mavrojenous wirklich? Wann habe ich nicht Theater gespielt? Wenn ich mit Marcus zusammen war. Aber Marcus gibt es in meinem Leben nicht mehr.

Vassiliki fand es erstaunlich, dass sich Mando auf einmal mit ihrem Los abgefunden zu haben schien. Der erwartete Anfall von Melancholie blieb aus, stattdessen stürzte sich Mando auf Projekte der Nächstenliebe. Sie besuchte Arme und Kranke, fand es nicht mehr unter ihrer Würde, der immer älter und schwächer werdenden Vassiliki im Haushalt zu helfen und richtete ein kleines Büro ein, wo sie den des Lesens und Schreibens Unkundigen Briefe vorlas und schrieb. Das brachte sie auf die Idee eine kleine Schule für die Kinder der Insel zu gründen. Der Gedanke, dass ihre eigene Tochter als Analphabetin durchs Leben gehen würde, gefiel ihr gar nicht. Sobald Lambrini alt genug war, würde Mando eine Dorfschule eröffnen, und dann hätte sie Gelegenheit das Kind ihrer Liebe kennen zu lernen.

Aber für diesen Plan brauchte sie Geld. Da seit ihrer Rückkehr nach Mykonos das Taschengeld der Regierung ausgeblieben war, sah sie sich gezwungen, wieder nach Nauplia zu reisen. Sie hatte unzählige Briefe an Kapodistrias und beinahe alle Minister geschrieben, um die zugesagte Unterstützung gebeten und immer mit »die Patriotin Mavrojenous« unterzeichnet. Auf Antwort wartete sie vergebens. Mando Mavrojenous spielte keine Rolle mehr.

»Ich werde wieder betteln gehen müssen«, sagte sie eines Abends zu Vassiliki, nachdem sie von einem Besuch in Kalo Livadi zurückgekommen war. Sie hatte sich angewöhnt mindestens einmal wöchentlich zur Hütte zu reiten. Stundenlang saß sie dann im Schatten von Philemon und Baucis auf der Steinbank vor dem Häuschen und schaute übers Meer. Anfangs hatte sie noch über ihr Leben, die Vergangenheit und Zukunft, über Marcus, Ypsilanti und Lambrini nachgedacht, später merkte sie, dass es ihr viel besser tat, an gar nichts zu denken.

Welch ein Luxus, dachte sie manchmal, ich kann es mir erlauben, stundenlang aufs Wasser zu schauen und meinen Kopf ganz leer zu halten. Hinterher fühlte sie sich jedes Mal seltsam erfrischt.

An diesem schönen Sommertag aber war sie zum Strand hinuntergegangen, hatte all ihre Kleider abgestreift und genau an der Stelle niedergelegt, wo sie viele Jahre zuvor zum ersten Mal Marcus umarmt hatte. Sie stürzte sich ins Wasser, schwamm weit hinaus und blickte immer wieder hinter sich zu den Hügeln von Kalo Livadi. Wenn jetzt nur wieder der einsame Reiter käme! Aber er war Bürgermeister auf Paros und würde sich nie wieder mit ihr am Strand wälzen.

Als sie aus dem Wasser stieg, legte sie sich auf ihre Kleider und ließ sich von der Sonne erwärmen. Ein wohliges Gefühl durchströmte sie und unwillkürlich griff sie sich zwischen die Beine. Sie stellte sich vor, wie Marcus' langes glattes schwarzes Haar ihre Brüste streichelte, seine Zunge erst ihren Mund erforschte und ihr dann wieder sein Zeichen einbrannte. Sie vermeinte die Schwere seines Körpers zu fühlen und spürte die Hitze dort, wo lange kein Feuer mehr gebrannt hatte.

»Marcus!«, schrie sie wieder dorthin, wo der Zipfel von Paros im Dunst verborgen lag. Ein Zittern fuhr durch ihren Körper. Sie setzte sich rasch auf, blickte sich erschrocken um und atmete erleichtert aus. Es war kein Mensch im Tal. Leider.

Die neue Mando forderte nicht mehr. Sie bettelte.

Voller Misstrauen musterte Zakarati die Tochter, die ihr immer fremd geblieben war, deren renitente Arroganz sie hingegen nur zu gut kannte. Aber Mandos Überheblichkeit hatte einer milden Demut Platz gemacht, die Zakarati beunruhigte. Bescheiden hatte Mando ihre Mutter um einen Zuschuss für die Reise nach Nauplia gebeten.

»Ich muss jede Münze umdrehen«, wies Zakarati sie ab.

»Bitte, Mutter, ich brauche ja nicht viel …«

»Du hast deine ganze Aussteuer verschleudert. Jetzt musst du die Konsequenzen tragen.«

»Dann gib mir bitte wenigstens das Geld, das du für meine Diamanten gekriegt hast. Oder die Diamanten, falls du sie nicht verkauft hast.«

Ein böses Glitzern erschien in Zakaratis Augen, als sie nur sagte: »Verklag mich doch!«

Mando stand auf, packte den Stuhl bei der Lehne und stellte ihn mit einem lauten Knall auf den Holzboden.

»Genau das werde ich tun! Und dann wirst du auch noch Strafe obendrauf bezahlen!«

Ohne sich zu verabschieden, verließ sie das Haus ihrer Mutter.

Zakarati blickte ihr zufrieden nach. So kannte sie ihre Tochter.

Kalo Livadi, dachte Mando, ich werde Philemon und Baucis besuchen und an nichts denken. Für die meisten Probleme findet sich eine Lösung, wenn man nicht zu intensiv über sie nachdenkt.

Aber als sie auf der Steinbank saß, konnte sie sich das Denken nicht verbieten. Sie blickte übers Meer, sah am Horizont ein kleines Boot und dachte an Zeiten, in denen sie genug Geld gehabt hatte ganze Kriegsschiffe auszurüsten. Genau darum bin ich jetzt arm, überlegte sie.

Vielleicht half es, wenn sie sich auf das Bett legte und ein bisschen schlief. In den vorangegangenen Nächten war sie kaum zur Ruhe gekommen, weil sie immer wieder über ihre Geldsorgen nachgedacht hatte.

Hoffentlich kommt der Bauer nicht, dachte sie noch, bevor sie einschlief. Der Mann musste in der vergangenen Woche in der Hütte gewesen sein, denn die fadenscheinige Decke war durch eine dicker gewebte in bunten Farben ausgetauscht worden. Außerdem war der Garten versorgt und das Öl in der Lampe nachgefüllt worden.

Der Mann, der sein Boot auf den Strand zog, sah schon von weitem, dass die Hüttentür offen stand. Endlich, dachte er, endlich. Trotzdem blieb er noch einen Augenblick am Strand stehen und sah hinüber zu der Insel, von der er am Morgen weggesegelt war. Noch konnte er umkehren. Sein Leben war friedlich und beschaulich geworden, ein kleines Glück, wie er es nannte. Wenn er ehrlich mit sich selber war, was ihm in diesen Zeiten schwer fiel, gab er ihm auch einen anderen Namen: Einsamkeit.

Aber er glaubte, dass es ihm gelungen sei, das ganz große Gefühl, das einst sein Herz und sein Leben beherrscht hatte, tief in seinem Innern zu begraben. Wenn es gelegentlich nach oben zu kriechen drohte, nahm er sein Boot und fuhr nach

Kalo Livadi. Er redete sich ein, dass er dort nach seinem Gärtchen und dem Haus sehen müsste, aber er kam sich dabei vor wie ein Katholik, der ein Grab pflegte.

Das erste Anzeichen von anderem Leben war ihm wenige Monate zuvor aufgefallen. Byrons Buch hatte nicht an seinem gewohnten Platz in der Nische gelegen und jemand hatte Sand und Käfer aus der Hütte gefegt. Er stellte sich vor einfach in der Hütte wohnen zu bleiben, bis sie wiederkäme. Nie wäre es ihm eingefallen, sie in Mykonos-Stadt zu besuchen, aber die Hütte war etwas anderes. Sie war eine Welt für sich. Dort war er ein junger Mann, in Liebe zu seiner Cousine entbrannt.

Seine Frau wusste, dass er um die Zeit des Vollmondes regelmäßig seinen Besitz in Mykonos inspizierte und manchmal ein paar Tage dort blieb. Sie konnte nicht wissen, dass er nachts in Kalo Livadi auf einer Steinbank saß, auf den Strand blickte und jeden Augenblick damit rechnete, dass dort ein Mädchen einen wilden Tanz aufführen würde.

Irgendwann würde sie sich wieder bei den Yaludes einreihen wollen und dann müsste er ihr abermals das Leben retten. Jetzt aber war sein eigenes beschauliches Leben in Gefahr geraten und wenn er vernünftig wäre, würde er sich sofort wieder in sein Boot setzen und nach Paros zurücksegeln. Er wollte aber nicht vernünftig sein!

Sie hatte ihr europäisches Gewand ausgezogen, trug nur ein dünnes Unterkleid und lag mit angewinkelten Beinen halb auf der Seite. Sie atmete regelmäßig. Ganz vorsichtig, um sie nicht zu wecken, setzte er sich auf den Bettrand. Mando bewegte sich, streckte ein Bein aus und stieß ihn in die Seite. Ein Lächeln flog über sein Gesicht.

Typisch Mando, dachte er, die erste Berührung nach Jahren ist ein Tritt! Er griff nach der schmalen weißen Fessel. Mando stöhnte leise, hielt die Augen aber fest geschlossen. So wie er es damals in Irinis Haus getan hatte, fuhr er mit der Hand blitzschnell die Innenseite ihres Beins hinauf, hielt aber vor dem Eingang zum Paradies inne und zog die Hand weg.

»Ich gehöre dir, Marcus«, flüsterte Mando, und dann erst machte sie die Augen auf.

Sie schloss sie sofort wieder.

»Geh nicht weg, Traum«, murmelte sie.

Er stand auf, zog sich schnell aus und stieg ins Bett. Behutsam und unendlich langsam legte er sie auf den Rücken, streckte sie aus und schälte sie wie eine Puppe aus dem Unterkleid. Dabei versuchte er ihre Haut nicht zu berühren. Als sie, immer noch regelmäßig atmend, nackt vor ihm lag, sog er den Atem durch die Zähne ein. Nein, es war ihm ganz und gar nicht gelungen, das große Gefühl für alle Zeiten zu verbergen!

Marcus sah nicht die Spuren der Schwangerschaft, über die sich Dimitri so abfällig geäußert hatte, er sah Aphrodite. Noch nie hatte er sie so begehrt. Er beugte sich über sie und umkreiste ihre Brustwarzen mit der Zungenspitze. Er drückte seine Hände fest aufs Bett, damit sie bloß nicht auf die Idee kämen, die prallen Früchte sofort zu ergreifen. Er war nicht Tantalus, er würde erlöst werden. Als seine Zunge den Bauch hinuntergewandert und bei dem dichten Busch angekommen war, bewegten sich Mandos Beine leicht auseinander. Sanft nahm er ihre Hand weg, die sich zu jener Quelle hingeschoben hatte, aus der er sich laben wollte. Sie stöhnte und murmelte seinen Namen. Er hob den Kopf und sah, dass ihre Augen immer noch geschlossen waren. Vorsichtig rutschte er aufwärts und glitt mühelos hinein ins Paradies. Er musste seine ganze Willenskraft aufbieten, um nicht mit groben harten Bewegungen die Einsamkeit der vergangenen Jahre aus sich herauszustoßen. Er passte sich dem langsamen Rhythmus der Wellen an, die gegen den Strand schlugen und hätte ewig so weiterreiten können, wenn Mando nicht die Augen geöffnet hätte.

»Du bist es wirklich«, sagte sie, schlang die Arme um ihn, krallte ihre Fingernägel in seinen Rücken und gab ihm die Sporen.

»Ich weiß, dass du nicht geschlafen hast«, sagte er, als er ihr hinterher einen Becher Wasser reichte.

»Mit solchen Träumen würde ich gern den Rest meines Lebens verschlafen«, gab Mando zurück und strich sanft über die Falten neben seinen Mundwinkeln.

»Wir sind die zwei Hälften, die einst auseinander geschnitten wurden und ein ganzes Leben brauchen, um wieder zueinander zu finden«, sagte sie und schmiegte sich so dicht an ihn, das nicht einmal eine der winzigen roten Ameisen, die inzwischen Marcus' Proviantbeutel entdeckt hatten, dazwischen gepasst hätte.

»Schwimmen?«, fragte er und blickte sie verwegen an.

Nackt liefen sie Hand in Hand aus der Hütte den Hang hinunter zum Strand und stürzten sich in die Wellen. Sie ließen sich am Strand von der Sonne trocknen und nachdem sie sich unter freiem Himmel wieder geliebt hatten, wuschen sie lachend den Sand vom Körper und zogen sich in ihre Hütte zurück. Beide vermieden es, über Vergangenheit oder Zukunft zu reden, es gab keine griechische Revolution, keine Geldsorgen, keinen Ypsilanti, keine Ehefrau, die Welt bestand nur aus den beiden Liebenden in Kalo Livadi. Später saßen sie in die bunte Decke gehüllt auf der Steinbank.

»Beschützt von Philemon und Baucis«, meinte Mando und deutete auf die beiden Olivenbäume.

Marcus nickte. »Genau daran habe ich gedacht, als ich sie gepflanzt habe. Es war wie ein Tribut an unsere Liebe.«

Marcus Mavrojenous, der Bürgermeister von Paros, und seine Ehefrau Anna geben dem ehrenwerten Monsieur Elitis ein Bankett …

»Warum?«, flüsterte Mando und weil er wusste, was sie meinte, schwieg er.

Der Vollmond spiegelte sich im Wasser und Mando hörte wie von fern den Klang einer Musik, die sie nur einmal zuvor vernommen hatte.

»Marcus!« Sie griff nach seiner Hand. »Schau, die Yaludes!«

Mando kniff die Augen zusammen, konnte die Silhouetten der tanzenden Frauen am Ufer nur undeutlich erkennen, hatte das Gefühl, durch sie hindurch das glitzernde Meer zu sehen. Sie wollte sich losreißen, aber Marcus hielt ihre Hand in einem Eisengriff fest.

»Vergiss die Yaludes«, sagte er, »ich bin doch hier!«

Er drehte ihren Kopf zu sich und küsste sie hart auf die Lippen. Als sie wieder zum Wasser blickte, war die Erscheinung verschwunden.

»Schade«, murmelte sie, »ich hätte so gern einmal wieder getanzt.«

Zwei Tage und zwei Nächte verbrachten sie in der Hütte. Dann war es Zeit für Marcus, die Segel zu setzen.

»Ich muss nach Nauplia«, teilte er ihr mit, »es gibt Ärger ...«

»Nauplia!«, unterbrach sie ihn. »Da muss ich auch hin!«

»Nein, Mando«, sagte er leise, »so einfach geht das nicht ...«

Schnell setzte sie ihn ins Bild, versprach ihm nicht lästig zu fallen, aber er möge sie bitte mitnehmen, sie wisse sonst nicht, wie sie an ihr Geld kommen könnte.

»Du und das Geld«, stöhnte er, versprach aber, sie und Vassiliki in zwei Tagen am Hafen von Mykonos abzuholen.

Mando war überglücklich. Sie hatte nicht nur eine Möglichkeit gefunden nach Nauplia zu reisen, sondern würde dabei auch noch von dem wichtigsten Menschen in ihrem Leben begleitet werden!

»Was für einen Ärger gibt es denn?«, wollte sie von Marcus wissen, nachdem sie ihn abgeküsst hatte.

»Miaulis. Der englandfreundliche Admiral hat sich zusammen mit den Rebellen von Hydra gegen Kapodistrias erhoben, versucht das Arsenal der Marine zu erobern und wird demnächst wahrscheinlich unsere Flotte versenken.«

»Was!«

»Du hast dich in letzter Zeit wohl nicht viel mit dem Geschehen in unserem Land beschäftigt?«

Entgeistert schüttelte Mando den Kopf.

»Dann kann ich dir nur sagen, dass sich dein Freund Kapodistrias überall Feinde gemacht hat. Der gute Diplomat kümmert sich zu sehr um die Auslandskontakte und hat sich trotzdem bei England und Frankreich unbeliebt gemacht. Er herrscht zu autokratisch und unterdrückt die letzten Spuren von Selbstverwaltung. Ist dir klar, Mando, dass die Gemeinden unter den Türken fast mehr Selbstständigkeit hatten?«

»Paros ist also unzufrieden mit unserem Ministerpräsidenten«, bemerkte Mando spitz.

»Nicht nur Paros. Und nicht nur die Inselaristokraten. Beinahe alle ersten Familien des Landes. Auch die liberalen Intellektuellen. Die landlosen Bauern. Er ist der falsche Mann für unser Land.«

»Er hat mit dem Piratenwesen ganz gut aufgeräumt«, verteidigte Mando ihren alten Freund, »er richtet Schulen ein und hat die Verwaltung in Ordnung gebracht …«

»Ihm fehlt die Übersicht«, unterbrach Marcus, »er ist etwas zu selbstherrlich.«

»Und was ist mit Kolokotronis?«, erinnerte sie an den markanten Krieger mit dem langen weißen Haar.

»Er ist Kapodistrias Freund und treu wie Gold, natürlich. Jannis Kolettis tut alles, um ihn in Misskredit zu bringen. Auch der Herr, dessen Namen ich deinen Ohren nicht zumuten will, unterstützt Kapodistrias und tut viel Gutes für unser Land. Aber es schwelt ein Bürgerkrieg und darum muss ich nach Nauplia.«

»Nur um dein Ohr an den Puls der Zeit zu legen?«

»Du traust mir wohl gar nichts zu?«

»Doch«, sagte sie leise. »Alles. Wenn wir nur zusammen sind.«

Marcus hatte Recht gehabt. Admiral Miaulis war es tatsächlich gelungen, am 13. August bei Poros die Regierungsflotte in die Luft zu jagen. Wie viel Wut muss in diesem Mann gesteckt haben, fragte sich Mando, die sich jetzt darüber ärgerte, dass sie so viele wichtige Entwicklungen verpasst hatte. Wie konnte es sein, dass zwei so großartige und befähigte Männer nicht an einem Strang zogen, um Griechenland zu neuer Blüte zu bringen? Wie sollte das Land jemals wirklich unabhängig sein können, wenn sich seine bedeutendsten Führer freiwillig den Großmächten auslieferten und deren Zwistigkeiten auf dem Rücken des griechischen Volkes austrugen? Gut, als Ibrahim Pascha durch das Land tobte, hatte auch sie die Hilfe des Auslands ersehnt und gefordert, aber jetzt war der türkisch-ägyptische Alptraum vorbei, und Hellas sollte eigentlich kein Kindermädchen mehr brauchen.

Als Erstes suchte sie in Nauplia ihr altes Haus auf. Zu ihrer Überraschung öffnete Poppy die Tür. Hinter ihr sah sie Aristoteles Vlachos im Flur.

»Wohnt ihr alle noch hier?«, fragte Mando.

»Und noch eine Person mehr«, meinte Vlachos und hob ihr einen Säugling entgegen.

Poppy führte sie in den Salon, setzte sich dann ebenfalls auf einen Sessel und berichtete. Nach Mandos Auszug hatte das Trio ausgerechnet, dass es die Miete für das Haus zusammen bezahlen könnte. Poppy, die von Jorgo schwanger war, brauchte einen Ehemann und als solcher hatte sich Aristoteles Vlachos angeboten.

Mando blieb der Mund offen stehen.

»Meine ehemalige Frau hat nämlich einen Weg entdeckt, wie sie nach den neuen Gesetzen doch Geld von mir verlangen kann«, erklärte Vlachos, »nur, wenn ich eine neue Familie zu ernähren habe, gibt es eine Möglichkeit, ihren Forderungen zu entkommen.«

»Es hat sich also nichts geändert«, meinte Poppy fröhlich, »außer, dass ich verheiratet bin und ein Kind habe.«

»Verheiratet nur auf dem Papier«, brummte Vlachos.

Besorgt sah Poppy ihre frühere Herrin an.

»Finden Sie das sehr unmoralisch?« Keineswegs, versicherte Mando, sie werde es ihr sogar beweisen, indem sie zwei Zimmer im Haus zu mieten wünsche.

»Die haben wir noch«, meldete sich Vlachos.

Habe ich wirklich einmal geglaubt, dass mich dieser Hanswurst vor Gericht vertreten könne, fragte sich Mando. Ich muss ziemlich verzweifelt gewesen sein. Das wäre sie wahrscheinlich immer noch, wenn sie Marcus nicht bei sich gehabt hätte.

Dieser war nicht nur über das heruntergekommene Domizil entsetzt, sondern auch darüber, dass er sich mit Mando ein Zimmer teilen sollte. Vassiliki stimmte zu.

»Mein Hühnchen, das geht wirklich nicht! Marcus ist verheiratet!«

»Das weiß doch niemand in Nauplia. Hier kennt man ihn als meinen Adjutanten.«

»Ein Grund mehr, dass er nicht in deinem Zimmer schlafen kann.«

»Vassiliki, das wird doch niemand außer uns wissen!«

Letztendlich einigten sie sich darauf, dass offiziell Mando

und Vassiliki in einem und Marcus im anderen Zimmer schlafen würde. Da es sich um die Dachkämmerchen handelte und Vassiliki Poppy versprochen hatte alles selber in Ordnung zu halten, konnten Marcus und Mando jede Nacht ungestört zusammen verbringen. Das Schlüsselloch hatten sie zugestopft und an die Türränder Stoff geklebt.

Auch Marcus schaffte es nicht, dass Mando beim Innenminister vorgelassen wurde. Aber er riet ihr, Ministerpräsident Kapodistrias beim Kirchgang aufzulauern.

»Sobald er dich erkannt hat, wird er dir auch zuhören. Er hat damals dafür gesorgt, dass du Geld gekriegt hast, und er wird dir wieder helfen«, meinte er.

Da sie sich noch gut daran erinnern konnte, dass der Graf eine elegante Erscheinung zu würdigen wusste, richtete sie sich am Morgen des 9. Oktober 1831 besonders sorgfältig her. Erst als jedes Löckchen saß und jede Falte richtig fiel, machte sie sich zusammen mit Marcus auf den Weg zur Kirche des Heiligen Spiridion.

»Am besten du wartest am Eingang«, flüsterte ihr Marcus zu, der einen Bekannten entdeckt hatte, mit dem er sich rasch im Kafenion gegenüber verabredete.

»Auch wieder in Nauplia?«, hörte sie eine etwas spöttische Stimme. Sie wandte sich um und blickte in die Augen eines der Mavromichalis-Brüder.

»Guten Tag«, erwiderte sie steif und blickte wieder geradeaus.

Eine Männergruppe näherte sich, aus der Kapodistrias herausragte.

Mando ging auf ihn zu.

»Graf!«, rief sie. Er trat aus der Gruppe heraus. In dem Moment wurde neben ihr ein Schuss abgefeuert. Mando schrak zusammen. Sie blickte von der rauchenden Pistole in Konstantin Mavromichalis Hand in die Augen von Kapodistrias, in denen sich Überraschung und Trauer widerspiegelten. Dann fiel noch ein Schuss. Diesmal aus der Pistole von Jorgo Mavromichalis, der auf der anderen Seite der Kirchentür gestanden hatte. Mando erkannte die Pistolen und schrie, bis sie das Bewusstsein verlor.

»Es ist nicht deine Schuld«, flüsterte Marcus, als er ihr den Tee ans Bett brachte. »Er hatte so viele Feinde und es gibt so viele Pistolen.«

»Ich habe es doch nur getan, um Dimitri zu ärgern«, schluchzte sie. »Und jetzt ist es beinahe so, als ob ich Kapodistrias mit dem Schwert meines Vaters selber durchbohrt …«

Sie setzte sich auf.

»Marcus, das Schwert! Jetzt, wo der Graf tot ist, muss ich es zurückhaben!«

»Das geht leider nicht«, informierte sie Marcus, »er hat es weiter verschenkt.«

»Was!«

»An General Maison, als Dank für seine Hilfe beim Befreiungskampf. Dein Schwert befindet sich nun in Frankreich.«

Sprachlos sah sie Marcus an, schüttelte dann den Kopf und murmelte: »Wie so vieles, das eigentlich nach Griechenland gehört.«

»In der Tat«, stimmte ihr Marcus zu und dachte dabei an die Aphrodite von Milos.

»Ich hätte es sowieso nicht verkauft. Marcus, bitte verlass mich nicht.«

Aber ihm blieb keine Wahl. Am Mittag hatte ihn die Nachricht von der Fehlgeburt seiner Frau erreicht.

»Mando«, flüsterte er und küsste ihre Augenlider, »ich muss sofort nach Paros zurück.«

»Ist es deiner Frau zu einsam ohne dich?«

Es war das erste Mal, dass sie auf seine Ehe anspielte.

»Sie hatte eine Fehlgeburt.«

»Eine Fehlgeburt!«

Mando setzte sich auf und funkelte ihn an. »Eine Fehlgeburt!«, wiederholte sie und wurde bleich. »Das bedeutet ja …«

»… dass mein Kind tot ist«, sagte er tonlos.

»Dein Kind …«, *dein Kind lebt,* hätte sie beinahe gesagt, stattdessen hob sie die Arme, als wollte sie ihm das Gesicht zerkratzen und fuhr ihn an: »Geh! Und werde glücklich! Komm mir nie wieder vor die Augen! Philemon und Baucis! Dass ich nicht lache! Deine Mätresse bin ich, weiter nichts! Und du machst einer anderen Frau ein Kind!«

Er öffnete die Tür.
»Ich bin verheiratet, Mando«, sagte er traurig, »was hast du denn erwartet?«
Wieder verschwand er aus ihrem Leben.

»Er hat uns Geld dagelassen«, meldete Vassiliki später und warf Mando einen prall gefüllten Beutel aufs Bett.
»Ich will sein Geld nicht.«
»Das kann schon sein, aber du brauchst es«, meinte die Dienerin. »Glaubst du, dass du es einige Tage ohne mich aushalten kannst?«
»Nein!«, rief Mando. »Du wirst mich doch nicht auch verlassen!«
»Nie, mein Täubchen, das weißt du doch. Aber es gibt da eine Familienangelegenheit.«
Mando sprang aus dem Bett und packte die Dienerin bei den mageren Schultern.
»Oh nein, Vassiliki, nicht schon wieder! Familienangelegenheit! Das letzte Mal warst du deswegen mehr als ein halbes Jahr weg ...«
»Das war etwas anderes. Hör auf mich zu schütteln, das ertragen meine alten Knochen nicht. Ich verspreche dir, dass ich höchstens eine Woche weg bin.«
»Eine Woche ohne dich! Das halte ich nicht aus!«
»Poppy wird sich um dich kümmern.«
»Poppy! Was weiß die schon!«
»Zu deinem Glück nicht so viel wie ich.«
Vassiliki war nicht nur keine Sklavin, sondern – mild ausgedrückt – auch eine ausgesprochen unterbezahlte Dienerin. Wenn sie sich in den Kopf gesetzt hatte, für einige Tage Urlaub zu machen, konnte Mando sie daran nicht hindern.
Aber Vassiliki musste keinen Urlaub antreten, denn ihr Problem löste sich wenige Stunden später in Nauplia.
Mando lag auf ihrem Bett und zerfloss in Selbstmitleid. Wieder einmal hatte sie alles und jeden verloren, war mitschuldig an der Ermordung des griechischen Ministerpräsidenten, hatte sich aus Geldgier eine glänzende Zukunft mit Ypsilanti verbaut und ihre Tochter weggeben müssen. All dies wäre nicht pas-

siert, wenn ihr Marcus nie über den Weg gelaufen wäre. Ihre Liebe hatte sich als höchst zerstörerisch erwiesen. Ihr Leben war eine Katastrophe.

Sie ignorierte die lauten Männerstimmen, die durch das offene Fenster bis in ihre Dachstube drangen.

Ein Schuss peitschte durchs Haus. Mando sprang aus dem Bett, rannte auf den Flur, sah fünf wild aussehende Männer die Treppe hinaufstürmen und Poppy schreiend durch die offene Tür wegrennen. Da Jorgo und Vlachos ins Kafenion gegangen waren, gab es niemanden im Haus, der die Männerbande aufhalten konnte.

Aus dem Salon trat Vassiliki der Gruppe in den Weg.

»Was wollt ihr?«, fragte sie so ruhig, als ob es sich bei dem rüden Haufen um unerwartete Gäste handelte. Der erste der Männer schob Vassiliki mit einer Handbewegung in den Salon zurück. Dann fiel sein Blick auf Mando und er entblößte ein paar gelbe Zähne.

»Das ist sie!«, rief er, übersprang zwei Treppenstufen auf einmal und zerrte Mando die Treppe hinunter. Sie konnte nur daran denken, dass es die gleichen Männer sein mussten, die sie damals aus Ypsilantis Haus entführt hatten.

Vassiliki wusste es besser. Obwohl er griechische Tracht trug, hatte sie Selim sofort erkannt. Nicht erst jetzt im Haus, sondern am frühen Morgen beim Hafen. Da sie sich nicht vorstellen konnte, dass ihr Sohn in die griechische Hauptstadt gekommen war, um mit der Regierung zu verhandeln, musste er irgendetwas im Schilde führen. Deshalb hatte sie um Urlaub nachgefragt. Wenn sie üble Machenschaften ihres Sohnes verhindern könnte, würde sie keinen Augenblick zögern.

Selim hatte Mando in den Salon gestoßen und packte sie jetzt grob bei den Schultern.

»Die Tochter von Nikolaos Mavrojenous!«, zischte er. »Die Tochter! Auf die Idee bin ich nicht gekommen! Da haben wir den Sohn umsonst gequält.«

»Wer sind Sie?«, fragte Mando kühl und versuchte das Zittern ihrer Knie unter Kontrolle zu behalten.

»Der rechtmäßige Besitzer eines grünen Kastens mit wunderschönem Inhalt! Ich weiß jetzt, dass du ihn hattest. Wo ist er?«

Mando zuckte mit den Schultern und erwiderte: »Wenn wir den gleichen Kasten meinen, kann ich es Ihnen leider nicht sagen. Er ist mit vor einigen Jahren aus meinem Haus gestohlen worden.« Ihr fiel etwas ein: »Sie sollten Admiral Tombasis dazu befragen.«

»Seine Männer haben ihn mir ja zurückgebracht! Aber er ist mir wieder gestohlen worden.«

»Dann hätten Sie besser darauf aufpassen sollen!«

Er versetzte ihr eine Ohrfeige, dass sie rückwärts aufs Sofa fiel.

»Durchsucht das ganze Haus!«, rief er seinen Männern zu, näherte sich dann Mando und sah sie mit gefährlich glimmenden Augen an. »Also, meine Schöne, raus mit der Sprache! Du entkommst mir nicht!« Mit einer Hand packte er sie an einer Schulter, mit der anderen riss er ihr das Kleid vorne auf. »Mit dir kann ich noch schönere Spielchen spielen als mit deinem Bruder.«

Vassiliki, die das Zimmer kurz verlassen hatte, sah bei ihrer Rückkehr entsetzt, wie er Mando mit einem weiteren Ruck das Kleid gänzlich zerriss. Starr vor Angst ließ Mando sich alles gefallen, was mit ihr geschah, sie zermarterte sich den Kopf, wie sie den gewalttätigen Eindringling ablenken könnte. Er hatte sich gerade die Schärpe vom Leib gerissen, als Vassilikis Stimme von der Tür kam.

»Kouklaki!«, rief sie.

Er hielt inne und wandte sich um. Mando konnte nur denken, dass ihre Dienerin verrückt geworden sein musste. Wie konnte sie in einem solchen Augenblick auf die Idee kommen, sie Püppchen zu nennen?

Vassiliki hielt die linke Hand auf.

»Kommen Sie, Herr«, krächzte sie, »ich weiß, wo der grüne Kasten ist!«

Selim ließ von Mando ab und näherte sich der Frau mit den seltsam vertrauten kleinen schwarzen Augen.

»Ich kenne dich doch«, murmelte er, als er dicht vor ihr stand und auf sie hinabblickte.

»Das stimmt!«, erwiderte sie, zog die rechte Hand hinter dem Rücken hervor und stieß ihm mit aller Macht das Fleischmesser in den Bauch.

Er krümmte sich, griff mit der Hand automatisch nach dem Schaft, starrte die alte Frau aus harten schwarzen Vogelaugen noch einmal an und öffnete den Mund.

»Kouklaki«, sagte sie wieder, »weißt du noch?«

Ein Schimmer des Erkennens trat in seine Augen, bevor sie brachen.

Mando hielt starr vor Entsetzen die Hand an den Mund. »Die anderen Männer!«, flüsterte sie. »Was jetzt?«

»Tu, was ich sage«, befahl Vassiliki.

Als wenige Augenblicke später sich die anderen Männer an der alten Frau auf dem Flur in den Salon vorbeischieben wollten, schüttelte sie den Kopf und deutete aufs Schlüsselloch.

»Ich würde jetzt lieber nicht stören«, flüsterte sie. »Er hat gesagt, ihr sollt schon mal vorgehen und euch selber was zum Amüsieren suchen.«

Trotzdem öffnete einer der Männer die Tür, schloss sie aber sogleich wieder.

»Der Alte lässt sich auch nichts entgehen«, sagte er zu den anderen, die sich nacheinander zum Schlüsselloch beugten. Sie sahen die Rückseite ihres Herrn, der mit heruntergezogener Hose zwischen den Beinen der nackten Frau auf dem Teppich lag und sich ruckartig bewegte.

Lachend verließen die Männer das Haus.

Vassiliki riss die Tür auf.

»Sie sind weg!«, rief sie Mando zu, die ihren Unterleib immer noch verzweifelt gegen den Körper des Toten stieß.

Mando schob den Mann weg, blickte entgeistert auf ihre über und über mit Blut verschmierte Haut und begann zu schreien.

»Hör auf!«, rief Vassiliki und gab ihr zum ersten Mal in ihrem Leben eine Ohrfeige.

»Es ist niemand da. Komm in die Küche, da waschen wir alles ab.«

Mando deutete auf den Mann am Boden. Sie versuchte etwas zu sagen, konnte aber nur einen Kehllaut hervorstoßen.

»Später.«

Bevor Vassiliki eine Decke über die Leiche warf, sah sie sich ihren Sohn noch ein letztes Mal an. Ich habe dir das Leben gegeben, dachte sie, und ich habe es dir wieder genommen, weil du nur Unglück in diese Welt gebracht hast. Es war richtig so und trotzdem zerreißt es mir das Herz.

Sie machte den Mund zu einem schmalen Strich und scheuchte Mando in die Küche.

Als nach Einbruch der Dunkelheit Vlachos, Jorgo und eine verängstigte Poppy wieder das Haus betraten, berichtete ihnen Vassiliki, dass Räuber erst das Schloss des Hauses zerschossen und dann versucht hätten Mando zu entführen. Sie habe den Hauptmann erstochen. Die beiden Männer sollten die Leiche möglichst weit vom Haus entfernt deponieren und sofort wieder zurückkehren. Selim wurde also wie einst Kleopatra in einen Teppich gerollt und aus dem Haus geschafft.

Mando hatte ein Glas Cognac in einem Zug heruntergestürzt und hielt sich jetzt an einem zweiten fest, als Vassiliki wieder in den Salon trat.

»Wer war der Mann?«, fragte Mando. »Du kanntest ihn und er kannte dich.«

Vassiliki blickte sie lange und unfreundlich an.

»Das war mein Sohn.«, sagte sie zum ersten Mal in ihrem Leben. Irgendjemandem musste sie es sagen, aber mehr würde sie nicht preisgeben.

Mando verschüttete ihren Cognac.

»Dein Sohn!«

Fassungslos starrte sie Vassiliki an, wiederholte immer wieder: »Dein Sohn, dein Sohn!«, rief dann entgeistert: »Du hast ihn getötet!«

»Hätte ich ihn leben lassen sollen?«

»Wer war er?«

»Ein Räuberhauptmann. Ein schlechter Mensch.«

»Du hast deinen Sohn getötet, um mich zu retten.«

»Still. Ich will nicht darüber reden.«

»Aber der grüne Kasten, er wusste …«

»Still, Mando!«

Sie verstummte vor Schreck. Noch nie hatte Vassiliki sie bei ihrem Namen genannt. Ruhelos lag sie später im Bett und dachte so lange über das Geschehene und Gesagte nach, bis sie die richtige Erklärung gefunden zu haben glaubte: Vassilikis

Sohn, der Räuberhauptmann, musste seiner Mutter vor vielen Jahrzehnten den grünen Kasten anvertraut haben. Aber sie hatte es vorgezogen, mit dem kostbaren Gegenstand zu verschwinden. Irgendwann war sie Nikolaos Mavrojenous begegnet und hatte ihm den Kasten im Tausch gegen eine Lebensstellung gegeben. Diese Erklärung für die Zusicherung ihres Vaters, dass Vassiliki unkündbar wäre, gefiel ihr wesentlich besser als die Befürchtung, die sie früher gehegt hatte.

Aber vielleicht ging die Geschichte auch ganz anders, dachte Mando und erinnerte sich an das Gerücht von Vassilikis Flucht aus dem Harem. Möglicherweise hatte ihr der Räuberhauptmann dazu verholfen und sie hatte den grünen Kasten mitgehen lassen. Dass sie geübt im Stehlen des grünen Kastens war, hatte sie in den vergangenen Jahren oft genug bewiesen.

Mando wusste, dass sie noch so viel in Vassiliki dringen konnte, die Dienerin würde ihr nur erzählen, was sie für nötig befand. Wie entsetzlich, dass sie ihren Sohn getötet hatte! Selbst wenn Lambrini der schlechteste Mensch der Welt werden würde – Mando konnte sich nicht vorstellen ihr ein Haar zu krümmen.

Da wohnen Abgründe in Vassiliki, dachte sie erschrocken, der einzige Mensch, der zu mir hält, hat sein eigenes Fleisch und Blut vernichtet! Andererseits hatte sie Mando dadurch vor einem üblen Schicksal bewahrt.

Marcus, dachte Mando verzweifelt, du hättest mich retten sollen, als mein Adjutant und Geliebter wäre das deine Aufgabe gewesen. Aber du bist nie da, wenn ich dich brauche!

Nach der Ermordung von Joannis Kapodistrias brach in Griechenland das Chaos aus. Der Versuch einem Triumvirat die Regierungsgeschäfte zu überlassen missglückte.

»Wie kann man auch erwarten, dass sich Kapodistrias Bruder Augustinos, Jannis Kolettis und der gute Kolokotronis auf irgendetwas einigen können! Das musste ja zu Anarchie führen!«, rief Mando, als sie im Mai 1832 in ihr Bulletin blickte. Sie befand sich schon längst wieder in ihrem Haus in Mykonos und lebte immer noch von dem Geld, das ihr Marcus vor mehr als einem halben Jahr in Nauplia hinterlassen hatte. Es war nicht ausreichend, um davon eine kleine Schule zu finanzieren, und außerdem fühlte sich Mando nicht kräftig genug, um sich mit einer Kinderschar zu umgeben. Lambrini war erst fünf Jahre alt, es würde genügen, wenn sich Mando in zwei Jahren erbot das Kind zu unterrichten. Sie nahm ihre Krankenbesuche wieder auf und verbrachte die Abende damit, Bulletins oder Schriften über die Situation in ihrem Heimatland zu lesen.

Augustinos Kapodistrias war bereits ins Ausland geflüchtet. Die alte Feindschaft zwischen Kolettis und Kolokotronis hatte einen Bürgerkrieg heraufbeschworen, der zur Errichtung zweier rivalisierender Regierungen geführt hatte, die jeweils von einer Privatarmee gestützt wurden. Auch Mavrokordatos tauchte wieder auf und schloss sich Jannis Kolettis an, von dessen Politik er sich mehr versprach. Nur die Anwesenheit von französischen Streitkräften sorgten dafür, dass der Archipel nicht gänzlich verbrannte. Die Schutzmächte steckten die Köpfe zusammen, um das Land, das sie hatten befreien helfen, vor sich selber zu schützen. Wieder wurde der Ruf nach einem starken Monarchen laut.

»Hör dir das mal an, Vassiliki: Einen Sechzehnjährigen haben sie gefunden!«

»Einen Sechzehnjährigen was?«, fragte Vassiliki.

»König. Otto heißt er und ist der Sohn des bayrischen Königs, ein Wittelsbacher Prinz. Das hat der Londoner Kongress beschlossen. Alle wichtigen griechischen Angelegenheiten werden offenbar im Ausland beschlossen. Ach, Vassiliki, was gäbe ich darum, nach Paris fahren zu können!«

»Aber du hast doch gerade London gesagt.«

Mando ließ das Bulletin sinken. Sie hatte früher schon einmal London gesagt. Vor der fürchterlichen Auseinandersetzung mit Ypsilanti, als sie darauf gedrängt hatte, nach London geschickt zu werden, um für die Sache Griechenlands zu werben. Dimitri hatte sie ausgelacht.

Wie sie diesen Mann hasste! Nicht nur diesen, dachte sie, alle Männer und vor allem Marcus. Eine dicke Träne tropfte auf das Bulletin. Sie wischte sich rasch die Augen, als es heftig an der Tür klopfte.

Vassiliki öffnete und Mando hörte aufgeregtes Murmeln im Flur.

Wenig später kam Vassiliki wieder ins Zimmer. Sie war bleich und mühte sich die richtigen Worte zu finden. »Ich habe eine furchtbare Nachricht«, begann sie.

»Wer ist tot?«

»Prinz Ypsilanti. Er hat furchtbar gelitten und muss ausgesehen haben wie ein Hundertjähriger. Malaria.«

Mando wischte die Träne von ihrem Bulletin und hielt es sich wieder vors Gesicht.

»Ich hoffe, dass er an seinem eigenen Speichel erstickt ist«, sagte sie gleichgültig.

Seit ihrer Rückkehr war Mando nicht mehr in Kalo Livadi gewesen. Sie hatte sich geschworen das Tal nie wieder aufzusuchen. Aber jetzt würde sie dort hinreiten. Nicht, um an schöne Zeiten zurückzudenken oder zu hoffen, dass Marcus dort sein Boot auf den Strand zog. Nein, sie wollte Philemon und Baucis vernichten, mit sämtlichem Wurzelwerk. Für sich selber – und auch für Marcus – musste sie ein Zeichen setzen.

Es war endgültig vorbei. Sie war erwachsen geworden, ernüchtert und keine hoffnungslose Romantikerin mehr! Philemon und Baucis würden einst er und Anna sein. Sie würden unter Olivenbäumen in Paros sitzen und zusehen, wie die Enkelkinder zu ihren Füßen spielten. Gelegentlich würde Marcus an seine Cousine denken und froh sein, dass er dieser kapriziösen und komplizierten Frau entkommen war.

Sie war erschüttert, als sie an der Hütte ankam. Nichts hatte sie auf diesen Anblick vorbereitet. Die Winterstürme hatten die weiße Farbe weggefegt und der rote Wüstensand, den der Südwind aus fernen Landen mit sich führte, das Blau der Fensterläden abgeschmirgelt. Nicht einmal einem geübten Auge wäre aufgefallen, dass es hier jemals ein Gärtchen gegeben hatte. Mando holte tief Luft und versuchte die Tür zu öffnen. Diese klemmte, gab erst nach gehörigem Zerren nach, fiel dann aus den Angeln und polterte auf die winzige Steinterrasse, die Marcus einst angelegt hatte und deren unregelmäßige Fliesen jetzt von ausgetrocknetem Unkraut überwuchert waren. Im Innern der Hütte herrschte ein größeres Chaos als in Griechenland.

Die einstmals bunte Decke auf dem Bett zerfiel, als Mando sie mit spitzen Fingern anfasste. Offensichtlich hatten sich dort Mäuse häuslich niedergelassen. Aus der verschimmelten Matratze kroch eine Armee aufgescheuchter schwarzer Käfer. Durch einen Vorhang von Spinnweben war zu erkennen, dass die Reste von Byrons halb aufgefressenem Buch in der Wandnische zu Wellen erstarrt waren. Mando schrak zusammen, als unter ihren Füßen Glasscherben knirschten, die von der umgefallenen Öllampe stammten. Die Fledermäuse im Schornstein schliefen und im Kamin unter ihnen befand sich ein riesiges ausgetrocknetes Vogelnest. Die ganze Hütte war mit schwarzweißen Tupfern bekleckert und Verwesungsgestank verdrängte die Moderluft.

Mando würgte und stürzte wieder ins Freie. Da auch die Haare des Besens aufgefressen und die Putzlappen verschimmelt waren, hätte sie selbst dann nicht Ordnung schaffen können, wenn sie gewollt hätte. Aber sie wollte nicht, denn sie wusste überhaupt nicht, wo sie hätte anfangen sollen. Zum Aufräumen hatte sie Vassiliki. Die hätte sich wahrscheinlich aus starkem Trockengras einen neuen Besen gebastelt, alles aus der Hütte geräumt, eimerweise Wasser verteilt und dabei auch noch fröhlich gesungen.

Mando setzte sich stattdessen auf die Steinbank, von der große Stücke abgebröckelt waren. Ihr fiel wieder ein, weshalb sie gekommen war. Philemon und Baucis. Die beiden Bäume waren nur wenig gewachsen, hatten vielleicht etwas dickere Stämme. Winterstürme, Saharawind, Ungeziefer und mangelnde Versorgung waren ihnen nicht anzusehen. Die silbrig grauen Blätter raschelten leise. Mando blickte zu ihrem Esel. Sie hatte eine Spitzhacke mitgebracht, um den Wurzeln von Philemon und Baucis zu Leibe zu rücken. Aber sie rührte sich nicht. Durfte sie denn das Einzige zerstören, das sich allen Elementen widersetzt hatte, vom Chaos unberührt, schön und stark geblieben war?

Die Bergschluchten von Naxos zeichneten sich deutlich ab, daneben der kleine Zipfel von Paros.

Mando stand auf und streckte die Arme aus.

»Marcus!«, schrie sie. »Marcus!«

Vassiliki erwartete sie bereits an der Tür. »Du musst sofort zu deiner Mutter!«, drängte sie.

»Wieso? Stirbt sie?«, fragte Mando, die sich vorgenommen hatte, nie wieder ihre Mutter zu besuchen.

»Nein.« Vassiliki zog Mando ins Zimmer, schob ihr einen Stuhl hin und drückte ihr ein Glas starken unverdünnten mykoniatischen Weins in die Hand. Misstrauisch blickte Mando erst auf das Getränk, dann auf Vassiliki.

»Raus damit!«, befahl sie. »Was ist los?«

Vassiliki zögerte. »Stefano«, sagte sie schließlich.

»Er ist hier?«

»Bei deiner Mutter.«

»Immer noch verrückt?«

»Schlimmer denn je.«

Mando verengte die Augen. »Wie ist er dann hierher gekommen?«, fragte sie.

»Geh zu deiner Mutter!«

Vassilikis Mund war ein schmaler Strich.

Auf alles war Mando vorbereitet, nur nicht darauf, Marcus im Salon ihrer Mutter wieder zu begegnen. Er begrüßte sie mit einer steifen Verbeugung.

»Kind«, sagte ihre Mutter, »du musst mir helfen!«

Das ist ja ganz was Neues, dachte Mando grimmig und schwieg.

»Es handelt sich um deinen Bruder Stefano«, erklärte Marcus, ohne sie anzusehen. Seine Stimme klang belegt und er sah bleich und gealtert aus.

»Was immer es ist, ich kann ihm nicht helfen«, sagte Mando und wandte sich wieder zur Tür. Sie wollte nur noch fliehen.

»Marcus hat ihn aus Paros hierher gebracht. Er liegt im Sterben«, sagte Zakarati mit flacher Stimme, »und er hat nur noch einen Wunsch. Er will mit dir sprechen.«

»Wo ist er?«

Beide richteten die Augen nach oben. Mando verließ das Zimmer und kletterte die steile Treppe ins Obergeschoss hinauf.

»Stefano?«, fragte sie flüsternd, als sie das abgedunkelte Zimmerchen betrat.

»Mando?«

Seine Stimme kam wie von weit her.

»Komm zu mir.«

Sie schob einen Hocker an das Bett und fasste ihren Bruder an die brennend heiße Stirn.

»Du bist sehr krank«, flüsterte sie. »Streng dich nicht so an.«

»Ich muss mit dir reden.«

Die Stimme klang kräftiger, aber sie erschrak, als sich ihre Augen an das Halbdunkel gewöhnt hatten. Stefano sah ausgezehrt aus und wie ein Mann von mindestens sechzig.

»Ich weiß, wer unseren Vater getötet hat. Und warum.«

»Still, Stefano, schone deine Kräfte.«

»Du bist in Gefahr, Mando, das muss ich dir sagen.«

»Er war bereits da, der Räuberhauptmann. Vassiliki hat ihn umgebracht. Du musst dich um nichts mehr sorgen. Es ist vorbei.«

»Selim?«, fragte Stefano.

»Selim?«, echote Mando.

»Ali Paschas Sohn ...«

»Du hast Fieber, Stefano, schlaf ein bisschen, morgen geht es dir besser.«

»Ich sterbe, Mando, ich habe keine Zeit. Wenn du weißt, wo der grüne Kasten ist, schick ihn zurück nach Jannina, zu Ali Paschas Sohn Selim.«

»Ein großer grober Mann mit gelben Zähnen und kleinen schwarzen Vogelaugen?«

Stefano machte ein zustimmendes Geräusch. »Du hast ihn gesehen?«, fragte er mühsam.

»Ja. Er ist tot.«

»Gut.«

Sie griff nach einer schlaffen Hand und drückte sie leicht.

»Es ist vorbei«, sagte sie, und das war es dann auch.

Totenbleich erschien sie im Salon ihrer Mutter.

»Er ist heimgegangen«, verfiel sie in die Sprache ihrer gesellschaftlichen Kreise, setzte sich auf einen Stuhl und blickte zu Boden. Zakarati schrie und rannte aus dem Zimmer.

Marcus und Mando waren allein.

»Mein Beileid«, flüsterte er.

Ein leerer Blick aus dunkelbraunen Augen traf ihn. Er trat einen Schritt zurück.

Mando stand auf.

»Kümmere dich um meine Mutter«, sagte sie und verließ das Haus.

»Der Räuberhauptmann war Ali Paschas Sohn!«, fuhr sie Vassiliki an. »Was hattest du mit dem Löwen von Jannina zu schaffen?!«

»Was wohl!«, gab Vassiliki zurück.

»Ich kann es nicht glauben!« Mando warf die Hände in die Luft. »Eine Griechin!«

»Eine Dienerin«, erwiderte Vassiliki.

»Du hast meinem Vater den grünen Kasten gegeben!«

Nie hätte Mando geglaubt, dass harte, schwarze Vogelaugen so flehentlich blicken konnten.

»Mein Täubchen«, flüsterte Vassiliki, »du weißt genug. Lass es sein. Er ist tot. Ich habe meinen Sohn getötet.«

»Und wen sonst noch?«, fragte Mando eisig.

»Deinen Vater«, antwortete Vassiliki.

Es war heraus.

Weil Vassiliki schon geahnt hatte, dass Stefano seine Schwester auf die Spur bringen würde, hatte sie den Kräutertrunk gebraut, als Mando bei ihrer Mutter war. Es gab für sie jetzt keinen Grund zum Leben mehr. Mando war stark, sie würde ihren eigenen Weg finden. Und wenn nicht, würde es ihr eben auch nicht anders ergehen als den meisten Menschen. Vassiliki war müde, sie wollte kein Püppchen mehr haben, sie wollte nur noch schlafen und nie wieder aufwachen.

»Er war mein Sohn«, hatte sie in Nauplia gesagt, und damals schon gewusst, dass sie damit ihr Todesurteil unterzeichnete. Sie würde ihre eigene Henkerin sein. Der Tee mit dem gleichen Gift, das Mandos Vater getötet hatte, stand neben ihr auf dem Kaminsims. Aber sie schuldete Mando eine Erklärung.

Mandos »Warum!« hallte noch durch den Raum, als sie den ersten Schluck des todbringenden Getränks zu sich nahm. Es befand sich eine viel stärkere Dosis darin als in der Tasse, die sie Nikolaos Mavrojenous einst gereicht hatte. Er hätte nicht im eigenen Haus, sondern in dem seines Gastgebers sterben sollen.

In stockenden Worten erzählte Vassiliki ihre Geschichte. Sie ließ nichts aus. Schon früh war sie dahinter gekommen, dass Nikolaos Mavrojenous einer der führenden Köpfe der Hetärie der Freunde war. Jannis Kolettis, damals Leibarzt am Hofe Ali Paschas, hatte Mavrojenous auf Paros aufgesucht und gefragt, ob er bereit wäre den Albaner gegen den Sultan zu unterstützen. Mavrojenous forderte als Gegenleistung Hilfe bei der Verteidigung der Kykladen. Kolettis hatte erwidert, dass sich Ali Paschas Interesse an den Inseln in Grenzen hielte. Darauf hatte Mandos Vater erwidert, dass er einen besonderen Trumpf habe, den er Jannis Kolettis nicht verraten würde. Aber im kommenden Monat würde er persönlich nach Jannina reisen und Ali Pascha ein Angebot machen, das er nicht ausschlagen könne.

»Ich wusste, dass er ihm den grünen Kasten zurückgeben wollte«, sagte Vassiliki, deren Stimme immer schwächer wurde. »Dann teilte er mir mit, dass ich ihn in der kommenden Woche auf eine Reise begleiten sollte. Ich wusste, dass ich von dieser Reise nicht zurückkehren würde. Damit hatte dein Vater unseren Vertrag gebrochen. Ich wäre meinem Sohn ausgeliefert gewesen – und hätte dich verloren, mein Täub...«

Sie fiel um.

Mando schrie nicht. Sie blieb ganz still sitzen, versuchte zu verstehen, was sie gehört hatte, was mit Vassiliki geschehen war und konnte alles nicht glauben. Sie sah den Becher Tee, den die Dienerin wieder ordentlich auf den Kaminsims abgestellt hatte, und sie begriff.

Jetzt war sie wirklich allein.

Ihre Mutter sah sie das nächste Mal vor Gericht.

Mando verlor den Prozess um die Diamanten, da nicht nachzuweisen war, dass ihr Zakarati das Geld nicht ausgehändigt hatte. Im Zweifel für den Angeklagten. Mando schwor sich, nie mehr in ihrem Leben Gerichte zu bemühen. Sie erinnerte sich einmal gehört zu haben, dass das Recht mit den Schwachen sei. Demnach müsste sie über Bärenkräfte verfügen.

Sie hatte keine Hilfe im Haus mehr und würde in Kürze

überhaupt kein Haus mehr haben. Es war das Einzige, was sie noch besaß. Von dem Erlös seines Verkaufs würde sie eine Wohnung mieten müssen und sich wenige Jahre lang von dem Rest des Geldes ernähren können. Sie hatte die Hoffnung längst aufgegeben, dass der griechische Staat ihr irgendetwas zurückzahlen würde. König Otto hatte andere Sorgen.

Mando auch. In ihrer frühen Jugend hatte sie zwar einmal gelernt komplizierte Muster in feine Tüchlein zu sticken, aber sie hatte keine Ahnung, wie sie Risse in ihren Kleidern reparieren konnte. Sie verstand nichts vom Kochen, wusste nicht, wie sie ihr Haus sauber halten und bei wem sie was einkaufen konnte. Einmal erstand sie am Hafen einen Fisch, aber als sie ihn zu Hause auspackte, war sie ratlos, was sie damit tun sollte. Er musste geschuppt und ausgenommen werden, aber sie ekelte sich mit den Fingern in das glitschige Innere zu fahren und sie riss sich die Hand an einer Kieme blutig. Sie warf den Fisch in den Mülleimer und begann zu weinen. Zum ersten Mal begriff sie, wie hart Vassiliki gearbeitet hatte, um ihr ein angenehmes Leben zu ermöglichen.

Vassiliki. Sie fehlte ihr mehr als je ein Mensch zuvor in ihrem Leben. Sogar mehr als Marcus. Fünfzehn Jahre lang hatte Mando versucht herauszufinden, wie ihr Vater gestorben war, und jetzt wünschte sie es nie erfahren zu haben. Sie wunderte sich, dass sie keinen Groll gegen Vassiliki hegte, nicht das Andenken des Menschen verfluchte, der ihren Vater auf dem Gewissen hatte. Sie war von tiefer Trauer erfüllt. Trauer um Vassiliki, ihren Vater und Stefano, alles Menschen, denen ein grüner Kasten zum Verhängnis geworden war.

Phidias muss sein Werk verflucht haben, dachte sie, dass es so viel Leid über die Welt bringt! Seltsam, Pappas Mavros, Vassiliki, Ypsilanti, Stefano, Selim und auch ich, wir haben fast immer nur von dem grünen Kasten gesprochen. Als ob die Hülle wichtiger als der Inhalt wäre. Wer aber hat das griechische Kunstwerk in den Kasten gestellt? Grün ist die Farbe des Islams.

Plötzlich erschrak sie. Was würde mit Lambrini geschehen, der jetzigen Besitzerin der Kostbarkeit? Vielleicht würden andere Söhne oder Enkel von Ali Pascha ihrer Tochter nachstellen, um sich in den Besitz der Zeusstatue zu bringen. Vielleicht hatten Marmellakis oder Lena anderen Seeräubern stolz von ihrer Beute erzählt?

Sie musste Lambrini schützen!

Mando wusch sich schnell die nach Fisch stinkenden Hände, setzte sich eine Kappe auf und eilte nach Alefkandra. Eine Weißwäscherin sah sie höchst verwundert an, als sie nach Marmellakis' Haus fragte, führte sie dann aber hin.

Der Pirat öffnete die Tür.

Haar und Bart waren lang, grau und verwildert und sein Blick wirkte irgendwie verloren. Er schien Mando nicht sofort zu erkennen.

»Guten Tag, Lambrini!«, rief Mando ins Zimmer, wo ein nicht ganz sauberes Kind mit schwarzen und ungewöhnlich glatten Haaren auf dem Boden Papierschiffchen umherschob.

Das Kind sprang auf, stellte sich neben Marmellakis und ließ ein Händchen in einer seiner riesigen Pranken verschwinden.

»Wo ist Lena?«, fragte Mando.

Marmellakis ließ Lambrinis Hand los, wandte sich ab, ging ans Fenster und starrte schweigend aufs Meer.

»Meine Mama ist tot«, sagte das Mädchen zu der fremden Frau und streckte schüchtern eine Hand aus, um das schöne graue Seidenkleid zu berühren.

Mando bückte sich zu ihr hinunter, legte die Arme um das Kind und drückte es sanft an sich.

»Wer sorgt denn für dich?«, fragte sie leise.

»Papa!«, rief das Kind, rannte wieder zu Marmellakis und zog an seiner Hose.

»Gib der Frau etwas zu trinken!«, drängte sie, rannte dann zu einer Blechdose auf einem Regal, öffnete sie, nahm ein paar Kekse heraus und bot sie Mando an.

»Kaffee kann ich noch nicht machen«, erklärte das kleine Kind, »aber ich hole schnell ein Glas Wasser.«

»Nein, bleib hier«, bat Mando, die unwillkürlich lächeln musste. Zakaratis Enkelkind schien zu wissen, was sich gehörte. Vielleicht war es keine Frage der Erziehung, sondern eine des Blutes.

»Darf ich sie Ihnen zurückgeben?«

Marmellakis' erste Worte waren so leise, dass Mando zunächst glaubte sich verhört zu haben. Er wandte sich ihr wieder zu, deutete auf einen harten Holzstuhl und setzte sich ihr gegenüber.

»Das Kind braucht eine Mutter«, sagte er, »und ich werde nie wieder heiraten. Lena war mein Leben. Wir wollten zusammen alt werden ...«

»Schick mich nicht weg!«, schrie Lambrini und klammerte sich an den alt gewordenen Piraten.

»Das tue ich nicht, Kind«, sagte er und drückte ihr einen Kuss auf die Wange. »Du ziehst nur ein paar Häuser weiter weg. Diese Frau wird sich um dich kümmern und du kannst mich jeden Tag besuchen kommen.«

Mando nickte. Wieder berührte das Kind den schönen grauen Stoff.

»Kriege ich dann auch so ein schönes Kleid?«, fragte sie Mando.

»Wenn du etwas größer bist«, lächelte Mando, zog das Kind heran und setzte es sich auf die Knie.

»Und so schöne Locken?«

»Willst du das wirklich? Du hast so schönes glattes Haar ...«, und als Mando eine Strähne dieses Haars durch ihre Finger gleiten ließ, zersprang in ihr eine Saite. Sie schluckte, sah zu Marmellakis und fragte: »Ich hatte Ihnen damals etwas für Lambrini mitgegeben, besitzen Sie es noch?«

»Der grüne Kasten.« Marmellakis nickte grimmig. »Der ist weg.«

Schon wieder, dachte Mando und wusste nicht, ob sie darüber erleichtert oder unglücklich sein sollte.

»Gestohlen?«, fragte sie.

»Nein«, erwiderte Marmellakis und berichtete. Sein Schiff war auf der Rückreise von Nauplia in einen fürchterlichen Sturm geraten. Er, Lena, der Säugling und einer seiner Leute waren von der Mannschaft eines griechischen Schiffs aus dem Wasser gefischt worden, sein Boot, mit allem, was darauf war, auf den Boden der Ägäis gesunken. Auch der grüne Kasten.

Da liegt er gut, dachte Mando.

Mando, die kaum für sich selber sorgen konnte, zerbrach sich den Kopf, wie sie Lambrini ein gutes Leben bieten konnte. Es gab nur eine Lösung. Sie verkaufte ihr Haus und fragte Marcus' Mutter, ob sie wieder bei ihr wohnen könnte. Die alte Frau, die es sehr edel fand, dass sich Mando um die Piratenwaise kümmerte, war begeistert und bot ihr Marcus' alte Kammer an. Lange stand Mando in dem Wandschrank und blickte nach oben. Später zeigte sie Marcus' Mutter ihre Entdeckung und schlug vor Lambrini im Dachzimmerchen unterzubringen und im Schrank eine Leiter anzubringen.

»Dann wird sie nicht durch mich gestört, aber ist doch nah bei mir«, erklärte sie.

Zwei Jahre später flatterte Mando ein langer Brief ins Haus. Er stammte von Theodoros Kolokotronis, der bereits seit Oktober 1833 auf der Palamidi-Festung in Nauplia gefangen gehalten und jetzt wegen Hochverrates zum Tode verurteilt worden war.

»Rechnen Sie aber nicht mit meiner Hinrichtung«, schrieb er. »Das würden die bayrischen Beamten, die unser Land regieren, nicht wagen. Prinz Otto, für den ich mich selber eingesetzt habe und der ein guter Junge ist, hat mir zugesichert, dass er mich am Tage seiner Volljährigkeit und Machtübernahme augenblicklich begnadigen wird. Sie werden gehört haben, lieber Generalleutnant, dass sich unser geschätzter Gegner Jannis Kolettis bei der neuen Administration recht nützlich macht, aber Ministerpräsident ist er trotzdem nicht geworden. Diesen Posten hat unser alter Widersacher Mavrokordatos ergattert. Der Englandfreund im Dienst der Bayern! Wieder einmal wird unser Land von Ausländern regiert, diesmal von einem vierköpfigen bayrischen Regentschaftsrat. Was wissen diese Germanen schon von Griechenland und den Griechen! Graf Josef Ludwig von Armansperg tritt die Ideale unserer Revolution mit Füßen, spielt sich als Herrscher der Hellenen auf, Ludwig von Maurer mag zwar ein tüchtiger Jurist sein, aber ihm fehlt jegliches Verständnis für unser Volk, und Generalmajor Heidegger von Heydeck ist der seltsamste Soldat, der mir je begegnet ist. Er versteht, glaube ich, mehr von der Kunst als vom Kämpfen, von Politik überhaupt nichts und von Griechenland noch weniger. Legationsrat von Abel glaubt ausschließlich an das geschriebene Wort und ist unfähig sich auf ein Land einzustellen, in dem der Handschlag und das gesprochene Wort eines Mannes etwas gelten. Lieber Generalleutnant, sollte Sie dieser Brief erreichen – meine Korrespondenz mit Damen wird aus verständlichen Gründen weniger streng kontrolliert, tun Sie einem alten Mitstreiter den Gefallen und besuchen Sie ihn! Ich möchte wissen, wie es Ihnen ergangen ist, wie es draußen im Lande aussieht, wie es meinen armen Griechen ergeht, die nach so vielem Leid ein besseres Los verdient haben, als von herzlosen bayrischen Beamten zur Ader gelassen zu werden!«

»Kind«, sagte ihre Tante später, »du willst doch nicht etwa Lambrini mit auf die Reise nehmen?«

»Warum nicht?«, fragte Mando.

Marcus' Mutter sah ihre Nichte forschend an, sagte dann: »Ich möchte dir einen Vorschlag machen. Lass mich erst ausreden, bevor du etwas sagst. Ich bin alt, werde nicht mehr lange leben und du kannst dich nicht allein um Lambrini kümmern. Ich hänge an der Kleinen. Auf seltsame Weise erinnert sie mich an meine eigenen Kinder, und ich möchte, dass sie es gut haben wird im Leben. Warum überlässt du das Kind nicht Marcus und Anna? Du würdest den beiden eine große Freude bereiten, denn Anna darf keine Kinder kriegen. Das hat ihr der Arzt nach zwei Fehlgeburten gesagt.«

Mando war aufgestanden und hatte zum Hof hinausgesehen, wo Lambrini die Kleider ihrer Puppe wusch.

»Die Tochter des Bürgermeisters von Paros«, sagte sie leise.

»Genau!«, rief ihre Tante. »Du kannst sie ja in den nächsten Tagen hinbringen und dann gleich weiter nach Nauplia fahren.«

Sie hatte ihren Besuch angekündigt. Marcus und Anna standen am Hafen, um sie und Lambrini zu begrüßen. Anna, ein kleines, zierliches Persönchen, das Mando an ihre Schwester Irini erinnerte, umarmte die Mykoniatin herzlich.

»Sie wissen gar nicht, was für ein Glück Sie in unser Haus bringen!«, rief sie, nahm Lambrini auf den Arm und drückte sie an sich.

Marcus nickte und küsste Mando die Hand.

Anna konnte ihre Augen nicht von Lambrini lassen, als sie sich später im Salon den Tee servieren ließen.

»Schau, Marcus«, rief sie, »Lambrini hat das selbe glatte Haar wie du, man könnte denken, sie wäre wirklich deine Tochter!«

»Wie alt ist sie?«, fragte er ruhig und sah Mando in die Augen.

Sie wich seinem Blick nicht aus.

»Sie wird sieben im Oktober.«

»Sieben«, wiederholte Marcus und Mando sah ihn rechnen. »Sieben«, sagte er noch einmal, warf Mando einen unendlich traurigen Blick zu und verließ das Zimmer.

»Sie müssen ihn entschuldigen«, wandte sich Anna an Mando, »er ist manchmal etwas geistesabwesend. Aber er freut sich genau wie ich über das Kind, das müssen Sie mir glauben.« Sie setzte sich neben Mando aufs Sofa und erklärte, wie glücklich sie sei, die berühmte Heldin von Mykonos endlich kennen zu lernen. Sie müsse ihr alles über die alten Zeiten erzählen, denn aus Marcus wäre kaum etwas herauszubringen.

»Manchmal denke ich, dass ihm die Aufregung fehlt«, meinte Anna und flehte Mando an einige Tage bei ihnen zu verbringen.

Mando staunte über sich selber. Sie hatte erwartet bei Marcus' Anblick in Ohnmacht zu fallen, aber es hatte ihr nur einen winzig kleinen Stich versetzt. Es war unmöglich, Anna nicht gern zu haben, und sie ertappte sich sogar bei dem Gedanken die Kinderlosigkeit des Paares zu bedauern. Es wäre schön, wenn Lambrini mit Geschwistern hätte aufwachsen können.

Marcus kehrte erst am späten Abend nach Hause zurück. Er war so heiser, dass er kaum sprechen konnte und erklärte, dass er sich wohl eine Erkältung zugezogen habe. Er erzählte nicht, dass er mit seinem kleinen Boot weit aufs Meer hinausgesegelt war und stundenlang nicht hatte aufhören können zu schreien.

Er hob Lambrini hoch, setzte sie auf seine Knie und verlor sich in ihren Augen.

»Ist sie ganz gesund?«, krächzte er, ohne Mando anzublicken.

»Marcus!«, rief seine Frau, »du sprichst ja, als ob wir ein Pferd gekauft hätten!«

»Kerngesund«, erwiderte Mando ruhig, »kein bisschen wie der kleine Jorgos aus Lakka.«

»Wer ist das?«, fragte Anna.

»Ein Verwandter von ihr«, erklärte Mando, »der verkauft Lose und ist noch ein richtiges kleines Kind, obwohl er schon über Zwanzig ist.«

Anna nickte verständnisvoll. »Solche Kinder haben wir hier auf Paros auch. Das kann passieren, wenn zwei Leute heiraten, deren Familien miteinander verwandt sind. Aber das ist bei Lambrinis Eltern ja nicht der Fall. Ein Seeräubermädchen!«, lachte sie. »Wer hätte das gedacht!«

Sie nahm Lambrini an der Hand, erklärte, dass sie das Kind jetzt zu Bett bringen und sich danach selber auch hinlegen würde.

»Bitte«, sagte sie zu Mando, »fahren Sie morgen noch nicht ab!«

»Ich kann leider nicht anders«, erwiderte Mando, »ich habe einen wichtigen Termin in Nauplia.«

»Nauplia«, sagte Marcus, als sich die Tür hinter Anna geschlossen hatte. »Diese Stadt hat dir nur Unglück gebracht.«

»Nicht nur«, sagte sie und dachte an das zugestopfte Schlüsselloch.

Dann schwiegen sie, beide von zu vielen Gefühlen überwältigt. Mando staunte, dass sie nicht das Bedürfnis verspürte Marcus in die Arme zu fliegen, ihn abzuküssen und auf den Teppich zu zerren. Ich liebe ihn immer noch, dachte sie erschüttert, vielleicht sogar mehr als früher, jetzt, wo sein Gesicht so zerfurcht und sein langes glattes Haar ganz grau geworden ist. Ja, ich möchte an seiner Brust liegen, seine Falten glatt streichen, seinen Atem auf mir spüren, morgens neben ihm aufwachen und mit ihm im Meer schwimmen. Aber ich kann es nicht. Ich kann ihn nicht anrühren.

Marcus ging es ähnlich. Die Erkenntnis, dass sich Mando monatelang in ihr Haus eingeschlossen hatte, um heimlich sein Kind zu kriegen, war ein Schock für ihn gewesen. Er verstand auf einmal alles, auch warum sie so lange bei Ypsilanti in

Nauplia gelebt hatte und was sie sich davon erhofft hatte. Er war zutiefst betroffen, dass sie alles mit sich allein ausgemacht und ihn nicht eingeweiht hatte. Wie stark sie ist, dachte er, und wie ruhig sie geworden ist. Diese Mando liebe ich mehr als jemals zuvor. Ja, ich würde gern wieder ihre herrlichen Brüste berühren und in die dunkle Höhle zwischen ihren Beinen heimkehren, aber wie viel mehr wünsche ich mir einfach nur neben ihr auf der Steinbank zu sitzen. Im Schatten von Philemon und Baucis.

Kalo Livadi

Erstaunt blickte Mando auf die frische Farbe an ihrem alten Haus in Nauplia. Alle Fensterläden waren gestrichen, die bröckligen Steinstufen am Eingang erneuert worden und vor den Fenstern hingen Kästen mit roten Geranien.

Sie hätte Poppy beinahe nicht erkannt, als diese ihr die Tür öffnete. Die junge Frau hatte ihr Haar kunstvoll aufgesteckt, war dezent geschminkt und trug ein elegantes Kleid. Dieses konnte allerdings nicht darüber hinwegtäuschen, dass Poppy wieder hochschwanger war.

»Kommen Sie rein«, forderte sie ihre einstige Herrin auf und setzte kokett hinzu: »Sie werden sehen, dass sich einiges geändert hat.«

Das sah Mando. Vornehme Stofftapeten zierten die Wände, italienische Möbel den Salon, und dicke Teppiche dämpften jeden Schritt. In einem Eckschrank stand kostbares Porzellan, und über dem Kamin hing ein atemberaubend scheußliches Schlachtengemälde. Mando trat näher und las das kleine Messingschild, das am Rahmen angebracht worden war: »Prinz Ypsilantis Sieg in Böotien.«

Befriedigt sah sie, dass der Maler seinem Objekt nicht geschmeichelt hatte. Selbst der arrogante Ausdruck in den Augen war gut getroffen, dachte Mando und streckte Ypsilanti die Zunge heraus.

»Euch ist es also gut ergangen«, wandte sie sich an Poppy, »oder zahlen euch die Mieter so viel?«

Poppy schüttelte den Kopf und blickte zu Boden.

»Jorgo ist tot«, sagte sie und berichtete, dass er vor einem Jahr bei Reparaturen am Dachstuhl heruntergestürzt sei.

»Zumindest ist er nicht der Pest erlegen, wie so viele Leute in Nauplia im letzten Jahr«, flüsterte Poppy. »Er war sofort tot.«

In diesem Augenblick betrat Aristoteles Vlachos das Zimmer und Mando begriff, dass diese Ehe nicht mehr nur auf dem Papier bestand. Nach der Begrüßung informierte er Mando, dass er wieder in den Staatsdienst eingetreten sei.

»Es sind gute Zeiten für Beamte gekommen!«, rief er. »Die Bayern verstehen es, einen Staat zu lenken.«

»Aber es gibt nicht einmal eine geschriebene Verfassung«, gab Mando zu bedenken.

»Wer braucht die schon, wenn die öffentliche Verwaltung so gut funktioniert! Und im schlimmsten Fall haben wir ja eine 5000 Mann starke Schutztruppe von tapferen bayrischen Soldaten!«

»Aber Sie sind Grieche, Herr Vlachos«, sagte Mando sanft, »stört es Sie denn nicht, dass Ausländer uns so zentralistisch regieren?«

»Ich weiß nicht, wie Sie das meinen«, wunderte er sich, »schließlich bin ich einer der Repräsentanten des griechischen Ministeriums.«

Lang und breit erläuterte er Mando die Wichtigkeit seiner Arbeit. Mando verstand, dass seine Aufgaben denen eines Bürovorstehers entsprachen.

In einem hatte Dimitri wirklich Recht gehabt, erinnerte sie sich, dieser Mann ist die wandelnde Unfähigkeit. Hatten die Bayern wirklich keine besseren Vertreter des griechischen Volkes finden können oder bedienten sie sich absichtlich solcher Hanswurste?

Als hätte er gewusst, dass sie an Dimitri dachte, erwähnte Vlachos, dass dem ehemaligen Verlobten seiner ehemaligen Brötchengeberin in Amerika eine posthume Ehre widerfahren sei. Man habe eine Stadt nach ihm benannt.

»Mein Mann spricht jetzt sogar Deutsch«, meldete sich Poppy stolz.

Bescheiden winkte Vlachos ab. »Gerade mal genug, um mich bei den Herrn da oben verständlich zu machen. Wissen Sie, was mir Professor Maurer erst kürzlich gesagt hat?«

Mando schüttelte den Kopf.

»Im vierzehnten und fünfzehnten Jahrhundert hätten die Griechen dem restlichen Europa ihre Weisheit mitgeteilt, jetzt wären es die Deutschen, die jenem Land das Licht zurückbrächten, aus dem es so lange Zeit verschwunden war.«

Mando, die sich an den Gedichten von Goethe und Schiller erfreut hatte, war nicht so sicher, ob ihr diese Deutschen gefielen. Vlachos in seiner neuen Rolle gefiel ihr überhaupt nicht und so wollte sie sich schnell verabschieden.

Davon jedoch mochten Poppy und Vlachos nichts wissen. Natürlich wäre Madame – Madame?, dachte Mando – in ihrem bescheidenen Heim hochwillkommen und Poppy klingelte augenblicklich einer Dienerin, die das schönste Zimmer für den Gast herrichten sollte.

Mando konnte es sich nicht leisten, dieses Angebot auszuschlagen. Sie fragte aber, ob es nicht möglich wäre, jene Dachstube zu bewohnen, die sie sich vor einigen Jahren mit Vassiliki geteilt hätte. Poppy war entsetzt.

»Das war in Zeiten der Not!«, rief sie und Mando dachte an die starken Arme, die sie in jenen Zeiten festgehalten hatten. Auf die Frage nach Vassiliki antwortete Mando, dass die Dienerin eines Tages plötzlich tot umgefallen sei.

»Ein schöner Tod«, bemerkte Poppy, »den hat sie auch verdient, so eine gute und mutige Frau! Weißt du noch, wie sie uns das Leben gerettet hat?«

Schaudernd drückte sie sich an Vlachos, der grimmig nickte.

»Wer hätte gedacht, dass dieser Räuberhauptmann Ali Paschas Sohn Selim gewesen war!«

»War er das?«, fragte Mando, bemüht erstaunt. Sie hatte mit Vassiliki Nauplia am Tag nach Selims Überfall verlassen.

»Das hat sich herausgestellt, als die Leiche entdeckt wurde«, erklärte Vlachos. »Keiner weiß, was er in Nauplia gesucht hat. Wahrscheinlich einfach nur Beute, wie sein Vater war er eben ein Raubritter. Der Apfel fällt nicht weit vom Stamm.«

»Und wie hat man sich seinen Tod erklärt?«, erkundigte sich Mando.

»Damit, dass er den Falschen ausrauben wollte«, antwortete Poppy.

»Wie hat man in Jannina reagiert?«, wollte Mando wissen.

»Erleichtert«, erwiderte Vlachos, »es scheint, er hat sich nur Feinde gemacht, selbst unter seinen eigenen Brüdern.«

»War er verheiratet?«

»Er hatte viele Frauen, und die hatten es nicht leicht mit ihm. Alle haben sie nur Töchter gekriegt, und das hat er ihnen übel genommen.«

Vassilikis Enkelinnen, dachte Mando, vielleicht fahre ich mal nach Jannina und blicke in eine ganze Reihe kleiner schwarzer Vogelaugen.

Kolokotronis sah unverändert aus. Nur sein weißes Haar war noch länger geworden und fiel ihm jetzt in schütteren Wellen über die Brust. Die wahrscheinlich kahle Stelle auf dem Kopf war durch ein schwarzes Käppchen bedeckt. Der dichte, immer noch dunkle Schnurrbart verbarg die vollen Lippen nicht ganz, und die beeindruckenden Brauen über der kräftigen geraden Nase gaben den schwarzen wachen Augen den vertraut bedrohlichen Ausdruck.

Mando schämte sich, dass sie, abgesehen von einer Schachtel billigen Gebäcks, mit leeren Händen kam. Er hätte das Schwert meines Vaters verdient, dachte sie, und er hätte es nie einem Franzosen ausgehändigt. Aber ein Schwert hätte man sie wohl kaum ins Gefängnis mitnehmen lassen!

Sie salutierte, als sie seine Zelle betrat. Er lachte heiser.

»Nein, Generalleutnant, ich habe vor Ihnen zu salutieren. Ich bin nur ein einfacher Soldat und – wie Sie sehen – zurzeit ein gefangener.«

»Hoffentlich nicht mehr lange.«

»Nächstes Jahr bin ich wieder im Dienst. Dann ist König Otto volljährig, kann seine paragraphenreitenden Papiertiger nach Bayern zurückschicken, und ich werde mich endlich wieder nützlich machen können.«

»Warum haben Sie sich damals eigentlich so für Otto als König eingesetzt?«, fragte Mando neugierig.

Kolokotronis stand auf und blickte durch das kleine vergitterte Fenster in seiner Zelle auf Nauplia hinab. »Wegen seiner Erziehung«, sagte er schließlich. »Wussten Sie, dass sein Vater einer der größten Philhellenen unserer Zeit ist?«

Mando lachte. »Sie haben die Philhellenen doch immer als einen Haufen kampfunfähiger Romantiker bezeichnet!«

»Das waren sie auch. Die meisten wussten ja nicht einmal, wie man ein Schwert in der Hand hält, geschweige denn es einsetzt! Aber ohne die Köpfe dieser Leute hätten uns die Schwerter der Berufssoldaten Europas nicht geholfen. Zum Beispiel gegen Ibrahim Pascha und seinen Adoptivvater Mehmet Ali. Die haben damals für den Sultan den Krieg geführt und jetzt hat sich der Sultan …«

»… Zar Nikolaus in die Arme geworfen, um Mehmet Ali zu vernichten«, beendete Mando den Satz.

»Die Zeiten haben sich geändert …«, sinnierte der alte Recke. Er sah Mando beinahe liebevoll an und setzte hinzu: »… und die Koalitionen mit ihnen. Aber manches ist geblieben. Sie, Generalleutnant, sind immer noch so schön wie früher.«

Das tat ihr gut. Spontan beugte sie sich vor und küsste Kolokotronis auf die Wange. Mit der Hand berührte er die Stelle und lächelte verlegen.

»Sie wollten mir von Otto erzählen!«, erinnerte ihn Mando.

»Von seinem Vater König Ludwig von Bayern. Wussten Sie, dass die bayrische Fahne auch blauweiß ist? Und dass Ludwig in München Gebäude errichtet hat, die dem alten Athen nachempfunden sind?«

»Ich wusste, dass er aus Liebe zu Hellas den Buchstaben I im Namen Baierns gegen ein Ypsilon, das Y-Grec, ausgetauscht hat«, erinnerte sich Mando, »aber deswegen macht man den Sohn doch nicht gleich zum griechischen König!«

»Irgendeinen brauchen wir ja«, seufzte Kolokotronis, »und ich hielt es für vernünftig, einen ganz jungen Prinzen auszuwählen, einen, der noch formbar ist und fähig Grieche zu werden. Übrigens sollten Sie, mein Generalleutnant, im nächsten Monat nach Athen reisen.«

»Warum?«

»Es ist Ihnen doch nicht etwa entgangen, dass Athen unsere neue und endgültige Hauptstadt sein und unser König dort einziehen wird! Das wäre schon früher geschehen, wenn die Türken nicht erst im vergangenen Jahr endlich die Stadt verlassen hätten.«

»Es ist wirklich unglaublich, wie lange sie die Akropolis besetzt gehalten haben«, nickte Mando.

Kolokotronis berichtete, der neue König habe sofort nach dem Abzug der Türken den symbolträchtigen Auftrag gegeben den Parthenon zu restaurieren.

»Er hat gute Ideen für die Neugestaltung von Athen«, meinte Kolokotronis.

»Lauter kleine bayrische Häuser?«, fragte Mando spitz.

»Seien Sie nicht so böse«, bat Kolokotronis, »ich nehme König Otto nur eins sehr übel. Dass er zugelassen hat, dass zehntausend unserer Freiheitskämpfer, die alle im Kampf gegen die Türkei zu Berufssoldaten wurden, von seinen bayrischen Beamten auf die Straße gesetzt wurden. Das war nicht nur herzlos, die meisten haben schließlich Familien, sondern auch dumm.«

»Haben Sie Angst, dass sich diese Soldaten zu Räuberbanden zusammenschließen werden?«

»Das haben sie natürlich bereits getan. Kann man ihnen nicht verdenken. Wobei ich selber mit den Räubern beste Erfahrungen gemacht habe«, sprach der alte Klephtenchef. »Unter ihnen fanden sich sehr viel mehr ehrenwerte Männer als unter den kalkulierenden Politikern, mit denen ich mich abgeben musste … das waren natürlich andere Zeiten. Aber es gibt auch gute Nachrichten«, lächelte er und bemerkte: »Miaulis hat wieder beigedreht.«

»Wie meinen Sie das?«

»Der Admiral hat eingesehen, dass es nutzlos ist, gegen den Wind zu spucken, Sie verzeihen, Generalleutnant, und hat der neuen Regierung seine Unterstützung zugesagt.«

»Das freut mich!«, rief Mando. »Unser Land braucht jeden guten Mann!«

»Jeden guten Griechen«, brummte Kolokotronis. »Ich weiß nicht, ob ich ihm verzeihen kann, dass er unserem Freund Kapodistrias in den Rücken gefallen ist …«

»Gott segne seine edle Seele«, sagte Mando leise, »aber der Graf war wohl der falsche Mann zur falschen Zeit.«

»Das weiß ich auch«, knurrte Kolokotronis, »und ich bin ja froh darüber, dass Miaulis zum Vizeadmiral ernannt worden ist, auch wenn ich andern gegenüber so tue, als wäre ich empört.«

Er setzte sich auf ein steinernes Bänkchen und musterte Mando aus seinen schönen finsteren Augen.

»Ich freue mich so Sie zu sehen!«, rief er. »Was würde ich nicht darum geben, wenn Sie mir eine Bitte erf… nein!«, brach er ab. »Vergessen Sie, was ich eben gesagt habe.«

»Sprechen Sie!«, erklärte Mando eifrig. Alles würde sie für diesen großen alten Mann tun, den sie schon bewundert hatte, als Pappas Mavros ihr zum ersten Mal von ihm erzählt hatte. Der Menschen wie die Fischerkinder von Naoussa, arme Berghirten, besitzlose Bauern, abhängige Seeleute und einfache Handwerker im Sinn hatte, wenn er vom griechischen Volk sprach.

»Nein«, sagte er, »entschuldigen Sie. Es war mir herausgerutscht. Ich habe zu lange keine Frau mehr gesehen. Da vergisst man leicht seine Manieren.«

Die er nie wirklich gehabt hat, schmunzelte Mando innerlich, und fragte sich, welchen Gefallen sie dem verehrten Helden tun könnte. Ein schneller Blick streifte ihre Brüste, dann wandte er die Augen ab und schien die unregelmäßigen Fliesen auf dem Boden zu zählen.

»König Otto ist ein edler Mensch«, sagte er heiser, »er hat sogar eine archäologische Gesellschaft gegründet.«

Als ob das den alten Freiheitskämpfer im Geringsten interessiert, dachte Mando, der langsam dämmerte, was er sie hatte fragen wollen. Er hatte sich wieder von ihr abgewandt und blickte aus dem Fenster.

Soll ich oder soll ich nicht, fragte sie sich und beschloss dann, es zu tun. Sie würde sich damit nichts vergeben, ja, es wäre sogar eine Auszeichnung, dem alten Recken den Anblick zu gewähren, den er sich offensichtlich wünschte. Und wenn er sich nicht mit dem Anblick zufrieden gab?

Er war ein rauer Krieger, überlegte sie, hatte jahrelang mit Räuberbanden gelebt, aber sollte er sie auf den Steinboden werfen, würde sie nicht zögern sich ihm hinzugeben. Was sie Ypsilanti meist widerwillig und immer nur mit Hintergedanken gewährt hatte, würde sie mit Freuden für den Held der Helden tun.

Sie zog sich langsam aus.

Kolokotronis, der das Rascheln ihres Gewands hörte, drehte sich um und hob die Hand, um sie aufzuhalten, aber sie schüttelte lächelnd den Kopf.

»General«, sagte sie, »es ist mir eine Ehre«.

Als sie nackt vor ihm stand, sah er sie lange und intensiv an. Sie stand still wie eine Statue. Die leichte Brise, die durchs Gitterfenster wehte, ließ ihre Brustwarzen hart werden. Kolokotronis stützte seinen Kopf auf beide Hände und seufzte tief.

»Was war Prinz Ypsilanti doch für ein Narr«, flüsterte er schließlich.

»Er war kein Narr«, hörte sich Mando sagen, »ich habe ihn schlecht behandelt.«

Der alte Mann von der Morea nickte. »So etwas hatte ich mir schon gedacht. Wissen Sie eigentlich, dass er mit Ihrem Namen auf den Lippen gestorben ist? Er muss Sie trotz allem sehr geliebt haben.«

Mando wurde es plötzlich kalt. Kolokotronis sah sie zittern und forderte sie auf sich wieder anzuziehen. Er hatte sich ihr keinen Schritt genähert und nicht versucht sie zu berühren. Er hatte sie nur angesehen.

»Danke«, flüsterte er fast unhörbar, »Sie haben mir das schönste Geschenk gemacht, das ich je erhalten habe.«

Ehrfurchtsvoll streiften seine Lippen ihre Hand, als sie sich von ihm verabschiedete.

Das Erlebnis hatte Mando erheblich mehr erschüttert, als sie zunächst vor sich selbst zugeben wollte. Was habe ich schon getan, dachte sie, ihm gezeigt, was er in jeder Hafenkneipe hätte sehen können. Gut, Hafenkneipen waren ihm zurzeit verwehrt, aber er muss doch viele Frauen in seinem Leben gehabt haben! Vielleicht nicht, überlegte sie, vielleicht war er so in seiner Mission aufgegangen, dass er sich diese Freuden versagt hatte. Vielleicht tat es ihm in seiner Gefängniszelle jetzt leid, dass er sie verpasst hatte und fragte sich – so wie sie selber einst – ob Griechenland das wert gewesen sei.

Sie reiste nach Athen und war dabei, als König Otto am 1. Dezember 1834 seinen öffentlichen Einzug hielt. Unter den Salutschüssen von einundzwanzig Kanonen ging er in Piräus von Bord eines griechischen Kriegsschiffes und zog umjubelt von Menschenmassen zur Stadt. Den Torbogen nahe dem Thesion hatte man mit Lorbeer- und Olivenzweigen behängt und auf der Erhebung in der Nähe hatten sich 5000 Athener versammelt, um den griechischen Monarchen aus Bayern zu feiern.

Mando bemühte sich um eine Audienz bei dem jungen König, der vorerst noch in einer bescheidenen zwölfzimmrigen Residenz wohnte. Aber sie wurde rüde abgewiesen. Sie begegnete einem alten Offizier, den sie bei der Schlacht von Euböa kennen gelernt hatte, und der mit seiner Familie in Athen wohnte. Sie war dankbar, dass sie dort nächtigen konnte und hocherfreut, als sie eingeladen wurde an einem Bankett zu Ehren des Architekten Karl Friedrich von Schinkel teilzunehmen.

Allerdings war sie ziemlich entsetzt, als bei diesem Abendessen über Schinkels Architekturskizze für einen Königspalast diskutiert wurde. Der deutsche Architekt hatte sich vorgestellt diesen Palast auf der Akropolis zu errichten und dabei die antiken Gebäudeteile einzubeziehen.

Wer würde denn dem alten Hellas noch seine Referenz bezeugen können, wenn der König mit seinem Hofstaat die Akropolis besetzte? Aber ihr Tischnachbar, ein französischer Archäologe, flüsterte ihr zu, dass der bescheidenere Entwurf von Friedrich von Gärtner bessere Chancen hätte.

»Es fehlt überall an Geld«, meinte er.

Das konnte Mando nachempfinden.

Der Franzose sah sie so intensiv an, dass es Mando unbehaglich wurde. Entweder habe ich etwas zwischen den Zähnen oder er will mich verführen, dachte sie.

»Entschuldigung, Madame«, sagte er, »aber ich habe Sie schon einmal vorher gesehen.«

»Das glaube ich kaum«, erwiderte sie, »ich war noch nie in Paris.« Und werde wohl leider auch nie dahin kommen, setzte sie für sich selber hinzu.

»Nicht in Paris. Im Hause von Jannis Kolettis.«

»Mit dem Herrn verkehre ich nicht.«

Der Franzose hatte ihr gerade mitgeteilt, dass er sich zum ersten Mal in Griechenland befand. Also konnte er nicht in Kolettis Haus in Nauplia gewesen sein.

»Ich meine auch nicht Sie persönlich. Ihr Bild. Ein Gemälde von Friedel, wenn ich mich recht erinnere.«

Mando hatte nie das Werk gesehen, das der Maler im Auftrag von Kapodistrias von ihr angefertigt hatte. Sie fragte sich, wie es in das Haus seines Erzfeindes gekommen war und brannte vor Neugierde es zu sehen. Als sie erfuhr, dass der Franzose in jenem Haus nächtigte, der Hausherr aber bereits als Botschafter Griechenlands nach Frankreich versetzt worden war, verabredete sie sich mit ihrem Tischnachbarn für den folgenden Nachmittag in seinem Haus.

Lange stand sie vor ihrem Ebenbild. Sie sah die von Kapodistrias gewünschte Säule, musste aber immer wieder zu dem Treppengeländer blicken, das hinter der Figur auf dem Bild in einen Abgrund führte. Nicht einmal die Stufen kann man sehen, dachte sie, und keiner weiß, in welche Tiefen sie führen.

Eine Hand schlang sich um ihre Mitte.

»Lassen Sie mich los!«, fuhr sie den Franzosen an.

Aber er ließ nicht locker und riss sie an sich. Sie versuchte ihm ins Gesicht zu schlagen, aber lachend packte er ihre Hände und schleppte Mando zu einem nahen Sofa. Flüchtig dachte sie an die Frauen von Suli und war bereit ihr Leben einzusetzen, um das zu verteidigen, was sie wenige Tage zuvor Kolokotronis angeboten hatte.

Hinterher fragte sie sich, warum sie ihn nicht einfach hatte gewähren lassen. Sie hätte sich dadurch viel Ärger, eine schmerzende Rippe, und, was im Moment das Schlimmste war, ein zerrissenes Kleid erspart. Schließlich war sie siebenunddreißig Jahre alt, keine Jungfrau mehr und wusste aus Erfahrung, dass es bei solchem Eifer meistens schnell vorbei war. Außerdem hatte sie in den Nächten mit Dimitri gelernt ihren Körper von ihrer Persönlichkeit losgelöst zu sehen. Ihre Gegenwehr sorgte dafür, dass es länger dauerte, und der Franzose trotzdem sein Ziel erreichte.

Nach der Vergewaltigung ließ er sie einfach auf dem Sofa liegen und ging, die Marseillaise pfeifend, aus dem Zimmer.

Auch Dimitri hatte sie gedemütigt, aber er hatte es getan, weil er von ihr herausgefordert worden war, weil er sie brechen oder ihr eine Lehre hatte erteilen wollen. Vielleicht hatte er sie wirklich geliebt – wie Kolokotronis behauptet hatte. Diesem Franzosen war sie egal. Für ihn war sie nur eine dumme Frau, die sich aus purer Eitelkeit in das Haus eines allein stehenden Herrn begeben hatte, und der nur recht geschah, wenn sich dieser das zu seinem Vorteil nutzte.

Sie erschauerte, wenn sie daran dachte, dass er seinem Gastgeber diesen Zwischenfall berichten würde und konnte sich genau vorstellen, wie Jannis Kolettis reagierte. Er habe ja schon immer gesagt, die Mavrojenous sei nichts anderes als eine Hure!

Weil sie sich schämte, in ihrem zerrissenen Kleid vor ihre eigenen Gastgeber zu treten, schlich sie durch die Hintertür ins Haus und packte ihre armselige Habe zusammen. Auf dem Bett hinterließ sie einen Brief, in dem sie erklärte, wichtige Geschäfte riefen sie auf ihre Heimatinsel zurück. Sie würde sich freuen, wenn sie sich in Mykonos für die erwiesene Gastfreundschaft revanchieren könnte. Im Dachkämmerchen meiner Tante, dachte sie noch, aber die Gefahr war relativ klein, dass die Offiziersfamilie auf ihr Angebot zurückkommen würde.

Das erste Boot in Piräus fuhr nach Paros. Einen Augenblick lang überlegte Mando dort einzusteigen. Sie würde bei Marcus und Anna übernachten und Lambrini wieder sehen können. Der Himmel war nicht eingestürzt, als sie mit Marcus und seiner Frau unter einem Dach genächtigt hatte. Das Schlimme war sogar, dass sich Anna freuen würde sie im Haus zu haben. Vielleicht könnte zwischen ihnen so etwas wie eine freundschaftliche Beziehung entstehen.

Aber das Erlebnis mit dem Franzosen hatte ein Schmutzgefühl in ihr hinterlassen, und das wollte sie nicht auf die Mavrojenous-Familie auf Paros übertragen.

Im kommenden Sommer raffte sie sich auf und ritt hinaus zur Hütte in Kalo Livadi. Diesmal wusste sie, womit sie rechnen konnte, und daher hatte sie sich zwei Esel ausgeliehen und einen voll beladen. Es dauerte fast zwei Stunden, bis sie an der Hütte ankam. Nie hätte sie gedacht, dass es so schwierig sein konnte, auf einem Esel zu sitzen und den anderen an der Leine zu führen. Jedes Tier hatte seinen eigenen Willen, der oft genug darin bestand, einfach stehen zu bleiben und entsetzliche Geräusche von sich zu geben. Schließlich blieb ihr nichts anders übrig, als zu Fuß zu gehen und zu versuchen die Esel nicht zu verlieren.

In Kalo Livadi zog sie sich bis auf die Unterwäsche aus und begann die Hütte auszumisten. Ihrer Tante hatte sie gesagt, dass sie sich für eine Woche ins Frauenkloster von Ano Mera zurückziehen würde, und sie betrachtete dies noch nicht einmal als eine Lüge.

Es dauerte auch fast eine Woche, ehe die Hütte wieder bewohnbar und das Gärtchen gerodet war. Stolz betrachtete Mando das erste Werk, das sie mit ihren eigenen Händen vollbracht hatte. Philemon und Baucis schienen zustimmend mit den Blättern zu rascheln. Sie setzte sich auf die Steinbank vor dem Haus und betrachtete ihre aufgesprungenen, rauen und verschmutzten Hände mit den tief eingerissenen Fingernägeln. Meine Mutter wäre entsetzt, dachte sie, aber mir geht es so gut wie lange nicht in meinem Leben.

Es gibt jetzt einen Platz, der mir gehört, dachte sie, wo ich niemandem lästig fallen und niemanden um etwas bitten muss. Von da an blieb sie mehrmals im Monat einige Tage in der Hütte.

Ein paar Monate später entdeckte sie einen Zettel auf dem Bett.

»Gute Arbeit!«, stand nur darauf.

Ihr Herz hämmerte und sie blickte angestrengt zum Horizont. Kein Schiff in Sicht, kein kleines Boot. Sie wusste auch nicht, ob sie wirklich wollte, dass er zu ihr in die Hütte käme. Jetzt kannte sie Anna und sie wollte, dass Lambrini in einer glücklichen Familie aufwuchs. Auch sie ließ einen Zettel liegen.

»Danke«, hatte sie darauf geschrieben und ihre rote Korallenkette liegen lassen. Marcus würde verstehen, dass sie für Lambrini bestimmt war. Nachdem sie vor der Abbildung dieser Kette vergewaltigt worden war, wollte Mando sie nicht mehr tragen.

Drei Jahre lang blieben sie auf diese Weise in Verbindung. Nie umfasste der Zettel mehr als fünf Wörter und nie begegneten sie einander. Wenn Marcus von seinem Boot aus den Esel an der Hütte sah, kehrte er wieder nach Paros um. Wenn Mando das Boot am Strand erkannte, lenkte sie ihr Tier wieder Richtung Mykonos-Stadt. Wenn sie dann abends in ihrem einsamen Bett lag, freute sie der Gedanke, dass Marcus jetzt auf der Stelle ruhte, wo sie vor wenigen Tagen den eigenen Leib gebettet hatte.

Wie bescheiden man wird, dachte sie, und war zum ersten Mal in ihrem Leben zufrieden. Von Marcus' Mutter hörte sie, wie es der Familie auf Paros erging und dass Lambrini demnächst nach Paris in die Schule geschickt würde. Unsere Tochter wird also die Stadt sehen, von der ich immer geträumt habe, freute sie sich. Lambrini würde bei Mandos Bruder, ihrem Onkel Antonio, wohnen.

Etwas besorgt dachte Mando daran, dass ihr Bruder drei Söhne hatte, aber dann beruhigte sie sich wieder. Alle drei waren erheblich älter als Lambrini und zwei schon verheiratet. Die Liebe zu Cousins wird sich wohl nicht vererben, hoffte sie.

Von ihrer Tante erfuhr sie auch, dass Zakarati gestorben war. Mando wohnte nicht einmal hundert Schritte von ihrer Mutter entfernt, aber Zakarati war zu verbittert, als dass sie auf dem Totenbett Frieden mit ihrer missratenen Tochter hatte schließen wollen. In ihrer letzten Stunde verlangte sie den englischen Vizekonsul zu sehen, der ihr gegenüber wohnte, und diktierte diesem ihr Testament. Auf diese Weise erhielt Mando ihre Diamanten zurück. Allerdings sah sie sich gezwungen sie zu verkaufen, da sie das Erbe angenommen und somit den Schuldenberg ihrer Mutter abtragen musste.

Aber so erfuhr sie, dass ihr Bruder Stefano ihr ein kleines Grundstück im Norden von Paros hinterlassen hatte, wahrscheinlich das Land, auf dem er sich vor den Häschern aus Jannina versteckt hatte. Irgendwann würde sie nach Paros fahren und ihren Besitz begutachten.

Ihre Bulletins las sie immer noch regelmäßig. König Otto hatte Kolokotronis längst aus dem Gefängnis entlassen und wieder zum General gemacht. Aber auch dem alten Recken glückte es nicht, auf die politischen Geschicke des Landes Einfluss zu nehmen. Die bayrische Bürokratie war zu mächtig.

Mando überlegte, wie dem volksnahen Kolokotronis zumute sein musste, einer absoluten Monarchie zu dienen, einer Regierung, die jeden Ansatz von Selbstverwaltung niederwalzte, genauso hohe Steuern eintrieb wie die Türken und kein Geld für Schulen, Straßen, Brücken und Häfen ausgab. Von den Idealen der Revolution war nichts übrig geblieben.

»Immer noch Fremdherrschaft«, sagte sie zu ihrer Tante, die ihr gerade stolz mitgeteilt hatte, dass Lambrini in Paris angekommen und von Antonios Familie mit Begeisterung aufgenommen wäre.

»Sie finden, dass sie Marcus ähnlich sieht, stell dir das einmal vor!«, rief die Tante. »Da sieht man, wie Liebe einen Menschen formen kann.«

Weil es sie schmerzte, dass Marcus Mutter mehr im Recht war, als sie ahnen konnte, kehrte Mando zum Thema Politik zurück und las ihrer Tante vor, dass die besseren Häuser im neu gebauten Athen deutsch und die ärmeren italienisch aussähen.

»Früher war das anders herum«, meinte die Tante und fragte, ob irgendetwas über Ottos neue Gemahlin Amalie von Oldenburg im Bulletin stünde.

»Es ist ein Skandal, dass uns erst die Auslandspresse über die Vermählung unseres Königs aufgeklärt hat!«, ereiferte sie sich. »Bei so etwas will das Volk doch dabei sein! Und dass sie nicht einmal den orthodoxen Glauben annehmen! Unerhört, dass ein katholischer König Griechenland regiert!«

»Unser Land hat die Bayern gerufen«, meinte Mando. »Und jetzt müssen wir mit ihnen leben. Übrigens haben die französischen und englischen Rothschilds Otto sechzig Millionen französische Franken in die Königswiege gelegt und weißt du, liebe Tante, was mit dem Geld geschehen ist?«

»Schulen?«, fragte die Tante. »Häfen, Waisenhäuser?«

Mando schüttelte den Kopf.

»Die ausländischen Beamten und das bayrische Werbekorps werden damit bezahlt! Ob wir es wohl jemals erleben werden, dass Griechenland wirklich frei sein wird?«

»Du hast dein Bestes dafür getan«, sagte die Tante leise.

Es war das erste Mal seit Jahren, dass sich ihr gegenüber irgendjemand über ihre Aktion während des Krieges geäußert hatte.

Mando ließ das Bulletin sinken.

»Hat es dich eigentlich gestört, Tante«, fragte sie zögernd, »dass dein Sohn sich damals so um mich gekümmert hat?«

»Aber nein!«, rief Marcus' Mutter. »Ich war froh darüber. Ich habe dich immer gemocht, Mando, und fand es schändlich, dass deine Brüder dir nicht zur Seite gestanden haben. Antonio soll das an Lambrini wieder gutmachen«, schloss sie befriedigt.

Mando umarmte sie. Wäre doch die Tante ihre Mutter gewesen! Aber nein, dann hätte sie ja mit ihrem Bruder …

»Lambrini Klassenbeste«, las sie bei einem ihrer nächsten Besuche in Kalo Livadi auf dem Zettel.

»Sehnsucht«, schrieb sie als Antwort. Marcus konnte sich aussuchen, was sie damit meinte.

»Ich auch«, fand sie beim nächsten Mal vor.

Dann kam der Tag, den sie beide gefürchtet hatten. Zur gleichen Zeit, als er sein Boot auf den Strand schob, erschien Mando auf dem Hügel. Sie sahen einander sofort. Beide hielten inne. Mandos Esel schrie, das Boot rutschte ins Wasser zurück. Mando stieg von dem Tier ab und ging wie in Trance den Hügel hinunter, Marcus kam ihr genauso verzaubert entgegen. Sie waren nur etwa fünfzig Meter von einander entfernt, als beide zum gleichen Zeitpunkt stehen blieben. Sie sahen einander lange an und machten dann wie auf Kommando wieder kehrt. Marcus rannte ins Wasser, um sein Boot zu retten, und Mando lief ihrem Reittier hinterher.

Nachdem sie es eingefangen hatte, ging sie hinunter zur Hütte, setzte sich auf die Steinbank und sah dem Boot nach, bis sie es nicht mehr erkennen konnte.

»Es wird nie vorbei sein«, sagte sie zu Philemon und Baucis, ging in die Hütte und zerknüllte den letzten Zettel, den sie selber dort hinterlegt hatte.

Sie schrieb einen neuen und nahm sich vor, dass es der letzte sein sollte:

»Bis in den Tod.«

Nie wieder lag ein Zettel auf dem Bett.

In einem kurzen Brief teilte ihr Kolokotronis mit, dass er König Otto zur Grundsteinlegung der neuen Athener Universität begleitet hätte.

»Ich habe ihm gesagt, dass ihm dieser Stein eines Tages gegen den Kopf fliegen wird«, schrieb der General, »denn wenn wir unsere jungen Leute ausbilden, werden sie eines Tages erkennen, dass die Tage der Fremdherrschaft immer noch nicht vorbei sind und sich gegen die bayrischen Bürokraten erheben. Sie wissen sicher, dass unser Freund Miaulis das Zeitliche gesegnet hat, auf Euböa, wo Sie, mein lieber Generalleutnant, so mutig gekämpft haben. Ich hoffe, dass Sie mich in guter Erinnerung behalten. Vergessen Sie bitte nie, dass Sie mir ein Geschenk gemacht haben, das meine alten Tage versüßen wird. Kein Gemälde kann so gegenwärtig sein wie dieser kostbare Augenblick auf Palamidi. Ich danke Ihnen von ganzem Herzen!«

In einer Nachschrift teilte er ihr noch mit, dass die Administration von König Otto ihr mit rückwirkender Kraft die von Graf Kapodistrias zugesagte Pension auszahlen werde. Wie Kapodistrias damals beklagte auch er jetzt die lächerliche Summe. Dem Brief waren Smaragdohrringe beigelegt, über die sich der General in seinem Brief nicht geäußert hatte.

Was für ein Mann, dachte sie. Ich verstehe, dass damals im Befreiungskrieg ganze Truppenteile die Waffen niedergelegt haben, damit er aus dem Gefängnis in Hydra entlassen wurde! Sie dachte an Dimitri, der ihr einmal erklärt hatte, dass es kein Wort dafür gäbe, seine Gefühle für Kolokotronis zu beschreiben. Liebe wäre ein Wort, das er nur mit Frauen in Verbindung bringen könnte, aber der alte General würde auch in den Männern, die ihm nahe stünden, so eine ähnliche Regung erwecken. Es war einer der Nächte gewesen, in denen sich Ypsilanti mit ihr Zeit genommen und sie zärtlich geliebt hatte. Jetzt war Mando froh, dass sie dem General gestanden hatte Dimitri schlecht behandelt zu haben. Es war beinahe so, als ob sie Dimitri damit selber Abbitte geleistet hätte. Sie hatte ihn benutzt. Von Anfang an. Und er hatte versucht sich zu wehren. Nein, sie hoffte nicht mehr, dass er an seinem Speichel erstickt war, sie wünschte, dass er sich jetzt in einer besseren Welt befand und ihr verziehen hatte.

Da es bald Winter werden und die Hütte dann nicht mehr bewohnbar sein würde, verbrachte Mando im Oktober 1838 einen ganzen Monat in Kalo Livadi. Zweimal sah sie das Boot näher kommen und beim zweiten Mal rannte sie zum Strand und versuchte es zu sich heranzuwinken.

»Ich bin eine alte Frau!«, schrie sie dem umkehrenden Boot hinterher. »Einundvierzig Jahre alt! Komm zurück, Geliebter, und lass uns nur nebeneinander liegen!«

Aber es war gut, dass er ihre Worte nicht gehört hatte.

Als Mando zwei Tage später ins Haus ihrer Tante zurückkehrte, fiel ihr die alte Frau weinend um den Hals.

Anna war tot.

Lambrini, dachte Mando erschüttert, schon wieder hat sie ihre Mutter verloren. Sie erfuhr, dass Anna trotz der Warnung des Arztes schwanger geworden und im fünften Monat zusammen mit ihrem Kind gestorben war.

»Mein armer Marcus!«, weinte seine Mutter und klammerte sich an Mando.

»Kind, du musst ihm helfen!«

»Ich!«, rief Mando erschrocken. Sie war der letzte Mensch, der Marcus in dieser Stunde helfen konnte.

»Ich kann nicht nach Paros, das würde ich nicht überleben! Mando, liebste Nichte, du warst Marcus einst so nah, du bist die Einzige, die ihm jetzt wirklich beistehen kann! Fahr nach Paros, ich flehe dich an!«

Nein!, schrie alles in Mando. Ich darf es nicht tun!

Drei Stunden später saß sie auf einem schaukelnden Khaiki und segelte Richtung Paros. Ein heftiger Südwind war aufgekommen und zum ersten Mal in ihrem Leben wurde Mando seekrank. Warum sterbe ich nicht, dachte sie nur immer wieder, es ist ungerecht, dass all die Menschen sterben, die noch so viel zu geben haben! Es ist ungerecht, dass Irini so jung sterben musste und Anna, die ihr so geglichen hat und meine Tochter erziehen sollte!

Niemand holte sie am Hafen ab. Sie ging in ein Kafenion, ignorierte die erstaunten Blicke der Männer und säuberte ihr Kleid so gut sie konnte. Dann machte sie sich zu Marcus' Haus auf.

Er empfing sie mit einem Kopfnicken. Seine Augen waren wie tot, sein glattes graues Haar hing stumpf auf seinen Schultern und die ineinander verkrampften Hände sahen aus wie Reptilien aus uralter Zeit.

In der Katapoliani, wo einst ihrem Vater die letzte Ehre erwiesen wurde, fand die Trauerfeier statt. Ob man jemals die hundertste Tür finden wird, fragte sich Mando, als sie neben Marcus auf den offenen Sarg blickte.

Tausend Bilder schoben sich vor ihr geistiges Auge. Hussein Pascha, Pappas Mavros, der Lord mit der komischen Perücke, Jakinthos, lieber, lieber Jakinthos, Irini und ihre Zwillinge, was war aus Antonis und den beiden anderen Kindern geworden? Sie musste unbedingt nach Tinos! Vassiliki, geliebte todbringende Dienerin, Selim, Marmellakis, Lena, Ypsilanti, Bobolina, inzwischen auch tot, vom eigenen Bruder ermordet, Kolokotronis, der edle, Kapodistrias, der noble, Kolettis, der Intrigant, Mavrokordatos, der Ministerpräsident, Jaja, ob sie wohl noch lebte? Maria Jannaki, dachte Mando plötzlich, das schüchterne Mädchen aus Argos, das mit Marcus das Lager geteilt hatte und mit Dimitri, andere Menschen, so viele Menschen! Miaulis, Tombasis, mein Gott, die Zeit in Tripolis, geliebter Marcus, armer Marcus … Lambrini war in Paris und wusste noch nicht, dass sie zum zweiten Mal eine Mutter verloren hatte.

Eine Woche wohnte sie bereits mit Marcus unter einem Dach. Außer höflichen Erkundigungen hatte er noch kein persönliches Wort an sie gerichtet. Seine Mutter hat sich geirrt, dachte Mando verzweifelt, ich kann ihm nicht helfen. Er muss Anna sehr geliebt haben. Sie staunte selber darüber, dass sie dieser Gedanke mehr beruhigte als störte. Leise klopfte sie an die Tür seines Arbeitszimmers.

»Marcus?«, fragte sie, nachdem sie die Klinke heruntergedrückt hatte. »Ich fahre morgen nach Mykonos zurück.«

Er drehte sich von seinem Schreibtisch um und sie erschrak über die tief in den Höhlen liegenden schwarz umränderten Augen.

»Ich habe Anna Unrecht getan«, sagte er. »Ich habe sie umgebracht. Der Arzt hat es verboten, aber trotzdem habe ich sie angerührt.«

»Unsinn!«, erklärte Mando. »Ihr wart Mann und Frau! Da kann man nicht immer aufpassen!«

»Doch«, sagte er mit seltsam kalter Stimme. »Das muss man. Immer aufpassen. Ich hätte nicht bei ihr liegen dürfen.«

Wenn er nur weinen würde, dachte Mando, oder schreien oder seinen Kummer auf sonst irgend eine Weise aus sich heraus brächte!

Aber er blieb stumm mit hängenden Schultern an seinem Schreibtisch sitzen.

Sie ging zu ihm hin, wollte ihn einfach in die Arme nehmen und trösten. Plötzlich fuhr sein Kopf hoch. Sie erschrak vor dem Ausdruck in seinen Augen und trat einen Schritt zurück. Rühr mich nicht an!, sprach sein Blick, aber da war noch etwas.

»Dafür hätte ich zu dir kommen sollen!«, brach es aus ihm heraus und jetzt glaubte sie offenen Hass in seinen Augen zu lesen.

Entsetzt schlug sich Mando eine Hand vor den Mund und rannte aus dem Zimmer.

Sie sah nicht mehr, wie er ihr entgeistert nachblickte. »Bleib, Mando!«, flüsterte er heiser, aber da war sie schon dabei, ihre Sachen zu packen.

Dafür hätte ich zu dir kommen sollen! Immer wieder echoten diese Worte in ihrem Kopf. An nichts anderes konnte sie denken, als dass sie sich zwanzig Jahre lang geirrt und ihm ihre Liebe nur das bedeutet hatte.

Sie rannte zum Hafen, aber die Fischer lachten sie aus, als sie nach einem Boot fragte und deuteten auf die aufgewühlte See.

»Dieser Sturm wird Tage anhalten«, schrie einer gegen den Wind an. »Sie müssen auf Paros bleiben!«

Ganz flüchtig ging ihr durch den Kopf, dass sie nach einem anderen Tod vor vielen Jahren auch kein Boot gefunden hatte und mit einem schönen jungen Reederssohn aus Hydra durch den Sturm nach Tinos gefahren war.

Bei Marcus konnte sie nicht bleiben. Mando klopfte bei einem anderen Spross der weit verzweigten Mavrojenous-Familie an und fragte den Cousin, der ihr öffnete, nach dem Haus, das Stefano ihr vererbt hatte.

»Das ist in Naoussa«, erklärte er. Nachdem er ihr den Weg beschrieben und ein Pferd zur Verfügung gestellt hatte, machte sich Mando auf den Weg zu dem Gehöft, wo ihr Bruder sich vor den Häschern aus Jannina versteckt gehalten hatte.

Ihr Gepäck ließ sie bei dem Cousin und so konnte sie dem Pferd die Sporen geben. So schnell wie möglich wollte sie reiten, viele Kilometer zwischen sich und Marcus bringen, an nichts denken. Sonst würde sie genauso verrückt werden wie ihr armer Bruder.

Sie rechnete damit, das Haus ähnlich verwahrlost vorzufinden wie einst die Hütte in Kalo Livadi. Es lag auf einem Hügel vor dem Dorf und musste von den Elementen arg gebeutelt worden sein. Aber es gab eine angenehme Überraschung. Ein Bauer, der sah, dass sie ihr Pferd vor dem Haus festband, eilte hinzu. Er stellte sich als Nachbar Manolis vor und erklärte, er hätte die Genehmigung Stefano Mavrojenous' Felder zu bestellen. Dafür müsste er normalerweise dem Besitzer einen Teil der Ernte abtreten. Da dieser aber nicht anwesend wäre, habe seine Frau das Haus regelmäßig gesäubert und gelüftet sowie das Gemüsegärtchen versorgt. Stefanos Schafe habe er seiner Herde hinzugefügt und er könne ihr die erfreuliche Mitteilung machen, dass sie sich ordentlich vermehrt hätten. Auch die Kuh hätte inzwischen gekalbt.

Mando war unendlich dankbar. Sie berichtete dem Nachbarn, dass ihr Bruder gestorben und sie die Erbin des Grundstücks sei. Sie würde eine Weile hier wohnen.

»Doch nicht etwa ganz allein?«, fragte Manolis entsetzt.

»Ich bin nicht verheiratet«, erwiderte Mando.

Keine Diener, keine Magd, keine Köchin, kein Kutscher? Manolis verstand die Welt nicht mehr. Andererseits war auch schon der Bruder der Dame recht seltsam gewesen und hatte ebenfalls darauf bestanden, allein zu wohnen. Was sind diese reichen Leute doch arm, dachte der Bauer, der sich nicht vorstellen konnte auch nur einen Tag ohne Gesellschaft zu verbringen.

»Meine Frau kam dreimal wöchentlich zu Ihrem Bruder, um Wäsche und Haushalt zu versorgen«, meinte Manolis und Mando erklärte, diese Regelung könne beibehalten werden. Sie einigten sich darauf, dass der Bauer dafür sowohl Stefanos Schafe als auch deren Nachwuchs behalten dürfe, ebenso wie die Kuh und das Kalb.

»Meine Frau wird Ihnen Brot, Milch, Käse und andere Produkte bringen«, versprach der Bauer und verabschiedete sich.

Das dreizimmrige Haus war spärlich, aber freundlich eingerichtet. Bunte Flickenteppiche bedeckten den Steinboden, Holzscheite waren ordentlich neben dem Kamin aufgeschichtet und auf den Betten lagen saubere schafwollene Decken.

Vassiliki wäre entsetzt gewesen, dachte Mando, als sie sich aus dem Brunnen Wasser schöpfte, aber mir gefällt es.

Am meisten gefiel ihr, dass sie endlich wieder etwas Eigenes hatte und von niemandem abhängig sein würde. Nur das Pferd würde sie ihrem Cousin zurückbringen müssen. Manolis würde ihr sicher einen Esel geben.

Mando hatte keinen Plan.

In ihrem Dasein gab es kein anderes Ziel mehr, als zu überleben. Das erforderte in einem den Elementen so ausgesetzten Haus genug Anstrengung. Vor allem für jemanden, der sein ganzes Leben lang von Personal bedient worden war und nun erstmals ganz auf sich selber gestellt war. Mando betrachtete die Überlebensfrage als eine Herausforderung. Dabei ging es weniger um ihr leibliches Wohlbefinden – die Bäuerin lehrte sie Kochen, Waschen und Nähen –, sondern hauptsächlich um ihr seelisches.

Dafür hätte ich zu dir kommen sollen. Sie durfte es nicht zulassen, dass sie ein einziger Satz in den Wahnsinn trieb.

Es war kurz nach Weihnachten. Mando stand in ihrer Küche und nahm einen Fisch aus, als sie Hufgetrappel und Stimmen hörte. Sie wischte sich die Hände an ihrer karierten Schürze ab und trat vors Haus.

Der Mann, der ihr den Rücken zugekehrt hatte, half einem jungen Mädchen vom Pferd.

»Tante!«, rief Lambrini und eilte auf Mando zu. Diese hätte ihre Tochter fast nicht erkannt, so sehr war sie gewachsen und so fremd machten sie die vielen Löckchen, die das kleine Gesichtchen umrahmten. Marcus führte die Pferde zur Tränke, während Mando ihre Tochter umarmte.

Lambrini trat einen Schritt zurück und rümpfte die Nase.

»Du stinkst!«, stellte die Elfjährige fest, sah durch die offene

Tür ins Haus und hob eine Augenbraue, so wie Mando das früher bei Pappas Mavros bewundert hatte.

»Du wohnst wirklich hier? Das ist ja schrecklich!«

Ganz die Großmutter, dachte Mando und unterdrückte ein Lächeln.

»Lambrini! Haben sie dir in Paris keine Manieren beigebracht?«, kam jetzt Marcus' Stimme. Zur Begrüßung deutete er eine kleine Verbeugung an.

»Aber, Onkel, ich soll doch auch ehrlich sein!«

»Sie ist nur für die Weihnachtsferien hier«, erklärte Marcus, ohne Mando anzusehen.

»Und morgen fahre ich zu Papa nach Mykonos!«, krähte Lambrini.

»Papa?«, fragte Mando.

»Marmellakis«, erwiderte Marcus, »aber ich denke, dass sie es vorziehen wird, bei meiner Mutter zu wohnen. Ich wollte dich fragen, ob du sie hinbringen möchtest.«

Lambrini war inzwischen ins Haus geeilt und stieß Rufe des Entsetzens aus.

»Dann könntest du etwas Zeit mit ihr verbringen«, sagte er leise. Er stand jetzt so dicht neben ihr, dass sie beinahe seinen Atem spüren konnte.

»Sie nennt uns Onkel und Tante«, flüsterte Mando.

»Was sonst?«, gab er zurück. »Zum Glück weiß sie es nicht besser.«

Lambrini war wieder herausgestürzt.

»Da unten sind ganz viele Schafe!«, rief sie und deutete auf Manolis Weideland. »Darf ich sie streicheln?«

Bevor ihre Eltern zugestimmt hatten, war sie schon davongestürmt. Mando lachte, als sie sah, wie sich Lambrini beim Sprung über die mit Marmorbrocken durchsetzte Steinmauer das Kleid aufriss.

»Doch nicht ganz Zakarati«, bemerkte sie zufrieden.

»Aus meiner Familie könnte sie ja auch etwas haben«, murmelte er, als er Mando ins Haus begleitete. Er setzte sich an den frisch geschrubbten Esstisch. Mando reichte ihm einen Becher.

»Gutes Wasser«, lobte er, nachdem er einen Schluck getrunken hatte.

»Mein eigener Brunnen«, erklärte Mando stolz. »Man sagt, dass er aus einer Quelle aus Naxos gespeist wird. Es gibt somit einen Fluss unter dem Meer zwischen Naxos und Paros.«

»Davon gibt es mehrere …«, er brach ab.

Beide schwiegen. Mando fuhr mit einem Finger die Jahresringe auf dem Holztisch ab. Als Marcus plötzlich ihre Hand packte, jagte ihr ein Blitz durch den Körper. Sie wollte sich losreißen, aber Marcus hielt die Hand fest.

»Entschuldigung«, sagte er leise, »es war unverzeihlich.«

»Das war es«, sagte sie hart.

Lambrini erschien in der Tür.

»Guckt mal, das hat mir der Bauer gegeben! Ein Weihnachtslämmchen!«

Marcus ließ Mandos Hand los.

»Willst du es etwa mit nach Paris nehmen?«, fragte er.

Lambrini sah so bestürzt aus, dass sich Mando zu ihr hinbeugte und sie sanft auf den Lockenkopf küsste. Meine Familie, dachte sie bitter, sagte dann sanft: »Du kannst es ja deinem Papa mitbringen.«

Als Mando mit Marcus, Lambrini und dem Lämmchen in Parikia einritt, sah sie am Hafen eine Gruppe von Menschen, die sich um ein fremdes Khaiki geschart hatten. Ein Mann sprang vom Boot und lief schnell auf die beiden Pferde zu. Auf einem saß Marcus mit dem Lämmchen, auf dem anderen Mando mit ihrer Tochter.

»Papa!«, jubelte Lambrini.

Mando hatte Marmellakis kaum wieder erkannt. Haar und Bart waren geschnitten und sorgfältig frisiert und er trug europäische Kleidung. Er hob Lambrini hoch und wirbelte sie herum.

»Mein Prinzesschen!«, rief er, wandte sich dann an Marcus und Mando: »Ich konnte es nicht erwarten, sie wieder zu sehen. Darum bin ich hergekommen, um sie abzuholen!«

Er setzte das Kind wieder ab.

»Was bist du groß und hübsch geworden! Können wir gleich abfahren?«

Lambrini deutete auf das Lämmchen.

»Dafür haben wir auch noch Platz!«, erklärte der Seeräuber, nahm das Tier und reichte es einem Mann auf seinem Boot.

»Sie sind nicht im Dienst, wie ich sehe«, bemerkte Mando.

»Oh nein, schon lange nicht mehr. Ich habe mich zur Ruhe gesetzt, schon damals, als dieser Graf Kapodistrias meinen Beruf ausrotten wollte.« Er wandte sich an Marcus: »Ich bringe sie in einer Woche zurück. Das war doch die Abmachung?«

Marcus nickte.

»Tut mir Leid«, flüsterte er Mando zu, »vielleicht kannst du ja mitfahren.«

Sie schüttelte den Kopf.

»Er ist ihr Papa. Mit dem will sie jetzt zusammen sein. Für die Tante wird es irgendwann auch einmal Zeit geben.«

Ihre Stimme klang so bitter, dass er ihr schnell einen Arm um die Schulter legte und sie kurz an sich drückte. Einen Augenblick lehnte sie sich gegen den nach so vielen Jahren der Trennung immer noch vertrauten Körper. Dann trat sie auf Lambrini zu, umarmte sie und bat sie Post, die auf Mykonos für sie eingegangen war, nach Paros mit zurückzubringen.

Nachdem das Khaiki abgefahren war, fragte Mando geschäftsmäßig, ob sie sich eines der Pferde für den Heimritt ausleihen könne.

Marcus lächelte. »Ein Königreich für ein Pferd?«, schlug er vor und schüttelte den Kopf. »Nein«, sagte er leise, »ich leihe es dir nicht, ich schenke es dir.«

Das könne sie nicht annehmen.

Gut, meinte er, dann würde er eben mit ihr zusammen zurückreiten.

Das Angebot könne sie erst recht nicht annehmen. Außerdem wolle sie noch einige Besorgungen erledigen, da sie ohnehin in der Stadt sei.

Wenn es zu spät würde, könne sie in seinem Haus nächtigen.

Mando ersparte sich darauf eine Antwort, ließ ihn stehen und strebte eiligen Schrittes auf die Geschäftsstraße zu. Marcus folgte ihr mit gewissem Abstand.

Beim Leineweber wäre Mando fast in Tränen ausgebrochen. Sie hatte nicht genug Geld bei sich, um die gewünschte Rolle Stoff zu kaufen und bat anschreiben zu dürfen.

»Auf welchen Namen?«, fragte der Mann.

»Mando Mavrojenous.«

»Mavrojenous ... was?«, fragte der Mann und sah sie unsicher an.

»Mando.«

Die kenne er nicht, ob er nicht auf einen anderen Mavrojenous-Namen anschreiben könne.

»Auf den des Bürgermeisters«, kam Marcus' Stimme von der Tür. Noch nie hatte er Mando so klein und verloren gesehen. Jahrelang war ihr Name nicht nur in Griechenland, sondern in der halben Welt ein geflügeltes Wort gewesen, und der Leineweber auf Paros hatte ihn noch nie gehört!

»Er stammt nicht von hier«, beruhigte er Mando, als er mit ihr den Laden verließ. Einen Arm hatte er wieder um ihre Schulter gelegt, im anderen hielt er den Stoffballen.

Er ging zu den Pferden, belud eins mit ihren Einkäufen, half ihr dann auf das andere und drückte ihr die Zügel von beiden in die Hand.

»Langsam«, empfahl er ihr.

Sie blickte auf ihn hinab. Ihre Hand schien einen eigenen Willen zu haben, streckte sich aus, berührte seine Stirn und versuchte die Falten zu glätten. Er blieb still stehen.

»Komm mit«, sagte sie nur.

Er ging nie wieder weg.

Das Bürgermeisteramt trat er an einen Cousin ab, der praktischerweise den gleichen Namen trug.

»Dann brauchen sich die Leute gar nicht erst umzustellen«, meinte er, als er eines Abends aus Parikia zu ihrem Häuschen zurückgekehrt war. »Wir haben Post von Lambrini.«

»Nichts von König Otto?«, fragte sie spitz.

Seit Jahren war nämlich die finanzielle Unterstützung der Regierung wieder ausgeblieben und so hatte sie sich auf Kolokotronis' brieflichen Rat vor einigen Monaten an den Monarchen höchstpersönlich gewandt.

Sie schrieb: »Ich war nie verheiratet, bin also keine Witwe, die Anspruch auf Rente hat. Ich habe als Generalleutnant an Schlachten teilgenommen, bin aber nicht verwundet worden und habe somit keinen Anspruch auf Invalidenrente. Ich habe aber als Offizier, Organisator und Geldeinsammler meinem Land gedient. Daher würde ich es zu schätzen wissen, wenn ich für meinen Einsatz eine Militärpension erhielte und mir eine Medaille zugesprochen würde, Mando Mavrojenous.«

»Muss die Medaille sein?«, hatte Marcus gefragt, aber sie bestand darauf.

»Es wäre doch schön, einen kleinen Gegenstand zu haben, der mich daran erinnert, wo mein Geld, mein Land, mein Schmuck und der Rest meiner Habe geblieben sind! Marcus, ich bestehe auf einer Anerkennung!«

Einen Augenblick lang sah sie fast wieder aus wie die Mando, die er früher nicht hatte leiden können.

Der Eingang ihres Schreibens wurde von der Regierung mit deutscher Gründlichkeit vermerkt und der Brief zu den Akten gelegt. Als Mando immer wütender wurde, dass keine Antwort eintraf, versuchte Marcus sie zu beruhigen: »Du weißt doch, was der österreichische Botschafter Anton Prokesch von Osten über Griechenland gesagt hat?«

»Dass Regierung und Regierte zwei Menschen sind, die einander nicht vorgestellt wurden«, nickte Mando grimmig. »Die Regierung hat offensichtlich auch kein Interesse daran – ich bin damals bei Otto ja auch nicht vorgelassen worden! Aber ich will endlich meine Anerkennung!«

Es war der Sommer des Jahres 1840 und Marcus und Mando taten bereits seit anderthalb Jahren, was Pappas Mavros einst befürchtet hatte: Sie lebten wie Mann und Frau zusammen. Allerdings nicht in Paris, sondern auf Paros. In Paris lebte ihre Tochter, die über die Identität ihrer wirklichen Eltern natürlich nie aufgeklärt worden war. Sie hatte gebeten in diesem Jahr die Sommerferien bei einer Schulfreundin in Südengland verbringen zu dürfen.

»Wenigstens sieht sie mehr von der Welt als ich«, meinte Mando.

Marcus bot ihr, wie schon so oft, wieder an, endlich mit ihm nach Paris zu reisen, aber sie lehnte ab.

»Dafür bin ich jetzt zu alt. Marcus …?«

»Aphrodite ist nicht alt«, sagte er und umfasste die Brüste, die er noch genauso göttlich fand wie vor mehr als zwanzig Jahren, »was ist?«

»Eine kleine Reise würde ich gern machen.«

»Nach Kalo Livadi?«

Natürlich hatte er es erraten. Sie brauchten immer weniger Worte, um einander zu verstehen. Zum ersten Mal in ihrem Leben war Mando wunschlos glücklich. Wenn sie, was immer seltener geschah, an ihr altes Leben zurückdachte, schauderte sie vor dem Menschen, der sie einst gewesen war. Hatte sie wirklich geglaubt, durch Ruhm, Macht und Reichtum in einer Welt der Intrigen glücklich zu werden? Aber um Glück war es ihr damals nicht gegangen. Wie beim grünen Kasten hatte sie mehr an die Hülle als an den Inhalt gedacht.

Sie sprach mit Marcus oft darüber, was geschehen sein könnte, wenn sie gleich nach der Entdeckung ihrer Liebe zueinander durchgebrannt wären. Am Ende solcher Gedanken stand immer ein Satz: Dann hätte Mando Mavrojenous Mykonos nicht gerettet.

»Die Hütte wird schlimm aussehen«, warnte Marcus.

»Ich habe sie schon einmal in Ordnung gebracht«, erinnerte ihn Mando.

»Gute Arbeit«, sagten beide gleichzeitig und begannen das Notwendige zusammenzupacken.

Während Marcus das völlig verkommene Innere der Hütte inspizierte, lief Mando zum Brunnen. Im vertrockneten Gras daneben lag ein verrosteter Eimer, aber das Seil war weniger zerschlissen, als sie erwartet hatte. Sie tauchte den Eimer ein und schlürfte das Wasser aus der hohlen Hand.

»Nicht!«, rief ihr Marcus zu. »Der Brunnen war nicht abgedeckt. Ich muss ihn erst untersuchen und Kalk hineinwerfen.«

Sie konnten nicht wissen, dass es schon zu spät war. In diesem Augenblick verendete die kranke Taube, die in den Brunnen gefallen war.

Noch vor Einbruch der Dunkelheit hatten sie die Hütte so weit hergerichtet, dass sie die Nacht darin verbringen konnten. Lange saßen sie dicht nebeneinander auf der Steinbank und blickten schweigend übers spiegelglatte schwarze Meer. In dieser mondlosen klaren Nacht waren die Sterne zum Greifen nah. Nur ein paar Zikaden und das Rascheln von Philemon und Baucis unterbrachen die Stille.

»Warte«, sagte Marcus, als Mando aufstehen und in die Hütte gehen wollte. Er hob sie hoch, trug sie aufs Bett und zog sie langsam aus. Sie schlang die Arme um ihn und zog ihn zu sich herab.

»Werden wir denn nie genug voneinander kriegen?«, fragte sie flüsternd.

»Nie«, erwiderte er, »das habe ich dir schon einmal gesagt.«

Am nächsten Morgen wachte Mando mit einem Gefühl von Übelkeit auf und bat Marcus sie nach Paros zurückzubringen.

»Ich muss irgendwas Falsches gegessen haben«, murmelte sie, als er ihr aufs Boot half. Ihre Augen glänzten fiebrig und sie zitterte am ganzen Körper.

Er brachte sie nicht in ihr Haus in Naoussa, sondern in seine Stadtvilla und rief sofort den Arzt. Dr. Koundarinis nahm den Zylinder ab und kratzte sich am Kopf, nachdem er Mando untersucht hatte. Er flüsterte Marcus zu, dass es um seine Cousine sehr schlecht stehe.

Sie hielt die Augen geschlossen, als er nach ihrer schlaffen Hand griff und sie zum Mund führte. Ihre Lippen bewegten sich.

Kaum hörbar nannte sie seinen Namen. Ein Strahlen flog über ihr bleiches Gesicht. Er legte sein Ohr an ihre Lippen und hörte sie sagen: »Da sind sie!«

Er sah, wie sich ihre Füße unter der Bettdecke leicht bewegten und wusste, dass sie sich jetzt bei den Yaludes einreihte. Endlich konnte sie wieder tanzen.

Sogar Kolokotronis schaffte es, rechtzeitig zu ihrer Beerdigung in Paros einzutreffen. Er salutierte vor dem Sarg, legte eine rote Rose auf die Brust, die ihn einst so entzückt hatte und schüttelte Marcus mit Tränen in den Augen die Hand. Ganz Paros wusste wieder, wer Mando Mavrojenous war, und die große Katapoliani-Kirche konnte die Trauergäste kaum fassen, die von allen Inseln der Kykladen herbeigeströmt waren, um der Heldin von Mykonos die letzte Ehre zu erweisen.

Mando lag in dem mit Seide ausgeschlagenen Sarg, trug Smaragdohrringe und die Uniform eines Generalleutnants. Um den Sarg hatte sich eine Ehrenwache von Soldaten formiert. Einer trug die Kleidung eines Janitscharen und hatte sich Türkenköpfe auf die Beine gemalt.

Die Anerkennung, dachte Marcus, ganz zum Schluss hast du sie also doch noch erhalten. Auch wenn du davon nichts mehr mitbekommst.

Marcus war von der Hochzeit seiner Tochter in Paris zurückgekehrt und konnte endlich tun, was er seit fünf Jahren geplant hatte. Er legte eine Abschrift seines letzten Willens auf seinen Schreibtisch. Lambrini würde alles erben. Dann setzte er zum letzten Mal die Segel seines kleinen Bootes und fuhr von Paros aus nach Mykonos. Er zog sein Boot auf den Strand von Kalo Livadi und nahm es säuberlich auseinander. Aus dem Holz baute er in der Nähe der kleinen Steinhütte einen Verschlag für die Ziegen und Hühner, die er aus Paros mitgebracht hatte. Er grub das verwilderte Gärtchen um, mistete die Hütte aus, zimmerte sich neue Fensterläden, die er blau anstrich und legte eine bunte Decke aufs Bett. Er erntete die Oliven von Philemon und Baucis und legte sie ein.

Ein Jahr später stach ihn jene Mücke, die noch genau ein Jahrhundert lang erheblich mehr Menschenleben fordern sollte als der griechische Befreiungskrieg. Er sackte auf dem Weg zum Strand zusammen, wo er sich im Wasser Kühlung gegen das Fieber versprochen hatte. Eine Armee schwarzer Käfer, ein Geschwader dicker Fliegen und ein Heer von winzigen roten Ameisen beerdigten ihn.

Wer heute in einer Vollmondnacht am Strand von Kalo Livadi zu seltsam fremder Musik sechs Yaludes tanzen sieht, sollte sich an einen Olivenbaum festbinden und genauer hinschauen. Vielleicht ist dann zu erkennen, wie ein junger Mann mit auffallend glattem schwarzen Haar auf eine der Yaludes zurennt, sie aus dem Kreis herauszieht und mit ihr über das Wasser läuft. Hin zu einer Felsengruppe, die in diesem Licht leicht mit einem Schiff verwechselt werden könnte.

Die Deutsche Bibliothek – CIP-Einheitsaufnahme

Kempff, Martina:
Die Rebellin: Roman / Martina Kempff. –
Stuttgart; Wien; Bern: Weitbrecht, 1999
ISBN 3 522 71945 X

Umschlaggestaltung: ARTelier, München
Satz: KCS GmbH, Buchholz/Hamburg
Schrift: ITC Giovanni
Reproduktion: Die Repro, Tamm
Druck und Bindung: Franz Spiegel Buch GmbH, Ulm

5 4 3 2 1* 99 00 01 02